HEYNE

VADIM PANOV
DIE VERBORGENE STADT

Erster Roman: Die Prophezeiung
Zweiter Roman: Das Opfer

VADIM PANOV

DIE VERBORGENE STADT

DIE PROPHEZEIUNG

Roman

Aus dem Russischen von
Matthias Dondl

WILHELM HEYNE VERLAG
MÜNCHEN

Titel der russischen Originalausgabe:
ВОЙНЫ НАЧИНАЮТ НЕУДАЧНИКИ

FSC
Mix
Produktgruppe aus vorbildlich
bewirtschafteten Wäldern und
anderen kontrollierten Herkünften

Zert.-Nr. SGS-COC-001940
www.fsc.org
© 1996 Forest Stewardship Council

Verlagsgruppe Random House FSC-DEU-0100
Das für dieses Buch verwendete FSC-zertifizierte Papier
Holmen Book Cream liefert Holmen Paper, Hallstavik, Schweden.

Deutsche Erstausgabe 07/2010
Redaktion: Hana Hadas

Printed in Germany 2010
Umschlaggestaltung: Animagic, Bielefeld
Karte: Andreas Hancock
Satz: Christine Roithner Verlagsservice, Breitenaich
Druck und Bindung: GGP Media GmbH, Pößneck

ISBN: 978-3-453-52714-0

www.heyne-magische-bestseller.de

Jahrtausendelang kämpfte die Menschheit verbissen um die Herrschaft auf der Erde. Jahrtausendelang führten Krieger, Helden, Inquisitoren und Priester einen Vernichtungskrieg gegen alle nichtmenschlichen Völker, bis selbst die Erinnerung an sie ausgelöscht war. Hexen, Werwölfe und Gnome ... Unsere Vorfahren verfolgten und töteten sie gnadenlos, weil sie der Überzeugung waren, dass auf der Erde nur Platz für den Menschen sei. Und ihr Kampf schien von Erfolg gekrönt ...

Die Jahre vergingen und unter den Menschen, die nun alle Reichtümer der Erde in Händen hielten, machte sich allmählich Sorglosigkeit breit. Ehedem finstere Inquisitoren ergaben sich den süßen Verführungen des Wohllebens und die Krieger kehrten zu den Pflugscharen zurück. Die Helden von einst tauschten die Rüstung gegen Pantoffeln und machten es sich am warmen Herd bequem. Von ihren Taten blieben nur wortreiche Mythen und Legenden. Mit dem letzten Helden starb die Erinnerung an die ruhmreichen Siege.

Indes, in der Geschichte gibt es keinen Sieg für die Ewigkeit ...

PROLOG

»Warum bist du so aufgeregt?«, fragte der Junge ohne Umschweife.

Doch die Frau ließ sich nicht aus der Reserve locken. »Ich?«, entgegnete sie kühl und zog verwundert die schmale, schwarze Braue hoch.

»Aber ich spüre es«, beharrte der Junge. »Deine Aura verrät mir, dass du sehr beunruhigt bist.«

Die Frau deutete ein Lächeln an, jedoch so vage, dass der Junge es in ihrem hübschen, feinzügigen Gesicht nur erahnen konnte.

»In dir schlummern gewaltige Kräfte, Lubomir. Vor dir kann man nichts verbergen. Als zukünftigem Regenten des Herrscherhauses wird dir dies zugutekommen. Wo ist meine Schatulle?«

Das goldene Kästchen, in dem die Frau ihren Lieblingsschmuck aufbewahrte, lag auf einem kleinen Tisch direkt neben dem Lehnstuhl, in dem sie saß. Sie hätte nur die Hand danach auszustrecken brauchen. Dienstfertig kam er ihr zuvor, nahm die Schatulle und klappte den Deckel auf.

Der Jüngling mochte dreizehn Jahre alt sein. Er hatte weißblonde Haare, ein hässliches Gesicht und nach den Maßstäben des Grünen Hofs eine geradezu grotesk schmächtige Statur. Lubomirs Äußeres war also wenig einnehmend – wären da nicht seine Augen gewesen. Niemand konnte sich dem hypnotischen Blick dieser riesigen, hellgrünen Augen entziehen. In ihnen spiegelte sich jene außergewöhnliche Kraft, die seinem Herzen innewohnte: die Kraft einer ungezähmten, archaischen Magie, um die ihn jeder Zauberer der Verborgenen Stadt beneidet hätte.

»Sei so gut und halte mir die Schatulle.«

Diesmal schenkte die Frau dem Jungen ein richtiges Lächeln. Ihre vollen, scharf umrissenen Lippen öffneten sich und entblößten makellose, weiße Zähne. Auf ihren Wangen erschienen neckische Grübchen, und in ihren hellgrünen Augen blitzte für einen Augenblick ein blendendes, irres Feuer auf. Lubomir durchfuhr eine Hitzewelle.

Das Lächeln der Frau wirkte wie eine Droge: Er vergaß alles um sich herum und verspürte nur den einen, sehnlichen Wunsch, dass dieses betörende Feuer aufs Neue in ihren Augen entflammen möge. Er machte einen winzigen, kaum merklichen Schritt nach vorn und hielt ihr die Schatulle hin. Nun trennten ihn nur noch fünf oder sechs Zoll von ihr.

»Für diesen Anlass sollte ich etwas Dezentes aussuchen«, sagte die Frau nachdenklich, während sie ihre wertvolle Kollektion betrachtete.

Lubomirs Blick schweifte über ihre braungebrannten Schultern, den schlanken Hals und das lange, strohblonde Haar, das zu einer kunstvollen Frisur geflochten war. Unwillkürlich beugte er sich ein wenig vor und erhaschte einen Hauch des feinen Jasmindufts, den ihr Haar verströmte.

»Ist er nicht wunderschön?«, fragte sie und streichelte über den Ring, den sie sich soeben angesteckt hatte.

»Hinreißend«, bestätigte der Junge beflissen und nickte heftig mit dem Kopf.

Das edle Stück war in der Tat ein Kunstwerk. Auf dem goldenen Ring, der mit einem filigranen Ornament verziert war, prangte ein großer, raffiniert geschliffener Smaragd, dem man zugetraut hätte, auch nachts im schwachen Schein der Sterne zu funkeln. Metscheslaw hatte ihn ihr geschenkt, der breitschultrige Baron Metscheslaw, Gebieter der Domäne Sokolniki. Lubomir war nicht entgangen, dass die Frau stets aufblühte, wenn der einfältige Raufbold sich die Ehre gab. Jedes Mal aufs Neue packte ihn dann ohnmächtige Wut, und er ballte seine jämmerlich kleinen Händchen zu ebenso jämmerlich kleinen Fäusten.

»Er glitzert so schön«, schwärmte die Frau. »Wessen Seele wohl in ihm wohnt?«

»Die Seele eines Helden oder einer schönen Frau«, erwiderte Lubomir lächelnd. »Vielleicht auch die des Juweliers.«

Er hasste diesen Ring! Lubomir stellte die Schatulle auf den Tisch, ging ein paar Schritte zurück und blieb inmitten des Raums stehen.

»Du hast mir den Grund für deine Aufregung immer noch nicht genannt.«

Sie kannte den Jungen gut genug, um zu wissen, dass er seine Frage nicht vergessen würde.

»Also gut, Lubomir. Heute ist ein großer Tag für unser Volk, auf den wir sehr lange gewartet haben. Einige haben schon gar nicht mehr daran geglaubt, dass die Prophezeiung sich erfüllen würde, dass du, der Bote, in unsrer Mitte erscheinst und wir endlich neue Hoffnung schöpfen können.« Sie warf einen zärtlichen Blick auf die schmächtige Gestalt des Jungen. »Heute werde ich diese großartige Botschaft dem Volk des Grünen Hofs überbringen. Kannst du nicht verstehen, dass ich deshalb aufgeregt bin?«

»Aber ein großer Teil des Volks erfährt doch gar nichts von meinem Erscheinen«, wandte Lubomir ein.

»Und wird auch in Zukunft nichts davon erfahren«, bekräftigte die Frau. Für deine dreizehn Jahre bist du ein ganz schöner Schlauberger, dachte sie. »Wir müssen diese Nachricht diskret behandeln.«

»Warum?«

»Wir haben viele Feinde.« Die Frau betrachtete sich im Spiegel. Scheint alles in Ordnung zu sein, obwohl ... Sie legte den Kopf ein wenig in den Nacken und zupfte mit dem Fingernagel eine Strähne zurecht, die sich gelöst hatte. »Hat dir Jaroslawa das etwa nicht gesagt?«

»Nein.«

»Eigenartig. Sie ist doch sonst so gesprächig.«

»Ich habe der Priesterin Jaroslawa viel zu verdanken«, entgegnete Lubomir verstimmt. »Sie hat sich schon seit meiner Geburt um mich gekümmert und ...«

»Ja, ich weiß«, unterbrach sie den Jungen genervt und dachte: Wie hat diese durchtriebene Intrigantin überhaupt von deiner Geburt erfahren?

»Jaroslawa hat gesagt, dass ich dem ganzen Volk präsentiert werden soll. Du hingegen bestehst darauf, dass nur der Königsrat über die Ankunft des Boten informiert wird.«

»Ich habe meine Gründe dafür.«

»Und die wären?«

Jaroslawa hat ihn gewiss aufgehetzt, dachte die Frau, sie wird keine Ruhe geben, ehe sie mich vom Thron stürzt.

»Die Barone des Grünen Hofs haben das Recht zu erfahren, dass die Prophezeiung eingetroffen und der Bote gekommen ist.« Sie nahm zerstreut eine Puderquaste vom Tisch, legte sie jedoch sofort wieder zurück. Das Make-up saß perfekt. »Es gibt nur acht Barone, und wir können uns auf sie verlassen. Wenn jedoch das ganze Volk von deinem Erscheinen erfährt, wird es unweigerlich Gerüchte geben, die sich im Nu in der gesamten Verborgenen Stadt ausbreiten. In zwei, spätestens drei Tagen würden die Spürnasen der anderen Herrscherhäuser Wind davon bekommen und unverzüglich Jagd auf dich machen – oder gar einen Krieg vom Zaun brechen.«

Lubomir schwieg eine Weile und blickte nachdenklich zur Decke. Währenddessen beobachtete die Frau ihn im Spiegel.

»Was wollen sie denn von mir?«, fragte schließlich der Junge. »Ich will keinen Krieg.«

»Leider ist deine bloße Existenz schon Anlass genug für einen Krieg. Die anderen Herrscherhäuser werden nicht abwarten, bis du erwachsen bist, lernst, deine Macht zu gebrauchen, und sie schließlich im Handstreich vernichtest. Sie werden versuchen, dem zuvorzukommen. Und du würdest an ihrer Stelle genauso handeln.«

»Ich bin aber nicht an ihrer Stelle«, nölte Lubomir.

»Das spielt keine Rolle. Jahrtausendelange Verfolgungen haben unseren Selbsterhaltungsinstinkt geschärft. Niemand auf dieser Welt hat ein besseres Gespür für eine drohende Gefahr als die Herrscherhäuser. Du bist dazu berufen, unser Imperium wiederzuerrichten. Der Grüne Hof wird neue Kraft schöpfen und das Banner des Tanzenden Kranichs in jeden Winkel dieser Erde tragen. Für die übrigen Herrscherhäuser bedeutet das den Tod.«

»Ich bringe den Krieg«, flüsterte der Junge. »Ich bringe den Herrscherhäusern den Tod.«

Bislang hatte er sich über seine Berufung wenig Gedanken gemacht. Die deutlichen Worte der Frau brachten ihn aus der Fassung. Das Herz des Boten begann schneller zu schlagen.

»Du bist dazu auserwählt, unseren Feldzug anzuführen«, sagte sie und schenkte dem Jungen abermals ein mildes Lächeln. »Du hast eine große Zukunft, Lubomir, und in deinen Händen liegt eine historische Mission.«

»Dann haben die anderen Herrscherhäuser also einen guten Grund, mich zu töten.«

»Für einen Mord findet sich immer ein Grund«, versetzte die Frau. »Aber mach dir keine Sorgen. Das Herrscherhaus Lud versteht es, Geheimnisse zu hüten, und im schlimmsten Falle werden wir dich beschützen, bis du selbst stark genug bist.«

»Ich – bin – der Bote«, sagte der Junge mit Nachdruck,

wie um sich selbst seiner Bestimmung zu versichern. Sein Herz schlug nun wieder langsam und kräftig.

Der Bote! Die hinreißend schönen Augen der Frau blitzten vor Zorn. Zum ersten Mal in zehntausend Jahren war ein männlicher Lud mit magischen Fähigkeiten geboren worden. Musste das sein? Ausgerechnet jetzt? Sie war doch noch so jung und tatkräftig, voller Pläne und Ideen!

»Ich habe ein Geschenk für dich, Lubomir.«

Die Frau erhob sich und läutete ein kleines goldenes Glöckchen. Sie hatte sich schnell wieder in der Gewalt. Schon beim ersten Treffen war ihr klargeworden, dass der junge Spund selbst minimalste Stimmungsschwankungen sofort mitbekam. Deshalb hatte sie sich vorgenommen, ihre Gefühle im Zaum zu halten.

Auf dem Tablett, das ein Hoffräulein soeben hereintrug, lag ein schmaler, goldener Haarreif, der mit einem großen Smaragd geschmückt war.

»Das ist deine erste Krone, mein kleiner Prinz.«

Die Frau legte Lubomir das Schmuckstück selbst an und küsste ihn zärtlich auf die Stirn. Aufs Neue umhüllte atemberaubender Jasminduft den Jungen. Nun war er beinahe glücklich. Das Misstrauen, das die Priesterin Jaroslawa in ihm genährt hatte, verflog.

»Heute, Bote, wirst du zum ersten Mal mit deinen Untertanen zusammentreffen.«

»Ich werde sie nicht enttäuschen.«

Die Tür ging auf. »Eure Majestät – es ist Zeit.«

Die schöne Wseslawa, Königin des Herrscherhauses Lud, Oberpriesterin des Grünen Hofs und Hüterin des

Regenbrunnens, warf einen letzten prüfenden Blick in den Spiegel und deutete mit einer sanften Kopfbewegung zur Tür.

»Wir werden erwartet, Bote.«

Der Thronsaal des Grünen Hofs erstrahlte in jenem unsinnigen, gekünstelten Glanz, der feierlichen Anlässen stets anhaftet, wenn es im Grunde nichts zu feiern gibt. Bemerken konnten dies indes nur Eingeweihte. Einem seltenen Gast königlicher Empfänge oder einem Nichtadligen, der mit den Feinheiten der Etikette nicht vertraut war, hätte das prächtige Ambiente gewiss den Atem verschlagen. Der dunkelgrüne Mosaikboden bildete einen weichen Kontrast zu den dezenten Olivtönen der mit Seidentuch bespannten Saalwände. In Letzteren waren mächtige Malachitsäulen eingelassen, die sich zur hohen Decke streckten. Entlang der Seitenwände reihten sich in üppig verzierten Bottichen blühende Sträucher, die einen berauschenden Frühlingsduft verströmten. Ein gewaltiger Kronleuchter aus Bergkristall und zahlreiche Wandleuchter tauchten den Raum in ein helles, warmes Licht. Der elegante, mit Smaragden besetzte Königsthron befand sich auf einem niedrigen Podest, und direkt dahinter breitete auf einem großen Schild der Tanzende Kranich seine Flügel aus – das Wappen des Herrscherhauses Lud.

Gewiss war der Thronsaal prunkvoll geschmückt und eindrucksvoll für jeden Betrachter. Indes, die Gäste, die sich heute versammelt hatten, waren mit königlichen Empfängen wohlvertraut, und so entging ihnen nicht, dass der Atmosphäre im Raum jene ungezwungene und sorglose Fröhlichkeit fehlte, die am Grünen Hof normalerweise herrschte, seit Wseslawa Königin war. Der Prunk wirkte betont alltäglich, die Feierlichkeit betont offiziell und selbst das Lächeln der Lakaien geriet geschäftsmäßig. Ihre Majestät gab auf dezente Weise zu verstehen, dass sie ihre Untertanen nicht versammelt hatte, um ein rauschendes Fest mit ihnen zu feiern.

»Wenn wir kein Fest feiern, wozu dann das ganze Brimborium?«, nörgelte der Baron Swetlomir. »Zur Besprechung anstehender Sachfragen brauchen wir doch keinen Thronsaal, beim Barte des Schlafenden.«

Der Baron ging bereits auf die hundertsiebzig zu, und seine Anteilnahme an den Debatten bei Hof beschränkte sich zumeist auf Selbstgespräche. Andererseits schätzte man durchaus seine kolossale Erfahrung und über jeden Zweifel erhabene Lebensweisheit. In der Gesellschaft Swetlomirs weilte gewöhnlich einer seiner zahlreichen Enkel, der die Tiraden des Gebieters der Domäne Ismailowo in geeigneten Momenten unterbrach und so verhinderte, dass sich diese zu wüsten Beschimpfungen auswuchsen, was völlig untragbar gewesen wäre. Doch diesmal war der greise Baron auf sich allein gestellt. Es waren nur handverlesene Gäste in den Thronsaal geladen worden und ihre Gefolgschaften mussten bis zum Ende der Veranstaltung im Palast-Foyer warten.

Nachdem er ein Glas Champagner geleert hatte, spürte Swetlomir ein ausgeprägtes Mitteilungsbedürfnis, das sich in einem Selbstgespräch keinesfalls befriedigen ließ. Er zwirbelte seinen grauen, buschigen Schnauzbart zurecht und wandte sich an den Baron Swjatopolk, der in seiner Nähe stand.

»Der Kreis der Geladenen ist heute erstaunlich eng, findest du nicht, mein Sohn?«

Swjatopolk, der mindestens ein halbes Jahrhundert jünger war als Swetlomir, störte sich nicht im Geringsten an der familiären Anrede.

»Ganz meine Meinung«, erwiderte er. »Wenn Ihre Majestät ausschließlich die Barone eingeladen hätte, müssten wir uns hier gegenseitig suchen gehen. Mir wird jetzt erst richtig bewusst, wie riesig dieser Saal ist.«

»Sprich langsamer, mein Sohn, du verschluckst ja die Hälfte der Wörter«, tadelte Swetlomir und schüttelte unzufrieden den Kopf. Er dachte gar nicht daran zuzugeben, dass er Mühe hatte, dem Gedankengang seines jungen Gesprächspartners zu folgen.

»Ganz meine Meinung«, wiederholte Swjatopolk beinahe Silbe für Silbe. »Ein so bescheidener Empfang entspricht gar nicht dem Stil unserer Königin.«

Der junge Baron sah sich um. Die geladenen Gäste wirkten verloren in dem riesigen Saal, der eigentlich für große Gesellschaften gedacht war. Gewöhnlich ging es hier hektisch und laut zu, auf dem Mosaikboden drängten sich prunkvoll herausgeputztes Gefolge, blasierte Vicomtes und vor Eitelkeit platzende Damen, es wurden hochnäsige Blicke getauscht und schwülstige Reden geschwungen. Heute gab es nichts von alledem, nur die führenden Köpfe des Herrscherhauses Lud, acht Barone und acht Priesterinnen, zerstreuten sich im Saal, und es wurde wenig gesprochen.

Missmutig betrachtete Swjatopolk die bis zum Hals geschlossenen Kleider der Priesterinnen und versank in Gedanken an vergangene Festivitäten. Empfänge der Königin waren immer ein besonderes Ereignis! Die Damen überboten sich gegenseitig mit ihren prachtvollen Garderoben, die Barone schlürften mit wichtiger Miene Rotwein und schielten verstohlen zu den jungen Feen hinüber, denen die gestrengen Zauberinnen des Grünen Hofs das Tragen von freizügigen Gewändern noch erlaubten. Man war sich darüber einig, dass Wseslawa, selbst als sie Priesterin wurde, im Grunde ihres Herzens eine ungestüme, zwanglose Fee geblieben sei, was ihr gestrenge Geister als Schwäche auslegten, andere hingegen für einen unschätzbaren Vorteil hielten. Die Feen standen bei den Empfängen immer im Mittelpunkt des Interesses, zumindest bei der männlichen Hofjugend: Vicomtes und Woiwoden scharten sich um sie, ja sogar die temperamentvollen Ritter des Herrscherhauses Tschud. Lautes Gelächter schallte aus dieser jugendlichen Gesellschaft, bissige Sinnsprüche und anzügliche Scherze machten die Runde, und zuletzt blieb es nicht aus, dass sich Leutnants des Hauses Tschud mit Vicomtes des Hauses Lud zum Duell verabredeten. Rechter Hand, bei den Malachitsäulen, versammelten sich gewöhnlich die Vertreter des Dunklen Hofs: die bedächtigen Schatyren in ihren langen, dunkelblauen Gewändern – passionierte Cognac-Trinker mit dunklem Teint und schwarzen Augen; die scharfzüngigen Erli – ein Ärztegeschlecht mit chronischem Hang zur Völlerei; und zuletzt die groß gewachsenen, schwarzäugigen Nawen, denen das pompöse Gepränge eines solchen Anlasses im Grunde fremd war. Niemand wusste so genau, ob die Nawen den Empfängen der Königin überhaupt etwas abgewinnen konnten. Jedenfalls kamen sie immer pünktlich, und noch nie hatten sie die Ehre des Grünen Hofs verletzt, indem sie eine Einladung ausschlugen. Sie hielten sich eben etwas abseits des Trubels. Nur Santiago bewegte sich wie ein Fisch im Wasser in der illustren Gesellschaft, erging sich in Komplimenten und verkostete teure Sammlerweine. Er war schon ein ziemlich untypischer Naw, dieser Santiago ...

Swetlomirs rauer Bass riss Swjatopolk aus seinen Gedanken.

»Ich habe gehört, dass Wseslawa aus ganz bestimmten Gründen auf eine offizielle Einberufung des Großen Königsrats verzichtet hat«, raunte er Swjatopolk zu. Er hatte inzwischen ein weiteres Glas Champagner geleert und rote Bäckchen bekommen. »Deshalb haben wir alle persönliche Einladungen zu dieser ›Audienz‹ bekommen. Was denkst du darüber, mein Sohn?«

»Offenbar verheimlicht sie etwas.«

»Königin Wseslawa verheimlicht immer irgendetwas, doch diesmal ist die Geheimniskrämerei ausnahmsweise ein Segen«, kommentierte die Priesterin Jaroslawa, die gerade an den beiden Baronen vorbeistolzierte.

Der abschätzige Tonfall, mit dem sie ihre Bemerkung angebracht hatte, ließ keinen Zweifel daran, was sie von der Gebieterin des Herrscherhauses Lud hielt. Die Männer verbeugten sich nachträglich vor der davoneilenden, groß gewachsenen Priesterin und steckten danach die Köpfe zusammen.

»Sie weiß Bescheid«, mutmaßte Swjatopolk.

»Die Priesterinnen wissen immer Bescheid – sind ja auch etwas Besseres als wir Barone«, seufzte Swetlomir. »Sie behandeln uns wie den letzten Dreck, beim Barte des Schlafenden. In meiner Domäne traue ich mich nicht einmal mehr zu niesen, ohne vorher diese ... Priesterin um Erlaubnis zu fragen. Die Göre bildet sich ein, sie könnte mich belehren, beim Barte des Schlafenden. Dabei bin ich es doch, der die Steuern eintreibt, und ich ...«

»So düster sehe ich die Sache nicht, verehrter Swetlomir«, erwiderte der junge Baron besonnen. »Die männlichen Mitglieder unseres Volks verfügen nun mal über keine magischen Kräfte.«

»Magie, pah!«, maulte der Greis. »Man sollte sich ein Beispiel an den Humos nehmen. Die kommen auch ohne Magie aus! Und sie leben verdammt gut damit, beim Barte des Schlafenden!«

»Gewiss, die Menschen haben es weit gebracht ohne Magie«, bestätigte Swjatopolk. Er strich liebevoll über den Smaragd seiner Baronenkette und beschloss, das Thema zu wechseln. »Übrigens, ist Ihnen nicht eine gewisse Feindseligkeit im Tonfall der verehrten Priesterin Jaroslawa aufgefallen?«

»Du hast das also auch bemerkt, mein Sohn?«, flüsterte Swetlomir konspirativ. »Ich glaube, dass sie der Königin die Sache mit den Wahlen immer noch nicht verziehen hat. Du erinnerst dich: Auch Jaroslawa war eine heiße Anwärterin auf den Thron.«

»Aber das ist doch schon zwei Jahre her.«

»Na und?« Swetlomir lächelte vielsagend. »Jaroslawa

ist davon überzeugt, dass das Wahlergebnis gefälscht wurde, beim Barte des Schlafenden.«

»Üble Nachrede«, versetzte Baron Metscheslaw, der unvermittelt hinzugetreten war. »Wseslawa ist jünger und klüger als Jaroslawa. Ihre Wahl war begründet und völlig korrekt.«

»Sie haben Recht«, pflichtete Swetlomir bei. »Ein dummes Gerücht. Ich weiß auch nicht, wie ich darauf gekommen bin.«

»Solches Gerede schadet dem Ansehen des Grünen Hofs«, rügte Metscheslaw und sah zu dem Grüppchen der Priesterinnen hinüber, aus dem Jaroslawas hoch aufgeschossene Figur herausragte.

»Ganz meine Meinung«, bestätigte Swjatopolk und senkte den Kopf.

Alle wussten von dem besonderen Verhältnis zwischen ihrer Majestät und dem Gebieter der Domäne Sokolniki. Aus diesem Grund wäre es äußerst unvorsichtig gewesen, sich in Metscheslaws Gegenwart respektlos über die Königin zu äußern. Der stämmige Baron galt als bester Fechter des Herrscherhauses Lud.

»Bedauerlicherweise hat die Königin viele Neider«, ergänzte Metscheslaw.

»Der Preis der Macht«, philosophierte Swjatopolk. »Übrigens, Baron, Sie wissen nicht zufällig, weswegen wir eigentlich hier sind?«

»Selbstverständlich weiß ich das«, antwortete Metscheslaw hochnäsig und fixierte seinen Gesprächspartner mit seinen blassgrünen Augen. »Um die Nation zu konsolidieren, hat die Königin beschlossen, die Steuern um ein Viertel zu erhöhen. Außerdem wird der Preis für die Energie des Regenbrunnens angehoben. Diese Maßnahmen werden heute offiziell verkündet.«

Die Barone machten lange Gesichter.

»Meinen Sie das im Ernst?«

»Das ist völlig unmöglich! Wir leben ohnehin schon von der Hand in den Mund!«

»So verhungert seht ihr aber gar nicht aus, meine Freunde«, höhnte Metscheslaw und freute sich diebisch über den erzielten Effekt. »Seht mich an: Das ist wahre Not!«

Brüskiert pressten die Barone die Lippen zusammen. Die Domäne Sokolniki galt als die reichste Besitzung des Grünen Hofs. Dennoch sagte man ihrem Gebieter eine gewisse Nachlässigkeit bei der Wahl der Garderobe nach. Auch heute war sein Gewand ausgesprochen zerknittert, und als einzigen Schmuck trug er einen massiven Goldreif am rechten Handgelenk. Nicht einmal seine Baronenkette hatte er angelegt.

»Sie belieben zu scherzen«, grummelte Swetlomir angesäuert.

Metscheslaw klopfte ihm auf die Schulter, doch er kam nicht mehr dazu, etwas Versöhnliches zu sagen, denn in diesem Moment betrat der aufgeblasene Haushofmeister den Saal. Alle Gespräche verstummten.

Der Haushofmeister ließ den Blick über die Versammelten schweifen, bis er sich sicher war, dass alle seine enorm wichtige Anwesenheit bemerkt hatten. Dann verkündete er mit lauter, feierlicher Stimme:

»Ihre Majestät Wseslawa, Königin des Grünen Hofs!«

Überraschend für die Mehrheit der Anwesenden kam Wseslawa nicht durch das Hauptportal herein, um den Saal wie gewohnt in Begleitung zahlreicher Hoffräuleins und Pagen würdevoll zu durchschreiten, sondern durch eine unscheinbare Tür hinter dem Thron. Für einen Moment herrschte Verwirrung, erst dann krümmten die Barone den Rücken zu einer tiefen Verbeugung, wie es die Etikette verlangten.

»Danke, dass ihr meinem Ruf gefolgt seid.«

Mit einer flüchtigen Handbewegung verscheuchte Wseslawa den Haushofmeister und blieb mit dem engsten Zirkel der Macht allein. Die Barone und Priesterinnen reckten die Köpfe und machten große Augen: Zum ersten Mal seit ihrer Thronbesteigung hatte die Königin eine so bescheidene Toilette gewählt: ein einfaches, dunkelgrünes Kleid, das Wseslawas perfekte Figur betonte und ihre zarten Schultern freiließ, ein Smaragddiadem und nur ein Ring. Diese schlichte Garderobe war noch erstaunlicher als die sonderbar exklusive Audienz. Mit gemischten Gefühlen versammelten sich die Anwesenden um den Thron.

»Meine treuen Untertanen«, begann Wseslawa, die ihren Ehrenplatz noch gar nicht eingenommen hatte, »die Neuigkeit, die ich euch heute mitzuteilen habe, hätte durchaus eine offizielle Einberufung des Großen Königsrats gerechtfertigt. Doch nach sorgfältiger Erörterung aller Aspekte mit einigen Priesterinnen des Grünen Hofs bin ich zu dem Entschluss gekommen, vom normalen Prozedere abzuweichen, um die Geheimhaltung zu wahren. Jeder von euch, meine geschätzten Barone, hat eine persönliche Einladung zu dieser Audienz erhalten. In euren Domänen werdet ihr berichten, dass bei der Zusammenkunft Veränderungen in der Steuerpolitik der Krone besprochen wurden.«

»Wie Eure Majestät wünschen«, erwiderten die Untertanen und senkten unterwürfig die Köpfe, die vor Neugier zu platzen drohten.

Wseslawa trat an ihren Thron heran und strich mit der Hand über die mit grünem Samt bezogene Armlehne.

»Macht«, sagte sie nachdenklich, immer noch seitlich zu den Anwesenden gewandt, »Macht und Herrschaft. Wissen wir überhaupt noch, was das bedeutet? Die Zeiten, in denen sich der Grüne Hof wahrer Größe rühmen konnte, sind lange vorbei. Jahrhunderte sind vergangen seit jener Epoche, als unser Imperium diese Welt regierte und die aufgespannten Flügel des Tanzenden Kranichs ihren Schatten über die gesamte Erde warfen. Heute sind wir gezwungen, in dieser winzigen Stadt zu hausen, in der Nachbarschaft kleinwüchsiger Völker. Die wenigen Brosamen, die hier für uns abfallen, müssen wir mit anderen Verlierern teilen und uns wegen Nichtigkeiten mit ihnen streiten. Nicht zuletzt müssen wir uns verstecken und unser wahres Wesen verbergen. Unser Leben wurde zu einem sinnlosen Dahinvegetieren degradiert. Wir klammern uns an die nackte Existenz. Jeden Morgen begrüßen wir dankbar und schicksalsergeben die Sonne – wie einfältige Bauern, und mit jedem Tag entfremden sich unsere Kinder mehr von dem ruhmreichen Volk, dem sie selbst angehören. Es wimmelt von Halbbluten unter uns. Wir degenerieren.«

Unter den Baronen machte sich Unruhe breit. Noch nie hatte die Königin ein derart ernstes Thema aufgeworfen. Die letzte gewaltsame Auseinandersetzung zwischen den Herrscherhäusern lag bereits mehrere Jahre zurück. War dies ein Aufruf zu einem neuen Krieg?

»Beim Barte des Schlafenden, wir werden es diesen Gaunern zeigen – denkt an meine Worte!«, erhitzte sich begeistert Swetlomir, der sich inzwischen ein weiteres Glas Champagner hinter die Binde gegossen hatte. »Führe uns, Königin! Wir folgen dir!«

»Worauf können wir stolz sein?«, setzte Wseslawa unbeirrt fort. »Was wird uns die Zukunft bringen? Was hinterlassen wir unseren Kindern?«

Kein Zweifel, das bedeutete Krieg! Die Barone tauschten verstohlene Blicke. Krieg? Aber gegen wen? Gegen den Dunklen Hof? Wohl kaum. Wseslawa war jung und ungestüm, aber nicht verrückt. Oder erneut gegen die Tschuden?

»Es ist höchste Zeit, dass wir in der Verborgenen Stadt das Zepter übernehmen!«, echauffierte sich Swetlomir. »Beim Barte des Schlafenden, was für ein Glück, dass ich das noch erleben darf.«

Swjatopolk, der es inzwischen aufgegeben hatte, den in Fahrt gekommenen Greis am Rock zu zupfen, trank schweigend seinen warm gewordenen Champagner aus. Während des letzten Krieges war seine Domäne Perowo bei einem Angriff der Ritter fürchterlich unter die Räder gekommen, und der Baron war alles andere als erpicht darauf, ein neuerliches Desaster zu riskieren. Doch er schien mit seiner Meinung allein zu sein.

Die anderen Barone saugten begierig jedes Wort der Königin auf.

»Dies ist kein Aufruf zum Krieg!«

Ein Raunen der Enttäuschung ging durch den Saal.

»Vorläufig«, ergänzte Wseslawa mit einem Lächeln. »Stattdessen möchte ich euch an eine alte Prophezeiung erinnern, die vor achttausend Jahren ausgesprochen wurde.«

Vor achttausend Jahren hatte die Königin Isara, letzte Regentin des Großreichs Lud und bedeutendste Priesterin in der Geschichte des Grünen Hofs, in Vorahnung des drohenden Niedergangs all ihre Kraft für diese prophetische Beschwörung zusammengenommen. Es war der letzte und kraftvollste Beschwörungsspruch ihres Lebens.

Wseslawa warf den Kopf in den Nacken, schloss die Augen und zitierte die Prophezeiung:

»Es kommt die Stunde, da wird dem einstmals großen Geschlecht aus der Düsternis des Siechtums ein Hoffnungsstrahl entgegenleuchten, ein Hoffnungsstrahl in Gestalt eines Mannes, der die Frau an Zauberkraft übertrifft. Man wird ihn den Boten nennen. Niemand wird sich mit ihm messen können auf dem Felde der Zauberei, der Hexerei, der schwarzen Magie, der weißen Magie, der Magie des Feuers, des Wassers und der Erde. Kein Feind wird ihm ebenbürtig sein. Als Großimperator wird der Bote herrschen, zwei Jahrhunderte lang und nicht ein Jahr weniger. Danach wird das Geschlecht Lud die Welt so lange regieren, bis der Schlafende erwacht.«

Die Königin hielt kurz inne, öffnete die Augen und lüftete das Geheimnis:

»Der Bote wurde vor dreizehn Jahren geboren.«

Begeisterte Rufe schallten durch den Saal. Wseslawas Augen blitzten triumphierend.

»Beim Barte des Schlafenden, endlich ein männlicher Zauberer, ein Mann!«, schwärmte Swetlomir und wischte sich die Tränen von den geröteten Wangen. »Der Krieg ist nicht mehr weit! Es lebe das Herrscherhaus Lud!«

»Tod den Feinden des Grünen Hofs!«

»Krieg!«

»Es lebe der Bote!«

Die Königin zuckte zusammen. Die kriegerische Stimmung unter den Baronen erschreckte sie.

Die unscheinbare Tür hinter dem Thron öffnete sich erneut und ein schmächtiger Jüngling betrat mit unsicheren Schritten den Saal. Er trug ein schlichtes grünes Hemd, das ihm bis zu den Knien reichte und eine Hose, die in kurzschaftigen Stiefeln steckte. Das lange, weißblonde Haar des Jungen war mit einem goldenen Reif fixiert, den ein großer Smaragd schmückte.

Im Saal war es schlagartig still geworden. Der Bote trat neben den Thron und ließ den Blick langsam über die Anwesenden schweifen. Die Köpfe der Machthaber des Grünen Hofs senkten sich tiefer und tiefer.

»Die Prophezeiung der Königin Isara hat sich erfüllt«, verkündete Wseslawa. »Der Bote ist gekommen!«

KAPITEL EINS

»... Bei der Pressekonferenz im Polizeipräsidium haben sich die schlimmsten Befürchtungen der Journalisten bestätigt: Die rätselhaften Morde, die Moskau in jüngster Zeit erschütterten, gehen alle auf das Konto eines Serientäters, des sogenannten Vivisektors. Diesen Namen, der sich inzwischen bei Polizei und Presse eingebürgert hat, verdankt der Killer übrigens unserem Reporter Karim Tomba. Wie schon berichtet, handelt es sich bei den Opfern des Mörders stets um junge Mädchen ...«

MOSKOWSKI KOMSOMOLEZ

»... Sensation auf dem Magie-Markt! Gestern hat der Pressedienst des Herrscherhauses Tschud eine zehnprozentige Preissenkung für die Energie seiner Magischen Quelle bekanntgegeben und damit gegen ein Abkommen verstoßen, das die Herrscherhäuser vor sechs Jahren vereinbart hatten. Die dem Orden unterstellten Magier haben die Preise für die Endprodukte bereits herabgesetzt, was den Schluss zulässt, dass die Aktion von langer Hand geplant war und darauf abzielt, die Marktführerschaft auf dem wirtschaftlichen Schlüsselsektor der Verborgenen

Stadt an sich zu reißen. Die anderen Herrscherhäuser haben sich bislang nicht geäußert, doch wir sind davon überzeugt, dass die Dumpingpolitik der Tschuden …«

T-GRAD-COM

Die Burg, Hauptquartier des Herrscherhauses Tschud
Moskau, Wernadski-Prospekt
Dienstag, 20. Juli, 23:24 Uhr

Die Burg, das Hauptquartier des Herrscherhauses Tschud – oder des Ordens, wie man es inoffiziell nannte –, bestand aus drei schlanken Hochhäusern im Stile der Breschnewschen Moderne. Diese erhoben sich am Wernadski-Prospekt, und zwar rechter Hand stadtauswärts, nicht weit von der gleichnamigen Metro-Station. Auf der anderen Straßenseite standen ihnen massive, gesichtslose Verwaltungsgebäude gegenüber. Die drei eleganten Wolkenkratzer der Burg wirkten wie supermoderne Kriegsschiffe, die zufällig in einem alten Handelshafen festgemacht hatten. Die riesigen Satellitenschüsseln auf dem Dach und das makellose äußere Erscheinungsbild verstärkten noch diesen Eindruck.

Das Hauptquartier glich einem Hochsicherheitstrakt. Jeder Quadratzentimeter der näheren Umgebung wurde mit Videokameras überwacht, hohe Mauern und die dichten Kronen stattlicher Bäume schirmten das ausgedehnte Gelände gegen unbefugte Blicke ab. Das einzige

Tor, das auf den Prospekt hinausführte, war mit einer massiven Stahlplatte bewehrt, auf der ein sich aufbäumendes Einhorn abgebildet war. Welche sonstigen Barrieren und Fallstricke die Gardisten des Großmagisters für ungebetene Gäste bereithielten, wusste niemand so genau, doch Franz de Geer, der Kapitän der Garde, war Kriegsmeister – der führende Kriegsmagier des Ordens – und verstand etwas von seinem Metier. Die magischen Felder, mit denen er die Burg umgeben hatte, waren in der Lage, jeden Zauberer, der sich dem Hauptquartier der Tschuden in feindseliger Absicht näherte, aufzuspüren und ihm seine Energie zu entziehen. Die Burg war eine regelrechte Festung, die gegen Angriffe aller Art bestens gerüstet war, und zwar zu jeder Zeit, ungeachtet des geltenden Waffenstillstands zwischen den Herrscherhäusern.

Das Empfangszeremoniell wurde bis ins kleinste Detail eingehalten. Die kleine Wagenkolonne der Gäste bestand aus einem schneeweißen Streifenwagen mit eingeschaltetem Blaulicht und zwei schwarzen Rolls-Royce mit klassisch geschwungener Karosserie. Bereits als die Kolonne den Lomonossow-Prospekt überquerte, begann sich das schwere Tor zu öffnen, und kurz darauf fuhren die Fahrzeuge mit unverminderter Geschwindigkeit in den Innenhof der Burg ein. Dort trennten sie sich. Der Streifenwagen und einer der Rolls-Royce bogen rechts ab und verschwanden in einer Tiefgarage. Der zweite Rolls-Royce steuerte das mittlere Gebäude an und hielt auf einem kleinen Vorplatz, unmittelbar vor einer breiten

Marmortreppe. Dort erwartete Franz de Geer höchstpersönlich die Gäste.

Links von der Treppe hatte man eine Ehrenwache aus zwei Dutzend Gardisten postiert. Wegen der brütenden Hitze in der Stadt war ihre Paradeuniform etwas abgespeckt worden. Anstelle der Brustharnische trugen sie rote, mit einem goldenen Einhorn verzierte Jacken und anstelle der geschlossenen Stahlhelme leichtere, vergoldete Modelle, deren bunte Federbüsche im Wind schaukelten. Im Übrigen war ihr Aufzug wie gewohnt: Reithosen, blankpolierte Stiefel und Pallasche mit gerader Klinge. Auf der anderen Seite der Treppe wehten die Standarten der Logen des Ordens: die blau-rote der Schwerterloge, die schwarz-rote der Drachenloge, die gelb-rote der Salamanderloge, die grün-rote der Hermelinloge und schließlich – selbstverständlich die größte – die scharlachrote Standarte des Herrscherhauses Tschud. Stolz wogten die schweren Tücher in der Stille des feierlichen Empfangs und kündeten von der ruhmreichen Geschichte des Ordens. Hinter den Rücken der Gardisten und Bannerträger drängten sich zahlreiche Schaulustige, die aus der gesamten Burg gekommen waren, um einen Blick auf die seltenen Gäste zu erhaschen.

Der Rolls-Royce war kaum zum Stehen gekommen, da öffneten Pagen die Seitentüren, traten zurück und entboten eine tiefe Verbeugung.

Der Limousine entstieg ein groß gewachsener Mann in einem langen, dunkelblauen Mantel, dessen Schulterpartien mit einer filigranen Goldstickerei verziert waren. Auf einen schwarzen Stab gestützt, ging er in kleinen, mühevollen Schritten auf die Treppe zu. Das Gesicht des Gastes war von einer tief herabgezogenen Kapuze verhüllt und seine Hände von den langen Ärmeln seines Mantels. Das Publikum bekam lediglich seine hoch aufgeschossene Gestalt zu sehen.

Das Aussehen der Ratsherren des Dunklen Hofs, der höchsten Würdenträger des Herrscherhauses Naw nach dem Fürsten, blieb stets geheim.

Auf der anderen Seite des Wagens stieg ein ebenso großer, schlanker Mann aus, der einen elegant geschnittenen Anzug und eine teure Krawatte trug. Zunächst inspizierte er mit seinen schwarzen, tief in den Höhlen sitzenden Augen aufmerksam das Empfangskomitee. Dann glättete er mit einer flüchtigen Handbewegung seine ohnehin tadellose Frisur, ging behänden Schrittes um die Limousine herum und schloss sich seinem Begleiter an.

Unter den Schaulustigen erhob sich Getuschel. Dieser Naw war in der Burg nicht eben beliebt: Santiago, der Kommissar des Dunklen Hofs. Er war die strafende Hand des Fürsten und durch seine Umtriebe waren zu Kriegszeiten bereits etliche Gallonen Ritterblut vergossen worden.

»Der Großmagister erwartet die Gesandten des Dunklen Hofs!«, verkündete Franz de Geer und deutete eine Verbeugung an.

Die Inneneinrichtung der Burg war bis ins kleinste Detail dem Geschmack seiner Besitzer angepasst: grobes Mauerwerk, gewölbte Decken, Massivholzmöbel, an den Wänden Waffen und Gobelins ... Fehlten nur noch Pferde und Hunde. Die als stilisierte Fackeln ausgeführten Wandleuchter verstärkten noch die frappierende Diskrepanz zwischen der modernen Außenhaut des Gebäudes und seinem mittelalterlich anmutenden Interieur.

Im dritten Stockwerk wurden die Gäste in einen großen, hell erleuchteten Raum geführt, der mit marmornen Reliefs ausgeschmückt war. Die Tschuden trieben einen ans Pathologische grenzenden Kult um ihre Geschichte, und so waren Besucher des Thronsaals genötigt, die auf den Steinbildern dargestellten, längst vergessenen Heldentaten der ruhmreichen Ritter zu bewundern. Zwischen den Reliefs hingen große Schilde mit den Wappen sämtlicher Logen des Herrscherhauses, von denen nicht wenige selbst in den rothaarigen Köpfen der Tschuden längst in Vergessenheit geraten waren. Der größte Schild, auf dem das sich aufbäumende Einhorn dargestellt war, hing über dem Thron. Dortselbst erwartete die Gäste ein stoisch wirkender, graubärtiger Mann, auf dessen Kopf eine mit Rubinen besetzte Krone saß: Leonard de Saint-Carré, Großmagister und Meister der Meister.

Der wohlbeleibte Gebieter des Hauses Tschud war in einen purpurnen, mit Hermelinfell gefütterten Mantel gehüllt, hielt in der Rechten einen goldenen Stab und stützte sich mit der linken auf ein mächtiges, zweigriffiges Schwert. Zu beiden Seiten des Throns hatten sich die vier Magister der Logen platziert, während die Mitglieder der Meisterloge – die führenden Magier des

Ordens – entlang der Saalwände aufgereiht standen. Wie der Großmagister trugen auch seine Untertanen die klassischen Gewänder: Mäntel, Kamisole, breite Gürtel mit großen Schnallen und Paradedolche. Vor dem Hintergrund dieser feudalen Pracht wirkte Santiagos schlichter Aufzug völlig deplatziert, doch den Kommissar kümmerte das wenig.

»Der Ratsherr des Dunklen Hofs!«, verkündete Franz de Geer und schloss die schwere Eichenholztür.

Die Nawen traten vor den Thron und verneigten sich.

»Mein Herr, der Fürst des Dunklen Hofs, entbietet dir, Großmagister, und dem gesamten Volk der Tschuden seine aufrichtigsten Wünsche für ein ungetrübtes Wohlergehen«, sprudelte es mit gedämpfter und etwas zischelnder Stimme aus der Kapuze.

»Verbindlichsten Dank«, nickte de Saint-Carré. »Doch ich gehe wohl recht in der Annahme, dass ihr diese Audienz nicht erbeten habt, um mir gute Gesundheit zu wünschen. Was führt euch her?«

Die Ritter waren dafür bekannt, nicht lange um den heißen Brei herumzureden.

»Im Naw'schen Spiegel sind rätselhafte Zeichen erschienen. Deshalb hat der Fürst vor zwei Tagen das Orakel von Degunino befragt.«

Die Tschuden tauschten ungläubige Blicke. Es kam äußerst selten vor, dass der Gebieter des Dunklen Hofs externen Rat suchte.

»Und was hat das Orakel offenbart?«, fragte de Saint-Carré neugierig.

»Der Grund, der den Fürsten dazu bewog, sich nach Degunino zu begeben, war eine Störung des energetischen Gleichgewichts in der Verborgenen Stadt. Der Energiepegel in den Magischen Quellen ist instabil. Mein Gebieter ist der Meinung, dass du das auch bemerkt haben müsstest.«

Der Großmagister schüttelte bedächtig den Kopf. »Der Energiepegel war noch nie völlig konstant, und eine kleine Welle macht noch keinen Sturm.«

»Der Sturm steht noch bevor und wehe dem, der nicht darauf vorbereitet ist.«

»Hat der Fürst etwa die Absicht, die Verteidigungsbereitschaft des Ordens zu testen?«, fragte de Saint-Carré herausfordernd und zog die buschigen Brauen zusammen.

Im Saal erhob sich streitbares Gemurre, obwohl die Tschuden wussten, dass mit den Nawen nicht zu spaßen war. Beim letzten Mal, als man ihren Zorn heraufbeschworen hatte, war es nur im Verbund mit dem Grünen Hof gelungen, sie wieder zu besänftigen und an den Verhandlungstisch zu bringen.

»Eure Verteidigungsbereitschaft werden andere auf die Probe stellen«, erwiderte der Ratsherr kühl. »In der Verborgenen Stadt ist ein mächtiger Zauberer aufgetaucht, der eine Bedrohung für alle Herrscherhäuser darstellt.«

»Aufgetaucht? Woher? Aus dem Nichts?«, erkundigte sich der Großmagister.

»Sein Erscheinen war erwartet worden.«

»Und wer soll dieser Supermagier sein?«

De Saint-Carré blickte spöttisch in die Runde und seine Ritter grinsten.

»Wir kennen nur seinen Namen: Lubomir.«

»Lubomir?«, wiederholte der Großmagister. »Ein Lud? Oder gar ein Humo?«

Ein menschlicher Magier, ha! Die Ritter schnaubten vor Vergnügen über den Scherz ihres Gebieters.

»Ein Lud.«

Der Gesandte des Dunklen Hofs war gewiss verärgert über das Benehmen der Tschuden, doch er ließ sich nichts anmerken.

»Am Grünen Hof sind nur Frauen zur Magie befähigt«, wandte der Großmagister ein. »Das weiß doch jedes Kind.«

»Ob ihr es glaubt oder nicht: Der Zauberer ist ein Lud«, erwiderte der Ratsherr ruhig. »Allerdings wurde er vom Grünen Hof verstoßen und handelt auf eigene Faust.«

»Was soll denn ein Zauberer ausrichten, der aus seinem Volk verstoßen wurde?«, mischte sich Antoine de Coulier, der Magister der Drachenloge, ein. »Ohne Inspiration, ohne Bibliothek, ohne Energie. Da kann er sich doch höchstens als Handleser oder Avocadozüchter durchschlagen.«

»Erstens: Die Inspiration hat er in seiner Kindheit erhalten, als er von den Priesterinnen des Grünen Hofs ausgebildet wurde«, erläuterte der Naw trocken. »Zweitens: Mit seinen Zauberkräften ist es für ihn ein Kinderspiel, in jede beliebige Bibliothek vorzudringen. Übrigens haben wir unsere Tresorräume vorläufig blockiert und empfehlen euch, das auch zu tun. Und was, drittens, die Energie betrifft, so sind wir zu der Überzeugung gekommen, dass er den Regenbrunnen, die Magische Quelle des Grünen Hofs, vollständig unter seine Kontrolle gebracht hat und daraus so viel Energie schöpft, wie er will.«

»Das ist unmöglich«, ereiferte sich Nelson Bard, der Magister der Schwerterloge. »Nur die Priesterinnen haben Zugriff auf die Quelle!«

»Ein Lud, der über magische Kräfte verfügt und Zugriff auf den Regenbrunnen hat?«, sinnierte de Saint-Carré, ohne den jungen Magister zu beachten. »Ist das womöglich der Bote?«

»Davon sind wir überzeugt. Die Zeichen des Nawschen Spiegels, der Spruch des Orakels von Degunino und die Erkenntnisse unserer Analytiker – alles deutet darauf hin, dass sich die Prophezeiung von Königin Isara erfüllt hat und der Bote erschienen ist.«

Ein derartiges Erstarken der Luden musste unweigerlich zu einem neuerlichen Krieg zwischen den Herrscherhäusern führen. Im Raum wurde es still.

»Und warum steht er dann nicht an der Spitze des Grünen Hofs?«

»Wir vermuten, dass Königin Wseslawa geplant hatte, den Boten zu töten, um ihre Macht zu erhalten. Deshalb war er wohl gezwungen zu fliehen.«

»Aber warum hat er die anderen Luden nicht auf sich aufmerksam gemacht und die Königin einfach gestürzt?«

»Wir wissen nicht, was am Grünen Hof passiert ist,

und wir wissen auch nicht, was im Kopf dieser Missgeburt vor sich geht«, seufzte der Ratsherr. »Definitiv klar ist nur, dass der Bote in der Verborgenen Stadt aufgetaucht ist. Das Haus Lud wird jedoch immer noch von der Königin regiert.«

»Ich bleibe dabei«, beharrte Bard, »wenn er verstoßen wurde, ist er nicht mehr gefährlich.«

»Der Bote ist gekommen, um die bestehende Ordnung zu zerstören und die Macht über die ganze Welt an sich zu reißen. Dieses Ziel wird er verfolgen, ob er nun verstoßen wurde oder nicht. Denn es ist seine Berufung. Er stellt eine reale Bedrohung für alle Herrscherhäuser dar, insbesondere für das Haus Tschud.«

»Wieso insbesondere für uns?«, fragte de Saint-Carré entrüstet.

»Um ein Herrscherhaus zu unterwerfen, muss man es in erster Linie seiner Magischen Quelle berauben«, erwiderte der Gesandte schulterzuckend. »Das wisst ihr genauso gut wie ich. Den Regenbrunnen kontrolliert der Bote bereits. Folgerichtig ist sein nächstes Ziel das Karthagische Amulett, die Magische Quelle eures Ordens.«

Der Großmagister musste sich eingestehen, dass der Naw Recht hatte. Ein kluger Gegner würde sich nicht in Scharmützel verstricken, sondern gezielt das Herz des Herrscherhauses ins Visier nehmen: seine Magische Quelle. Brächte er die unter seine Kontrolle, würden sich die Kriegsmagier in hilflose Statisten verwandeln. Ärgerlicherweise wusste man nicht, woraus die Nawen ihre magische Energie schöpften.

»Ihr seid euch wohl ziemlich sicher, dass euch nichts passieren kann«, knurrte de Saint-Carré.

»Keineswegs. Sonst wären wir doch nicht hier«, entgegnete der Ratsherr kühl. »Wenn es dem Boten gelingt, sich das Karthagische Amulett unter den Nagel zu reißen, müssen auch wir mit dem Schlimmsten rechnen. Wir haben nicht die Absicht, es so weit kommen zu lassen.«

»Daran zweifle ich nicht.«

Der Gebieter des Ordens legte seinen Stab beiseite, stützte sich mit beiden Händen auf das Schwert und versank in Gedanken. Allen war klar, dass die Nawen nun zum Hauptanliegen ihres Besuchs kommen mussten, doch de Saint-Carré zögerte diesen Moment bewusst noch etwas hinaus.

»Nun gut, nehmen wir an, dass deine Behauptungen der Wahrheit entsprechen: Der Bote ist tatsächlich erschienen, hat den Regenbrunnen unter seine Kontrolle gebracht, plant den Raub des Karthagischen Amuletts und ist tatsächlich der mächtigste Zauberer, den die Verborgene Stadt in den letzten achttausend Jahren gesehen hat. Selbst wenn dies alles zuträfe, würde es dem Boten dennoch nicht gelingen, sein Ziel im Alleingang zu erreichen. Das ist uns doch wohl allen klar.«

»Er hat durchaus Unterstützer«, parierte der Naw.

»Wen?«

»Die Rothauben.«

Die Ritter brachen in Gelächter aus. Die Rothauben? Dieser Abschaum, der Halbblute und Ausgestoßene in seine Clans aufnahm? In der Rangordnung der Verborgenen Stadt nahmen sie einen der untersten Plätze ein, irgendwo zwischen den Rattenfängern des Volksstammes Oss und den Hermaphroditen des Volksstammes Let. Eine »bessere« Gesellschaft zur Eroberung der Weltherrschaft konnte man sich kaum vorstellen.

»Hat er womöglich auch Humos angeheuert?«, spottete Bard.

»Die Rothauben streben nach Höherem«, dozierte der Ratsherr. »Sie sind schon lange der Meinung, dass sie zu kurz gekommen sind. Man sollte sie nicht unterschätzen.«

»Das sind doch Schwächlinge!«

»Mag sein, aber es sind viele. Und wenn ein erfahrener Zauberer sie anführt, der über genügend magische Energie verfügt ...«

»Wir werden diese Barbaren in Stücke reißen!«

»Die Rothauben sind der letzte Dreck!«, wetterte der Großmagister. »Sie sind es nicht wert, dass man sie in unserer Burg überhaupt erwähnt. Wenn der Bote sie tatsächlich angeheuert hat, dann tut er mir herzlich leid. Selbst der raffinierteste Zauberkünstler würde es nicht schaffen, aus diesem Sauhaufen eine Armee zu formen.«

Die Tschuden grölten zustimmend und prusteten vor Lachen. Mit einer Handbewegung brachte der Großmagister seine Untertanen zum Schweigen.

»Doch nun wollen wir hören, was der Fürst uns vorzuschlagen hat.«

Die erwartungsvollen Blicke der Anwesenden richteten sich auf den Ratsherrn.

»Mein Gebieter, der Fürst des Dunklen Hofs, fordert

euch auf, ernsthaft über das nachzudenken, was wir euch mitgeteilt haben. Die jüngsten Entwicklungen stellen für die Verborgene Stadt eine Bedrohung dar, die wir nur mit vereinten Kräften abwehren können.« Der Naw hielt für einen Moment inne und fuhr dann weihevoll fort: »Der Fürst schlägt vor, das Karthagische Amulett in die Zitadelle zu überführen.«

Die letzten Sätze des Gesandten gingen in donnerndem Gelächter unter. Alle lachten: die Magister, die Ritter und sogar der Greis auf seinem Thron.

»Der Vorschlag ist so lächerlich«, sagte de Saint-Carré und wischte sich die Tränen aus den Augen, »dass ich darauf verzichte, ihn als Beleidigung aufzufassen. Hast du sonst noch etwas dazu zu sagen?«

»Ja«, antwortete der Ratsherr des Dunklen Hofs, der sich überhaupt nicht aus der Ruhe bringen ließ. »Das Amulett würde in der Zitadelle aufbewahrt und dort von euren eigenen Männern bewacht. Ihr könntet so viele Ritter ins Hauptquartier des Dunklen Hofs entsenden, wie ihr für nötig erachtet. In unserer Verantwortung läge die Verteidigung der Zitadelle nach außen, und wir glauben nicht, dass Lubomir es riskieren würde, unser Hauptquartier zu überfallen. Der Bote braucht das Amulett, und er wird es euch abnehmen. So hat es das Orakel geweissagt, und es steht nicht in eurer Macht, diesen Spruch zu ändern.«

Die Tschuden schüttelten ungläubig die Köpfe. Die Vorstellung, jemand könnte ihnen das Karthagische Amulett entreißen, erschien ihnen völlig abwegig.

»Das Amulett wird in unserer Burg aufbewahrt, und

daran wird sich niemals etwas ändern. Auf unsere Magische Quelle können wir sehr gut selbst aufpassen!«, verkündete der Großmagister, und seine polternde Stimme ließ keinen Zweifel daran, dass dies sein letztes Wort war. Doch dann wandte sich de Saint-Carré zur Überraschung aller an den zweiten Gesandten der Nawen, der bescheiden hinter dem Ratsherrn stand und bisher kein einziges Wort geäußert hatte: »Hast du etwas dazu zu sagen, Santiago?«

Alle Anwesenden außer dem Ratsherrn richteten die Blicke auf den Kommissar des Dunklen Hofs.

»Ich bin enttäuscht, aber nicht überrascht«, erklärte dieser mit einem herablassenden Lächeln. »Um ehrlich zu sein, habe ich mit einer solchen Reaktion eurerseits gerechnet. Nun, wir haben euch immerhin gewarnt. Wenn ich mich recht entsinne, hat noch nie jemand ein Hilfsangebot des Hauses Naw ausgeschlagen. Und noch niemand hat sich über einen Ratschlag des Fürsten hinweggesetzt. Sie sind der Erste, de Saint-Carré, und Sie werden für alles, was nun weiterhin geschieht, die Verantwortung übernehmen müssen.«

Die Nawen verbeugten sich und verließen den Saal.

Residenz des Boten
Moskau, Nowy Arbat
Mittwoch, 21. Juli, 00:46 Uhr

Moskau schlief. Die Metropole war erschöpft von der brütenden Sommerhitze und genoss dankbar die Kühle der Nacht. Die ausgestorbenen Straßen sammelten frische Kraft für den neuen Tag und für einen neuen Kampf gegen die gnadenlos sengende Sonne.

Am Wernadski-Prospekt wurde die mitternächtliche Stille durch ein dumpfes Knarren gestört. Das massive Tor der Burg öffnete sich, und eine kleine Wagenkolonne fuhr auf die leere Straße hinaus. Ein schneeweißer Streifenwagen und zwei schwarze Limousinen nahmen rasch Fahrt auf und brausten in Richtung Zentrum davon. Die Gesandten des Dunklen Hofs kehrten in die Zitadelle zurück.

Die Konturen der sich entfernenden Fahrzeuge kräuselten sich und begannen zu verschwimmen. Der Zauberer machte eine wischende Handbewegung über dem flachen Porzellanschälchen, auf dessen Boden ein dünner Wasserfilm schimmerte und strich sich sein widerspenstiges weißblondes Haar aus der Stirn. Das Bild erzitterte und verschwand ganz.

»Mehr brauchen wir nicht zu sehen«, murmelte Lubomir und sah die Anwesenden mit seinen riesigen grünen Augen an. »Der Großmagister hat den Nawen das Karthagische Amulett nicht übergeben.«

Die Anwesenden nickten und schwiegen – gespannt,

welche Schlüsse der Zauberer aus dieser Feststellung ziehen würde.

Lubomir indes hatte es nicht eilig damit. Er verschränkte seine dünnen, fast kindlichen Ärmchen vor der Brust, erhob sich aus seinem Lehnstuhl und ging langsam an dem riesigen Tisch entlang, auf dem Stapel von Folianten, schmutzige Glaskolben, Retorten und wenig vertrauenerweckende Gerätschaften aus Kupfer herumlagen. Der Tisch nahm ein gutes Drittel des Raumes ein, der von zwei qualmenden Fackeln schwach erleuchtet wurde. Der Zauberer schritt die Wandregale ab, die mit Töpfen und Dosen verschiedenster Form und Größe vollgestellt waren. Obwohl all diese Gefäße sorgfältig verschlossen waren, verströmte ihr Inhalt das unvergleichliche Aroma einer ländlichen Abortgrube.

Nachdem Lubomir eine Weile auf und ab spaziert war, setzte er sich wieder auf den Stuhl mit der hohen, geschnitzten Lehne und wiederholte: »Der Großmagister hat den Nawen das Amulett nicht übergeben ... Hammer, meinst du nicht, dass diese Information dich dazu veranlassen müsste, den Überfall auf die Wagenkolonne abzublasen?«

»Ähm, was? Oh natürlich, Lubomir, selbstverständlich«, stammelte der Führer des Odoro-Clans, zückte sein Handy und tippte hastig eine Nummer ein. »Lasst die Wagenkolonne durchfahren! ... Durchfahren lassen, habe ich gesagt! ... Nicht schießen! ... Also, verschwindet von dort, sonst reiße ich euch die Köpfe ab, ihr Trottel!«

Hammer war ein ziemlich aufbrausender Typ. Von allen Bossen der Rothauben war er der Einzige, der sich den Yatagan des Clanführers nicht mit Zähnen und Klauen erkämpft, sondern ihn von seinem furchtgebietenden Herrn Papa geerbt hatte. Deshalb legte er besonderen Eifer an den Tag, um sich des hohen Titels als würdig zu erweisen.

Die beiden anderen Rothauben sahen finster drein und schwiegen. Links von Hammer saß auf einem dreibeinigen Hocker Pulle, der jüngste und nach vorherrschender Meinung auch dümmste der drei Clanführer. Den Platz an der Spitze des Desastro-Clans, des zweitgrößten Clans der Rothauben, verdankte er seinem ausgeprägten Selbsterhaltungstrieb und seiner brutalen Skrupellosigkeit, mit der er sich bei den letzten Wahlen durchgesetzt hatte. Wie alle Clanführer trug der Desastro eine ärmellose Weste aus schwarzem Leder und eine lange Hose aus demselben Material. Für eine Rothaube war er relativ groß gewachsen und fiel durch die üppigen Tätowierungen auf, die seine muskulösen Arme vollständig bedeckten. Pulle war ein Halbblut. Dieser Umstand hätte ihn in jedem anderen Volk zu einem Ausgestoßenen gemacht – nicht so bei den Rothauben.

Der Dritte im Bunde war Säbel, der einäugige Führer des Fötido-Clans, der zahlenmäßig kleinsten Gruppierung der Rothauben. Wie gewohnt saß er am weitesten entfernt vom Tisch und beobachtete das Geschehen aus der Distanz. Dabei kratzte er sich immer wieder an der Wange, die mit einer grünen Distel, dem Zeichen des Clanführers, tätowiert war.

Den Zauberer hielt es nicht auf seinem Stuhl. Als

Hammer zu Ende telefoniert hatte, stand er abermals auf, ging zu dem kleinen Kohlenofen hinüber und wärmte seine zarten, blassen Hände an der Glut. Lubomir fror, obwohl seine schmächtige Figur in eine dicke Wolljacke gehüllt war.

»Der Großmagister hat einen Fehler gemacht«, sagte der Zauberer leise, beinahe im Flüsterton. »Er hätte auf den Rat der Nawen hören und das Amulett in die Zitadelle bringen lassen sollen.«

»Der Stolz«, kommentierte Säbel lispelnd.

Der Sprachfehler der Rothauben war bei den Fötidos am stärksten ausgeprägt. Statt Stolz sagte er Ftolpf.

»Ganz recht, mein einäugiger Freund«, pflichtete Lubomir bei. »Stolz und Argwohn. Die Herrscherhäuser trauen sich gegenseitig nicht über den Weg. Deshalb hat unser Vorhaben auch beste Aussichten auf Erfolg. Mit zwei Handstreichen werden wir den Begriff ›Herrscherhaus‹ aus dem Wortschatz der Verborgenen Stadt tilgen.«

Dem Zauberer wurde allmählich warm: Sein blasses Gesicht bekam ein wenig Farbe, seine Augen begannen zu leuchten und seine Stimme wurde fester. Begierig lauschten die Clanführer seinen Worten. Die Rothauben verstanden nichts von Magie und hatten niemals über eine eigene Quelle verfügt. Aus diesem Grund erschienen ihnen Lubomirs Äußerungen als Offenbarung einer unerschütterlichen Wahrheit.

»Psor!«, rief der Zauberer laut.

Eine kleine, zwischen den Regalen versteckte Tür öffnete sich und in den Raum wieselte ein kleiner Sklave herein, der mit einem einfachen beigen Hemd und langer Hose bekleidet war.

»Tee!«

Der Sklave neigte dienstfertig den kahlgeschorenen Kopf und entfernte sich. Der Zauberer bot seinen Gästen niemals Tee an. Es wäre auch völlig überflüssig gewesen. Pulle nützte die Gelegenheit, nahm einen tüchtigen Schluck aus seinem Flachmann und rülpste zufrieden. Die Rothauben soffen billigen Whiskey wie Wasser, doch der Zauberer ließ sie gewähren, denn ohne die Inspiration des Alkohols versagten ihre Gehirne vollständig den Dienst.

»Die Tschuden sind sorglos wie die Kinder«, setzte Lubomir fort. »Sie sind stolz und halten sich für stark. Es wäre übertrieben generös, wenn wir ihnen das Karthagische Amulett jetzt nicht abnehmen würden.«

Der Zauberer hielt für einen Augenblick inne, und die Rothauben grinsten hämisch.

»Und da sich die Magische Quelle immer noch in der Burg befindet, werden wir es nicht allzu schwer haben.«

»Aber jetzt sind sie doch gewarnt«, wandte der vergleichsweise umsichtige Säbel ein. »Sie werden auf der Hut sein.«

»Sie sind gewarnt, das schon«, gab Lubomir zu. »Aber du wirst doch nicht im Ernst glauben, dass die Tschuden diese Warnung besonders ernst nehmen? Der Orden ist eines der drei Herrscherhäuser! Sie bestimmen die Spielregeln in der Verborgenen Stadt. Wer seid ihr schon in ihren Augen? Ein Nichts! Abfall! Der lästige Gestank einer Müllhalde!«

»Wieso Gestank?«, entrüstete sich Hammer.

Die Odoros brüsteten sich stets damit, weniger streng zu riechen als die übrigen Rothauben. Doch selbst die Miasmen von Lubomirs Zaubertränken wurden von den Ausdünstungen ihres Führers übertüncht.

»Der Zauberer hat Recht, ich schwör's dir, ey«, mischte sich Pulle ein. »Die nehmen uns überhaupt nicht wahr. Für die sind wir nur ein paar räudige Hunde.«

»Damit kannst du nicht für uns alle sprechen!«, echauffierte sich Hammer. »Mein Clan stammt nämlich aus den Westlichen Wäldern.«

»Und von den Affen ab, die sich dort herumtrieben?«, ätzte Pulle.

Der Odoro sprang auf, und der Desastro tat es ihm gleich.

»Hinsetzen!«, kommandierte der Zauberer und hob die Hände. »Ihr führt euch auf wie kleine Kinder, und dann wundert ihr euch, wenn die ganze Verborgene Stadt über euch lacht.«

»Verzeih, Lubomir«, murmelte Hammer kleinlaut.

Pulle setzte sich schweigend wieder auf seinen Hocker und schmollte demonstrativ. Er war der Sohn einer Frau aus dem Geschlecht Schatyr und eines von vier Kämpfern des Desastro-Clans, die sich vor dreißig Jahren mit der Unglücklichen vergnügt hatten. Seine vier potenziellen Väter wurden auf Gesuch der rachsüchtigen Schatyren von den Nawen umgebracht, seine Mutter starb bei der Geburt und den kleinen Pulle überließ man den Rothauben. Am Dunklen Hof wurden Halbblute nicht geduldet, und der Führer der Desastros wusste nicht einmal, mit welcher Linie des Geschlechts Schatyr er überhaupt verwandt war. Doch dank seines durchtriebenen Charakters, den er vom Dunklen Hof geerbt hatte, und der gnadenlosen Härte, die er als Waisenkind erwarb, hatte es Pulle bis zum Clanchef gebracht und meldete nun fast unverhohlen Ansprüche auf den Imperatorposten an. Er hasste den Odoro.

»Nun, meine lieben Mitstreiter, nachdem alles nach Plan läuft, werden wir die Burg stürmen. Hammer, bist du bereit?«

Die Augen des Odoros begannen zu leuchten.

»Wir werden sie in Stücke reißen, Lubomir, das schwöre ich bei meinem Yatagan!«

»Gewiss, gewiss«, erwiderte Lubomir und kniff die Augen zusammen. »Die Aktion muss noch vor Vollmond über die Bühne gehen, denn dann ermöglicht mir die Sternenkonstellation, das Maximum an magischer Kraft zu entfalten. Und die brauchen wir für den Überfall auf den Dunklen Hof. Der Orden und der Grüne Hof müssen zu diesem Zeitpunkt bereits ausgeschaltet sein.«

»Dafür werde ich sorgen«, tönte Hammer mit geballter Faust. »Und dann werden alle sehen, dass es in den Reihen der Rothauben fähige Anführer gibt.«

Die Kollegen des Odoro-Bosses verzogen angewidert das Gesicht. Es missfiel ihnen außerordentlich, dass der verhasste Konkurrent drauf und dran war, seinen Einfluss zu mehren.

»Wieso ausgerechnet er?«, nörgelte Pulle. »Meine Kämpfer würden die Tschuden mit links plattmachen, ich schwör's dir, ey.«

»Junge, hier geht's doch nicht darum, eine Bierbude in die Luft zu sprengen«, lästerte Hammer. »Für diesen schwierigen Job braucht Lubomir eben die besten Leute.«

»Wir haben doch längst entschieden, dass die Odoros sich um die Tschuden kümmern werden«, intervenierte der Zauberer genervt; die ewigen Streitereien zwischen den Clanführern trieben ihn zum Wahnsinn. »Vergesst nicht, dass wir erst am Anfang des Weges stehen. Jeder Clan wird die Gelegenheit bekommen, sich auszuzeichnen.«

»Aber als Erste sind wir dran«, betonte Hammer.

Der Zauberer rümpfte die Nase. Der Gestank der Odoros machte selbst ihm zu schaffen, obwohl er an exotische Gerüche gewöhnt war.

Die kleine Seitentür öffnete sich, und Psor brachte auf einem Servierwagen den Tee. Nachdem der Sklave sich zurückgezogen hatte, nahm Lubomir wieder in seinem Lehnstuhl Platz, schlürfte an seinem heißen Getränk und setzte seine Überlegungen fort.

»Am Mittwoch, den Achtundzwanzigsten, haben wir Vollmond.«

»Dann greifen wir am Dienstag an«, schlug Säbel vor. »Oder noch besser am Mittwoch tagsüber.«

»Genial, da wäre ich nie draufgekommen«, stichelte Pulle.

Säbel konterte mit einem vernichtenden Blick aus seinem einzigen Auge und wandte sich empört ab.

»Untertags geht es nicht«, erklärte der Zauberer. »Da könnten uns die Humos in die Quere kommen.«

»Dann in der Nacht auf Mittwoch«, schlussfolgerte Hammer ungeduldig.

»Das geht auch nicht.« Lubomir stellte die halbleere Tasse beiseite und griff nach einem kurzen, hölzernen Stab, auf dem wahrhaftig grüne Lichtpunkte pulsierten. »Der Fürst des Dunklen Hofs hat ein gutes Gespür für nahendes Unheil. Ich bin sicher, dass Santiago seinem Gebieter raten wird, das Amulett zu stehlen, doch dazu werden sie sich erst im letzten Moment entschließen. Wir müssen ihnen zuvorkommen.«

»Es wäre kein Vergnügen, in der Burg den Nawen in die Arme zu laufen«, gab der Odoro zu.

»Das riecht nach einem Krieg zwischen den Herrscherhäusern«, orakelte Pulle, der bei diesem Gedanken sichtlich auflebte.

Während des letzten Konflikts hatten die Desastros gut verdient, da sie sich im rechten Moment auf die Seite des Ordens geschlagen hatten. Der einäugige Säbel dagegen seufzte: Er hatte beim Grünen Hof angeheuert, und seine Fötidos waren dem Massaker von Ismailowo nur mit knapper Not und schmerzlichen Verlusten entronnen.

»Einen Krieg wird es nicht geben«, versicherte der Zauberer den Clanführern. »Santiago ist ziemlich geschickt in solchen Dingen, er würde es nicht so weit kommen lassen.«

»Ähm, Lubomir«, meldete sich Hammer zu Wort und rieb sich besorgt die Stirn, »was ist, wenn die Nawen die Burg bewachen und ... äh ... verhindern, dass wir das Amulett klauen?«

»Sollten die Nawen dort anrücken, würde ich das schon lange im Voraus spüren«, erwiderte der kleine Magier selbstbewusst. »Keine Sorge, ich habe nicht vor, euch in einen aussichtslosen Kampf zu hetzen.«

»Sehr erfreulich.«

»Der Sturmangriff muss also in der Nacht von Montag auf Dienstag stattfinden.«

»Und dann werden uns die wütenden Tschuden zwei Tage lang suchen«, mutmaßte Säbel finster.

Lubomir grinste. Er schätzte den Weitblick des Einäugigen, der für eine Rothaube völlig untypisch war.

»Das werden sie zweifellos tun. Eure Kämpfer müssen sich eben in der Verborgenen Stadt verstreuen und gut verstecken. Dann sollen die Tschuden mal schön suchen. Die Zeit wird für uns arbeiten.«

»Das ist überhaupt kein Problem. Schließlich verstehen wir uns darauf, von der Bildfläche zu verschwinden.« Hammer sah Säbel verächtlich an und trat an den Tisch heran. »Ich habe hier einen Plan für den Angriff ausgearbeitet, seht selbst ...«

Er zog ein fettiges Stück Papier aus dem Gürtel und breitete es sorgfältig auf dem Tisch aus.

»Wir werden die Tschuden mit unserem Angriff überraschen. Jawohl! Der Überraschungseffekt ist das Wichtigste! Und dann legen wir sie alle um!«

»Alle?«, fragte der Zauberer skeptisch.

»Alle!«, bestätigte der Maximalist Hammer. »Die Garde, die Dienerschaft, alle bis auf den letzten Mann! Du wirst dich in der Zwischenzeit um ihre Magier kümmern. Danach werden wir in aller Ruhe die Beute einsammeln und abziehen. Es versteht sich, dass sich die übrigen Clans einstweilen meinem Befehl unterstellen müssen. Aber das sind dann schon Details.«

Pulle schnäuzte sich geräuschvoll in die Hand und wischte sie an seiner Lederhose ab.

»Wie ich sehe, hast du bereits konkrete Vorstellungen über den Ablauf der Aktion«, sagte Lubomir und warf einen abschätzigen Blick auf die Skizze. »Möchte sich jemand dazu äußern?«

»Ich«, meldete sich Pulle. »Meine Männer werden niemals nach der Pfeife dieses Muttersöhnchens tanzen, ich schwör's dir, ey.«

Für den Desastro war es ein Ärgernis, dass Lubomir ihnen verboten hatte, sich gegenseitig zu bekriegen.

»Für das Muttersöhnchen wirst du mir büßen, du Missgeburt!«, polterte Hammer und griff reflexartig nach seinem Waffengürtel, allerdings griff er ins Leere, denn in den Gemächern des Zauberers durften die Rothauben nur unbewaffnet erscheinen.

»Diesen Punkt klären wir später«, seufzte Lubomir. »Säbel, du wolltest auch etwas dazu sagen?«

»Ich befürchte, dass es uns auch mit vereinten Kräften nicht gelingen wird, alle Tschuden zu erledigen und die Burg vollständig unter Kontrolle zu bekommen.«

»Bravo«, rief der Zauberer und streckte sich. »Ein Frontalangriff auf das Herrscherhaus wäre zum Scheitern verurteilt, egal wie viele Kämpfer wir schicken. Die Magier des Ordens und ihre Ritter würden uns zermalmen. Das Ziel unseres Angriffs muss ihre Magische Quelle sein, kapiert, Hammer? Nicht Morden und Plündern, sondern die Eroberung des Karthagischen Amuletts. Über Trophäen können wir später nachdenken. Ohne ihre Magische Quelle sind die Tschuden in ein bis zwei Tagen völlig wehrlos. Dann können wir sie nochmals besuchen und uns nehmen, was immer uns gefällt.«

»Und sie alle umbringen«, ergänzte Hammer.

»Das kannst du halten, wie du willst.«

»Und der Dunkle Hof?«, wandte Säbel ein, der keinen Aspekt außer Acht ließ.

»Der kommt danach an die Reihe. Zuerst nehmen wir die Tschuden aus dem Spiel, indem wir ihnen das Amulett abnehmen, und dann greifen wir bei Vollmond die Zitadelle an!«

»Und das soll klappen?«, fragte Pulle skeptisch.

»Was hast du denn gedacht?«, fauchte ihn Lubomir an.

Der Desastro spürte, dass er sich zu weit aus dem Fenster gelehnt hatte. Der Blick der riesigen grünen Augen nagelte ihn förmlich fest auf seinem Hocker.

»Ähm, ich wollte nicht in Zweifel ziehen, dass ...«

»Wie schön.« Der Zauberer wandte sich wieder an den Odoro: »Was sieht dein Plan sonst noch vor?«

»Nun ja. Wenn wir nicht alle umbringen, müssen wir anders vorgehen.« Hammer runzelte die Stirn und fuhr mit dem Finger über die Skizze. »Wir stürmen die Burg, und während die Hauptstreitmacht die Tschuden in Schach hält, verschafft sich ein kleiner Trupp Zugang zur Schatzkammer. Dort gibt es drei Panzertüren, für jede müssen wir sechs Minuten veranschlagen, also insgesamt achtzehn Minuten. Solange werden sich meine Leute halten können.«

»Das hört sich schon viel besser an, mein Freund!«, lobte der Zauberer und lehnte sich über den Tisch. »Wenn man einmal davon absieht, dass sich das Amulett nicht in der Schatzkammer befindet …«

Nachdem er den Rothauben letzte Anweisungen gegeben und sie hinausbegleitet hatte, tigerte Lubomir eine Weile ziellos in seinem Kabinett auf und ab, dann blieb er in der Mitte des Raums stehen, wippte auf den Fersen und Zehenspitzen hin und her und pfiff ein Liedchen vor sich hin. Seine Augen waren halb geschlossen.

»Herr, kann ich das Geschirr abtragen?«, fragte Psor, der ängstlich in den Raum lugte.

»Ja«, antwortete Lubomir zerstreut. Er war so in Gedanken versunken, dass er durch den Sklaven hindurchschaute. »Sieht so aus, als hätte ich an alles gedacht.«

Psor war daran gewöhnt, dass sich sein Herr bisweilen sonderbar benahm. Er neigte kurz den Kopf und machte sich ans Aufräumen, während der Zauberer den Raum verließ.

Die zweite Hälfte seiner Residenz war völlig anders eingerichtet als das Kabinett, in dem er die Rothauben empfangen hatte. Der große, mit elektrischem Licht hell erleuchtete Raum war in einen Wintergarten umgestaltet worden. Im klaren Wasser eines flachen Beckens tummelte sich ein Schwarm Goldfische. In jedem freien Winkel waren Pflanzen aufgestellt. Sträucher mit rosa Blüten, von Lianen umrankte Palmen, ein Efeuteppich, der die Wände überdeckte, und nicht zuletzt das fröhliche Gezwitscher von Vögeln in hohen Käfigen vermittelten den Eindruck, als befände man sich in einem Garten unter freiem Himmel.

Lubomir schöpfte eine Handvoll Wasser aus dem Becken und trank gierig. Heute war ein wichtiger Tag. Er hatte alles geplant, nun blieb ihm nichts als zu warten.

Mit dem Handrücken wischte er sich den Mund ab und schrak zusammen: Auf der marmornen Einfassung des Wasserbeckens lag eine große, leuchtend gelbe Perlenkette.

»Schon wieder?« Der Zauberer biss sich die Lippen blutig. »Ich will nicht. Ich will nicht.«

Ihm wurde schwindlig, und seine Hände begannen fast unmerklich zu zittern. Er tat einen kleinen Schritt zur Seite, doch der leuchtend gelbe Fleck am Boden zog ihn magisch an. Das nach Blut dürstende Herz des Boten begann heftig zu pochen. Lubomir wusste, was nun geschehen würde, und er versuchte mit aller Kraft, diesen Moment hinauszuzögern. Von einem Krampf geschüttelt, krümmte er sich zusammen und stieß einen schmerzerfüllten Schrei aus.

Psor öffnete lautlos die Tür und konnte gerade noch sehen, wie Lubomir zu der schmalen Wendeltreppe taumelte, die nach unten führte.

In der geballten Faust hielt er die leuchtend gelbe Perlenkette.

Moskau, Autobahnring, Kilometer 69
Mittwoch, 21. Juli, 07:03 Uhr

Nachdem der schwarze Wolga der Sonderermittlungsgruppe auf dem Seitenstreifen angehalten hatte, zündete sich Major Kornilow, der wie üblich auf dem Rücksitz saß, in aller Ruhe eine Zigarette an und streckte sich. Als passionierter Langschläfer hasste er Einsätze am frühen Morgen und war auf dem Weg zum Tatort immer wieder eingenickt.

Palytsch, der Fahrer des Majors, stellte den Motor ab, lehnte sich zurück und entfaltete die gestrige Ausgabe des *Sport-Express*. Der junge Leutnant dagegen, der in einer sorgfältig gebügelten Uniform auf dem Beifahrersitz saß, rutschte nervös hin und her und wartete ungeduldig auf die Anweisungen seines neuen Chefs. Als er sich umblickte und Kornilows schläfrige Augen sah, wurde ihm klar, dass es damit noch etwas dauern würde, und er wagte es nicht nachzufragen.

Am gestrigen Nachmittag hatte man Kornilow den Leutnant zugeteilt, und der Major wusste noch nicht, was er von diesem Geschenk halten sollte. Einerseits konnte man nie genug Leute haben, andererseits war seine Ermittlungsgruppe mit den brisantesten Fällen befasst und hätte eher einen erfahrenen Mann gebraucht als einen Frischling von der Polizeiakademie.

Kornilow legte die Stirn in Falten. Während der letzten Besprechung bei General Schwedow hatte sich die Bezirksleitung kollektiv darüber beschwert, dass die besten Ermittler stets Kornilow zugeteilt wurden. Um die Gemüter zu beruhigen, wählte der Chef des Moskauer Polizeipräsidiums daraufhin den erstbesten Leutnant aus dem Nachwuchs aus und schickte ihn zu Kornilow. Und nun saß diese zweifelhafte Errungenschaft auf dem Beifahrersitz.

Die vor sich hinglimmende Zigarette des Majors verqualmte den Fahrgastraum. Kornilow inhalierte tief und betrachtete den akkurat ausrasierten Nacken des Leutnants.

»Waskin.«

Der Jüngling drehte sich ruckartig um.

»Jawohl, Herr Major.«

Nun, das war ja zu erwarten gewesen.

»Erstens: Lass dich nie wieder in Uniform blicken.«

»Jawohl, Herr Major«, blökte Waskin dienstfertig.

»Zweitens: Hier gibt's keinen Herrn Major, du bist hier nicht in der Armee.«

»Wie darf ich Sie denn anreden?«, fragte der Leutnant verlegen.

»Denk dir irgendwas aus, du warst doch nicht umsonst auf der Akademie.«

»Darf ich Sie mit Patron ansprechen?«

»Meinetwegen«, beschied Kornilow großmütig. »Palytsch!«

»Ja, Andrej Kirillowitsch«, erwiderte der Fahrer, ohne von seiner Zeitung aufzuschauen.

»Wenn wir hier fertig sind, fährst du den Studenten nach Hause, damit er sich umziehen kann.«

»Und Sie?«

»Ich fahre mit Schustow zurück.« Kornilow wies mit

einer Kopfbewegung auf den etwas weiter vorn geparkten, schwarzen 9er Lada seines Stellvertreters und öffnete die Seitentür. »Komm mit, Student, wir schauen mal, was hier los ist.«

»Jawohl, Patron«, murmelte der Leutnant schmallippig, als er aus dem Wolga stieg.

Die Anrede »Student« passte ihm überhaupt nicht, und er schwor sich, dass er beizeiten dagegen protestieren würde. Abgesehen davon hatte Waskin allen Grund zur Zufriedenheit, denn man musste schon ein ausgesprochener Glückspilz sein, um direkt von der Schulbank zu Kornilow zu gelangen, in die Sonderermittlungsgruppe des städtischen Polizeipräsidiums. Auf der Polizeiakademie – und nicht nur dort – galt Andrej Kornilow als lebende Legende. In Polizeikreisen war der Major landesweit bekannt. Kein ungelöster Fall in den vier Jahren, seit es die Sonderermittlungsgruppe gab, und die Goldene Dienstmarke, persönlich überreicht vom Präsidenten, sprachen für sich.

Das Bild, das sich Waskin im Vorfeld von dem charismatischen Helden der Moskauer Polizei gemacht hatte, hätte aus einem Kinofilm stammen können: wache Augen, alles durchdringender Blick, schmale, zusammengepresste Lippen, raue Kommandeursstimme, groß gewachsene, athletische Figur, natürlich ein Achselholster und darin – versteht sich – eine ... nein, keine Makarow, eher eine Browning High Power oder etwas in der Art.

Von der harten Realität indes wurde dieses idealisierte Bild geradezu pulverisiert. Das Erste, was Waskin zu sehen bekam, als er am gestrigen Tag das Büro der Ermittlungsgruppe betrat, war tatsächlich das Achselholster gewesen. Leer und völlig verstaubt hing es an einem Haken an der Tür. Kornilow selbst erwies sich als klein gewachsener, ausgesprochen schmächtiger Typ, der in einem zerknitterten, grauen Anzug steckte. Sein spärliches, farblich undefinierbares Haar war zerzaust, und der verschlafene Blick, mit dem er die Welt oder zumindest Waskin betrachtete, wirkte hochgradig gelangweilt. Nachdem er dem Leutnant eine unartikulierte Begrüßung zugeraunt hatte, verabschiedete er sich alsbald zu einer dienstlichen Besprechung und ließ seinen neuen Mitarbeiter mit der Empfehlung zurück, er möge sich ins Kollektiv einfügen. Das tat Waskin bis Dienstschluss, fuhr dann nach Hause, und wurde um sechs Uhr morgens von einem Telefonanruf aus dem Schlaf gerissen: Der Major gedachte, ihn zu einem Einsatz mitzunehmen.

Der Tatort war mit rotweißem Warnband abgesperrt. Davor parkten die Fahrzeuge der Einsatzkräfte: der Jeep der Polizeistreife, Kornilows Wolga, der Kleintransporter der Spurensicherung und Schustows Lada sowie der zuletzt eingetroffene städtische Leichenwagen. Jenseits der Absperrung, unterhalb der Straßenböschung, herrschte bereits reges Treiben, doch Kornilow hatte keine Lust, sich selbst hinunterzubemühen. Er trat ohne Eile seine Zigarettenkippe aus und ging, begleitet von dem in heller Aufregung befindlichen Waskin, zu den Streifenbeamten hinüber, die an ihrem blauweißen Jeep lehnten und phlegmatisch in die Morgensonne linsten.

»Habt ihr die Leiche gefunden?«, erkundigte sich Kornilow zerstreut, während er in sämtlichen Sakkotaschen nach seiner Sonnenbrille tastete.

»Jawohl!«, meldete der Sergeant vorschriftsmäßig und nahm hastig stramme Haltung an.

Der Major schüttelte mitleidig den Kopf. Seit er Sanja Puschkin nicht nur verhaftet, sondern wegen vorsätzlichen Mordes lebenslänglich hinter Gitter gebracht hatte, war seine Autorität bei der Polizei in beinahe religiöse Verehrung umgeschlagen.

»Bleiben Sie locker, Sergeant.« Endlich fand er die Sonnenbrille und schob sie sich auf die Nase. »Wann war das?«

»Um fünf Uhr vierunddreißig haben wir die Mitteilung erhalten, dass sich im Straßengraben ein verdächtiges Objekt befindet.« Die Aufforderung, locker zu bleiben, zeigte keinerlei Wirkung auf den Sergeanten. »Zehn Minuten später sind wir hier eingetroffen und haben Sie unverzüglich informiert.«

»Habt ihr die Leiche ausgewickelt?«

»Nein.«

»Woraus habt ihr dann geschlossen, dass hier der Vivisektor am Werk war?«

»Nun ja ...« Die Polizisten sahen sich verlegen an. »Das weiße Laken, Herr Major. Wir haben eine Dienstanweisung bekommen, dass bei Auffindung einer Leiche, die in ein weißes Laken gewickelt ist, unverzüglich die Sonderermittlungsgruppe zu verständigen sei.«

»Und dass wir nichts anfassen dürfen«, ergänzte der zweite Streifenbeamte.

»Verstehe.« Der Major sah zu den Häusern hinüber, die auf einer Anhöhe nicht weit vom Tatort standen. »Ist das Mitino?«

»Jawohl.«

Die grellen Strahlen der Morgensonne spiegelten sich in den unzähligen Fenstern der trostlosen Hochhaussiedlung.

»Der Autobahnring ist gut beleuchtet«, dachte Kornilow laut nach. »Von einem der Fenster dort hätte man ein Fahrzeug, das hier angehalten hat, durchaus sehen können.«

»Nachts?«, fragte Waskin erstaunt.

»Wunder geschehen immer wieder«, entgegnete der Major achselzuckend. »Du kannst dir sicher schon denken, was deine erste Aufgabe sein wird?«

»Allerdings«, seufzte der Leutnant.

»Du klapperst alle Wohnungen ab und fragst, ob jemand ein Fahrzeug gesehen hat, das heute Nacht hier gehalten hat. Morgen erwarte ich deinen Bericht.«

Nachdem er Waskin mit Arbeit eingedeckt hatte, ließ er ihn einfach stehen und wandte sich einem dicken Kollegen zu, der gerade die Böschung heraufkeuchte. Der Dicke trug ein verschwitztes, kariertes Hemd und weite Jeans.

»Guten Morgen, Sergej.«

»Guten Morgen, Andrej.« Der Kollege gab Kornilow die Hand und deutete auf den Leutnant, der wie ein begossener Pudel daneben stand. »Wen hast du denn da mitgebracht?«

»Unser neuer Mitarbeiter.«

»Kapitän Schustow, Sie können einfach Sergej zu mir sagen.«

»Waskin Wladislaw, oder einfach Wladik.«

Die zarte Hand des Leutnants verschwand in der riesigen Pranke des fülligen Kapitäns und wurde schmerzhaft zusammengequetscht.

»Freut mich, Sie kennenzulernen«, sagte Schustow und wandte sich dann an den Major. »Er war's schon wieder, Andrej. Wir haben das Laken geöffnet – es ist dasselbe wie immer: Die Schnitte wurden äußerst präzise und mit einer scharfen Klinge, vermutlich einem Skalpell, durchgeführt. Die Innereien hängen aus dem Bauchraum heraus.«

»Eine Frau?«

»Ja. Wie jedes Mal. Keine Papiere. Wir haben Fingerabdrücke genommen und werden sie mit der Datenbank abgleichen.«

»Gibt es Zeugen?«

»Fehlanzeige. Ein Mann, der hier angehalten hat, um zu pinkeln, hat die eingewickelte Leiche entdeckt und sofort die Polizei verständigt. Ich habe ihn heimgeschickt.«

»Das dritte Opfer, Sergej«, konstatierte Kornilow nachdenklich. »Und keine Spur vom Täter.«

»Ja. Scheint ziemlich gerissen zu sein, der Hund.«

Die beiden Polizisten gingen ein paar Schritte beiseite.

»Die ersten beiden waren Auswärtige«, sagte Schustow und kratzte sich am Nacken. »Wenn es bei der hier wieder so ist, dann hat das Methode.«

»Du meinst, er fängt sie wahllos an Bahnhöfen ab?«

Kornilow schüttelte den Kopf. »So finden wir ihn nie. Es muss irgendetwas geben, das die Opfer verbindet.«

»Allerdings«, pflichtete der Kapitän bei. »Sonst könnte es passieren, dass wir in dem Fall gegen die Wand fahren.«

»Bist du nervös?«, fragte der Major grinsend.

Es hatte niemanden überrascht, dass die Sonderermittlungsgruppe, die Angst und Schrecken unter den Moskauer Kriminellen verbreitete, auf den als Vivisektor bekannten Serienmörder angesetzt wurde. Schließlich hatte Kornilow noch hinter jeden Fall einen Haken gesetzt.

»Wenn es stimmt, was geredet wird, dann hat der eine oder andere schon auf den Vivisektor gewettet.«

Der lebensfrohe Dickwanst Schustow ging im Sekretariat des Präsidiums ein und aus und versorgte seinen Chef stets mit den neuesten und verlässlichsten Informationen aus der Gerüchteküche.

»Gib mir die Namen dieser Narren, wenn wir den Vivisektor verhaftet haben.«

»Mit Vergnügen«, erwiderte Sergej und wies mit einer Kopfbewegung zur Straße. »Wir bekommen Besuch.«

Von der Seite der Wolokolamskoje Chaussee her näherten sich einige bunt lackierte Kleintransporter dem Tatort.

»*Die Streife, Petrowka 38* und *NTW*«, mutmaßte der Kapitän aus der Entfernung. »Die Jungs vom Fernsehen sind wieder mal von der schnellen Truppe.«

»Verflucht«, schimpfte Kornilow und nahm die Sonnenbrille ab. »Wie sehe ich aus?«

»Wie ein Held.«

»Na, dann geht's ja.«

Der Major verstaute die Sonnenbrille in der Innentasche seines Sakkos und wartete geduldig auf die Reporter. Am Beginn seiner Karriere hatte er es stets abgelehnt, Interviews zu geben, da er Fernsehauftritte für albern und überflüssig hielt. Doch als er zum Leiter der Sonderermittlungsgruppe aufstieg, musste er diese Ansicht überdenken. In einer langen und ernsthaften Unterredung gab ihm General Schwedow zu verstehen, dass die Polizei gegenüber dem Steuerzahler Rede und Antwort zu stehen habe. So dauerte es nicht lange, bis Kornilow, der einen aufsehenerregenden Fall nach dem anderen löste, zum Lieblingshelden der Fernsehreporter wurde.

»Sergej«, rief der Major dem sich entfernenden Schustow nach. »Warte auf mich, wir fahren zusammen ins Präsidium.«

»Okay.«

Die Kameras richteten sich auf den Leiter der Sonderermittlungsgruppe.

»Herr Kornilow, handelt es sich um ein neues Opfer des Vivisektors?«

»Das ist nicht ausgeschlossen. Genaueres kann ich nach der Obduktion sagen.«

»Aber die Leiche war doch in ein weißes Laken gehüllt?«

»Das beweist überhaupt nichts.«

»Was gedenken Sie zu unternehmen?«

»Ich gedenke den zu erwischen, der das getan hat.«

»Herr Major, wir wissen, dass Sie ein Spezialist für Bandenkriminalität sind. Warum hat man Sie mit dem Fall dieses Einzeltäters betraut?«

»Ich bin Spezialist für jedwedes Gesindel, egal ob es sich dabei um organisierte Kriminelle oder einen einzelnen Verrückten handelt«, diktierte Kornilow selbstbewusst in die Mikrofone. »Die Sonderermittlungsgruppe befasst sich mit den wichtigsten Fällen.«

»Es heißt, der Nächste auf Ihrer Liste sei Chamberlain, stimmt das?«

Ganz Moskau hoffte darauf, dass der Major diesen Verbrecher fassen würde.

»Ich arbeite daran.«

»Wird Sie die Aufklärung des Vivisektor-Falles nicht davon ablenken, Chamberlain hinter Gitter zu bringen?«

»Glauben Sie mir, Chamberlain wird im Gefängnis landen, wenn er nicht vorher stirbt.«

»Gerüchten zufolge spielt Chamberlain mit dem Gedanken, Sie zu beseitigen.«

»Das soll er ruhig mal versuchen«, konterte der Major. »Ein Polizistenmord wäre keine gute Idee von ihm.«

»Ist das eine Gegendrohung?«

»Eine Drohung? Ich ermittle hier im Fall des Vivisektors, und wenn Sie keine weiteren Fragen haben, dann muss ich jetzt gehen.«

Kornilow ignorierte die Proteste der Reporter, schwang sich behände in Schustows Lada, der bereits mit laufendem Motor auf ihn wartete, und verließ den Tatort.

KAPITEL ZWEI

Vortragssaal des Polytechnischen Museums
Moskau, Staraja Ploschtschad
Mittwoch, 21. Juli, 20:12 Uhr

»Könntest du wenigstens das Schnarchen einstellen?!«, zischte Lusja und stieß Artjom den Ellbogen in die Rippen.

Der Ellbogenstoß geriet ziemlich vehement, und so wachte Artjom nicht nur auf, sondern wäre beinahe vom Stuhl gerutscht. Als er sich gefangen hatte, sah er Lusja vorwurfsvoll an (was das Mädchen nicht bemerkte), rückte seine Krawatte zurecht und sah sich um.

Ihm war langweilig. Seine Anwesenheit auf dem Vortrag verdankte Artjom ausschließlich Lusja, seiner neuen Freundin, die sich glühend für alles Unerforschte und Mysteriöse in der Welt interessierte. Mit Horoskopen aller Art – seien es abendländische, chinesische, japanische oder gar Blumenhoroskope – hatte sie bereits in der Kindheit sämtliche Aspekte des Lebens durchleuchtet. In der Folgezeit beschäftigte sie sich mit übersinnlicher Wahrnehmung, Volksheilern, Sehern, Wahrsagern und philippinischer Medizin. Dann kamen UFOs an die Reihe. Lusja bepflasterte ihre Wohnung mit Fotos, auf denen verschwommene, insektenartige Objekte am Himmel zu sehen waren, verschlang stapelweise Bücher über die Sichtung fliegender Untertassen, studierte die Anatomie von Außerirdischen und recherchierte akribisch deren mutmaßliche Landungen auf der Erde. Schließlich bekniete sie ihre Eltern, ihr eine Reise in eine amerikanische Provinz zu finanzieren, wo ihre Gesinnungsgenossen Gerüchten zufolge schon seit fünfzig Jahren unter Laborbedingungen um Kontakte zu den Fremdplanetariern rangen. Als ihre Erzeuger sich querstellten, brach Lusja zum Schein in Tränen aus und suchte sich alsbald ein neues Hobby: alte Zivilisationen. Staatsbibliothek, Internet, Zeitschriften – in allen verfügbaren Quellen fahndete Lusja fieberhaft nach Spuren der geheimnisumwitterten und selbstredend sagenhaft mächtigen Völker der Vergangenheit, und in regelmäßigen Abständen beglückte sie ihre Freunde mit den brisantesten Erkenntnissen.

Artjom gähnte mit vorgehaltener Hand und ließ den Blick schweifen. Im Saal waren kaum mehr als dreißig Zuhörer. Die Popularität des vortragenden Professors hatte ihren Zenit offenbar überschritten, und nur noch eingefleischte Anhänger kamen zu seinen Veranstaltungen. Die meisten von ihnen – wie die zerzauste alte Jungfer in der ersten Reihe – schrieben fieberhaft mit.

Artjom zog das Programmblatt aus der Tasche: »Recht auf Leben. Vortragsreihe. Referent: Lew Moisejewitsch Serebrjanz, Professor.« Über das Fachgebiet des Professors schwieg man sich aus. Das billige und schlecht gedruckte Programmblatt passte zu dem unordentlichen

Typ, der dort hinter dem Rednerpult stand: ungepflegte Halbglatze, schlichter, abgewetzter Anzug, dickrandige Brille und ein Hemd von zweifelhafter Frische. Doch der Enthusiasmus, mit dem Serebrjanz sprach, veranlasste Artjom, zuzuhören.

»Die Assuren ... Jahrtausendelang beherrschten sie diese Welt unangefochten und erbauten großartige Städte. In ihrem Reich erblühten die Künste, und die Magie wurde in den Rang einer Wissenschaft erhoben. Es gab kein Geheimnis im Weltall, das die Assuren nicht enträtselt hätten. Die Forschung stand im Mittelpunkt ihres Lebens. Wie kaum ein Volk danach haben die Assuren der Geschichte ihren Stempel aufgedrückt. Allenthalben trifft man auf ihre Spuren. Leider kann ich im Einführungsvortrag nicht auf Einzelheiten eingehen, doch im Laufe der folgenden Abende werden wir uns intensiv mit dieser ersten und geheimnisvollsten Zivilisation der Erde befassen.«

Der Professor hielt inne und nippte an seinem Wasserglas.

»Und was passierte dann?«, fragte die alte Jungfer begeistert.

»Mit wem?«

»Mit den Assuren.«

»Das, was geschehen musste«, erwiderte der Professor philosophisch. »Es tauchten neue, junge Völker auf, die den Assuren die Herrschaft streitig machten. Leben ist das Gegenteil von Stillstand. Leben bedeutet Bewegung, ungezähmte Naturgewalt, Neuerung, Veränderung – Leidenschaft, wenn Sie so wollen. Das Leben ist demjenigen gewogen, der voranstrebt und jeden Tag so begeht, als wäre es sein letzter.«

Nach diesen Worten trat eine melodramatische Pause ein. Lew Moisejewitsch Serebrjanz liebte es, pathetische Reden zu schwingen.

»Die Entwicklung der Assuren kam zum Stillstand«, setzte er fort. »Sie hörten auf, nach Fortschritt zu streben, und blickten immer häufiger auf ihre ruhmreiche Geschichte zurück: auf vergangene Siege, vergangene Errungenschaften und ihre vergangene Macht. Doch wer stehen bleibt, hat schon verloren. So ergeht es allen Völkern und allen Imperien. Auf der Erde erschienen die Nawen, ein junges, siegeshungriges Volk, und entfesselten eine ganze Serie von Kriegen. Die Assuren leisteten erbitterten Widerstand, doch ihre Zeit war vorbei. Ihre Festungen hielten dem Ansturm der Nawen nicht stand: Ihre Städte wurden zerstört, ihre Armeen vernichtet, Tempel und Bibliotheken niedergebrannt. Nach ihrem Sieg dachten die Nawen, sie hätten ihre Feinde vollständig ausgelöscht. Doch sie täuschten sich. Den verbliebenen Assuren gelang es, die Verborgene Stadt zu errichten und sich dorthin zu flüchten. Das Teuerste, was sie besaßen – ihr Wissen – nahmen sie mit.«

Ergriffen lauschten die Zuhörer dem Professor. Vor ihren Augen loderten die verheerenden Brände, die den Kulturschatz der assurischen Zivilisation dahinrafften, und in ihren Ohren erklang das Trompeten von Kriegsmammuts. Artjom schwebte eine etwas prosaischere Szenerie vor, etwa wie auf dem Gemälde *Der letzte Tag von Pompeji*.

Der Professor war nun in seinem Element.

»Nachdem sie die Macht an sich gerissen hatten, errichteten die Nawen ein Imperium und ihr Machtzentrum, den Dunklen Hof, und sie beherrschten die Erde über mehrere Jahrhunderte. Doch auch vor ihnen machte die Entwicklung nicht halt. Immer neue Völker ließen sich auf der Erde nieder, und schon bald teilte der Dunkle Hof das Schicksal der Assuren, und zwar nicht nur sinnbildlich, sondern ganz konkret: Die Nawen entdeckten den Zufluchtsort ihrer Vorgänger, die Verborgene Stadt, und fanden dort Unterschlupf. Ein neues Volk nahm ihren Platz ein, und dann wieder ein neues und so fort. All diese Zivilisationen erlebten einen Aufschwung, eine Blüte und einen Niedergang. Früher oder später fanden sie sich alle in der Verborgenen Stadt wieder. Schließlich traten wir Menschen auf den Plan. Unsere Vorfahren führten einen verbissenen Kampf um die Weltherrschaft und vernichteten die letzten Imperien nichtmenschlicher Völker.«

Die alte Jungfer seufzte ergriffen.

»Aber wir sind vom Thema abgekommen, meine Lieben«, bemerkte der Professor und gönnte sich abermals einen Schluck Wasser. »All dies wird bei den nächsten Vorträgen ausführlich zur Sprache kommen: das alte Griechenland, das alte Rom, Atlantis. Eben in jener Zeit errang die Menschheit den entscheidenden Sieg, dem sie ihre Vormachtstellung auf der Welt verdankt. Damals entfaltete sie ihre wahre Größe, und es wurden Heldentaten vollbracht, die uns heute als Mythen erscheinen.«

»War es denn ein endgültiger Sieg?«, erkundigte sich

ein dürrer Brillenträger, der neben der Eingangtür saß. Er war zu spät gekommen und hatte sich sofort darangemacht, jede Verlautbarung des Professors mitzustenografieren.

»Mitnichten! Wir hatten lediglich eine Atempause erreicht und konnten diese dazu nutzen, unsere Zivilisation zu begründen. Doch unsere Feinde gaben nicht auf. Schon im frühen Mittelalter unternahmen die nichtmenschlichen Völker den nächsten Versuch, ihre Machtpositionen zurückzuerobern. Der grassierende Analphabetismus und fortwährende Kriege hatten die Menschheit in eine Krise gestürzt, und unsere Feinde versuchten, sich dies zunutze zu machen. Die Wissenschaften wurden von Magie verdrängt und die Religion von Kulten, die gegen den Menschen gerichtet waren. Überall tauchten Hexen und Zauberer auf, die ganze Landstriche unter ihre Kontrolle brachten. Doch diese teuflischen Aktivitäten provozierten auch eine Gegenreaktion: die Heilige Inquisition. Dieser machtvollen Bewegung gelang es, wenn auch mit umstrittenen Methoden, den bedrohlichen Brandherd zu ersticken. Die nichtmenschlichen Völker mussten eine weitere Niederlage einstecken, die jedoch auch diesmal nicht endgültig war!

Im Verlauf der Vortragsreihe werde ich Ihnen Beweise dafür liefern, dass bis in unsere Gegenwart feindliche Aktivitäten im Gange sind. Die Nawen, Assuren und wie sie alle heißen, sind mitten unter uns! Sie warten nur auf einen günstigen Moment! Seien wir auf der Hut!!!«

Die Heilige Inquisition. Artjom blickte mitleidig auf

die Zuhörerschaft: Sie waren offenbar zu spät geboren worden.

»Faszinierend, oder?«, flüsterte Lusja.

»Und wie, Schatz!«, log Artjom mit großen Kulleraugen, um seine Freundin nicht zu kränken.

»Die Inquisition war aber der Meinung, dass ihre Feinde Ausgeburten des Teufels und erst nach den Menschen auf der Welt erschienen seien«, schaltete sich erneut der Brillenträger ein. »Das widerspricht Ihrer Theorie.«

Der Professor schenkte sich das restliche Wasser aus der Karaffe ein und schüttelte missbilligend den Kopf.

»Erstens: Die Inquisition verfolgte das konkrete Ziel, die Welt von böswilligen Subjekten zu säubern. Die Menschen in der Umgebung der Heiligen Väter waren ungebildet und nicht wenige von ihnen standen unter dem Einfluss feindlicher Kräfte. Deshalb griffen die Kirchenmänner zu fragwürdigen, aber eingängigen Theorien, um die Massen auf ihre Seite zu ziehen.

Zweitens: Als die Inquisitoren ihre Mission begannen, wussten sie nur sehr wenig über den Feind, den es zu bekämpfen galt. Die Bibliothek von Alexandria, die einen reichen Wissensschatz über die früheren Etappen unseres Existenzkampfes enthielt, war vernichtet worden. Dahinter steckten nichtmenschliche Völker, genauso wie hinter dem Verschwinden der Bibliothek Iwan des Schrecklichen und vieler anderer unschätzbarer Werke. Unter diesen schwierigen Umständen schuf die Kirche ein neues Feindbild, das den historischen Gegebenheiten am ehesten entsprach. Entscheidend war, dass man einen weiteren Sieg errang und die Menschheit einen neuen Aufschwung erlebte.«

»Einen weiteren, aber keinen endgültigen Sieg«, präzisierte der Brillenträger.

»So ist es, leider.«

»Was meinen Sie, ist es den alten Zivilisationen gelungen, ihr Wissen über diese Zeit der Katastrophen und Niederlagen hinweg zu retten?«

Artjom wandte sich augenblicklich nach der Quelle dieser angenehmen Frauenstimme um. Eine attraktive Schwarzhaarige mit hinreißend blauen Augen und einer entzückenden kleinen Nase hatte höflich die Hand gehoben. Sie trug ein knappes schwarzes Top, das ihre Schultern freiließ und sich verboten eng um ihre ...

Artjom schielte verstohlen zu Lusja hinüber.

»Wie bitte?«, fragte Serebrjanz.

»Es gibt eine Theorie, wonach es sich bei der Bibliothek Iwan des Schrecklichen um nichts anderes als um die Überreste der Reichsbibliothek der Assuren handelt.«

»Um diese Frage beantworten zu können, müsste man diese Bibliothek erst einmal finden«, entgegnete der Professor. »Selbstverständlich befasse ich mich auch damit, doch das Hauptaugenmerk meiner Forschungsarbeit konzentriert sich auf einen anderen Bereich.«

»Das ist wirklich sehr schade«, bedauerte die Schwarzhaarige enttäuscht.

»Aber wo versteckt sich denn diese Teufelsbrut?«, fragte die alte Jungfer, die es offenbar kaum erwarten konnte, den ersten Scheiterhaufen anzuzünden. »Wenn unser Sieg nicht endgültig war, dann bedeutet das doch, dass dieses nichtmenschliche Gesindel noch immer unter uns ist!«

Verschwundene Bibliotheken, Inquisitoren, Teufelsbrut – für Artjom war das schwer verdauliche Kost. Außerdem fand er alte Tanten mit der Mentalität von NKWD-Schergen nur schwer erträglich.

»Selbstverständlich befinden sie sich unter uns«, bestätigte Serebrjanz. »Auf der Grundlage der Erkenntnisse meiner Forschungsarbeit bin ich felsenfest davon überzeugt, dass die Verborgene Stadt existiert und dass sie Nachfahren aller Völker beherbergt, die jemals die Erde beherrschten.«

»Und warum verteilen sich diese Nachfahren nicht auf dem ganzen Planeten?«, fragte die alte Jungfer, die es nun ganz genau wissen wollte.

»Auf sich allein gestellt sind sie äußerst verwundbar. Indem sie sich in der Verborgenen Stadt zusammenschlossen, haben sie ihre Chancen zu überleben sicher vergrößert.«

»Und wo befindet sich diese Stadt?«

»Oder wenigstens ihre Ruinen«, ergänzte Lusja.

»Wieso Ruinen?«, entgegnete der Professor mit einem triumphierenden Grinsen. »Wir wissen, wo die Verborgene Stadt sich befindet.«

»Und wo?«

»Auf dem Territorium des heutigen Moskau!«

Das Publikum schwieg wie vom Donner gerührt. Alle Blicke richteten sich auf Serebrjanz. Es bedurfte schon einer gewissen Courage zu behaupten, dass sich eine muntere Schar mächtiger, nichtmenschlicher Wesen mitten in der russischen Hauptstadt herumtrieb.

Artjom nutzte die entstandene Pause, um zwei Dinge zu tun. Er gähnte gekünstelt und sah sich noch einmal nach der bezaubernden Schwarzhaarigen um. Doch zu seinem größten Bedauern musste er feststellen, dass diese sich bereits zum Ausgang bewegte. Die für die übrigen Zuhörer sensationelle, ja unerhörte Behauptung des Professors hatte die junge Frau offenbar nicht im Geringsten beeindruckt.

Jana klappte ihr Notizbuch zu. Dieser Serebrjanz wusste nichts. Sie stand auf und begab sich möglichst leise zum Ausgang. Dabei entging ihr nicht, dass der schmachtende Blick des gut aussehenden jungen Mannes, der das rothaarige Gerippe in der dritten Reihe begleitete, auf ihr lastete. Sie hatte sich längst daran gewöhnt, dass ihr die Männer hinterherschauten, doch sie war immer noch der Meinung, solche Art von Aufmerksamkeit müsse honoriert werden. Deshalb wandte sie sich, ehe sie den Raum verließ, noch einmal um und schenkte dem Unbekannten ein hauchfeines Lächeln, das dieser dankbar erwiderte.

Janas Gesicht verdüsterte sich allerdings, als sie in den Gang hinaustrat. Sie hatte nur Zeit verloren, nichts Neues erfahren und überhaupt allen Grund, unzufrieden mit sich zu sein. Anstatt realistische Aufträge anzunehmen und sich mit dem Spatz in der Hand zufriedenzugeben, machte sie wieder einmal Jagd nach der Taube auf dem Dach. Allerdings nach einer ziemlich fetten Taube.

Die Bibliothek der Assuren – oder, wie man sie auch nannte, die Bibliothek Iwan des Schrecklichen – war für die Bewohner der Verborgenen Stadt von unschätzbarem Wert. Doch bislang waren alle Bemühungen, sie aufzuspüren, ohne Erfolg geblieben. Der von den Herrscherhäusern ausgelobte Finderlohn war so astronomisch hoch, dass selbst chronisch arbeitsscheue Humos ihr Phlegma überwanden und sich auf die Suche machten. Im Verlauf der Jahrhunderte hatte man jeden Winkel der Stadt auf den Kopf gestellt, jedes halbwegs verdächtige Dokument auf Hinweise geprüft, den gesamten Untergrund durchkämmt und Zeugen befragt, doch man war nicht einmal auf eine Spur des verschwundenen Schatzes, geschweige denn auf die Assuren selbst gestoßen. Die Hoffnung, die Bibliothek doch noch zu finden, schwand mit jedem Jahrhundert und die Quellen, wo man nach Hinweisen suchte, wurden immer dürftiger. Dazu gehörte auch der Vortrag des Professors Serebrjanz. Wieder Fehlanzeige.

Jana warf dem heraneilenden Parkplatzwärter ein paar Münzen zu, schwang sich in ihren 8er Lada, kurbelte das Fenster herab, um ein wenig frische Abendluft in den aufgeheizten Innenraum zu lassen, und sah auf die Uhr. Sie war viel zu spät dran. In fünfzehn Minuten sollte sie am Treffpunkt sein, doch bis zum Stadtbezirk Sokol würde sie mindestens zwanzig Minuten brauchen, Staus nicht mit eingerechnet ... Die junge Frau drehte den Zündschlüssel um. Der Motor orgelte widerwillig, zischte und puffte ein wenig und erstarb. Auch ein zweiter Versuch, ihn zum Laufen zu bringen, scheiterte kläglich. Jana wurde allmählich böse. Die Welt schien sich gegen sie verschworen zu haben: Ihre Suche war prinzipiell sinnlos, der Vortrag ein Reinfall und ihr Auto eine alte Schrottkiste. Als junge Söldnerin hatte man es nicht leicht in der Verborgenen Stadt.

Jana nahm ihr Schminketui aus der Handtasche, drehte den Rückspiegel zu sich und begann ihr Make-up aufzufrischen.

Bis zum Beginn des Treffens blieben noch elf Minuten.

Nachdem sie die Lippen nachgezogen hatte, fuhr sie mit der Puderquaste noch kurz über die Wangen, verstaute das Schminketui wieder in der Handtasche, bog den Spiegel zurück und drehte abermals den Zündschlüssel um. Der Motor sprang an und der 8er Lada preschte mit quietschenden Reifen in Richtung Lubjanka davon.

Bis zum Beginn des Treffens blieben noch neun Minuten.

Restaurant Maxima Pizza
Moskau, Leningradski-Prospekt
Mittwoch, 21. Juli, 21.43 Uhr

»Ich habe den Eindruck, sie hält uns zum Narren«, nörgelte Lebed mit einem Blick auf die Uhr. »Sie sollte seit zehn Minuten hier sein.«

»Sie ist eine Frau, und Frauen kommen aus Prinzip zu spät«, entgegnete Cortes gelassen und trank einen kleinen Schluck Wein. »Entspann dich.«

»Die Rasende Berta ist auch eine Frau«, widersprach Lebed, »und war sechs Minuten zu früh da.«

»Deshalb heißt sie ja auch Rasende Berta«, konterte Cortes augenzwinkernd. »Jana dagegen ist eine ganz normale Frau. Wir warten.«

Lebed seufzte genervt und schenkte sich Orangensaft nach. Er trank keinen Alkohol.

»Sie scheint dir wohl jetzt schon zu gefallen, was?«, spöttelte er.

»Nach den Empfehlungen zu schließen ist sie ziemlich gut ausgebildet. Besser als Berta.«

»Dafür hat die Rasende Berta schon zweiundvierzig Aufträge erledigt.«

»Jana ist jung und erfolgshungrig. Ich bin sicher, dass wir ihre mangelnde Erfahrung kompensieren können.«

»Meinetwegen«, kapitulierte Lebed. »Schauen wir uns das Wunderding mal an.«

Der Treffpunkt war nicht zufällig gewählt und ließ kaum einen Zweifel daran, wer hinter dem Auftrag steckte.

Das kleine italienische Restaurant *Maxima Pizza* befand sich kaum hundert Schritte entfernt von der Metro-Station Sokol, mitten im Sektor des Dunklen Hofs. Jana wusste, dass die Nawen für ihre Operationen stets Söldner anwarben, doch bislang hatte sie noch nicht die Ehre gehabt, für sie zu arbeiten. Erst jetzt war man auf sie aufmerksam geworden.

Die junge Frau stieg aus ihrem Auto und warf einen flüchtigen Blick auf das massive Gebäude ganz in der Nähe, die Zitadelle, das Hauptquartier des Herrscherhauses Naw. Dann atmete sie einmal tief durch und betrat entschlossen das Restaurant.

»Guten Abend. Sie speisen allein?«, fragte ein mit grüner Kellnerweste und schwarzer Hose bekleideter junger Mann mit einem geschäftsmäßigen Lächeln. »Ich kann Ihnen einen Tisch am Fenster anbieten.«

»Ich werde erwartet. Von zwei Freunden.«

»Sie sind bereits hier«, nickte der junge Mann. »Wenn Sie mir bitte folgen wollen.«

Cortes und Lebed saßen an einem Tisch im hintersten Winkel des schummrig beleuchteten Gastraums.

»Möchten Sie etwas bestellen?«

»Noch nicht.« Die junge Frau nahm auf dem Stuhl Platz, den ihr der Kellner aufmerksam zurechtrückte. »Wir müssen zuerst etwas besprechen.«

Der junge Mann entfernte sich, und Jana musterte ihre Gesprächspartner.

»Guten Abend«, sagte sie.

»Wenn wir uns einig werden, musst du in Zukunft etwas pünktlicher sein«, mahnte Cortes.

»Wir sind uns aber noch nicht einig geworden«, erwiderte die junge Frau selbstbewusst und strich sich lässig eine Strähne aus dem Gesicht.

Ihr Gegenüber lächelte, und Jana gratulierte sich dazu, die richtige Taktik gewählt zu haben.

Rechter Hand von Cortes stand eine kleine schwarze Pyramide auf dem Tisch, auf der ein Eichhörnchen eingraviert war. Der uneingeweihte Beobachter hätte diesen Gegenstand für alles Mögliche halten können: für eine kitschige Dekoration oder sogar für ein originelles

Feuerzeug. In Wirklichkeit war die Pyramide ein Schutzartefakt, ein Talisman des Dunklen Hofs, die Nummer eins im Katalog »Hilfsmittel zur Absicherung von Verhandlungen«. Der gesamte umgebende Raum war dadurch gegen jegliche Art von Abhörmaßnahmen geschützt, seien sie technischer oder magischer Natur, und selbst an den Nachbartischen wurde das Gespräch der drei Söldner nur als belangloses Geschwätz wahrgenommen.

Als sie die Pyramide erblickte, konstatierte Jana mit Bedauern, dass sich ein hartnäckiges Gerücht über Cortes als falsch erwies: Er war kein Magier. Andernfalls hätte er den Tisch mit einem *Zelt der Stille* oder sogar einer *Hülle der Diskretion* belegt, anstelle Unsummen für ein Artefakt auszugeben.

»Befürchtest du, dass du dem Job nicht gewachsen bist?«, stichelte Lebed.

»Kommt ganz auf die Bedingungen an«, entgegnete die junge Frau und zog dabei theatralisch die Schultern hoch. »Soweit ich weiß, übernehmt ihr keine einfachen Aufträge.«

»So ist es, das ist zu langweilig«, bestätigte Cortes, lehnte sich zurück und trank einen kleinen Schluck Wein. »Außerdem verdient man nicht viel dabei.«

Der breitschultrige, kurzgeschorene Cortes galt als bester Söldner der Verborgenen Stadt. Nur wenige konnten es sich leisten, seine Dienste in Anspruch zu nehmen, und von den Angeboten potenzieller Auftraggeber pickte sich Cortes nur die besten heraus. Es war eine große Ehre, mit so einer Koryphäe zusammenzuarbeiten.

Jana wartete ab, bis Cortes ihr Weinglas gefüllt hatte, dann schnitt sie ein etwas heikles Thema an: »Jeder weiß, dass ihr ein eingespieltes Team seid, du und Lebed. Niemand in der Verborgenen Stadt hat je davon gehört, dass ihr euch externe Helfer ins Boot holt.«

»Beunruhigt dich das?«

»Es macht mich misstrauisch. Entweder ist die Sache selbst für euch eine Nummer zu groß oder ihr plant Verluste ein.«

»Wenn ich Kanonenfutter bräuchte, würde ich mir jemand anderen suchen. Es gibt mehr als genug zweitklassige Söldner in der Stadt«, entgegnete Cortes mit einem charmanten Lächeln.

Er musterte die junge Frau unverwandt: das sexy Top, die perfekte Figur, die glänzenden schwarzen Haare ... Und dann diese lebendigen blauen Augen, die keine Spur von Müdigkeit ausstrahlten! Ganz anders als die trüben Gucker der Rasenden Berta. Cortes fand Gefallen an Jana.

»Der Auftrag ist tatsächlich nicht ganz einfach«, sagte Lebed grinsend, »aber sehr lukrativ. So was hast du bestimmt noch nicht gemacht.«

»Was wäre meine Aufgabe?«, fragte die junge Frau, die ein wenig errötete, sich jedoch nicht aus dem Konzept bringen ließ.

»Wir brauchen jemanden, der uns Feuerschutz gibt. An einem guten Übersichtspunkt werden wir einen komfortablen Gefechtsstand einrichten. Dort wird dein Platz sein. Alles andere als gefährlich.«

»Warum dann ich? In der Stadt herrscht kein Mangel

an erstklassigen Scharfschützen. Ich habe gehört, dass Lester Wald die Garde verlassen hat und sich nebenbei etwas dazuverdient. Er ist einer der besten Hermelin-Ritter und ...«

»Lester ist leider völlig ungeeignet für diesen Job«, fiel ihr Cortes ins Wort. »Zum einen ist er ein Tschud, zum anderen können wir schwer abschätzen, wie sich die Ereignisse entwickeln werden, und hätten gerne eine Frau im Team. Für alle Fälle.«

»Dann ist die Auswahl in der Tat nicht besonders groß.« Janas Misstrauen zerstreute sich allmählich. »Mein Anteil?«

»Das Doppelte deines üblichen Honorars.«

»Willst du damit sagen, dass die Operation nur doppelt so gefährlich ist wie meine gewöhnlichen Aufträge?«, fragte die junge Frau und machte ein erstauntes Gesicht. »Da hatte ich aber eine höhere Meinung von euch.«

»Wie viel willst du?«

»Ein Drittel – mein gerechter Anteil.«

»Vielleicht sollten wir doch lieber die Rasende Berta nehmen?«, warf Lebed entrüstet ein.

»Vielleicht, ja«, pflichtete Cortes bei. »Wenn die junge Dame uns nicht schlüssig erklären kann, warum sie so hohe Forderungen stellt.«

Obwohl ihre beiden Gesprächspartner wie gleichberechtigt auftraten, war Jana völlig klar, wer von ihnen das Sagen hatte. Der Boss war Cortes. Seine souveräne Art zu sprechen und seine selbstsicheren, bedächtigen Gesten verrieten den Anführer in ihm.

»Für diesen Auftrag kannst du keinen Loser brauchen«, erwiderte Jana. »Wenn du jemand Billigen suchst, dann heuere Berta an, bitte schön. Fragt sich nur, ob du einem solchen Partner auch vertrauen kannst.«

»Und wieso sollte ich dir vertrauen?«

»Die Frage ist falsch gestellt. Was wollt ihr mit Berta? Heute weiß sie nicht, wie viel sie von euch verlangen soll, morgen kommt sie darüber ins Grübeln und übermorgen verkauft sie sich an eure Gegner. Wem vertraust du mehr: einem Profi, der genau weiß, was er will, und sich seine Jobs bewusst aussucht oder einem Tagelöhner, der sich auf jeden Knochen stürzt, den man ihm hinwirft? Wenn ihr einen Partner wollt, der hundertprozentig hinter euch steht, dann solltet ihr ihm auch den gleichen Anteil zubilligen.«

Für ein paar Sekunden schwiegen die sichtlich beeindruckten Söldner. Dann sah Cortes Lebed fragend an.

»Na, was sagst du?«

»Meinetwegen«, erwiderte Lebed knapp.

»Na also. Du hast uns überzeugt«, triumphierte Cortes. »Jetzt müssen wir es nur noch schaffen, dich zu überzeugen.«

»Entsprechen die Vertragsmodalitäten dem Üblichen?«

»Im Prinzip ja. Fünfzig Prozent Vorauszahlung, den Rest gibt's nach erfolgreicher Erledigung des Auftrags. Alle Kosten, die im Zusammenhang mit der Operation anfallen, trägt der Auftraggeber.«

»Wie hoch ist das Budget?«

»Unbegrenzt.«

»Unbegrenzt?«, staunte Jana.

»Absolut.«

»Und wer setzt so großes Vertrauen in dich?«

»Ich.« An ihren Tisch gesellte sich ein groß gewachsener, schwarzhaariger Mann in einem eleganten weißen Anzug. »Guten Abend, Freunde.«

Jana erwiderte den Gruß nur mit einem schüchternen Kopfnicken. Bisher hatte sie den Kommissar des Dunklen Hofs nur dreimal aus der Ferne gesehen und hätte nicht im Traum damit gerechnet, einen der mächtigsten Kriegsmagier der Verborgenen Stadt persönlich kennenzulernen.

»Das Team steht also, wenn ich das richtig mitbekommen habe?«, fragte der Naw Cortes.

»Ganz recht. Das Team sitzt vor Ihnen.«

»Ausgezeichnet«, lobte der Kommissar, und der durchdringende Blick seiner schwarzen Augen schwenkte auf Jana. »Wir kennen uns noch nicht. Ich bin Santiago.«

»Jana.«

»Freut mich sehr, Jana.« Die Augen des Kommissars blitzten. »Soweit ich weiß, wagen Sie sich zum ersten Mal an einen so schwierigen Auftrag?«

»Alles passiert irgendwann zum ersten Mal.«

»Selbstverständlich.«

Er gäbe eine gute Zielscheibe ab, dachte Jana plötzlich und war überrascht. Groß, langsame Bewegungen und dann noch so ein auffälliger Anzug. Im selben Moment fiel ihr ein, dass man einem Nawen mit kaltem Eisen nicht beikommen konnte. Egal, wo die Kugel einschlüge, das Resultat wäre immer dasselbe: Der Ärmste liegt ein Weilchen auf dem Boden und verliert dickes, pechschwarzes Blut, doch dann schließt sich die Wunde im Nu, der Naw steht auf, als wäre nichts gewesen und der unselige Schütze kann sein Testament machen. Die Kugel kann ruhig im Körper bleiben, kaltes Eisen verdaut ein Naw problemlos und wird höchstens noch stärker dabei. Mit Obsidian wäre es natürlich etwas anderes ...

»Ich denke, Sie haben eine gute Wahl getroffen«, sagte der Kommissar zu Cortes. »Sollen wir den Vertrag gleich unterzeichnen?«

»Ja.«

»Bestens. Der Vertrag ist abgeschlossen, und euer Leben ist das Pfand für seine Erfüllung.«

»Der Vertrag ist abgeschlossen, und unser Leben ist das Pfand für seine Erfüllung«, wiederholte Cortes.

Mit dieser alten Formel wurde der Vertrag besiegelt. Der Söldner überantwortete dem Auftraggeber sein Leben und musste im Falle des Scheiterns damit rechnen, es nicht wiederzubekommen.

»Auf Wiedersehen.«

Santiago erhob sich und entschwand. Von seinem Erscheinen kündeten nur noch drei schwarze Plastikkärtchen, die er auf dem Tisch zurückgelassen hatte.

»Tja ...« Jana nahm eines der Kärtchen und drehte es zerstreut hin und her. Sie konnte es kaum fassen, eine Kreditkarte des Dunklen Hofs in Händen zu halten, noch dazu eine mit unbegrenztem Budget. »Kann ich sie mitnehmen?«

»Natürlich«, erwiderte Cortes, zog seinen Geldbeutel

heraus und verstaute sein Kärtchen darin. »Wie wäre es, wenn wir nun zu Abend essen würden? Die Meeresfrüchte-Pizza ist hier vom Feinsten.«

»Gern.« Die junge Frau war jetzt bester Laune. »Aber sag mir vorher noch, was wir überhaupt machen müssen.«

»Nichts Übernatürliches«, antwortete Cortes. »Vor dem nächsten Vollmond werden die Rothauben die Burg stürmen. Sie haben geplant, das Karthagische Amulett aus der Festung der Tschuden zu rauben. Unsere Aufgabe wird darin bestehen, die Beute abzufangen und dem Fürsten des Dunklen Hofs zu bringen.« Als er Janas verblüfftes Gesicht sah, setzte der Söldner ein breites Grinsen auf. »Also alles ganz einfach, wie du siehst.«

Moskau, Gartenring
Mittwoch, 21. Juli, 21.43 Uhr

»Du bist wirklich ein Ekel!«, schimpfte Lusja.

Sie hatte sich immer noch demonstrativ abgewandt und sah aus dem Seitenfenster.

»Kann es sein, dass du mich mit jemandem verwechselst?«, erkundigte sich Artjom und fuhr etwas langsamer.

Er hatte keine Ahnung, warum das Mädchen böse auf ihn war und seit dem Ende des Vortrags kein Wort mehr mit ihm geredet hatte.

»Glaubst du, ich hätte nicht bemerkt, wie du die

schwarzhaarige Tussi angeglotzt hast? Du hättest dir bald den Hals ausgerenkt!«

Wie hatte sie das nur wieder mitbekommen?

»Lusja, ich habe mich lediglich ein bisschen locker gemacht, nachdem ich aufgewacht war, und deshalb den Hals gedreht.«

»Weiberheld!«

Artjom wusste, dass er aufgeflogen war. Der Abend, der mit dem idiotischen Vortrag ohnehin schon zur Hälfte verschwendet war, drohte mit einem handfesten Krach, wenn nicht sogar mit einer einsamen Nacht in seiner Junggesellenwohnung zu enden.

»Das ist doch einfach lächerlich, Lusja. Als ob ich nichts Besseres zu tun hätte, als irgendwelche Weiber anzuschmachten.«

»Ich hätte dich nicht mitnehmen sollen.«

»Wieso? Am Ende fand ich den Vortrag sogar richtig interessant!« Artjom nutzte die Chance, das Thema zu wechseln, und die Begeisterung in seiner Stimme war nicht einmal schlecht gespielt.

»Hast du überhaupt kapiert, worum es ging?«

»Natürlich! Ich habe nur nicht verstanden, wie sich diese sogenannte Geheimnisvolle Stadt auf dem Territorium Moskaus befinden kann.«

»Die Verborgene Stadt«, verbesserte Lusja.

»Meinetwegen die Verborgene Stadt. Aber wo sind ihre Häuser und Bewohner? Außerdem ist Moskau erst achthundertfünfzig Jahre alt, und wenn ich es recht verstanden habe, war von Jahrtausenden die Rede.«

»Die Entstehungsgeschichte Moskaus ist nur lückenhaft erforscht. Wer hat die Stadt gegründet? Warum ausgerechnet hier? Es ist durchaus denkbar, dass die Bewohner der Verborgenen Stadt um sich herum eine gewöhnliche Menschenstadt errichtet haben. Um sich zu tarnen.«

»Und dabei blieben sie völlig unbemerkt?«

»Warum hätte man sie bemerken sollen?«

»Weil sie anders sind! Sie unterscheiden sich doch sicher von uns.«

»Natürlich sind sie anders als wir.«

»Siehst du!«

»Woher weißt du, dass dein Nachbar nicht zwei Herzen hat? Und seine Kinder auch? Und alle seine Verwandten?«

»Ein Arzt würde das feststellen. Ein Pathologe zum Beispiel.«

»Und wenn sie ihre eigenen Ärzte haben?«

»Bei einem Verkehrsunfall kannst du dir den Arzt nicht aussuchen.«

»Dann gibt es eben ein oder zwei Zeugen in hundert Jahren. Die kann man bestechen oder für verrückt erklären. Oder töten.«

»Also gut.« Artjom schwieg für einige Sekunden. »Diese Völker sind also sehr alt?«

»Gewiss«, pflichtete Lusja bei.

»Und mächtig?«

»Natürlich.«

»Und sicher auch nicht gerade arm?«

»Wohl kaum.«

»Warum sind sie dann nicht die Herrscher der Welt?«

Messerscharfe Logik. Artjom war stolz auf sich.

»Wie kommst du denn darauf?«, fragte Lusja spöttisch.

»Wieso nicht?«

»Du weißt doch nicht, wie viele Herzen dein Chef hat. Oder der Präsident.«

Das wusste Artjom in der Tat nicht.

»Irgendwann werden wir ihnen auf die Spur kommen und sie alle entlarven«, orakelte Lusja.

»Und wie hat Serebrjanz von der Verborgenen Stadt erfahren?«

»Vielleicht ist er ja ein zufälliger Zeuge, der sich nicht kaufen ließ. Außerdem kann es gar nicht sein, dass diese nichtmenschlichen Völker in so langer Zeit keine Spuren hinterlassen haben. Mal eine unvorsichtige Bemerkung hier oder ein auffälliges Benehmen dort, und schon gibt es Gerüchte und Tratsch. In der Geschichte gibt es zahlreiche Hinweise, man muss die alten Chroniken nur aufmerksam lesen. Professor Serebrjanz hat sich intensiv damit auseinandergesetzt. Und das Thema ist so aufregend! Stell dir vor, sie sind mitten unter uns! Nicht irgendwo in der Vergangenheit, sondern hier und jetzt! Einfach fantastisch!«

»Aber Serebrjanz hat keine handfesten Beweise. Nur mysteriöse Fakten.«

»Bis jetzt, ja«, gab das Mädchen zu. »Warum hältst du an?«

»Ich kaufe etwas zu trinken.« Artjom parkte seinen Golf am Straßenrand bei einem kleinen Laden. »Möchtest du auch etwas?«

»Ein Eis. Zitrone, wenn's geht.«

»Vielleicht eine Pizza zum Abendessen?«

»Ich habe schon was zu Hause für dich«, seufzte Lusja und schaltete das Autoradio ein. »Beeil dich.«

Trotz der vorgerückten Stunde war der Laden gerammelt voll. An der Verkaufstheke lärmte eine Gruppe von Studenten, die sich mit Bier eindeckte. Als Artjom eintrat, füllten sie bereits den zweiten Rucksack mit den Flaschen. Daneben stand eine hübsche junge Mutter, die ihrer kleinen Tochter klarzumachen versuchte, wie schädlich doch zu viele Süßigkeiten seien. Doch das entzückende, blonde Geschöpf, das bereits an einem Stück Schokolade mampfte, reckte unverdrossen die Patschhändchen nach den Karamellbonbons im Regal. Der Letzte in der Schlange war ein grimmiger, kurzbeiniger Biker, der Stiefel, schwarze Lederhose und eine über der Brust offene Weste trug und dessen Schädel mit einem leuchtend roten Bandana umwickelt war.

Wer von denen hat nun zwei Herzen?, fragte sich Artjom und musste innerlich schmunzeln.

Durch die Schaufensterscheibe sah er, dass Lusja sich in Professor Serebrjanz' Broschüre vertieft hatte. Eigentlich keine schlechte Sache, ein Hobby zu haben. Artjom gähnte und betrachtete den kleinwüchsigen Biker, der direkt vor ihm stand. Der hatte auch ein Hobby: Hals, Schultern und Arme waren vollständig tätowiert. Von dem bunten Gewirr aus Fabeltieren, Mustern und seltsamen Schriftzeichen konnte es einem vor den Augen flimmern.

Der Zwerg bemerkte, dass er beäugt wurde. Eine Zeit

lang trippelte er nervös von einem Bein auf das andere, dann drehte er sich unvermittelt um und fixierte Artjom mit seinen kleinen, dicht beieinanderliegenden Augen.

»Hast du ein Problem mit Tattoos, Humo?«, knurrte er mit einem leichten Sprachfehler; seine »s« waren ein wenig gelispelt.

»Sind ganz interessant«, erwiderte Artjom achselzuckend. »Hast du sie selbst gemacht?«

»Glotz nicht so, Humo, wir sind hier nicht im Zoo.«

Der Unterkiefer des Bikers schob sich bedrohlich nach vorn, und seine Physiognomie gewann eine frappierende Ähnlichkeit mit einer englischen Bulldogge.

Artjom hasste Hunde.

Aus dem Augenwinkel bemerkte er, dass die Studenten bereits gegangen waren und auch die junge Mama mit ihrem quengelnden Sprössling hektisch das Weite suchte.

»Genierst du dich? Dann solltest du eine Burka tragen«, spottete Artjom.

Die Bulldogge rückte ihm nun auf die Pelle, obwohl Artjom um einen Kopf größer und eineinhalbmal so breit in den Schultern war. Die Verkäuferin an der Kasse wurde sichtlich nervös. Die Hände des Bikers ballten sich langsam zur Faust.

»Du hast eine ziemlich große Klappe, Humo.«

»Vitja«, rief die Verkäuferin mit verzagter Stimme. »Komm bitte mal.«

Vitja erwies sich als wahrer Koloss. In einer schmutzigen kurzen Hose und zerrissenen Sandalen schlappte er aus einem Hinterzimmer in den Ladenraum herein.

Dabei kratzte er sich mit seiner behaarten Pranke die Wampe.

»Wenn ihr euch prügeln wollt, dann draußen«, empfahl er knapp.

Der Biker dachte kurz nach, spuckte auf den Boden und beschloss, keinen Ärger mit Vitja zu riskieren.

»Schon gut, Humo, belassen wir's dabei«, brummte er, wandte sich an die Verkäuferin und zeigte mit dem Finger auf eine Flasche billigen Whiskey. »Von dem da zwei Flaschen. Das Wechselgeld kannst du behalten.«

»Sie hätten ihn nicht reizen sollen«, tadelte die Verkäuferin Artjom, nachdem der Biker den Laden verlassen hatte. »So was kann ins Auge gehen.«

»Allerdings«, pflichtete Vitja ihr bei. »Die Typen mit den roten Kopftüchern sind völlig unberechenbar.«

»Ach, mit dem wäre ich schon fertiggeworden.« Artjom legte das Geld auf den Ladentisch. »Eine Flasche Cola und ein Zitroneneis, bitte.«

Südliches Fort, Hauptquartier der Rothauben
Moskau, Butowo
Mittwoch, 21. Juli, 22:16 Uhr

»Das werden zwei knallharte Tage für unseren Clan.«

Säbel blickte finster in die Runde und rieb sich die tätowierte Wange. An seinem Tisch hatten sich die Uibujen, die Truppführer seines Clans versammelt.

»Die Tschuden – und wahrscheinlich auch die Nawen – werden nach dem Überfall die ganze Stadt nach uns absuchen und jeden töten, den sie in die Finger bekommen. Eure Aufgabe: Sorgt dafür, dass möglichst viele Kämpfer überleben. Wir sind nicht die Odoros und können uns keine unnötigen Verluste leisten.«

»Geht klar, Chef«, sprach einer der Truppführer für alle. »Wir werden uns gut verstecken.«

»Verstecken reicht nicht. Jegliche Fortbewegung in der Stadt ist einzustellen. Legt Wasser- und Lebensmittelvorräte an. Lasst euch auf keinerlei Kämpfe ein und wartet meine Instruktionen ab. Niemand, nicht einmal ich, darf wissen, wo der eine oder andere Trupp sich aufhält. Und ihr werdet nicht wissen, wo ich mich aufhalte. Wenn es nötig ist, werde ich mich selbst melden. Ist das klar?«

»Ja, Boss.«

»Gut. Dann verschwindet jetzt.«

Die Uibujen erhoben sich und rumpelten ungeordnet in den Gang hinaus.

Nachdem der Letzte von ihnen die Tür hinter sich zugemacht hatte, erhob sich Säbel von seinem mit Bärenfell bezogenen Stuhl, trottete zum Fenster und sah in den Hof hinunter. Er war äußerst besorgt.

Das Abenteuer, in das der Zauberer die Rothauben hineinzog, hatte ihm von Anfang an nicht gefallen. Der vorsichtige Fötido scheute eine offene Auseinandersetzung mit den mächtigsten Völkern der Verborgenen Stadt und hatte versucht, seine Stammesgenossen von dem Unternehmen abzubringen. Doch die Aussicht auf ein eigenes Herrscherhaus ließ die Odoros und die Desastros alle Bedenken über Bord werfen. Angestachelt von Lubomir hatten sie Säbel unter Druck gesetzt, und der Führer des Fötido-Clans hätte sich sein eigenes Grab geschaufelt, wenn er sich geweigert hätte, mitzumachen. Uibujen, die auf den Posten des Clanführers spechteten, gab es stets mehr als genug. Der Einäugige seufzte und rieb sich abermals die tätowierte Wange. Es lagen unsichere Zeiten vor ihm.

Im kleinen Hof des Südlichen Forts herrschte reges Treiben. Die Odoros waren mit den Vorbereitungen auf die Erstürmung der Burg beschäftigt. Säbel war in die Einzelheiten des Angriffsplans nicht eingeweiht, doch der Aufwand, den Hammers Leute betrieben, beeindruckte. Drei Jeeps, sechs Kleintransporter und mehrere Motorräder standen für die Aktion bereit. Angetrieben von Uibujen verluden die Kämpfer die letzten Kisten mit Munition in die Fahrzeuge. Direkt am Tor stand Hammers Kommandeursfahrzeug, eine Gazelle, auf deren Dach Parabolantennen glitzerten. Diesen mit Elektronik vollgestopften Kleintransporter hatten die Odoros vor einer Woche auf einem Truppenübungsplatz geklaut. Bei dem bevorstehenden Kampf sollte er als mobiles Kommandozentrum dienen und war Hammers ganzer Stolz. Der junge Führer der Odoros stand gerade auf dem Dach der Gazelle und dirigierte seine Kämpfer. Er strahlte übers ganze Gesicht. Die Euphorie des verhassten Konkurrenten war für Säbel nur schwer zu ertragen.

»Arschgeige«, knurrte er verbittert.

Die Tür quietschte. Der Fötido-Boss fuhr herum und griff reflexartig nach seinem Yatagan.

»Können wir mal reden?« Pulle trat vorsichtig auf die Schwelle.

»Komm rein«, nickte der Einäugige.

Der Desastro schloss sorgfältig die Tür, begab sich zum Tisch und ließ sich auf einem klobigen Hocker nieder. Säbel nahm die Hand nicht vom Yatagan und setzte sich ihm gegenüber. Einige Sekunden lang durchbohrten sich die Clanführer gegenseitig mit Blicken.

»Trinken wir was?«, brach Pulle das Schweigen. »Wir müssen schließlich was besprechen.«

Der Vorschlag kam dem Einäugigen nicht ungelegen, verspürte er doch selbst eine beunruhigende Trockenheit in der Kehle. Ohne den Desastro aus den Augen zu lassen, stellte er eine angebrochene Flasche Johnnie Walker und zwei schmutzige Gläser auf den Tisch.

Gierig griff Pulle nach dem vollgeschenkten Glas und leerte es in einem Zug.

»Woah!«, schnaubte er zufrieden und fügte hinzu: »Auf dein Wohl.«

Säbel erwiderte nichts und trank ebenfalls.

Der Desastro, dessen Laune sich schlagartig gehoben hatte, trommelte mit den Fingern auf dem Tisch: »Der Odoro freut sich wie Bolle, ich schwör's dir, ey. Das letzte Mal habe ich ihn so vergnügt gesehen, als sein Papachen den Löffel abgab.«

»Warten wir mal ab, ob Hammer nach der Aktion immer noch guter Laune ist.«

»Was willst du damit sagen?«

»Der Überfall auf die Burg ist ein Himmelfahrtskommando«, erläuterte Säbel und setzte ein spöttisches

Grinsen auf. »Du hast dir nicht gerade ein Bein ausgerissen, um Hammer diesen Job abzujagen, stimmt's?«

»Stimmt«, nickte Pulle.

»Natürlich. Denn du weißt so gut wie ich: Selbst wenn es dem Odoro gelingt, das Amulett zu rauben, wird sein Clan hinterher empfindlich dezimiert sein. Die Ritter werden ihre Magische Quelle verbissen verteidigen.«

Der Desastro schnäuzte sich in die Hand und wischte sie an seiner Lederhose ab.

»Ich habe schon immer gesagt, dass du der Klügste von uns Dreien bist, ich schwör's dir, ey. Ich wollte erst einmal abwarten, das hast du richtig bemerkt. Soll Hammer sich ruhig eine blutige Nase holen und einen Haufen Kämpfer verlieren, habe ich mir gedacht, und dann werden wir schon sehen, wer dem Zauberer das Amulett bringt und wer den größeren Clan hat.«

»Hammer ist aber kein Dummkopf.«

»Ganz meine Meinung! Aber warum drängt er sich dann vor, wenn er weiß, worauf er sich einlässt? Ist doch seltsam, oder?«, räsonierte Pulle. »Aber heute ist mir ein Licht aufgegangen. Er hat bestimmt einen Deal mit Lubomir abgeschlossen: Als Gegenleistung für das Amulett bekommt er unsere Köpfe und vereint die drei Clans dann unter seiner Herrschaft.«

»Ich kann mir nicht vorstellen, dass Lubomir unmittelbar vor einem großen Krieg solche internen Fehden anzettelt«, gab Säbel zu bedenken.

»Würdest du darauf deinen Kopf verwetten? Ich nicht. Lubomir interessiert sich einen feuchten Kehricht für unsere Probleme, ich schwör's dir, ey. Nach dem Überfall kann sich Hammer bei den Herrscherhäusern nicht mehr blickenlassen, denn Emporkömmlinge sind bei denen nicht eben beliebt. Sie würden ihn kurzerhand aufhängen. Lubomir wäre fein raus: Anstelle von drei Clanführern hätte er dann nur noch einen, dem gar nichts anderes übrigbleibt, als loyal zu sein.«

Säbel dachte nach. Die Befürchtungen des Desastros waren durchaus nachvollziehbar.

»Und was schlägst du vor?«

»Hammer darf mit dem Amulett niemals bei Lubomir ankommen. Wir müssen ihn unterwegs abfangen.«

»Lubomir wird uns einen Kopf kürzer machen, wenn wir das tun.«

»Hast du die Hosen voll?«, fragte Pulle verächtlich. »So seid ihr alle, ihr Fötidos, große Klappe und nichts dahinter, ich schwör's dir, ey.«

»Ich und die Hosen voll? Bei dir piept's wohl!«, entrüstete sich Säbel und hielt Pulle seine rechte Hand unter die Nase, an deren Ringfinger ein protziger Smaragdring steckte. »Siehst du diesen Ring? Siehst du ihn? Nachdem die Drushina von Baron Stanislaw, die von meinen Fötidos unterstützt wurde, den sechsten Angriff der Garde des Großmagisters hintereinander abgewehrt hatte, nahm der Baron mich mitten auf dem Schlachtfeld, zwischen Leichen und Pulverdampf, in den Arm, zog sich den Ring ab und sagte: Da, nimm ihn, du hast es verdient, die beste Drushina des Herrscherhauses Lud zu befehligen!« Säbel wischte sich den Schweiß von der Stirn. »In dieser Schlacht habe ich mein Auge verloren.«

Nur diese letzte Behauptung des Fötidos entsprach der Wahrheit. Im Übrigen hatten sich die Ereignisse ein wenig anders zugetragen: Als die Gardisten des Großmagisters die demoralisierte Drushina des Barons in Richtung Sokolniki jagten, gelang es den Fötidos, zum Fluss Jausa zu entkommen. Dort fand Säbel auch den sterbenden Baron Stanislaw, nahm ihm sämtliche Wertsachen ab, überließ ihn seinem Schicksal und machte sich davon. Den Großteil der Beute hatte der Einäugige verhökert, den Ring als Andenken behalten.

»Deine Märchen öden mich an«, versetzte Pulle genervt, denn er hörte die Geschichte bereits zum vierten Mal. »Machst du mit oder nicht?«

Säbel konnte verstehen, dass Pulle sich scheute, allein zu handeln. Eine solche Eskapade würde Lubomir niemals dulden. Wenn sich jedoch die beiden anderen Clans gegen die Odoros stellten, blieb dem Zauberer kaum etwas anderes übrig, als sich damit abzufinden. Der Fötido musste nicht lange überlegen.

»Gut. Und wie stellen wir es an?«

»Es gibt nur wenige Wege, auf denen Hammer von der Burg abziehen kann«, flüsterte Pulle nun verschwörerisch. »Dort legen wir uns auf die Lauer. Wer welchen Weg kontrolliert, würfeln wir aus. Einer von uns wird der Glückliche sein und dem Zauberer das Amulett bringen.«

»Einverstanden«, erwiderte Säbel und kratzte sich an der Wange. »Aber eines sage ich dir, Desastro: Wenn ich einen von deinen Kämpfern in der Nähe meines Hinterhalts erwische, schieße ich ohne Vorwarnung.«

»Schon gut, tu das.«

Pulle hatte erreicht, was er wollte. Ohne zu fragen, schenkte er den restlichen Whiskey ein und erhob das Glas.

»Auf unser tolles Bündnis!«

KAPITEL DREI

»… Gestern wurde in der Manege die neue Ausstellung des populären Malers und Bildhauers Alir Cannabis eröffnet. Zur Vernissage fanden sich schillernde Persönlichkeiten ein …«

PROFIL

»… Wie aus inoffiziellen Quellen verlautete, wurde vor wenigen Tagen auf einem Truppenübungsplatz in Kubinka ein Transporter vom Typ Gazelle gestohlen. Das Fahrzeug verfügt über ein neuartiges Kommunikationssystem, das im Auftrag des Verteidigungsministeriums speziell für Straßenkämpfe entwickelt wurde. Vertreter des FSB haben den Diebstahl weder bestätigt noch dementiert, sie betonten indes, dass die bedeutendsten Geheimdienstorganisationen weltweit ihr Interesse an dem System bekundet hätten …«

MOSKOWSKI KOMSOMOLEZ

»… Nach längerer Abwesenheit ist der bekannte Söldner Cortes wieder in der Stadt aufgetaucht. Gestern wurde er im Club Eidechse in der Gesellschaft einer ganzen Gruppe einflussreicher Schatyren aus der Familie der Turtschi gesehen …«

T-GRAD-COM

Büro der Firma Pumpenstrahltechnik und moderne Zierleisten
Moskau, Wernadski-Prospekt
Montag, 26. Juli, 23:24 Uhr

Das Gebäude des früheren Forschungsinstituts für Städtebau, das sich direkt gegenüber der Burg befand, war in ein modernes Business Center umgewandelt worden. Seinerzeit hatten die Tschuden sich vergeblich darum bemüht, den Bau des Hochhauses in unmittelbarer Nähe ihres Hauptquartiers zu verhindern. Deshalb blieb ihnen nichts anderes übrig, als stets ein waches Auge darauf zu haben, wer dort ein und aus ging. Immerhin hielt die Tschud Incorporated siebzig Prozent der Aktien des Business Centers, und alle Firmen, die sich darin eingemietet hatten, wurden genauestens überprüft.

Mit der Gebäudeaufsicht war in dieser Woche Rick Bombarde betraut, ein alter Haudegen, Kriegsmagier im Range eines Rächers und Leutnant der Garde des Großmagisters. Bei ihm dauerte der abendliche Kontrollgang über zwei Stunden.

Pünktlich um einundzwanzig Uhr verließ Rick in Begleitung des schweigsamen Korporals Graham de Mar sein Dienstzimmer im Erdgeschoss und arbeitete sich bis zum letzten Stockwerk empor. Dabei steckte er seine lange Nase in jeden Winkel des Business Centers: Jedes Büro, jedes Hinterzimmer, ja sogar sämtliche Besenkammern des Gebäudes kontrollierte er akribisch und ließ sich von jedem, den er auf seinem Rundgang traf, die Papiere vorzeigen. Die Pedanterie des alten Leutnants war berüchtigt, und nur der stoische de Mar – wie alle

Abkömmlinge der Drachenloge ein ausgesprochener Phlegmatiker – hielt den gesamten Kontrollgang mit ihm durch, ohne dabei an den Rand des Wahnsinns zu geraten.

»Warum ist hier immer noch nicht aufgeräumt, Graham?«, nörgelte der Leutnant und blickte erbost auf die frisch gestrichene Eingangstür des Büros in der letzten Etage. »Hast du es ihnen nochmal gesagt? Das ist ein seriöses Business Center, und es geht nicht an, hier alles herumliegen zu lassen!«

De Mar blätterte in seinem Notizblock.

»Firma Pumpenstrahltechnik und moderne Zierleisten. Sie haben die Räumlichkeiten letzte Woche angemietet.«

»Und sind immer noch am Renovieren?«, empörte sich Bombarde.

Der Leutnant umkurvte einen schmutzigen Kübel mit Farbresten, der mitten im Treppenhaus stand, und betätigte den Knopf der Sprechanlage: »Gebäudeaufsicht. Machen Sie auf!«

Kurz darauf öffnete ein groß gewachsener Wachmann, der Turnschuhe ohne Socken trug und dessen schmutziges T-Shirt über eine kurze Sporthose hing. Aus der Tiefe des Büros drang das hysterische Geplärr eines Fernsehers.

»Wann werdet ihr mit der Renovierung fertig?«, erkundigte sich Rick streng.

»Keine Ahnung«, erwiderte der junge Mann und gähnte. »Wollt ihr ein Bier?«

»Nein.« Bombarde räumte ihn mit der Schulter beiseite und betrat schimpfend das Büro. »Das ist ja die reinste Baustelle hier.«

Der Wachmann nickte zustimmend.

Die Eingangshalle – gewiss als luxuriöses Foyer vorgesehen – war mit diversen Leitern und Farbeimern vollgestellt. Es roch nach Lösungsmitteln und Spachtelmasse. Überall lagen schmutzige Handschuhe, Pinsel, Tapetenrollen und Teppichreste herum. Dass die Mieter des Büros sich ernsthaft mit der Ausgestaltung ihrer neuen Bleibe befassten, war nicht zu übersehen.

»Die Zierleisten wurden ohnehin noch nicht geliefert«, teilte der Wachmann mit. »Die brasilianischen Lieferanten haben angeblich irgendwas verwechselt, deswegen lassen sich die Firmeninhaber auch Zeit mit der Renovierung.«

»Brasilianische Lieferanten?«

»Die Firma ist weltweit tätig.«

»Ach so, natürlich.«

Bombarde drang tiefer in das Büro vor. Graham, der ein, zwei Schritte zurückgeblieben war, hastete hinterher und ... Zack! Man muss dem Korporal de Mar zugutehalten, dass er absolut nichts dafürkonnte. Das ausgeklügelte Alarmsystem feinster Schnüre, die in der Eingangshalle gespannt waren, wäre so oder so ausgelöst worden, wenn nicht durch Grahams Fuß, dann durch Rick selbst oder den Wachmann.

»Vorsicht!«

Doch es war schon zu spät. Graham stolperte, und ein Eimer mit knallroter Lackfarbe ergoss sich über Ricks nagelneue, mit glänzenden Schnallen verzierte Schuhe.

»Verzeihen Sie, Leutnant, das wollte ich nicht …«

»Du Trampel!«, explodierte Bombarde.

Die zähe Flüssigkeit tränkte allmählich seine Socken.

»Tut mir so leid!«, winselte de Mar verzweifelt und stürzte sich mit einem Teppichrest auf das Schuhwerk seines Chefs. »Ich bringe das wieder in Ordnung!«

»Scher dich zum Teufel!«, brüllte Rick.

Der völlig zerknirschte Graham flüchtete ins Treppenhaus und stieß unterwegs noch eine weitere Dose mit Farbe um.

»Ich … ähm …«, stammelte Rick und sah sich nach dem Wachmann um.

»Nehmen Sie Lösungsmittel«, empfahl der. »Es gibt hier mehr als genug davon.«

Zähneknirschend nahm Bombarde die angebotene Flasche mit Lösungsmittel und begab sich mit schmatzenden Schuhen zum Ausgang. Dabei verzierte er den Boden des zukünftigen Foyers mit roten Fußspuren.

»Ich komme morgen wieder. Unglaublich! Brauchen zwei Wochen für die Renovierung! Das ganze Haus ist mit eurer Farbe verschmiert!«

Das Gepolter des Leutnants verstummte erst, als sich die Schiebetür des Aufzugs hinter ihm schloss.

»Unser Freund Bombarde ist äußerst ungehalten darüber, dass die Renovierung so schleppend voranschreitet«, teilte Lebed mit, als er ins Zimmer zurückkam.

»Er wäre beinahe hier hereingekommen«, monierte Cortes.

»Keine Sorge«, erwiderte Lebed. »Der kommt hier

nicht rein. Morgen werde ich eine neue Überraschung für ihn bereithalten. Zum Beispiel einen Eimer mit Tapetenkleister, der zufällig von der Leiter fällt.«

Der Söldner rieb sich schadenfroh die Hände. Er war dafür verantwortlich, dass die Gebäudeaufsicht nicht über die Eingangshalle hinauskam, und erfüllte diesen Job mit Hingabe.

»Ich arbeite schon mal einen Plan aus. Wenn was ist, ich bin in meinem Zimmer.«

Die Innenräume des zukünftigen Büros unterschieden sich erheblich von der vermüllten Eingangshalle. Im größten Zimmer sorgten mehrere bequeme Stühle, ein Schrank und ein Fernseher für akzeptablen Komfort. Ein Nebenraum war als Küche eingerichtet und im Büro verbreitete sich der Duft frisch aufgebrühten Kaffees. Drei weitere Räume, die mit weichen Sofas bestückt waren, dienten als Schlafzimmer. Allerdings gab es kein Badezimmer, worüber sich Jana zurecht entrüstete. In einem kurzen, jedoch höchst emotional geführten Disput hatte sie sich deshalb das Recht ausbedungen, das Büro für drei Stunden pro Tag verlassen zu dürfen.

Ausgestattet mit einem unbegrenzten Budget konnte Cortes es sich leisten zu klotzen, und so hatte er für die Firma Pumpenstrahltechnik und moderne Zierleisten die gesamte letzte Etage des Business Centers angemietet. Die Firma existierte tatsächlich. Sie war irgendwo auf den Kaiman-Inseln registriert und extra für das Vorhaben gegründet worden. Eine andere seriöse Firma, die von den Schatyren kontrolliert wurde, hatte die Räumlichkeiten im Business Center freigemacht. Das hatte

Santiago organisiert. Die Fenster in der letzten Etage des Hochhauses gewährten einen hervorragenden Überblick über das Territorium der Burg und dort war deshalb ein idealer Stützpunkt für die Söldner.

Mehrere Tage lang hatte Cortes das Objekt intensiv beobachtet und nun wusste er bis ins Detail, wie die Bewachung des Hauptquartiers organisiert war und welche »Überraschungen« die Gardisten für ungebetene Gäste vorgesehen hatten. Die Kontrollmaßnahmen folgten einem strikten Zeitplan. Zum Beispiel in diesem Moment. Cortes sah auf die Uhr: 23:23. Vor dreiundzwanzig Minuten war die Wache am Haupttor abgelöst worden, und nun stand eine zusätzliche Patrouille an. Der Söldner spähte aus dem Fenster und rieb sich zufrieden die Hände: Eine kleine Pforte öffnete sich, und zwei rothaarige Wachmänner begannen ihren Kontrollgang entlang der Mauer. Nach siebenundzwanzigeinhalb Minuten würden sie ihre Runde beenden und wieder am Haupttor erscheinen, wo sich just in diesem Moment die kleine Pforte für sie öffnen würde. Die Pünktlichkeit der Tschuden war legendär, und selbst den Rothauben war zuzutrauen, dass sie dieses starre System durchschauten. Cortes verfolgte die Gardisten, bis sie um die Ecke bogen, und schmunzelte: Obwohl sich ihre bordeauxroten Alltagsuniformen weit weniger pompös ausnahmen als ihre Paradetracht, waren sie dennoch mit einer Vielzahl glänzender Schnallen und Nieten gespickt. Die Tschuden hatten ein Faible für solcherlei Ritterklunker.

Der Söldner warf noch einen letzten Blick auf die Burg, den breiten Prospekt und den hell erleuchteten

Kasten des Kinos *Swjosdny*, dann entfernte er sich vom Fenster. Er kontrollierte noch einmal den Sitz seiner Pistole im Schulterholster und begann, langsam im Zimmer auf und ab zu gehen. Trotz der beengenden Montur waren seine Bewegungen leichtfüßig und elegant.

23:30 Uhr. Jeden Moment musste Jana zurückkommen. Als er an die junge Frau dachte, musste Cortes abermals schmunzeln. Die besonnene und ruhige Jana hatte rasch eine gemeinsame Sprache mit ihren beiden Kompagnons gefunden. Selbst Lebed, der sie zu Anfang recht misstrauisch beäugt hatte, war mit ihr warmgeworden und trainierte sie nun persönlich an der Waffe.

Die Eingangstür quietschte. Cortes legte sein Lächeln ab, ging ans Fenster und nahm das Fernglas zur Hand.

»Ich bin wieder da!«, verkündete Jana. »Wer hat denn in der Eingangshalle die Farbe umgeschüttet?«

»Lebed. Er hat uns wieder mal die Aufsicht vom Hals gehalten. Für morgen hat er einen herunterfallenden Kübel mit Tapetenkleister geplant.«

»Das wird lustig«, freute sich Jana, machte es sich in einem der Stühle bequem und zog eine bunte Zeitung aus ihrer Handtasche. »Wenn nichts Dringendes ansteht, würde ich gerne noch den Artikel fertiglesen.«

»Worum geht's denn?«

»Um den Vivisektor hauptsächlich.«

»Haben sie ihn immer noch nicht erwischt?«

»Nein. Sie haben sein zwölftes Opfer gefunden.« Die junge Frau seufzte. »In der Stadt herrscht Panik. Meine Freundinnen zum Beispiel trauen sich kaum mehr auf die Straße raus.«

»Wenn ich es recht in Erinnerung habe, tötet er doch nur auswärtige Frauen.«

»Mädchen, Cortes, Mädchen. Die Jüngste war gerade mal sechzehn.«

»Na und wenn«, erwiderte der Söldner gähnend. »Deine Freundinnen haben trotzdem nichts zu befürchten.«

»Wenn man so etwas sieht, bekommt man zwangsläufig einen Schrecken«, gab Jana zu bedenken und zeigte Cortes das seitenfüllende Foto der Ermordeten.

»Lass mal sehen.« Cortes nahm die Zeitschrift und betrachtete das Foto eine Weile.

Dem Fotografen war in der Tat eine schockierende Aufnahme gelungen. Er hatte genau den Moment abgepasst, in dem die Polizisten das weiße Laken von der Leiche entfernten. Das Opfer war mit grauenvoller Präzision seziert worden: kein einziges inneres Organ, das der Serienmörder nicht mit seinen Skalpellen bearbeitet hätte.

»Ein solches Foto hätte man niemals veröffentlichen dürfen«, urteilte Cortes und gab der jungen Frau die Zeitung zurück.

»Das ist eben ihr Geschäft«, entgegnete sie achselzuckend. »Sie müssen Auflage machen.«

»Das Bild schürt nur zusätzliche Panik. Damit ist keinem geholfen. Wie reagiert die Polizei?«

»Hier ist ein Interview mit Kornilow.« Jana blätterte ein paar Seiten weiter. »Besonders optimistisch hat er sich aber nicht geäußert.«

»Kornilow, Kornilow ... Der Name kommt mir bekannt vor.«

»Major Kornilow«, präzisierte Jana. »Der Leiter der Sonderermittlungsgruppe. Er hat die Typen eingesperrt, die den Schatyren Waffen verkauft haben, erinnerst du dich?«

»Ach ja ...« Cortes rieb sich die Stirn. »Ein hartnäckiger Bursche.«

»Er gilt als bester Polizist des Landes.«

»Hoffentlich zu Recht.« Der Söldner blickte zur Uhr. »Ruf bitte Lebed, er ist jetzt mit der Wache dran.«

Die junge Frau packte die Zeitung weg und erhob sich. Cortes nahm inzwischen sein Handy vom Tisch und wählte eine Nummer.

»Ich bin's.« Er streckte sich. »Bislang tut sich nichts ... halt, nein – Kommando zurück!« Der Söldner hechtete zum Fenster. »Der Überfall hat begonnen! Ja, alles nach Plan! Ich rufe später wieder an.« Er schaltete das Handy aus. »Jana, Lebed! Es geht los!«

Das Warten hatte ein Ende.

»Du weißt, was du zu tun hast, Jana«, sagte Cortes, während er in seine kurze Lederjacke schlüpfte. »Lebed, mir nach!«

Die Männer rannten aus dem Büro und schlugen donnernd die Tür zu. Jana runzelte die Stirn, setzte sich das Headset mit dem kleinen, vor den Mund gebogenen Mikrofon auf, befestigte den Sender am Gürtel und schaltete ihn ein.

»Cortes, kannst du mich hören? Verbindungstest.«

»Alles in Ordnung! Was tut sich in der Burg?«

»Die Rothauben sind durchgebrochen«, berichtete Jana, während sie mit dem Fernglas beobachtete. »Sie stürmen über den Innenhof und steuern das mittlere Gebäude an.«

Die junge Frau öffnete eine Flasche Mineralwasser und trank in kleinen Schlucken.

Die Burg, Hauptquartier des Herrscherhauses Tschud
Moskau, Wernadski-Prospekt
Montag, 26. Juli, 23:44 Uhr

Vier Feuerwehrfahrzeuge vom Typ Kamaz, die am Wernadski-Prospekt mit Blaulicht stadtauswärts brausten, zogen urplötzlich nach rechts und steuerten direkt auf das Tor der Burg zu. Genau wie in Hammers Plan vorgesehen, hatten die Gardisten keine Chance zu reagieren. Die Lkws rammten mit Vollgas das schwere Tor auf, und die Vorhut der Rothauben drang in die Burg ein.

Die Odoros wussten genau, dass der Überraschungseffekt ihr wichtigster Trumpf war. Die Wachen am Tor wurden im Handstreich massakriert, und das Netz aus magischen Feldern, das die Kriegsmagier des Ordens um die Burg gespannt hatten, funktionierte nicht – dank des Boten, der seinen Schergen den Weg bahnte. Noch ehe die Gardisten ihre Maschinengewehrstellungen besetzen konnten, überquerten die Rothauben den Hof und drangen ins Erdgeschoss des zentralen Burggebäudes ein.

Die erste Etappe der Operation war erfolgreich abgeschlossen. Nun teilten sich die Odoros in zwei Gruppen auf. Die kleinere Gruppe, etwa ein Dutzend Kämpfer, stürmte in den Keller, wo sich die berühmte Schatzkammer des Ordens befand. Gerüchten zufolge wurde ebendort, bewacht von gepanzerten Safetüren und handverlesenen Rittern, das wertvollste Gut des Herrscherhauses Tschud aufbewahrt: das Karthagische Amulett.

Der größere Teil der Kämpfer drang indes in die oberen Etagen vor. Ihre Aufgabe bestand darin, die aufgeschreckten Gardisten in Schach zu halten.

In der Burg entbrannte ein erbitterter Kampf. Die Rothauben, deren Vormarsch im zweiten Stockwerk zum Erliegen kam, mussten sich nun gegen den Ansturm der wesentlich besser ausgebildeten Gardisten zur Wehr setzen und kämpften um jeden Meter Raum. Donnernde Granatenexplosionen, kurze, grimmige Maschinengewehrsalven und heisere Flüche schallten durch die breiten Korridore des Hauptquartiers der Tschuden.

»Ich Idiot!« Rasend vor Zorn umklammerte der Großmagister seinen Stab. »Was bin ich für ein verdammter Idiot!«

Ganz allein fuhr er im Aufzug nach oben, während seine Gardisten sich gegen die überfallartig eingedrungenen Rothauben stemmten. Die Explosionen, die verbissenen Schusswechsel, das Schreien und Stöhnen der Verwundeten – all das ging Leonard de Saint-Carré durch Mark und Bein.

»Wartet nur, ihr werdet die harte Hand des Ordens noch zu spüren bekommen«, grollte er, sprach dann eine kurze Zauberformel, und an einer Wand der Aufzugkabine erschien das Bild des verwüsteten Burghofs.

Der Anblick des gesprengten Brunnens, der verkohlten Bäume, der abgefackelten Autos und der nachrückenden Rothauben verstärkte noch die Zornesröte in seinem Gesicht. Doch in die Wut des Oberhaupts des Herrscherhauses Tschud mischte sich auch Scham. De Saint-Carré verfluchte sich für seinen maßlosen Stolz. Als erfahrenem Krieger hätte ihm ein solcher Fehler niemals unterlaufen dürfen. Als er die Warnung der Nawen ignorierte, war er mit Blindheit geschlagen gewesen und trug nun die Verantwortung für das Blutvergießen seiner Männer.

Doch diese Erkenntnis kam zu spät. Nun war es seine Pflicht, den Schaden so gut es ging zu begrenzen. Die Aufzugtür öffnete sich, und der Großmagister trat auf das Dach der Burg hinaus. Franz de Geer, der Kriegsmeister, war sofort bei ihm. In wenigen Metern Entfernung, bei einem kleinen Torbogen, unter dem sich das Karthagische Amulett befand, hatten sich die übrigen Magier des Ordens versammelt: die Kriegskommandeure, Usurpatoren und Rächer. Ihre roten Mäntel und Ritterketten strahlten Würde und Stolz aus, doch aus ihren Augen sprachen Verwirrung und Fassungslosigkeit, bei so manchem sogar die nackte Angst. Selten hatte de Saint-Carré seine besten Krieger in einem so kläglichen Zustand gesehen.

»Ich kann mir nicht erklären, was hier vor sich geht, mein Gebieter«, rapportierte de Geer aufgelöst. »Ich habe zwei Kriegskommandeure und einen Usurpator verloren. Das Schutzfeld hat sich gegen uns gerichtet. Ich habe angeordnet ...«

»Kannst du das etwas detaillierter erläutern?«, unterbrach ihn der Großmagister.

»Wenige Minuten vor dem Überfall ist das Sicherheitsnetz zusammengebrochen. Die magischen Felder haben sich fast vollständig entladen. Die diensthabenden Magier haben versucht, ein Ersatznetz zu aktivieren, doch die Wirkung der magischen Felder hat sich ins Gegenteil verkehrt! Jede Zauberformel, die wir anwenden, richtet sich gegen uns selbst!«

»Kein Zweifel«, konstatierte der Großmagister ruhig. »Das ist das Werk des Boten.«

»Dein Scharfsinn ist wirklich bemerkenswert, Alterchen!«, spottete eine Stimme, die aus dem Nichts kam.

De Saint-Carré erstarrte. Die Kriegsmagier hatten einen dichten Kreis um ihn gebildet, doch in der Umgebung war es vollkommen still. Nicht einmal ein Windhauch brachte Bewegung in die träge Sommerluft. Nur hoch über der Burg kreiste ein einsamer Vogel.

»Seid ihr bereit?«

Ganz in der Nähe der Tschuden erschien ein flimmernder Wirbel, verdichtete sich und materialisierte sich zu einem Zauberer von kleiner Statur und mit stechenden, grünen Augen.

»Sieht ganz so aus, als hättest du ein Problem, Alterchen.«

De Saint-Carré antwortete nicht und sah seinen Feind hasserfüllt an. Lubomir kreuzte fröstelnd die Arme vor der Brust und warf einen begehrlichen Blick auf das Einhorn unter dem Torbogen, das aus einem überdimensionalen Rubin gefertigt war. Nun war es zum Greifen nah, das Karthagische Amulett.

»Ich hole mir nur eure Magische Quelle«, verkündete er ohne Umschweife.

»Wie hast du es geschafft, hierher vorzudringen?«, knurrte der Großmagister.

»Das war gar nicht so einfach«, erwiderte der Zauberer grinsend. »Euer Sicherheitsnetz ist wirklich aller Ehren wert, Alterchen. Deshalb bin ich auch nur zum Teil hier angekommen.«

Wild entschlossen ging de Saint-Carré auf seinen Feind zu und stieß mit seinem Stab nach ihm. Das Metall glitt widerstandslos durch Lubomirs Schulter.

»Siehst du?« Die Stimme des Boten wurde eisig. »Ich werde dich heute also leider nicht töten können, Alterchen. Beim nächsten Mal dann ...«

Mit einer flinken Bewegung warf der Zauberer seine Arme nach vorn, die sich im selben Moment in lange grüne Ranken verwandelten und sich um die Arme und Beine des Großmagisters schlangen.

»Du Grünschnabel!«, fauchte de Saint-Carré, befreite sich mühelos aus der spukhaften Umklammerung und erhob seinen Stab. »Jetzt wirst du die Macht des Karthagischen Amuletts zu spüren bekommen!«

Der funkelnde Rubin an der Spitze seines Stabs blähte sich zu einem rotglühenden, pulsierenden Stern und verwandelt sich schließlich in ein kolossales Einhorn. Schnaubend senkte die Bestie den Kopf und rannte mit funkensprühenden Hufen auf den Feind seines Gebieters zu.

»Gar nicht schlecht, Alterchen«, höhnte Lubomir.

Aus den Augen des Zauberers schossen grüne Blitze und bohrten sich in den Leib des wütenden Tieres, das sich wiehernd aufbäumte. Kurz darauf wurde es von einem mächtigen Wirbel gepackt und über das Dach hin fortgezerrt.

Der Großmagister schwang abermals den Stab. Diesmal wurde der kleine Zauberer von einer ganzen Horde wilder Monster eingekreist. Greife und Kameloparden, Drachen und Mantikore, Salamander und Basilisken stürzten sich auf Lubomir, der sich verbissen zur Wehr setzte. Für einen Moment hatte es den Anschein, als würde der Zauberer im Gewirr der dampfenden Körper zermalmt, doch schon bald entwand er sich den Bestien mit triumphalem Gebrüll. Seine Figur blähte sich auf, hüllte sich in einen grünen Nebel und ... an der Stelle, wo eben noch der weißblonde Zwerg stand, erschien ein bärenstarker Barbar, der mit einer ledernen Hose und einer kurzen Fellweste bekleidet war. Mit seinen langen, muskulösen Armen schwang er eine schwere Streitaxt mit einer blitzenden, rasiermesserscharfen Klinge.

»Einen hübschen Tierpark hast du da, Alterchen. Aber dem Boten kannst du damit nicht das Wasser reichen!«

De Geer wollte dem höllischen Treiben nicht länger tatenlos zusehen und richtete seinen Stab auf den Zauberer, doch der Feuerball, der sich daraus löste, explodierte noch in unmittelbarer Nähe des Kapitäns. Von der Wucht der Detonation wurde Franz zu Boden geschmettert.

De Saint-Carrés Monsterheer hatte nicht die geringste Chance gegen die fürchterlich wütende Streitaxt des

Barbaren. Mit jedem Hieb schlug der Bote eine neue Bresche in die Reihen seiner Gegner. Greife stürzten zu Boden, Basilisken und Salamander krümmten sich unter seinen Füßen. Nur einige Drachen entgingen der tödlichen Klinge, indem sie sich in die Lüfte schwangen. Nun kreisten sie über dem Dach und stießen jämmerliche Schreie aus.

Nach wenigen Augenblicken war alles vorüber. Der vor Anstrengung zitternde Großmagister lehnte am Torbogen, ihm gegenüber verharrte die etwas verblasste Silhouette des Boten. Beide atmeten schwer. Die sprachlos daneben stehenden Magier konnten die kräftigen, dumpfen Schläge von Lubomirs Herz deutlich hören.

»Du bist stärker, als ich gedacht hätte«, sagte der Zauberer.

»Verflucht sollst du sein«, drohte der Großmagister hustend.

»Das wäre nicht das erste Mal«, versetzte Lubomir grinsend. »Du bist nicht gerade originell, Alterchen.«

De Saint-Carré schaute zu dem blutüberströmten Franz de Geer hinüber und biss verbittert die Zähne zusammen.

Hammer zog es vor, nicht unmittelbar am Gefecht teilzunehmen. Er hatte es sich auf dem Dach seiner Gazelle bequem gemacht, die etwa hundert Meter von der Burg entfernt geparkt war. Er kommandierte den Überfall mit Hilfe von drei technisch leidlich begabten Funkern, die sich im Innenraum des hochgerüsteten Kleintransporters befanden. Die Uibujen hielten ständigen Funkkontakt zum Stab in der Gazelle, und alle drei Minuten bekam Hammer einen detaillierten Lagebericht. Die Stimmung des Odoros war euphorisch.

Alles lief wie am Schnürchen und exakt nach dem Plan, den er höchstpersönlich ausgearbeitet hatte. Natürlich leistete auch der Zauberer einen wichtigen Beitrag zum Gelingen, doch der militärische Erfolg der Operation war allein sein, Hammers Verdienst. Nun würde Lubomir endgültig Gewissheit erlangen, auf wen er sich wirklich verlassen konnte und welchem Clan die alleinige Führungsrolle gebührte.

Zärtlich streichelte der Odoro über die kunstvoll auf seine Wange tätowierte grüne Distel. Im Augenblick war er nur einer von drei Clanführern und selbst der einäugige Fötido-Boss war ihm vom Rang her gleichgestellt. Doch damit würde es nun bald vorbei sein. Der Zauberer hatte hoch und heilig versprochen, dass Hammer zum Imperator aufsteigen werde und ihm dann eine purpurrote Distel gebühre. Damit würden die Rothauben zum ersten Mal in der Geschichte unter der Führung eines einzigen Clans vereint – unter der Führung seiner Odoros!

Der junge Clanführer streckte sich genussvoll und schnalzte mit der Zunge. Ihm winkte eine rosige Zukunft. Er zog sein Handy aus der Hosentasche und kratzte sich damit unter dem rechten Schulterblatt. Die Angewohnheit der Rothauben, sich ständig zu kratzen, stammte noch aus jenen fernen Zeiten, als sie in den Westlichen Wäldern hausten und ihre Körper von einem dichten Fell bedeckt waren.

Nachdem der Odoro-Boss den Juckreiz erfolgreich bekämpft hatte, zog er sein Handy heraus und tippte eine ihm wohlbekannte Nummer ein.

»Lubomir? Hier ist Hammer. Wir haben die Burg erstürmt. In einer Stunde bringe ich dir das Amulett.«

»Du bist ja überpünktlich«, antwortete der Zauberer.

»Hauptsache, du hältst dein Versprechen: Für das Amulett bekomme ich die Köpfe der zwei anderen Clanführer, bei meinem Yatagan!«

»Natürlich, wie abgemacht«, bestätigte Lubomir. »Gib dem Hubschrauber das Startsignal.«

Daraufhin ertönte das Belegtzeichen, und Hammer wandte sich an einen der Funker, der sich gerade aus dem Fenster des Kleintransporters lehnte und gestikulierend um Aufmerksamkeit warb.

»Was ist los?«

»Wir können das zweite Stockwerk nicht mehr lange halten, Chef. Die Gardisten machen unseren Leuten die Hölle heiß.«

Der Odoro legte die Stirn in Falten.

»Und wie läuft's im Keller?«

Noch ehe der Funker antworten konnte, wurde das gesamte Areal der Burg von einer ohrenbetäubenden Detonation erschüttert. Das gewaltige Gebäude erzitterte, und Hammer konnte sich nur mit Mühe auf dem Dach seines Stabsfahrzeugs halten.

»Was ist passiert?«

»Wir haben die erste Safetür gesprengt«, meldete der Funker, der sich mit beiden Händen den Kopfhörer an die Ohren drückte.

Hammer ballte triumphierend die Faust.

»Wie viele Kämpfer haben wir noch in Reserve?«

»Zwanzig.«

»Beordert sie alle in die Burg, in die oberen Etagen!«

Der Funker verschwand im Innenraum und Hammer wählte abermals eine Nummer.

»Ihr könnt starten!«

»Worauf warten wir noch, Boss? Der Überfall ist in vollem Gange!« Der Uibuj Stöpsel rutschte kippelig auf seinem Sitz herum und sah Pulle fragend an. »Wenn wir jetzt zuschlagen, gehört das Amulett uns!«

»Stöpsel, wenn du nicht endlich die Fresse hältst, reiß ich dir die Gedärme raus, ich schwör's dir, ey«, grummelte Pulle, kratzte sich mit dem Griff seines kurzen, gebogenen Dolchs unter der Achsel und spuckte aus dem offenen Fenster. »Hammer wird uns das Amulett selbst bringen.«

In Absprache mit Säbel kontrollierten die Desastros die südlichen Abfahrtswege von der Burg. Deshalb erwarteten Pulle, Stöpsel und vier weitere Kämpfer den Clanführer der Odoros bereits seit eineinhalb Stunden am Lenin-Prospekt, wo sie ihren dicken Yukon-Jeep an der Kreuzung mit der Udalzowa-Straße geparkt hatten. Späher informierten Pulle ständig über die Ereignisse im Umfeld der Burg.

»Und wenn er das Amulett nicht uns bringt, sondern Säbel?«, nörgelte Stöpsel, dessen kleine schwarze Äuglein sich in das Gesicht des Clanführers bohrten. »Was, wenn Hammer in die andere Richtung fährt?«

Pulle gefiel es überhaupt nicht, wie begierig Stöpsel die grüne Distel auf seiner linken Wange anstarrte. Gerüchten zufolge hatte sich der Uibuj in letzter Zeit des Öfteren abschätzig über die Person des Clanführers geäußert und ihn sogar als Halbblut tituliert ...

»Was machen wir dann?«, insistierte Stöpsel.

»Dann werden ihn die Jungs des Uibujen Fräse abfangen, die Säbel beschatten«, erwiderte Pulle gelassen.

»Davon wusste ich ja überhaupt nichts!«, entrüstete sich Stöpsel.

»Solltest du auch nicht«, parierte Pulle souverän, steckte seinen Dolch in die Scheide und grinste dem aufmüpfigen Uibujen ins Gesicht.

Der nassforsche und überdies strohdumme Stöpsel hatte sich sein eigenes Grab geschaufelt. Pulle wusste längst, wen er bei der bevorstehenden Schießerei als Ersten umlegen würde.

»Aber wenn Fräse Säbel beschattet, könnte es doch sein, dass die Fötidos auch uns überwachen«, schlaumeierte der Uibuj hartnäckig.

»Könnte sein, ja«, seufzte Pulle achselzuckend. »Dem Einäugigen habe ich noch nie vertraut.«

Der Uibuj Mühle ließ das Fernglas sinken und lockerte mit vorsichtigen Kopfbewegungen seinen steif gewordenen Nacken.

Als er von Säbel den Auftrag erhielt, den Führer der Desastros zu beschatten und sich bereitzuhalten, ihm notfalls das Gehirn aus dem Schädel zu pusten, hätte Mühle am liebsten Luftsprünge gemacht. Im Zuge der letzen blutigen Fehde zwischen den Clans war sein leiblicher Bruder von Pulle erschossen worden, und der Uibuj hatte Rache geschworen.

Nun verharrten die Desastros bereits seit eineinhalb Stunden in ihrem schwarzen Yukon, und Mühle verlor allmählich die Geduld. Er schwang sich von seiner Harley herab und machte ein paar Kniebeugen. Seine Kämpfer, die auf ihren schweren Maschinen saßen, teilten seine Rastlosigkeit. Die endlose Warterei im Hinterhalt ging ihnen allen auf die Nerven.

»Wenn in den nächsten zehn Minuten nichts passiert, lege ich Pulle einfach so um«, beschloss Mühle. »Bei Säbel werde ich mich dann schon irgendwie rausreden.«

Die Kriegsmagier mussten in ohnmächtiger Wut mit ansehen, wie der Zwerg mit dem roten Kopftuch über eine Strickleiter aus dem Hubschrauber kletterte, zum Torbogen lief und ein kleines, silbernes Kästchen aus seinem schwarzen Rucksack nahm. Der Bote machte eine flüchtige Handbewegung, woraufhin das stolze Einhorn von einer grüne Wolke umhüllt wurde.

»Trauert, Unselige, denn dies ist der letzte Tag des Herrscherhauses Tschud!«, höhnte Lubomir.

Das Einhorn wurde zusehends kleiner. Als es die passende Größe hatte, legte der Zwerg die Magische Quelle in das Kästchen, schnallte sich den Rucksack mit der Beute um und erklomm die Strickleiter. Der Hubschrauber zog ihn sofort in die Lüfte. Der Bote hob den Kopf und nahm den einsam kreisenden Vogel ins Visier.

»Ihr habt alles gesehen, Nawen – wehe euch!«

Aus seinem Auge schoss ein feiner, grüner Blitz. Der geflügelte Späher fing sofort Feuer und fiel wie ein Stein zu Boden.

»Lebt wohl, Ritter!«

Lubomir löste sich in Luft auf.

»Ein Hubschrauber nähert sich dem Dach der Burg«, meldete Jana, während sie an ihrem Mineralwasser nippte.

»Gut so«, antwortete Cortes. »Der soll das Amulett abtransportieren.«

Die Söldner hatten ihren riesigen Geländewagen vom Typ Hummer am Wernadski-Prospekt geparkt. Sie standen in relativ großer Entfernung zur Burg und warteten die Entwicklung der Ereignisse ab. Die junge Frau hielt sie stets auf dem Laufenden.

»Hoffentlich schafft er es nicht«, sagte Lebed.

»Dann sind wir unseren Job los«, konstatierte Cortes achselzuckend.

»Hm ...« Lebed überdachte Cortes' Einwand, spuckte aus dem offenen Fenster und änderte dann seinen Standpunkt: »Auch wieder wahr. Na, dann drücken wir mal die Daumen, dass die Rothauben das Amulett kriegen.«

»Das will ich doch meinen«, pflichtete Cortes bei. »Wie sieht's aus, Jana?«

»Auf dem Dach wird gekämpft.«

Die junge Frau legte das Fernglas auf einen Stuhl, öffnete das Fenster und ging zum Schrank hinüber.

»Wir treffen uns also in der *Eidechse*?«, fragte sie für alle Fälle nach.

»Das haben wir doch ausgemacht«, bestätigte Cortes etwas ungehalten. »Werde jetzt nicht nervös.«

»Alles in Ordnung.«

Jana nahm das geladene, großkalibrige Scharfschützengewehr, das sorgfältig in ein weiches Wildlederfutteral gehüllt war, aus dem Schrank, packte es aus, und ließ seinen Lauf zärtlich durch ihre Hand gleiten. Aufgrund ihrer großen Reichweite und verheerenden Zerstörungskraft war die Barret light fifty, Kaliber .50 BMG, ideal geeignet für ihren Auftrag. Jana musste schmunzeln, als sie sich daran erinnerte, mit welcher Detailversessenheit ihr der Söldner erklärt hatte, wie sie sich in jeder nur denkbaren Situation zu verhalten habe. Sie nahm drei zusätzliche Magazine aus dem Regal und begab sich zum Fenster. Vierzig hochexplosive, panzerbrechende Brandgeschosse: Die Rothauben würden ihre helle Freude haben.

Die junge Frau fixierte das Gewehr auf dem Zweibein und verfolgte die Ereignisse durch das Zielfernrohr mit zwölffacher Vergrößerung. Der Hubschrauber, der zunächst hoch über der Burg gekreist hatte, schwebte nun herab und verharrte unmittelbar über dem Dach.

»Der Hubschrauber kommt die Beute holen.«

»Du weißt, was du zu tun hast.«

Als sich der Eisenvogel kurz darauf wieder in die Lüfte schwang, nahm Jana den stämmigen Kämpfer mit dem schwarzen Rucksack, der an der Strickleiter hing, ins Visier.

»Ich sehe das Ziel«, murmelte sie und drückte ab.

Das Großkalibergeschoss zerfetzte den Kopf des

Kämpfers. Sein Griff löste sich, und er fiel trudelnd zu Boden.

»Etwa dreihundert Meter südlich der Burg«, meldete Jana. »Das Amulett ist in einem schwarzen Rucksack.«

»Verstanden.«

Mit aufheulendem Motor setzte sich der Hummer der Söldner in Bewegung.

Auch im Hubschrauber bemerkte man den Verlust. Er wendete augenblicklich und steuerte die Absturzstelle des Kämpfers an. Jana hatte den Kopf des Piloten bereits im Fadenkreuz, doch sie kam nicht mehr dazu, abzudrücken: In einem Fenster im vorletzten Stockwerk der Burg erschien ein Gardist mit einem MANPADS auf der Schulter. Die ihres Heiligtums beraubten Tschuden waren in der Wahl ihrer Mittel nicht zimperlich. Als die Flugabwehrrakete aufheulte, duckte sich Jana instinktiv unter das Fensterbrett. Das Geschoss schlug in der Bordwand des Hubschraubers ein, eine ohrenbetäubende Explosion zerriss die Luft, und die Maschine stürzte brennend zu Boden.

Jana hob vorsichtig den Kopf und sah nach dem Kämpfer, den sie abgeschossen hatte. Eine schwarze Gazelle näherte sich der Stelle, wo er lag.

»Ich hab's geschafft!«, jubelte Hammer, als er sah, wie sich der Hubschrauber vom Dach der Burg entfernte. »Das Amulett gehört mir!«

Was für ein Sieg! Der Odoro schloss die Augen und genoss den Moment, da die Anspannung sich löste.

»Er fällt runter!« Der hysterische Schrei des Funkers bohrte sich in Hammers Gehirn.

»Wer?«

»Das Amulett! Der Kämpfer mit dem Amulett ist vom Hubschrauber gefallen!!«

»Wieso das denn?«

»Keine Ahnung!«

Kaum hatte der Körper auf dem Boden aufgeschlagen, verwandelte eine aus der Burg abgefeuerte Rakete den Hubschrauber in einen Feuerball. Hammer erfasste die Situation sofort und sprang auf den Beifahrersitz der Gazelle.

»Da lang!«, schrie er und zeigte in die Richtung, wo der Kämpfer zu Boden gestürzt war.

Der Transporter beschleunigte mit Vollgas.

»Das war ein Hinterhalt«, haderte der Clanführer verbittert. »Sie haben ihn abgeschossen, bei meinem Yatagan!«

Hammer blickte sich um und wusste sofort, von wo der Schuss abgefeuert worden war. Kurz darauf erreichte die Gazelle die Stelle, wo der Kämpfer lag.

»Bleib auf der anderen Seite stehen, du Trottel«, fauchte Hammer den Fahrer an. »Im Business Center sitzt ein Scharfschütze!«

Die Gazelle blieb so ungünstig stehen, dass sie Jana die Sicht verdeckte.

Im Schutz der gepanzerten Wände des Kleintransporters zogen die Rothauben den Leichnam des Kämpfers hektisch nach innen.

»Den Rucksack zu mir!«, bellte Hammer, griff sich die

Beute und atmete auf. »Nichts wie weg hier und beordert die anderen zurück.«

Im Kugelhagel von Janas Barret light fifty brauste die Gazelle in Richtung Lenin-Prospekt davon. Die Funker wiesen indessen die Uibujen an, die Kämpfer aus der Burg zurückzuziehen.

Obwohl Jana drei Magazine in die Gazelle feuerte, schaffte sie es nicht, sie zu stoppen. Zwei Rothauben auf Motorrädern, die den Kleintransporter eskortierten, fielen den Geschossen der jungen Frau jedoch zum Opfer. Als der Lieferwagen endgültig außer Reichweite war, wandte sich Jana vom Fenster ab und informierte Cortes.

»Das Amulett ist in einer schwarzen Gazelle, die in Richtung Lenin-Prospekt fährt.«

»Verstanden.« Cortes nahm das Headset ab und wandte sich an seinen Partner: »Zum Lenin-Prospekt. Ein schwarzer Lieferwagen.«

Lebed nickte und gab Gas.

Der Hummer erreichte den Lenin-Prospekt knapp hinter der Gazelle. Ohne sich um rote Ampeln zu scheren, rasten die beiden Fahrzeuge in Richtung Autobahnring, wobei der Abstand zwischen ihnen rasch geringer wurde. Auf der Geraden des Prospekts war der Jeep viel schneller als der Lieferwagen. Cortes zog eine Kalaschnikow unter dem Sitz hervor, lud sie durch und legte sie neben Lebed auf den Sitz.

»Viel Glück, mein Freund.«

»Viel Glück, Kommandeur.«

Cortes holte die zweite Maschinenpistole hervor.

»Überhol sie und zwing sie zum Halten.«

»Zu Befehl.«

Der Jeep scherte aus und setzte zum Überholen an. Die Aufmerksamkeit der beiden Söldner war allein auf die Gazelle konzentriert, und so bemerkten sie zu spät, dass neue Akteure auf der Bildfläche erschienen.

»Vorsicht!!!«, schrie Lebed und stieg mit voller Kraft in die Bremse.

Im selben Moment wurde die Gazelle, die nur wenige Meter vor dem Hummer über den Prospekt raste, seitlich von einem gigantischen Yukon gerammt, der wie aus dem Nichts aufgetaucht war. Der Aufprall war so heftig, dass der Transporter umkippte, zwanzig Meter weit über den Asphalt schlitterte und am Straßenrand liegen blieb. Der Hummer krachte mit quietschenden Bremsen in den Yukon und schleuderte ihn auf den Trennstreifen des Prospekts.

Die Stille, die sich kurz darauf über den Unfallort legte, wurde vom Knarzen einer sich öffnenden Tür durchbrochen. Der halbbewusstlose Cortes wälzte sich aus dem zertrümmerten Jeep und hob seine Maschinenpistole.

Hammer, der immer noch nicht wusste, was überhaupt passiert war, klammerte sich mit blutenden Händen an den Rucksack mit dem Amulett.

Pulle rammte genussvoll seinen Dolch in den Rücken des Uibujen Stöpsel.

KAPITEL VIER

Zitadelle, Hauptquartier des Herrscherhauses Naw
Moskau, Leningradski-Prospekt
Dienstag, 27. Juli, 00:09 Uhr

Im Raum war es so finster, dass man die Wände nicht erkennen konnte. Die Düsternis wirkte wie ein wabernder, pulsierender Nebel, der Licht und Schall gierig verschlang. Ein undurchdringlicher schwarzer Schleier schottete den Raum gegen die Außenwelt ab.

Nur an einer Stelle wurde das Dunkel durchbrochen. Dort stand ein großer Bildschirm, über den eine bewegte Szenerie flimmerte. Die Kamera, von der die Livebilder stammten, war auf einem Vogel befestigt, der über der Burg kreiste. Gespannt verfolgten die Führer des Herrscherhauses Naw den Verlauf des Überfalls.

Der Fürst des Dunklen Hofs saß auf einem Holzstuhl mit hoher, gerader Lehne. Seine Figur wurde von einem schwarzen Mantel verhüllt, der mit der umgebenden Finsternis verschmolz. Nur seine gelben Augen funkelten unter der tief herabgezogenen Kapuze.

Zur Rechten des Fürsten ragten die schweigsamen Gestalten der Ratsherren des Dunklen Hofs auf, die sich auf lange Stäbe stützten. Zu seiner Linken hatte sich Santiago lässig an die Kante eines kaum erkennbaren Tisches gelehnt. Der Kommissar trug einen beigen Maßanzug, ein makelloses weißes Seidenhemd und eine Designer-Krawatte. Seine elegante Garderobe bildete einen scharfen Kontrast zu den düsteren, schmucklosen Mänteln der übrigen Führer des Hauses Naw.

Niemand kommentierte die Geschehnisse auf dem Bildschirm. Erst als Lubomir sein dreistes »Wehe euch!« ausgesprochen hatte, der tote Vogel zu Boden stürzte und das Bild verrieselte, wurde das Schweigen gebrochen.

»Jetzt wissen wir definitiv, dass Lubomir der Bote ist«, stellte Santiago fest.

»Und er hat das Amulett unter seine Kontrolle gebracht«, ergänzte einer der Ratsherren.

In seiner Bemerkung schwang ein unverhohlener Vorwurf gegen den obersten Militärstrategen des Dunklen Hofs, dessen piekfeiner Aufzug ihm offensichtlich missfiel.

»Meine Söldner sind vor Ort«, wandte Santiago höflich ein. »Sie werden den Rothauben das Amulett umgehend abknöpfen.«

»Humos«, erwiderte der Ratsherr geringschätzig. »Warum hast du nicht unsere Krieger entsandt?«

»Der Einsatz der Söldner hat den Vorteil, dass wir den Boten damit überraschen können«, erläuterte der Kommissar. »Ein Humo ist für den Zauberer viel schwieriger aufzuspüren als ein Naw. Eine Intervention unserer Krieger hätte Lubomir mit Sicherheit bemerkt und er hätte sie genauso blockiert, wie er die Magier des Ordens lahmgelegt hat.«

»Ich glaube kaum, dass er in der Lage wäre, es mit den Tschuden und uns gleichzeitig aufzunehmen«, widersprach der Ratsherr.

»Aber er hätte eine Konfrontation zwischen uns und den Tschuden provoziert. Das Eingreifen unserer Kämpfer, noch dazu mit aktiver Unterstützung des Fürsten, hätten die Tschuden durchaus als Kriegserklärung auffassen können.«

»Wie auch immer«, entgegnete der Ratsherr. »Jetzt, wo sowohl die Tschuden als auch die Luden ihre Magischen Quellen verloren haben, eröffnet sich uns die Möglichkeit, ihrer Präsenz in der Verborgenen Stadt ein Ende zu setzen. Ich hoffe, dass der Herr Kommissar in der Lage ist, entsprechende militärische Pläne vorzulegen.«

Santiago rückte seine goldene Krawattennadel zurecht und starrte unbeirrt in die Finsternis des Raums. In der Hierarchie des Herrscherhauses Naw stand er eine Stufe unter den Ratsherren. Er war nur Vollstrecker und hatte nicht das Recht, politische Entscheidungen zu treffen. Seine Anweisungen bekam er jedoch ausschließlich vom Fürsten.

»Schalte das Ding aus«, befahl der Gebieter des Herrscherhauses Naw.

Ohne sich vom Tisch zu erheben, drückte der Kommissar eine Taste auf dem Bedienpult, und der Bildschirm erlosch. Das Besprechungszimmer wurde jetzt nur noch von zwei winzigen Lampen schwach erleuchtet. Die drei Ratsherren reihten sich vor dem Fürsten auf.

»Meiner Meinung nach ist die Gelegenheit günstig«,

sagte der Mittlere. »Unsere Feinde sind geschwächt. Das müssen wir ausnützen und angreifen.«

»Sind alle dieser Meinung?«, fragte der Fürst.

Die beiden anderen Ratsherren schwiegen zunächst, doch dann schüttelte der Rechte den Kopf.

»Die Versuchung, die Situation auszunützen und die Anzahl der Herrscherhäuser zu verringern, ist groß«, führte er aus. »Aber ist es nicht genau das, worauf der Bote spekuliert? Wenn wir uns auf diese Weise schwächen, wären wir eine leichte Beute für ihn.«

»Vorsicht ist die Mutter der Porzellankiste«, pflichtete der mittlere Ratsherr bei. »Andererseits: Wer nichts wagt, gewinnt nichts.«

Die Meinung des dritten Ratsherrn ließ nicht lange auf sich warten: »Ich bin dafür, einen Krieg zu riskieren. Im schlimmsten Fall tauschen wir den Boten gegen zwei Herrscherhäuser ein. Dann haben wir nur noch einen Feind anstatt zwei. Das ist immer noch besser.«

»Im schlimmsten Fall wird der Bote alle drei Herrscherhäuser aus der Geschichte der Verborgenen Stadt ausradieren«, warf Santiago ein.

»Was?!«, entrüstete sich der Ratsherr. »Wie kannst du ...«

»Lass ihn ausreden«, unterbrach ihn der Fürst. »Ich will auch die Meinung des Kommissars hören.«

»Vielen Dank.« Santiago erhob sich von der Tischkante, steckte die Hände in die Hosentaschen und schlenderte langsam im Kreis. »Die militärische Lage stellt sich wie folgt dar: Die Luden stellen derzeit keine ernste Gefahr dar. Die Priesterinnen sind schon zu lange vom Regenbrunnen abgeschnitten, als dass sie den Baronen eine effektive Hilfe wären. Ihren Sektor könnten wir problemlos einnehmen.«

»Das Haus Lud können wir uns also zum Nachtisch aufheben«, schlussfolgerte der aggressivste Ratsherr. »Knöpfen wir uns als Erstes den Orden vor.«

»Bei den Tschuden liegt der Fall komplizierter«, erwiderte Santiago und nestelte an seiner Krawatte. »Sie haben ihr Amulett erst heute verloren. Das bedeutet, dass die Magier des Ordens noch einige Tage lang, etwa bis Vollmond, in der Lage sein werden, sich zu verteidigen. Wir müssten also entweder so lange abwarten, oder uns auf einen ernsthaften Krieg mit ungewissem Ausgang einlassen.«

»Zum Vollmond erreicht die magische Kraft des Boten ihren Höhepunkt«, räsonierte der Fürst. »Dann wird er zum entscheidenden Schlag gegen uns ausholen.«

»Und wozu er imstande ist, hat er uns ja soeben anschaulich vorgeführt«, ergänzte der Kommissar.

»Der Bote ist zum Äußersten entschlossen«, setzte der Fürst fort. »Für ihn gibt es nur Sieg oder Tod. Er ist gekommen, um die Welt zu beherrschen. Mit weniger wird er sich nicht zufriedengeben. Wir haben nur eine Chance gegen ihn, wenn wir uns mit allen Magiern der Verborgenen Stadt verbünden.«

»Und selbst das würde nicht genügen, gäbe es da nicht einen Umstand, der uns in die Karten spielt«, sagte Santiago geheimniskrämerisch.

»Und der wäre?«

»Der Bote hat keine klassische Ausbildung durchlaufen, das macht seine magische Kraft weniger gefährlich. Mit anderen Worten: Wenn man eine Geige zu Hause hat, bedeutet das noch nicht, dass man auch darauf spielen kann. Der Bote verfügt über verheerende magische Kräfte und außergewöhnliche Fähigkeiten. Doch versteht er es auch, sie gezielt einzusetzen? Er hat zu viel Zeit in der Einsamkeit verbracht.«

»Wir verbringen auch viel Zeit in der Einsamkeit«, wandte ein Ratsherr ein.

»Aber im Unterschied zu Lubomir habt ihr mich«, konterte Santiago grinsend. »Ich setze eure Entscheidungen in die Tat um, und ihr müsst euch nicht mit den Intrigen und Kompromissen herumschlagen, die dazu erforderlich sind. Der Bote dagegen muss nicht nur gegen den Fürsten kämpfen, sondern auch seine Schergen dirigieren, ihnen Befehle erteilen und kontrollieren, ob sie auch ausgeführt werden. Ich glaube nicht, dass er die nötige Reife hat, um eine so komplexe Aufgabe zu bewältigen, und darin liegt unsere Chance. Wir müssen uns mit den anderen Herrscherhäusern verbünden.«

»Wir werden uns nicht untereinander bekriegen«, entschied der Fürst. »Denn die eigentliche Gefahr ist der Bote.«

»Aber wir wissen immer noch nicht, wo er sich versteckt hält«, warf einer der Ratsherren ein.

»Das ist das Problem des Kommissars.«

»Ich werde ihn finden«, versicherte Santiago selbstbewusst.

»Und wie?«, erkundigte sich der Ratsherr. »Bislang sind unsere Bemühungen ohne Erfolg geblieben.«

»Das Amulett wird mir helfen«, erläuterte der Kommissar. »Der Bote wird das Amulett jagen und ich den Boten.«

»Ist das nicht zu hoch gepokert?«, beharrte der Ratsherr. »Vielleicht sollten wir das Amulett in der Zitadelle verstecken?«

»Ich denke, der Kommissar weiß schon, was er zu tun hat«, beendete der Fürst den Disput. »Und noch etwas: Wir müssen den Tschuden zu verstehen geben, dass wir auf ihrer Seite stehen. Santiago, du wirst sie morgen darüber in Kenntnis setzen.«

»Ja, mein Gebieter«, sagte der Kommissar und verneigte sich.

»Und lass dich nicht mehr in weißen Anzügen bei mir blicken.«

»Er ist beige, mein Gebieter«, entgegnete Santiago mit einer neuerlichen, tiefen Verbeugung, unter der er ein breites Grinsen verbarg.

Moskau, Lenin-Prospekt
Dienstag, 27. Juli, 00:39 Uhr

»Leg einen Zahn zu, mein Freund.«

Artjom schaute auf den Tacho: hundertdreißig. Der Golf sauste bei grüner Welle über den halbleeren Lenin-Prospekt Richtung Autobahnring, doch Artjom hatte so seine Zweifel, ob das lange gutgehen würde. Einer derart dreisten Raserei schob die Verkehrspolizei im Normalfall schon nach kürzester Zeit einen Riegel vor.

»Mach dir keinen Kopf wegen der Polizei«, sagte der Passagier. »Die hat im Augenblick andere Sorgen. Drück auf die Tube.«

Artjom gab Gas.

Der Abend stand von Anfang an unter keinem guten Stern. Lusja hatte Gäste eingeladen und das ausgerechnet an einem Montag, dem – aus Artjoms Sicht – denkbar ungeeignetsten Tag für ein geselliges Beisammensein. Fatalerweise erschien Lusjas beste Freundin Sinotschka nicht zu der Festivität, woran selbstverständlich Artjom schuld war, da er keine Zeit fand, die Dame und ihren neuen Kavalier persönlich abzuholen und zu seiner Freundin zu chauffieren. Den ganzen Abend lang sah sich Artjom Lusjas vorwurfsvollen Blicken ausgesetzt, und so überraschte es ihn nicht weiter, als er zehn Minuten vor Mitternacht dazu aufgefordert wurde, sich nach Hause zu begeben.

Richtig abenteuerlich wurde der Abend aber erst, als Artjom die Kreuzung Lenin-Prospekt/Krawtschenko-Straße erreichte. Hier gab es kein Durchkommen. Der Prospekt war wegen eines kapitalen Unfalls gesperrt. Zwei schneeweiße Streifenwagen blockierten die Fahrbahn, und davor hatte sich bereits ein kurzer Stau gebildet.

Artjom reihte sich in die zweispurige Schlange ein, kurbelte das rechte Fenster herab und wandte sich an das dicke Mondgesicht, das neben ihm am Steuer eines 9er Lada saß.

»Ist hier schon lange dicht?«

»Seit fünf Minuten. Ums Haar wäre ich noch durchgekommen«, nölte der Dicke.

»So ein Pech«, sagte Artjom mitfühlend.

»Vielleicht war es eher ein Glück«, wandte der Ladafahrer ein und zündete sich eine Zigarette an. »Sonst wäre ich womöglich in dieses Blutbad geraten.«

Artjom spähte zwischen den Streifenwagen hindurch, wo nichts als qualmende Schrotthaufen zu erkennen waren.

»Ich hätte über den Wernadski-Prospekt fahren sollen«, konstatierte er resigniert und lehnte sich zurück.

»Im Autoradio haben sie gemeldet, dass die Polizei den gesamten Wernadski abgesperrt hat«, verkündete der Dicke.

»Und was ist dort passiert?«

»Irgendeine Schießerei.«

»Wahnsinn, wie es zugeht in der Stadt ...«

Nach einiger Zeit fuhr einer der Streifenwagen beiseite, und am Beginn des Staus erschien ein Polizist, der geschäftig mit seinem gestreiften Knüppel wedelte. Nach und nach winkte er die wartenden Fahrzeuge im Schneckentempo durch eine schmale Gasse an der Unfallstelle vorbei.

Mitten auf dem mit Glasscherben und Plastikteilen übersäten Prospekt stand ein übel zugerichteter Geländewagen. Die Frontpartie des Jeeps war zusammengeschoben und klebte förmlich auf dem Asphalt. Beide Vorderreifen waren platt, die Frontscheibe zertrümmert. Die Fahrertür stand offen, und zwei Sanitäter zogen einen blutüberströmten Körper aus dem Innenraum.

Rechter Hand des Hummers lag ein umgekippter schwarzer Lieferwagen vom Typ Gazelle am Straßenrand. Er hatte offenbar gebrannt, da er mit braunem Löschschaum bedeckt war. Den Schleifspuren auf dem Asphalt nach zu schließen, war die Gazelle etwa zwanzig Meter über die Fahrbahn gerutscht. Der dritte Beteiligte an dem Unfall war ein völlig zerstörter Yukon, der sein Leben an der Leitplanke des Mittelstreifens ausgehaucht hatte. Überlebende des Unfalls waren nirgends zu sehen. Neben dem Fahrer des Hummers, der gerade in einen schwarzen Plastiksack verfrachtet wurde, lagen noch etliche weitere Leichen am Ort des Geschehens verstreut. Zunächst dachte Artjom, dass es sich dabei um Unfallopfer handele, doch als er genauer hinsah, bemerkte er, dass dies ein Irrtum war: Hier hatte eine Schießerei stattgefunden. Die verunglückten Fahrzeuge waren nicht nur zerbeult, sondern auch von Kugeln durchsiebt.

Der schreckliche Anblick ließ Artjom nicht unbeeindruckt. Der dicke Ladafahrer hatte Recht gehabt. Auch Artjom konnte von Glück sagen, dass er nicht zehn Minuten eher an die Kreuzung geraten war. Er merkte, wie seine Hände zitterten, und verspürte den dringenden Wunsch, eine Zigarette zu rauchen. Er kramte in seiner Tasche nach dem Päckchen, doch dann fiel ihm ein, dass er seine Zigaretten bei Lusja auf dem Balkon hatte liegen lassen.

Artjom hielt beim nächsten 24h-Kiosk am Straßenrand, doch in dem Moment, als er den Motor seines Golfs abstellen wollte, öffnete sich plötzlich die Beifahrertür und ein breitschultriger, mit kurzer Lederjacke bekleideter Mann setzte sich umstandslos auf den Beifahrersitz. Artjom fiel nichts mehr ein.

»Gib Gas, Junge«, forderte der ungebetene Gast, zog die Beifahrertür zu und warf seinen kleinen schwarzen Rucksack auf die Rückbank. »Ich geb dir zweihundert Piepen, wenn du mich bis zum Ring bringst.«

Auf das Armaturenbrett flatterten zwei zusammengelegte Hunderter.

»Mann, ich bin kein Taxi, verdammt!«, explodierte Artjom. An diesem unseligen Abend war ohnehin schon alles schiefgegangen, was schiefgehen konnte. Die dreiste Selbstherrlichkeit des Unbekannten brachte das Fass zum Überlaufen. »Mach, dass du hier rauskommst, aber ein bisschen plötzlich!«

Der Mann sah Artjom verständnislos an und setzte plötzlich ein mitleidiges Lächeln auf.

»Hattest du einen schlechten Tag?«

Artjom war völlig perplex. Aus dem Blick des Unbekannten sprachen weder Hohn noch Spott, seine Frage wirkte völlig ernst gemeint.

»Kann man so sagen«, antwortete Artjom widerstrebend.

»Geht mir ähnlich«, seufzte der Eindringling. »Nicht, dass ich dich einschüchtern wollte, aber wenn du mich nicht mitnehmen willst, musst du zu Fuß weitergehen.«

Der ruhige Blick des Unbekannten verriet, dass er es ernst meinte.

»Wirklich ein beschissener Tag«, resignierte Artjom und gab Gas.

»Leg einen Zahn zu, Junge.«

»Aber die Bullen ...«

»Mach dir keinen Kopf wegen der Polizei, die hat im Augenblick andere Sorgen.«

Artjom schielte abermals zu seinem Beifahrer hinüber: kalte braune Augen, harte Gesichtszüge, zusammengepresste, schmale Lippen – er schien ein Typ zu sein, dem man besser nicht widerspricht. Artjom wagte es trotzdem.

»Ich fahre so, wie ich es für richtig halte.«

Der Mann lächelte süffisant.

»Wie heißt du?«

»Artjom.«

»Angenehm. Ich heiße Cortes«, stellte er sich vor und fügte dann ernst hinzu: »Es ist wichtig für mich, dass du so schnell wie möglich fährst. Deshalb sei bitte so gut und gib Gas.«

Erst jetzt fiel Artjom auf, dass die Lederjacke des Fremden an der linken Schulter zerrissen war, und an seinem Hals eine frische Schnittwunde blutete.

Bestimmt war er in eine Prügelei geraten, dachte Artjom und spürte ein flaues Gefühl im Magen – oder in eine Schießerei. Da habe ich mir einen sauberen Beifahrer aufgegabelt.

»Ich war dort an der Kreuzung«, las Cortes Artjoms Gedanken. »Ich habe Ärger.«

»Das habe ich mir schon gedacht.«

»So?« Cortes fuhr sich mit der Hand über die Wunde am Hals. »Gut beobachtet.«

»Soll ich dich ins Krankenhaus fahren?«

»Später. Erst mal müssen wir hier weg.«

Der Tachozeiger näherte sich der Marke hundertvierzig.

»Wirst du von der Polizei gesucht?«

»Wie gesagt, die Polizei hat andere Sorgen«, erwiderte Cortes und grinste schief. »Am Wernadski sind richtig die Fetzen geflogen. Die Rothauben haben die Burg überfallen und das Karthagische Amulett geklaut.«

Artjom sah ungläubig zu seinem Mitfahrer hinüber. Irgendetwas stimmte doch nicht mit dem. War er vielleicht nicht ganz richtig im Kopf?

»Was, sagtest du, haben die überfallen?«

»Die Burg.«

»Hauben?«

»Rothauben.«

Artjom verstand nur Bahnhof.

»Was läuft hier eigentlich ab?«, fragte er.

»Ein Krieg«, antwortete Cortes kurz und bündig.

Tatsächlich, der Typ war verrückt.

Gebäudekomplex der Firma Tschud Inc.
Moskau, Wernadski-Prospekt
Dienstag, 27. Juli, 00:41 Uhr

Kornilow traf um zwanzig Minuten vor eins am Wernadski-Prospekt ein. Die heftige Schießerei beim Bürogebäude der Finanzholding Tschud Inc. brachte das gesamte Moskauer Polizeipräsidium auf die Beine. Am

Tatort, der von Scheinwerfern hell erleuchtet war, hatte man eine rekordverdächtige Anzahl von Streifenwagen und Spezialeinsatzkommandos zusammengezogen. Zum Ärgernis der Autofahrer wurde der ganze Bezirk großräumig abgesperrt. Mitarbeiter der Spurensicherung nahmen das ganze Areal penibel unter die Lupe. Sonst gab es für die Polizisten nichts zu tun. Die meisten der schwarz maskierten, mit kugelsicheren Westen ausgerüsteten Männer des Spezialeinsatzkommandos, die SEKler, standen beschäftigungslos bei einem gepanzerten Transporter. Unter den Bäumen hatte sich ein Grüppchen verschreckter Anwohner versammelt.

Die ganze Szenerie erinnerte den Major an jene schon vergessen geglaubten Zeiten vor fünf oder sechs Jahren, als das Land sich im Umbruch befand und nicht enden wollende Bandenkriege die Stadt in Atem hielten. Solcherlei Gewaltexzesse waren damals beinahe der Normalfall, die Stadt ertrank buchstäblich in Blut. Erst durch entschlossene Maßnahmen von Innenministerium und Polizei gelang es, die grassierende Kriminalität einzudämmen. Man erließ strenge Gesetze gegen mafiöse Gruppierungen und richtete im Polizeipräsidium eine Sonderermittlungsgruppe ein, die unmittelbar General Schwedow unterstellt war. Der Erfolg übertraf alle Erwartungen. In weniger als eineinhalb Jahren setzte man den anarchistischen Zuständen in der Hauptstadt ein Ende, und in der Folge schaffte es Kornilow innerhalb von zwei Jahren, fast alle Rädelsführer der Moskauer Banden hinter Gitter zu bringen. Fast alle, denn der Schlimmste von allen, Chamberlain, befand sich noch auf freiem Fuß.

Der neuerliche Gewaltausbruch kam für die Moskauer Polizeikräfte völlig überraschend. Dennoch hatten sie den souveränen Umgang mit solchen Ereignissen nicht verlernt, wie der Major zufrieden feststellte. Am Ort des Geschehens wurde besonnen gearbeitet, und niemand verbreitete Hektik oder gar Panik.

Kornilow stieg gemächlich aus seinem Wolga und zündete sich gerade eine Zigarette an, als er bemerkte, dass es vor der Meute der Journalisten wieder einmal kein Entrinnen gab.

»Herr Major!«, hechelte der *NTW*-Reporter, der den Sprint knapp vor seinen Kollegen gewonnen hatte. »Droht uns ein neuerlicher Bandenkrieg?«

»Natürlich nicht. Wir haben die Lage in der Stadt vollständig unter Kontrolle.«

»Was hat diese Schießerei dann zu bedeuten?«, fragte eine kleine Schwarzhaarige provokant.

»Sie bedeutet nur, dass jemand ins Zuchthaus geht.«

»Hatten Sie mit der Tschud Incorporated schon mal zu tun?«

»Ich persönlich nie. Kann sein, dass die Steuerfahndung schon mal das Vergnügen mit der Firma hatte.«

»Augenzeugen berichten, hier hätte eine regelrechte Schlacht stattgefunden.«

»Dummerweise hat niemand ein Video davon gedreht, um diese Aussage zu belegen.« Die Journalisten lachten. »Deshalb kann ich Ihnen vor morgen auch nichts Konkretes sagen. Entschuldigen Sie mich jetzt.«

Kornilow verschwand hinter der Absperrung.

»Guten Abend, Patron«, grüßte Waskin, der ihm aufgeregt entgegenlief. »Die Lage ist gelinde gesagt unübersichtlich. Hier blickt keiner mehr durch!«

»Das ist völlig normal.« Der Major deutete mit einer Kopfbewegung auf das Grüppchen unter den Bäumen. »Sind das Zeugen?«

»Ja«, bestätigte Waskin. »Das sind Anwohner, die aus den Häusern der näheren Umgebung herbeigeeilt sind.«

Die Sensationsgier der Moskauer war berüchtigt.

»Und was sagen sie?«

»Es könnte sich um einen Racheakt handeln«, mutmaßte der Leutnant mit leuchtenden Augen. »Den Zeugenaussagen zufolge haben vier Feuerwehrfahrzeuge vom Typ Kamaz das Tor gerammt, und dann kam es zu einem mörderischen Feuergefecht. Wie viele Angreifer es waren, konnte niemand so genau sagen, vermutlich zwischen fünfzig und zweihundert.«

»Das sieht nach einem generalstabsmäßig geplanten Überfall aus«, resümierte Kornilow mit einem Blick auf die vier völlig zerstörten Kamaz-Laster.

»Dafür spricht alles«, pflichtete Waskin bei. »Nur die Besitzer des Gebäudes behaupten, dass nichts dergleichen geschehen sei.«

»Hä? Sind die blind und taub?«

»Die Kamikaze-Aktion der vier Kamaz haben sie gesehen.« Die beiden Polizisten betrachteten abermals den Schrotthaufen in der Toreinfahrt, der auch schlecht wegzudiskutieren war. »Doch alles andere bestreiten sie. Eine Schießerei hat angeblich nicht stattgefunden.«

»Und was haben unsere Leute berichtet?«

»Als Erste waren die Streifen von der Bezirks-Polizeiinspektion vor Ort. Sie haben jemanden weglaufen sehen, konnten jedoch in der Dunkelheit keine Gesichter erkennen. Schüsse haben sie nicht gehört, von einem Überfall nichts mitbekommen und auch niemanden festgenommen.«

»Und wieso sind die SEKler dann hier?« Kornilow sah zu den finsteren Gestalten hinüber, die mit ihren Masken und Maschinenpistolen etwas verloren wirkten.

»Die wurden wegen der besorgten Anwohner geschickt«, erklärte Waskin. »Dutzende Anrufer hatten glaubhaft versichert, es sei ein Krieg ausgebrochen.«

Die Wachsamkeit der Moskauer stand ihrer Sensationslust in nichts nach.

»Soso. Sehr interessant.« Kornilow lächelte einem groß gewachsenen Kerl in schwarzer Uniform zu, der gerade auf ihn zukam. »Hallo, Klim!«

Es handelte sich um den Oberst Washenin, den Kommandeur der Spezialeinsatzkommandos des Moskauer Polizeipräsidiums.

»Guten Tag, Andrej.« Kornilows kleine Hand verschwand in der riesigen Pranke des SEK-Chefs. »Wenn's dir recht ist, ziehe ich meine Jungs ab, wir sind hier überflüssig wie ein Kropf.«

»Jaja, schon in Ordnung.«

»Wir sehen uns.«

Klim entfernte sich zu seinen Leuten, während Kornilow sich wieder Waskin zuwandte.

»Was hat die Spurensicherung bis jetzt gefunden?«

»Patronenhülsen von Kalaschnikows. Und zwei zurückgelassene Granatwerfer. Alle Seriennummern wurden unkenntlich gemacht, aber Kostja glaubt, dass er sie wiederherstellen kann.«

Kostja, einer der besten Spurensicherer des Präsidiums, täuschte sich nur selten.

»Und was ist am Lenin-Prospekt passiert?«

»Davon haben Sie auch schon gehört?«

»Im Radio, ja.«

»Dort gab es einen verheerenden Unfall und eine Schießerei«, teilte Waskin mit. »Drei zerstörte Fahrzeuge, elf Tote. Ein Detail dazu ist vielleicht bemerkenswert.«

»Erzähl.«

»Fast alle, die auf dem Lenin-Prospekt ums Leben gekommen sind, waren gleich gekleidet: schwarze Hosen und Westen aus Leder und rote Bandanas.«

»Biker?«, fragte der Major erstaunt.

»Ich weiß nicht. Aber interessant ist etwas anderes: Gemäß den Zeugenaussagen waren die Angreifer, die hier den Überfall verübt haben, genauso gekleidet, ganz in Schwarz und mit roten Kopftüchern.«

»Hmm ...«, grübelte Kornilow. »Welche der beiden Schießereien hat eigentlich zuerst stattgefunden?«

»Da muss ich passen«, gestand Waskin.

»Finde es heraus.« Kornilow betrachtete abermals das Gebäude. »So, die Herren behaupten also, es sei überhaupt nichts geschehen?«

Kornilow und Waskin stiegen über klägliche Reste des Tors, auf denen die goldenen Lettern INC. prangten, und begaben sich in den Hof.

»Nobel, nobel«, goutierte Kornilow ironisch.

Der mit Marmorplatten ausgelegte und von schnörkeligen Laternen beleuchtete Hof machte einen äußerst gepflegten Eindruck. In seiner Mitte gurgelte ein kleiner Springbrunnen und die hohen Begrenzungswände waren mit sorgfältig beschnittenem Efeu bewachsen. Kurzgestutzte Rasen und einige bequeme Sitzbänke vervollständigten das Bild, das auf eine gewisse Weise irreal wirkte – wie gemalt. Wäre nicht das Trümmerfeld der Lkws am Tor gewesen, man hätte sich hier nicht einmal auszuspucken getraut. So allerdings ...

Kornilow spuckte aus und konstatierte erstaunt: »Hier sieht es aber überhaupt nicht nach einer Schießerei aus.«

Waskin kam nicht mehr dazu, etwas zu erwidern. Ein großer, rothaariger Mann in einem dunklen Dreiteiler eilte auf die beiden Polizisten zu.

»Wir hatten doch vereinbart, die Zeugenaussagen auf morgen Vormittag zu verschieben!«, ereiferte er sich.

»Ich brauche nicht lange«, erwiderte Kornilow, zog seine Polizeimarke heraus und hielt sie dem Rothaarigen unter die Nase. »Major Kornilow, Kriminalpolizei.«

»Franz de Geer, Leiter der Gebäudewache.«

»Sind Sie Ausländer?«

»Mein Vater war Ausländer, ich bin Russe«, erläuterte de Geer mit starkem Akzent. »Übrigens habe ich Ihren Kollegen schon mitgeteilt, dass ich nicht viel weiß. Im Augenblick finde ich noch gar keine Worte für dieses ungeheuerliche Verbrechen.«

»Versuchen Sie es trotzdem.«

»Vier Kamaz haben unser Tor gerammt«, berichtete de Geer, der nun einen geschäftsmäßigen Ton anschlug. »Aus den Fahrzeugen sind irgendwelche Chaoten ausgestiegen, haben uns als Kapitalistenschweine beschimpft, mit Revolution gedroht und sind dann geflüchtet. Unsere Wache hat zwar versucht, sie zu stellen, aber leider ohne Erfolg. Wir haben dann unseren Hof kontrolliert, jedoch niemanden vorgefunden. Kurz darauf sind dann schon Ihre Kollegen hier eingetroffen. Entschuldigen Sie, dass ich etwas konfus berichte, aber ich stehe immer noch unter Schock.«

Kornilow nickte verständnisvoll mit dem Kopf.

»Zeugen haben ausgesagt, dass es eine Schießerei gegeben habe«, erläuterte er. »Deswegen sind wir gekommen.«

»So was!« De Geer breitete die Arme aus und zuckte mit den Achseln. »Und wo soll das gewesen sein?«

»Irgendwo hier.« Der Major zog die nächste Zigarette aus der Packung und fuchtelte damit in der Luft. »In Ihrem Hof.«

»Was Sie nicht sagen!« De Geer machte ein verblüfftes Gesicht. »Ich habe nichts gehört.«

»Na gut.« Zu Waskins Überraschung gab sich Kornilow damit zufrieden. »Wir kommen dann morgen wieder und nehmen die Aussagen ihrer Wachleute zu Protokoll. Ist übrigens jemand zu Schaden gekommen?«

»Nein, nein«, entgegnete de Geer. »Sie konnten sich alle rechtzeitig in Sicherheit bringen.«

»Eine tolle Wachmannschaft haben Sie«, lobte Kornilow und ließ de Geer stehen.

»In der Tat«, pflichtete de Geer bei. »Sie gehen schon?«, rief er den sich entfernenden Polizisten hinterher.

»Bis morgen«, erwiderte Kornilow, ohne sich noch einmal umzudrehen.

»Was meinen Sie dazu, Patron?«, erkundigte sich Waskin neugierig, als sie wieder auf dem Prospekt waren.

»Der Typ ist verwundet«, sagte der Major.

»Was?«

»Na, du bist mir ein schöner Ermittler«, seufzte Kornilow mit mildem Spott. »Ist dir nicht aufgefallen, wie unnatürlich er seinen rechten Arm hielt?«

Waskin wurde verlegen: »Ähm ...«

»Mach dir nichts draus. Mit der Zeit bekommst du einen Blick dafür. Morgen wirst du dir mal dieses Gebäude und diese Firma vornehmen. Ich will alles über sie wissen.«

»Jawohl«, erwiderte Waskin geknickt und fügte vorsichtig hinzu: »Wollen Sie sich den Hubschrauber noch ansehen?«

»Den Hubschrauber?!«, wunderte sich der Major. »Einen richtigen Hubschrauber?«

»In der Tat. Es ist nur nicht mehr allzu viel von ihm übrig.«

Die beiden begaben sich zur Absturzstelle.

»Tatsächlich, ein richtiger Hubschrauber.« Kornilow kickte ein Schrottteil durch die Gegend.

»Wenn es stimmt, was die Zeugen sagen, hat er während der Schießerei über dem Dach des Gebäudes gekreist und ist dann für kurze Zeit auf das Dach niedergegangen. Als er sich wieder entfernte, wurde er von einer Flugabwehrrakete abgeschossen.«

»Wenn's weiter nichts ist ...«, staunte Kornilow. »Marineinfanterie haben die Zeugen aber nicht zufällig gesehen?«

»Wen?«, erwiderte der Leutnant und klappte den Mund auf.

»Ach nichts. Das habe ich nur so dahingesagt.« Kornilow betrachtete abermals das Hochhaus. »Habt ihr den Chef der Gebäudewache dazu befragt?«

»Ja. Er hat nur gesagt, dass er sich ausschließlich der Bewachung des Gebäudes widmet und in der Umgebung abstürzende Hubschrauber ihn nichts angehen.«

»Logisch.«

»Bevor der Hubschrauber abgeschossen wurde, ist übrigens ein Mann aus ihm herausgestürzt.« Waskin führte den Major ein paar Meter weiter. »Er muss hier gelegen haben.«

»Erstaunlich.« Kornilow ging in die Hocke. »Wie konnte das geschehen?«

»Vielleicht hatte er mitbekommen, dass das Ding gleich runtergeholt wird.«

»Und sich deshalb prophylaktisch in den Tod gestürzt?«, fragte der Major spöttisch und begutachtete aufmerksam die Spuren. »Manchmal redest du schneller als du nachdenkst, Wladik. Habt ihr euch das Dach des Gebäudes angesehen?«

»Dort oben haben wir nichts gefunden.«

»Trotzdem ist der Hubschrauber explodiert. Und ein Rettungswagen hat nicht lange auf sich warten lassen.«

Kornilow strich mit der Hand durch die Reifenspuren im Gras. »Siehst du, sie haben nicht beim Hubschrauber gehalten, sondern genau hier und haben den Leichnam mitgenommen.« Er richtete sich auf und streckte Waskin triumphierend ein Großkalibergeschoss entgegen. »Dabei hat sie ein Scharfschütze unter Feuer genommen.«

»Ein Scharfschütze? Vielleicht sollten wir diesen de Geer festnehmen und einer gesalzenen Vernehmung unterziehen.«

»Die Schüsse kamen nicht aus dem Gebäude der Tschud Incorporated«, sagte Kornilow und zog seine Zigaretten aus der Tasche. »Das Fahrzeug hat so angehalten, dass es die Schussbahn von dort drüben verdeckte.« Er zeigte auf das Business-Center. »Dort saß der Scharfschütze. Durchkämmt das Gebäude.«

»Zu Befehl.«

»Es muss ein großes Fahrzeug gewesen sein«, setzte Kornilow fort und inspizierte abermals die Spuren. »Was für Fahrzeugtypen waren eigentlich an dem Unfall am Lenin-Prospekt beteiligt?«

»Zwei Jeeps: ein Hummer und ein Yukon. Und eine Gazelle.«

»Eine Gazelle, das würde passen«, schloss Kornilow, ohne zu zögern. »Ruf die Spurensicherung, Student. Sie sollen die Reifenabdrücke analysieren und mit denen vom Lenin-Prospekt vergleichen.«

»Verstanden.« Waskin entfernte sich im Laufschritt zu den Sachverständigen.

»Eine Gazelle«, murmelte Kornilow vor sich hin. »Was

habt ihr nur von hier fortgeschafft, Jungs, wirklich nur eine Leiche?«

Noch einmal suchte er den Ort des Geschehens ab, bückte sich abermals und hob vorsichtig ein zerbrochenes Handy auf.

»Oho, was haben wir denn da!«

Der Major hatte nicht oft das Glück, so wertvolle Beweismittel am Tatort zu finden. Zufrieden packte er die Bruchstücke des Telefons in einen Plastikbeutel und steckte sie in seine Sakkotasche.

Die Burg, Hauptquartier des Herrscherhauses Tschud
Moskau, Wernadski-Prospekt
Dienstag, 27. Juli, 00:43 Uhr

De Geer begab sich ins dritte Stockwerk, legte den Mantel ab und begutachtete seinen verbundenen Arm. Alles bestens, die Blutung war bereits gestillt. Nur noch ein leichtes Stechen erinnerte an die fürchterliche Wunde, die er sich bei einer Granatenexplosion zugezogen hatte. Die legendäre Heilsalbe der Erli wirkte wieder einmal Wunder.

Der Kapitän legte seinen Kriegsmeistermantel wieder an und sah durchs Fenster in den Hof hinunter. Im Gegensatz zu den Polizisten, die ihn soeben befragt hatten, sah er das wahre Bild der Zerstörung: Einschusslöcher in den Wänden, schwarze Brandflecken auf dem Rasen, die Trümmer des gesprengten Brunnens und nicht zuletzt die Leichen der Kämpfer, die das verbissene Feuergefecht nicht überlebt hatten. Die prächtige Burg war verschandelt und mit Blut besudelt.

Kornilow ... Der Ermittler machte Franz wesentlich mehr Kopfzerbrechen als seine Verwundung. Der Kapitän hatte schon viel von dem hartnäckigen und ehrgeizigen Ermittler gehört. Kein einziger ungelöster Fall in vier Jahren – diese Bilanz konnte sich sehen lassen. Man musste damit rechnen, dass Kornilow nachbohren würde, und das bedeutete eine echte Bedrohung für die Verborgene Stadt. De Geer knirschte mit den Zähnen und trat entschlossen in die bedrückende Stille des Thronsaals.

Der Großmagister saß auf einem kleinen, vergoldeten Hocker im hintersten Winkel und starrte regungslos auf das Modell der Burg, das auf einem Tisch mit Elfenbeineinlagen vor ihm stand. Auf de Saint-Carrés Stirn standen Schweißtropfen. Um ihn herum hatten sich die Magier aus der Meisterei der Illusionen versammelt. Ihre Aufgabe bestand darin, das von ihrem Gebieter erzeugte Trugbild zu stabilisieren. Franz blieb zwei Schritte vor dem Großmagister stehen und betrachtete sorgenvoll sein eingefallenes Gesicht.

»Sind die Humos weg?«, erkundigte sich de Saint-Carré leise.

»Ja, mein Gebieter. Sie haben den Hof und die obersten beiden Etagen der Burg durchsucht. Es ist Euch gelungen, sie zu täuschen.«

»Ohne das Amulett können wir das Trugbild nicht lange aufrechterhalten.«

»Das ist meine Schuld«, sagte der Kriegsmeister und senkte den Blick.

»Den entscheidenden Fehler haben wir schon viel früher begangen«, gestand der Großmagister. »Wir hätten das Angebot der Nawen annehmen müssen. Ich habe dir nichts vorzuwerfen.«

Franz kniete vor seinem Gebieter nieder und neigte den Kopf: »Ich werde das Amulett finden. Das schwöre ich.«

Moskau, Lenin-Prospekt
Dienstag, 27. Juli, 00:44 Uhr

»Ich weiß, es ist meine Schuld«, blökte Mühle in sein Handy. »Tut mir wirklich leid, Chef, aber ich hatte im Leben nicht damit gerechnet, dass Cortes alle umlegt. Alle, Säbel, ich schwör's dir. Er hat Hammer erschossen und sich das Amulett gekrallt. Und Pulle hat überhaupt nicht versucht, ihn aufzuhalten!«

»Und wo warst du, du Versager?!«, polterte der enttäuschte Clanführer. »Hast dich im Gebüsch versteckt und aus sicherer Entfernung zugeschaut? Mensch, Mühle, du hast's versaut!«

»Mühle, Mühle! Ich hab ihn gesehen!«, trompetete ein Kämpfer, der zur Harley des Uibujen gerannt kam. »Er ist zu einem Humo ins Auto gestiegen!«

»Säbel, wir sind Cortes auf den Fersen!«, verkündete Mühle erfreut. »Wir werden ihn einholen!«

»Was die Polizei betrifft, hast du dich übrigens getäuscht«, sagte Artjom, der in den Rückspiegel schaute. »Wir werden von einer Streife verfolgt.«

Der Golf wurde rasch von zwei weißblauen Motorrädern eingeholt. Cortes zog ein Monokel mit dunklem Glas aus seiner Jackentasche, drehte sich um und musterte die Verfolger mit größter Aufmerksamkeit.

»Halte nicht an!«

»Sonst noch Wünsche?«, entrüstete sich Artjom und fuhr auf den Randstreifen hinaus, als einer der Streifenpolizisten ihn mit einer Kelle zum Halten aufforderte. »Du musst schon entschuldigen, aber bei der Polizei hört sich der Spaß auf. Sie würden schießen.«

»Na gut«, fügte sich Cortes unzufrieden und steckte das Monokel weg. »Steig nicht aus, bleib, wo du bist, leg die Hände aufs Lenkrad und stell den Motor nicht ab. Ich regele das mit denen.«

Er lehnte sich zurück und legte beide Hände auf seine Knie. Die Streife hielt etwa zehn Meter hinter dem Golf. Einer der Streifenbeamten stieg von seinem Motorrad und trat ohne Eile ans Seitenfenster heran, das Artjom heruntergelassen hatte.

»Oberinspektor Leutnant Sidorow«, salutierte er. »Sie haben einen Verstoß gegen die Straßenverkehrsordnung begangen.« Der Polizist behielt die Hände von Artjom und seinem Begleiter im Blick. »Sind Sie an dem Unfall vorbeigekommen?«

»Natürlich.«

»Gut.« Sidorow räusperte sich künstlich. Offenbar suchte er nach den richtigen Worten. »Ich suche einen

Humo. Sehr verdächtig. Habt ihr etwas in der Art gesehen?«

»Bei so einem Tempo kann ich nicht auch noch in der Gegend herumschauen«, versicherte Artjom mit Unschuldsmiene.

Der Inspektor fand das überhaupt nicht witzig.

»Ihre Raserei wird ein Nachspiel haben«, drohte er und wandte den Blick zu Cortes, dessen Gesicht im Dunkeln verborgen war. »War dieser Humo die ganze Zeit bei Ihnen im Auto?«

»Hat das irgendetwas mit der Geschwindigkeitsübertretung zu tun?«, fragte Cortes dreist, ohne sich nach vorn zu lehnen.

Sidorow kratzte sich unter dem Helm.

»Lass dich mal sehen, Humo!«, befahl der Leutnant, während sich seine zweite Hand zum Gürtelholster schob.

Doch Sidorow reagierte zu langsam. Cortes schoss ohne Vorwarnung. Gerade eben lagen seine beiden Hände noch brav auf den Knien, einen Wimpernschlag später hielt er eine rauchende Pistole in der Rechten. Sidorow wurde zwei Meter von dem Golf weggeschleudert und der Fahrgastraum füllte sich mit Qualm. Cortes stieß die Beifahrertür auf, sprang aus dem Wagen und eröffnete das Feuer auf den zweiten Polizisten, der nach einem kurzen Schusswechsel auf seinem Motorrad zusammensackte.

Artjom klammerte sich instinktiv ans Lenkrad und kniff die Augen zusammen. Cortes schwang sich wieder auf den Beifahrersitz und rüttelte ihn an der Schulter.

»Sieh dir den Polizisten an«, forderte er ihn auf, während er seine Pistole nachlud.

»Was?«, fragte Artjom, der es nicht eilig hatte, sich wieder aufzurichten.

»Dort, schau hin!«, befahl Cortes, steckte seine Pistole weg und zeigte mit dem Finger auf Sidorows Leiche.

Artjom spürte, wie sich seine Nackenhaare zu sträuben begannen. Die Umrisse der Leiche veränderten sich: Die Uniformjacke, der Helm und die Dienstmarke auf der Brust verschwanden allmählich. Schließlich lag anstelle des Polizisten ein klein gewachsener, muskulöser Typ auf der Straße, der mit schwarzen Lederklamotten bekleidet war. Um seinen durchschossenen Kopf war ein rotes Tuch gebunden.

»Rothauben«, krächzte Cortes heiser.

»Wie ist das jetzt passiert?«, murmelte Artjom perplex.

»Fahren wir!«

Cortes musste sich nicht wiederholen. Artjom gab Gas.

»Erkläre mir, was hier vor sich geht«, beharrte er trotzdem.

»Sie haben dich getäuscht, indem sie ein Trugbild erzeugt haben.«

»Wie soll ich das verstehen?«

»Das ist so ähnlich wie bei einer Hypnose. Du hast etwas gesehen, was gar nicht da war. Die Polizisten hast du dir nur eingebildet.«

Artjom schüttelte ratlos den Kopf.

»Wir disponieren um«, presste Cortes mit schmerzverzerrtem Gesicht hervor, während er sich mit der Hand unter die Jacke fuhr. »Wir fahren nach Zarizyno.«

Als er seine Hand wieder hervorzog, sah Artjom aus dem Augenwinkel, dass sie blutverschmiert war.

»Hast du eine Kugel abbekommen?«

»Wir fahren nach Zarizyno«, wiederholte Cortes. »In den Park. Dort findest du eine Ziegelmauer mit einem Eichenholztor. Das ist das Kloster ...« Er sank kraftlos auf die Lehne zurück. »Das Kloster der Erli.«

Moskauer Eremitage, Kloster der Erli
Moskau, Zarizyno-Park
Dienstag, 27. Juli, 01:30 Uhr

Das Kloster war nicht leicht zu finden. Zehn Minuten lang irrte der Golf über die dunklen Wege des Zarizyno-Parks, ehe er auf eine hohe Ziegelmauer zufuhr, über der die Kronen alter Bäume im Wind rauschten. Artjom folgte der Mauer, bis er an ein massives, mit geschmiedetem Eisen beschlagenes Tor kam. Dort hielt er auf einem kleinen Vorplatz, der von einer schwankenden Laterne schwach erleuchtet wurde. Cortes hatte das Bewusstsein verloren.

Artjom verfluchte sich für seinen Altruismus, stieg aus, und betätigte mehrfach den gusseisernen Klopfring am Tor. Nichts geschah. Der Form halber wartete er noch ein paar Sekunden, dann klopfte er noch einmal, doch das Quietschen eines Scharniers ließ ihn innehalten. In einem der Torflügel öffnete sich eine kleine Pforte, aus der zwei Mönche heraustraten.

Der eine war ausgesprochen dürr, und seine Kutte hing wie ein Sack an seiner baumlangen Gestalt. Mit seinen großen, lebendigen Augen musterte er den Besucher, schien jedoch nichts Bemerkenswertes an ihm festzustellen.

»Das Kloster ist geschlossen, mein Sohn«, teilte er mit. »Störe uns nicht in der Andacht und komm ein andermal wieder.«

»Genau«, pflichtete der zweite Mönch bei, während er mit einem Streichholz in seinen Zähnen stocherte. »Wir werden für deine unsterbliche Seele beten. Aber nun verzieh dich.«

Der zweite Mönch war äußerlich das glatte Gegenteil seines hageren Kollegen und strahlte eine gesunde Lebensfreude aus. Die durch seine üppige Beleibtheit zum Bersten gespannte Kutte war mit Brotkrümeln übersät und sein pralles Kinn glänzte fetttriefend. Artjom hatte ihn offenbar von einem nächtlichen Mahl aufgesprengt.

»Ich wäre gar nicht erst hier aufgekreuzt«, rechtfertigte sich Artjom und deutete mit dem Daumen auf sein abgestelltes Auto, »doch ein gewisser Cortes hat mich darum gebeten, ihn hierherzubringen. Hat er sich womöglich in der Adresse geirrt?«

Die beiden Mönche zogen die Brauen hoch.

»Nein, er hat sich nicht geirrt«, verkündete der Lange, begab sich zu Artjoms Golf, öffnete die Beifahrertür und betrachtete den Passagier mit kritischem Blick. »Was hast du denn diesmal schon wieder angestellt, Cortes?«

Der Verwundete antwortete nicht.

»Cortes!« Der Mönch versetzte ihm umstandslos ein paar Ohrfeigen. »Was ist passiert?«

»Ich habe mich erkältet, Bruder Lapsus«, erwiderte Cortes sarkastisch und begann zu husten.

»Das werden wir gleich sehen.«

Der Mönch beugte sich in den Wagen und öffnete die Jacke des Verwundeten.

»Oho! Sieht nach einer Erkältung mit Komplikationen aus.«

»Ist es etwas Ernstes?«, fragte Artjom. »Er wird doch nicht sterben?«

»Jeder Kranke stirbt irgendwann«, erwiderte Bruder Lapsus philosophisch. »Cortes, ich hoffe du hast Geld dabei?«

»Der Dunkle Hof bezahlt«, sagte der Verwundete mit brüchiger Stimme und streckte dem Mönch das schwarze Plastikkärtchen hin. »Mein Budget ist unbegrenzt.«

»Dann ist ja alles bestens!«, freute sich Lapsus. »Bruder Kurvus, bring die Trage. Unser Patient benötigt dringend medizinische Hilfe.«

Der Dicke verschwand eilends in der Pforte.

»Du erinnerst dich doch an die Spielregeln, Cortes?« Der Mönch zog das Lid des Verwundeten hoch und begutachtete seine Pupille. »Das Kloster übt strengste Neutralität. Hast du Beute bei dir?«

»Ja.«

»Die darfst du in unsere Eremitage nicht mitnehmen.«

»Nur bis morgen früh.«

»Für keine Sekunde«, beharrte Lapsus und entfernte sich demonstrativ vom Fahrzeug.

Cortes richtete sich auf und blickte zu Artjom: »Dann musst du mir nochmals aus der Patsche helfen.«

»Aber ich habe doch gar nichts mit der Sache zu tun«, wehrte sich Artjom.

»Hast du wohl«, entgegnete Cortes grinsend. Das Hemd unter seiner geöffneten Jacke war blutgetränkt. »Sie haben dich mit mir zusammen gesehen und werden dich suchen.«

»Wer denn überhaupt und wieso?«

»Glaub mir, sie werden dich finden«, versicherte Cortes und begann wieder zu husten. »Ich bin der Einzige, der dir helfen kann. Überlege es dir gut.«

Das hat man nun davon, wenn man jemandem Gutes tut, dachte Artjom entnervt. In jenem Moment war ihm noch nicht zur Gänze bewusst, in welchen Schlamassel er hineingeraten war, doch er hegte bereits düstere Vorahnungen. Es gab nur zwei Möglichkeiten: Entweder einfach wegfahren oder ...

Artjom schluckte und traf dann eine Entscheidung, die sein Leben in eine neue Bahn lenken sollte.

»Also gut. Was soll ich tun?«

»In meinem Rucksack liegt ein silbernes Kästchen. Darin befindet sich das Karthagische Amulett. Wenn du nach Hause kommst, rufst du folgende Nummer an ...« Cortes diktierte die Ziffernfolge. »Du sagst, dass du ein Päckchen von Cortes hast. Die Nawen werden dann zu dir kommen und es abholen. Ihr Zeichen ist ein Eichhörnchen, das eine Nuss frisst. Du gibst ihnen das Kästchen, und das war's. Alles klar?«

Artjom nickte. In Cortes' Darstellung hörte sich der Auftrag nicht allzu kompliziert an.

»Falls es Probleme gibt, fahre morgen Abend in die *Eidechse*. Dort wird man dir helfen.«

»Was für Probleme denn?!«

Im selben Augenblick kam Bruder Kurvus angelaufen, und die Mönche hoben ihren Patienten vorsichtig auf die Trage.

»In den Club *Eidechse*«, wiederholte Cortes und verlor abermals das Bewusstsein.

Die Pforte des Klosters schloss sich.

Auf dem Nachhauseweg achtete Artjom kaum auf den Verkehr, er fuhr wie in Trance. Die Stadt, die ihm noch vor drei Stunden so vertraut war, erschien ihm nun fremd und bedrohlich. Die Bilder dieses denkwürdigen Abends spukten ihm durch den Kopf: Die Toten neben den zertrümmerten Jeeps; der Polizist, der sich wie von Geisterhand in eine schrille Bikergestalt verwandelte; die seltsamen Mönche; Schießereien, Blut und Tod ...

Artjom fuhr durch die Verborgene Stadt.

KAPITEL FÜNF

»... Der Bürgermeister der Hauptstadt hat offiziell erklärt, dass der nächtliche Vorfall in kürzester Zeit aufgeklärt werde. Er äußerte sich zuversichtlich, dass die Drahtzieher des dreisten Übergriffs bereits Ende der Woche hinter Gittern sitzen würden ...«

ECHO MOSKWY

»... Nach Informationen des Pressedienstes des Herrscherhauses Tschud hat der Odoro-Clan bei dem Überfall bis zu siebzig Kämpfer verloren. Die Verluste des Ordens seien dagegen nur marginal und in erster Linie darauf zurückzuführen, dass der Angriff der Rothauben aus heiterem Himmel erfolgte. Andererseits wurde beobachtet, dass heute Nacht mehr als dreißig Ärzte aus der Sippschaft der Erli in der Burg eintrafen. Dies nährt zumindest Zweifel daran, dass ...«

T-GRAD-COM

Residenz des Boten
Moskau, Nowy Arbat
Dienstag, 27. Juli, 02:18 Uhr

»Ihr Schwachköpfe! Ihr Vollidioten!!! Wisst ihr überhaupt, was ihr angerichtet habt?!!«, brüllte Lubomir außer sich und tigerte durch sein Kabinett. »Ihr habt alles vermasselt! Alles!!!«

Dem Zauberer standen die langen Haare zu Berge, sein Gesicht glühte feuerrot und er versprühte seinen Speichel bis in die entferntesten Ecken des Raums. Die staubigen Glasgefäße auf seinem Arbeitstisch klirrten im Takt seiner stampfenden Schritte, die Regale schepperten und sogar die Fackeln an den Wänden brannten gedämpft, wie eingeschüchtert. Der aufgestaute Zorn des Boten schwappte wie eine Flutwelle durch den Raum, und alle anwesenden Subjekte, belebte wie unbelebte, waren bemüht, nicht auf sich aufmerksam zu machen. Unter fortgesetzten Flüchen zerbrach der Zauberer zwei Gläser mit Patentsalbe gegen unvorhergesehene Fluktuationen, stieß den unschuldigen Kohlenofen mit Fußtritten unter den Tisch und zerfetzte das frühzeitliche Manuskript, mit dessen Entzifferung er drei Monate lang beschäftigt gewesen war.

Als er sich ein wenig beruhigt hatte, strich Lubomir seine Haare glatt und ging langsam zu seinem Stuhl, dessen Lehne fast bis zur Decke reichte. Mit immer noch hochrotem Kopf setzte er sich und nahm seine beiden Mitstreiter, die so kläglich versagt hatten, mit seinen kalten, grünen Augen ins Visier.

Pulle, dessen Hals mit einem blutverschmierten Lumpen umwickelt war, und Säbel hoben synchron die Köpfe und ließen sie ebenso synchron wieder sinken, als sie der eisige Blick des Zauberers traf. Die angeborene Großmäuligkeit der Rothauben war in jenem Moment vollständig verflogen. Wie begossene Pudel saßen die Clanführer auf den niedrigen, unbequemen Hockern, die ihnen Lubomir mit Bedacht zugewiesen hatte. Dafür rochen sie noch intensiver als sonst nach billigem Whiskey, denn jeder von ihnen hatte eine ganze Flasche geleert, um sich vor der hochnotpeinlichen Audienz Mut anzutrinken.

»Dann ziehen wir mal Bilanz«, begann Lubomir und ließ eine vielsagende Pause folgen. »Die Operation ist nicht nur jämmerlich gescheitert, sondern hat auch zu einer verheerenden Schwächung des Odoro-Clans geführt. Ein Teil der Kämpfer ist bei dem Überfall umgekommen, die Übrigen sind nur noch ein chaotischer Haufen, nachdem sie ihren Anführer verloren haben. Ich bin sicher, dass sie sich gerade gegenseitig abstechen, um herauszufinden, wer neuer Clanführer werden soll.«

Während er weitersprach, öffnete er einen der Kästen unter dem Tisch und begann, etwas darin zu suchen.

»Die Stadt, die wir eigentlich erobern wollten, wird jetzt von aufgebrachten Tschuden nach euch durchkämmt.« Der Zauberer sah kurz von dem Kasten auf und warf einen verächtlichen Blick auf die Rothauben. »Diese Narren tun mir ehrlich gesagt sogar ein bisschen leid. Sie halten euch für ernstzunehmende Feinde und werden bestimmt ins Südliche Fort kommen, um euch den

Krieg zu erklären. Wenn sie wüssten, was ihr für Memmen seid, würden sie sich halb totlachen, findet ihr nicht?«

Die Clanführer fanden das nicht. Sie seufzten im Gleichklang und sahen einander zerknirscht an.

»Eines muss man euch lassen: Ihr habt euch wirklich den günstigsten Zeitpunkt ausgesucht, um eure Fehde auszutragen.« Der Zauberer sprach nun wesentlich langsamer und gefasster. Auch die rote Farbe war aus seinem Gesicht gewichen. »Habt ihr eigentlich schon mal davon gehört, dass man das Fell des Bären erst verteilen soll, wenn man ihn erlegt hat?«

»Im Nachhinein kann es dafür zu spät sein, ich schwör's dir, ey«, grummelte Pulle.

»Bitte?!«, horchte Lubomir auf.

»Wenn Hammer dir das Amulett gebracht hätte, hättest du ihn zum Imperator gemacht, und er hätte uns getötet.«

»Was du alles weißt«, erwiderte der Zauberer abwinkend und beugte sich erneut zu dem Kasten herab. »Wer von euch hat Hammer überfallen?«

»Er war's«, sagte Säbel und wies mit einer Kopfbewegung auf Pulle.

»Das war nur Zufall, weil der Odoro nach Süden gefahren ist und Säbel die nördlichen Fluchtwege überwacht hat«, beeilte sich Pulle klarzustellen, da er keine Lust hatte, allein für die Schlappe verantwortlich zu sein.

»Ein Gemeinschaftswerk also«, resümierte Lubomir, der inzwischen fast unter dem Tisch verschwunden war. »Das sieht euch eigentlich überhaupt nicht ähnlich.«

»Das ist alles auf seinem Mist gewachsen«, verriet Säbel seinen Komplizen.

»Lüge!«, entrüstete sich der Desastro. »Der Fötido hat das ausgeheckt und mich mit hineingezogen! Ich habe dabei den Uibujen Stöpsel verloren, der wie ein Bruder für mich war.«

»Wie auch immer, ihr hängt beide mit drin«, entschied Lubomir.

Die Rothauben nickten zustimmend. Lubomir war endlich fündig geworden und stellte drei Reagenzgläser auf den Tisch, die mit einer bräunlichen Flüssigkeit gefüllt waren.

»Wisst ihr noch, was das ist?«, fragte er und zeigte mit dem kleinen Finger auf die Kolben.

»Das ist unser Blut«, erinnerte sich Säbel mit finsterer Miene. »Du hattest gesagt, dass du es analysieren willst, um herauszufinden, warum die Rothauben über keine magischen Kräfte verfügen. Ich dachte, du hättest es aufgebraucht.«

»Das ist der Rest. Den habe ich für alle Fälle aufgehoben.«

Der Zauberer schüttelte die Reagenzgläser nacheinander auf und hielt sie gegen das Licht.

»Das gehört zu Pulle.« Er stellte es zurück auf den Tisch. »Das zu Säbel. Und das zu Hammer. Aber das brauchen wir nicht mehr.«

Er holte aus und warf das letzte Reagenzglas gegen die Wand. Die Clanführer zuckten zusammen. An der Wand blieb ein brauner Fleck zurück, Hammers Blut.

»Ab sofort«, verkündete Lubomir mit drohender

Stimme, »werdet ihr jede Form von Ungehorsam und seien es auch nur die geringsten Anstalten, mir in die Quere zu kommen, mit dem Leben bezahlen. Wo auch immer ihr seid, wo auch immer ihr euch versteckt, wer auch immer euch beschützt, ihr werdet mir nicht entkommen. Denn mit Hilfe dieser Blutproben ist es mir ein Leichtes, euren Lebenssaft im Handumdrehen in einen tödlichen Cocktail zu verwandeln, zum Beispiel in Urin.«

Mit gefrorenen Gesichtern verfolgten die Clanführer, wie der Zauberer die Reagenzgläser wieder in den Kasten unter dem Schreibtisch räumte. Sie zweifelten keinen Augenblick daran, dass der weißblonde Jüngling jederzeit in der Lage war, diese Drohung wahrzumachen. Lubomir schloss den Kasten demonstrativ mit einem Schlüssel ab und wandte sich mit nun deutlich verbesserter Laune seinen Schergen zu.

»Ich für meinen Teil verspreche, dass ich denjenigen von euch, der mehr zu unserem Sieg beiträgt, zum Imperator mache. Wobei ich persönlich darüber wachen werde, dass der Unterlegene nicht getötet wird. Er könnte zum Beispiel als König von Sapadnoje Birjuljowo in ein ehrenvolles Exil gehen.« Lubomir hielt für einige Augenblicke inne, um den Rothauben Gelegenheit zu geben, über seinen Vorschlag nachzudenken. »Ich hoffe, diese Bedingungen sind für euch akzeptabel?«

»Völlig akzeptabel«, bestätigte Säbel mit einem Seufzer der Erleichterung und nickte.

»Ausgezeichneter Plan, Lubomir!«, rief Pulle euphorisch. »Die Rothauben werden einen glänzenden Imperator bekommen! Und Sapadnoje Birjuljowo einen einäugigen König.«

Bei dieser letzten Bemerkung grinste Pulle seinem Rivalen siegessicher ins Gesicht.

»Sapadnoje Birjuljowo freut sich schon auf dich«, gab Säbel zurück.

»Das reicht jetzt«, unterbrach der Zauberer die Clanführer, die schon wieder ganz in ihrem Element waren. »Wir müssen überlegen, was nun weiter zu tun ist. Pulle, hast du die Angreifer erkennen können?«

»Nur einen«, antwortete der Desastro einsilbig.

»Ich hoffe denjenigen, der mit unserem Amulett durchgebrannt ist?«, erkundigte sich Lubomir mit beißendem Spott.

»Nein«, gab Pulle widerstrebend zu. »Den, der getötet wurde.«

Säbel fasste sich theatralisch mit der Hand an die Stirn.

»Und wer war der Tote?«, fragte der Zauberer.

»Ein Humo«, erwiderte der Desastro und verzog dabei abschätzig das Gesicht. »Ein Söldner namens Lebed.«

»Was wissen wir über ihn?«

»Er war schon seit mehreren Jahren in der Stadt und arbeitete meistens mit Cortes zusammen – das ist auch ein Humo.«

»Sonst noch etwas?«

»Hmja ... ähm ...« Pulle rückte nur zögerlich mit der unerfreulichen Wahrheit heraus. »Man erzählt sich, dass dieser Cortes so etwas wie ein Freund von Santiago sei.«

»Hochinteressant.« Der Zauberer klingelte mit dem Silberglöckchen. »Psor! Bring Tee, eine große Tasse!«

Der schweigsame Sklave verneigte sich und verschwand durch dieselbe kleine Tür, durch die er ins Kabinett gekommen war.

»Dann haben wir es also mit dem Herrscherhaus Naw zu tun«, schloss Lubomir.

Der Zauberer fröstelte und sah sich um. Der kleine Eisenofen kam folgsam unter dem Tisch hervor und rückte an seinen Stuhl heran. Die Kohlen entzündeten sich, und Lubomir wärmte sich genießerisch die Hände am Feuer.

»Das Herrscherhaus Naw«, wiederholte er. »Sie haben die Burg offenbar überwacht und nur auf uns gewartet. Ziemlich intelligent ausgedacht. Menschliche Söldner konnten mir nicht auffallen. Wirklich klug!« Der Zauberer sah seine Schergen verächtlich an. »Wisst ihr nun, was ihr angerichtet habt?«

Die Rothauben schüttelten die gesenkten Köpfe.

»Wenn sich das Amulett in der Zitadelle befindet, könnte der Dunkle Hof schon morgen das einzig verbliebene Herrscherhaus in der Stadt sein. Nur mich müssen sie noch vernichten. Und euch unberechenbare Halbblute gleich mit.«

Die Clanführer fanden diese Aussichten alles andere als erbaulich.

»Vielleicht ist das Amulett gar nicht in der Zitadelle?«, spekulierte Säbel. »Die Tschuden sind jetzt in Alarmbereitschaft. Die Nawen werden sich wohl kaum in ihren Sektor wagen.«

»Was sollten sie auch dort? Cortes wird ihnen die Beute selbst bringen.«

»Kannst du denn nicht feststellen, wo sich das Amulett befindet?«, erkundigte sich der Fötido.

»Leider nein. Das Amulett befindet sich in einem silbernen Behältnis.« Lubomir schnippte mit den Fingern, und vor ihm in der Luft erschien ein glänzender, glatter Quader, auf dem schnörkelige Hieroglyphen eingraviert waren. »Ich habe das Behältnis selbst versiegelt, und deshalb ist es gegen magische Nachverfolgung gesichert. Unsere eigenen Vorsichtsmaßnahmen werden uns jetzt zum Verhängnis.«

»Wie unangenehm«, kommentierte Pulle verständnisvoll.

Da der Begriff »Vorsichtsmaßnahmen« für die Rothauben ein Fremdwort war, hatte der Desastro den letzten Satz des Zauberers nicht so richtig verstanden, doch er hielt es für angebracht, sich vorsorglich mitfühlend zu äußern.

»Hör mal, Lubomir«, setzte Pulle hinzu, »ich glaube, dass wir Cortes angeschossen haben. Ich bin mir sogar ziemlich sicher. Als er floh, ist er nicht mehr rund gelaufen.«

»Vor wem soll er denn geflohen sein? Deinem Bericht nach zu schließen, hat er einfach deine Kämpfer erschossen, sich das Amulett genommen und ist weggefahren.«

»Ein paar von meinen Männern haben Cortes auf Motorrädern verfolgt«, berichtete Säbel. »Sie haben ihn eingeholt.«

»Du brauchst gar nicht weitererzählen«, unterbrach ihn Lubomir. »Hat einer von diesen Männern überlebt?«

»Nein«, gestand der Fötido mit hängendem Kopf.

»Das heißt, wir wissen nicht, wo Cortes hingefahren ist.«

»Wir haben ihn aber angeschossen«, beharrte Pulle stur. »Er ist verwundet.«

»Hoffen wir's. – Danke, Psor.« Lubomir nahm die Tasse aus den Händen des Sklaven entgegen und schlürfte von dem heißen Tee. Dann fügte er nachdenklich hinzu: »Wenn ihr ihn wirklich erwischt habt, gibt es noch eine reelle Chance, dass er es nicht bis zur Zitadelle geschafft hat.«

»Sag ich doch!«, freute sich Pulle und sah den Fötido triumphierend an. »Ich werde ihn finden!«

»So? Und was machst du, wenn du ihn gefunden hast?«, fragte der Zauberer spitz.

Der Fötido-Boss brach in hämisches Gelächter aus.

»Säbel!«

»Ja, Lubomir.«

»Was glaubst du, würde der Söldner um der Beute willen sein Leben aufs Spiel setzen?«

»Ein Söldner? Ein Humo?« Der Einäugige schüttelte den Kopf. »Niemals!«

»Das bedeutet, wenn er verwundet ist, würde er eher zum Arzt fahren als in die Zitadelle.«

»Genau!«

»Gut.« Lubomir nahm noch einen Schluck Tee. »Wir haben ihn am Ende des Lenin-Prospekts aus den Augen verloren. Wohin könnte er geflohen sein?«

»Weiß der Geier«, winkte Pulle ab. »Diese Humos sind doch unberechenbar.«

»Ins Kloster der Erli«, sagte Säbel und spuckte angewidert aus. »Das ist die einzige Möglichkeit.«

»Wieso das denn?«, echauffierte sich der Desastro.

»Bleib ruhig, Pulle!« Lubomir fixierte den Fötido mit seinen riesigen grünen Augen. »Also warum?«

»Erstens würden ihn die Erli am schnellsten wieder auf die Beine bringen. Das kostet zwar ein Vermögen, aber wenn ihn der Dunkle Hof bezahlt, kann Cortes sich das leisten«, antwortete der Einäugige erstaunlich logisch. »Zweitens würde ihn jeder Humo-Arzt sofort der Polizei übergeben. Schließlich hat er eine Schusswunde!« Der Fötido spuckte abermals aus und wandte sich mit skeptischem Blick seinem Rivalen zu. »Dies natürlich unter der Voraussetzung, dass diese Versager ihn tatsächlich angeschossen haben.«

Pulle begann zu knurren wie eine Bulldogge.

»Gehen wir einmal davon aus, dass sie ihn erwischt haben«, beschwichtigte Lubomir. »Also, Säbel, Cortes ist dein Job. Bring ihn mir. Wenn nötig, mach dieses Kloster dem Erdboden gleich, aber bring mir Cortes oder das Amulett. Kapiert?«

»Kapiert!«, bestätigte der Fötido zackig, erfreut über die Chance, sich auszuzeichnen.

»Sehr schön.« Der Zauberer stellte die Tasse am Tisch ab. »Und hör auf, ständig auf den Boden zu spucken. Du bist hier nicht bei dir zu Hause.«

»Entschuldige, Lubomir«, erwiderte Säbel kleinlaut. »Eine dumme Angewohnheit.«

Der Desastro kicherte schadenfroh.

»Pulle!« Lubomirs stechender Blick brachte ihn augenblicklich zur Räson. »Deine Aufgabe ist komplizierter.«

Der junge Clanführer horchte auf.

»Ich werde in nächster Zeit die Zitadelle abhören«, begann der Zauberer.

»Aber das ist unmöglich«, warf Säbel verblüfft ein.

»Überlass das gefälligst mir«, fertigte Lubomir ihn ab. »Pulle, du suchst dir ein paar von deinen besten Männern zusammen und hältst dich bereit. Wenn Cortes selbst Verbindung zu den Nawen aufnimmt, wirst du verhindern, dass sie ihn treffen.«

»Ähm ... Lubomir«, stockte der Desastro, dessen graue Zellen selbst nach einer Flasche Whiskey nur sehr langsam funktionierten. »Das bedeutet, wenn ein Naw losfährt, um den Humo zu treffen, soll ich ihn abpassen und umlegen?«

»Hast du ein Problem damit?« In Lubomirs Frage schwang eine unterschwellige Drohung mit.

»Naja, einen Nawen zu töten ...«, wand sich Pulle.

»Entgegen einer weit verbreiteten Meinung sind Nawen keineswegs unsterblich«, stellte Lubomir klar, der genau wusste, womit der Desastro ein Problem hatte. »Es ist zwar richtig, dass sie gegen Krankheiten gefeit sind und ihre Wunden sehr schnell heilen, aber ...«

Der Zauberer erhob sich von seinem Stuhl und baute sich vor den Rothauben auf.

»Psor!«

Der kleine Sklave brachte seinem Herrn eine kleine Schatulle.

»Seht her!«

Die Clanführer standen von ihren Hockern auf und beäugten neugierig die Schatulle.

»Diesen antiken Dolch habe ich mit einem Zauber belegt. Er ist eine tödliche Waffe gegen jeden Nawen. Man muss ihm damit den Brustkorb aufschneiden und das Herz herausreißen.« Lubomir grinste eiskalt. »Ganz einfach, oder?«

»Ganz einfach«, pflichtete Pulle bei und betrachtete fasziniert die eigenartig geformte Obsidianklinge, die auf dem grünen Samtbezug der Schatulle ruhte.

Grüner Hof, Hauptquartier des Herrscherhauses Lud
Moskau, Lossiny Ostrow
Dienstag, 27. Juli, 04:23 Uhr

»Das kann nicht wahr sein, das darf einfach nicht wahr sein!«, wiederholte Jaroslawa entsetzt.

Sie presste die Hände an die Schläfen und schüttelte verzweifelt den Kopf. Man hatte den Eindruck, sie würde jeden Augenblick in Tränen ausbrechen. Die Nachricht, die sie soeben von der Königin erfahren hatte, brachte die Priesterin aus der Fassung.

Der Bote war gestorben und mit ihm die letzte Hoffnung auf ein Wiedererstarken des Herrscherhauses Lud.

Mitten in der Nacht hatte die Königin die Priesterinnen des Grünen Hofs in den Palast gerufen, um sie über Lubomirs Tod zu informieren. Die Frauen reagierten mit ohnmächtigem Schweigen auf das schreckliche Ereignis, nur Jaroslawa fand Worte und goss ihren Hass über die Königin aus.

»Du hast ihn getötet«, behauptete sie und zeigte mit dem Finger auf Wseslawa. »Du wolltest ihm den Thron nicht abtreten. Ich fordere, die Königin vor Gericht zu stellen, sie ist eine Mörderin!«

Die Gebieterin des Grünen Hofs ließ sich von Jaroslawas emotionalem Ausbruch nicht im Geringsten beeindrucken.

»Du solltest nicht den Kopf verlieren, meine Liebe«, erwiderte sie kühl. »Das ist eine schwere Stunde für uns alle.«

Wseslawa ließ sich langsam auf ihrem Thron nieder und seufzte gramvoll. Zum ersten Mal seit vielen Jahren hatte die junge Königin ein Trauergewand angelegt. Das schwarze Kleid betonte die Blässe ihres Gesichts und den erloschenen Blick ihrer großen, hellgrünen Augen. Ihr prächtiges Haar hatte sie zu einem einfachen Knoten geflochten und mit einem leichten, schwarzen Tuch bedeckt. Den Jasminduft, den es gewöhnlich üppig verströmte, konnte man nur erahnen. Als einziges Schmuckstück trug sie einen Smaragdring. Die Schneider Ihrer Majestät hatten seinerzeit einen ganzen Monat darauf verwendet, ein passendes Gewand zu entwerfen. Die Kollektion nannte sich »Unwiederbringlicher Verlust« und war für besonders traurige Anlässe gedacht. Wseslawa fand sie ausgesprochen gelungen.

»Der Leichnam des Boten befindet sich hier im Palast«, verkündete die Königin ruhig. »Ihr könnt euch selbst davon überzeugen, dass er nicht durch Gewalteinwirkung gestorben ist.«

Die erschütterten Priesterinnen verharrten in Schweigen, und Wseslawa nahm erleichtert zur Kenntnis, dass der ungeheuerliche Vorwurf ihrer alten Rivalin keinen Widerhall fand.

»Wir sind sicher, dass Eure Majestät Jaroslawa ihre Unbeherrschtheit verzeihen«, verlautbarte Miroslawa, die älteste Priesterin des Grünen Hofs. »Das Unglück, das über uns hereingebrochen ist, hat ihr die Sinne vernebelt. Sie wusste nicht, was sie sprach.«

»Wir sind uns darüber im Klaren, dass eine solch schockierende Nachricht irrationale Reaktionen auslösen kann«, verkündete Wseslawa großmütig und flocht feinste Nadelstiche in ihren Tonfall ein. »Deshalb werden wir über diese Entgleisung hinwegsehen.«

Die hellgrünen Augen der Königin richteten ihren Röntgenblick auf Jaroslawa. Die hochgewachsene Priesterin spürte, dass sie auf verlorenem Posten stand, und senkte das Haupt.

»Ich hoffe, Ihr könnt mir verzeihen, Eure Majestät.«

Anstatt etwas zu antworten, wandte sich die Königin an Miroslawa.

»Lasst uns nun gehen, um vom Boten Abschied zu nehmen.«

Die Priesterinnen wurden in einen geräumigen Saal geführt. Dieser befand sich im linken Palastflügel, der ausschließlich Privatgemächer der Königin beherbergte. Die hohen Fenster waren mit schweren, dunkelgrünen

Vorhängen verdeckt und die goldenen Leuchter an den seidenbespannten Wänden brannten nicht. Der geschnitzte, offene Totenschrein, in dem man den Leichnam des Boten aufgebahrt hatte, lag im Halbdunkel. Das lange, weißblonde Haar des Jungen war sorgfältig zurückgekämmt und über der hohen Stirn mit einem goldenen Haarreif fixiert. Sein Gesicht schimmerte kalkweiß, und seine Haut wirkte durchsichtig. Auf den Augen lagen gemäß Ludschem Brauch große Goldmünzen. Bekleidet war der Bote mit einem einfachen Leinenhemd, das am Kragen mit einer filigranen, grünen Stickerei verziert war, und mit einer ebenso einfachen Hose.

Die Priesterinnen versammelten sich um den Totenschrein und betrachteten voller Kummer das leblose Gesicht des Boten.

»Woran ist er gestorben?«, erkundigte sich Jaroslawa.

»Die Macht des Regenbrunnens hat ihn hinweggerafft.«

Die Augen der großen Priesterin begannen abermals böse zu blitzen.

»Willst du uns auf den Arm nehmen, Königin?«, zischte sie. »Er ist doch der Bote! Er wäre stark genug gewesen, den ganzen Brunnen leerzutrinken!«

»Er war noch ein Kind und zu schwach!«, entgegnete Wseslawa erzürnt. »Der Brunnen hat seine Seele verbrannt!«

»Du hast ihn bei der Ausbildung mit Absicht überfordert!«

Dieser Vorwurf Jaroslawas entbehrte jeder Grundlage. Alle Priesterinnen waren an der Zusammenstellung des

Ausbildungsprogramms beteiligt gewesen. Jeden neuen Schritt, den Lubomir in der Welt der Magie tat, hatte man zuvor gemeinsam erwogen und beschlossen.

»Wir haben seine Reife alle falsch eingeschätzt«, verfügte Miroslawa, »und jede von uns trägt eine Mitschuld an seinem Tod.«

Mit ihrer tiefen, rauen Stimme erstickte die alte Priesterin den schwelenden Konflikt. Sie glättete würdevoll ihr langes, graues Haar, trat an den Schrein heran und griff nach der Hand des Toten. Die zarten Finger des Jungen verschwanden in der faltigen Hand der Greisin, und im Saal breitete sich eine bedrückende Stille aus. Es schien, als hätten die anderen Priesterinnen den Atem angehalten, um Miroslawa nicht zu stören, die mit geschlossenen Augen in sich hineinhorchte und minutenlang schwieg.

Schließlich öffnete sie die Augen wieder und verkündete: »In seinem Körper befinden sich weder Gift noch Eisen, und sein Geist war ruhig vor seinem Tod. Der Bote ist ohne Fremdeinwirkung gestorben.«

Jaroslawa entfuhr ein Seufzer der Enttäuschung. Wie gerne hätte sie widersprochen, doch sie besann sich eines Besseren. Es wäre allzu verwegen gewesen, die Autorität der alten Priesterin infrage zu stellen.

»Ich werde die Barone in Kenntnis setzen«, schloss Miroslawa.

»Das ist die Aufgabe der Königin, meine Liebe«, versetzte Wseslawa. »Ich habe die Ankunft des Boten verkündet, und ich werde auch verkünden, dass wir ihn verloren haben.«

»Den Baronen wird diese Neuigkeit gar nicht gefallen.

In den Domänen hat man sich bereits auf einen großen Krieg vorbereitet.«

»Das war voreilig. Der Grüne Hof wird in nächster Zeit gewiss keine ernsthaften Kriegshandlungen vom Zaun brechen. Ich erwarte die Barone heute Abend im Palast. Ich hoffe, dass wir dann im Großen Königsrat gemeinsam eine Strategie für die Zukunft des Herrscherhauses Lud festlegen werden.«

»Jawohl, Eure Majestät.«

Die Priesterinnen neigten die Köpfe. Wseslawa war nun wieder die unumstrittene Herrscherin des Grünen Hofs.

»Ich erwarte euch um Mitternacht. Zusammen mit den Baronen.«

Als sie wieder allein war, trat Wseslawa vor einen großen Wandspiegel, nahm das Seidentuch ab, mit dem er verhüllt war, und betrachtete sich zufrieden. Die tiefen, vertikalen Furchen in der Stirn, die grauen Augenringe, die Sorgenfalten – nicht umsonst hatten ihre Visagisten mehrere Stunden daran gearbeitet, ihr eine Maske des Grams anzulegen. Bestimmt hat es den Priesterinnen gefallen, dachte sie, wie die schlimme Neuigkeit ihre sonst so strahlende Königin mitgenommen hat.

Vor den Baronen würde sie indes ganz anders auftreten, nicht gramgebeugt, sondern selbstsicher und verehrungswürdig. Keinen Augenblick durften die Barone an der Autorität ihrer Königin zweifeln, besonders jetzt, da ihre Schicksale wieder aufs Engste verknüpft waren.

Die Miene der jungen Frau verfinsterte sich. Das Wichtigste stand erst noch bevor.

Sie trat an den Totenschrein heran, zog ein kleines Kristallfläschchen aus den Falten ihres Kleides hervor und hielt es dem Jungen unter die Nase. Im Saal breitete sich ein stechend-würziger Geruch aus. Das leblose Gesicht des Boten bekam allmählich eine rosige Farbe, seine Halsschlagader begann zu pulsieren und seine schmalen Lippen zuckten. Lubomirs Herz hatte wieder zu schlagen begonnen.

Welch gewaltige Kräfte müssen in dir schlummern, dachte Wseslawa, während sie den rasch zum Leben erwachenden Boten betrachtete. Selbst die Priesterinnen des Grünen Hofs hast du mühelos getäuscht. In diesem Moment beschlich sie ein Anflug von Selbstzweifel: Würde sie es tatsächlich schaffen ...?

Der Junge stöhnte und öffnete die Augen. Wseslawa verdrängte ihre Bedenken und nahm sich zusammen. Sie schraubte den goldenen Deckel des Fläschchens zu und steckte es weg. Dann beugte sie sich über den Jungen.

»Wie fühlst du dich?«

»Bestens«, erwiderte Lubomir lächelnd, setzte sich auf und sah sich um. »Sind sie weg?«

»Ja.«

»Gut.«

Behände kletterte er aus dem Schrein, doch als er auf den Beinen stand, begann er zu taumeln. Die Königin musste ihn stützen. Das Schauspiel hatte den Boten augenscheinlich viel Kraft gekostet. Immer noch auf Wseslawa gestützt, betrachtete er verwundert seine zitternden Hände.

»Hätten wir uns das nicht sparen können?«, nölte er.

»Nein«, widersprach die Königin entschieden. »Die Priesterinnen und Barone des Grünen Hofs müssen davon überzeugt sein, dass du tot bist. Wir haben das doch besprochen.«

»Aber wenn es unter ihnen doch welche gibt, die mir feindlich gesinnt sind, warum töten wir sie dann nicht?«

»Weil der Bote gekommen ist, um das Herrscherhaus zu einen und nicht, um Fehden auszutragen«, erwiderte Wseslawa schroff.

Diesen einfachen Gedanken hatte sie dem Jungen so oft eingebläut, dass sie inzwischen selbst daran glaubte. Doch der Jungspund war stur.

»In zwei oder drei Jahren wirst du unbesiegbar sein, dann inszenieren wir deine triumphale Rückkehr. Du wirst den Thron besteigen und niemand wird es wagen, sich dir zu widersetzen.«

»Ja, ich werde meinen Thron besteigen«, bekräftigte der Junge. »Er steht mir zu.«

»Ganz recht, mein kleiner Prinz.« Die Königin neigte den Kopf.

»Trotzdem verstehe ich nicht, warum jemand etwas dagegen haben sollte, dass ich König werde«, sagte Lubomir und machte einen kindlichen Schmollmund. »Von meiner Herrschaft würde doch der gesamte Grüne Hof profitieren.«

»Weißt du, mein kleiner Prinz«, antwortete Wseslawa und überlegte sich dabei jedes Wort ganz genau. »Dein Erscheinen stellt eine Bedrohung für das bestehende Machtsystem dar.«

»Für die Macht der Königin?«, fragte Lubomir ungeniert.

Kluges Kind, dachte Wseslawa innerlich kochend und schüttelte gleichzeitig souverän den Kopf.

»Für die Macht der Priesterinnen. Die absolute Monarchie im Grünen Hof ist ein Mythos. Die meisten Entscheidungen kann ich nur mit Zustimmung der Priesterinnen treffen und innerhalb der Domänen machen sie ohnehin, was sie wollen.« Die Königin seufzte. »Mit deinem Erscheinen werden die Priesterinnen überflüssig. Sie werden den Zugriff auf den Regenbrunnen und damit ihre Macht verlieren. Das ist sicher Grund genug für einige von ihnen, dir Steine in den Weg zu legen.«

»Du sprichst von Jaroslawa?«

»Unter anderem.«

»Was kann sie mir schon antun?«

»Alles, was sie will, mein kleiner Prinz. Sie ist eine mächtige und erfahrene Priesterin, und im Moment kannst du ihr noch nicht im Entferntesten das Wasser reichen.« Die Königin tätschelte Lubomir die Wange. »Du bist noch zu schwach und verwundbar.«

»Vielleicht hast du ja Recht, obwohl ich mich überhaupt nicht schwach fühle.«

»Man darf seine Feinde niemals unterschätzen.«

»Na gut.« Der Junge betrachtete abermals seine Hände und stellte erfreut fest, dass sie nicht mehr zitterten. »Bist du sicher, dass ich dort, wo ich leben werde, nicht in Gefahr bin?«

»Baron Metscheslaw wird dich in sein Jagdhaus bringen. Das Gelände dort wird von den Männern seiner

Drushina bewacht. Nicht einmal die Priesterinnen wissen von diesem Unterschlupf. Du wirst gleichzeitig weit weg und doch in der Nähe sein. Ich kann dich regelmäßig besuchen kommen, und wir werden deine Ausbildung fortsetzen.«

»Versprichst du mir das?«

»Natürlich.«

»Ich werde mich einsam fühlen ohne dich.« Er nahm sie sanft bei der Hand. »Ich fühle mich immer einsam ohne dich.«

»Das geht mir genauso«, erwiderte sie und löste sich ebenso sanft von ihm. »Du bist mir ans Herz gewachsen, Lubomir.«

Der Junge sah der Königin aufmerksam in die Augen, doch er bemerkte in ihrem Blick nicht den geringsten Anflug von Spott oder Ironie. Sie wirkte vollkommen ehrlich, und so wagte es Lubomir, noch einen Schritt weiter zu gehen.

»Du wirst Königin bleiben, Wseslawa, das verspreche ich dir!«, flüsterte er leidenschaftlich. »Wir werden zusammen über die Luden herrschen, du und ich.«

Das hatte gerade noch gefehlt! Allein der Gedanke erfüllte Wseslawa mit tiefer Abscheu, doch Lubomir durfte sie das auf keinen Fall spüren lassen. Sie unterdrückte den Ekel und sah den Jungen zärtlich an.

»Wir können nicht zusammen sein«, sagte sie und tränkte dabei ihre Stimme in wattige Melancholie. »Du bist der Bote. Dir steht eine große Zukunft bevor, und herrschen wirst du allein.«

»Ich bin der Bote«, wiederholte der Junge mit kindlichem Trotz, »und deshalb wird alles so sein, wie ich will.«

Wseslawa kam nicht mehr dazu, etwas zu erwidern. Die Tür öffnete sich, und Metscheslaw betrat reisefertig gekleidet den Saal.

»Baron, endlich!« Die Königin eilte strahlend ihrem Freund entgegen.

Lubomirs Miene verdüsterte sich. Die Zuneigung, dic Wseslawa diesem Kraftprotz entgegenbrachte, versetzte ihm einen Stich.

»Meine Königin.« Metscheslaw verneigte sich und küsste Wseslawas zarte Hand.

»Ist alles bereit für die Reise?«

»Ja, Eure Majestät, wir können unverzüglich aufbrechen.«

»Dann haltet euch nicht länger auf.«

Ihre Blicke trafen sich. Wseslawa war aufgeregt, der Baron ruhig und zuversichtlich. Er legte seine Hand an den Griff des Dolchs, der an seinem Gürtel hing.

Lubomir wusste noch nicht viel über Kriegsartefakte und konnte die Waffe des Barons nicht einschätzen. Was er für ein gewöhnliches Ritterspielzeug hielt, war in Wahrheit ein *Kranichschnabel*, das wirksamste Mittel, um einen Magier ins Jenseits zu befördern.

»Ich verlasse mich auf Euch, Baron«, hauchte die Königin.

»Euer untertänigster Diener.« Metscheslaw deutete eine Verbeugung an.

»Auf bald, mein kleiner Prinz«, flötete Wseslawa.

Lubomir lächelte und verließ schweigend den Raum.

»Eure Majestät!« Der Weckruf des Hoffräuleins drang nur allmählich durch den Schleier des Traums. »Eure Majestät!«

Die Königin öffnete einen Spaltbreit die Augen und blinzelte. Die verfluchte Vergangenheit verfolgte sie unerbittlich, sogar im Schlaf.

Die Geschichte lag schon einige Jahre zurück ... Schon unzählige Male hatte sie von jenen Szenen geträumt, als sie die Priesterinnen belog und Lubomir in den vermeintlichen Tod schickte. Und unzählige Male hatte sie sich die Frage gestellt, ob sie damals richtig gehandelt habe. Die jüngsten Ereignisse waren die Antwort darauf: Der Bote war zurückgekehrt, und ihre nächtlichen Alpträume hatten sich auf bedrohliche Weise manifestiert.

»Eure Majestät«, brachte sich das Hoffräulein in Erinnerung. »Die Priesterinnen.«

»Ja.« Die Königin starrte mit weit aufgerissenen Augen an die Decke. »Ich werde sie empfangen.«

Würdevoll schritten die Priesterinnen durch den gesamten Thronsaal. Dabei polierten sie mit den langen Rockschößen ihrer grünen Kleider den ohnehin blitzblanken Mosaikboden. Das Hauptportal wurde geschlossen, die Priesterinnen nahmen Aufstellung vor dem Thron, und im Saal breitete sich eine angespannte Stille aus.

Absichtlich langsam und wortlos ließ Wseslawa den Blick über ihre Untertanen schweifen und stellte mit Befriedigung fest, dass sie augenscheinlich nervös waren. Nur Miroslawa, die älteste Priesterin, wirkte gelassen.

Die Übrigen dagegen, vor allem die beiden jugendlichen Freundinnen Ljubawa und Sneshana, ließen die Köpfe tief sinken, um dem Blick ihrer Gebieterin auszuweichen. Was hatten sie ausgeheckt? Die Königin erwartete nichts Gutes von der unvorhergesehenen Audienz. Gewiss würde ihre Erzfeindin Jaroslawa versuchen, die in der Stadt ausgebrochene Krise zu ihren Zwecken zu nutzen. Fragte sich nur, auf welche Art und Weise?

»Ich hatte euch nicht erwartet«, brach die Königin das Schweigen. »Was hat euch dazu veranlasst, um diese Audienz zu ersuchen?«

»Der Königin ist doch hoffentlich bekannt, dass in der Stadt Kampfhandlungen im Gange sind«, sagte Jaroslawa, die entschlossen einen Schritt nach vorne getreten war.

Was für eine schreckliche Figur sie hat, dachte Wseslawa gehässig. Der schlaksig aufragende Oberkörper, die langen dünnen Beine und die große Nase – sieht aus wie ein gerupfter Storch.

»Du sprichst von den Unruhen im Sektor der Tschuden?«, präzisierte die Königin so gelangweilt wie möglich. »Wenn es das ist, was du mir mitteilen möchtest, so sind dir die Reporter von T-Grad-Com um ein paar Stunden zuvorgekommen.«

Die Priesterinnen tauschten irritierte Blicke. Die Gelassenheit ihrer Gebieterin überraschte sie.

»Die Ironie, mit der sich Ihre Majestät über die Geschehnisse äußert, ist völlig fehl am Platz«, giftete Jaroslawa. »In der Stadt herrscht Krieg, die Sicherheit des Herrscherhauses Lud ist bedroht, und die Königin erfährt davon aus den Nachrichten! Ist das nicht ein Skandal, frage ich euch?«

Jaroslawas flammende Rede war kaum an die Königin gerichtet, sondern diente vorrangig dem Zweck, bei den übrigen Anwesenden Panik zu schüren. Und sie rannte dabei offene Türen ein: An den kläglichen Mienen der übrigen Priesterinnen konnte Wseslawa unschwer erkennen, dass ihnen das Blutbad am Wernadski-Prospekt einen gehörigen Schrecken eingejagt hatte. Ermutigt durch das Schweigen der Königin kam Jaroslawa immer mehr in Fahrt.

»Die Vehemenz, mit der sich die Ereignisse entwickeln, lässt darauf schließen, dass wir es mit einem erfahrenen und mächtigen Feind zu tun haben. Doch sind wir auf einen Krieg überhaupt vorbereitet? Können wir angesichts der Geschehnisse noch ruhig schlafen?« Die hoch aufgeschossene Priesterin legte eine melodramatische Pause ein. »Mitnichten! Der Regenbrunnen ist versiegt.«

»Dabei handelt es sich lediglich um eine saisonale Absenkung des Energiepegels«, entgegnete die Königin gleichmütig. »Bis zum kommenden Vollmond wird er sich gewiss normalisieren.«

»Eure Majestät, kommt zur Besinnung!«, echauffierte sich die Priesterin. »In der Stadt tobt ein Krieg, und niemand weiß, ob wir bis zum Vollmond Zeit haben. Wir müssen handeln!«

»Genau!«, platzte die junge Sneshana heraus, verstummte jedoch sofort wieder, als sie Wseslawas zorniger Blick traf.

»Im Gegensatz zur Königin nehme ich die Geschehnisse in der Stadt durchaus ernst«, setzte Jaroslawa fort, »und mir ist bekannt, dass der Großmagister vor genau einer Woche Emissären des Herrscherhauses Naw eine Audienz gewährt hat. Nach meinen Informationen war einer von ihnen Santiago.«

Unter den Priesterinnen erhob sich Getuschel.

»Was führt der Dunkle Hof im Schilde? Welche Intrigen werden da hinter unserem Rücken gestrickt? Es ist bereits Blut geflossen, und die Seelenruhe, mit der unsere Königin diesem Treiben tatenlos zusieht, ist grob fahrlässig!«

Ein Umsturzversuch! Wseslawa war völlig klar, worauf ihre Erzrivalin hinauswollte. Sie bewahrte nach außen die Fassung, doch in ihrem Inneren brodelte es, und ihre hellgrünen Augen funkelten vor Wut.

»Ein solches Verhalten diskreditiert die oberste Macht!«, feuerte Jaroslawa weiter. »In Krisenzeiten muss die Königin ihre Untertanen um sich scharen, sie muss Entschlossenheit und Tatkraft zeigen. Das ist es, was wir von Wseslawa erwartet haben, als wir sie mit unserer Wahl an die Macht brachten. Doch was sehen wir nun? Sie unternimmt nichts und versucht, die Probleme auszusitzen!«

In der Geschichte des Grünen Hofs war es bislang nicht vorgekommen, dass eine Herrscherin vom Thron gestoßen wurde, doch prinzipiell gab es diese Möglichkeit durchaus. Es war also höchste Zeit, der Hetzerin Einhalt zu gebieten.

»Wenn ich mir dieses hysterische Gegackere anhöre,

kann ich nur sagen, dass ihr es mit eurer Königin gut getroffen habt«, versetzte Wseslawa bissig. »Schließlich hättet ihr auch dieses panische Huhn wählen können.«

Jaroslawas von Natur aus blasses Gesicht verwandelte sich in eine Feuerscheibe, und im Saal wurde es für einige Sekunden totenstill. Offene Beleidigungen waren bei den Priesterinnen nicht üblich.

»Deine Meinung über die Rolle der obersten Macht ist nicht gerechtfertigt, und deine Anschuldigungen sind lächerlich«, setzte Wseslawa mit ruhiger Stimme fort. »Obwohl es tatsächlich Gründe zur Besorgnis gibt, wären wir schlecht beraten, in Panik zu verfallen und den Kopf zu verlieren. Gelassenheit und Weisheit gehen immer Hand in Hand. Eure Königin hat die Situation nüchtern analysiert, und egal wie sie sich entscheiden wird, sie wird nicht überstürzt handeln. Sollte es nötig sein, werden wir zu einem vernichtenden Schlag ausholen, der die gesamte Stadt erschüttern wird. Doch bevor wir dies tun, müssen wir uns davon überzeugen, dass es die einzige Möglichkeit ist, unsere Probleme zu lösen.«

»Von was für einem Schlag redest du überhaupt?«, warf Jaroslawa ein, die sich rasch wieder gefangen hatte. »Die Energie des Regenbrunnens reicht nicht einmal für ein primitives Trugbild. Wir ...«

»Und je weniger du darüber plapperst, desto weniger weden unserer Feinde davon erfahren«, unterbrach sie die Königin schroff. »Wir sind immer noch ein Herrscherhaus. Ich denke nicht, dass es Aufgabe der Priesterinnen ist, unsere Unannehmlichkeiten herumzuposaunen. Das ist eine interne Angelegenheit!«

»Aber hier sind wir doch unter uns«, wandte Jaroslawa ein, die in ihrer Angriffslust jedoch merklich gebremst war.

»Wir werden eine abwartende Haltung einnehmen und darauf hoffen, dass uns die magische Energie des Regenbrunnens möglichst bald wieder im gewohnten Maße zur Verfügung steht. Ich hoffe, wir sind uns darüber einig, dass dies in der gegenwärtigen Situation die einzig vernünftige Entscheidung ist.«

Die Königin sah Jaroslawa herausfordernd an, doch die hochgewachsene Priesterin schüttelte den Kopf.

»Die Barone sind in Sorge. Wir müssen sie in die Beratungen über die Lage des Herrscherhauses mit einbeziehen.«

Der Große Königsrat! Wenn Jaroslawa trotz allem auf seiner Einberufung bestand, war sie sich offenbar recht sicher, die Königin vom Thron stürzen zu können.

»Die Barone müssen wissen, was vor sich geht und darauf vorbereitet werden, notfalls zu intervenieren«, pflichtete Miroslawa der renitenten Priesterin bei. »Der Rat muss einberufen werden.«

Jetzt hatte Wseslawa keinen Ausweg mehr. Sie warf den Kopf in den Nacken und überzog die Priesterinnen sekundenlang mit eisigen Blicken.

»Hiermit verkünde ich die Einberufung des Großen Königsrats«, sagte sie schließlich. »Er wird sich morgen um drei Uhr im Grünen Hof versammeln.« Sie machte eine kleine Pause und fügte dann hinzu: »Um drei Uhr nachts.«

Die Priesterinnen sahen sich verdutzt an.

»Ähm, Eure Majestät ...«, sagte Jaroslawa zögerlich. »Ich bin sicher, dass wir die Barone viel schneller zusammenrufen können. Meintet Ihr vielleicht drei Uhr nachmittags?«

»Ich habe das gemeint, was ich gesagt habe, und ich gehe davon aus, dass du die Entscheidung deiner Königin respektierst.«

Die beiden Frauen durchbohrten sich mit Blicken.

»Wir haben den Willen der Königin vernommen.« Miroslawas tiefe, autoritäre Stimme betonierte die Entscheidung: »Der Große Königsrat wird morgen um drei Uhr nachts zusammentreten.«

Kaum hatte sich das Hauptportal hinter den Priesterinnen geschlossen, betrat Metscheslaw durch die kleine Tür hinter dem Thron den Saal. Mit festen Schritten eilte er zur Königin, die verloren neben einem blühenden Strauch stand, und legte ihr die Hand auf die Schulter.

»Du hast alles gehört?«, fragte Wseslawa.

»Ja. Jaroslawa drängt an die Macht, und dazu ist ihr jedes Mittel recht.«

Die Königin nickte.

»Erlaube mir, sie zu töten«, sagte der Baron und trug seinen Vorschlag mit einer Selbstverständlichkeit vor, als handle es sich um eine Einladung zur Kutschfahrt.

»Nein«, entgegnete Wseslawa. »Ich bin eine Königin und keine Usurpatorin. Außerdem musst du dich auf eine andere Aufgabe konzentrieren.«

»Wovon sprichst du?«

»Ich spreche vom Boten.« Die Königin zog die Schultern hoch. »Wir müssen ihm Einhalt gebieten.«

Der Baron seufzte und versank in düsteren Gedanken. Er hatte nicht vergessen, welch bohrender Hass und lähmende Angst Wseslawa seinerzeit befielen, als sie zum ersten Mal die unbändige Macht des siebenjährigen Lubomirs verspürte. Er erinnerte sich gut an die ohnmächtige Verzweiflung der jungen, frisch gewählten Königin, seiner Gebieterin, seiner großen Liebe. Und es hatte sich in sein Gedächtnis eingegraben, wie begehrlich der Halbwüchsige Wseslawas schlanken Körper angestarrt hatte, wie unverfroren er mit ihr zu sprechen gewagt hatte und wie ... Metscheslaw griff sich reflexartig an die verhärtete Narbe, die seinen Hals überzog. Was damals geschehen war auf dem Weg zu seinem Jagdhaus, das wussten nur er und Lubomir. Nicht einmal Wseslawa, die ihn damals fand und wieder aufpäppelte, hatte er Einzelheiten von dem Kampf erzählt, bei dem er, der beste Fechter des Grünen Hofs, seine einzige Niederlage erlebte. Selbst mit Hilfe des *Kranichschnabels* war es ihm nicht gelungen, den Boten zu besiegen. Der Junge entwischte, verbarg sich und schmiedete fortan Rachepläne.

»Hinter dem Überfall auf die Burg steckt Lubomir, da bin ich mir sicher.« Wseslawas Worte rissen Metscheslaw aus seinen Gedanken. »Er hat bereits den Regenbrunnen angezapft, und jetzt ist er hinter dem Karthagischen Amulett her, um die Tschuden aus dem Spiel zu nehmen.«

»Die Tschuden sagen aber, das Amulett sei an seinem

Platz. Demnach wäre der Angriff gescheitert, und die Rothauben werden kaum so dumm sein, einen zweiten Überfall zu wagen.«

»Ein zweiter Überfall wird nicht nötig sein«, erwiderte Wseslawa und atmete tief durch. »Zum Glück sind meine magischen Fähigkeiten noch nicht vollständig erloschen. Ich weiß genau, dass das Amulett geraubt wurde.«

»Hat es Lubomir?«

»Noch nicht. Es ist mir gelungen, die Rothauben zu belauschen. Sie suchen einen Humo, einen Söldner namens Cortes. Ich nehme an, dass er das Amulett hat.«

»Was soll denn ein Humo mit dem Amulett?«, wunderte sich der Baron.

»Möglicherweise wird er von den Nawen bezahlt.« Die Königin schaute Metscheslaw fordernd in die Augen. »Du musst mir das Amulett bringen. Es wird in diesem Spiel mein einziger Trumpf sein.«

»Im Spiel gegen wen?«

»Gegen alle. Alle sind scharf auf das Amulett: die Tschuden, die Nawen, der Bote. Und beim Großen Königsrat hätte ich auch einen leichteren Stand, wenn ich das Amulett in meinem Besitz wüsste.«

»Ich werde es dir bringen, Liebste«, versprach der Baron und zog die Königin zärtlich an sich.

»Und vergiss nicht«, flüsterte Wseslawa, während sie ihre Arme um Metscheslaws mächtige Schultern schlang, »du hast weniger als vierundzwanzig Stunden Zeit.«

KAPITEL SECHS

Moskauer Eremitage, Kloster der Erli
Moskau, Zarizyno-Park
Dienstag, 27. Juli, 04:30 Uhr

»Ey, Säbel, es ist verdammt ruhig hier bei denen, das ist kein gutes Zeichen«, unkte der Uibuj Sargnagel, während er hingebungsvoll mit dem Finger in der Nase bohrte.

Der Anführer der Fötidos sah seinen Truppführer skeptisch an.

»Bohr nicht so heftig, sonst zerkratzt du dir noch das Hirn«, warnte er.

»Ach was, an dem Finger habe ich mir den Nagel abgebissen«, beruhigte ihn Sargnagel und fügte hinzu: »Diese Erli kann ich nicht ausstehen.«

»Echt? Und wie oft haben sie dich schon zusammengeflickt?«, erkundigte sich spöttisch Navaja, der auf dem Rücksitz saß.

»Frag lieber, wie viel Kohle sie mir dafür abgeknöpft haben«, entrüstete sich der geizige Sargnagel. »Ein Vermögen! Die Dreckskerle wissen genau, dass uns gar nichts anderes übrigbleibt, als in ihr Kloster zu kommen, und verdienen sich eine goldene Nase an uns. Wir sollten uns mal in ihren Kellern umsehen! Dort gibt's was zu holen, ey.«

»Das möcht ich sehen, wie du bei denen einbrichst, du Penner. Die Mönche werden Polpa Nawese aus dir machen.«

»Sie werden was aus mir machen?«, stutzte Sargnagel.

»Polpa Nawese«, wiederholte Navaja und erläuterte jovial: »Das ist fein durchgedrehtes rohes Fleisch mit Gemüse und scharfer Sauce. Hab ich gestern in der *Eidechse* gegessen – ein grauenhafter Fraß, aber sehr exotisch.«

»Die exotische Pampe scheint schlecht fürs Gehirn zu sein, du redest einen Stuss, dass es einem vor dem Schlafenden peinlich ist.«

»Kümmere dich lieber um dein eigenes Gehirn, falls überhaupt noch was davon übrig sein sollte.«

»Haltet die Klappe!«, ging Säbel dazwischen, dem eine Rauferei im Jeep gerade noch gefehlt hätte.

Die Uibujen verstummten. Vor zehn Minuten waren die Rothauben am Kloster der Erli vorgefahren. Ihre Jeeps standen im grauen Nebel der ausgehenden Nacht auf dem Vorplatz, und sie warteten geduldig auf die Anweisungen ihres Anführers. Säbel zog eine halbleere Flasche Johnnie Walker unter dem Sitz hervor und trank einen tüchtigen Schluck.

»Cortes ist bestimmt hier in der Eremitage, aber die Mönche werden ihn nicht einfach so rausrücken. Wir haben also zwei Möglichkeiten.« Der Fötido-Boss spähte angestrengt zu der Laterne hinüber, die über dem Tor schaukelte. »Entweder wir brechen das Tor auf und stürmen das Kloster oder wir versuchen zu verhandeln.«

»Wir haben nur dreißig Kämpfer«, gab Navaja kopfschüttelnd du bedenken. »Bestenfalls kommt noch der Uibuj Ruder mit seinen Leuten dazu. Wenn wir mit den paar Jungs angreifen, machen die Mönche ...«

»Ich weiß, ich weiß«, unterbrach ihn der Einäugige. »Sie machen Polpa Nawese aus uns.«

»Eben.«

Sargnagel schnaubte geräuschvoll und wollte damit zum Ausdruck bringen, dass er den Einwand seines Kollegen hundertprozentig unterstützt. Säbel hatte indes längst verstanden, dass seine Uibujen die gewaltlose Alternative eindeutig bevorzugten. Unter den neidischen Blicken seiner Untergebenen trank der Clanführer den Whiskey aus und warf die Flasche aus dem Fenster.

»Also Folgendes«, entschied Säbel. »Navaja, du nimmst zwei von deinen Leuten mit, nach Möglichkeit nicht gerade die Dümmsten, und wir gehen zusammen rein. Und du, Sargnagel, bleibst mit den anderen hier draußen und zeigst, dass wir es ernst meinen.«

»Hä? Was soll ich?« Der Uibuj war beinahe nüchtern und deshalb besonders schwer von Begriff.

»Du holst die Männer aus den Jeeps und stellst sie vor dem Tor auf. Die Mönche sollen ruhig sehen, wie viele wir sind.«

»Vor dem Tor aufstellen?« Sargnagel machte ein langes Gesicht und große Augen. »Wozu denn?«

»Frag nicht so blöd und tu, was ich dir sage!«, knurrte Säbel und öffnete die Fahrertür. »Los, wir gehen.«

Die wüsten Verwünschungen, die ihm Sargnagel zwischen den Zähnen hindurch hinterherzischte, beschloss der Clanführer vorläufig zu ignorieren, doch er speicherte sie Wort für Wort ab.

Säbel, Navaja und die zwei von ihm ausgesuchten Kämpfer warteten, bis sich die murrenden Fötidos vor dem Kloster aufgestellt hatten, dann betätigten sie den Klopfring am Tor. Die Laterne schaukelte quietschend über ihren Köpfen.

»Chef«, meldete sich Navaja und zeigte mit dem Daumen nach oben. »Wieso wackelt die Funzel? Es geht doch überhaupt kein Wind.«

Dem Uibujen war das seltsame Benehmen der Laterne soeben aufgefallen, und da er keine Erklärung dafür fand, beschloss er, seinen Boss zu fragen.

»Weil sie eben Lust hat«, erwiderte Säbel, dem auf die Schnelle nichts Besseres einfiel.

Die kleine Pforte im Tor öffnete sich langsam, und zu den Rothauben trat ein dicker Mönch heraus. In der Hand hielt er einen angebissenen Kanten Brot, der mit einer gewaltigen Scheibe Schinkenspeck belegt war. Den vor dem Tor aufgereihten Kämpfern schenkte er keinerlei Beachtung, gähnte demonstrativ und wischte sich mit dem Handrücken den fettigen Mund ab.

»Na, wie viele Verwundete habt ihr denn?«, erkundigte er sich.

»Gar keine«, erwiderte Säbel. »Ähm, wir ...«

»Was zum Teufel habt ihr dann hier verloren? Wir verkaufen kein Rauschgift.«

»Wir brauchen kein Rauschgift!«, bellte der Clanführer verärgert. »Ich will Pater Dynamus sprechen, und zwar sofort!!«

»Pater Dynamus, den Prior?« Der dicke Mönch schien über die Empörung des lispelnden Fötidos bestenfalls amüsiert. »Der schläft. Ihr müsst schon mit mir vorliebnehmen. Du solltest dir übrigens die Zähne richten lassen. Das kostet nicht die Welt, und deine Aussprache würde sich merklich verbessern. Die Methode habe ich selbst entwickelt.«

»Ich habe nicht vor, mit einem Sanitäter zu verhandeln«, fauchte Säbel.

»Aber doch gewiss mit einem Arzt?« In der Pforte erschien ein hagerer, sehniger Erli, der sich die blutverschmierten Gummihandschuhe abzog. »Sei gegrüßt, Säbel.«

»Hallo, Bruder Lapsus.« Der Clanführer hielt inne und überdachte die Situation. »Müssen wir denn hier auf der Schwelle reden?«

»Natürlich nicht«, entgegnete der Erli großmütig. »Aber ich lasse nur dich und diesen Uibujen herein.« Er wies mit einer Kopfbewegung auf Navaja. »Die anderen müssen draußen bleiben.«

»Einverstanden.«

»Und nimm das Kopftuch ab, mein Sohn«, mahnte Bruder Kurvus. »Die Eremitage ist schließlich ein Gotteshaus und keine Kneipe.«

Die Rothauben nahmen gehorsam die Bandanas von den kahlgeschorenen Köpfen ab und traten ein.

Durch einen kurzen, hell erleuchteten Korridor führten die Mönche ihre Gäste in ein kleines Zimmer, in dem sich offenbar gerade die Nachtschicht die Zeit vertrieb. Zur Einrichtung gehörten ein wuchtiger Holztisch, auf dem ein Teller mit belegten Broten und eine angebrochene Flasche Cognac der Marke Moskowski standen, einige bequeme Stühle, ein Bücherschrank und eine Minibar. Auf einem Kästchen im entfernten Eck des Raums stand eine Stereoanlage, und über der Tür hing ein Fernseher, der zwar eingeschaltet war, jedoch ohne Ton lief.

»Setz dich, Säbel. Im Stehen redet sich's nicht gut«, schlug Bruder Lapsus vor.

Die Fötidos nahmen würdevoll auf den angebotenen Stühlen Platz, wobei sich Navaja schon beim Hinsetzen eines der Brote vom Teller fischte.

»Es geht um eine sehr ernste Angelegenheit, Bruder Lapsus«, begann Säbel salbungsvoll. »Wie soll ich sagen ... ähm ...«

»Gewiss ist es ernst«, nickte der Mönch. »Sonst hättet ihr ja nicht nach dem Prior verlangt. Wo brennt's denn?«

»Wir sind bestohlen worden«, sagte der Fötido, und sein einziges Auge bohrte sich nun förmlich in den Mönch. »Es geht um einen schwarzen Rucksack. Ein Humo hat ihn geklaut, ein Söldner namens Cortes, und ich glaube, dass er sich hier im Kloster aufhält. Habe ich Recht?«

Bruder Lapsus zögerte einige Sekunden, doch dann nickte er. Auf gewisse Fragen war er verpflichtet zu antworten.

»Ich möchte mit ihm reden.« Der Clanführer warf den Oberkörper nach vorn und wurde laut: »Bring ihn her! Und zwar auf der Stelle!!«

»Ich fürchte, du bist auf dem falschen Dampfer und vergreifst dich überdies im Ton, Säbel«, entgegnete der Mönch souverän. »Du weißt doch ganz genau, dass Cortes unter unserem Schutz steht. Du wirst ihn nur dann zu Gesicht bekommen, wenn er das auch selbst wünscht. Andernfalls ...«

»Ja, ich weiß«, unterbrach ihn der Fötido genervt. »Anderfalls macht ihr Polpa Nawese aus uns.«

»Ich wusste gar nicht, dass du dich für kulinarische Spezialitäten interessierst«, kommentierte Bruder Lapsus amüsiert. »Ich wollte auf etwas anderes hinaus.« Der Mönch deutete auf den Fernseher, wo gerade eine Nahaufnahme des zerstörten Tors der Burg gezeigt wurde. »Wir leben hier schließlich nicht in der Tundra und wissen genau Bescheid, was in der Stadt los ist. Es kostet mich nur einen Anruf, dann rückt de Geer mit seinen Gardisten hier an, und die machen dann nicht Polpa Nawese aus euch, sondern Crêpe a la Tschud.«

Dies war eine unumstößliche Tatsache. Säbel sah ein, dass er mit Lautstärke nichts erreichen würde, und bemühte sich, diplomatischer vorzugehen.

»Bruder Lapsus, die Tschuden haben aber keine Ansprüche an dem Rucksack angemeldet, sondern ich. Und es gibt Zeugen dafür, dass er mir gestohlen wurde. Deshalb bist du verpflichtet, ihn mir zu zeigen, damit ich ihn identifizieren kann.«

Der Fötido-Boss argumentierte durchaus geschickt. Gemäß einem Abkommen zwischen den Herrscherhäusern konnte das Kloster seine Patienten so lange schützen, bis sie wieder gesund waren, egal was sie ausgefressen hatten. War ein Patient jedoch im Besitz persönlicher Dinge, die er sich auf unrechtmäßige Weise angeeignet hatte, so mussten die Mönche diese auf Verlangen herausgeben. Das Wort des Clanführers war in diesem Fall völlig ausreichend.

»Den Rucksack habe ich gesehen«, räumte Bruder Lapsus ein. »Aber er ist nicht im Kloster. So dumm ist Cortes nicht.«

»Ist das deine aufrichtige Antwort?«, fragte Säbel nach kurzem Zögern.

»Ja. Du kannst dich darauf verlassen. Das Kloster ist strikt neutral.«

»Verdammter Mist!«

Die Fötidos sprangen auf und verließen grußlos das Zimmer. Die erloschene Laterne schaukelte nicht mehr. Sie hing reglos über dem Tor und wartete auf die nächste Nacht. Säbel bereute es bitter, dass er seinen Whiskey schon ausgetrunken hatte. Jetzt hätte er einen Schluck vertragen können. Er griff nach seinem Handy und rief den Zauberer an.

»Lubomir, ich bin's, Säbel.« Der Clanführer hüstelte. »Cortes ist bei den Erli, aber er hat die Beute nicht bei sich. Das ist sicher. Deshalb habe ich beschlossen, das Kloster nicht zu stürmen, sondern nur Wachposten aufzustellen ...«

»Die haben jede Menge unterirdischer Gänge dort«, sagte der Zauberer.

»Was?«

»Ach nichts. Fahr zu mir«, befahl Lubomir und legte auf.

Atelier von Alir Cannabis
Moskau, Leningradski-Prospekt
Dienstag, 27. Juli, 05:27 Uhr

»Sie ist schön«, befand Santiago nach kurzem Schweigen. »Wunderschön!«

»Sie ist göttlich, Kommissar. Sie leuchtet von innen. Ihr Lächeln ist wie der erste Sonnenstrahl am Morgen, wie das Sternfunkeln einer Sommernacht, wie …« Der Künstler fuchtelte ausladend mit den Armen. »Sie sehen ja selbst, Kommissar.«

»Es ist Ihnen gelungen, Ihre Liebe auf die Leinwand zu bringen, Alir«, schwärmte Santiago, während er fasziniert das Gemälde betrachtete.

Ein kleiner, waldumsäumter See im Mondschein, verträumt funkelnde Sterne und ein junges Mädchen von blendender Schönheit, das behutsam ins grünlich schimmernde Wasser watet. Der Maler hatte nicht nur den Liebreiz der Badenden, sondern auch sein Entzücken über sie zum Ausdruck gebracht.

»Ein fantastisches Kunstwerk, Alir. Wie viel wollen Sie dafür?«

»Es ist unverkäuflich.«

»Und das aus dem Munde eines Schatyren?«

»Nicht alles auf dieser Welt ist käuflich«, erwiderte Cannabis pikiert. »Manche Werke besitzen einen rein ideellen Wert.«

»Ich verstehe.« Santiago lächelte. »Sie sind verliebt.«

»Nein«, widersprach Alir. »Ich liebe sie, das ist etwas völlig anderes.«

»Jaja, die Liebe ist unergründlich«, philosophierte der Kommissar.

Alir Cannabis war ein typischer Schatyr mit schwarzem Haar und dunklen, listigen Augen. Er entstammte der alteingesessenen Familie Cannabis und galt als einer der genialsten Künstler der Verborgenen Stadt. Das zarte Wesen auf der Leinwand war eine Menschenfrau.

»In einer Woche werde ich sie heiraten«, verkündete Alir. »Wir bekommen ein Kind.«

»Ein Halbblut«, bemerkte Santiago nachdenklich. Er sagte das keineswegs geringschätzig oder überheblich, er stellte lediglich eine Tatsache fest, die er bedauerlich fand. »Das Geschlecht Schatyr wird das Kind nicht akzeptieren.«

»Ich weiß.«

»Was werden Sie tun?«

»Für den Anfang werde ich sie von hier wegbringen, dann sehen wir weiter.«

»Es ist Ihre Entscheidung, Alir, und niemand hat das Recht, Ihnen einen anderen Standpunkt aufzudrängen«, kommentierte Santiago zurückhaltend. Der Kommissar wandte sich von dem Gemälde ab und spazierte in Cannabis' geräumigem Atelier auf und ab. »Ich wollte mich eigentlich erkundigen, wie es meiner Bestellung geht.«

»Selbstverständlich.« Der Künstler führte Santiago in eine Ecke des Raums, wo eine mit einem weißen Tuch verhüllte Figur stand. »Ich muss sagen, dass ich noch selten unter so starkem Zeitdruck arbeiten musste, doch ich habe mein Bestes gegeben.«

»Der doppelte Preis, den Sie für die Expressanfertigung verlangt haben, hat Sie in Ihrem Fleiß gewiss beflügelt«, bemerkte Santiago süffisant.

»In gewissem Maße, ja«, gab der Schatyr zu. »Übrigens, Kommissar, was ich Sie immer schon einmal fragen wollte: Warum stellen Sie die Attrappen nicht selbst her? Bei Ihren Möglichkeiten ...«

»Möglichkeiten sind nur ein Potenzial, aber noch kein Können«, entgegnete der Naw lächelnd und zeigte auf das Gemälde. »Sehen Sie nur, mir welcher Meisterschaft Sie Ihre Liebe auf die Leinwand übertragen haben. So etwas kann man nicht lernen, das ist wahres Genie. Deshalb wende ich mich an Sie, wenn ich einen Doppelgänger brauche, den man vom Original nicht unterscheiden kann.«

»Danke für das Kompliment«, sagte der Künstler geschmeichelt und nahm das Tuch mit einer schwungvollen Bewegung feierlich von der Figur ab. »Voilà, Ihre Bestellung.«

Die Puppe war eine exakte Kopie von Santiagos engstem Mitarbeiter. Wie der Kommissar es erwartet hatte, gab Alirs Arbeit nicht den geringsten Anlass zur Beanstandung. Nicht einmal Santiago selbst hätte diesen Doppelgänger von seinem Untergebenen unterscheiden können. Er umrundete die reglose Kreatur und fuhr mit dem scharfen Fingernagel des kleinen Fingers über ihre Brust. Aus dem kleinen Kratzer quoll dickes Nawenblut.

»Großartig, Alir. Haben Sie ihm schon Leben eingehaucht?«

»Damit habe ich auf Sie gewartet.«

»Dann schreiten Sie nun zur Tat.«

Der Künstler zog ein kleines Goldplättchen aus der Tasche, auf dem ein Belebungszauber eingraviert war, und steckte sie der Puppe in den Mund.

»Ein aufregender Moment«, flüsterte Cannabis.

»Haben Sie Bedenken wegen der Zauberformel?«

»Nein«, erwiderte der Künstler und betrachtete die Puppe mit weit aufgerissenen, leuchtenden Augen. »Leben, Santiago, wir spenden Leben! Es ist ein bewegendes Gefühl, zu beobachten, wie mein Geschöpf, das ja ein Stück von mir selbst ist, ein eigenständiges Leben beginnt! Es öffnet die Augen und macht den ersten Schritt. Das ist die Krönung der Schöpfung!!«

»Ich bin ein bisschen beunruhigt wegen des Goldplättchens«, warf Santiago nüchtern ein.

»Keine Sorge, Kommissar, es wird sich innerhalb von zwei Stunden im Körper des Doppelgängers auflösen, und zwar spurlos.«

Die Puppe öffnete die Augen.

»Ich wusste, dass ich mich auf Sie verlassen kann«, freute sich Santiago und wandte sich an das zum Leben erwachte Geschöpf. »Wissen Sie, wie Sie heißen?«

»Ja.«

Die Antwort des Doppelgängers war zweifellos dürftig und das Gesicht, das er dabei zog, ein wenig dümmlich. Der Kommissar runzelte ernüchtert die Stirn und sah den Künstler skeptisch an. Cannabis hielt dem strengen Blick des Nawen ungerührt stand, doch innerlich schmunzelte er. Um Geld zu sparen, hatte Santiago für die Puppe das billigste Gehirn ausgesucht und nun erntete er die Früchte seiner Knausrigkeit.

»Im Flur finden Sie eine große Schachtel mit Kleidung, ziehen Sie sich an«, befahl der Kommissar der nackten Kreatur.

»Jawohl.«

Der Doppelgänger taumelte aus dem Atelier und blieb dabei am Türstock hängen. Santiago rieb sich besorgt die Nase.

»Sagen Sie, Alir, sind die geistigen Fähigkeiten dieses Subjekts ausreichend zum Steuern eines Autos?«

»Auf einfachen Strecken gewiss«, erklärte der Schatyr und fügte trocken hinzu: »Sofern das Fahrzeug über eine Automatikschaltung verfügt.«

»In diesem Fall sorgen Sie bitte dafür, dass er Sakko und Hemd nicht verwechselt«, bat der Kommissar. »Und helfen Sie ihm beim Binden der Krawatte.«

Der Künstler nickte, verbiss sich ein Grinsen und folgte seinem Geschöpf in den Flur. In der Tür blieb er stehen und drehte sich noch einmal um.

»Dieser Service kostet übrigens kein extra Honorar, Kommissar.«

Ein Schatyr blieb eben immer ein Schatyr, selbst wenn es sich um einen genialen Künstler handelte.

Santiago seufzte nachsichtig und zückte sein Mobiltelefon.

»Ortega? Haben Sie schon herausbekommen, wo sich das Amulett befindet?«

»Lebed ist tot. Cortes wurde verwundet und lässt sich bei den Erli behandeln«, teilte der Mitarbeiter des Kommissars mit. »Das Amulett hat er einem Begleiter gegeben, den er zufällig getroffen hat.«

»Ortega«, unterbrach ihn Santiago mit sanfter Strenge, »wie oft soll ich Ihnen noch sagen, dass nichts zufällig geschieht. Was ist das für ein Begleiter?«

»Ein Humo. Wir wissen bereits seine Adresse.«

»Gut.« Der Kommissar hielt inne und dachte nach. »Hat er Verbindung zur Verborgenen Stadt?«

»Nein. Cortes hat ihn gebeten, bei uns anzurufen, doch er hat es offenbar nicht eilig damit.«

»Das ist auch besser so«, erwiderte Santiago. »So wie es aussieht, werden wir diesen Humo noch brauchen. Schließen Sie ihn als Erstes ans TKV-Netz an.«

»Zu Befehl.«

»Zweitens: Schotten Sie ihn gegen jede Form magischer Fahndung ab.«

»Auch gegen unsere eigene?«

»Ja. Drittens: Veranlassen Sie, dass die Ratsherren sein Gehirn mit dem *Großen Schweigen* belegen.«

Dabei handelte es sich um einen mächtigen Zauber des Dunklen Hofs, mit dem man das Scannen von Gedanken verhindern konnte.

»Ist das alles?«, fragte Ortega, der sich über den Aufwand wunderte, der wegen eines Humos betrieben wurde.

»Vorläufig ja. Warten Sie auf weitere Anweisungen.«

Moskau, Lenin-Prospekt
Dienstag, 27. Juli, 06:12 Uhr

Nachdem Kornilow die Spurensicherung am Wernadski-Prospekt abgeschlossen hatte, schickte er Waskin nach Hause, rüttelte den eingenickten Palytsch wach und ließ sich zur Kreuzung Lenin-Prospekt/Udalzowa-Straße fahren, wo sich die wilde Schießerei ereignet hatte. Dass Letztere etwas mit den kriegsähnlichen Ausschreitungen beim Hauptsitz der Tschud Inc. zu tun hatte, stand für ihn so gut wie fest.

Dank einiger präziser Zeugenaussagen zeichnete sich ein relativ klares Bild von den Geschehnissen am Lenin-Prospekt ab. Eine Gazelle, die von einem Hummer eskortiert oder verfolgt wurde, war von der Krawtschenko-Straße in den Prospekt eingebogen und mit hoher Geschwindigkeit in Richtung Autobahnring gefahren. In Höhe der Udalzowa-Straße wurde sie von einem Yukon gerammt, woraufhin es zwischen den Insassen der drei Fahrzeuge zu einer Schießerei kam.

Weitere Informationen hatten die Streifen der Verkehrspolizei geliefert, die etwa fünf Minuten nach dem Ende der bewaffneten Auseinandersetzung an der Kreuzung eintrafen. Verhaftungen gab es keine, die Gangster flüchteten und ließen elf Leichen auf dem Schlachtfeld zurück. Die Verkehrspolizisten sperrten den Prospekt ab und riefen Verstärkung. Ein solches Blutbad auf offener Straße hatte es in Moskau schon lange nicht mehr gegeben.

Als er am Tatort eintraf, inspizierte Kornilow zunächst

die Toten, die in einen grauen Lieferwagen geschafft wurden. Sie waren alle von kleinem Wuchs, üppig tätowiert und mit schwarzen Lederhosen, ärmellosen Westen und roten Kopftüchern bekleidet. Außerdem fielen dem Major ihre platten Nasen und ihre kleinen schwarzen Knopfaugen auf. Das einzige Opfer, das nicht ins Bild passte, war der Fahrer des Hummer, ein dunkelblonder Hüne mit slawischen Gesichtszügen.

Die zerstörten Jeeps, die herumliegenden Pump Guns, die vielen Toten und auch die Tatsache, dass man keine Verwundeten vorfand, waren für Kornilow nichts Neues und beschäftigten ihn nicht weiter. Der umgekippte Kleintransporter vom Typ Gazelle erregte dagegen seine Aufmerksamkeit. Er verfügte über eine gepanzerte Karosserie, kugelsichere Scheiben, modernste Elektronik und einen modifizierten Motor. Wie man dem Major unverzüglich mitteilte, war das für den Großstadteinsatz ausgerüstete Hightechgefährt vor weniger als zwei Wochen von einem Truppenübungsplatz in Kubinka gestohlen worden. Beamte des FSB, die ihr Glück kaum fassen konnten, waren bereits auf dem Weg zum Lenin-Prospekt. Nachdem er sich ein Bild von der Lage gemacht hatte, setzte sich Kornilow auf die Bordsteinkante, zündete sich eine Zigarette an und dachte nach.

Der von einer Luftabwehrrakete abgeschossene Hubschrauber und der hochgerüstete Militärtransporter passten wie die Faust aufs Auge zu den abenteuerlichen Zeugenaussagen, die er am Wernadski-Prospekt zu hören bekommen hatte. Demnach war der Hauptsitz der

Tschud Inc. von einem modern ausgerüsteten Kampfverband nach allen Regeln der Kriegskunst gestürmt worden.

Dies passte nun wiederum überhaupt nicht mit dem zusammen, was er auf dem Gelände der Tschud Inc. gesehen hatte. Auf der einen Seite standen die Zeugenaussagen und die zurückgelassene Militärtechnik, auf der anderen Kornilows höchstpersönlicher Augenschein und die Behauptungen des Chefs der Gebäudewache mit dem seltsamen Familiennamen, der alles abstritt, jedoch offensichtlich verwundet war.

Zum ersten Mal in seiner langjährigen Berufspraxis gelang es Andrej nicht auf Anhieb, die vorhandenen Informationen zu einem schlüssigen Gesamtbild zusammenzufügen. Das Erstaunlichste daran war, dass die gesammelten Aussagen, Spuren und Daten nicht nur nicht zusammenpassten, sondern sich gegenseitig ausschlossen. In einem jedoch war sich Kornilow zu hundert Prozent sicher: Seine übliche Gangsterklientel hatte mit diesem Fall nichts zu tun.

Wenn nichts zusammenpasst, fangen wir eben nochmal ganz von vorne an, murmelte Andrej und zündete sich eine neue Zigarette an.

Die entscheidende Frage ist: Hat nun ein Überfall stattgefunden oder nicht? Wenn nein, wie kommen dann der Hubschrauber und die Gazelle an den Tatort? Ein Zufall? Aber die Zeugenaussagen? Und der verwundete Chef der Gebäudewache? Gut. Wenn es also doch einen Überfall gab, warum sind dann keinerlei Spuren davon festzustellen?

Kornilow kratzte sich am Kopf.

Nehmen wir einmal an, es hat ein Überfall stattgefunden und die Angreifer haben den Innenhof der Tschud Inc. so schnell überrannt, dass sie dort keinerlei Spuren hinterlassen haben. Das ist natürlich absurd, aber nehmen wir es einmal an. Dann wäre klar, wozu der Hubschrauber und die Gazelle gebraucht wurden. Doch welchem Zweck diente der Überfall selbst? Sollte das Gebäude erobert werden? Wir sind doch nicht im Krieg ... Oder die Angreifer hatten es auf etwas abgesehen, was sich in den oberen Etagen befand! Dann hätten sie dafür den Hubschrauber gebraucht und alles andere war nur ein Ablenkungsmanöver.

Kornilow spürte ein leichtes Stechen im Nacken. Es stellte sich stets ein, wenn er nahe daran war, ein Rätsel zu lösen.

Was also wollten die Angreifer? Den Präsidenten der Tschud Inc. ermorden? Unsinn, solche Persönlichkeiten werden beim ersten Anzeichen von Gefahr versteckt. Eine Geiselnahme? Dann hätte man den Hubschrauber nicht abgeschossen. Vielleicht haben die Gangster ihr Ziel gar nicht erreicht?

Doch eine innere Stimme sagte Kornilow, dass sie ihr Ziel sehr wohl erreicht hatten.

Die Angreifer waren erfolgreich und haben etwas Wertvolles geraubt, was beim Abschuss des Hubschraubers nicht zu Schaden kommen konnte. Und dieses Beutestück wurde in der Gazelle vom Ort des Geschehens weggeschafft. Deshalb wurde der Transporter auch verfolgt und schließlich von der Straße gerammt.

Der Major steckte sich mechanisch die nächste Zigarette an.

Diese Version wäre einigermaßen schlüssig, doch wenn es einen Sturmangriff gegeben hatte, warum um alles in der Welt fand man dann weder im Innenhof noch im Gebäude der Tschud Inc. Spuren davon?

»Andrej, Andrej!« Palytsch rüttelte ihn an der Schulter. »Dort drüben warten jede Menge Journalisten.«

»Na gut, gehen wir.« Der Major erhob sich und klopfte seine Hose ab. »Wie sehe ich aus?«

»Wie mein Chef.«

»Geh schon mal zum Auto, wir fahren gleich.«

Kornilow verspürte nicht die geringste Lust, sich mit der Presse zu unterhalten, doch er musste in den sauren Apfel beißen, denn die Meute hatte ihn schon entdeckt.

»Herr Major, waren bei dieser Schießerei Gangster am Werk?«

»Möglich.«

»Waren es Chamberlains Leute?«

»Möglich.«

»Gibt es einen neuen Bandenkrieg? Eine Neuaufteilung der Macht?«

»Kein Kommentar. Morgen findet im Präsidium eine Pressekonferenz statt, bitte gedulden Sie sich bis dahin.«

»Gab es Verhaftungen?«

»Leider nein. Alle Überlebenden konnten flüchten.«

»Es heißt, ein Polizeihubschrauber sei abgeschossen worden.«

»Das ist ein Gerücht. Es ist tatsächlich ein Hubschrauber abgestürzt, aber wir wissen noch nicht, wem er gehörte.«

»Haben Sie nicht den Eindruck, dass die Kriminalität in Moskau ein qualitativ neues Niveau erreicht hat?«

»Die Polizei bleibt auch nicht auf der Stelle stehen.«

»Werden Sie weiterhin an der Aufklärung des Vivisektor-Falles arbeiten?«

»Selbstverständlich. Wir tun alles, um den Serienmörder dingfest zu machen.«

Während er auf die Fragen der Journalisten antwortete, war Kornilow langsam zu seinem Dienst-Wolga gegangen und öffnete nun die hintere Tür.

»Mehr kann ich Ihnen im Augenblick nicht sagen. Auf Wiedersehen.«

»Ins Präsidium?«, fragte Palytsch und ließ den Motor an.

»Noch nicht sofort.« Der Major blickte zur Uhr. »Wir machen vorher noch einen kurzen Abstecher zur Krasnaja Presnja. Du weißt schon, wohin.«

Der Laden des Schusters Mechrab stand schon seit je an der Kreuzung Krasnaja-Presnja-Straße/Presnenski Wall. Es handelte sich um eine gewöhnliche schwarze Verkaufsbude, wo ein gewöhnlicher Greis gewöhnlichen Passanten Einlagen, Schnürsenkel, Schuhcreme, Schuhbürsten und sonstige Utensilien verkaufte, kleinere Reparaturen erledigte und, Gerüchten zufolge, sogar hochwertige Schuhe anfertigen konnte. Nur wer braucht so etwas noch in Zeiten billiger Massenware aus dem Supermarkt?

Kornilow, der seine gesamte Jugend in dem Stadtbezirk verbracht hatte und selbst öfters eine Kleinigkeit bei Mechrab kaufte, unterhielt sich hin und wieder mit dem redseligen Greis, und sein runzeliges Gesicht gehörte für ihn ebenso zum Inventar des Viertels wie das Denkmal *Der Pflasterstein – Waffe des Proletariats* im Park oder der Univermag an der Ecke. Der alte Mann, der sein bescheidenes Dasein in einer kleinen Bude an einer belebten Straße fristete, war ein völlig unauffälliger Mensch.

Umso überraschender kam für Kornilow eines Tages die Nachricht, dass der brave Schuster Mechrab in einen kapitalen Einbruchsdiebstahl verwickelt war, bei dem ein antiker Dolch aus einem Museum in Taschkent gestohlen wurde. Der Fall hatte sich noch zu Zeiten der Sowjetunion ereignet und für einigen Wirbel in der Presse gesorgt. Andrej arbeitete damals als Praktikant in einer Sonderkommission der Kripo, die in Zusammenarbeit mit den usbekischen Kollegen in der Sache ermittelte. Die Diebe, die in dem Museum eingebrochen waren, hatte man ziemlich schnell gefasst und von ihnen erfahren, wer der Auftraggeber war: ein unauffälliger Schuster, der für die prächtig erhaltene Klinge schlappe hunderttausend Rubel hingeblättert hatte! Die Überwachung und Durchsuchung Mechrabs verliefen indessen erfolglos. Als die Kripo-Beamten sich den Schuster zur Brust nahmen, hatte er die Ware vermutlich schon weiterveräußert, und so konnte man ihm nichts nachweisen. Doch Kornilow wusste nun, dass der alte Mann es faustdick hinter den Ohren hatte, und nutzte ihn seither als Informanten.

Trotz der frühen Stunde war Mechrab bereits in seinem Laden. Er hatte die Brille auf die Nasenspitze geschoben und beugte sich gerade über ein Werkstück. Der Major stieg aus, verzichtete darauf, sich eine Zigarette anzuzünden, – der Schuster konnte Tabakqualm nicht ausstehen – und trat ein.

»Guten Morgen, Mechrab.«

Der weitsichtige Greis beäugte den Besucher zunächst über die Brille hinweg, dann lächelte er breit, wobei sich Hunderte kleiner Fältchen wie ein Spinnennetz über sein Gesicht legten.

»Ach, der Herr Major. Hat er seine Sohlen durchgelaufen?«

»Nein nein.« Kornilow setzte sich dem Schuster gegenüber auf einen kleinen Hocker und seufzte. »Die Beine tun mir weh.«

»Sie sehen schlecht aus, Herr Major. Haben Sie nicht geschlafen?«

»Ich bin nicht dazugekommen.«

»Sie sollten besser auf Ihre Gesundheit achten«, mahnte der Greis, nahm ein Stück Leder aus dem Regal und begutachtete es penibel.

»Dass du auch schon auf den Beinen bist?«

»Ich?« Mechrabs zahnloser Unterkiefer vollführte rhythmische Kaubewegungen. »Ich bitte Sie, Andrej Kirillowitsch, in meinem Alter ist man doch um jeden Tag und um jede Stunde froh, die man noch hat. Viel Zeit bleibt mir nicht mehr, es wäre Verschwendung, sie im Bett zu verbringen.«

»Bis jetzt erfreust du dich doch bester Gesundheit.«

»Sagen Sie das nicht, Herr Major. Jedes Mal, wenn ich aufstehe, schießt mir der Schmerz ins Kreuz.«

»Apropos schießen, Mechrab.« Kornilow erinnerte sich an den Zweck seines Besuchs. »Hast du gehört, was am Wernadski-Prospekt passiert ist?«

»Ich?«, wunderte sich der Greis. »Keine Ahnung.«

Der Major zog die Brauen hoch und sah Mechrab prüfend an.

»Na ja«, besann sich der alte Schuster, nahm die Brille ab und putzte sorgfältig die Gläser. »So ganz beiläufig habe ich davon gehört, rein zufällig.«

»Und, was erzählt man sich?«

»Die meisten hüllen sich in Schweigen.«

»Wirklich? Das wundert mich. Es war nämlich eine heftige Schießerei und eine Partei hat erhebliche Verluste erlitten.«

»Es gibt keine Verluste, von denen nicht jemand anderes profitiert.«

»Siehst du, und da behauptest du, dass du nichts weißt.«

Kornilow zog einen zerknitterten Fünfziger aus dem Portemonnaie und strich ihn genüsslich glatt.

»Das hilft auch nichts«, winkte der Greis ab.

»Erstaunlich.« Der Major sah den Schuster misstrauisch an. »Soweit ich mich erinnere, ist es das erste Mal, dass du nicht auf dem Laufenden bist. Ich bin enttäuscht.«

Mechrab zuckte mit den Schultern und lugte verstohlen über seine Brille hinweg.

»Also, ähm, ich weiß vorläufig nichts. Niemand traut

sich etwas zu sagen, weil alle Angst vor diesen Typen haben.«

»Typen mit roten Kopftüchern?«

»Hm, ja«, gab der Schuster widerstrebend zu.

»Verstehe«, erwiderte Kornilow. »Mechrab, ich muss mich mit Edik treffen.«

»Wann?«

»Heute.«

»Gut«, willigte der Greis ein, der sich freute, dem Polizisten wenigstens damit einen Dienst erweisen zu können. »Ist Ihre Handynummer noch dieselbe?«

Kornilow konnte gar nicht so schnell schauen, wie sein Fünfziger in der Schürze des Schusters verschwand.

KAPITEL SIEBEN

Städtisches Mietshaus
Moskau, Miklucho-Maklaja-Straße
Dienstag, 27. Juli, 07:00 Uhr

Wie an jedem Arbeitstag wurde Artjom vom Fernseher aus dem Schlaf gerissen. Seinen gewöhnlichen Wecker hatte er bereits vor etwa drei Jahren in den Müll geworfen, nachdem ihm klargeworden war, dass dessen ätzende Pieplaute ihn früher oder später in den Wahnsinn treiben würden. Er hatte deshalb ein Fernsehgerät mit Timerfunktion erworben und entstieg seiner Schlafstatt seither stets unter den Klängen munterer Popsongs. Die langsam lauter werdende Musik machte den allmorgendlichen Alptraum des Aufstehens etwas erträglicher.

Als der treibende Rhythmus des neuesten MTV-Hits in sein Bewusstsein drang, wälzte sich Artjom von seinem Schlafsofa und trottete fluchend ins Bad. Mit miserabel war seine Laune noch wohlwollend umschrieben. Einerseits standen ihm zweifelhafte Vergnügungen bevor wie die Rasur seines unausgeschlafenen Gesichts und der nervtötende Aufenthalt in den berüchtigten Moskauer Staus. Andererseits lasteten auch die aberwitzigen Erlebnisse der vergangenen Nacht auf seinem Gemüt. Unter dem erfrischenden Wasserstrahl der Dusche kam Artjom ein wenig zu sich und dachte darüber nach, was weiter passieren würde.

Trotz der eindeutigen Anweisungen von Cortes hatte er in der Nacht niemanden mehr angerufen, da er keinerlei Lust verspürte, noch irgendwo hinzufahren, geschweige denn, wildfremde Leute bei sich zu Hause zu empfangen. Artjom bereute es, dass er sich von Cortes überhaupt hatte breitschlagen lassen, doch nun war es schon zu spät zum Zurückrudern. Nach reiflicher Überlegung beschloss er, den Anruf von seinem Büro aus zu tätigen. Die Firma, bei der er arbeitete, residierte in einem Bürogebäude in der belebten Pokrowka-Straße und verfügte über einen zuverlässigen Security-Dienst. Dort konnte er sich einigermaßen sicher fühlen.

Artjom kehrte in sein einziges Zimmer zurück, wo der Fernseher inzwischen mit voller Lautstärke lief. Er zog ein frisches weißes Hemd an und ließ den Blick durch den Raum schweifen: was für ein Chaos! Seine hilflosen Versuche, Ordnung zu schaffen, unternahm Artjom gewöhnlich samstags, doch die letzten beiden Wochenenden hatte er mit Lusja auf der Datsche verbracht und dementsprechend sah es in seiner Wohnung aus. Die Jeans, die er am Sonntag ausgezogen hatte, lag über dem Stuhl und die Reisetasche mit den Klamotten vom vergangenen Wochenende stand ungeöffnet unter dem Tisch. Darauf lag ein schmutziges Hemd. Am Freitag hatte er es eilig gehabt und war nicht mehr dazugekommen, es in die Waschmaschine zu stecken. Neben dem Sofa stand eine leere Flasche Bier (eine Erinnerung an die Fußballübertragung am Mittwoch) und ein Teller mit einem halbaufgegessenen Wurstbrot (eine Erinnerung an den eiligen Aufbruch am Freitag). Wenigstens war die Wohnung nicht verstaubt – den Kunststofffenstern sei Dank.

Während Artjom seine Krawatte band, fiel sein Blick auf den kleinen schwarzen Rucksack, der unschuldig an der Wand lehnte. Meinetwegen, mein Versprechen halte ich, sagte er sich, aber dann ist Schluss mit solchen Spielchen.

»Eine grandiose Show ist demnächst im Club *Eidechse* zu sehen«, plärrte eine Werbestimme aus dem Fernseher.

Artjom wurde hellhörig und starrte argwöhnisch auf den Bildschirm. Von diesem Club hatte er gestern zum ersten Mal gehört, und zwar von Cortes!

»Der umtriebige Wambo, Liebling der Moskauer Partygemeinde, hat sich einen neuen Event ausgedacht: den Tanz des Phönix!«, sprudelte es weiter aus der Flimmerkiste. »Ein im Bezirk Marina Roschtscha eingefangener Phönix wird eine effektvolle Selbstverbrennung inszenieren, um hinterher aus seiner Asche neu zu erstehen. Das dürfen Sie nicht versäumen! Dieses Spektakel hat es seit tausend Jahren nicht mehr gegeben.«

Um einen schmutzig-roten Pterodaktylus herum, der seiner Einäscherung ausgesprochen grimmig entgegensah, rekelten sich halbnackte Schönheiten.

»Was für ein Vieh«, wunderte sich Artjom und schaute auf die Adresse des Clubs: irgendwo im Ismailow-Park.

Der Fernseher war eigentlich auf MTV eingestellt, doch nun leuchtete rechts oben im Bildschirm die Abkürzung TGC, mit der Artjom nichts anfangen konnte.

»Um einen Tisch zu reservieren, geben Sie bitte auf Ihrer Fernbedienung die 777-311 ein. Und denken Sie daran: Wambos Events sind in der Regel rasch ausverkauft.«

Auf dem Bildschirm erschien die Ziffernfolge 777-311 mit dem Zusatz »Kostenpflichtiger Service«.

Artjom amüsierte sich über die blühende Fantasie der Showveranstalter, doch dann schaltete sich der Fernseher ab, was bedeutete, dass es höchste Zeit zum Aufbruch war. Er schlüpfte in sein Sakko, schwang sich den Rucksack auf die Schulter und verließ die Wohnung.

Am Verteilerkasten im Treppenhaus machte sich ein bemerkenswert fetter Mann in einem Arbeitsoverall zu schaffen.

»Funktioniert's?«, keuchte er, ohne von seiner Arbeit aufzusehen.

»Soweit funktioniert alles, ja«, erwiderte Artjom zerstreut.

»Dann unterschreiben Sie hier.«

Er streckte Artjom einen Auftragszettel hin.

»Kostet das nichts?«

»Nein«, versicherte der Fettwanst.

Artjom unterschrieb.

»In aller Herrgottsfrühe lassen sie einen kommen«, beschwerte sich der Mann. »Immer schnell schnell ... Und dann wundern sie sich, wenn irgendwann nur noch Pfusch abgeliefert wird. Komplizierte Technik braucht eben Zeit.«

»Jaja«, pflichtete Artjom bei und wies mit dem Daumen zum Aufzug, dessen Türen sich gerade öffneten. »Fahren Sie mit?«

»Nein, ich habe noch einen Auftrag im sechsten Stock.«

Der Dicke faltete den Zettel sorgfältig zusammen und legte ihn in seine Mappe. Am linken Ärmel seines Overalls befand sich ein Aufnäher mit der Beschriftung: »TKV – Technischer Service«.

Im Aufzug kontrollierte Artjom gewohnheitsmäßig das SMS-Postfach seines Handys und traute seinen Augen nicht: sechsundfünfzig neue Nachrichten in einer Nacht! So viele bekam er normalerweise im ganzen Jahr nicht! Er öffnete die Erstbeste:

»Seine Exzellenz, Antoine de Coulier, Magister der Drachenloge, hat offiziell verkündet, dass für die sechste Shambala-Expedition vorläufig keine Hilfskräfte mehr angeworben werden. Im Falle der Aufhebung des Anwerbungsstopps wird dies separat mitgeteilt. Abfindungen werden gegen Vorlage des Expeditionsausweises im Büro des Magisters ausbezahlt.«

Die Mitteilung erinnerte ihn an die befremdlichen Äußerungen seines gestrigen Beifahrers Cortes. Doch was sich dahinter verbergen mochte, war Artjom ein Rätsel. Kopfschüttelnd und sehr nachdenklich trat er auf die Straße hinaus. Das neue Fernsehprogramm und die seltsamen SMS-Nachrichten waren gleichermaßen absurd, als entsprängen sie einer gemeinsamen Quelle. Und Artjom wunderte sich schon nicht mehr, als er feststellte, dass das Autoradio seines Golfs auf einen neuen Sender eingestellt war.

»Was ist nun gestern am Wernadski-Prospekt eigentlich geschehen?«, fragte eine väterliche Moderatorenstimme, nachdem Artjom losgefahren war. »Was hat der Überfall auf die Burg zu bedeuten? Wer hatte ein Interesse an dieser Konfrontation? Und was Sie, verehrte Hörer, wohl am meisten interessiert: Steht der Verborgenen Stadt ein neuer Krieg zwischen den Herrscherhäusern bevor?«

Der Verborgenen Stadt?!! Artjom verriss das Lenkrad, und sein Golf kam ins Schlingern. Während ihm von rechts wütendes Hupen entgegenschlug, hatte er plötzlich das Gesicht von Professor Serebrjanz vor Augen.

»Diese Fragen werde ich nun Kapitän de Geer stellen, der sich freundlicherweise bereiterklärt hat, uns ein Exklusiv-Interview zu geben«, setzte unterdessen der Moderator fort. »Kapitän, was sagen Sie zu den gestrigen Ereignissen?«

»Die Dreistigkeit und Dummheit der Rothauben ist ja schon sprichwörtlich«, tönte eine kalte Männerstimme aus dem Lautsprecher. »Die nächtlichen Ereignisse haben dies wieder einmal gezeigt. Die Verantwortlichen für den plumpen Überfall werden selbstverständlich zur Rechenschaft gezogen.«

»Wen meinen Sie damit?«

»In erster Linie die Rothauben selbst. Der Großmagister hat ihnen heute offiziell den Krieg erklärt.«

»Aber der Kodex der Verborgenen Stadt verbietet doch Vernichtungskriege.«

»Wir wollen die Rothauben auch nicht ausrotten, sondern nur ihre Population auf ein sicherheitsverträgliches Maß reduzieren.«

»Sie sind also nicht der Ansicht, dass eines der Herrscherhäuser hinter dem Angriff steckt?«

»Nein, wir sind sicher, dass dies nicht der Fall ist.«

»Können Sie bestätigen, dass es den Rothauben gelungen ist, das Karthagische Amulett in ihre Gewalt zu bringen?«

»Nein, das ist ein Gerücht«, erwiderte de Geer nach kurzem Zögern. »Sollte dies ihr Ziel gewesen sein, so haben sie es verfehlt.«

Artjom blickte sich kurz nach dem kleinen, schwarzen Rucksack um, der auf der Rückbank lag.

»Wir bedanken uns bei Kapitän de Geer für das Interview. Leider waren Vertreter der Herrscherhäuser Naw und Lud zu keiner Stellungnahme bereit. Wir hoffen, dass sie diese Haltung im Laufe der Zeit überdenken und der Verborgenen Stadt ihre Sicht der Dinge darlegen werden. Sie hörten eine Sonderausgabe des Magazins *Hintergründe*, durch die Sendung führte sie Karim Tomba. Nach einer kurzen Werbepause übernehmen die Kollegen von *Blickpunkt Magie*, bleiben sie dran.«

Karim Tomba! Dieser Name war Artjom ein Begriff. Tomba moderierte ein wöchentliches Politmagazin beim Fernsehsender *TVZ* und schrieb eine Kolumne in der *Iswestija*. Er hatte einen guten Ruf als kluger und unabhängiger Journalist, der sich von niemandem den Mund verbieten ließ. Seine Mitwirkung bei diesem rätselhaften Sender fand Artjom äußerst erstaunlich.

»Sensationelle Angebote bei der Handelsgilde!«, frohlockte eine angenehme Frauenstimme aus dem Radio. »Endlich ist es so weit: Die erste Große Fernost-Karawane seit Jahresbeginn ist in der Verborgenen Stadt eingetroffen. Besuchen Sie die Kaufhäuser der Handelsgilde in der Bolschaja-Jakmanka-Straße und am Kusnezki Most! Nur bei uns finden Sie die brandaktuellen Neuheiten aus den fernöstlichen Reichen. Jetzt zugreifen und sensationelle zehn Prozent auf alles sichern! Die Auswahl ist riesig: Manuskripte und Talismane mandschurischer Magier, wertvolle Waffen aus den Gräbern der Vietnamesischen Eroberer, moderne Heilkräutermixturen aus illegalen taiwanesischen Fabriken, dekorative Artikel für Ihr Eigenheim und und und ... Wir haben unser Leben riskiert und Ihnen die Wunder des Fernen Ostens mitgebracht! Einkäufer für den Handel können sich direkt mit dem Karwan-Baschi in Verbindung setzen, wählen Sie dazu die 777-612 auf der Fernbedienung Ihres Radios. Unsere Mitarbeiter nehmen Ihre Bestellungen rund um die Uhr entgegen. Dieser Service ist kostenpflichtig.«

Das Autoradio begann zu rauschen. Artjom war beinahe dankbar und schaltete es aus.

Südliches Fort, Hauptquartier der Rothauben
Moskau, Butowo
Dienstag, 27. Juli, 07:03 Uhr

Bereits am frühen Morgen erreichte eine noble, bordeauxrote Limousine, deren Türen mit einem sich aufbäumenden Einhorn verziert waren, den Stadtbezirk Butowo. Eskortiert wurde sie von zwei Begleitfahrzeugen mit bewaffneten Gardisten. Franz de Geer, Kriegsmeister und Kapitän der Garde des Großmagisters, und Nelson Bard, Magister der Schwerterloge, führten eine Urkunde mit sich: die offizielle Kriegserklärung an die Rothauben. Der Kodex der Verborgenen Stadt untersagte den Beginn von Kampfhandlungen ohne Vorwarnung.

Als die Wagenkolonne vor dem Eisentor des Südlichen Forts zum Stehen kam, sprangen sofort bewaffnete Gardisten aus den Begleitfahrzeugen und umringten die Limousine. Der Meister der Illusionen legte ein Trugbild über die Delegation, und so mussten die Ritter nicht befürchten, zufällige Passanten mit ihren Maschinenpistolen in Angst und Schrecken zu versetzen. Gemäß dem schon erwähnten Kodex genossen Emissäre zwar das Recht auf körperliche Unversehrtheit, doch man konnte es den Tschuden nachfühlen, dass sie ihren ruchlosen Widersachern nicht über den Weg trauten.

Als Erster stieg de Geer aus, blinzelte in die Morgensonne und nahm von einem Pagen die Schatulle mit der Urkunde entgegen. Nach ihm trat Nelson Bard vor das Tor des Forts. Wie der Kapitän trug er einfache Menschenkleidung: Anzug, Krawatte und mit Schnallen bestückte Schuhe. Der Fahrer der Limousine bediente die Lichthupe, um die Rothauben auf die Besucher aufmerksam zu machen, und die Gardisten luden ihre Maschinenpistolen durch. Doch das Klacken der Waffen, das überraschend laut durch die verwaiste Straße hallte, blieb die einzige Reaktion auf die Lichtsignale. Im Südlichen Fort rührte sich nichts. Außer einigen verschlafenen Bewohnern der umliegenden Häuser, deren mürrische Gesichter in den Fenstern erschienen, nahm vom Auftauchen der Tschuden niemand Notiz. Franz zeigte auf die kleine Holzpforte des niedrigen Gebäudes direkt neben dem Tor.

»Geht nachsehen!«

Einer der Gardisten fasste sich ein Herz, trat an die Pforte heran, nahm einen kleinen Anlauf und rammte mit der Schulter dagegen. Er wurde ein Opfer seines Diensteifers, denn die Tür erwies sich als unverschlossen, und so flog der dynamische Gardist ungebremst ins Innere des Forts. Während die Pforte quietschend zurückschwang, hörte man drinnen ein dumpfes Poltern und einen derben, keinesfalls zitierbaren Fluch.

»Ruhe!«, mahnte de Geer, als sich unter den übrigen Gardisten schadenfrohes Gekicher erhob.

»Die Wilden sind anscheinend überrascht«, sagte Bard. »Mit einer offiziellen Kriegserklärung haben sie wohl gar nicht gerechnet.«

»Die Regeln sind ihnen bekannt«, widersprach Franz, »und sie wissen auch, dass wir einen Krieg nicht einfach so beginnen.«

Die Pforte öffnete sich und auf die Schwelle trat der übereifrige Gardist, auf dessen Stirn sich eine kapitale Beule abzeichnete.

»Es ist offen«, meldete er.

»Und?«, bellte de Geer, der diese dürre Information als Frechheit empfand.

»Nichts«, erwiderte der Gardist achselzuckend. »Einfach offen.«

»Das sehe ich selbst, du Trottel! Ist jemand im Fort?«

»Keine Ahnung.«

»Dann sieh gefälligst nach!«

Die Pforte schloss sich abermals hinter dem unglückseligen Soldaten.

»Ich glaube, dass sie sich ergeben«, mutmaßte Nelson Bard. »Sie haben wohl keine weiße Flagge auftreiben können und deshalb einfach die Tür offen gelassen.«

De Geer sah den jungen Magister, der im Gegensatz zu ihm, dem Kapitän, noch keine sechs Kriegszüge auf dem Buckel hatte, mitleidig an und biss sich auf die Lippen.

»Wenn sie sich jetzt bedingungslos ergeben, könnten wir davon absehen, sie alle abzuschlachten«, schwadronierte Bard weiter. »Die Rädelsführer hängen wir natürlich auf, und von den anderen verlangen wir eine Kontribution. Was meinen Sie, Kapitän?«

»Ein ausgezeichneter Plan, Magister.«

Die Pforte quietschte und spuckte abermals den Gardisten aus.

»Keiner da!«, meldete er und breitete die Arme aus. »Ich habe nur Frauen, Kinder und Greise gesehen. Keine Wachposten!«

Die Tschuden waren bedient. Seit Vernichtungskriege durch den Kodex verboten waren, galt die Tötung von Zivilisten als schmutziges Verbrechen.

»Diese feigen Schweine«, schimpfte Bard. »Was sollen wir tun?«

»Unseren Auftrag erfüllen«, entgegnete de Geer und marschierte los.

Er räumte den Gardisten unsanft aus dem Weg und betrat entschlossen das Gebäude. Franz wurde beinahe schwarz vor Augen von dem bestialischen Gestank, der ihm entgegenschlug. Die Rothauben rühmten sich seit je ihres einzigartigen Geruchs.

Angewidert atmete der Kapitän durch und sah sich um. Er befand sich in einem schmutzigen, schwach beleuchteten Kabuff, das vermutlich der Torwache als Aufenthaltsraum diente. Die Einrichtung beschränkte sich auf einen Holztisch, der mit Essensresten verklebt war, und zwei windige Hocker. In einer Ecke stand eine ganze Batterie verstaubter, leerer Whiskeyflaschen. An der gegenüberliegenden Tür, die in den Innenhof führte, drängte sich ein Grüppchen verschreckter Rothauben zusammen, die sich wohl aus Neugier hier eingefunden hatten. Der Aufklärer hatte Recht: Es handelte sich ausschließlich um Frauen, Kinder und Greise.

»Ich möchte mit jemandem reden«, sagte der Kapitän zu den beiden Gardisten, die ihm in die Wachstube gefolgt waren.

Die Gardisten griffen sich eine alte Frau aus dem Grüppchen der Wilden und schleiften sie gegen ihren erbitterten Widerstand zu de Geer. Sie trug ein rotes Kopftuch, das nicht so aussah, als sei es jemals gewaschen worden. Darunter lugten ein paar graue Strähnen hervor. Sie steckte sich einen ihrer krummen Finger in den Mund, prüfte den Sitz ihres einzigen Zahnes und begann draufloszuplappern – allerdings in einem alten Dialekt aus den Westlichen Wäldern, so dass man kein Wort verstand.

»Sie soll gefälligst Russisch sprechen«, forderte Franz zornig.

Einer der Gardisten, der es besonders eilig hatte, aus

dem stinkenden Loch wieder herauszukommen, versetzte der Greisin einen Klaps auf den Hinterkopf. Die Alte verzog empört das runzelige Gesicht, rückte ihr Kopftuch zurecht, das ihr vor die Augen gerutscht war, und sah dem Kapitän unverwandt in die Augen.

»Die Männer sind alle weg. Sie haben gesagt, dass wir bald König sein werden«, erklärte sie lispelnd und brach in zufriedenes Gelächter aus. Dabei blies sie Franz eine Wolke üblen Mundgeruchs ins Gesicht.

De Geer rümpfte die Nase, legte wortlos die Schatulle auf den schmutzigen Tisch und zog einen Dolch mit einem kunstvoll verzierten, goldenen Griff aus dem Gürtel. Der Alten blieb das Lachen im Halse stecken, und sie begann verzagt zu wimmern. Ihre Stammesgenossen stimmten ein, und im Raum erhob sich ein klägliches Gejammer.

»Das Herrscherhaus Tschud erklärt eurem armseligen Volk hiermit den Krieg«, donnerte Franz. »Ich weiß nicht, was sich eure dämlichen Führer dabei gedacht haben, aber sie werden sich nicht ewig verstecken können. Früher oder später werden wir sie finden und für die gestrige Unverfrorenheit zur Rechenschaft ziehen.«

Das Jammern verstummte. Die Bewohner des Forts hatten erleichtert zur Kenntnis genommen, dass die Tschuden nicht vorhatten, sie zu töten, und hörten dem Gesandten aufmerksam zu.

»Gleichzeitig hat der Großmagister wohlwollend verkündet, dass diejenigen Rothauben, die sich freiwillig ergeben, begnadigt werden. Den Übrigen könnt ihr ausrichten, dass es ihnen so ergehen wird«, schloss der

Kriegsmeister und rammte seinen Dolch bis zum Griff in die Mauer des Südlichen Forts.

Bürohaus der Firma GW
Moskau, Pokrowka-Straße
Dienstag, 27. Juli, 08:56 Uhr

Das Gebäude der Firma, für die Artjom arbeitete, befand sich ganz am Ende der Pokrowka-Straße gegenüber dem Einwohnermeldeamt. Der Haupteingang, über dem in riesigen Leuchtlettern das Firmenkürzel »GW« angebracht war, führte auf die Hauptstraße hinaus und wurde pünktlich um 9 Uhr geöffnet. Artjom parkte seinen Golf wie üblich im Hof und betrat das Gebäude über den Hintereingang.

Die Stimmung in der Firma war so wie das Wetter am Morgen des jungen Tages: freundlich, sonnig und warm. Der sonst grimmig vor sich hinstarrende Wachmann grinste über beide Ohren und setzte Artjom umgehend davon in Kenntnis, dass der Direktor sich überraschend zur Großwildjagd nach Afrika abgesetzt und die Firmenleitung seinem liederlichen Stellvertreter übertragen habe. Beglückt über die Abwesenheit des cholerischen Chefs, saßen die Mitarbeiter entspannt hinter ihren Schreibtischen und freuten sich wie die Kinder über die bevorstehenden stressfreien Tage. In den Gemeinschaftsbüros herrschte eine Atmosphäre brüderlicher Harmonie. Kollegen schlenderten gemächlich durch die

Gänge, und das kleine Café im ersten Stock war völlig überfüllt. An jedem anderen Tag hätte Artjom nicht gezögert, sich der spontanen Plauderrunde anzuschließen, jedoch nicht heute: Der schwarze Rucksack brannte ihm unter den Nägeln.

Nachdem er seine Abteilung erreicht hatte, schaltete er den Computer ein – es sollte wenigstens so aussehen, als würde er arbeiten – und wählte widerstrebend die Nummer, die ihm Cortes diktiert hatte. Am anderen Ende der Leitung wurde sofort abgehoben.

»Ja bitte?!« Die Stimme des Gesprächspartners wirkte nicht unhöflich, aber geschäftsmäßig.

Artjom sah sich um: Die Kollegen diskutierten angeregt über die Abreise des Direktors und schenkten seinem Telefonat zum Glück keine Beachtung.

»Ich habe ein Päckchen von Cortes.«

Artjom kam sich vor wie in einem schlechten Agentenfilm, doch seine dürre Botschaft rief keinerlei Verwunderung hervor.

»Ausgezeichnet. Mein Mitarbeiter Ortega wird zu Ihnen kommen. Wo kann er Sie finden?«

Kein Wort davon, dass man schon die ganze Nacht auf den Anruf gewartet hätte. Artjom gab die Adresse seiner Firma durch.

»Wir brauchen zwanzig Minuten. Bleiben Sie bitte vor Ort.«

Artjom legte auf und spürte sein Herz klopfen. Er war nervös. Das bevorstehende Treffen lag ihm im Magen.

»Ein Kunde?«, fragte Kostik, den man wegen seines Lockenkopfs Puschkin nannte.

In der Abteilung war er der Spaßvogel vom Dienst. Selbstverständlich dachte Artjom gar nicht daran, die Dinge beim Namen zu nennen.

»Das war meine Tante«, fabulierte er und deutete mit einer Kopfbewegung auf den schwarzen Rucksack. »Ich hatte versprochen, ihr eine Kardanwelle zu besorgen.«

»Das kannst du deiner Großmutter erzählen«, sagte Kostik beleidigt.

Artjom lächelte gequält und überlegte, wie er die Situation glätten könnte, da klingelte abermals sein Telefon.

»Entschuldige.« Artjom nahm den Hörer ab. »Hallo?«

»Sie werden in der Eingangshalle erwartet.«

Artjom blickte zur Uhr: Seit dem letzten Anruf waren erst zwei Minuten vergangen, es handelte sich also vermutlich um einen Kunden. Er musste sich auf seine beruflichen Pflichten besinnen.

»Ich komme gleich.«

In der halbleeren Eingangshalle erwartete ihn ein schmächtiger Teenager in einem weißen Dienstoverall. Auf seiner Baseballmütze war das Firmenkürzel TKV aufgedruckt, das Artjom inzwischen schon kannte.

»Zustelldienst. Ich habe eine Sendung für Sie«, verkündete der Junge und streckte Artjom einen Zettel entgegen.

»Ich habe nichts bestellt.«

»Es handelt sich um kostenlose Informationen«, erläuterte der jugendliche Zusteller und wippte ungeduldig auf und ab. »Unterschreiben Sie hier.«

Zufrieden faltete er die von Artjom unterschriebene

Empfangsquittung zusammen und zog aus seiner Umhängetasche einen dicken Umschlag hervor.

»Für Artjom Golowin«, las der Junge laut vor.

»Ja, das bin ich«, bestätigte Artjom und griff nach dem Umschlag.

Doch so billig kam er nicht davon. Der Zusteller zog den Umschlag zurück und setzte einen bettelnden Hundeblick auf. Artjom seufzte und zückte seinen Geldbeutel. Der Hundeblick verwandelte sich in ein strahlendes Lächeln. Nachdem er sein Trinkgeld eingesackt hatte, rückte der Junge den Umschlag heraus und verschwand.

»Werbung?«, erkundigte sich der Wachmann am Empfang.

»Wahrscheinlich.« Artjom betrachtete den Umschlag argwöhnisch.

»Man wird regelrecht zugemüllt mit dem Zeug«, klagte der Wachmann und zupfte ein paar Fusseln von seinem karierten Sakko. »Nicht genug damit, dass sie einem den Briefkasten damit vollstopfen, jetzt wird man auch noch in der Arbeit damit bombardiert.«

Doch es stellte sich heraus, dass der Umschlag keine Werbung enthielt, oder besser gesagt: nicht nur Werbung. Im Begleitschreiben, das Artjom – zurück in seinem Büro – als Erstes aus dem Umschlag zog, stand Folgendes:

Lieber Freund!
Sie sind heute an das Netz des Telekommunikations-Verbundes (TKV) der Gesellschaft T-Grad Communication (T-Grad-Com) angeschlossen worden. Dazu

möchten wir Ihnen von Herzen gratulieren. Wir freuen uns auf eine langfristige und fruchtbare Zusammenarbeit.

Mit freundlichen Grüßen
Jegor Bessjajew
Vizepräsident der T-Grad-Com

Auf einem separaten Blatt folgte die Auftragsbestätigung für den Anschluss an den TKV mit den Vertragsdaten, die eine geringfügige monatliche Gebühr vorsahen, Stempel und Unterschrift. Aus einem Abrechnungsvermerk ging zu Artjoms Überraschung hervor, dass er die erworbenen Dienstleistungen bereits für einen Monat im Voraus bezahlt hatte.

Als Nächstes entnahm Artjom dem Umschlag einen kleinen Stapel mit bunten Prospekten. Normalerweise warf er die unsäglichen Machwerke der Werbeindustrie unbesehen in den Papierkorb, doch in diesem besonderen Fall schien es ihm angebracht, wenigstens einen Blick darauf zu werfen.

Auf einem dunkelblauen Flyer stand zu lesen: »Besuchen Sie die öffentliche Gemeinschaftsbibliothek der Verborgenen Stadt! Es erwarten Sie bequeme Lesesäle und eine riesige Auswahl von Büchern, Zeitschriften und alten, zum Teil noch nicht digitalisierten Manuskripten. Wir garantieren Ihnen außerdem lokalen Zugriff auf die nichtöffentlichen Bibliotheken der Herrscherhäuser.«

Auf einem gelben Glanzprospekt hieß es: »Chronisches Übergewicht? Damit ist jetzt Schluss. Mit der revolutionären Fettdiät von Bruder Immodestus! In einem zweiwöchigen Kuraufenthalt werden Sie Ihre überflüssigen Pfunde los und fühlen sich wie neugeboren – garantiert. Die Behandlungsmethode wirkt unabhängig von der genetischen Disposition und wurde vom Erli-Kloster lizenziert.«

Das genügte. Artjom legte die Werbeprospekte zur Seite und öffnete ein kleines Kuvert, aus dem ein schwarzes Plastikkärtchen mit der Goldprägung »T-Grad-Com« herausfiel. Auf der Rückseite erblickte er ein Foto von sich, einen Fingerabdruck und ein obskures schwarzweißes Muster.

Die der Plastikkarte beigelegte Bedienungsanleitung war kurz und bündig:

> Lieber Freund!
> Die Universalkarte von T-Grad-Com ist Ihre Eintrittskarte in die Welt des TKV und darüber hinaus das einzige Ausweisdokument in der Verborgenen Stadt. Sie können sie in beliebigen Kartenautomaten verwenden. Sollten Sie Ihre Karte verlieren oder irgendwelche Probleme damit haben, wenden Sie sich bitte vertrauensvoll an unseren Kundendienst unter der Adresse www.t-grad.com oder unter der Telefonnummer 777. Wir sind rund um die Uhr für Sie da.

»Hast du im Lotto gewonnen?«, fragte Kostik und reckte den Hals, um einen Blick auf das Plastikkärtchen zu erhaschen. »Von welcher Bank ist sie denn?«

»Von der Most-Bank«, log Artjom und steckte sie geschwind in die Tasche. »Ich fahre nach Frankreich in Urlaub und habe mir gedacht, dass es wohl besser wäre, kein Bargeld mitzunehmen.«

»Du lässt dir's ja richtig gutgehen.«

»Man gönnt sich ja sonst nichts.«

»Eben«, bestätigte Kostik einsilbig und verzog sich wieder hinter seinen Bildschirm.

Geschäftlich war es in den letzten Wochen für Artjom wesentlich besser gelaufen als für Puschkin. Er hatte einige lukrative Vertragsabschlüsse zustande gebracht, weshalb ein Urlaub in Westeuropa durchaus realistisch erscheinen musste.

»Und mit wem fährst du nach Frankreich?«, erkundigte sich Schurotschka, die jüngste Mitarbeiterin in der Abteilung.

Das bildhübsche Mädchen hatte erst vor zwei Wochen bei ihnen angefangen, und Artjom war nicht entgangen, dass sie ein Auge auf ihn geworfen hatte.

»Ich würde ja wahnsinnig gern ans Meer fahren«, schwärmte sie, ohne Artjoms Antwort abzuwarten. »Was gäbe es Schöneres, als mit einem eisgekühlten Glas Orangensaft am Strand zu liegen und im Liegestuhl neben mir ...« Sie sah Artjom vielsagend an.

»Schurotschka, Liebste«, flötete Kostik, »der Liegestuhl neben dir wäre genau der richtige Platz für mich.«

»Und für deine sechs Kinder«, versetzte das Mädchen.

»Ich habe nur zwei!«

Der lebensfrohe Puschkin ließ keine Gelegenheit aus, den neuen Bürohasen zu umgarnen, doch er handelte sich eine Abfuhr nach der anderen ein. Schurotschka war zwar noch sehr jung, jedoch weit davon entfernt, sich von einem verheirateten Mann um den Finger wickeln zu lassen. Artjom schüttelte den Kopf und verräumte die Werbeflyer in der obersten Schublade seines Schreibtischs. Abermals klingelte das Telefon.

»Sie werden in der Eingangshalle erwartet.«

»Danke, ich komme.«

Artjom legte den Hörer auf und atmete tief durch. Seine Hände begannen zu zittern. Die Unterlagen der rätselhaften T-Grad-Com hatten ihn abgelenkt, doch nun war das bevorstehende Treffen wieder ins Zentrum seines Bewusstseins gerückt. Ruhig bleiben, sprach er sich innerlich Mut zu, ich muss lediglich den Rucksack übergeben. Ich weiß von nichts, und diese Leute wollen auch nichts weiter von mir.

»Die beiden werden sich in achtunddreißig Sekunden treffen, Kommissar«, verkündete Domingo, der unentwegt in die züngelnde Flamme der vor ihm stehenden Kerze schaute. »Artjom ist sehr nervös.«

»Die Wahrscheinlichkeit des Treffens liegt bei vierundneunzig Prozent«, ergänzte Tamir.

Das Treffen zwischen Artjom und Ortega wurde von den besten Spezialisten des Dunklen Hofs, den berühmten »Vegasianern« überwacht. Dieses Analytiker-Duo hatte vor drei Jahren von sich reden gemacht, als es die größten Casinos von Las Vegas um hundert Millionen Dollar erleichterte. Besonders beeindruckt hatten die Amerikaner sechs aufeinanderfolgende Gewinne beim

Glücksrad. Der Kommissar war seinerzeit auf die beiden klugen Köpfe aufmerksam geworden und hatte sie zu seinen persönlichen Analytikern gemacht. Der Naw Domingo, ein hagerer, ungelenk wirkender Typ, trug ein dunkles Sweatshirt und schwarze Jeans von Versace. Seine Aufgabe bestand darin, zukünftige Ereignisse vorauszusagen. Sein Partner, der Schatyr Tamir Cannabis, saß hinter dem Computer und rechnete aus, mit welcher Wahrscheinlichkeit diese Ereignisse eintreten würden.

Santiago erhob sich von seinem Stuhl und trat vor den großen Wandbildschirm. Die Kamera, von der die Szenerie übertragen wurde, befand sich direkt gegenüber dem Bürohaus der Firma GW, und der Kommissar konnte alles sehen, was sich in der Eingangshalle abspielte. Ortega, der in einem teuren Anzug steckte, lehnte an der Empfangstheke und spielte mit seiner Sonnenbrille herum. Außer ihm befanden sich zwei unfrisierte Männer in T-Shirts und Jeans, eine ältere Dame und ein Wachmann in einem geschmacklosen karierten Sakko in der Halle.

»Wo sind die Rothauben?«, fragte Santiago.

»Sie ziehen den Ring um das Firmengebäude enger«, teilte Domingo mit, bei dem die Informationen der Beobachter zusammenliefen, die der Kommissar auf der Pokrowka-Straße postiert hatte. »Es sind mindestens dreißig Desastros angerückt. Ihr Anführer ist noch nicht vor Ort.«

»Der kommt erst im letzten Moment dazu«, ergänzte Tamir.

»Warten wir's ab.«

Artjom wusste sofort, welcher der Besucher zu ihm wollte. Es konnte nur der groß gewachsene Mann im eleganten, blauen Anzug sein, der an der Empfangstheke lehnte und seine Sonnenbrille am Bügel rotieren ließ. Die zwei ungepflegten und etwas trottelig aussehenden Typen in Jeans und T-Shirt – gewiss Ingenieure – kamen wohl kaum infrage, ganz zu schweigen von der alten Fregatte, die an einem zerknitterten Lieferzettel herumzupfte.

Als der seriös wirkende Mann Artjom kommen sah, richtete er sich auf und nahm sofort den schwarzen Rucksack ins Visier.

»Sie sind Cortes' Freund«, sagte er, und es klang nicht nach einer Frage.

Artjom nickte.

»Ich bin Ortega.«

Der Besucher schien eine Vorliebe für kurze, einfache Sätze zu hegen.

»Angenehm«, erwiderte Artjom und lächelte gezwungen.

Ortega nickte und griff langsam mit der rechten Hand in seine Sakkotasche.

Jetzt geht's los, dachte Artjom und klammerte sich an den Rucksack. Was nun? Weglaufen? Zu spät!!

»Das Erkennungszeichen«, sagte der Mann und nahm die Hand wieder aus der Tasche.

Ein Schlüsselbund fiel scheppernd auf den Boden.

Artjom schrak zusammen.

Ortega bückte sich ohne Hektik, hob den Schlüsselbund auf und hielt Artjom den goldenen Anhänger entgegen. Darauf war ein Eichhörnchen abgebildet, das an einer Nuss fraß.

»Das Päckchen?«

»Hier.«

Artjom, dem kalter Schweiß in Strömen über den Rücken rann, übergab dem Mann das Objekt der Begierde.

»Gut.«

Ortega betrachtete den Rucksack eine Weile. Der Gesichtsausdruck, den er dabei machte, wirkte stumpfsinnig, wenn nicht gar ein wenig debil. Er dachte wohl sehr angestrengt über etwas nach. Dann schien es ihm wieder einzufallen, und er hob den Blick wieder zu Artjom.

»War das Behältnis unbeschädigt?«

»Ja.«

»Gut.«

Ortega drehte sich um und verließ grußlos das Gebäude.

»Wir haben das Amulett«, verkündete Tamir, obwohl Santiago auch selbst alles sehen konnte. »Bis jetzt hat niemand interveniert.«

»Die Rothauben werden auf der Straße angreifen«, verlautbarte Domingo, der nach wie vor in die Flamme starrte.

»Die Wahrscheinlichkeit für dieses Ereignis liegt bei sechsundneunzig Prozent«, bestätigte Tamir.

»Und Artjom wird ebenfalls nach draußen gehen?«, fragte Santiago.

»Gewiss.«

»Und nach dem Angriff wird das Amulett wieder zu ihm zurückgelangen?«

»Mit einer Wahrscheinlichkeit von siebzig Prozent.«

»Nicht schlecht.«

»Moment mal«, stutzte Tamir. »Es gibt da ein Problem.«

»Was ist los?« Der Kommissar fuhr herum und sah seinen Analytiker besorgt an.

»Die Wahrscheinlichkeit, dass Artjom bei der Aktion getötet wird, liegt aktuell bei dreiundfünfzig Prozent und steigt weiter.«

Die Übergabe war schnell und völlig unspektakulär über die Bühne gegangen. Ein makellos gekleideter junger Mann hatte abgeholt, was für ihn bestimmt war, und sich dann auf Nimmerwiedersehen entfernt. Damit war das Abenteuer zu Ende.

Natürlich empfand Artjom eine enorme Erleichterung, doch gleichzeitig auch eine gewisse Enttäuschung. Die ganze Anspannung und der Nervenkitzel des Unvorhersehbaren waren mit einem Mal vorbei, und das Leben nahm wieder seinen gewohnten, auf Jahre hinaus vorherbestimmten Gang. Die Zukunft versprach keinerlei Überraschungen: malochen von Montag bis Freitag, am Samstag Fußball und Urlaub im Juli. Noch vor wenigen Minuten hatte Artjom dem Besuch des Fremden mit Bangen entgegengesehen und jetzt tat es ihm leid, dass alles so schnell und geräuschlos vorübergegangen war. Aus diesem Abenteuer hätte so viel mehr werden können! Was hatte er schon geleistet? Einen Verwundeten ins Kloster chauffiert und einen Rucksack übergeben. Für eine Heldengeschichte reichte das hinten und vorne nicht.

»Die Wahrscheinlichkeit, dass Artjom getötet wird, liegt jetzt bei achtundsechzig Prozent!«

»Domingo, was geht hier eigentlich vor?«, murrte Santiago.

»Artjom hat in seiner Wachsamkeit nachgelassen«, erläuterte der Analytiker. »Sobald die Schießerei losgeht, wird Artjom Ortega kopflos zu Hilfe eilen, und es kann leicht passieren, dass Pulle ihn dann tötet.«

»Die Wahrscheinlichkeit für Artjoms Tod liegt jetzt bei fünfundsiebzig Prozent!«

»Worüber sinnierst du denn nach?« Schurotschka war Artjom buchstäblich auf den Leib gerückt, und der herbe Duft ihres Parfüms stieg in seine Nase. »Über Frankreich?«

»Darüber, mit wem ich dort hinfahren soll.«

»Fällt dir da niemand ein?«

»Schurotschka«, nölte Puschkin, »was willst du denn von dem unromantischen Knochen? Wir wollten doch rauchen gehen!«

Vor wenigen Monaten hatte der Direktor von GW offenbar eine Überdosis fremdländischen Zeitgeists geatmet und sich dem Kampf gegen das Rauchen verschrieben. Wer sich während der Arbeitszeit mit einer Zigarette im Mund erwischen ließ, bekam beim ersten Mal ein halbes Monatsgehalt abgezogen und wurde beim zweiten Mal kurzerhand auf die Straße gesetzt, ungeachtet seiner Position in der Firma. Sicherlich hatte sich die Unternehmensleitung von dieser Maßnahme eine Erhöhung der Arbeitsleistung und damit zusätzliche Gewinne versprochen. Der Gedanke, ein Bürogebäude im smoggeplagten Moskau in einen Hort der Gesundheit zu verwandeln, dürfte eher eine sekundäre Rolle gespielt haben. Die Ergebnisse des nikotinfeindlichen Verdikts entsprachen indes keineswegs den Erwartungen. Da die Raucher im Haus überhaupt nicht daran dachten, ihrem verderblichen Laster zu entsagen, mutierten die fünfminütigen Rauchpausen zu zwanzigminütigen Ausflügen in die nähere Umgebung. Die Orte, an denen man dem Tabakgenuss frönte, wurden dabei sorgfältig ausgewählt und bisweilen sogar mit Wachposten gesichert. Im Notfall behalf man sich mit Ablenkungsmanövern wie dem Erwerb überflüssiger Getränke im nächstgelegenen Laden. In der übrigen Zeit bekämpfte die nikotinabhängige Belegschaft ihre Entzugserscheinungen mit den Produkten von Wrigley's, Stimorol und Co.

»Kommst du mit?«, säuselte die junge Frau und richtete ihre Rehaugen auf Artjom.

Der spürte das schweißnasse Hemd an seiner Haut kleben und kam zu dem Schluss, dass es in der Tat nicht schaden konnte, nach der ganzen Aufregung erst mal eine Zigarette zu rauchen.

»Gut. Gehen wir.«

»Die Rothauben haben ihre Gefechtsstellungen bezogen«, meldete Domingo. »Pulle ist am Kino *Noworossisk* gesehen worden. In spätestens zwanzig Sekunden wird der Überfall beginnen.«

»Die Wahrscheinlichkeit, dass Artjom getötet wird, liegt jetzt bei vierundachtzig Prozent«, ergänzte Tamir. »Wenn sich sein emotionaler Zustand nicht ändert, wird er die nächsten Minuten nicht überleben.«

»Domingo, was können wir tun?«, fragte der Kommissar.

»Unser Scharfschütze könnte Pulle erschießen, damit würden wir den ganzen Überfall verhindern.«

»Kommt nicht infrage. Pulle kann uns zum Boten führen.«

»Dann müssen wir irgendwie dafür sorgen, dass unser Humo wieder zu seiner ursprünglichen Wachsamkeit zurückfindet.«

»Schießt auf einen seiner Begleiter«, befahl Santiago. »Aber so, dass er überlebt.«

»Auf den Lockenkopf oder auf das Mädchen?«

»Auf das Mädchen, das wird ihn stärker beeindrucken.«

»Okay.«

Durch das Zielfernrohr beobachtete Jana die junge Frau, die gerade mit Artjom das Gebäude der Firma GW verließ.

»Ich bin tatsächlich urlaubsreif«, bekannte Artjom, als sie ins Freie hinaustraten, und streckte sich genussvoll in den warmen Sonnenstrahlen.

»Du arbeitest zu viel«, bemerkte Kostik teilnahmsvoll. »Kennst du schon den neuesten Igelwitz?«

»Lass hören.«

»Was kommt heraus, wenn man einen Igel mit einer Pythonschlange kreuzt?«

»Hmm.«

»Drei Meter Stacheldraht.«

Schurotschka lachte hell auf.

»Einen hab ich noch«, setzte Puschkin fort, der nun ganz in seinem Element war. Er pflegte die gesamte Belegschaft mit seinen Witzen zu terrorisieren. »Den hat mir gestern ein Freund erzählt. Also ...«

Doch zu seinem nächsten Witz kam Kostik nicht mehr. Schurotschka, die neben Artjom herging, strauchelte plötzlich und kippte um. Artjom fing sie mit einer Reflexbewegung auf.

»Was ist mit dir?«

Schurotschka schluchzte. An ihrer rechten Schulter bildete sich ein roter Fleck.

»Das ist Blut«, wisperte Kostik geschockt.

Artjoms Puls schnellte in die Höhe, und im selben Moment gab es eine ohrenbetäubende Detonation.

Ein blitzblank gewienerter, hellblauer Jaguar, der gerade aus einer Parkbucht am gegenüberliegenden Bürgersteig auf die Straße hinausfuhr, wurde in die Luft geschleudert und landete mit einem dumpfen Krachen wieder auf dem Asphalt.

Für ein oder zwei Sekunden herrschte Grabesstille, doch dann begann der Tumult: Schüsse knallten, Frauen auf dem Bürgersteig schrien, Hupen jaulten, Scheiben barsten und Scherben regneten auf die Straße. Ein Honda, vor dem der Jaguar ausgeschert war, bremste quietschend und ein weißer Lada rauschte ihm ins Heck. Die Fahrer waren jedoch klug genug, nicht auszusteigen. Sämtliche Passanten in der Umgebung warfen sich panisch auf den Boden und Artjom, der immer noch die arme Schurotschka in den Armen hielt, ging langsam in die Knie.

»Die Wahrscheinlichkeit für Artjoms Tod liegt bei neunzehn Prozent«, meldete Tamir.

»Und wird weiter sinken«, ergänzte Domingo, auf dessen Stirn Schweißtropfen glänzten.

»Ist sie tot?«, flüsterte Kostik, der sich neben Artjom auf den Boden geworfen hatte.

»Ich hoffe nicht«, erwiderte Artjom, während er das Mädchen vorsichtig auf den Asphalt legte. »Der Schuss hat sie an der Schulter getroffen.«

Artjom zweifelte keinen Augenblick daran, dass es sich bei dieser Schießerei um die Fortsetzung seiner gestrigen Abenteuer handelte, doch zu seiner eigenen Überraschung empfand er keine Angst. Stattdessen war er im höchsten Maße konzentriert. Unter dem Eindruck von Schurotschkas Blut, das an seinen Händen klebte, hatte sich jede Faser seines Körpers aufs Äußerste angespannt.

»Lass den Kopf unten«, raunte er Puschkin zu und spähte vorsichtig über den geparkten Wolga, der zwischen ihm und der Straße stand.

Die Fahrertür des Jaguars öffnete sich, und Ortega rollte aus dem Wagen auf den Asphalt. Sein Gesicht war blutverschmiert, der schicke Anzug zerfetzt und sein rechter Arm baumelte kraftlos am Körper. Doch Ortega gab nicht auf. Mühsam rappelte er sich hoch, zog mit der linken, unverletzten Hand seine Pistole und entsicherte sie. Seine Reaktion kam indes zu spät.

Ein klein gewachsener, schwarz gekleideter Kerl, der über die Motorhaube des Honda gesprungen war, hatte Ortega bereits erreicht. Mit der Linken bog er die Pistole zur Seite, mit der Rechten zog er ein kurzes Messer und schnitt Ortega den Brustkorb auf. Aus der Wunde quoll Blut. Ortega schrie verzweifelt und versuchte mit letzter Kraft, den Angreifer abzuwehren, indem er sich buchstäblich auf ihn stürzte. Doch der Zwerg riss ihm mit einem brutalen Griff das Herz aus der Brust und schleuderte den leblosen Körper gegen den Jaguar.

Als der Mörder den pulsierenden schwarzen Klumpen triumphierend in die Luft reckte, hätte sich Artjom beinahe übergeben müssen, doch er riss sich zusammen und ging hinter dem geparkten Wolga in Deckung, ohne den Zwerg aus den Augen zu lassen.

Der kurzbeinige Killer war zum Glück sehr mit sich selbst und seinem grandiosen Sieg beschäftigt. Mit seinen langen, muskulösen Armen sah er aus wie ein Zirkusschimpanse, dem man zum Gaudium des Publikums schwarze Lederkleider angezogen hatte. Der weit vorgeschobene Unterkiefer und die platte Nase verstärkten noch diesen Eindruck. Seine freien Arme waren vollständig tätowiert und sogar seine linke Wange zierte ein Tattoo in Form einer Pflanze. Auf dem Schädel trug der Mörder ein rotes Bandana. Eine Rothaube also, so hatte sie Cortes genannt.

Rund um den demolierten Jaguar machten sich nun hektisch weitere Banditen zu schaffen. Der Killer war nicht allein gekommen. Artjom konnte sich schon denken, wonach sie suchten: das Amulett. Die Karosserie des Wolgas bot ihm zwar gute Deckung, dennoch duckte sich Artjom noch tiefer und erstarrte.

Direkt unter dem Auto lag – völlig unversehrt – der kleine, schwarze Rucksack. Artjom blieb keine Zeit zum Nachdenken. Die Rothauben, die inzwischen festgestellt hatten, dass sich das Amulett nicht im Jaguar befand, stöberten fieberhaft zwischen den Autos auf der Fahrbahn umher und kamen immer näher. Artjom schnappte sich den Rucksack und kroch auf allen vieren rückwärts zum Eingang des GW-Gebäudes. Mit dem Hinterteil drückte er die Tür auf und warf sich in die Eingangshalle, wo er direkt einem Wachmann vor die Füße fiel.

»Was ist passiert?«

»Ruf einen Krankenwagen! Schurotschka wurde angeschossen!!«

»Um Gottes willen, was spielt sich da draußen ab?«

»Frag nicht, tu, was ich dir gesagt habe!«, zischte Artjom und stand auf.

»Bist du unverletzt?«

»Sieht so aus.«

Artjom hängte sich den Rucksack um und ließ den Wachmann stehen.

Die Explosion auf der Straße hatte allgemeine Aufmerksamkeit erregt. Die Mitarbeiter der Firma GW waren in die Eingangshalle geströmt und platzten förmlich vor Neugier. Auf die Straße hatten sie sich aus verständlichen Gründen nicht hinausgetraut, doch nun umringten sie Artjom und löcherten ihn mit Fragen. Was ist passiert? Was macht die Polizei? Wie viele Leichen liegen auf der Straße? Die Eifrigsten schlugen vor, die Presse zu informieren.

Artjom wimmelte die neugierigen Frager ab, bahnte sich einen Weg zur Toilette im Erdgeschoss, schüttete sich kaltes Wasser ins Gesicht und schaute in den Spiegel. Einigermaßen zerknittert sah er aus, und in seinen Augen lag ein Anflug von Irrsinn. Doch im Wesentlichen war er heil geblieben, abgesehen von einer frischen Schramme auf der Stirn, die er sich wohl zugezogen hatte, als er den Rucksack unter dem Auto hervorzog. Es hätte weitaus schlimmer kommen können. Artjom kämmte sich, versteckte die Schramme unter einer Locke und zwang sich zu einem Lächeln. Es geriet schauderhaft, doch es gelang. Im Prinzip war einigermaßen klar, was er nun zu tun hatte. Er würde sich freinehmen, was unter den gegebenen Umständen kein Problem sein sollte. Dann würde er von hier verschwinden, zum Beispiel zu Lusja, die vermutlich sogar zu Hause war. Dort würde er bis zum Abend ausharren und dann weitersehen.

Um in sein Büro zu gelangen, musste Artjom abermals die Eingangshalle durchqueren. Die schaulustige Menge war inzwischen auf die Straße hinausgeströmt, wo sich die Lage offenbar beruhigt hatte. Nur der Wachmann war noch hier und unterhielt sich mit zwei Männern in abgetragenen, grauen Anzügen. Sie waren beide von kleinem Wuchs und wirkten irgendwie schmierig, wie blasierte Werbeagenten. Noch gestern hätte ihnen

Artjom keinerlei Beachtung geschenkt, doch jetzt stutzte er. Irgendetwas stimmte nicht mit den beiden. Warum waren sie nicht mit den anderen Gaffern draußen, um das Wrack des Jaguars zu bestaunen und die grassierende Kriminalität in der Stadt zu diskutieren? Was hatten sie hier drinnen verloren?

Artjom trat einen Schritt zur Seite, um aus dem Blickfeld des Wachmanns zu verschwinden, und gewann alsbald Gewissheit, dass er sich nicht getäuscht hatte: In der Hand eines der »Agenten« glänzte eine Polizeimarke. Der Wachmann wurde verhört.

»Das Opfer ist aus diesem Haus gekommen, und zwar durch diese Tür«, erklärte einer der Polizisten mit Nachdruck und zeigte auf die Eingangstür, durch die Ortega vor wenigen Minuten tatsächlich das Gebäude verlassen hatte. »Sie bekommen Ärger, wenn Sie das leugnen. Sagen Sie gefälligst die Wahrheit.«

»Keine Ahnung«, jammerte der Wachmann, »ich habe jedenfalls niemanden in einem blauen Anzug hier hereinkommen, geschweige denn wieder hinausgehen sehen.«

Man hatte den Wachmann mit einem Trugbild getäuscht – das war Artjom sofort klar, als er sich an die Ereignisse der vergangenen Nacht am Lenin-Prospekt erinnerte. Doch woher wussten die Polizisten, dass Ortega hier war? Waren sie zufällig zu Zeugen des Überfalls geworden? Man konnte kaum davon ausgehen, dass die Polizei schon so kurz nach der Detonation am Tatort eingetroffen war.

»Also, Humo, du erzählst uns jetzt mal, wer hier in

den letzten zwanzig Minuten ein- und ausgegangen ist«, befahl der zweite Polizist. »Und zwar ein bisschen plötzlich, wir haben's eilig.«

Humo?! Die lispelnde Aussprache! Das konnte kein Zufall sein. Die zwei waren Rothauben! Artjom bekam kalte Füße. Blieb nur die Hoffnung, dass Ortega auch ihn mit einem Trugbild belegt hatte, was allerdings wenig wahrscheinlich war.

»Eine Frau war hier«, berichtete der Wachmann, der die Stirn in Falten gelegt hatte und angestrengt nachdachte. »So eine dicke, tapsige Tante. Sie hat ihren Schlüssel fallen gelassen. Ihr Besuch galt Golowin aus der Abteilung 1. Er hat ihr irgendeine Tasche übergeben. Und richtig – sie hat das Gebäude ziemlich kurz vor der Explosion wieder verlassen.«

»Wo finden wir diesen Golowin?«

»Wir wollen mit diesem Humo sprechen.«

Die Rothauben hatten Lunte gerochen und nahmen den ahnungslosen Wachmann in die Zange.

Artjom wandte sich um und steuerte eiligst den Hinterausgang an. Seine Papiere, der Autoschlüssel und sein Geld – alles lag oben in seinem Büro. Doch in diesem Moment war das zweitrangig. Jetzt musste er seine Haut retten. Nachdem er den Hof überquert hatte, bog er in die Parallelstraße ein und erreichte schon bald den Boulevardring.

»Wir haben ihn verloren, Kommissar«, sagte Domingo, der zum ersten Mal während der gesamten Operation den Blick von der Kerze löste und zu Santiago schaute.

»Was heißt, wir haben ihn verloren?«

»Artjom ist weg. Ich kann ihn nicht mehr spüren.«

»Hat er das Amulett?«

»Ja.«

Santiago dachte eine Weile nach, dann wandte er sich an Tamir.

»Wird Artjom in die *Eidechse* kommen?«

»Mit einer Wahrscheinlichkeit von siebenundneunzig Prozent, ja.«

»Und wie groß ist das Risiko, dass er den Rothauben in die Hände fällt?«

»Weniger als sechs Prozent.«

»Gut. Dann lassen wir alles, wie es ist.«

KAPITEL ACHT

»… Schießerei in der Moskauer Innenstadt! …«

INTERFAX

»… Sensationeller Mord an einem Nawen!!! Soeben wurde gemeldet, dass Ortega, der engste Mitarbeiter des Kommissars des Dunklen Hofs, bei einer Schießerei in der Innenstadt getötet wurde …«

T-GRAD-COM

Moskauer Polizeipräsidium
Moskau, Petrowka-Straße
Dienstag, 27. Juli, 08:23 Uhr

Um halb neun Uhr morgens betrat Schustow keuchend das verrauchte Büro. Er schleppte eine Sechserpackung *Heilige Quelle* Mineralwasser.

»Ein Alptraum«, schimpfte er und stellte das kostbare Getränk auf seinem Schreibtisch ab. »Ein absoluter Alptraum!«

Durch den Raum waberten bizarr geformte Rauchschwaden und verdichteten sich unter der Decke zu einer graublauen Nebelbank. Die Lüftungsanlage war schon seit Wochen kaputt, und Schustow riss demonstrativ das Fenster auf.

»Ein Alptraum!«

»Du siehst schlecht aus«, teilte Kornilow aus seinem bequemen Bürostuhl mit, nachdem er einen kurzen Blick auf den Kollegen geworfen hatte. »Hattest du eine anstrengende Nacht?«

»Das ist gar kein Ausdruck. Ich muss erst mal was trinken.«

Der Kapitän ließ seinen schweren Körper in den Stuhl sinken, riss eine Flasche aus der Sechserpackung heraus und begann hastig zu trinken.

»Hast du gefeiert gestern?«, erkundigte sich der Major süffisant, während er dem rhythmischen Glucksen lauschte.

»Wenn's so wäre ...« Sergej stellte die halbleere Flasche auf den Tisch und wischte sich mit dem Handrücken den Mund ab. »Das brennt alles hier drin«, lamentierte er und klopfte sich auf den voluminösen Bauch.

»Kann ich mir schon denken.«

»Ach, nichts kannst du dir denken«, entgegnete Schustow und griff erneut zur Flasche. »Galja hat mich gestern wieder in so ein neumodisches Restaurant geschleppt. Irgendwelche Künstler hatten es ihr empfohlen. Es heißt *Magenbalsam*. Schon davon gehört?«

»Nein. Isst man gut dort?«

»Die Künstler hatten es in den höchsten Tönen gelobt«, erwiderte Sergej in einer Trinkpause. »Diese Idioten.«

Kornilow schmunzelte. Sergej war ein leidenschaftlicher Gourmet und schlemmte sich durch die Küchen dieser Welt, indem er systematisch sämtliche exotischen Restaurants der Stadt abklapperte. Galja, seine ebenso beleibte wie lebenslustige Gattin, teilte seine Passion für gutes Essen vorbehaltlos. Sie war die Chefin des Boulevard-Ressorts bei der Zeitung *Kommersant* und über die heißesten Restaurant-Tipps stets aus erster Hand informiert.

Das Gluckern hörte auf, und die leere Plastikflasche flog in die Ecke.

»Ich fürchte«, bekannte Schustow, der bereits die nächste Eineinhalbliterflasche in der Hand wiegte, »wir haben gestern ein wenig übertrieben.«

»Was du nicht sagst!«

»Doch, im Ernst.« Sergejs Augen begannen zu leuchten. »Stell dir vor, die haben uns ein zweistöckiges Gericht aufgetischt, so ein Teil!« Der Kapitän breitete die Arme aus. »Oder sogar noch größer. Unten brannte ein richtiges Feuer und oben in einer Kasserolle« – er schnalzte mit der Zunge – »vier Sorten Wild, fein gehackt, zartes Gemüse und das alles in einer dampfenden, blubbernden Sauce. Ich probiere den ersten Löffel und denke, mir brennt die Kehle durch! Vom Allerfeinsten, aber so höllisch scharf und heiß, dass man es kaum herunterbringt.« Schustow griff erneut zur *Heiligen Quelle*. Offenbar hatte allein die Erinnerung das Feuer in seinem Verdauungstrakt wieder angefacht. »Ein Löffel von dem Zeug, dann schnell einen Schluck Wein hinterher, sonst hätte man sich die Magenschleimhaut weggeätzt. Wie wir das geschafft haben, ist mir ein Rätsel, aber wir haben die ganze

Kasserolle leergegessen. Alle Kellner und sogar die Köche kamen angelaufen, um uns dabei zuzusehen.«

»Oder um euch Lebewohl zu sagen.«

»Gar nicht so abwegig«, bestätigte Schustow und stellte die Flasche auf den Tisch. »Das ist schon die zweite Sechserpackung. Die Erste haben wir schon in der Nacht getrunken. Galja ist gar nicht zur Arbeit gegangen. Sie liegt krank im Bett.«

»Wie, sagtest du, heißt das?«, fragte Kornilow.

»*Magenbalsam.*«

»Ich meine das Gericht. Nicht, dass ich es mal aus Versehen bestelle.«

»Polpa Nawese hieß es.«

»Polpa?«, wiederholte der Major. »Was Mexikanisches?«

»Nein, ich glaube, was Assyrisches oder so – habe ich mir nicht gemerkt.«

»Das sieht dir ja gar nicht ähnlich.«

»Du weißt ja nicht, in welchem Zustand ich war. Die halbe Nacht habe ich nicht geschlafen.«

»Ich auch nicht.«

»Warst du am Wernadski-Prospekt?«, fragte der Kapitän, der augenblicklich sachlich wurde.

»Ja«, erwiderte Kornilow und rieb sich die Augen. »Die Schießerei dort haben sie uns auch noch aufgehalst.«

»Mist! Steckt Chamberlain dahinter?«

»Keine Ahnung.« Kornilow stand auf und streckte sich. »Sieht nicht nach seiner Handschrift aus. Lies am besten selbst den Bericht.«

»Und der Vivisektor-Fall?«

»Da müssen wir auch am Ball bleiben. Genauer gesagt: Da musst du am Ball bleiben. Du musst den Fall jetzt alleine stemmen, ich werde in nächster Zeit nicht dazukommen.«

»Tolle Nachricht.«

»Es geht leider nicht anders.«

Der Major zündete sich eine Zigarette an und schlenderte zum geöffneten Fenster. Trotz der frühen Stunde herrschte dichter Verkehr auf der Petrowka-Straße.

»Wir haben nicht viel Zeit«, sinnierte Kornilow. »Warst du schon in der Einsatzzentrale?«

»Verdammt!« Schustow fasste sich schuldbewusst an den Kopf. »Tut mir leid, Andrej.«

»Macht nichts. Du schaust eben nachher kurz dort vorbei. Jetzt hör erst mal zu.« Kornilow nahm einen tiefen Zug von seiner Zigarette. »Ich habe heute einen Termin mit diesem Molotschanski aus Woronesh.«

»Das ist doch der Vater von dem Mädchen, das man im Terlezki-Park gefunden hat.« Der Kapitän runzelte die Stirn. »Das neunte Opfer des Vivisektors, wenn ich mich recht entsinne.«

»Genau. Das Treffen mit ihm musst du für mich übernehmen.«

»Geht klar.«

»Ich werde heute den ganzen Tag unterwegs sein. Wenn was ist, ruf mich auf dem Handy an.«

»Hast du einen Anhaltspunkt?«, fragte Schustow, der seine Neugier nicht bezähmen konnte.

»Ich habe Ediks BMW am Wernadski-Prospekt gesehen«, erwiderte Kornilow.

Sergej, der sich abermals an der *Heiligen Quelle* labte, hätte sich beinahe verschluckt.

»Edik? Was hatte denn der dort verloren?«

Es war in der Tat ungewöhnlich, dass eine kriminelle Autorität von diesem Kaliber sich am Ort einer Schießerei sehen ließ.

»Das frage ich mich auch. Er war jedenfalls dort.« Kornilow drückte seine Zigarette aus. »Ich werde versuchen, mich heute mit ihm zu treffen.«

»Wen nimmst du mit?«

»Den Studenten.«

»Waskin? Kommt das nicht zu früh für den?«

»Irgendwann muss er ja mal damit anfangen.«

»Wo ist er eigentlich?«

»Er sammelt Informationen über die Firma und das Gebäude am Wernadski-Prospekt. Mal sehen, wie er sich macht.«

»Willst du ihn behalten?«

»Wir sollten ihm auf jeden Fall eine Chance geben. Ein bisschen Blutauffrischung kann uns nicht schaden. Hier laufen alte Säcke rum, die verkatert zur Arbeit kommen und dann auch noch vergessen, sich in der Einsatzzentrale auf den neuesten Stand zu bringen.«

»Schon gut, ich gehe ja gleich«, grummelte Schustow geknickt.

Doch gerade, als er sich erheben wollte, klingelte das Telefon des Majors.

»Warte noch!«, raunte Andrej ihm zu und hob den Hörer ab. »Kornilow.«

»Warst du heute schon in der Einsatzzentrale, Kornilow?«, erkundigte sich der dröhnende Bass von General Schwedow.

»In der Einsatzzentrale? Mit Verlaub, nein, Herr General«, vermeldete Kornilow vorschriftsmäßig, wobei er seinen Stellvertreter mit einem vernichtenden Blick bedachte.

»Bist du so eingespannt?«, giftete der Chef des Moskauer Polizeipräsidiums. »Freut mich aufrichtig, dass du dich nicht langweilst.«

Schwedow legte auf.

»Ab in die Einsatzzentrale, aber dalli!«, kommandierte Kornilow.

Sergej wuchtete seine über hundert Kilo aus dem Stuhl und dampfte im Sturmschritt ab. Der Major blieb in der Nähe des Telefons. Nur zu gut kannte er Schwedows Marotte, seine Untergebenen portionsweise zur Schnecke zu machen. Und tatsächlich klingelte es nur zwei Minuten später erneut.

»Kornilow.«

»Weißt du, wo mir dieser Vivisektor steht?!«, brüllte der General. »Erst gestern hat mir der Bürgermeister den Kopf gewaschen, weil wir keine Resultate vorweisen können. Und heute schon wieder eine Leiche, mir reicht's!«

Im Hörer ertönte abermals das Belegtzeichen und Kornilow legte auf.

»Andrej, es gibt bereits ein neues Opfer!«, verkündete Schustow, der völlig außer Atem ins Büro zurückkam. »In der Chodynskaja-Straße. Das ist jetzt Nummer dreizehn.«

»Erzähl später weiter«, sagte der Major und wies mit einer Kopfbewegung aufs Telefon.

Schustow nickte verständnisvoll und lehnte sich gegen seinen Schreibtisch. Keine Minute später folgte der nächste Anruf.

»Kornilow, wir haben höchstens eine Woche Zeit, diesen Vivisektor zu fassen«, erklärte Schwedow entnervt. »Eine Woche kann ich noch herausschinden beim Bürgermeister. Hauptsache, es wird nicht jeden Tag eine neue Leiche gefunden. Wenn wir das Schwein bis dahin nicht haben, kann sich der Bürgermeister auf Demonstrationen vor dem Rathaus freuen, und wir können uns einen anderen Job suchen.«

»Ich habe verstanden«, erwiderte der Major kleinlaut.

»Gibt's irgendwelche Zwischenergebnisse?«

»Noch nichts Wesentliches.«

»Komm am Abend zu mir zum Rapport.«

»Heute Abend ist ungünstig, besser morgen früh.«

»Morgen früh um acht bei mir.«

»Zu Befehl.«

Kornilow legte auf und wandte sich an den Kapitän.

»Und, was hast du erfahren?«

»Alles wie immer«, berichtete Schustow achselzuckend. »Ein totes Mädchen, in weißen Stoff gehüllt. Ich fahre gleich hin.«

»Gut. Und vergiss diesen Molotschanski nicht.«

»Was denkst du von mir?!«

Abermals schepperte das Telefon.

»Kornilow.«

»Hallo Andrej, wie geht's?«

Am Apparat war Oberst Winogradow aus der Einsatzzentrale.

»Könnte besser gehen, Wassili«, gab Kornilow zu. »Hast du was für mich?«

»Eine Schießerei in der Pokrowka-Straße. Wir wurden informiert, dass dort irgendwelche Biker mit roten Kopftüchern ihr Unwesen treiben.«

»Das hat noch gefehlt. Danke, Wassili.«

Kornilow legte auf und sah Schustow finster an.

»Ich komme gleich mit raus. Die nächste Schießerei.«

Die Burg, Hauptquartier des Herrscherhauses Tschud
Moskau, Wernadski-Prospekt
Dienstag, 27. Juli, 10:07 Uhr

Die Tschuden hatten ihre verwüstete Burg rasch wieder auf Vordermann gebracht. Weder am Tor noch an der Mauer, noch im Innenhof waren Spuren des Überfalls der Rothauben zu entdecken. Alles wirkte fein säuberlich herausgeputzt, und der Brunnen gurgelte friedlich in der Vormittagssonne. Diese beschauliche Aufgeräumtheit bildete einen schroffen Gegensatz zur Stimmungslage in der Burg: zu den grimmigen, argwöhnischen Gesichtern der Gardisten und zu den wütenden Gesten der Kriegsmagier. Im Hauptquartier der Tschuden standen die Zeichen auf Vergeltung, und Santiago, der sich mit Rachegelüsten gut auskannte, bemerkte das sofort.

Der Kommissar hatte seinen Wagen vor der Marmortreppe geparkt und begab sich in Begleitung des finsteren Kapitäns de Geer in den Thronsaal. Dort hatte sich der engste Kreis der Macht versammelt: das Oberhaupt des Ordens und die Magister der Logen.

»Was willst du, Naw?«, fragte der Großmagister, der eine Begrüßung seines Gastes offenbar für verzichtbar hielt.

»Ich wollte mit euch über, ähm ...« – Santiago zog die Worte genüsslich in die Länge – »... über das kleine Malheur reden, das sich gestern hier ereignet hat. Das Tor habt ihr ja bereits repariert. Wo habt ihr eigentlich die Kamaz-Laster entsorgt?«

Angesichts der gereizten Stimmung der Tschuden stellte die Witzelei des Kommissars eine erhebliche Dreistigkeit dar. Einige der Magister begannen auch vernehmlich zu murren, doch ihr Anführer schwieg, so als billigte er den Spott seines Gastes. Die heißblütigen Ritter verstummten.

»Du bist sicher nicht gekommen, um dich über uns lustig zu machen«, stellte de Saint-Carré trocken fest.

Der Kommissar sah ein, dass er etwas zu dick aufgetragen hatte, und bemühte sich um einen sachlichen Ton.

»Das Herrscherhaus Naw würde gerne erfahren, was ihr nun zu tun gedenkt.«

»Das ist doch wohl klar«, erwiderte der Großmagister, ohne eine Miene zu verziehen. »Man hat unsere Ehre verletzt.«

»Ganz recht«, pflichtete Santiago bei. »Solche Übergriffe dürfen nicht ungesühnt bleiben. Doch ich an eurer Stelle würde mir eher Gedanken darüber machen, wie ich mir das Amulett zurückhole.«

»Deine Belehrungen kannst du dir sparen ...«, entrüstete sich Nelson Bard, doch der Alte unterbrach den jungen Magister.

»Woher weißt du von dem Amulett?«

Anstatt zu antworten, lächelte Santiago bescheiden.

»Ich verstehe«, seufzte de Saint-Carré. »Der Dunkle Hof ist immer auf dem Laufenden.«

»Das Amulett ist das Problem«, erinnerte der Kommissar.

»Wir werden es uns wieder holen, wenn wir mit den Rothauben abgerechnet haben.«

»Die Rothauben werden es nicht darauf anlegen, sich von euch abschlachten zu lassen«, gab Santiago zu bedenken, der den eisigen Blick des Großmagisters mit unerschütterlicher Gelassenheit ertrug. »Soweit ich weiß, ist das Südliche Fort verwaist. Die Bande hat sich in der Stadt zerstreut.«

»Wir müssen das Versteck des Boten finden«, warf de Geer ein. »Er hat das Amulett.«

»Das klingt schon viel besser«, lobte der Kommissar und nickte zustimmend mit dem Kopf. »Aber wie wollt ihr das anstellen?«

»Wir werden Gefangene machen«, sagte Nelson Bard, »und sie zum Singen bringen.«

»Das haben wir schon probiert«, entgegnete der Naw. »Leider weiß das Fußvolk der Rothauben nicht, wo sich der Bote aufhält, und ihre Anführer sind untergetaucht.

Außerdem hattet ihr ja schon einmal das Vergnügen einer Begegnung mit dem Boten und wisst, wie so etwas enden kann.«

»Diesmal werden wir vorbereitet sein!«, posaunte Bard.

»Was schlägst du denn vor, Naw?«, erkundigte sich de Saint-Carré.

»Der Bote ist eine Bedrohung für die gesamte Verborgene Stadt«, antwortete Santiago mit erhobenem Zeigefinger. »Deshalb schlägt mein Gebieter abermals einen Pakt vor.«

»Und wieso sollten wir dir vertrauen?«, platzte Bard heraus.

»Zum Beispiel deshalb, weil es den Rothauben nicht gelungen ist, das Amulett in ihren Besitz zu bringen.«

»Was? Wovon redet der? Was soll das heißen?«, ereiferten sich die Magister.

»Meine Söldner haben es ihnen abgeluchst«, verkündete Santiago triumphierend. »Ich habe zwar im Augenblick den Kontakt zu ihnen verloren, aber ich bin sicher, dass sie es noch haben.«

»Du hast die Burg überwachen lassen!«, donnerte Nelson Bard aufgebracht.

»Das spielt im Moment keine Rolle«, wiegelte de Saint-Carré ab. »Der Dunkle Hof war schon immer dafür bekannt, dass er nichts dem Zufall überlässt.«

»Verbindlichsten Dank«, erwiderte der Naw und verneigte sich respektvoll. »Darf ich einige Gedanken dazu ausführen?«

Der Großmagister nickte.

»Die aktuelle Krise betrifft die Interessen aller Herrscherhäuser«, erläuterte der Kommissar. »Der Bote ist gekommen, um uns zu vernichten und dazu ist ihm jedes Mittel recht. Wir wissen, dass Lubomir ursprünglich dazu ausersehen war, den Thron des Herrscherhauses Lud zu besteigen. Warum es dazu nicht gekommen ist, bleibt vorläufig ein Rätsel. Jedenfalls müssen wir damit rechnen, dass sich die Armee des Grünen Hofs auf seine Seite schlägt.«

Unter den Rittern erhob sich Geraune. Nach dem Verlust des Karthagischen Amuletts würde ein Krieg gegen das Herrscherhaus Lud das sichere Ende der Tschuden bedeuten.

»Deshalb müssen wir wissen, ob sich der Dunkle Hof hundertprozentig auf den Orden verlassen kann. Würdet ihr jede unserer Entscheidungen mittragen?«

»Sofern dem Orden dadurch kein Schaden entsteht, ja«, versicherte der Großmagister sofort.

»Versteht sich«, bestätigte Santiago. »Mir ist wohl bewusst, wo die Grenzen eines solchen Bündnisses liegen. Außerdem würde ich euch bitten, auf eine Hetzjagd gegen die Rothauben zu verzichten. Die Humos wurden durch den Überfall ohnehin schon in helle Aufregung versetzt, zusätzlicher Wirbel wäre das Letzte, was wir gebrauchen können.«

»Das sagst du so leicht!«, polterte Nelson Bard. »An ihren Händen klebt Tschudenblut!«

»Und Nawenblut!«, konterte der Kommissar. »Vor einer Stunde haben die Rothauben meinen engsten Vertrauten Ortega getötet!«

Unheilvolle Stille legte sich über den Saal. Ein Mord an einem Nawen war ein äußerst seltenes Ereignis in der Verborgenen Stadt und wurde stets mir drakonischen Vergeltungsmaßnahmen beantwortet. Umso erstaunlicher war die Tatsache, dass der Dunkle Hof sich zumindest vorläufig sogar für eine Schonung der Rothauben starkmachte.

»Unser Feind sind nicht die Rothauben, sondern der Bote«, schloss der Kommissar. »In seinem Herzen schlummert eine tödliche Macht, nur gemeinsam können wir ihn besiegen.«

»Abgemacht«, besiegelte de Saint-Carré das Bündnis. »Wir werden in nächster Zeit keine größeren Kampfhandlungen beginnen, ohne dies mit dem Dunklen Hof abzusprechen.«

»Das ist eine weise Entscheidung«, konstatierte Santiago.

»Kapitän de Geer wird die Interessen des Ordens vertreten und ständigen Kontakt zu euch halten«, verfügte der Alte. »Ihr müsst ihn eurerseits über alles informieren, was ihr in dieser Angelegenheit zu tun gedenkt.«

»Das versteht sich von selbst«, versprach der Kommissar und verbeugte sich abermals. »Und nun berichtet mir in allen Einzelheiten von eurem Kampf gegen den Boten. Diese Erfahrungen werden für uns alle noch von größter Wichtigkeit sein.«

Moskau, Pokrowka-Straße
Dienstag, 27. Juli, 10:26 Uhr

Durch die Polizeiabsperrung war der Verkehr auf der Pokrowka-Straße vollständig zum Erliegen gekommen und der Rückstau reichte bis zum Alten Platz. Die stecken gebliebenen Autos standen kreuz und quer auf der Fahrbahn und blockierten sämtliche Seitenstraßen, Hofeinfahrten und Bürgersteige. Die aufgebrachten Autofahrer fluchten, gestikulierten und hupten, was das Zeug hielt. Die Polizisten an den Absperrungen keiften böse zurück, denn sie konnten schließlich nichts dafür, dass die Spurensicherung im Umfeld des zerstörten Jaguars jedes Staubkorn unter die Lupe nahm.

Kornilow ließ seinen Dienst-Wolga am Gartenring stehen und ging zu Fuß zum Tatort weiter, der zum Glück nicht weit entfernt lag. Er inspizierte die Szenerie, hörte sich ungerührt den Vortrag eines empörten Automobilisten über Anschläge in der Stadt im Allgemeinen und über die Maßnahmen der Polizei im Besonderen an, steckte sich seelenruhig eine Zigarette an und rief erst dann einen der Spurensicherer zu sich.

»Eine Bombe?«

»Eine Hohlladungsgranate.« Der Sachverständige wischte sich die Hände an der Hose ab und sah den Major vergnügt an. »Sie wurde aus einer Panzerbüchse abgeschossen, die wir auf der anderen Straßenseite gefunden haben. Guten Tag, Andrej Kirillowitsch.«

»Guten Tag, Alexej«, erwiderte Kornilow. »Gibt's Überlebende?«

Der Experte nahm die angebotene Zigarette aus der Schachtel, zündete sie an und blies den Rauch in die Luft.

»Augenzeugen haben ausgesagt, dass der Fahrer überlebt habe und selbstständig aus dem Fahrzeug ausgestiegen sei. Aber ich kann das nicht recht glauben.«

»Kann ich verstehen«, pflichtete der Major mit einem Blick auf das Wrack des Jaguars bei. »Und was geschah danach?«

»Angeblich haben ihm irgendwelche Typen mit roten Kopftüchern den Rest gegeben.« Alexej grinste und hielt Kornilow einen Plastikbeutel mit einem seltsamen Messer entgegen. »Mit diesem Mordinstrument hier.«

»Was um Himmels willen ist das denn?«

»Ein Obsidianmesser! So etwas habe ich bis jetzt nur im Museum gesehen.«

»Ein Obsidianmesser?«, wunderte sich Kornilow. »Der Killer hatte wohl einen Sinn für Antiquitäten. Und was ist das für ein Zeug an der Klinge?«

»Gute Frage«, nickte Alexej. »Sieht aus, als hätte man sie in Pech getaucht, nicht wahr?«

Der Major hielt sich den Beutel mit dem Messer vor die Augen. Die zählflüssige Masse an der Klinge hatte nicht die geringste Ähnlichkeit mit Blut.

»Und so habt ihr das Ding gefunden?«

»Ja. Aber sonst nirgendwo Spuren von dieser schwarzen Masse.«

»Und wo ist der Leichnam?«

»Den haben die Killer wohl mitgenommen«, mutmaßte der Experte und zog die Schultern hoch. »Aber das ist ja noch gar nichts. Hast du nicht gehört, was in der Pathologie passiert ist? Dort wurden fünfzehn Leichen geklaut.«

»Wie bitte?! Wovon redest du?« Der Major traute seinen Ohren nicht.

»Du kommst wohl gerade vom Mond?«, staunte Alexej. »Von dem Einbruch in der Asservatenkammer weißt du dann sicher auch nichts. Das ganze Präsidium steht Kopf!«

»Was ist denn gestohlen worden?«

»Alles, was vom Lenin- und vom Wernadski-Prospekt gebracht wurde«, berichtete Alexej beflissen. »Aus der Pathologie wurden sämtliche Leichen und aus der Asservatenkammer alle Beweisstücke entwendet. Das Erstaunlichste ist: Die Diebe haben nur das mitgenommen, was heute Nacht gebracht wurde. Angeblich lagen in einem Regal eine Waffe vom Lenin-Prospekt und direkt daneben ein halbes Kilo Kokain: Die Knarre haben sie mitgenommen, aber das Pulver nicht angerührt ...«

Zornig drosch Kornilow mit dem Fuß gegen den Reifen des nächstbesten Autos.

»Wie konnte das passieren?«

»Das weiß kein Mensch. Dort sind drei Wachposten eingeteilt und keiner hat etwas bemerkt! Absolut mysteriös!«

»Mysteriös?«, blaffte der Major. »Das soll wohl ein Witz sein! Das ist nicht mysteriös, sondern scheiße! Die haben wohl alle gepennt! Die Spurensicherung reißt sich mitten in der Nacht den Hintern auf, um das Zeug sicherzustellen und was machen diese Schnarchzapfen ...?!«

»Andrej, krieg dich wieder ein.«

Es war das erste Mal, dass Alexej den sonst so selbstbeherrschten Major derart außer sich erlebte.

»Schon gut, alles in Ordnung, entschuldige«, erwiderte Kornilow seufzend und massierte sich die Stirn. Er zündete sich eine Zigarette an und beruhigte sich rasch. Etwas Derartiges hatte er in seiner gesamten Karriere noch nicht erlebt. »Hör mal, Alexej, du bist doch unser Universalgenie, sieh dir mal dieses Spielzeug an.«

Kornilow nahm den Beutel mit dem zerbrochenen Handy, das er am Ort des Hubschrauberabsturzes gefunden hatte, aus der Tasche und hielt ihn Alexej unter die Nase. Der Spurensicherer nahm das Telefon aus dem Beutel, drehte es hin und her, wiegte prüfend den Kopf, zog aus seinem Arbeitsoverall einen kleinen Schraubenzieher hervor und rückte ihm damit zu Leibe.

»Mach es nicht kaputt«, brummte Kornilow.

»Da gibt es nichts mehr kaputtzumachen«, gab Alexej gut gelaunt zurück. »Hast du dich geprügelt?«

»Nein, ich habe es vom Dach fallen lassen. – Und, was sagst du?«

»Ein Handy vom Feinsten«, verkündete der Experte und schnalzte mit der Zunge. »Sogar mit Internetzugang!«

»Ginge es auch etwas genauer?«

»Gib es mir für einen Tag, dann kann ich dir mehr sagen.«

»Das geht nicht«, beschied Kornilow nach kurzem Zögern. »Und gib mir auch das Messer, bei mir ist es am besten aufgehoben.«

»Wie du meinst.«

Folgsam überreichte der Spurensicherer dem Major das Beweisstück.

»Nichts für ungut, Alexej.« Kornilow zog an seiner Zigarette und wandte sich wieder dem Jaguar zu. »Der Schlitten stand dort in der Parkbucht«, murmelte er vor sich hin. »Das bedeutet, dass der Fahrer in einem der umliegenden Gebäude jemanden getroffen hat.«

»Oder auf der Straße eine Verabredung hatte«, präzisierte Alexej, ohne sich umzudrehen.

»Hoffen wir mal das Beste«, seufzte der Major und blickte sich um. »Allzu viele Büros gibt es hier ja nicht.«

Während Kornilow seinen Gedanken nachhing, klingelte sein Handy. Er zog es aus der Tasche und nahm den Anruf entgegen.

»Andrej Kirillowitsch? Hier ist Mechrab. Edik erwartet Sie heute um 13:30 Uhr im Restaurant *Goldenes Hufeisen.*«

»Ich werde dort sein. Vielen Dank, Mechrab.«

»Man hilft doch gerne.«

Kornilow schlenderte über die Straße und ärgerte sich, dass er Waskin nicht mitgenommen hatte. Das Klinkenputzen in den angrenzenden Häusern wäre ihm selbst dann erspart geblieben und eine lehrreiche Aufgabe für den Studenten gewesen. Doch Waskin war nun mal nicht da, und so warf der Major seine Zigarette weg und betrat das nächstliegende Bürogebäude durch eine Glastür, über der in großen Lettern das Kürzel »GW« hing.

»Polizei«, schnauzte er den Wachmann im karierten Sakko an, der ihm sogleich entgegentrat.

»Aha«, grummelte der Wachmann. »Was gibt's?«

»Was heißt, was gibt's?«, empörte sich Kornilow. »Haben Sie die Detonation nicht mitbekommen?«

»Doch, sie war nicht zu überhören.«

»Sie waren also hier. Wie heißen Sie?«

»Sergej.«

»Also Sergej, dann erzählen Sie mal, was Sie gehört und gesehen haben, und zwar in allen Einzelheiten.«

»Ich habe doch schon alles erzählt«, nölte der Wachmann. »Muss ich das jetzt alles nochmal wiederholen?«

Der Major wurde hellhörig.

»Wem haben Sie alles erzählt?«

»Na, Ihren Kollegen von der Polizei«, erläuterte Sergej. »Sie waren schon hier und haben mich befragt. Im Übrigen waren sie etwas höflicher als Sie.«

»Von der Polizei?« Kornilow überlegte: Streifenbeamte würden niemals auf die Idee kommen, die umliegenden Häuser nach Zeugen zu durchkämmen, die Spurensicherung hatte mit den Trümmern am Tatort mehr als genug zu tun, die Beamten von der örtlichen Inspektion kümmerten sich um die Absperrung und von den Ermittlern war außer ihm keiner hier. Das bedeutete also ... »Und wo sind die Kollegen?«

»Die sind schon wieder weg.«

»Und wann sind sie gekommen?«

»Kurz nachdem es geknallt hat«, berichtete der Wachmann und fügte mit spöttischem Grinsen hinzu: »Ich hatte mich schon gewundert, dass sie so schnell hier waren, das kennt man gar nicht von der Polizei.«

»Haben die Kollegen sich ausgewiesen?«

»Mit normalen Polizeimarken«, antwortete Sergej. »Die kennt man doch, so runde Dinger mit ...«

»Wonach haben sie gefragt?«, unterbrach der Major den Polizeimarkenkenner.

»Sie wollten wissen, wer vor der Explosion hier ein- und ausgegangen ist«, erzählte der Wachmann. »Zuerst haben sie nach einem Langen in einem blauen Anzug gefragt, ob er hier reingekommen ist oder nicht, dann haben sie sich nach diesem Mitarbeiter aus der Abteilung 1 erkundigt.«

»Was ist das für ein Mitarbeiter?«

»Eine Frau hat ihn hier besucht, kurz vor der Explosion, eine Verwandte oder so, das habe ich nicht so genau mitbekommen. Der Mitarbeiter hat kurz nach ihr das Gebäude verlassen und – schon hat's gekracht. Er ist dann mit so einer schwarzen Tasche zurückgekommen. Als ich das Ihren Kollegen erzählt habe, ist ihnen die Kinnlade heruntergefallen, keine Ahnung, wieso. Jedenfalls haben sie sich in der Personalabteilung ein Foto und die Adresse des Mitarbeiters besorgt.«

Kornilow knirschte mit den Zähnen.

»Wo ist die Personalabteilung?«

KAPITEL NEUN

Residenz des Boten
Moskau, Nowy Arbat
Dienstag, 27. Juli, 12:13 Uhr

Erst vor wenigen Minuten hatte es zu regnen aufgehört und aus den durchnässten Baumkronen fielen immer noch dicke Tropfen auf Lubomir herab. Stoisch ertrug der Zauberer die feuchte Unbill. Nur hin und wieder, wenn ihm das Wasser in den Kragen rann und seine nackte Haut netzte, zuckte er zusammen, krümmte schlotternd den Rücken und rollte mit den schmalen Schultern, die als spitze Hügel unter seiner weißen Jacke hervortraten.

Lubomir fror. Er fror eigentlich fast immer, und hier im Wald ließ selbst der leiseste Windhauch eisige Schauer durch seinen Körper fahren. Da halfen weder seine dicke Wolljacke noch warme Unterwäsche noch die Zauberformeln, mit denen er sich zu wärmen versuchte. Die Kälte peinigte den Boten und ließ sein Herz immer heftiger schlagen.

Lubomir saß einsam am Flussufer und versuchte sich an unbelebten Objekten, was für einen Zauberer aus dem Herrscherhaus Lud zu den schwierigsten Übungen gehörte. Nachdem er den Grünen Hof verlassen hatte, blieb ihm nichts anderes übrig, als sich autodidaktisch weiterzubilden und die nötigen Fertigkeiten in mühsamer Kleinarbeit zu erwerben. Kein anderer, von seinem Volk verstoßener Zauberer wäre in der Lage gewesen, sein Potenzial auf sich alleine gestellt auszuschöpfen, doch Lubomir war auf dem besten Wege dazu. Mit eiserner Disziplin arbeitete er an sich und wurde von Tag zu Tag stärker. Seine Triebfeder war der Hass! Lubomir wurde nicht schlau aus Wseslawas Intrigengeflecht, und so richteten sich seine Rachepläne gegen alle: gegen den Grünen Hof, der ihn verstoßen hatte, gegen die Priesterinnen, die ihn verraten hatten und schließlich gegen Wseslawa selbst, gegen die Frau, die er liebte und die sich seinen Tod wünschte.

Gesteuert von Lubomirs Blick schwebte eine Marmorkugel langsam über das Wasser. Der Zauberer hatte sie bereits dazu gebracht, Kreise zu ziehen, meterhoch in die Lüfte zu steigen und ins Wasser einzutauchen, und nun bereitete er sich auf das schwierigste Kunststück vor. Er ließ die Kugel reglos in der Luft schweben, entspannte sich für einen Moment und rieb sich die Schläfen, als ihn plötzlich ein leises Motorengeräusch in seiner Konzentration störte.

Ungehalten sah sich Lubomir um. Nicht weit von ihm entfernt hatte eine große, blitzblank polierte Limousine am Ufer geparkt. Der Zauberer verzog das Gesicht. Er wusste, zu welchem Zweck derlei Schlitten über holperige Schotterpisten in diesen gottverlassenen Winkel des Waldes vordrangen. Vor langer Zeit hatte er sich einmal heimlich – unsichtbar durch einen einfachen Zauber – einem solchen Gefährt genähert und lange beobachtet, welch barbarischem Treiben die Insassen auf der Rückbank frönten. Was er damals zu sehen bekam, gefiel dem Zauberer überhaupt nicht. Die verschwitzten nackten Körper und die animalische Lust der Humos ekelten Lubomir an. An jenem Tag war ihm klargeworden, wofür Wseslawa seine reine, idealistische Liebe weggeworfen hatte, und bedauerte es zutiefst, dass es ihm nicht gelungen war, den Baron Metscheslaw zu töten. Und die Königin dazu ...

Lubomir vergaß die Ankömmlinge und konzentrierte sich wieder auf seine Kugel. Seine magische Energie ließ die Konturen des Marmormonoliths erzittern und allmählich verschwimmen. Die Augen des Boten verwandelten sich in tiefe dunkelgrüne Brunnen. Er ballte die Fäuste und biss die Zähne zusammen. Langsam zerfiel die Kugel in acht gleichmäßig große Teile, die sich ihrerseits wieder zu Kugeln formten. Berauscht von seinem Erfolg sprang Lubomir auf und reckte seine dünnen Arme empor: Er hatte es geschafft! Nun tanzten acht kleine Marmorkugeln lustig über dem Fluss.

Lubomir stieß einen kurzen, heiseren Jubelschrei aus. Wieder hatte er einen kleinen Schritt getan auf dem Weg zur Entfaltung seiner Macht. Schon bald würde man in der Verborgenen Stadt vor ihm zittern und seinen Racheplänen mit Schaudern entgegensehen.

Folgsam verschmolzen die kleinen Kugeln wieder zu einer großen, die sich sanft in die ausgestreckte Hand des Zauberers legte.

»Warte auf mich, Wseslawa, Königin des Grünen Hofs«, murmelte Lubomir und wiegte den schweren Marmor in seiner Hand. »Ich werde kommen.«

Ein spitzer Schrei riss den Zauberer aus seinen Gedanken, und er fuhr herum. Nur wenige Meter von ihm entfernt stand eine hübsche, vielleicht zwanzig Jahre alte Blondine in einem ufernahen Gebüsch. Ihr Kleid befand sich in einer gewissen Unordnung, der Lippenstift war unvorteilhaft um ihren Mund verschmiert und in ihrem Dekolleté prangte eine monströse, geschmacklose Kette aus knallgelben Perlen.

»Was ist los, Lenka?« Der Limousine entstieg ein groß gewachsener, kurzgeschorener Kerl, dem eine Zigarette aus dem Mundwinkel hing. »Warum schreist du denn?«

»Der Typ da!«, keifte die junge Frau entrüstet. »Er hat mich beobachtet!«

Der junge Mann kam dazu und bedachte Lubomir mit einem verächtlichen Blick.

»Bist du ein Perverser, oder was?«, fragte er.

»Ich habe ihr nicht zugesehen«, entgegnete der Zauberer. »So ein Unsinn.«

»Er hat alles gesehen!«, zeterte die Blondine weiter. »Bestimmt hat er uns auch im Auto beobachtet!«

»Du Schwein!«

Lubomir wandte sich wortlos um und wollte gehen, doch der Kerl warf seine Zigarette weg, holte ihn mit zwei gewaltigen Sätzen ein, packte ihn an den Schultern und riss ihn herum.

»Hiergeblieben, Freundchen!«

»Hau ihm eine rein, Dima!«, stachelte ihn die junge Frau auf. »Schlag zu!«

»Lass sofort los!«, fauchte Lubomir.

Der Kurzgeschorene hielt den Zauberer mit einer Hand am Kragen fest und schlug ihm mit der anderen ansatzlos ins Gesicht. Lubomir taumelte. Aus seiner gebrochenen Nase strömte Blut.

»Dir werde ich das Spannen schon austreiben, du Perversling!«

Doch der Zauberer hörte nichts mehr. Das Blut rann ihm auf die Lippen, und mit der Zunge ertastete er seinen süßlichen Geschmack. Lubomir wurde von glühendem Zorn gepackt: Seine Finger krampften sich zusammen, und seine Schläfen schmerzten, als würden sie von einem Schraubstock zusammengepresst. Das Weiße in seinen Augen überzog sich mit einem grünen Schleier, und sein Herz schlug so heftig, dass es zu zerspringen drohte.

»Schlag zu, schlag zu!«, tobte die Blondine weiter.

Ihr Kavalier holte aus, doch der Zauberer riss sich los und stieß seinen Gegner von sich weg. Der Kurzgeschorene flog ins Gebüsch.

»Dima!«, kreischte die Blondine.

»Na warte!«

Der Hüne rappelte sich rasch wieder auf, doch kaum, dass er wieder auf den Beinen stand, traf ihn eine schwere Marmorkugel und schlug ihm das Gesicht zu Brei. Die Blondine schrie wie am Spieß.

»Halt den Mund!«, brüllte der Zauberer sie an. »Halt endlich den Mund!«

Seine Schläfen pochten und glühten. Die Frau hörte nicht auf zu schreien.

»Halt den Mund!!«

Die Blondine flüchtete in den Wald, doch sie kam nicht weit. Aus den Augen des Zauberers schossen grüne, mäandernde Blitze, holten sie ein, pressten sie gegen den nächsten Baum, bohrten sich wie ein Gummiband in ihre weiche Haut und fesselten sie an Händen und Füßen. Die Frau schrie immerzu.

»Sei endlich still!!«

Nun war es Wseslawas Gesicht, das Lubomir vor sich sah. Es war Wseslawa, die verzweifelt den Mund aufriss und mit irren Augen um Gnade flehte. Und es war Wseslawas schlanker Hals, um den sich die Perlenkette legte und ihn einschnürte, immer tiefer und tiefer ...

Der Zauberer wischte sich die schweißnassen Haare aus der Stirn.

Immer diese Erinnerungen ... Die Episode im Wald hatte sich für immer in sein Gedächtnis eingebrannt, jedes Detail, jede Geste: das Blut an seinen Händen, die gelbe Halskette, die verlöschenden Augen des Mädchens und sein eigener, ruhiger Herzschlag. In jenem Augenblick hatte der Zauberer eine ungekannte Wärme empfunden.

Lubomir hielt die Hände über den Kohlenofen und starrte finster in die spärliche Glut. Es war kalt, und er fror. Selbst mitten im Sommer, in seinem warmen Kabinett, musste er sich in seine dicke Wolljacke hüllen, und erst recht im Winter ... Lubomir lief es kalt den Rücken herunter. Er hasste den Winter. Die klebrigen Schneeflocken, der beißende Frost und der eisige, schneidende Wind trieben ihn an den Rand des Wahnsinns. Fast die gesamte kalte Jahreszeit verbrachte er vor einem knisternden Kaminfeuer und saugte gierig die Wärme auf, stets in panischer Furcht, das Feuer könnte verlöschen und seinen zerbrechlichen Körper der gnadenlosen Kälte anheimgeben.

Die Gedanken an den Winter kamen dem Zauberer immer dann, wenn seine Stimmung am Boden war. Lubomir trat an seinen riesigen Arbeitstisch heran und betrachtete missmutig die komplizierte Bronzekonstruktion, die darauf stand.

»Wieso funktioniert das denn nicht?«

Er führte eine DNA-Fernfahndung nach einem Menschen durch. Für einen Zauberer von seinem Kaliber gehörte eine solche Operation zum simplen Handwerkszeug. Auf seine Anweisung war Pulle in die Wohnung des mutmaßlichen Komplizen von Cortes, eines gewissen Artjom Golowin, eingedrungen und hatte von dort einen Kamm und eine Zahnbürste mitgebracht. Der Zauberer war sich absolut sicher, dass er innerhalb von fünf oder höchstens zehn Minuten herausfinden würde, wo sich der Humo – und damit auch das Amulett – befindet.

Nachdem er die Gewebeproben in der Spezialvorrichtung platziert hatte, bewerkstelligte Lubomir mit an Überheblichkeit grenzender Lässigkeit den entsprechenden Zauber. In der Bronzekonstruktion erschien eine leuchtende Kugel, die das düstere Kabinett in ein schummriges, grünes Licht tauchte, doch wider Erwarten stellte sich kein Abbild des Humos ein. Der Zauber wirkte nicht. Lubomir warf seinen Stolz über Bord und begann noch einmal von vorne, langsam, Schritt für Schritt, wie in seiner Lehrzeit. Er probierte sieben verschiedene Suchmethoden aus, doch jedes Mal ohne Erfolg. Nach einer halben Stunde vergeblichen Mühens musste er einsehen, dass er an den Humo nicht herankam. Sein Opfer verbarg sich hinter einem undurchdringlichen Schleier.

Nachdenklich ging der Zauberer um den Tisch herum und schlenderte an den Regalen mit den Essenzen entlang. Der Kohlenofen folgte ihm auf Schritt und Tritt, stets bereit, seinem frierenden Herrn Wärme zu spenden.

»Irgendjemand schirmt den Humo ab«, grübelte er. »Aber wer? Der Orden und der Grüne Hof kommen nicht infrage, ihnen fehlt bereits die Energie für einen solchen Schutzzauber. Die Tschuden haben ihr Amulett verloren, und die Priesterinnen sind vom Regenbrunnen abgeschnitten. Die Nawen? Die suchen den Humo doch selbst. Oder etwa nicht?«

Lubomir legte die Stirn in Falten. Psychologische Intuition war das Einzige, was ihm seine Gegenspieler voraushatten. Den Großteil seiner Jugend hatte er in der Einsamkeit verbracht und deshalb nie gelernt, mit Intrigen umzugehen.

»Offenbar ist es den Nawen gelungen, ihren Söldner schon vor dem Überfall der Rothauben mit einem Schutzzauber zu belegen, dann haben sie ihn verloren und suchen ihn jetzt. Na gut. Wir werden sehen, wer schneller ist.«

Der Zauberer griff zum Telefon und tippte eine Nummer ein.

»Pulle, ich kann den Humo nicht finden. Irgendjemand hindert mich daran.«

»Und was machen wir jetzt?«, fragte der Desastro ratlos.

»Ihr müsst ihn auf konventionelle Weise suchen«, erläuterte Lubomir. »So, wie du ihn gesucht hättest, als du noch nicht auf meine Hilfe zurückgreifen konntest.«

»Im Moment bist du mir auch nicht gerade eine große Hilfe«, versetzte der Clanführer.

»Im Moment, ja«, pflichtete der Zauberer bei. »Aber den Krieg gegen den Dunklen Hof werde trotzdem ich führen und nicht du. Vergiss das nicht.«

»Ich denke daran«, brummte Pulle widerstrebend.

Der Ton, in dem der Zauberer mit ihm sprach, missfiel ihm, doch der Clanführer wusste, dass er keine Wahl hatte. Durch den Mord an dem Nawen hatte er alles auf eine Karte gesetzt: auf die Karte Lubomir. Nun war er auf Leben und Tod mit ihm verbunden.

»Dann ist es ja gut«, sagte der Zauberer zufrieden. »Ich brauche diesen Humo lebend, ist das klar?«

»Schon gut«, erwiderte Pulle, schaltete das Telefon aus und ließ seinen abgründigen Blick über die vor ihm versammelten Uibujen schweifen. »Wir müssen den Humo finden.« Der Desastro-Boss warf einen Stapel von Fotos auf den Tisch, die er von dem Original aus der Personalabteilung der Firma GW kopiert hatte. »Ich bin sicher, dass er das Amulett hat. Macht in der ganzen Verborgenen Stadt bekannt, dass wir den Hundesohn suchen. Alles, was Beine hat, soll Jagd auf ihn machen, werbt meinetwegen auch Söldner an! Und keine Gewalt. Ich schneide jedem die Gurgel durch, der ihm auch nur ein Haar krümmt!«

Restaurant McDonald's
Moskau, Krasnaja-Presnja-Straße
Dienstag, 27. Juli, 12:58 Uhr

Nichts wie zur Polizei!!!, dachte Artjom. Ich gebe den Rucksack dort ab, und dann sollen sie selbst sehen, wie sie mit diesen Tschuden, Luden, Schießereien, Rothauben und sonstigem Irrsinn fertigwerden. Ich seile mich ab, nehme mir Urlaub und verschwinde für eine Woche ans Meer. Bis ich zurückkomme, wird dieses ganze Banditen-Gesindel hoffentlich im Kittchen sitzen.

Sein Handy begann aufdringlich zu piepen. Gewohnheitsmäßig nahm er es vom Gürtel und las die empfangene SMS-Nachricht:

»Die Rothauben suchen nach Artjom Sergejewitsch Golowin. Steckbrief: Humo; siebenundzwanzig Jahre alt; Größe: eins achtzig; Augenfarbe: grau; Nase: gerade; Haare: hellbraun, gelockt, Seitenscheitelfrisur. Ein Foto kann auf der Homepage der Rothauben heruntergeladen werden. Der Humo muss in der Lage sein, auf Fragen zu antworten. Das Honorar für seine Ergreifung beträgt ...«

Die Zahlen verschwammen vor Artjoms Augen. Die Rothauben hatten ein atemberaubendes Sümmchen auf seinen Kopf ausgesetzt. Er steckte das Handy an den Gürtel zurück und seufzte entmutigt. Wenn er jetzt zur Polizei ginge, konnte der Schuss auch nach hinten losgehen. Es war nicht auszuschließen, dass auch Polizisten von dem Auftrag Wind bekommen hatten. Und wie sie dann reagieren würden, konnte er sich schon vorstellen: Das ausgesetzte Kopfgeld war einfach zu verlockend.

Nach Hause konnte er nicht. Zu den Eltern? Nein. Zu Lusja? Auf keinen Fall. Artjom wollte nicht auch noch seine Lieben mit in den Schlamassel hineinziehen. Blieb eigentlich nur eine Möglichkeit: der Club *Eidechse*; und die vage Hoffnung, dass ihm Cortes' Freunde helfen würden.

Doch was tun bis zum Abend? Am sichersten war es wohl, in der Menschenmenge auf den Straßen unterzutauchen. Allerdings wussten die Rothauben, wie er aussah. Und dummerweise hatte er seinen Geldbeutel im Büro zurücklassen müssen.

Artjom rieb sich den Nasenrücken und begann fieberhaft seine Taschen zu durchwühlen. Das Resultat war ernüchternd: vier Rubel plus ein paar Kopeken und die Plastikkarte der T-Grad-Com. Auf der anderen Straßenseite entdeckte Artjom einen Bankomaten und betrachtete ihn nachdenklich.

»Sie können Ihre Karte in jedem beliebigen Kartenautomaten verwenden«, so hatte es doch in der Bedienungsanleitung der T-Grad-Com-Karte geheißen. Einen Versuch ist es wert, dachte er sich.

Artjom wartete, bis der Bankomat frei war, sah sich verstohlen um, ob ihm auch niemand über die Schulter sah, und steckte die Karte in den Schlitz. Der Automat schluckte sie anstandslos, reagierte mit einem Piepton und auf dem Bildschirm erschien das stilisierte Kürzel T-Grad-Com.

»Zur TKV-Identifikation pressen Sie bitte den rechten Daumen an den Bildschirm«, hieß es auf dem Display.

Artjom tat, was man von ihm verlangte, und sofort rasselten Meldungen über den Bildschirm:

»Identifikation erfolgreich!

Objekt: Artjom Golowin

Genetischer Status: Humo

Sozialer Status: Söldner

Guthaben: 1500 Rubel

Dispo-Limit: 10 %«

Die Unbekannten, die Artjom an das TKV-Netz angeschlossen hatten, waren entweder Hellseher oder begabte Hacker: Der ausgewiesene Betrag entsprach genau seinem Bankguthaben. Doch Artjom hatte keine Zeit, sich über die mysteriöse Koinzidenz Gedanken zu machen.

Nachdem der Bankomat das Bargeld ausgespuckt hatte, machte sich Artjom unverzüglich daran, sein Äußeres zu verändern. In weniger als einer Stunde erwarb er ein weites, buntes Hawaihemd, eine beige Sommerhose und bequeme Schuhe. Sein weißes Hemd, die Krawatte und alle übrigen Büroklamotten landeten in der Mülltonne. Wie jeder Flüchtige, der etwas auf sich hielt, kaufte er in keinem Geschäft mehr als einen Artikel und zog sich nicht in Gegenwart von Verkäufern um. Beim nächstbesten Friseur tauschte er seine schicken langen Locken gegen einen langweiligen Igelschnitt ein, der ihn in Verbindung mit einer supercoolen Sonnenbrille vollständig unkenntlich machte. Zum Schluss rundete Artjom sein neues Outfit mit einem billigen MP3-Player ab, da er der Meinung war, dass ein Student, der im Takt von Rockmusik mit dem Kopf wackelt, am wenigsten Verdacht erregen würde.

Mit seinem veränderten Äußeren fühlte sich Artjom schon wesentlich wohler. Er setzte sich an einen Tisch im nächsten *McDonald's*, um ein paar Hamburger zu essen und beschloss, sich den Grund für seine missliche Lage einmal genauer anzusehen.

Er griff in den Rucksack und zog ein silbernes Behältnis hervor. Der Anblick war insgesamt enttäuschend. Er hätte eher mit einer reich verzierten Schatulle oder einer kleinen Schatztruhe gerechnet, doch es handelte sich um einen ziemlich schmucklosen, schweren Kasten, auf dessen glatt polierten Flächen rätselhafte Runen eingraviert waren.

Das Unerfreulichste an dem Behältnis war, dass es sich nicht öffnen ließ. Vergeblich suchte Artjom nach Schlössern, Schlitzen oder versteckten Hebeln – der Kasten weigerte sich strikt, seinen Inhalt preiszugeben. Dann eben nicht, dachte Artjom und verstaute das mutmaßliche Amulett wieder im Rucksack.

Doch wohin nun damit? In die *Eidechse* wollte Artjom es nicht mitnehmen. Es schien generell nicht besonders ratsam, einen Gegenstand mit sich herumzutragen, um dessentwillen vor wenigen Stunden am helllichten Tag ein Mord geschehen war. Er dachte nach und kam zu dem Ergebnis, dass ein Bahnhofsschließfach der ideale Platz für den gefährlichen Rucksack war.

Zufrieden mit seinem Beschluss schob sich Artjom den letzten Bissen seines Hamburgers in den Mund und hätte sich beinahe daran verschluckt: In diesem Augenblick betraten vier Zwerge in schwarzen Lederklamotten, die sich angeregt unterhielten, das Restaurant.

Ein Polizeijeep schlich langsam über die belebte Straße. Träge ließen die von der Hitze betäubten Beamten den Blick über die Gehwege schweifen und hielten Ausschau nach »männlichen Personen geringer Körpergröße mit schwarzer Lederbekleidung und roten Kopftüchern« – so hieß es in ihrem Fahndungsauftrag. Angesichts der Ereignisse der vergangenen Nacht lag es auf der Hand, die Verdächtigen als besonders gefährlich einzustufen, deshalb waren die Polizisten mit kurzen Maschinenpistolen bewaffnet und hatten den inoffiziellen Befehl, das Feuer als Erste zu eröffnen. So etwas hatte es in der Hauptstadt seit 1993 nicht mehr gegeben.

Als die Beamten den Dienst antraten, waren sie sich durchaus im Klaren darüber, dass ihnen keine Spazierfahrt bevorstand, und sie bemühten sich um maximale Konzentration. Doch die alltägliche Routine und vor allem die unerträgliche Hitze, die in schwülen Wellen über den kochenden Asphalt waberte, dämpften ihre Wachsamkeit.

»Welcher Idiot zieht sich denn bei so einer Bullenhitze schwarze Lederklamotten an«, nörgelte der Fahrer und zog seine schwere, kugelsichere Weste zurecht.

»Immer noch besser, als wenn wir nach Leuten in kurzen Hosen fahnden müssten«, entgegnete der Leutnant auf dem Beifahrersitz. »Dann hätten wir wirklich ein Problem.«

Die beiden Beamten auf dem Rücksitz schmunzelten über den Scherz.

»Stimmt es, dass die Stadt mit der Föderationsregierung darüber verhandelt, uns ein Bataillon Fallschirmjäger als Verstärkung zu schicken?«, erkundigte sich einer der beiden bei seinem Chef.

»Quatsch, mit unseren Verbrechern werden wir schon selber fertig.«

»Hummel sechs, Hummel sechs, bitte kommen!«, krächzte der Funk.

»Hier Hummel sechs«, sprach der Leutnant ins Mikrofon. »Bei uns ist alles ruhig.«

»An der Kreuzung Presnenski Wal und Chodynskaja-Straße hat sich ein schwerer Unfall ereignet. Fahrt sofort hin und schaut nach, was da los ist.«

»Was haben wir denn damit zu tun?«, empörte sich der Leutnant. »Soll sich doch die Verkehrspolizei drum kümmern.«

»Das sowieso«, versicherte der Funk. »Fahrt trotzdem hin. Ende.«

Der Funk verstummte.

»Die haben doch alle eine Schraube locker«, schimpfte der Leutnant. »Bloß wegen der Schießerei am Lenin-

Prospekt werden wir jetzt wegen jedes banalen Verkehrsunfalls angefunkt. – Dreh um.«

Kaum war der Polizeijeep um die Ecke gebogen, hielten vor der schwarzen Verkaufsbude, die sich an der Kreuzung der Krasnaja-Presnja-Straße mit dem Presnenski Wall befand, drei bordeauxrote Limousinen der Marke Volvo. Aus der ersten stieg ein kleiner, rothaariger Mann aus. Er trug beige Slacks und ein schwarzes Ledersakko, das seinen Rittergürtel verbarg.

»Guten Tag, Mechrab«, grüßte der Mann den alten Schuster, der sich gerade über ein Werkstück beugte. »Ich muss mit dir reden.«

Der Greis reagierte nicht. Aus dem Gebüsch seines Barts zog er einen Nagel hervor und begann zu hämmern. Der Rothaarige seufzte und rüttelte den Alten an der Schulter.

»Mechrab, ich habe nicht viel Zeit.«

Als er seinen Besucher bemerkte, hob der Schuster den Kopf und lächelte.

»Ah, Nelson ... Lange nicht gesehen, eine Ewigkeit. Setz dich, wenn du schon einmal da bist.«

Nelson Bard, der Magister der Schwerterloge, nahm auf dem angebotenen Hocker neben dem Schuster Platz.

»Ich wollte ...«

»Hast du heute schon gelacht?«, unterbrach ihn der Greis. »Stell dir vor, gestern hat irgendein Humo im *Magenbalsam* eine Polpa Nawese verspeist. Sie hatten ihm aus Versehen das Originalgericht vorgesetzt. Haha!«

Nelson stutzte.

»Hat er überlebt?«

»Angeblich ja.«

»Dann hat er einen guten Magen.«

»Diese Humos halten mehr aus, als man denkt«, konstatierte der Schuster nickend und beugte sich wieder über seine Arbeit.

»Hör mal, Mechrab. Wir suchen ...«

Doch des Magisters Worte gingen im Klopfen des Hammers unter. Der Schuster hatte bereits den nächsten Nagel angesetzt.

Nelson wurde weiß im Gesicht und war nicht mehr weit davon entfernt, Mechrabs Bude in ihre Einzelteile zu zerlegen. Doch er biss die Zähne zusammen und hielt sich zurück. Der Greis war ein angesehener Schatyr und gehörte zum Ältestenrat der Familie Turtschi. Es wäre unüberlegt gewesen, einen Streit mit ihm anzufangen. Wie alle Angehörigen des Dunklen Hofs hatten die Schatyren einen zwielichtigen Charakter, damit musste man sich abfinden.

»Darf ich dich kurz stören?«, fragte Nelson nach kurzem Schweigen.

»Ich habe viel zu tun«, brummte Mechrab mit einem Seitenblick auf das mit großen Schnallen verzierte Schuhwerk des Magisters. »Irgendwie muss ich ja meine Familie ernähren.«

»Wir suchen die Rothauben.«

»Da wäre ich jetzt nicht draufgekommen.«

»Hast du sie gesehen in letzter Zeit?« Der Tschud hielt es für besser, den giftigen Ton des Schusters zu ignorieren.

»Welchen von ihnen denn?«

»Egal welchen.«

»Hier laufen so viele Leute vorbei«, erklärte Mechrab und warf einen prüfenden Blick auf sein Werkstück. »Man kann ja nicht auf alle achten.«

Nelson öffnete seine Brieftasche.

»Ein Hunderter?«

»Die Rothauben sind so klein«, jammerte der Greis. »Man braucht gute Augen, um sie zu sehen. Und weißt du, wie viel die Erli für ein Paar neue Augen verlangen? Wucherpreise! Das sind keine Mönche, sondern Raubritter.«

»Dass du dich nicht schämst, so über die Erli herzuziehen«, sagte der Tschud, nahm zwei Hunderter aus seiner Brieftasche und streckte sie dem Schuster hin.

»Leg noch einen Hunderter drauf, dann hörst du nie wieder ein schlechtes Wort von mir über sie.«

Nelson seufzte und steckte eilig seine Brieftasche weg. Mechrab hielt die Scheine misstrauisch gegen das Licht, faltete sie sorgfältig zusammen und ließ sie in seiner Schürze verschwinden.

»Es ist wirklich ein Vergnügen, mit großzügigen Herrschaften zu verhandeln«, bekannte der Greis. »Im Dunklen Hof muss man solche Leute mit der Lupe suchen.« Er griff wieder nach seinem Hammer. »Und das Leder ist auch nicht mehr das, was es einmal war.«

»Was ist nun mit den Rothauben?«, fragte Nelson unwirsch, denn der Alte schien völlig das Interesse an ihm verloren zu haben, nachdem er das Geld eingesteckt hatte.

»Ach ja, richtig ... Dort drüben sind sie. Sie haben sich gerade was zu Futtern besorgt.«

Nelson Bard drehte sich um. Vom *McDonald's*, das sich auf der anderen Straßenseite befand, kamen gerade vier mit Tüten beladene Zwerge die Treppe herab.

Kaum hatten die Rothauben den Bürgersteig erreicht, begann die Schießerei.

Aus drei gegenüber geparkten Volvos sprangen einige Männer heraus und eröffneten mit Maschinenpistolen das Feuer auf die Zwerge. Dabei scherten sie sich weder um Fußgänger noch um den Verkehr auf der Straße. In Panik stürzten die Passanten in alle Richtungen davon und etliche Autos fuhren mit quietschenden Reifen ineinander. Artjom warf schon nach den ersten Schüssen seinen Restauranttisch um, ging dahinter in Deckung und presste den Rucksack an seine Brust.

Die Rothauben, denen nicht nur Kugeln, sondern auch zerfetzte Hamburger und Chicken McNuggets um die Ohren flogen, versuchten sich irgendwie zu wehren. Aus dem Yukon, der am Straßenrand auf sie wartete, wurden einzelne Schüsse abgefeuert. Doch die Angreifer stürmten bereits über die Straße und antworteten mit so verheerenden Salven, dass die linke Seite des Jeeps innerhalb von Sekunden mit Kugeln durchsiebt war und die im Innenraum verbliebenen Rothauben kein Lebenszeichen mehr von sich gaben. Drei der Zwerge, die aus dem Restaurant gekommen waren, krümmten sich auf dem Gehweg, der vierte rannte in Richtung *Planet Hollywood* davon. Doch er kam nicht weit. Ein Rothaariger holte ihn ein und schoss ihm mit seiner Pistole in den Hinterkopf.

Die ganze Schießerei dauerte kaum länger als eine halbe Minute. Nachdem sie ihre Opfer erledigt hatten, stiegen die Angreifer in ihre Volvos und rasten mit Vollgas davon.

Artjom kroch hinter seinem Tisch hervor und begab sich über einen Umweg durch den Park zur Metro-Station.

KAPITEL ZEHN

Moskau, Autobahnring
Dienstag, 27. Juli, 13:16 Uhr

»Na, Student, was hast du herausgefunden?«, fragte Kornilow, als der Wolga auf den Autobahnring einbog.

Seit sie im Präsidium losgefahren waren, hatte der Major abwesend aus dem Fenster geschaut und den ungeduldigen Waskin auf dem Beifahrersitz ignoriert, nun erkundigte er sich endlich nach seinen Ermittlungsergebnissen. Der Leutnant drehte sich geschäftig zur Rückbank um und zog sein Notizbuch aus der Jeansjacke hervor.

»Bemerkenswerte Fakten, Patron, wirklich sehr interessant. Das Gebäude, in dem die Tschud Incorporated residiert, gehörte früher dem Staatlichen Forschungsinstitut *Lichte Zukunft*.«

»Hat es der KGB gebaut?«

»Der KGB oder die Armee, das ist nicht bekannt. Während der Ära der Perestroika verschwand das Forschungsinstitut, und das Haus wurde mehr oder weniger über Nacht privatisiert. Derzeit ist der Konzern Tschud Incorporated der rechtmäßige Eigentümer. Er betreibt Import, Export, Finanz- und Investitionsgeschäfte. Im Gebäude sind ausschließlich eigene Firmen untergebracht, darunter auch das Bewachungsunternehmen Tschud-Panzerweste AG.« Waskin kicherte. »Die Lizenz ist in Ordnung, den Generaldirektor kennen Sie bereits: Franz Franzewitsch de Geer.«

»Der Rothaarige.« Kornilow erinnerte sich sofort an den drolligen Akzent des Chefs der Gebäudewache. »Ist die Tschud Incorporated eine ausländische Firma?«

»Zu hundert Prozent inländisch. Sie wurde 1989 in Moskau angemeldet, der Monatsumsatz liegt bei ungefähr einer Milliarde.«

»Wie viel?«

»Eine Milliarde. Der Konzern macht weltweit Geschäfte, agiert aber wohl eher im Hintergrund.«

Kornilow zog nachdenklich an seiner Zigarette und vernebelte den Fahrgastraum mit einer dicken Rauchwolke. Hinter solchen Konzernen steckten meist hochrangige Hintermänner.

»Gibt es irgendwelche Einträge über die Firma im Polizeicomputer?«

»Fehlanzeige«, erwiderte Waskin. »Auch beim Finanzamt und beim Zoll ist sie nie auffällig geworden, nicht einmal bei der Feuerwehr. Der Konzern hat keine Schulden und spendet jedes Jahr zehn Millionen für wohltätige Zwecke. Es scheint sich um vorbildliche Geschäftsleute zu handeln.«

»Sauber wie der erste Schnee«, resümierte Kornilow. »Und woher haben sie ihr Kapital?«

Die Frage war berechtigt. Konzerne dieser Größenordnung fielen schließlich nicht vom Himmel.

»Damit sieht es schon etwas komplizierter aus.« Waskin blätterte eifrig in seinem Notizbuch. »1988 wurde auf den Bahamas der Investitionsfonds Tschud gegründet, danach überwies dieser Fonds immense Beträge an die hier bereits bestehende Tschud-Bank, die ihrerseits als einer der Gründer der Tschud Incorporated fungierte.«

»Sehr ungewöhnlich«, grummelte der Major.

Ende der achtziger Jahre, als auf den Trümmern der Sowjetunion Chaos und Anarchie herrschten, war es äußerst riskant, größere Kapitalmengen nach Russland zu transferieren. Die Wirtschaftsreformen hatten gerade erst begonnen, das Recht auf Privateigentum stand nur auf dem Papier und niemand bezahlte Steuern. Damals konnte man sich nur schwer vorstellen, dass dieses Land jemals wieder auf die Beine kommen würde.

»Ist das alles, was du an einem halben Tag herausbekommen hast?«

»Natürlich nicht, Patron«, verkündete Waskin triumphierend. »Ich habe mich selbstverständlich auch mit den Geschehnissen am Lenin-Prospekt befasst.«

»Und? Gibt es irgendwelche Indizien?«

»Wenig«, berichtete der Leutnant. »Der Yukon gehört einer Sicherheitsfirma und ist als gestohlen gemeldet.«

»Und der zweite Wagen? Der Hummer?«

»Der Besitzer befand sich zusammen mit dem Fahrzeug am Tatort, unglücklicherweise als Leiche.« Waskin zog ein Foto aus der Tasche. »Igor Danilowitsch Lebedew, neunundzwanzig Jahre alt, arbeitslos.«

»Und, was wissen wir über ihn?«

»Er ist ohne Eltern aufgewachsen und direkt aus dem Waisenhaus zur Armee gekommen. Gedient hat er in einer Spezialeinheit.«

»Wann wurde er aus dem Dienst entlassen?«

»Er hat selbst gekündigt«, präzisierte der Leutnant. »Er hatte ursprünglich freiwillig verlängert. Was Lebedew in der Armee genau gemacht hat, wissen wir nicht. Seine Personalakte ist unter Verschluss. Da müssten wir die Chefs im Präsidium bitten, bei der Armee anzuklopfen.«

»Darum kümmere ich mich persönlich.«

»Seinen Pass hat Lebedew vor zwei Jahren bekommen und ist in Moskau gemeldet. Unmittelbar nach seinem Ausscheiden aus der Armee hat er sich eine Wohnung im Stadtteil Tscherjomuschki gekauft. Der Hummer ist sein drittes Auto. Seine ersten beiden Jeeps sind als gestohlen gemeldet.«

»Als arbeitsloser Ex-Elitesoldat lebt man anscheinend nicht schlecht«, bemerkte der Major.

»Bei der Polizei ist er nie in Erscheinung getreten.«

»Wurde sein Leichnam auch gestohlen?«

»Nein, der liegt immer noch in der Pathologie.«

»Lass unbedingt feststellen, wer ihn abholen kommt.«

»Wird gemacht.«

»Eine Spezialeinheit, hmm ...« Der Major drückte grübelnd seine Zigarette aus. »Na gut. Hast du sonst noch was für mich?«

»Das Nest des Scharfschützen befand sich, wie Sie vermutet hatten, im obersten Stockwerk des Gebäudes gegenüber der Tschud Incorporated. Das Büro hat eine

Firma namens Pumpenstrahltechnik und moderne Zierleisten angemietet – ähm, die Firma heißt wirklich so. In ihren Räumen haben wir massenhaft Fingerabdrücke von Lebedew und zwei weiteren Personen gefunden. Dazu ein Scharfschützengewehr vom Typ Barret light fifty – eine geniale Büchse übrigens –, Fernglas, Nachtsichtgerät, Küche und drei Schlafzimmer. Kurzum, die waren perfekt ausgerüstet.«

»Was wissen wir über diese Zierleisten-Firma?«

»Fast nichts. Ein weißer Fleck auf der Landkarte. Auch über die Mitarbeiter, die dort ein- und ausgegangen sind, haben wir wenig erfahren. Die Nachbarn haben höchstens mal einen Wachmann gesehen und ein paarmal eine junge Frau im Aufzug getroffen, die wohl zu denen gehörte. Wir werden versuchen, Phantombilder anzufertigen, aber es ist wenig wahrscheinlich, dass dabei etwas herauskommt.«

Der Wolga verließ den Autobahnring und hielt auf dem Parkplatz des Restaurants *Goldenes Hufeisen.*

»Findet hier unser Treffen statt?«, wunderte sich Waskin.

»Ich habe da gestern am Wernadski-Prospekt so einen Wagen gesehen«, erläuterte Kornilow kryptisch. »Und mit dem Besitzer dieses Wagens muss ich ein paar Takte sprechen.«

»Und was soll ich tun?«

»Möglichst den Mund halten«, versetzte der Major und fügte versöhnlich grinsend hinzu: »Ich bin schon zufrieden, wenn du hier niemanden erschießt.«

»Ich werde mir alle Mühe geben«, versprach Waskin

beim Aussteigen. »Ist unser Gesprächspartner ein Krimineller?«

»Ein Vollblut-Mafioso.«

Für Gäste, die es liebten, im Freien zu speisen und sich ungestört zu unterhalten, standen im *Goldenen Hufeisen* kleine Holzpavillons zur Verfügung. In einem davon wurden die Polizisten von zwei Männern erwartet.

»Ich bin etwas zu spät dran«, eröffnete Kornilow das Gespräch, als er sich setzte. »Darf ich vorstellen: Leutnant Waskin.«

»Du kommst immer zu spät«, erwiderte der kleinere der beiden Männer gut gelaunt. »Wo hast du denn Schustow gelassen?«

»Der hat zu tun«, teilte der Major mit, überlegte kurz und fügt hinzu: »Er jagt ein paar Banditen.«

»Richte ihm schöne Grüße von mir aus«, plapperte der Kleine und wandte sich Waskin zu: »Mein Name ist ...«

»Der Laberfritze da heißt Edik«, unterbrach ihn Kornilow, »und der andere ist Spike.«

Waskin musterte die beiden Banditen aufmerksam und bemühte sich dabei um einen möglichst coolen Gesichtsausdruck, den er sich bei seinem Chef abgeschaut hatte. Der agile Edik war ein hageres, drahtiges Kerlchen mit schütterem Haar, das er sorgfältig nach hinten gegelt hatte. Mit seinem feinen Anzug und der teuren Uhr hätte man ihn eher für einen abgebrühten Börsenmakler halten können als für eine kriminelle Autorität.

»Ein guter Junge«, sagte Edik zum Major, als er Waskins penetranten Blick auffing. »Erinnert mich an den jungen Kornilow, genauso schneidig. Findest du nicht, Spike?«

»Kein Plan. Sieht aus wie alle Bullen«, erwiderte der zweite Bandit trocken. »Ich finde, wir sollten zur Sache kommen.«

Spike hatte wesentlich mehr Ähnlichkeit mit dem Bild des klassischen Bösewichts, wie man es aus dem Kino kannte. Er war ein muskulöser, stiernackiger Koloss, unter dessen offenem Hemd eine fette Goldkette baumelte. Er schien den Ankömmlingen weniger wohlgesinnt, als sein subtiler Kollege.

»Der Herr Major sieht heute etwas mitgenommen aus«, bemerkte Edik mit ironischer Anteilnahme. »Ist etwas passiert?«

»Ich habe nicht ausgeschlafen«, antwortete Kornilow und schlürfte an seinem Orangensaft. »Habe mir die halbe Nacht am Wernadski-Prospekt um die Ohren geschlagen.«

»Hast du jemanden verfolgt?«

»Ach, ein paar Typen haben da gewaltig Krawall gemacht, eine Schießerei angezettelt und die Anwohner zu Tode erschreckt.«

»So was kommt vor«, bestätigte Edik. »Die Leute sind völlig durchgeknallt in letzter Zeit, ballern in der Gegend herum, stechen sich gegenseitig ab, ganz zu schweigen davon, was sich auf den Straßen abspielt – zur Hauptverkehrszeit riskiert man jedes Mal Kopf und Kragen.«

Eine Pause trat ein.

»Habt ihr jemanden verhaftet?«, erkundigte sich der redselige Kriminelle.

Kornilow schüttelte den Kopf.

»Die Bullen haben doch keine Lust, sich eine Kugel einzufangen«, behauptete Spike. »Da bleiben sie lieber in sicherer Entfernung, die Memmen.«

»Das ist nicht wahr, Spike«, verteidigte Edik die Polizisten. »Du bräuchtest nur die Statistiken zu lesen, dann wüsstest du, dass der Herr Major – im Unterschied zu vielen Berufskollegen – seine Dienstpflichten vorbildlich erfüllt. Er arbeitet professionell und mit Leidenschaft. Beim letzten Mal, als er mich festgenommen hat, war ich richtiggehend gerührt von seinem Engagement.«

Spike seufzte und machte ein mürrisches Gesicht.

»Doch diesmal hat sich der Herr Major getäuscht«, setzte Edik fort. »Wir wissen nichts über die Geschehnisse am Wernadski-Prospekt. Wir sind überhaupt gegen jede Art von Krawall.«

»Warum habt ihr ihn dann nicht verhindert?«, fragte der Major. »Das ist doch schließlich euer Bezirk. Außerdem habe ich deinen BMW dort gesehen.«

»Meinen BMW?«, staunte Edik. »Welchen denn?«

»Er hat zwei«, erläuterte Spike und fing wiehernd zu lachen an.

»Mir scheißegal, welcher«, versetzte Kornilow schroff. »Fakt ist, dass ich deine Karre am Wernadski-Prospekt gesehen habe. Spiel hier nicht den Clown, dazu habe ich zu wenig Zeit.«

Spike sah Edik fragend an. Der zuckte mit den Achseln. Kornilows rüde Art schien ihn nicht im mindesten zu kränken.

»Zuerst habe ich gedacht, dass die Schießereien auf

euer Konto gehen«, setzte Kornilow grinsend fort. »Doch dann ist mir klargeworden, dass diese Nummer selbst für Chamberlain zu groß wäre: ein Hubschrauber, ein gepanzerter Funkwagen, Granatwerfer. Demnach hat sich also eine neue Bande in der Stadt eingenistet, und das kann euch genauso wenig gefallen wie mir. Deshalb sag mir, was du weißt, Edik, und ich werde mich bemühen, diese Typen mit den roten Kopftüchern kaltzustellen, bevor sie sich mit euch anlegen.«

»Erzähl uns keinen Schwachsinn, Bulle«, entgegnete Spike grimmig. »Wenn sie Chamberlain an den Karren fahren, kriegen sie's mit der gesamten Moskauer Unterwelt zu tun.«

Edik zog seinen Tabaksbeutel aus dem Sakko, drehte sich mit flinken Fingern eine Zigarette, steckte sie an und pustete eine Wolke aromatischen Rauchs über den Tisch.

»Ganz recht, Kornilow, woher willst du wissen, dass wir vor diesen kurzbeinigen Affen Angst haben?«

»Weil ich euch kenne.«

»Mag sein, dass du uns kennst, aber du hast keine Ahnung, was um dich herum vorgeht.«

»Worauf willst du hinaus?«

»Die Zwerge mit den roten Kopftüchern gibt es in der Stadt, solange ich denken kann. Sie haben schon zu Zeiten der Sowjetunion ihr Unwesen getrieben. Aber das sind kleine Fische. Die Jungs, denen sie gestern Nacht an den Kragen gehen wollten, sind da ganz andere Kaliber. Die lassen sich weder von euch noch von uns in die Suppe spucken.«

»Im Ernst?« Kornilow zog die Brauen hoch.

»Versuch mal zum Spaß, einen Durchsuchungsbefehl für die Tschud Incorporated zu bekommen. Du wirst dein blaues Wunder erleben.«

»Wenn ich einen brauche, besorge ich mir einen, verlass dich drauf«, erwiderte der Major. »Was weißt du über sie?«

»Von dieser Firma habe ich zum ersten Mal vor fünf Jahren gehört. Einige von uns hatten beschlossen, den Laden zu ›privatisieren‹.« Bei diesem letzten Wort malte Edik Anführungszeichen in die Luft. »Sie sind zu den Eigentümern hingegangen, haben denen erklärt, dass sie einen Anteil wollen und so weiter – du weißt ja, wie das läuft. Sie haben auch nach allen Regeln der Kunst Druck gemacht, doch das Ganze endete in einem totalen Desaster: Die Jungs wurden nie wieder gesehen, sie waren plötzlich wie vom Erdboden verschluckt, die ganze Brigade.«

»Was heißt die ganze Brigade?«

»Na, alle eben. Nicht nur die, die hingefahren waren, um den Laden zu privatisieren, sondern auch alle anderen, insgesamt dreißig Mann. Sie sind allesamt über Nacht verschwunden.«

»Habt ihr nach ihnen gesucht?«

»Nein, normalerweise tauchen sie doch von selbst wieder auf: Der eine wird aus einem Fluss gezogen, der Nächste im Wald gefunden. Doch nichts dergleichen ist geschehen. Es ist mir ein Rätsel, wo sie die dreißig Mann entsorgt haben. Zuerst dachte ich, das Gebäude sei vielleicht der Stammsitz von einer äußerst einflussreichen

Persönlichkeit mit Privatarmee und allem Drum und Dran. Aber nein ...«

»Wieso nicht?«

»So etwas lässt sich nicht ewig geheim halten, Major. Früher oder später dringt etwas nach draußen, und wenn es nur Anspielungen sind. Wir wissen aber immer noch nichts über diese Firma und ihre Eigentümer.«

»Die Tschud Incorporated«, brummelte Kornilow.

»Eine extrem abgeschottete Firma«, nickte Edik. »Wir sind nicht an sie herangekommen. Sie stellen keine Fremden ein, haben einen eigenen Sicherheitsdienst, eine eigene Bank. Na ja, nach dieser Geschichte damals haben wir uns auch nicht mehr allzu viel Mühe gegeben.«

»Gibt es mehr Firmen von dieser Sorte?«

»Ja. Es gibt ein paar Orte in Moskau, zu denen sowohl uns als auch euch der Zugang versperrt ist.«

»Clubs«, warf Spike ein.

»Auch einige Clubs«, pflichtete Edik bei. »Es gibt Etablissements, da lassen sie unsere Jungs einfach nicht rein.«

»Und das lasst ihr euch gefallen?«, wunderte Kornilow sich künstlich.

Edik warf dem Major einen vernichtenden Blick zu, und Spike, der nicht mitbekommen hatte, dass die Frage ironisch gemeint war, formte einen Schmollmund und hob die Schultern.

»Wer verbrennt sich schon gerne freiwillig die Finger, Kornilow. Das sind keine Anfänger.«

»Und wie lässt sich das erklären?«

»Erklären, erklären!«, echauffierte sich Edik. »Wir sind nicht der Herr Lehrer, der den Schülern die Welt erklärt. Wir sagen dir, was Sache ist. Du wolltest wissen, was am Wernadski-Prospekt passiert ist. Bitte schön: An die hundert Mann haben das Gebäude gestürmt, den ganzen Hof in Schutt und Asche gelegt, einen Haufen Leute umgelegt und dann war plötzlich alles vorbei.«

»Wie vorbei?«

»So, wie ich es sage, vorbei. Kaum dass man die erste Polizeisirene hörte, haben sich die Typen mit den roten Kopftüchern aus dem Staub gemacht. Sie waren im Nu verschwunden. Doch richtig interessant wurde es erst, als eure Leute eintrafen. Der ganze Hof sah auf einmal – simsalabim – wieder so aus, wie vor dem Überfall. Nur die Kamaz-Laster blieben liegen.«

Kornilow erinnerte sich an die unnatürlich wirkende Aufgeräumtheit im Innenhof der Tschud Inc. und schüttelte mit dem Kopf.

»Und was hast du dort gemacht?«

»Ich war neugierig«, erwiderte Edik achselzuckend. »Man muss doch schließlich wissen, was in der Stadt vor sich geht.«

»Und woher hattest du es erfahren?«

»Rein zufällig«, behauptete der Mafioso und schaute Kornilow dabei treuherzig in die Augen. »Ehrenwort, Major. Ich war gerade auf dem Heimweg.«

»Verstehe.« Kornilow erhob sich. »Vielen Dank für eure Gesellschaft.«

»Hier hast du eine Liste«, sagte Edik und legte einen Zettel auf den Tisch. »Das sind die Clubs, Firmen und sonstigen Einrichtungen, auf die wir keinen Zugriff haben. Kannst du dir ja mal anschauen.«

»Das werde ich tun«, versprach der Major und verließ mit Waskin den Pavillon.

Moskau, Kiewer Bahnhof
Dienstag, 27. Juli, 13:45 Uhr

Das Mädchen sprang leichtfüßig auf den Bahnsteig hinab und sah sich schockiert um. Das chaotische Gedränge, das für Moskauer Verhältnisse völlig normal war, verstörte den Ankömmling aus der Provinz. Hunderte, ja Tausende von Menschen verwandelten den Bahnhof in einen wimmelnden Ameisenhaufen. In einem Anflug von Melancholie dachte das Mädchen an das verschlafene Nest, in dem sie ihr ganzes bisheriges Leben verbracht hatte. Dort galten vier Kolchosbauern, die sich im Schatten eines Baumes versammelten, bereits als Tumult und weckten die Aufmerksamkeit des örtlichen Polizisten, des schmerbäuchigen und faulen Onkel Petja.

»Das ist Moskau, Marina, die Hauptstadt.«

Sie wandte sich um. In der Einstiegstür des Waggons stand die korpulente Schaffnerin und lächelte dem verwirrten Provinzmädchen gutmütig zu. Marina schluckte und blinzelte angestrengt, so als wolle sie eine Sinnestäuschung abschütteln.

»Weiß ich doch«, rief das langbeinige, grauäugige Mädchen, strich sich die blonden Locken aus dem Gesicht und bemühte sich um einen entschlossenen Gesichtsausdruck. »Ich werde schon klarkommen!«

Die Schaffnerin schüttelte nachsichtig lächelnd den Kopf.

»Vielen Dank, Tante Mascha.«

»Nichts zu danken«, erwiderte die Schaffnerin und fügte ernst hinzu: »Vergiss nicht, deine Mutter anzurufen, du hast es ihr versprochen.«

»Ich werde es nicht vergessen«, beteuerte das Mädchen, senkte ein wenig den Kopf und bereute es beinahe schon wieder, dass sie dieser Frau ihre bescheidene Geschichte erzählt hatte.

»Hoffentlich, bei so jungen Dingern wie dir weiß man nie.«

»Auf Wiedersehen, Tante Mascha.«

Marina nahm ihren kleinen, albern gestreiften Koffer und stürzte sich tapfer in den Menschenstrom, der zum Bahnhofsgebäude drängte. Die Welle der über den Bahnsteig flutenden Leiber begrüßte Marina mit unbarmherzigen Remplern und spülte sie dann mit sich fort. Tante Mascha verlor sie schon bald aus den Augen.

Das raubeinige Milieu, in dem Marina sich wiederfand, war ihr zutiefst fremd. Schon nach wenigen Sekunden hatte sie das Gefühl, nie wieder aus diesem lärmenden, schwitzenden Pulk herauszukommen. Sie bekam Platzangst und verlor vollständig die Orientierung. Die vielen Wegweiser, die an Wänden und Pfeilern an ihr vorüberzogen, sagten ihr nichts und das Gewirr von Buchstaben, Pfeilen und Symbolen verschwamm ihr vor den Augen.

Marina geriet in Panik und versuchte verzweifelt, der vorwärtsdrängenden Meute zu entrinnen.

»Lassen Sie mich durch, lassen Sie mich durch!«, flehte sie den Tränen nah.

»Pass doch auf!«

»Dumme Gans!«

Die Wand aus Menschenleibern gab schließlich doch nach und spuckte das Mädchen aus.

»Hey, spinnst du?! Hast du keine Augen im Kopf?«

Marina war mit voller Wucht gegen einen Zeitungsstand gerannt, auf dem sich die einschlägigen Boulevardblätter der Hauptstadt stapelten. Mit knapper Not konnte der glatzköpfige Verkäufer verhindern, dass sein Arbeitsplatz umkippte, nur ein paar vergilbte Kalender mit anzüglichen Bildchen segelten auf den verspuckten Betonboden.

»Das tut mir leid.« Marina hob eilig die Kalender auf und legte sie auf den Tisch zurück. »Sie wissen nicht zufällig, wo man hier telefonieren kann?«

»Dort drüben.«

»Vielen Dank. Und entschuldigen Sie nochmals.«

»Schon gut«, beschied der Verkäufer versöhnlich. »Du musst dir aber erst eine Telefonkarte kaufen. Die gibt's an dem Kiosk gleich hier vorne.«

»Danke!«

Solche Telefonapparate sah das Mädchen zum ersten Mal. Die blauen Kästen mit glänzenden Metalltasten, Display und einer ellenlangen Liste von Bedienungshinweisen waren gleichsam ein Symbol für die neue Welt, in die Marina nun eintauchte. Sie wiegte skeptisch den

Kopf und näherte sich zaghaft diesen Errungenschaften der Zivilisation, als ihr plötzlich die harte Schuhspitze eines Passanten gegen die ungeschützte große Zehe trat.

»Aua!«, jammerte sie und krümmte sich vor Schmerzen.

»Sorry!«, entschuldigte sich der kurzgeschorene Übeltäter beiläufig, ohne sie auch nur eines Blickes zu würdigen.

»Haben Sie keine Augen im Kopf?!«, entrüstete sich Marina.

Der junge Mann blieb stehen, nahm seine Sonnenbrille ab und drehte sich nach ihr um.

»Bitte?«

»Können Sie nicht aufpassen?« Ihr großer Zeh, in dem ein stechender Schmerz pulsierte, lief bereits blau an. »Sie haben mir wehgetan und halten es nicht einmal für nötig, nach mir zu sehen.«

»Entschuldigen Sie bitte, ich war in Gedanken und habe Sie gar nicht bemerkt«, rechtfertigte sich der Grobian, rückte seinen kleinen schwarzen Rucksack zurecht und lächelte sie freundlich an. »Ist es so besser?«

»Viel besser.«

»Glauben Sie mir, schöne Frau, man wird Ihnen hier noch oft auf die Füße treten, und nicht jeder wird sich bei Ihnen entschuldigen. Heute hatten Sie Glück. Auf Wiedersehen.«

Der junge Mann schob seine Sonnenbrille wieder auf die Nase und verschwand in der Menge.

Die Bedienung des modernen Telefonapparats erwies sich als einfacher, als Marina gedacht hätte. Nachdem sie eine Telefonkarte gekauft hatte, suchte sie in ihrem Notizbuch eine Nummer heraus, tippte sie ein und lauschte mit heftig klopfendem Herzen dem Freizeichen.

»Hallo?!«

»Kann ich bitte mit Alex sprechen?«

»Bin am Apparat.«

Was für eine angenehme Stimme, dachte Marina.

»Hier ist Marina, erinnern Sie sich? Wir hatten ausgemacht, dass ich nach Moskau komme.«

Für einige Augenblicke, die dem Mädchen wie eine Ewigkeit vorkamen, schwieg der Gesprächspartner. Würde alles umsonst gewesen sein? Sie war bereit, den Hörer gegen die Wand zu werfen und in Tränen auszubrechen.

»Marina? Natürlich erinnere ich mich«, sagte Alex endlich. »Wann bist du angekommen?«

»Gerade eben, ich rufe direkt vom Bahnhof aus an. Vom Kiewer Bahnhof ...«

»Ausgezeichnet. Komm sofort zu mir ins Studio, in die Pljuschtschicha-Straße.«

»Und wo ist das?«

»Gleich um die Ecke. Du überquerst die Borodinski-Brücke, gehst an dem langen Ziegelbau vorbei und biegst dann rechts in die Pljuschtschicha-Straße ein.«

»Und wo ist diese Brücke?«, erkundigte sich schüchtern das Mädchen.

»Frag dich durch, die kennt jeder. Ich erwarte dich. Ciao.«

Marina entnahm die Telefonkarte aus dem Apparat und drehte sie unschlüssig hin und her. Sollte sie nun zu Hause anrufen oder nicht? Sie stellte sich vor, wie ihre

Mutter hoffnungsvoll zum Telefon stürzt, und schüttelte den Kopf. Nein, sie hatte jetzt keine Zeit, sich ihre Belehrungen anzuhören. Erst würde sie sich um ihre Arbeit kümmern und dann später zu Hause anrufen.

Kurz darauf fragte das einsame, schlanke Mädchen mit dem vorsintflutlichen Koffer in der Hand Passanten nach dem Weg zur Borodinski-Brücke.

Städtisches Mietshaus
Moskau, Pretschistenka-Straße
Dienstag, 27. Juli, 14:00 Uhr

»Und nun messen wir für zehn Sekunden unseren Puls.«

Mit ihrem strahlenden Fernsehlächeln ermunterte Cindy Crawford die Frauen dieser Welt, hart an ihrer Traumfigur zu arbeiten, um noch schlanker, knackiger und unwiderstehlicher zu werden.

Lusja pustete durch und griff sich ans Handgelenk. Bodyshaping zu Hause vor dem Fernseher war natürlich weniger effektiv als im Studio unter Anleitung eines erfahrenen Trainers, aber immer noch besser als nichts. Außerdem half es gegen die Langeweile. Seit Lusja die letzte Prüfung des Sommersemesters absolviert hatte, wusste sie nichts mehr mit sich anzufangen und die heißen, dösigen Sommertage dehnten sich quälend lang. Im Park Serebrjany Bor in der Sonne liegen, mit Freundinnen ins Café gehen und abends immer dieselben Leute treffen – das alles hing ihr zum Hals heraus. Auf den ersehnten Badeurlaub am Meer, den ihr Artjom versprochen hatte, wartete sie immer noch vergebens. Inzwischen bereute sie es sogar, nicht mir ihren Eltern auf die Datsche gefahren zu sein. Ihre letzten großen Ferien hatte sie sich anders vorgestellt. Im nächsten Jahr standen ihr der Abschluss des Studiums und die Knechtschaft des Arbeitslebens ins Haus. Gewiss würde sie dann jeder Minute nachtrauern, die sie in diesem Sommer sinnlos verplemperte.

»Und jetzt trainieren wir unsere Beinmuskulatur«, zwitscherte die Crawford.

Artjom ist an allem schuld, dachte Lusja, drehte sich auf den Rücken und begann verbissen die Beine zu schwingen. Wahrscheinlich verwöhne ich ihn zu sehr. Nadja hat Recht, man muss strenger sein mit den Männern. Jedes Mal findet er eine Ausrede: Das Theater hat Sommerpause, die Kinos auch und das mit dem Urlaub schiebt er immer wieder hinaus. Er hat doch versprochen, mit mir ans Meer zu fahren. Und wo sitze ich? Im Moskauer Smog. Heute hat er sich noch nicht einmal dazu bequemt anzurufen!

Artjom meldete sich in der Regel zwischen elf und halb zwölf, um mit Lusja die Pläne für den Abend abzusprechen. Heute war dieser Anruf ausgeblieben.

Wahrscheinlich ist er beleidigt wegen gestern Abend, mutmaßte Lusja. Das Weichei! »Ich hab so viel Arbeit, ich hab so viel um die Ohren!« Immer dieses wichtigtuerische Gejammere. Als ich mit Nadja auf die Krim fahren wollte, hat er mich nicht weggelassen. Die aalt sich jetzt in Aluschta am Strand, während ich in der Stadt versauere!

Lusja war vor Selbstmitleid den Tränen nah.

Aber jetzt reicht's, beschloss sie. Heute werde ich ihn vor die Wahl stellen: Entweder er nimmt Urlaub, oder er kann sich eine andere Dumme suchen!

Lusja hatte keine Lust mehr, Cindy Crawfords Bewegungen nachzuahmen und schaltete den Fernseher wieder auf den Sender *NTW* um.

»Heute Morgen hat sich in der Moskauer Innenstadt in der Pokrowka-Straße eine heftige Schießerei ereignet, es gab Tote und Verletzte«, verkündete der Moderator mit Grabesstimme. »Wir schalten nun zu unserem Reporter Denis Soldatikow, der für uns vor Ort ist. Bitte, Denis.«

Auf dem Bildschirm erschien ein bebrillter junger Reporter mit weißem Hemd und Krawatte.

»Der Überfall hat sich vor einigen Stunden gegenüber dem Bürohaus der Firma GW zugetragen. Die Unbekannten haben einen Jaguar in die Luft gesprengt und unmittelbar im Anschluss kam es zu der Schießerei.«

Die Kamera schwenkte auf die Überreste des edlen Sportwagens und im Hintergrund sah Lusja das ihr wohlbekannte Firmenschild mit dem Kürzel GW. Hier arbeitete Artjom!

»Nach derzeitigem Stand ist der Fahrer des Jaguars ums Leben gekommen. Im Verlauf der Schießerei wurden auch unbeteiligte Passanten verletzt. Eine junge Frau, die in der Firma GW arbeitet, wurde mit einer Schussverletzung ins Krankenhaus eingeliefert.«

»Denis, wissen Sie bereits, wer hinter dem Anschlag steckt?«, meldete sich der Moderator aus dem Studio. »Hat die Polizei schon Einzelheiten bekanntgegeben?«

»Leider nein. Major Kornilow war zwar am Tatort, doch seine Antworten brachten wenig Licht in die Sache. Die Straße war vollständig abgeriegelt, und der Verkehr in der Umgebung kam zum Erliegen. Wir mussten unsere gesamte Ausrüstung vom Gartenring hierherschleppen und ...«

»Vielen Dank, Denis.« Das Bild schaltete wieder ins Nachrichtenstudio zurück. »Dies ist nun schon die dritte Schießerei innerhalb weniger Stunden, und nicht wenige Beobachter befürchten eine neue Welle von Bandenkriegen in der Stadt. In einer halben Stunde findet im Moskauer Polizeipräsidium eine Sonderpressekonferenz statt, von der wir selbstverständlich live berichten werden ...«

Lusja schaltete den Fernseher aus und starrte eine ganze Weile wie versteinert auf den schwarzen Bildschirm. Artjom hatte sich immer noch nicht gemeldet! Sie setzte sich auf den Rand des Sofas und überlegte. In den Nachrichten hieß es, eine Frau, die bei GW arbeitet, sei verletzt worden. Und wenn es auch Artjom erwischt hatte? Er ruft schließlich immer am späten Vormittag an. Lusja war so aufgewühlt, dass sie das Klingeln an der Tür nicht sofort registrierte. Was sollte sie nur tun?

Abermals schellte die Türklingel – diesmal sehr nachdrücklich. Das Mädchen erschrak, schlich auf Zehenspitzen in den Gang hinaus und linste durch den Spion.

»Wer ist da?«

Im Halbdunkel des Treppenhauses stand ein gut aussehender junger Mann in einer Jeansjacke.

»Polizei! Wohnt Ludmila Stepanowa hier?«

»Das ... ähm, das bin ich«, stammelte Lusja.

»Leutnant Waskin, Abteilung für Sonderermittlungen«, stellte sich der Polizist vor. »Ich hätte einige Fragen an Sie.«

»Zeigen Sie bitte Ihre Dienstmarke vor.«

»Selbstverständlich.« Im Spion erschien die Polizeidienstmarke. »Öffnen Sie jetzt bitte.«

»Was wollen Sie mich denn fragen?«, erkundigte sich Lusja vorsichtig. »Was ist passiert?«

»Was spielt das denn für eine Rolle?«, wunderte sich der junge Mann. »Öffnen Sie!«

Die massive Wohnungstür war mit einem stabilen Schloss gesichert und Lusja dachte überhaupt nicht daran, zu öffnen.

»Wenn Sie mir nicht sagen, was Sie wollen, werde ich Sie auch nicht hereinlassen«, teilte sie mit. »Der Chef vom Bezirksrevier soll sich herbemühen, den kenne ich.«

Waskin seufzte.

»Ich muss mit Ihnen über Artjom Golowin sprechen. Kennen Sie ihn?«

»Und wenn. Was ist mit ihm?«

»Gar nichts ist mit ihm. Ich möchte Ihnen nur ein paar Fragen über ihn stellen.«

Endlich entschloss sich Lusja zu öffnen.

»Kommen Sie herein.«

In der hellen Wohnung wirkte der schwarzhaarige Leutnant noch sympathischer als durch den Spion. Er zog höflich die Schuhe aus, folgte Lusja ins Wohnzimmer, nahm auf dem angebotenen Stuhl Platz und zückte ein kleines Notizbuch.

»Wann haben Sie Artjom Golowin zum letzen Mal gesehen?«

»Gestern«, antwortete Lusja und registrierte mit einem verstohlenen Blick den Pistolenschaft, der unter Waskins Jeansjacke hervorlugte. »Aber warum wollen Sie das wissen? Was ist mit Artjom?«

»Ich ... ähm, wir ermitteln wegen der Schießerei in der Pokrowka-Straße.«

»Davon habe ich gerade in den Nachrichten gehört.«

»Ihr Freund war Zeuge dieses Vorfalls, deshalb würde ich ihn gerne finden.«

»Ist er denn nicht in der Arbeit?«

»Er hat seinen Arbeitsplatz verlassen.« Der Leutnant kratzte sich mit dem Kugelschreiber am Kopf. »Bei sich zu Hause und bei seinen Eltern ist er auch nicht. Haben Sie eine Idee, wo er sein könnte? Hat er vielleicht angerufen?«

»Hier wohnt sie«, flüsterte der Uibuj Sargnagel und zeigte auf die massive Tür mit dem Schildchen »22«. »Mach auf.«

Panzer, einer der Kämpfer von Sargnagels Trupp, zog eine Sprühdose mit sechsprozentigem *Sprengwurzextrakt* aus dem Gürtel. Im Versandkatalog der Handelsgilde trug dieses Erzeugnis die Nummer 24 unter der Rubrik »Technische Hilfsmittel zur Erkundung verschlossener Räume« und in der Produktbeschreibung hieß es: »Damit knacken Sie jedes Schloss! Geld-zurück-Garantie! Zustellung aus Sicherheitsgründen per Kurier.«

Doch bevor Panzer zur Tat schreiten konnte, nahm der Uibuj seine Kämpfer noch einmal ins Gebet: »Also – wir brauchen alle, die hier drin sind, lebend. Niemand wird erschossen. Verstanden?«

»Verstanden, Boss«, bestätigten die Kämpfer flüsternd und luden liebevoll ihre Pump Guns durch.

»Gut. Jetzt mach auf.«

Panzer sprühte eine Dosis ins Schlüsselloch, und sofort breitete sich ein intensiver Ethergeruch aus, der sogar die Whiskeyfahnen der Rothauben übertünchte. Der *Sprengwurzextrakt* fraß sich rasch in das Metall und pulverisierte das Schloss in Sekundenschnelle.

»Wonach riecht es denn hier auf einmal?«, erkundigte sich Waskin schnuppernd und schlug möglichst lässig die Beine übereinander.

Die junge Frau hatte leider keine Ahnung, wo Golowin stecken könnte, dennoch hatte der Leutnant es nicht eilig, ihre gemütliche Wohnung zu verlassen. Sie war ausgesprochen hübsch, rothaarig, ein bisschen zu dünn vielleicht, doch im Prinzip passte dieser sportliche Typ Frau genau in Waskins Beuteschema.

»Vielleicht sind die Nachbarn am Renovieren?«, mutmaßte Lusja, die den eigenartigen Lösungsmittelgeruch auch bemerkt hatte.

Sie spähte in den Gang hinaus und stieß einen Schrei aus. Die schwere Wohnungstür hatte sich wie durch Geisterhand lautlos geöffnet, und mehrere bewaffnete Männer in schwarzen Lederklamotten stürmten in die Wohnung.

»Keine Bewegung!«

»Hinlegen!«

»Stehen bleiben!«

»Mund halten!!«

»Wir schießen!!!«

Waskin sprang auf und griff nach seiner Pistole.

»Zurück!«

Doch es war schon zu spät. Einer der Angreifer schlug ihm die Waffe aus der Hand, und ein zweiter hieb ihm mit dem Schaft seiner Flinte auf den Kopf. Waskin sank wie ein nasser Sack zu Boden.

»Wir haben ihn, Sargnagel!«

»Ich habe ihn, du Idiot!«

»Ich habe ihn aber zuerst gesehen!«

»Du hast ihn umgebracht!«

»Haltet den Rand!«, donnerte Sargnagel, betrat das Zimmer, ohne die leichenblasse Lusja zu beachten, und drehte Waskin auf den Rücken. »Das ist er nicht.«

»Was heißt, das ist er nicht?«, wunderte sich Panzer. »Er war doch hier?!«

»Na und?« Sargnagel warf zur Sicherheit noch einen Blick auf das zerknitterte Foto, trat mit dem Fuß gegen den wehrlosen Waskin und sah Lusja drohend an. »Wer ist das?«

»Ein Polizist.«

»Und wo ist Artjom?«

Nachdem er das Amulett an einen sicheren Ort gebracht hatte, fiel Artjom eine Zentnerlast von den Schultern. Zwar hatte er keinen Zweifel daran, dass man ihn früher oder später finden würde, doch nun bestand kaum mehr die Gefahr, dass man kurzen Prozess mit ihm macht. Schließlich waren alle hinter dem Amulett her, und von einer Leiche würde niemand erfahren, wo es versteckt ist. Artjoms Stimmung hellte sich auf, die Sonne schien und aus dem Kopfhörer seines MP3-Players rieselte ein melodischer Song:

Du hast mich vor die Tür gesetzt,
erbarmungslos mein Herz verletzt,
du bist ein Miststück, weiß ich doch,
meine Traumfrau bist du immer noch.

Lusja! Plötzlich fiel es Artjom siedend heiß ein. Ich rufe sie doch immer gegen Mittag an. Und die Eltern? Ob sie von der Schießerei schon etwas erfahren haben? Womöglich suchen sie mich? Artjom wählte die Nummer seiner Freundin aus der Favoritenliste seines Handys.

»Versuch ja nicht, die Polizei zu rufen«, warnte Sargnagel und fuchtelte mit seiner Pistole vor Lusjas Nase.

»Die Polizei ist doch schon hier«, entgegnete das Mädchen wahrheitsgemäß.

»Und werde nicht frech hier!«, polterte der Uibuj.

»Das wollte ich nicht. Ist mir so rausgerutscht.«

Panzer blies ratlos die Backen auf. Sargnagel sah ihn böse an und kratzte sich mit dem Lauf seiner Büchse am Rücken. Waskin, den Panzer am Heizkörper angekettet hatte, stöhnte leise.

»Kommt er zu sich?«, fragte der Uibuj.

»Nein, wir haben ihm ordentlich eins übergebraten«, erwiderte Panzer grinsend. »Er wird sicher noch ein paar Minuten schlummern.«

»Das hat uns gerade noch gefehlt, dass hier ein Bulle rumschnüffelt«, schimpfte Sargnagel.

»Macht doch nichts«, gähnte Panzer. »Wir machen ihn kalt und fertig.«

»Einen Humo kaltmachen? Du spinnst wohl. Säbel macht Polpa Nawese aus uns.«

»Und was sollen wir tun?«

»Nachdenken.«

»Was?« Panzer sah seinen Boss völlig entgeistert an.

»Halt die Klappe.«

Sargnagel intensivierte die Rückenmassage mit der Pistole und versuchte angestrengt, die neue Situation einzuordnen. Doch zu seinem Leidwesen schossen ihm nur irrelevante und noch dazu unerfreuliche Dinge durch den Kopf: die verlorene Wette beim Pferderennen, die horrenden Schulden, die er sich bei der letzten Pokerrunde eingehandelt hatte, und das zornige Gesicht des Clanchefs der Fötidos. Um seine grauen Zellen in Schwung zu bringen, zog Sargnagel seinen Flachmann aus dem Gürtel und trank einen tüchtigen Schluck. Der Whiskey entspannte ihn, doch im Gehirn tat sich weiterhin nichts. Ein Telefonanruf rettete den Uibuj aus seiner geistigen Leere. Die Rothauben tauschten unsichere Blicke.

»Geh ran!«, befahl Sargnagel dem Mädchen. »Und wenn es Artjom ist, frag ihn, wo er ist.«

Lusja nahm gehorsam den Hörer ab.

»Hallo?«

»Lusja, ich bin's.«

»Hallo«, erwiderte das Mädchen lächelnd. »Wo bist du?«

Artjom stutzte.

»In der Arbeit.«

»Du bist nicht in der Arbeit. Wo bist du?«

»Hast du versucht, mich anzurufen?«

»Nein, wo bist du?«

Die stereotyp wiederholte Frage des Mädchens zeigte endlich Wirkung. Artjom bemerkte, dass etwas nicht stimmte.

»Ist die Polizei bei dir?«

»Nein. Wo bist du?«

Artjom lief es kalt über den Rücken.

»Lusja, Liebste, ich weiß jetzt, wer bei dir ist. Bleib cool. Sag ihnen, dass ich zu Ljocha auf die Datsche fahre. Ich lasse mir etwas einfallen. Hab keine Angst, Liebes, alles wird gut.«

Artjom legte auf.

»Artjom ist am Leningrader Bahnhof, er fährt zu einem Schulfreund auf die Datsche.«

»Wo ist diese verdammte Datsche?«

Artjom fürchtete um Lusjas Leben. Die Rothauben waren zu allem fähig, und er zweifelte keine Sekunde daran, dass sie bei ihr in der Wohnung waren. Er sah nur eine Möglichkeit, ihr zu helfen, und tippte den Polizeinotruf 02 in sein Handy ein.

»Kommen Sie schnell, meine Nachbarn werden umgebracht.«

»Können Sie sich etwas präziser ausdrücken?«

»Meine Nachbarn sind Geschäftsleute, sie haben eine Firma. Soeben sind vier Banditen in ihre Wohnung eingedrungen, und ich habe gesehen, dass sie Sergej auf den Kopf geschlagen haben. Seine Frau schreit wie am Spieß. Ich höre alles durch den Abzugsschacht in der Küche!!«

»Geben Sie die genaue Adresse durch.«

Artjom diktierte Lusjas Adresse und legte auf.

»Wo sind sie?« Waskin war am Boden liegend zu sich gekommen und zog frustriert an der Kette, die ihn an die Heizung fesselte.

»Weg«, antwortete Lusja knapp. »Sie suchen auch nach Artjom.«

»Verdammt. Wo ist meine Pistole?«

»Die liegt auf dem Tisch. Sie haben gesagt, dass sie für solches Kinderspielzeug keine Verwendung hätten«, berichtete Lusja. »Tut's weh?«

»Wie die Hölle«, klagte Waskin und genoss die Berührung von Lusjas Hand, die zärtlich über die gewaltige Beule auf seinem Kopf strich.

»Wie mutig du bist«, schmeichelte ihm das Mädchen. »Du hast dich einfach auf sie gestürzt!«

»Das ist mein Job, Lusja«, erwiderte Waskin bescheiden und setzte sich etwas bequemer, soweit das seine Handschellen zuließen.

»Ich sehe zum ersten Mal einen richtigen Helden«, flötete Lusja. »Soll ich dir einen Kaffee machen?«

»Oh, ja. Da sage ich nicht Nein.«

Der schwarze Polizeibus parkte in einer Querstraße. Einige Männer bezogen unter den Fenstern der Wohnung Stellung, Klim und sechs weitere Beamte des Spezialeinsatzkommandos betraten das Mietshaus und schlichen in den ersten Stock hinauf. Die mit schwarzem Leder bezogene Wohnungstür mit dem Nummernschild »22« stand halb offen, und das Schloss war aufgebrochen.

»Es kann gut sein, dass sie noch in der Wohnung sind«, murmelte Klim durch die schwarze Maske hindurch.

Die SEK-Beamten nickten, obwohl sie kein Wort verstanden hatten. Ihr Kommandeur hatte ihnen schon im Bus gesagt, dass sich in der Wohnung Geiseln aufhalten könnten. Sicher wollte er ihnen dies nochmals ins Gedächtnis rufen. Leutnant Isjubrow, der am nächsten zur Tür stand, ging ein wenig in die Knie und entsicherte seine schwere APS. Im Unterschied zu den meisten seiner Kollegen war er der uralten, aber stets zuverlässigen Stetschkin-Pistole treu geblieben.

Klim hob mit gespreizten Fingern die Hand. Noch fünf Sekunden bis zum Zugriff.

In der Wohnung verbreitete sich der aromatische Duft frisch gekochten Kaffees, und Waskin rann das Wasser im Munde zusammen.

»Soll ich dir ein paar belegte Brote machen?«, rief Lusja aus der Küche herüber.

»Ja!« Waskin hatte seit dem kargen Frühstück nichts mehr gegessen.

»Mit Schinken oder mit Käse?«

»Ja!«

»Gut. Willst du denn auf dem Boden essen?«

»Ich bin doch angekettet.«

»Der Schlüssel liegt auf dem Fensterbrett über der Heizung.«

»Drei!«

Lusja zog das Mokka-Kännchen vom Feuer. Waskin reckte den Arm und tastete auf dem Fensterbrett nach dem Schlüssel. Isjubrow atmete tief ein und ließ die Luft ganz langsam wieder aus den Lungen entweichen. Das machte er immer so vor dem Zugriff. Klim spürte, wie sein Adrenalinspiegel stieg.

»Zwei!!«

Lusja wandte sich zum Küchentisch, auf dem die vorbereiteten Tassen und der Teller mit den Broten standen. Waskin kämpfte mit dem klemmenden Schloss seiner Handschellen. Endlich machte es klick. Isjubrow hob seine Pistole am ausgestreckten Arm.

»Eins – los!!!«

Der Leutnant stieß die Tür auf.

»Keine Bewegung!«

»Hinlegen!«

»Stehen bleiben!«

»Mund halten!!«

»Wir schießen!!!«

Isjubrow drang in die Wohnung ein und stürmte durch den Gang.

Lusja wunderte sich über das Gepolter in ihrer Wohnung und fuhr herum. Im Türrahmen machte sich eine furchterregende, schwarz maskierte Gestalt breit.

»Keine Bewegung!«

Das Mädchen erschrak zu Tode, kreischte und schüttete dem Angreifer in einer reflexartigen Bewegung den dampfenden Inhalt des Mokka-Kännchens ins Gesicht. Isjubrows Gebrüll erschütterte mehrere Stockwerke des Mietshauses.

»Sie haben den Leutnant umgebracht!«

»Widerstand ist zwecklos!«, schrie Klim und schoss in die Decke.

Waskin duckte sich, als er das Getrampel im Gang vernahm. Durch den Türrahmen erkannte er mehrere Gestalten, die schwarze Masken trugen. Lusja kreischte, ein Mann fing zu brüllen an und ein Schuss krachte. Waskin hechtete zum Tisch, griff nach seiner Pistole und feuerte mehrmals in den Gang hinaus. Von dort schallten das Klirren eines zerbrochenen Spiegels und wüste Flüche der zurückweichenden Angreifer zurück.

»Widerstand ist zwecklos!«, rief jemand.

Waskin ließ sich nicht beeindrucken und gab noch mehrere Schüsse ab.

Nach einem kurzen Moment der Stille ertönte aus der Küche ein dumpfer Schlag.

»Ich habe ihn erwischt!«, triumphierte Lusja.

»Bist du in Ordnung?«, rief Waskin hinüber und lud hektisch seine Pistole nach.

»Ja! Ich habe ihn erwischt!«

»Ihr seid umstellt!«, brüllte jemand im Treppenhaus. »Polizei!«

»Wieso Polizei?« Waskin lugte konsterniert über die Tischkante. »Hey, nicht schießen, ich bin selber von der Polizei!«

»Wirf deine Kanone weg und komm mit erhobenen Händen raus!«

»Wer garantiert mir, dass ihr mich nicht vermöbelt?«

»Kommt drauf an, wer du bist.«

»Leutnant Waskin, Abteilung für Sonderermittlungen. Ruft Kornilow an, er weiß, dass ich hier bin.«

Im Treppenhaus wurde getuschelt.

»Und was ist mit unserem Leutnant?«

»Der lebt«, teilte Lusja aus der Küche mit. »Ich habe ihm nur mit der Pfanne eins übergezogen.«

»Und warum hat er so geschrien?«

»Ähm ... Er hat heißen Kaffee ins Gesicht gekriegt.«

Durchs Treppenhaus hallten übelste Verwünschungen.

Klim sah erwartungsvoll den Sergeanten an, der mit dem Handy in der Hand am Treppenabsatz stand.

»Und?«

»Kornilow hat bestätigt, dass er den Leutnant hierhergeschickt hat. Er war ziemlich sauer und hat behauptet, wir würden die Ermittlungen stören.«

»Ok, Waskin«, seufzte Klim. »Wir kommen jetzt rein. Lass dir nicht einfallen zu schießen.«

KAPITEL ELF

Moskau, Leningradski-Prospekt
Dienstag, 27. Juli, 14:41 Uhr

Zu seinem nächsten Treffen brach Kornilow allein auf und wählte als Verkehrsmittel die Untergrundbahn. Nachdem er Waskin zu Golowins Freundin und Palytsch ins Präsidium beordert hatte, fuhr er bis zur Station Sokol, nahm die Rolltreppe zur Oberfläche und suchte nach seinen Zigaretten. Einen vergessenen Fünfziger, den er dabei in der Tasche fand, warf er einem alten Bettler in den Hut. Danach schlenderte er ohne Eile an dem gigantischen Wohnhaus aus der Stalinzeit vorbei und bog in einen gemütlichen Moskauer Innenhof ein, der dicht mit Pappeln und Fliedersträuchern bepflanzt war. Ein paar alte Frauen an einem Hauseingang beschworen mit wichtigen Mienen die Vorzüge der guten alten Zeit, zwei junge Mütter, die ihre Kinderwägen schaukelten, blätterten in der neuesten Ausgabe der *Cosmopolitan*, und im Sandkasten tobte eine Schar Kinder. Der friedliche Hof war eine Insel der Ruhe in der rastlosen Betriebsamkeit des Hauptstadtlebens.

Auf einer Bank, die im Schatten der Bäume versteckt lag, erwartete Kornilow ein kleiner, zerknitterter Greis, der einen unauffälligen grauen Anzug und einen Panamahut trug. In der einen Hand hielt er eine altmodische Sonnenbrille, in der anderen einen langen Holzstecken, mit dem er abwesend über den staubigen Asphalt kratzte: ein einsamer Rentner, der sich in der ruhigen Grünanlage die Hektik der Stadt vom Leib hielt, der vielleicht mit seinem Enkel am Spielplatz war oder einen alten Freund zu einer Partie Schach erwartete. Kein Mensch hätte hinter diesem Greis irgendetwas Besonderes vermutet. Kornilow warf seine Zigarette in einen Aschenbecher und setzte sich exakt zur verabredeten Zeit zu ihm auf die Bank. Noch nie hatte er es sich erlaubt, zu einem ihrer seltenen Treffen zu spät zu kommen. Dafür war die Zeit dieses »Rentners« einfach zu kostbar.

»Guten Tag, Heinrich Karlowitsch.«

»Guten Tag, Andrej, schön dich zu sehen«, erwiderte der Greis gerührt und zeichnete weiterhin seltsame Muster in den Staub. »Du hast ja immer noch nicht aufgehört zu rauchen. Denk doch mal an deine kleinen Kinder.«

»Zu Hause rauche ich nicht«, verteidigte sich Kornilow.

»Du solltest nirgendwo rauchen.« Der Alte sah den Major mit seinen verblichenen Augen streng an. »Du hast doch schon dreimal versucht aufzuhören, nicht wahr?«

»Viermal«, präzisierte Andrej. »Es klappt einfach nicht.«

»Das wundert mich«, sagte Heinrich Karlowitsch milde. »Dabei bist du doch ein sehr willensstarker Mensch.«

»Vielleicht will ich gar nicht aufhören?«, mutmaßte der Major und grinste.

Kornilows Elternhaus war ein Hort kulturellen Lebens. Sein Vater, von Beruf Chefkonstrukteur in einem großen Rüstungsbetrieb, schwärmte fürs Theater und liebte gesellige Zusammenkünfte in seiner Wohnung. Dichter, Schauspieler, Wissenschaftler, Lesungen neuester Werke, angeregte Unterhaltungen und heftige Diskussionen über Gott und die Welt umgaben Andrej von Kindheit an. In dieser illustren Gesellschaft fiel der unscheinbare und stets zurückhaltende Mann mit dem seltsamen Namen Heinrich Karlowitsch höchstens durch seine glänzenden Fremdsprachenkenntnisse auf. Deutsch und Englisch beherrschte er fließend und war sowohl mit der klassischen, als auch mit der zeitgenössischen Literatur dieser Sprachräume vertraut. Welchem Beruf er nachging, erfuhr Kornilow erst in der letzten Schulklasse, als der wortkarge Heinrich Karlowitsch dem Sohn seines besten Freundes anbot, im Militärgeheimdienst Karriere zu machen. Andrej lehnte das Angebot damals ab, doch den Ratschlägen des alten Mannes brachte er seither besondere Wertschätzung entgegen.

»Ich habe mir die Unterlagen angesehen, nach denen du gefragt hattest«, kam Heinrich Karlowitsch zur Sache. »Lebedew hat tatsächlich beim Militärgeheimdienst GRU gedient. In der Spezialeinheit haben wir ihn nicht allzu lange gedrillt, etwa ein Jahr. Danach haben wir ihn in eine andere Abteilung versetzt. Er sprach hervorragend Spanisch und Französisch – sehr ungewöhnlich für einen Jungen aus dem Waisenhaus. Wir haben eine Aufgabe für ihn gefunden, bei der er diese Fähigkeiten anwenden konnte.«

»Seine Personalakte werde ich also nie zu Gesicht bekommen, wenn ich das richtig verstanden habe.«

»Du kannst ja mich fragen.«

»Warum hat er den Dienst quittiert?«

»Alle gehen einmal früher oder später.«

»Wissen Sie, was er im zivilen Leben gemacht hat?«

»Lebed ist jedenfalls nicht in die Kriminalität abgerutscht, soviel ist sicher«, sagte der Greis mit Bestimmtheit. »Unser Igor war ganz anders erzogen.«

»Lebed?«

»Das war sein Spitzname.«

»Er ist bei einer Schießerei ums Leben gekommen.«

»Nicht jede Schießerei hat einen kriminellen Hintergrund, Andrej.«

»Steckt ihr hinter der Operation?«, fragte der Major finster. »Ich meine die Schießerei am Wernadski-Prospekt und alles, was damit zusammenhängt.«

»Wir mischen uns äußerst selten in innere Angelegenheiten ein. Und wenn, dann gehen wir wesentlich diskreter zu Werke.«

Kornilow glaubte dem alten Mann aufs Wort. Dennoch wäre ihm eine andere Antwort lieber gewesen, dann hätten sich viele Ungereimtheiten mit einem Schlag aufgeklärt. Der Major dachte nach.

»Er ist nicht allein in diese Schießerei geraten.«

»Lebed war ein Teamplayer. Mit der Konzeption und Leitung der Operationen waren in der Regel andere Leute befasst.«

»Haben Sie eine Ahnung, mit wem er zusammen gewesen sein könnte?«

Heinrich Karlowitsch setzte ein gutmütiges Grinsen auf: »Ich habe schon immer gesagt, dass an dir ein guter Geheimdienstler verlorengegangen ist. Deine Hartnäckigkeit ist bemerkenswert.«

Kornilow wollte nach seinen Zigaretten greifen, doch dann überlegte er es sich anders und nestelte zerstreut an seinem Sakko.

»Und?«

»Igor hat unseren Apparat zusammen mit seinem Kommandeur verlassen, einem Führungsspieler, um im Bild zu bleiben.«

»Ein Resident?«

»Nein.« Heinrich Karlowitsch legte die Stirn in Furchen. »Die Abteilung, in der die beiden arbeiteten, war für besonders heikle Missionen zuständig.«

Mit einer solchen Antwort hatte Andrej gerechnet. An den Spuren des Massakers am Lenin-Prospekt konnte man ablesen, dass erfahrene Profis am Werk gewesen waren.

»Und wie ist es um die Erziehung dieses ›Führungsspielers‹ bestellt?«, fragte der Major. »Vielleicht ist er in die Kriminalität abgerutscht?«

»Ausgeschlossen. Das wäre unter seinem Niveau.«

»Gestern Nacht«, entgegnete Kornilow und wählte jedes Wort mit Bedacht, »hat euer Spezialist für heikle Missionen am Lenin-Prospekt elf Menschen ins Jenseits befördert.«

»Und wie viele waren es insgesamt?«

»Elf.«

»Vorbildlich.«

»Der Mann ist gefährlich, Heinrich Karlowitsch.«

»Das glaube ich kaum«, sagte der Greis kopfschüttelnd. »Doch sollte wirklich eine außergewöhnliche Situation eingetreten sein, sind wir in der Lage, ihn zu neutralisieren.«

»Trotzdem würde ich mit diesem Mann gerne sprechen.«

»Dann finde ihn und sprich mit ihm«, versetzte der Alte. »Du musst entschuldigen, Andrej, aber in diesem Fall kannst du nicht mit meiner Hilfe rechnen. Nur zur Information: Derjenige, mit dem du zu sprechen gedenkst, ist in sechs Ländern zur Fahndung ausgeschrieben. Wobei diese Suche vollständig ins Leere läuft, da sein Name und sein Äußeres sich längst geändert haben. Er hinterlässt niemals Spuren. Und selbst, wenn du Glück haben solltest, würde der Apparat ihn abschirmen.«

»Ein sehr wertvoller Führungsspieler offenbar.«

»Einmal im Apparat – immer im Apparat«, bestätigte Heinrich Karlowitsch grinsend.

»Wie ist sein Name?«, fragte Kornilow ohne Hoffnung, darauf eine Antwort zu bekommen.

»Das kann ich dir nicht sagen. Und noch ein guter Rat, Andrej: Verzichte auf eine offizielle Anfrage beim Generalstab. Heute Morgen habe ich alle überflüssigen Details aus Lebedews Personalakte entfernt. Mehr, als ich dir erzählt habe, wirst du nicht erfahren.«

Der Greis erhob sich, blieb jedoch stehen.

»Ich habe eine Bitte an dich, Andrej.«

»Selbstverständlich.« Kornilow stand ebenfalls auf. »Was kann ich für Sie tun?«

»Ich würde gern Igors Leichnam abholen«, sagte Heinrich Karlowitsch. »Er hat es verdient, mit militärischen Ehren bestattet zu werden.«

»Morgen.« Der Major hüstelte. »Morgen können Ihre Leute ihn abholen.«

»Gut.«

Der Alte warf den Stecken weg und ging, ohne sich zu verabschieden, in Richtung Straße davon.

Allein zurückgeblieben, steckte sich Kornilow eine Zigarette an, starrte in den sich kräuselnden Rauch und schüttelte mit dem Kopf. Schon wieder ein Fehlschlag. Der Apparat hielt schützend die Hand über seine Leute. Die Spur mit der Spezialeinheit konnte er getrost vergessen. Andrej zog den Plastikbeutel mit dem Obsidianmesser aus der Tasche und betrachtete es – nicht zum ersten Mal – sehr nachdenklich.

Privates Fotostudio
Moskau, Pljuschtschicha-Straße
Dienstag, 27. Juli, 14:50 Uhr

Marina hatte keine Mühe, das Studio zu finden. Die mit schwarzem Kunstleder bezogene Eingangstür aus Metall befand sich an der Stirnseite eines alten Stalinbaus. Die Wand neben der Tür war mit einem kurzen englischen Vulgärausdruck beschmiert, und Marina fand das ein wenig beschämend für die Bewohner der Hauptstadt. In ihrer Heimatstadt pflegte man auf Russisch zu fluchen, und die dabei verwendeten Kraftausdrücke waren nicht nur deftiger, sondern auch wesentlich geistreicher. Sie zog ihre Bluse zurecht, atmete tief durch und betätigte energisch die Klingel.

Schon nach wenigen Sekunden öffnete sich die Tür. Der Mann, der auf der Schwelle stand, musterte das Mädchen und lächelte breit.

»Marina?«

»Ja. Guten Tag.«

»Ich bin Alex. Komm rein.«

Die junge Frau war ein wenig enttäuscht. Als angenehm empfand sie nur die Stimme des Fotografen, die sie noch vom Telefongespräch in Erinnerung hatte, im Übrigen war er um einiges dicker, glatzköpfiger und kleiner, als sie ihn sich vorgestellt hatte. Außerdem trug er eine Jeans im Endstadium und ein verschwitztes Achselshirt, das seine schmächtigen weißen Schultern freiließ.

Etwas gehemmt betrat das Mädchen den finsteren Eingangsbereich.

»Vorsicht Stufe.«

»Danke.«

Eine kurze Treppe führte steil nach unten. Das Studio befand sich im Tiefparterre. In den Rohren, die entlang des Gangs verliefen, gurgelte Wasser und in einer finsteren Ecke raschelte etwas.

»Ich hätte eher erwartet, dass Sie in einer Mansarde arbeiten«, bemerkte Marina.

»Dachwohnungen sind etwas für Maler«, erläuterte Alex. »Wegen des Lichts, verstehst du? Für uns Fotografen spielt es keine Rolle, weil wir ohnehin mit Kunstlicht arbeiten.«

»Verstehe.«

Der lange, mit verstaubten Möbeln vollgestellte Gang führte direkt in das geräumige Studio, an dessen rechter, jungfräulich weißer Wand sich ein kleines Podest befand.

»Mach's dir bequem«, sagte der Fotograf, hielt kurz inne und fügte gekünstelt erwartungsfroh hinzu: »Du trinkst doch einen Kaffee?«

»Ja, gern.«

»Ich bin gleich wieder da.« Er verschwand ins Nachbarzimmer. »Fühl dich wie zu Hause.«

Marina stellte ihren Koffer neben dem Sofa ab und sah sich um. Mehrere Fotoapparate auf Stativen und eine monströse Beleuchtungs- und Blitzanlage waren um das Podest herumgruppiert. Schüchtern strich das Mädchen mit dem Finger über das Gehäuse einer riesigen Spiegelreflexkamera. Ein so professionell ausgestattetes Studio sah sie zum ersten Mal. Die Einrichtung beschränkte sich auf die Fototechnik, das Sofa, ein kleines Zeitungstischchen und einige Stühle, dafür waren die freien Wände mit großformatigen Aufnahmen geradezu tapeziert. Und die interessierten das Mädchen naturgemäß am meisten.

Die Fotos präsentierten ein Potpourri weiblicher Schönheit: Blondinen, Brünette und Rothaarige, üppige Vollweiber, schmollmundige Laufstegpuppen und schlanke, katzenhafte Naturschönheiten reckten ihre perfekten Körper in fröhlichen, schmachtenden, lasziven und erotischen Posen. Bisweilen ein bisschen zu erotisch, wie Marina errötend befand – der Fotograf bewegte sich augenscheinlich im Grenzbereich zur Pornographie. Bei ihren eigenen Gehversuchen als Model war sie über Fotos im Badeanzug nie hinausgegangen.

»Begutachtest du die Konkurrenz?« Alex kam ins Studio zurück. »Einige von ihnen sind groß herausgekommen: *Elite, Red Stars,* Titelseiten bei *Cosmopolitan* und *Vogue*, Laufstegauftritte in Paris ...«

»In Paris?«, echote Marina ungläubig.

Alex schlappte zur Wand und zeigte mit dem Finger auf das Foto einer grazilen Blondine, die sich auf einem schwarzen Stuhl rekelte.

»Sie arbeitet jetzt für Versace. Ich habe sie entdeckt. Darauf bin ich stolz.«

Marina betrachtete die Aufnahme aufmerksam.

»Was hat sie mir denn voraus?«

»Gute Frage«, lachte Alex. »Im Prinzip gar nichts! Sie ist genau wie du eines Tages in diesen Keller gekommen, ohne eine Kopeke in der Tasche, ohne Vergangenheit und ohne Gegenwart, aber wild entschlossenen. Jetzt hat sie es geschafft.«

Marina vertiefte sich abermals in das Foto der Blondine, die es geschafft hatte.

»Sie hat geschuftet wie eine Verrückte«, erzählte der Fotograf, während er zu seiner Kamera ging. »Das Studio hier hat sie nur zum Schlafen verlassen. Mich hat sie fast zum Wahnsinn getrieben, aber ihr Ziel hat sie erreicht. – Komm mal hier rauf.«

Marina wandte sich um. Das Podest war nun hell erleuchtet.

»Stell dich in die Mitte.«

Die junge Frau tat, was man ihr sagte.

»Woher kommst du?«

»Aus Smortschansk.«

Die Kamera klackte.

»Smortschansk, Smortschansk«, wiederholte der Fotograf abwesend. »Das ist nicht weit von der Ukraine, oder?«

»Fast an der Grenze.«

Wieder ertönte das Auslösegeräusch. Das grelle Licht fiel Marina direkt in die Augen, und sie konnte die blassen Schultern des Fotografen kaum mehr erkennen.

»Nicht die Augen zusammenkneifen! Wie alt bist du?«

»Achtzehn.«

Klack!

»Greif dir ins Haar!«

Das Mädchen hob die Hand.

»Langsamer – jetzt bleib so.«

Klack!

»Dreh dich ein wenig zur Seite und schau ins Objektiv.«

Klack!

»Mach deine Bluse auf.«

Pause. Alex schaute das verlegene Mädchen ruhig an.

»Hast du ein Problem damit?«

»Ich habe nichts drunter an.«

»Weiß ich«, nickte der Fotograf. »Glaub mir, dieses Kommando wirst du in Zukunft noch oft hören, vor allem dann, wenn du nichts drunter anhast. Leg den Kopf ein wenig schief, öffne ganz leicht den Mund und knöpfe mit beiden Händen langsam die Bluse auf. Klar?«

Das Mädchen nickte.

»Mach es!«

In der Aufregung hatte Marina einige Mühe mit den störrischen Knöpfen.

»Mach sie weiter auf!«

Klack!

»Lächle!«

Kurz darauf saßen sich die beiden in Stühlen gegenüber, und Alex zündete sich eine lange, schwarze Zigarette an.

»Die Fotos, die wir gerade gemacht haben, brauchst du noch nicht ernst zu nehmen«, erklärte der Fotograf mit gönnerhaftem Lächeln. »Das war nur eine kleine Talentprobe.«

»Ja, klar«, erwiderte Marina verunsichert.

»Ich wollte nur sehen, wie du dich vor der Kamera bewegst. – Hast du was?«

»Nein.«

»Du siehst auf einmal so traurig aus.«

»Das ist nicht deswegen.«

Alex klopfte die Asche ab und sah das Mädchen aufmerksam an.

»Was ist los?«

»Nichts.«

»Ich will dir ja nicht zu nahe treten, aber ein paar

Dinge muss ich schon über dich wissen. Hast du deinen Eltern erzählt, dass du nach Moskau fährst?« Marina schwieg. »Also nicht.«

Er rauchte seine Zigarette zu Ende und drückte sie im Aschenbecher aus.

»Trinkt dein Vater?«, fragte er vorsichtig.

»Mein Stiefvater, ja. Wegen Mama tut es mir leid, aber ich werde sie anrufen und ihr sagen, wo ich bin.«

»Natürlich.« Alex streckte sich. »Wo bist du untergekommen?«

»Darüber habe ich mir noch gar keine Gedanken gemacht.«

»Hast du Verwandte oder Bekannte in Moskau?«

»Nein.«

»Macht nichts. Wir lassen uns etwas einfallen.« Der Fotograf stand auf. »Jetzt bringe ich aber den Kaffee. Entschuldige, wenn ich dich mit meinen Fragen etwas überfallen habe.«

Während Alex in der Küche hantierte, brachte Marina ihre Kleidung in Ordnung und beruhigte sich. Eigentlich fand sie den dicken Alex gar nicht so unsympathisch. Mal abgesehen von seinen lüsternen Augen. Doch das war anscheinend eine Berufskrankheit. Die wenigen Fotografen, mit denen sie bislang zu tun gehabt hatte, waren in dieser Hinsicht alle gleich: Sie zogen einen mit ihrem Blick buchstäblich aus.

Was soll's, dachte Marina, das ist eben der nächste Schritt. Das Mädchen trat noch einmal vor das Foto der Blondine. Ich werde auch nach Paris gehen, schwor sie sich, ich werde mich durchbeißen.

»Trink den Kaffee, solange er heiß ist.« Alex war so leise aus der Küche zurückgekommen, dass Marina zusammenzuckte.

Er stellte das Tablett mit dem Kaffee und einigen belegten Brötchen vorsichtig auf das Tischchen.

»Iss.«

»Danke.« Marina setzte sich wieder. »Wie bist du auf sie aufmerksam geworden?«

»Auf wen?« Der Fotograf zog verwundert die Brauen hoch. »Ach, auf die Blonde ... Das ist eine lange Geschichte. Halt dich an die belegten Brote, wer weiß, wann du dich das nächste Mal wieder richtig satt essen kannst.«

Der Kaffee erwies sich als höllisch starkes Gebräu.

»Wieso?«

»Wegen der Figur, meine liebe Marina. Sie ist dein Kapital.«

»Stimmt etwas nicht mit meiner Figur?«, erkundigte sich das Mädchen überraschend kokett.

»Ganz im Gegenteil.« Der Röntgenblick des Fotografen tanzte über Marinas weibliche Formen. »Du musst sie aber auch halten, solange du in unserem Business bist.«

»Bin ich denn schon im Business?«

»Natürlich. Zumindest mit einem Bein.«

»Mit welchem von beiden?«, fragte Marina vergnügt und streckte ihre langen, schlanken Beine aus.

Ein Anflug von Euphorie erfasste das Mädchen. Noch gestern hatte sie, das einsame, von zu Hause fortgelaufene Provinzmädchen, flennend im verrauchten Korridor des Zuges gestanden, der sie in eine ungewisse Zukunft trug, und nun stellte sich heraus, dass diese Reise sie ihrem Traum schon ganz nahe gebracht hatte.

»Mit diesem hier«, flirtete Alex, der sich vorbeugte und den linken Oberschenkel der jungen Frau streichelte.

Die Berührung war nicht unangenehm, doch plötzlich verschwamm das Gesicht des Fotografen vor ihren Augen.

»Mir ist schwindlig, ich ...«, stammelte Marina. »Was ist ...«

Die Tasse entglitt ihren kraftlosen Fingern, und die Reste des Kaffees ergossen sich über den Studioboden. Erschlafft sank der Körper der jungen Frau auf dem Stuhl in sich zusammen, und ihre Arme baumelten herab. Alex grinste, hob die Tasse auf, stellte sie auf das Tablett und griff zu seinem Mobiltelefon.

»Lieferung«, tippte er als SMS-Text ein und schickte die Nachricht an den Adresseintrag, den er unter dem Namen »Abnehmer« eingespeichert hatte.

Der Fotograf trug das schmutzige Geschirr in die Küche und zündete sich eine Zigarette an. Er war immer ein wenig nervös, wenn betäubte Mädchen in seinem Studio lagen.

Der »Abnehmer« meldete sich schon nach wenigen Minuten. Wie immer erfolgte der Rückruf sehr prompt.

»Die Ware liegt bereit«, teilte Alex mit.

»Sehr gut. Sie wird innerhalb der nächsten halben Stunde abgeholt.«

Auf die Pünktlichkeit des Kunden konnte sich Alex

verlassen. Seine »halbe Stunde« hatte noch nie länger als exakt dreißig Minuten gedauert.

Alex versuchte, nicht darüber nachzudenken, wozu der mysteriöse »Abnehmer« die Mädchen brauchte. Das Einzige, was dem Fotografen Sorge bereitete, war der Gedanke, dass der Auftraggeber früher oder später den Wunsch verspüren könnte, ihn loszuwerden, weil er zu viel wusste. Aus diesem Grund war er sehr vorsichtig bei der Auswahl der Mädchen und stellte dem Kunden keine unnötigen Fragen. Freiwillig aus dem lukrativen Geschäft auszusteigen, kam für Alex nicht infrage. Die Verlockung des leicht verdienten Geldes war einfach zu groß.

Die Besucher, die kurz darauf an der Tür klingelten, kannte der Fotograf bereits. Es waren stets dieselben zwei semmelblonden Kleiderschränke, von denen die Mädchen abgeholt wurden. Ohne zu grüßen, marschierten sie ins Studio und begutachteten die »Ware«.

»Wie lange schläft sie noch?«, fragte der größere der beiden.

Diese Frage stellte er immer.

»Noch zwei Stunden.«

Der zweite Hüne steckte Alex ein Kuvert zu.

»Fünf, wie immer. Der Boss hat gesagt, dass der Auftrag ...« Er hielt einen Moment inne, und dem Fotografen wurde bang. »Der Auftrag wird verlängert. Mach weiter.«

Genau diesen Spruch wiederholte er jedes Mal, und immer mit dieser tückischen Pause, die Alex das Blut in den Adern gerinnen ließ. Denn schließlich hätte er auch sagen können: »Der Auftrag ist zu Ende, das war's für dich!«

Die zwei Kerle zogen Marina vom Stuhl und schleiften sie zum Ausgang. Der Fotograf begleitete sie gar nicht hinaus.

Nachdem die Tür zugeschlagen wurde – sie warfen immer lautstark die Tür zu, so dass Alex zusammenschrak –, öffnete der Fotograf das Kuvert und zählte das Geld nach: genau fünftausend. Nicht schlecht für eine Stunde Arbeit.

Zufrieden öffnete er seine Kamera und belichtete den Film.

Moskauer Polizeipräsidium
Moskau, Petrowka-Straße
Dienstag, 27. Juli, 16:10 Uhr

Während er Verwandte und enge Freunde der Opfer vernahm, leistete sich Schustow keine Gefühle. Natürlich bekundete er seine Anteilnahme, bemühte sich, moralische Unterstützung zu leisten, und war durchaus sensibel genug, wenn nötig für zehn Minuten zu schweigen und einem traumatisierten Menschen einfach nur die Hand zu halten. Doch dies waren Äußerlichkeiten, die dazu dienten, den Anstand zu wahren. Innerlich blieb Sergej bei diesen Gesprächen ein eiskalter Profi, den nur harte Fakten interessierten. Das war sein Job. Der Schmerz dieser Leute ging ihn nichts an.

Der Mann schnäuzte sich leise. Es war das erste Mal

seit einer Viertelstunde, dass Schustows Gesprächspartner ein Lebenszeichen von sich gab. Immerhin etwas. Währenddessen hatte der Polizist so getan, als würde er Unterlagen durchsehen. Nun stellte er wortlos eine Flasche *Heilige Quelle* auf den Tisch, schaltete mit dem Knie das unter der Tischplatte versteckte Diktafon ein und vertiefte sich abermals in die vor ihm liegenden Dokumente.

Lew Wassiljewitsch Molotschanski, zweiundfünfzig Jahre alt, Eigentümer einer umsatzstarken Handelskette. Schustow hob den Blick: teurer Anzug, elegante Krawatte, goldene Uhr. Die Verpackung stimmte, nur Molotschanski selbst sah erbarmungswürdig aus. Das graue Gesicht war von Sorgenfalten zerfurcht, die Augen trüb, und seine Hände lagen schlaff auf dem Tisch. Er hatte seine einzige Tochter verloren. Schustow blickte auf das entsprechende Formular: »Jekaterina Lwowna Molotschanskaja, achtzehn Jahre alt, Foto liegt bei.« Sergej musterte erneut seinen Gesprächspartner: keine Ähnlichkeit mit dem Vater. Eine hübsche Brünette, eins zweiundachtzig groß, tot aufgefunden im Terlezki-Park. Akteneintrag: »Das neunte Opfer des Vivisektors. Wie schon in den vorangegangenen Fällen hat man ihr sämtliche Organe aus dem Leib geschnitten. Fotos liegen bei. Die Identität des Opfers wurde anhand der Fingerabdrücke festgestellt.« Das Mädchen war vor einiger Zeit in eine Drogensache verwickelt gewesen, doch der reiche Papa hatte dafür gesorgt, dass sie unbeschadet aus der Geschichte herauskam.

Molotschanski schenkte sich mit zittrigen Händen

ein Glas Wasser ein und stellte es sofort wieder ab. Schustow zog den Vernehmungsbogen aus der Schublade und trug die obligatorischen Daten ein: Vorname, Familienname ...

»Er hat meine Tochter nicht einmal angerührt«, sagte Molotschanski tonlos, als wäre dies das einzig Unfassbare an der Tragödie. »Nicht mal angerührt hat er sie. Warum hat er sie dann umgebracht? Warum um alles in der Welt?«

Das hätte der Kapitän selbst gerne gewusst. Der Vivisektor vergewaltigte nie seine Opfer, obwohl er sich stets junge, attraktive Frauen aussuchte. Er schlitzte sie bei lebendigem Leibe auf und ergötzte sich an ihren Qualen. Psychologen und Psychiater hatten den Polizisten allerlei Theorien vorgelegt, um dieses irrsinnige Verhaltensmuster zu erklären, der Vivisektor mordete indessen weiter.

Dreizehn Opfer.

»Katja hat immer davon gesprochen, dass sie eines Tages berühmt sein wird«, setzte Molotschanski fort. »Von den Titelseiten würde sie uns entgegenlächeln, hat sie gesagt. Ich habe das nie verstanden und verstehe es bis heute nicht. Sie ist einfach weggefahren ... Um die Sache beim Namen zu nennen: Sie ist abgehauen.«

Diese verfluchte Romantik, dachte Schustow, während er mit dem Kopf nickte. Die Mädchen träumen vom Erfolg, von Paris. Sie fahren nach Moskau, um den Laufsteg zu erobern, und landen im Leichenschauhaus.

»Wissen Sie, zu wem sie gefahren ist?«, fragte der Kapitän. »Hatte sie hier Freunde oder Bekannte?«

»Ich habe keine Ahnung. Vor einigen Monaten hat Katja erzählt, dass sie sich als Model versuchen will. Ich habe ihr befohlen, sich das aus dem Kopf zu schlagen. Danach hat sie nicht mehr mit mir darüber gesprochen.«

Schustow drehte seinen Kugelschreiber hin und her.

»Und Ihre Frau? Vielleicht hat Katja ihr mehr anvertraut?«

»Sie hatte kürzlich einen Herzinfarkt und kann im Moment nicht sprechen.«

»Entschuldigen Sie.«

Molotschanski hob plötzlich den Kopf und sah Schustow eindringlich an.

»Was machen Sie mit dem Schwein, wenn Sie es erwischen?«

Der Kapitän sah seinem Gesprächspartner ernst in die Augen und dachte fieberhaft darüber nach, wie er antworten musste, damit Molotschanski ihm glaubte. Der erfahrene Ermittler hatte keinen Zweifel daran, dass der Vater des Opfers etwas wusste und sich nur noch nicht sicher war, an wen er sich damit wenden sollte, an die Polizei oder an Kriminelle. Gewiss wollte er sichergehen, dass seine Tochter gerächt würde.

»Was werden Sie mit ihm machen?«, wiederholte Molotschanski.

Sergej schaltete das Diktafon aus.

»Kornilow hat gesagt, dass ein Platz im Gefängnis für diese Bestie Verschwendung wäre.« Schustow schenkte sich Wasser nach. »Sie haben doch von Major Kornilow gehört?«

Sekundenlang durchbohrte der Vater des getöteten Mädchens den Polizisten mit seinem hasserfüllten Blick, dann trank er ohne Eile sein Wasser aus. Seine Hände zitterten jetzt kaum mehr. Schustow schaltete das Diktafon wieder ein.

»Ich glaube Ihnen«, sagte schließlich Molotschanski. »Deswegen sage ich Ihnen, was ich weiß.«

Aus seiner Sakkotasche zog er ein schwarzes Notizbuch hervor und legte es auf den Tisch.

»Das ist Katjas Notizbuch, sie hat es zu Hause liegen lassen, als sie nach Moskau fuhr. Darin habe ich unter den letzten Eintragungen diesen Zettel gefunden.«

Molotschanski legte ein weißes Stück Papier auf das Notizbuch. Darauf waren eine Moskauer Telefonnummer und der Name »Alex« gekritzelt.

»Natürlich hätte ich diesen Mann auch selbst suchen können, doch ich vertraue Ihnen.«

Im Dunkeln
Moskau
Dienstag, 27. Juli, 16:16 Uhr

Ihr war alles egal. Sie fühlte nichts mehr. In der sie umgebenden Finsternis herrschte Totenstille: kein Atmen, kein Seufzen, kein Flüstern – nichts. Ursprünglich waren sie zu viert oder zu fünft gewesen, das wusste sie nicht mehr genau. Manchmal hatten sie sich leise unterhalten und versucht, sich in dieser dunklen, nach Jasmin duftenden Hölle gegenseitig aufzurichten, während sie darauf warteten, dass »er« auftauchen würde. Sie wussten nicht, wer »er« ist, doch sie konnten es erahnen und dieser Verdacht jagte ihnen panische Angst ein.

Vom Vivisektor hatten sie alle schon gehört.

Inzwischen war sie allein zurückgeblieben, völlig allein, und ihr war alles egal. Zusammengekauert saß sie an der Marmorsäule und starrte stumpfsinnig auf die dünnen Ketten, mit denen sie angebunden war. Sie wanden sich um ihre Hand- und Fußgelenke und waren gerade so lang, dass sie auf dem Boden sitzen und sogar ein oder zwei Schritte an der Säule auf und ab gehen konnte. In den ersten Tagen, die sie in diesem düsteren Verlies verbrachte, hatte sie noch versucht, sich von ihren Fesseln zu befreien. Wie eine Besessene scheuerte sie die Ketten aneinander, doch obwohl sie nicht besonders stabil aussahen, waren sie hart wie Stahlseile.

Ein Lichtschein in einer Ecke des Raums: Jemand kam mit einer Lampe in der Hand die Wendeltreppe herab.

Sie hob den Kopf, blinzelte durchs zerzauste Haar hindurch in die grellen Lichtstrahlen und murmelte etwas Unverständliches.

»Sei gegrüßt, meine Liebe, sei gegrüßt«, gurrte er. »Du bist die Letzte, die mir noch geblieben ist.«

Seine weiche, schmeichlerische Stimme weckte sie gleichsam auf und rief schreckliche Erinnerungen in ihr wach. Immer, wenn er mit einer Lampe in der Hand die Treppe herabkam, begannen kurz darauf diese fürchterlichen, durch Mark und Bein dringenden Schreie. Diesmal war sie an der Reihe.

»Hast du dich erschreckt, meine Liebe?«

Sie spürte, wie die Ketten sich spannten, und stand auf. Ihre Arme und Beine wurden durch eine unsichtbare Kraft auseinandergezogen und ihr Rücken gegen die kalte Marmorsäule gepresst. Sie wollte schreien, doch ihre ausgetrocknete Kehle brachte nur ein heiseres Krächzen zustande.

»Trink, meine Liebe, trink!«

Gierig tauchte sie die Lippen in die dargebotene Tasse. Das eiskalte Quellwasser rannte ihr übers Kinn und tropfte auf ihre Brust. Welch eine Wohltat für die Dürstende!

»So ist es gut.« Er wartete geduldig, bis das Mädchen ausgetrunken hatte. »Aber jetzt müssen wir dich trockenreiben, sieh nur, du hast die Hälfte verschüttet.«

Sie spürte, wie er ihr mit Hilfe einer Schere vorsichtig, ja beinahe liebevoll, die Kleider vom Leib schnitt. Mit sanftem Rascheln fielen ihre leichte Bluse, ihr Röckchen und ihr hauchdünner Spitzenslip zu Boden. Nackt und gleichsam gekreuzigt an der kalten Säule empfand sie eine quälende Schutzlosigkeit gegenüber seinen begehrlichen Blicken.

»Du frierst ja«, sagte er lächelnd. »Schau, du hast eine Gänsehaut.«

Zärtlich strich er ihr Haar zur Seite und legte ihr eine schwere Halskette an. Dann streichelte er mit den Händen ihre kleinen, festen Brüste, fuhr mit den Fingerkuppen über die rosigen Brustwarzen, beugte sich herab und leckte langsam mit der Zunge darüber, spürte, wie sie allmählich hart wurden. Wie unter Strom spannte sich die Haut des Mädchens und durch ihren Unterleib strömte ein Schwall von Wärme. Unter Schock und wie betäubt gab sie sich willenlos den Liebkosungen des Fremden hin. Der spürte dies sofort, strich sanft, fast schwerelos mit den Händen über ihre Schenkel und sank langsam vor seiner Gefangenen auf die Knie. Der junge Körper reagierte sofort auf die Zärtlichkeiten, und das Mädchen wurde von heftigem Verlangen gepackt. Jede weitere Berührung trieb sie näher und näher an den Gipfel der Lust. Sie biss sich auf die Unterlippe, begann schwer zu atmen und stöhnte leise.

»Weiter, weiter«, hauchte er.

Doch die junge Frau hörte nichts mehr. Ihr langgezogenes, rhythmisches Stöhnen wurde intensiver und kulminierte in einem unterdrückten Schrei. Ihr Körper wand sich in einem ekstatischen Schauer und entspannte sich wieder.

»So ist es gut«, flüsterte er und grinste zufrieden, als er das dünne Rinnsal Blut bemerkte, das aus ihrer Unterlippe quoll. »Wie sinnlich du bist! Ein richtiger Vulkan. Hörst du mich?«

Sie nickte schüchtern.

»Hast du es gespürt?«

Sie nickte abermals.

»Wie schön!« Sein Lächeln wurde traurig. »Dann wirst du gewiss auch das spüren, was jetzt kommt.«

Mit einem Seitenblick entdeckte das Mädchen neben sich ein niedriges Tischchen, das aus dem Nichts aufgetaucht war. Darauf lagen säuberlich angeordnet stahlblitzende Gerätschaften mit kunstvoll geschnitzten Elfenbeingriffen: Skalpelle, Scheren und seltsam geformte

Haken. Der Vivisektor ließ zerstreut die Finger darüber tanzen.

»Bist du bereit?«

»Bitte nicht!«

Das Mädchen starrte entsetzt auf die sich nähernde Stahlklinge.

»Bist du bereit?«, wiederholte der Mörder und ergötzte sich an ihrer animalischen Angst. »Du bist doch so scharf auf Berührungen, freust du dich schon?«

Das Mädchen schrie.

KAPITEL ZWÖLF

Club Eidechse
Moskau, Ismailow-Park
Dienstag, 27. Juli, 20:36 Uhr

»Vielleicht sollten wir besser drinnen warten?«, schlug Ludwig Okla vor, einer der beiden Gardisten, die auf dem Rücksitz von de Geers bordeauxrotem Lincoln saßen.

Ludwig war noch jung, und die gardistische Tugend, sich widerspruchslos unterzuordnen, hatte sich noch nicht in seine subkortikalen Gehirnregionen eingebrannt. Den ranghöheren Dienstgraden missfiel dies.

»Aha. Wir sagen dem Türsteher, dass wir auf einen Humo namens Golowin warten, und machen's uns an der Bar gemütlich?«, grummelte sarkastisch Leutnant Bombarde, der hinterm Steuer saß. »Wir sind nicht zum Vergnügen hier, Grünschnabel.«

Die schlechte Laune von Rick Bombarde war verständlich: Die Söldner im Business-Center waren ihm durch die Lappen gegangen. Es drängte ihn, diese Schmach zu tilgen, und nun sollte er ausgerechnet jene Humos bewachen, die ihn an der Nase herumgeführt hatten.

Santiago hatte de Geer gebeten, die Söldner bei der Übergabe des Amuletts abzusichern. Der Kapitän begab sich also mit Bombarde und zwei weiteren Gardisten an den verabredeten Ort und wartete nun schon seit zweieinhalb Stunden geduldig auf Artjoms Eintreffen. Der Lincoln stand am Parkplatz der *Eidechse*, des angesagtesten Clubs der Verborgenen Stadt.

Das Lokal wurde von Eulins betrieben – einer alten Schaustellersippe, deren tatsächlicher Name in den Jahrhunderten verschüttgegangen war. Die Eulins hatten ein lebensfrohes Gemüt, verstanden etwas von ihrem Geschäft und ihre Shows erfreuten sich größter Popularität. Es war also eine echte Geduldsprobe für einen jungen Gardisten, von draußen zuzusehen, wie immer mehr erwartungsfrohe Gäste im Inneren des Etablissements verschwanden.

»Verbreite keine Hektik, Ludwig«, sagte Franz de Geer, der neben Leutnant Bombarde auf dem Beifahrersitz saß, blickte zur Uhr und streckte sich. »Nimm dir ein Beispiel an de Mar.«

Der passionierte Phlegmatiker Graham dc Mar nickte unmerklich und sah wieder aus dem Fenster.

»Es zermürbt, wenn man nichts tun kann, Kapitän«, klagte Ludwig.

Die Nachricht von Nelson Bards erfolgreichem Überfall auf die Rothauben an der Krasnaja Presnja hatte sich wie ein Lauffeuer in der Verborgenen Stadt verbreitet und die jungen Gardisten besonders aggressiv gemacht. Niemand wusste, wie lange der Krieg dauern würde, und die Tschuden waren erpicht darauf, Heldentaten zu vollbringen.

»Aktionismus schadet nur«, schulmeisterte Franz de

Geer. »Du wirst noch genug Gelegenheit bekommen, deinen Mut unter Beweis zu stellen, Ludwig, aber vorläufig musst du dich gedulden. Unsere Bündnispartner verlassen sich auf uns.«

»Und wenn wir dem Humo das Amulett einfach abknöpfen?«, nervte Okla weiter. »Schließlich gehört es dem Orden.«

Ludwig gehörte der Schwerterloge an und hatte nicht den geringsten Sinn für Diplomatie. Zu gerne hätte er de Geer an den Kopf geworfen, dass es eines Kriegsmeisters unwürdig sei, zur Absicherung anderer in der Deckung zu verharren, doch das traute er sich dann doch nicht.

»Wir müssen damit rechnen, dass Artjom das Amulett überhaupt nicht mitbringt«, erläuterte Franz geduldig, »oder gar am Haken der Rothauben hängt. Wir dürfen unsere Magische Quelle nicht aufs Spiel setzen. Ist das klar, Ludwig?«

»Jawohl, Kapitän«, bestätigte Ludwig widerstrebend.

»Dieser Humo könnte vor Angst sterben, wenn wir ihn uns greifen«, ergänzte Bombarde. »Und wie sollen wir dann das Amulett finden, du Schlaumeier?«

Zum Ismailow-Park fuhr Artjom ganz bürgerlich – mit der U-Bahn. In den Menschenmassen der Moskauer Metro eine einzelne Person ausfindig zu machen, glich der sprichwörtlichen Suche nach der Stecknadel im Heuhaufen, und so fühlte sich Artjom hier relativ sicher vor seinen Verfolgern. Am Zielbahnhof angekommen, irrte er zwanzig Minuten lang durch die Alleen des Parks, bis er endlich vor der *Eidechse* stand.

Das niedrige, dunkelgrüne Gebäude mit dem roten Ziegeldach schmiegte sich ans Ufer eines kleinen, künstlich angelegten Sees, an dem eine mit Granitsteinplatten ausgelegte Uferpromenade verlief. Eine Sommerterrasse und eine kleine Bühne komplettierten das Ensemble. Zwischen den Tischen auf der voll besetzten Terrasse wieselten geschäftige Kellner in roten Smokings umher. Auf dem Parkplatz vor dem Club wimmelte es von Luxuskarossen. Zwischen den obligatorischen BMWs, Mercedes und diversen Jeeps standen auch einige rassige Ferraris, ein zitronengelber Lamborghini und noch ein ausgefallener Schlitten, den Artjom schon mal im Kino gesehen hatte, dessen Name ihm jedoch nicht mehr einfiel.

Das Ambiente wirkte zivilisiert und stilvoll: keinerlei Neon, gepflegte Beete, saftig-grüne Rasen und das Bild einer dunkelgrünen Echse mit roten Augen über der prächtigen Eingangstür aus Eichenholz.

Der Türsteher im hellroten Smoking war höflich, aber bestimmt. Face Control. Als ihm Artjom gegenübertrat, lächelte er breit und erkundigte sich, ob der Ankömmling nicht zufällig Mitglied des Clubs sei. Artjom musste ihn diesbezüglich enttäuschen, und das Lächeln des Türstehers fiel in sich zusammen. Stattdessen kräuselte er die Stirn und aus seinem Gesicht sprach eine Mischung aus tief empfundenem Mitleid und dem ehrlichen Wunsch zu helfen.

»Haben Sie möglicherweise eine Empfehlung von einem unserer Clubmitglieder? Wissen Sie, der Zutritt zu unserem Lokal unterliegt gewissen Regeln.«

Daran hatte Artjom keinen Zweifel.

»Ich bin hier verabredet. Der Bekannte, der mich herbestellt hat, ist gewiss ein Mitglied des Clubs.«

»Ein Clubmitglied? Vortrefflich!«, jubelte der Türsteher entzückt. »Sie erinnern sich nicht zufällig an seinen Namen?«

»Cortes.«

»Cortes!« Der Gesichtsprüfer schien nahe daran, Artjom um den Hals zu fallen. »Und Ihr werter Name?«

»Artjom.«

»Monsieur Cortes erwartet Sie, Monsieur Artjom!«, verkündete der Türsteher glücklich, nachdem er in seinen Unterlagen nachgeblättert hatte. »Tisch drei auf der zweiten Ebene. Treten Sie ein!«

Artjom überlegte, ob er dem Wachmann ein Trinkgeld zustecken sollte, doch er wollte nicht riskieren, ihn zu beleidigen.

Die innere Tür öffnete sich automatisch, und Artjom tauchte ins pralle Leben der *Eidechse* ein. Der Club empfing ihn mit einer Flut bunter Lichter und wummernden Bässen, die den Boden vibrieren ließen. Aus dem Halbdunkel frästen rotierende Scheinwerfer ein Gewitter von zuckenden Bildern: nackte Tänzerinnen in einem funkelnden Käfig, ein Gewirr sich rhythmisch windender Körper auf der Tanzfläche, gestikulierende, lachende, schwatzende und turtelnde Menschen an einer schier endlosen Bar. Die ungezwungene Atmosphäre dieser ausgelassenen Feier gefiel Artjom, und er hatte Lust, sich ins Getümmel zu stürzen. In einer Ecke rekelte sich eine groß gewachsene Brünette auf dem Schoß eines biertrinkenden Kolosses, daneben wiegten sich zwei junge Frauen in halbaufgeknöpften Einteilern eng umschlungen im Takt der Musik. Aus einem anderen Winkel schallte das Gelächter einiger muskulöser Kerle, die um eine vollbusige Dame mit knallrot geschminkten Lippen herumstanden. Begeistert schob sich Artjom an der Bar entlang durch die Menge, fragte sich, wo sich hier wohl die zweite Ebene befinde, drehte sich etwas ungeschickt um und ...

»Idiot!« Artjom blickte in das zornige Gesicht einer bezaubernden Blondine, die ein leeres Sektglas in der Hand hielt. Unter ihrer völlig durchnässten weißen Bluse hob sich drohend ihre mächtige Brust. »Kannst du nicht aufpassen, du Trampel?«

Ihr Anblick bewirkte eine vorübergehende Lähmung seiner Gesichtsmuskulatur und veranlasste ihn, sie unverwandt anzustarren.

»Das tut mir wirklich leid«, stammelte er, nachdem er sich wieder gefangen hatte. »Darf ich Sie auf ein Glas einladen?«

Die junge Frau strich sich eine störrische Locke aus dem Gesicht, die sich aus ihrer kunstvoll-chaotischen Frisur gelöst hatte, und zeigte sich rasch versöhnt.

»Sliwo, Champagner!«, rief sie dem Barkeeper zu. »Mein neuer Freund zahlt.«

Die Blondine lehnte sich lässig an die Bar und stellte ihre endlos langen Beine zur Schau. Eine gefühlte Ewigkeit glitt Artjoms Blick von den hochhackigen Pumps über nackte Haut empor, bis er sich schließlich im letzten Moment in einer Art Lendenschurz verfing. Außer diesem Nichts von einem Röckchen und der weißen, über dem Nabel verknoteten Bluse, hatte die junge Frau absolut nichts an. Das sah Artjom genau.

»Bist du zum ersten Mal hier? Mit wem bist du da? Mit einer Frau? Ich heiße Lana, und du?«, redete sie auf ihn ein.

»Artjom.«

»Ein schöner Name. Wie findest du meinen? Warum sagst du denn nichts?« Lana redete wie ein Wasserfall. »Bist du schüchtern? Ich liebe schüchterne Männer! Sie sind so süß und hilflos. Und ich liebe Champagner! Clicquot! Die Franzosen sind großartig! Unschlagbar mit Kaviar ...«

»Die Franzosen?«

»Der Clicquot!« Sie beugte sich vor und zwinkerte ihm komplizenhaft zu. »Oder stehst du mehr auf Kokain? Kann man hier besorgen, kein Thema.« Das hinreißende Wesen lehnte sich gegen Artjoms Schulter und gab ihm unzweideutig zu verstehen, dass ...

Artjoms Gehirn war gerade dabei, sich endgültig abzuschalten, als eine aufgeregte Stimme ihn wachrüttelte.

»Monsieur Artjom, Monsieur Artjom!« Ein kleiner Dicker in einem knallroten Sakko zog ihn am Ärmel. »Sie werden erwartet.«

Artjom wandte sich um und betrachtete staunend das skurrile Geschöpf, das ihn am Ärmel zog. Unter dem roten Sakko trug der Zwerg ein Hemd, das so gelb war, dass man davon blind werden konnte, eine orangefarbene Hose und eine grüne, rot gepunktete Krawatte. Sein linkes Ohr zierte ein Ohrstecker mit einer großen Perle und an seinen Fingern funkelten mehrere klobige Ringe.

»Wer sind Sie?«

»Ich bin Wambo«, teilte der Dicke mit und wischte sich mit einem Taschentuch den Schweiß von der Glatze. »Der Geschäftsführer des Clubs. Sie sind doch Monsieur Artjom?«

»Ja, der bin ich.«

»Ich bringe Sie zum Tisch von Monsieur Cortes.«

Artjom breitete die Arme aus und sah Lana bedauernd an.

»Ich verstehe schon, kein Problem«, sagte die junge Frau mit einem lasziven Lächeln. »Ich bleibe einstweilen hier.«

Artjom nickte und verschwand mit Wambo im Getümmel.

»Sie müssen hier ein bisschen aufpassen«, raunte ihm der Dicke zu, der neben ihm hertrippelte und sich mit dem Ellbogen den Weg bahnte. »Das ist schließlich ein Club und keine Bibliothek. Hier treiben sich alle möglichen Frauen herum, manche kommen, um sich zu amüsieren, manche zum Arbeiten.«

»Und Lana?«

»Was soll mit Lana sein?«

»Ist sie zum Amüsieren hier oder zum Arbeiten?«

»Ich sehe schon, sie gefällt Ihnen«, erwiderte der Dicke und schnalzte tadelnd mit der Zunge.

»Na ja, ich habe aber schon eine Freundin«, verteidigte sich Artjom.

»Ich verstehe Ihre Vorsicht. Neue Liebe – neue Scherereien, es ist immer dasselbe. – Hier ist Ihr Tisch, Monsieur.«

Artjom klappte der Mund auf. Vom Tisch erhob sich federleicht der Mann, der gestern in seinen Armen beinahe gestorben wäre: Cortes. Er sah blendend aus. Teures Seidenhemd, perfekt sitzende Hose, elegante Schuhe und vor allem: eine gesunde Gesichtsfarbe und glänzende Augen. Kaum zu glauben, dass dieser Mann noch vor wenigen Stunden Blut gespuckt hatte.

»Guten Abend, mein Freund, setz dich.«

Zerstreut nahm Artjom Platz und sprang sofort wieder auf, um Cortes' Begleiterin zu begrüßen. Sie strahlte eine herbe Schönheit aus: dichtes schwarzes Haar, sanft geschlitzte, unfassbar blaue Augen, volle, sinnliche Lippen und ein eng anliegendes, schwarzes Abendkleid, das ihre filigrane Figur betonte. Wäre er von Cortes' Wunderheilung nicht so überrascht gewesen, hätte er sie natürlich sofort bemerkt.

»Ich heiße Jana«, stellt sie sich mit einer tiefen, etwas heiseren Stimme vor.

Artjom zögerte nicht, ihre dargebotene Hand zu küssen, und hatte das Gefühl, dass dabei der Boden unter ihm nachgab. Erst Cortes' Stimme riss ihn aus seinem sprachlosen Zustand spätpubertärer Verwirrtheit.

»Wenn dir die Stimme versagt, solltest du etwas trinken und nicht mit den Augen klimpern«, beschied der Söldner trocken.

»Mit meiner Stimme ist alles in Ordnung«, entgegnete Artjom. »Mir hatte es nur für einen Moment den Atem verschlagen.«

Die junge Frau lächelte. Das Kompliment war geglückt.

»Jana ist meine Geschäftspartnerin«, teilte Cortes mit, während er sich Cognac nachschenkte. »Wie gefällt dir der Club?«

»Ausgezeichnet.« Artjom setzte sich bequemer. »Er ist größer, als er von außen aussieht.«

»Bisweilen übertrifft die Realität alle Erwartungen.« Cortes fuhr nachdenklich mit dem Finger über den Rand seines Glases. »Du hast das Amulett nicht wie vereinbart übergeben. Wir sind gespannt darauf zu erfahren, was passiert ist.«

Artjom erinnerte sich mit Bedauern daran, dass er quasi geschäftlich hier war.

»Das ist eine lange Geschichte.«

»Wir haben Zeit.«

»Na gut. Ich habe also heute Morgen unter der vereinbarten Nummer angerufen und ...«

Jana und Cortes lauschten seinen Ausführungen mit größter Aufmerksamkeit und registrierten jedes Detail. Erst an der Stelle, als Artjom von der Schießerei in der Pokrowka-Straße erzählte, unterbrach ihn Cortes und wollte mehr über den Mörder wissen.

»Hatte er Tätowierungen im Gesicht?«

»Ja, irgendeine Blume.«

Der Söldner zeichnete eine Skizze auf eine Serviette.

»Etwa so?«

»Genau.«

»Eine Distel. Es war also einer der Clanführer der Rothauben«, räsonierte Jana. »Hatte er noch beide Augen?«

»Ja.«

»Pulle Desastro. Er hat nicht mehr lange zu leben.«

»Zuerst müsst ihr ihn finden«, gab Artjom zu bedenken.

»Der entkommt uns nicht«, versicherte Cortes. »Santiago wird ihn bei lebendigem Leibe zu Polpa Nawese verarbeiten.«

Die Gelassenheit, mit der sich seine Gesprächspartner auf einen brutalen Vergeltungsakt einstimmten, hätte Artjom noch am Morgen erschüttert. Nach den Ereignissen dieses Tages indes fand er ihre Haltung beinahe normal. Doch was hatte man sich unter Polpa Nawese vorzustellen?

»Und was geschah weiter?« Cortes kam wieder zur Sache.

Artjom beendete seinen Bericht und sah seine Zuhörer erwartungsfroh an. Doch die Söldner zeigten sich nicht im Geringsten beeindruckt.

»Dann ist es dir also gelungen, das Amulett in Sicherheit zu bringen«, resümierte Cortes ruhig. »Sehr erfreulich, dass ich mich nicht in dir getäuscht habe.«

Artjom nickte zurückhaltend. Er war ein bescheidener Held.

»Wo ist eigentlich das Amulett?«, erkundigte sich Jana.

»Selbstverständlich an einem sicheren Ort«, antwortete Artjom souverän. »Nach allem, was passiert ist, erschien es mir zu riskant, es hierher mitzubringen.«

»Logisch«, bestätigte Jana. »Und wo befindet sich dieser sichere Ort?«

»Bevor wir dort hinfahren, würde ich gerne ...«

»Völlig klar, Artjom«, unterbrach ihn Cortes mit erhobener Hand. »Wie viel willst du als Entschädigung für deine Unannehmlichkeiten? Ich bin gerne großzügig, solange das Ganze in einem vernünftigen Rahmen bleibt.«

Die Leichtigkeit, mit der Cortes dieses Angebot über die Lippen kam, ließ es Artjom ratsam erscheinen, die Grenzen dieses vernünftigen Rahmens sorgfältig auszuloten, und erst dann eine konkrete Summe zu nennen.

»Müssen wir denn sofort über Geld sprechen?«, fragte er generös.

»Worüber denn sonst?«, wunderte sich Cortes mit hochgezogenen Brauen.

»Ich wäre euch sehr verbunden, wenn ihr mir erklären würdet, was eigentlich vor sich geht.«

»Das ist kein Geheimnis ...«, begann Jana.

»Warte«, unterbrach sie Cortes, seufzte und trommelte nachdenklich mit den Fingern auf dem Tisch. »Artjom, Jana und ich stehlen im Auftrag unserer Kunden wertvolle Antiquitäten. Dabei geht es um viel Geld, und wir müssen oft ein hohes Risiko eingehen. In dem Rucksack, den du irgendwo versteckt hast, befindet sich unser letzter Auftrag. Der Job hat sich als komplizierter erwiesen, als wir gedacht hätten. Aber das ist unser Problem. Für dich ist es das Beste, wenn du die Beute so schnell wie möglich loswirst und von der Bildfläche verschwindest. Wie viel willst du?«

Der Söldner log, dass sich die Balken bogen, und das ärgerte Artjom.

»Ganz nett, deine Geschichte, aber sie lässt viele Dinge im Unklaren.«

»Zum Beispiel?«

Artjom kam nicht mehr dazu, zu antworten. Die Musik verstummte, und im Club wurde es mucksmäuschenstill. Alle Blicke richteten sich auf die Bühne, in deren Mitte, verhüllt von einem scharlachroten Tuch, eine unförmig wirkende Gestalt verharrte.

»Meine lieben Freunde!«, trompetete Wambo, der hinter dem Vorhang hervorgetreten war. »Wir kommen nun zum Höhepunkt des heutigen Abends. Zum absoluten Highlight der Saison! Ihr werdet nun den Tanz des Phönix erleben, ein Ereignis, das es seit tausend Jahren nicht mehr gegeben hat!!!«

Mit einer theatralischen Geste entfernte Wambo das scharlachrote Tuch und vor dem staunenden Publikum erschien ein schrumpeliger, schmutzig brauner Pterodaktylus mit einem nikotingelben Schnabel. Im Raum erhob sich Geflüster. Der Flugsaurier inspizierte das Lokal mit seinen trüben, traurigen Augen, reckte den schlanken Hals und krächzte heiser. Das Publikum applaudierte wohlwollend.

»Der letzte Phönix der Erde, den wir kürzlich im Bezirk Marina Roschtscha eingefangen haben, wird vor euren Augen verbrennen und aus seiner Asche wiederauferstehen!«, verkündete Wambo enthusiastisch. »Gleich ist es so weit!«

Der Pterodaktylus krächzte abermals und hüpfte schwerfällig auf seiner Sitzstange umher. Das Licht im Club wurde langsam heruntergedimmt.

»In wenigen Sekunden werdet ihr Zeugen einer Wiedergeburt, die nur alle tausend Jahre stattfindet«, flüsterte der dicke Eulin eindringlich ins Mikrofon.

Der Club war nun in Dunkelheit getaucht, und niemand wagte es, die bleischwere Stille, die für diesen Ort so ungewöhnlich war, zu durchbrechen. Der Pterodaktylus stieß einen Fieplaut aus und sah sich erschrocken um. Im Umkreis seiner Sitzstange loderten kleine Feuerwirbel auf.

»Schaut!«

Wambo trat einige Schritte zurück. Artjom hielt den Atem an. Die Flammen blähten sich auf und bildeten einen dichten Feuerring, der sich allmählich um den flügelschlagenden Saurier zusammenzog.

»Schaut!«

»Mein Gott!«, rief Jana.

Die Flammen züngelten bis zur Decke empor, Funken sprühten und drollige Feuerwirbel sausten durch den Club. Artjom schlugen Hitzewellen entgegen. Der Pterodaktylus krächzte kläglich, schlug verzweifelt mit den zerschundenen Flügeln, verbrannte und zerfiel zu Asche. An der Stelle, wo er soeben noch gesessen hatte, öffnete sich jetzt das Feuer wie eine Blüte.

»Phönix! Phönix!!«, skandierte das Publikum ergriffen.

Und als hätte er die Rufe gehört, erschien im Zentrum der Feuerblüte ein wunderschöner, stolzer Vogel mit scharlachrotem Gefieder. Sein Schnabel war golden, und auf dem Kopf trug er einen frechen Schopf. In diesem Augenblick öffnete sich lautlos die Saaldecke und gab den Nachthimmel frei. Der Phönix breitete die Flügel aus, stieß einen freudigen Schrei aus und schwang sich zu den Sternen empor. Seine Feuerschleppe zeichnete eine goldene Bahn in den schwarzen Himmel.

»Als hätte es diese tausend Jahre nie gegeben«, hauchte der Eulin ins Mikrofon. »Er ist wie neugeboren, jung und glücklich. Er hat die Zeit hinter sich gelassen und zieht seine Kreise zwischen den Sternen. Kommt in tausend Jahren wieder, Freunde!«

Die Saaldecke schloss sich.

»Für dieses Spektakel bietet deine Geschichte zum Beispiel auch keine Erklärung«, wandte sich Artjom an Cortes. »Abgesehen davon siehst du für einen Menschen mit mehreren Schusswunden verdammt gesund aus.«

»Du hättest ihn nicht in die *Eidechse* bestellen sollen«, seufzte Jana. »Kein Wunder, dass er hier ins Grübeln kommt.«

Artjom lag nichts ferner, als einer so liebreizenden jungen Frau zu widersprechen, doch in diesem Fall musste er sie zumindest ein wenig korrigieren.

»Die *Eidechse* setzt dem Ganzen nur die Krone auf. Mit Stoff zum Grübeln wurde ich schon seit heute Morgen bombardiert.«

»Inwiefern?«

»Zuerst hat mein Handy verrückt gespielt. Es wurde über Nacht mit seltsamen SMS-Nachrichten zugemüllt. Mir blieb nichts anderes übrig, als es auszuschalten. An meinem Fernseher war plötzlich ein neues Programm eingestellt, mit dem Kürzel TGC, sagt euch das was?«

»Gewiss, gewiss«, bestätigte Cortes. »Und weiter?«

»Im Autoradio hatte ich auf einmal auch einen neuen Sender, dessen Reporter übrigens besser als die Polizei über die gestrigen Ereignisse informiert waren. Obendrein bekam ich dann noch eine mysteriöse Plastikkarte geschickt und eine Benachrichtigung, ich sei an den TKV angeschlossen worden.«

Jana pfiff zwischen den Zähnen und wandte sich an Cortes: »T-Grad-Com? Wer hat ihn angeschlossen?«

»Was ist überhaupt dieser TKV?«, warf Artjom ein, der es jetzt genau wissen wollte.

»Der Telekommunikations-Verbund, das Informationssystem der Verborgenen Stadt«, erläuterte Jana.

»Könnt ihr das etwas genauer ausführen?«

»Ist doch stocksimpel«, entgegnete Cortes grinsend. »Es handelt sich um Radio- und Fernsehprogramme für die Bewohner einer Stadt, von der niemand etwas weiß.«

»Und wo befindet sich diese Stadt?«

»Hier.«

»Hier?«

»Moskau hat viele Gesichter«, philosophierte Jana. »Einige davon sind dir vertraut, von einigen hast du nur gehört und andere kannst du erahnen.«

Der Vortrag von Professor Serebrjanz! Jana?! Auf einmal fiel es Artjom wie Schuppen von den Augen.

»Du bist unaufmerksam, Artjom«, rügte die Söldnerin und sah ihn herausfordernd an.

»Ich habe dich auf dem Vortrag gesehen!«

»Richtig.«

»Dann stimmt es also, was der Typ erzählt hat?«

»Zum Großteil, ja.«

Lew Moisejewitsch Serebrjanz war also mitnichten ein versponnener Professor, sondern ein genialer Wissenschaftler. Wenn Lusja das wüsste, dachte Artjom, schenkte sich aus der eisgekühlten, beschlagenen Kristallkaraffe ein volles Glas Wodka ein und trank es in einem Zug leer.

»Probier was vom Grillteller«, empfahl Cortes.

Artjom spießte ein Stück Fleisch auf seine Gabel und entspannte sich. Der Wodka wärmte angenehm die Magengrube und stieg ihm ein wenig zu Kopf.

»Bist du in Ordnung?«, erkundigte sich Jana teilnahmsvoll.

»Zu hundert Prozent. Trotzdem fällt es mir schwer, das zu glauben.«

»Es bleibt dir aber nichts anderes übrig.«

»Und wo verstecken sich die Bewohner dieser Stadt?«

»Nirgends. Sie leben mitten unter uns.«

»Aber sie sind doch keine Menschen?«

»Nein, aber die meisten sind uns sehr ähnlich. Die Übrigen verkleiden sich oder setzen Trugbilder ein.«

»Ihr auch?«

»Nein«, entgegnete Cortes. »Wir sind Menschen wie du. Söldner.«

Das beruhigte Artjom ein wenig. Es hätte ihm gerade noch gefehlt, mit irgendwelchen Aliens am Tisch zu sitzen.

»Aber wie gelingt es ihnen, sich zu verbergen, wenn sie doch keine Menschen sind?«

»Die dort drüben sind zum Beispiel Chwanen.« Jana

wies mit dem Kopf zum Nachbartisch, an dem zwei Männer in teuren Anzügen zu Abend speisten, und fügte, an Cortes gewandt, hinzu: »Lass ihn mal sehen, sonst glaubt er's nicht.«

»Logisch.« Cortes reichte Artjom ein Rauchglas-Monokel. »Versuch's mal damit.«

Artjom klemmte sich das Monokel vors Auge und spähte zum Nachbartisch.

»Und?«

Die Männer schoben sich nach wie vor Fleischstücke in den Mund und tranken Bier. Nach verlängerten Eckzähnen, Hörnern oder Krallen fahndete Artjom vergeblich.

»Mach das andere Auge zu.«

Kaum kniff Artjom das freie Auge zu, begann das Monokel zu wirken. Durch das Rauchglas hindurch verschwammen die Konturen der Nachbarn zunächst, doch dann wurden sie auf einmal wieder scharf, und Artjom wäre vor Schreck beinahe vom Stuhl gekippt: Die Männer hatten plötzlich vier Arme – jeder von ihnen, wohlgemerkt! Das untere Armpaar entsprang unterhalb der Achseln und wurde genauso aktiv eingesetzt wie das obere. Als einer der Vierarmigen das Monokel bemerkte, lächelte er und winkte Artjom mit der linken, unteren Hand freundlich zu. Die angenehm betäubende Wirkung des Alkohols war mit einem Schlag verflogen.

»Was ist das?«, fragte Artjom, als er Cortes das Monokel zurückgab.

»Ein *Magoskop.*« Cortes polierte das Glas liebevoll mit einem weichen Tuch und steckte es wieder in die Tasche.

»Damit kannst du sehen, was sich hinter einem Trugbild verbirgt.«

»Und die beiden da?«

»Das sind Chwanen, wie Jana schon sagte, ganz umgängliche Kerle, die aber lieber unerkannt bleiben und sich deshalb fast immer mit einem Trugbild tarnen. Die Chwanen sind ein Vasallenvolk des Herrscherhauses Tschud.«

Artjom atmete tief durch. Die Kristallkaraffe mit dem Wodka zog ihn beinahe magisch an, doch er beschloss, diese heftige Erschütterung seines Weltbildes nüchtern durchzustehen. »Woher weißt du, dass dein Nachbar nicht zwei Herzen hat?« Lusjas damalige Frage erwies sich als sehr berechtigt.

»Glaubst du uns jetzt?«, fragte Cortes.

»Das schon. Aber warum muss ich das eigentlich alles wissen? Ursprünglich sollte ich doch nur dieses – Dings – Amulett übergeben, nichts weiter.«

»Allerdings«, warf Jana ein und schaute Cortes fragend an. »Wieso hat man ihm eigentlich von der Verborgenen Stadt erzählt?«

»Ich nehme an, dass Santiago ihn an den TKV angeschlossen hat. Offenbar hat er beschlossen, ihn anstelle von uns zu benutzen.«

»Wieso anstelle von uns?«, entrüstete sich Jana.

»Wieso benutzen?«, entrüstete sich Artjom.

»Immer schön ruhig bleiben«, beschwichtigte Cortes mit erhobenen Händen. »Jana, ich hoffe, du verzeihst mir, dass ich nicht ganz ehrlich zu dir war?«

»Sprich dich nur aus.« Den Blick, mit dem die junge

Frau den Söldner bei diesen Worten bedachte, hätte man fotografieren müssen.

»Das Ziel unserer Operation war nicht das Amulett, sondern der Bote. Der Dunkle Hof möchte ihn unschädlich machen, noch bevor er bei Vollmond das Maximum seiner magischen Kraft erreicht. Indem wir den Rothauben die Beute abjagen, sollten Lebed und ich zum Köder für ihn werden. Der Bote jagt uns und Santiago den Boten – so war es geplant. Du warst nur im Hintergrund aktiv und keinem direkten Risiko ausgesetzt. Deshalb habe ich dir nur vom ersten Teil des Plans erzählt. Leider ist die Sache nicht so gelaufen, wie wir uns das vorgestellt hatten. Lebed wurde getötet, ich verwundet und Artjom ist ins Spiel gekommen, ein Humo, der mit der Sache ursprünglich überhaupt nichts zu tun hatte. Der Bote hat den Köder mitsamt dem Haken verschluckt, und die Rothauben sind jetzt hinter Artjom her.«

Das war eine schlechte Nachricht. Eine sehr schlechte sogar. Artjom schielte wieder zur Wodka-Karaffe.

»Und wenn ich mich weigere, mitzumachen?«

Die Söldner zeigten sich unbeeindruckt und schwiegen.

»Ich habe keine Lust, mich als Köder missbrauchen zu lassen!«, explodierte Artjom. »Das mache ich nicht, und damit basta!!«

Artjom war so laut geworden, dass die Chwanen am Nebentisch sich neugierig nach ihm umdrehten.

»Ich fürchte, du kommst aus der Sache nicht mehr heraus, Artjom«, sagte Cortes. »Und es wäre auch gar nicht in deinem Sinne. Im Augenblick stehst du unter dem Schutz der Nawen, wenn du jetzt aussteigst, unterschreibst du dein eigenes Todesurteil. Die Rothauben würden kein langes Federlesen mit dir machen.«

»Wenn alles vorüber ist, würde ich an deiner Stelle den Dunklen Hof zur Kasse bitten«, empfahl Jana. »Der bezahlt gutes Geld für solche Jobs.«

»Ein sauberer Job«, versetzte Artjom aufgebracht. »Mein Leben ist in Gefahr.«

»Dann verlangst du eben einen Risikozuschlag.«

»Macht das viel aus?« Artjom verfügte über einen ausgeprägten Geschäftssinn.

»Zuerst musst du mal am Leben bleiben«, bremste ihn die junge Frau.

»Werdet ihr mir dabei helfen?«

»Wir sind schon dabei.«

»Wie schön, wenn man von Freunden umgeben ist«, sagte Artjom mit einem Anflug von Ironie. »Und was machen wir jetzt?«

»Santiago möchte mit dir sprechen und das weitere Vorgehen koordinieren«, verkündete Cortes. »Er wird sich schon bald hier einfinden.«

»Gut, dann warten wir eben. Wie wäre es, wenn ihr mir in der Zwischenzeit ein paar Dinge über die Verborgene Stadt erzählt?«

»Was interessiert dich denn?«, fragte Cortes, der diese Frage offensichtlich erwartet hatte.

»Alles.«

»Alles auf einmal kann ich dir nicht erzählen, da musst du schon in der Bibliothek nachlesen. Durch den

Anschluss an den TKV hast du uneingeschränkten Zugang. Was möchtest du jetzt sofort wissen?«

Artjom dachte nach. Was brannte ihm am meisten unter den Nägeln? Seine bisherigen Erfahrungen beschränkten sich auf mysteriöse Geschehnisse, die er nicht mit der Existenz der Verborgenen Stadt in Verbindung gebracht hatte. Jetzt interessierten ihn natürlich sämtliche Hintergründe und der große Zusammenhang. Er konnte jedoch nicht erwarten, dass Cortes ihm einen Vortrag hielt, und musste sich eine konkrete Frage ausdenken.

Artjom ging seine jüngsten Erlebnisse noch einmal durch. Da war der Polizeioberinspektor Sidorow, der sich plötzlich in einen Banditen mit rotem Kopftuch verwandelte; der verwirrte Wachmann, der anstelle von Ortega eine dicke, tapsige Tante gesehen hatte; und da waren natürlich der Phönix und das totenblasse Gesicht von Cortes, des gestrigen, schwer verwundeten Cortes. Die Frage stellte sich eigentlich ganz von alleine.

»Die Trugbilder, der Phönix und deine Wunderheilung. Wie sind diese Phänomene zu erklären?«

Artjoms Frage war kurz und konkret. Cortes' Antwort fiel indes noch wesentlich lakonischer aus:

»Mit Magie.«

Sein letztes Zaubermärchen hatte Artjom als Kind gelesen, trotzdem nahm er Cortes diese Erklärung sofort ab.

Magie. Sein Gedächtnis hatte sofort einige Begriffe parat, die er mit diesem Wort assoziierte: Zaubersprüche, die verzauberte Prinzessin, Zauberer – Letztere selbstverständlich mit langem Bart und Kapuzenmantel. Im Übrigen wusste Artjom über Magie so gut wie nichts.

»Dann sind das also alles – ähm, sozusagen Magier?«

»So ist es.«

»Cortes!«, intervenierte Jana, stellte ihr Glas auf dem Tisch ab und sah ihren Kompagnon vorwurfsvoll an: »Du tust gerade so, als sei die Magie vom Himmel gefallen. Nach dem Motto: Ist irgendetwas unklar? Alles Magie. Ende der Durchsage.« Der Blick ihrer blauen Augen wanderte zu Artjom. »Magie hat nichts Übernatürliches an sich. Im weitesten Sinne handelt es sich um die Fähigkeit, eine bestimmte Form von Energie gezielt umzuwandeln.«

»Ich habe mal gelesen, dass Zauberer aus sich selbst Energie schöpfen. Aus ihrer Seele oder ihrem Körper ...«

»Die eigene Energie würde höchstens für ein primitives Trugbild reichen«, entgegnete Cortes. »Die internen Ressourcen von Lebewesen sind äußerst beschränkt.«

»Je anspruchsvoller ein Zauber, umso mehr magische Energie muss dafür eingesetzt werden«, ergänzte Jana. »Diese Energie kann nur aus externen Quellen geschöpft werden.«

»Von anderen Leuten?«

»Wo denkst du hin?« Jana winkte ab. »Allein für einen *Kugelblitz* vierter Klasse müsste man die Bevölkerung der halben Stadt anzapfen. Die Magier beziehen ihre Energie aus dem Planeten selbst.«

»Aber nicht direkt«, warf Cortes ein.

»Danke für den Hinweis«, erwiderte Jana mit ironischem Lächeln und wandte sich wieder Artjom zu. »Die Energie wird in sogenannten Magischen Quellen angereichert, das sind mächtige Artefakte, aus denen die Magier der Verborgenen Stadt ihre Energie schöpfen. Dies geschieht entweder auf direktem Wege, dann wird die Energie der Quelle unmittelbar auf den Zauberer übertragen, oder indirekt, dann werden seine Artefakte aufgeladen, die dann sozusagen als Miniquellen dienen.«

»Und das ist umsonst?«

Cortes verschluckte sich an seinem Cognac und tippte sich vielsagend an die Stirn.

»Artjom«, seufzte Jana und sah ihn an wie einen ungelehrigen Schüler. »Der Markt für magische Dienstleistungen in der Verborgenen Stadt hat ein Volumen von etwa zweieinhalb Milliarden und wächst stabil um zehn Prozent pro Jahr. Der Verkauf von magischer Energie ist ein äußerst lukratives Geschäft. Der Markt wird vollständig von den Herrscherhäusern kontrolliert, denn nur sie verfügen über Magische Quellen.«

»Und da das Wissen um ihre Herstellung verlorengegangen ist, sind die vorhandenen Quellen von unschätzbarem Wert«, meldete sich erneut Cortes zu Wort.

Langsam dämmerte es Artjom.

»Dann ist das Karthagische Amulett also ...«

»Die Magische Quelle des Herrscherhauses Tschud«, bestätigte Jana. »Und im Augenblick sitzen die Magier des Ordens auf dem Trockenen. Sie verfügen weder über Energie für sich selbst noch für ihre Artefakte.«

»Sie müssen sie also woanders einkaufen«, schlussfolgerte Artjom messerscharf.

»Das wäre schön für die Tschuden, es funktioniert aber nicht. Aufgrund der Unterschiede in der genetischen Disposition ist es unmöglich, die Energie einer fremden Quelle zu nutzen. Ein Tschud kann zum Beispiel keine Energie aus dem Regenbrunnen schöpfen – das ist die Magische Quelle des Grünen Hofs, die Luden können ihrerseits nichts mit dem Karthagischen Amulett anfangen.«

»So sind auch die Herrscherhäuser entstanden«, ergänzte Cortes. »Um ein mächtiges Volk scharen sich Sippen mit ähnlicher genetischer Struktur und nutzen seine Magische Quelle. Vom Verlust des Karthagischen Amuletts ist also das gesamte Herrscherhaus betroffen: die Tschuden selbst und all ihre Vasallenvölker wie die Chwanen und die Daikinen. Das Herrscherhaus Tschud ist in seiner Existenz bedroht.«

Artjom blies die Backen auf. Erst jetzt wurde ihm richtig bewusst, welch ein Juwel ihm mit dem kleinen schwarzen Rucksack in die Hände gefallen war. Er durfte gar nicht daran denken, wie er es in seiner Wohnung achtlos in die Ecke geworfen hatte.

»Wieso haben die Tschuden nicht besser auf ihr Amulett aufgepasst?«

»Das ist eine gute Frage.« Cortes schwenkte nachdenklich den Cognac in seinem Glas. »In einem gewöhnlichen Krieg werden die Magischen Quellen nicht angetastet. Denn erstens wird im Falle ihrer Zerstörung unkontrolliert Energie freigesetzt; das kann im schlimmsten Falle zur Vernichtung des gesamten Planeten führen. Und zweitens können Magier aus einer Quelle auch dann

Energie schöpfen, wenn sie geraubt wurde, da sie von einem Fremden nicht blockiert werden kann.«

»Jedenfalls war das bis vor kurzem so«, präzisierte Jana. »Bis der Bote auftauchte.«

»Genau, jetzt haben sich die Vorzeichen geändert.« Cortes trank seinen Cognac aus und stellte das Glas auf den Tisch. »Der Bote war dazu ausersehen, an die Spitze des Herrscherhauses Lud zu treten und die Macht in der Verborgenen Stadt an sich zu reißen. Er hat den Überfall der Rothauben auf die Burg angezettelt und das Amulett geraubt. Außerdem hat er es irgendwie geschafft, die Magische Quelle des Ordens zu deaktivieren und damit die Kriegsmagier der Tschuden langfristig außer Gefecht zu setzen. Die Nawen haben diese Entwicklung offenbar kommen sehen. Deshalb hat Santiago uns angeheuert, um die Burg zu überwachen. Als die Rothauben das Amulett in Sicherheit bringen wollten, haben Lebed und ich Hammer, den Führer des Odoro-Clans, überfallen und ihm die Beute abgejagt. Den Rest der Geschichte kennst du.«

Artjom erinnerte sich an den demolierten Jeep, die zerbrochene Frontscheibe, den blutüberströmten Fahrer, den Sanitäter aus dem Wrack zogen, und an die Leichen der Rothauben, die an der Unfallstelle lagen. Cortes schenkte sich Cognac nach.

»Und warum haben die Nawen den Überfall nicht selbst durchgeführt?«, fragte Artjom.

»Weil ein Naw im Umfeld der Burg sofort bemerkt worden wäre«, erläuterte Jana. »Wenn ein Naw einen Schritt tut, dann fühlt sich das für einen starken Zauberer an wie ein Erdbeben. Der Bote ist ein sehr starker Zauberer. Und wenn er dahintergekommen wäre, dass Santiago die Finger im Spiel hat, hätte er seine Pläne sicher geändert und vorsichtiger agiert.«

»Das Entscheidende ist, dass die Nawen es nicht auf die Magische Quelle abgesehen haben, sondern auf den Boten. Lubomir stellt für die Verborgene Stadt eine gefährliche Bedrohung dar, und die Nawen setzen alle Hebel in Bewegung, um ihm das Handwerk zu legen. In der Zwischenzeit müssen die Tschuden eben ohne ihr Amulett auskommen.«

»Santiago wird entscheiden, wann sie es wiederbekommen.«

»Können die Tschuden es denn wieder aktivieren?«, fragte Artjom.

»Natürlich. Aber nur, wenn sie es wiederhaben.« Jana grinste. »Na, was sagst du nun?«

»Ziemlich verwirrend, das Ganze«, gab Artjom zu.

»So ist es nun mal.«

»Was gehen uns Menschen eigentlich diese ganzen Intrigen an? Uns kann es doch egal sein, wie viele Herrscherhäuser es in einer Stadt gibt, von der wir eigentlich gar nichts wissen müssten, oder sehe ich das falsch?«

»Das siehst du mit Verlaub vollkommen falsch«, erwiderte Cortes. »Der Bote würde sich nicht auf die Vernichtung der Herrscherhäuser beschränken, er hat Größeres vor. In ihm schlummern zerstörerische Kräfte von unvorstellbarem Ausmaß. Der letzte Versuch, die Weltherrschaft zu erobern, ist gescheitert. Der Nächste würde zu einer globalen Katastrophe führen. Der Bote kennt nur die Sprache der Gewalt, doch das ist eine Kategorie der Vergangenheit. Das hat er nicht verstanden und das wird er auch nie verstehen. Deshalb ist er so gefährlich und muss ausgeschaltet werden.«

»Das ist die Ansicht des Dunklen Hofs, und wir haben keinen Grund, Santiago zu misstrauen«, fügte Jana hinzu.

Cortes beugte sich über den Tisch zu Artjom: »Doch nun zum Geschäftlichen ...«

»Die Herrschaften Söldner haben doch nichts dagegen?« Am Tisch nahm ein kräftiger, semmelblonder Mann in einem zerknitterten Blazer Platz. Er schenkte sich ungeniert Wein ein, trank einen Schluck und setzte ein fieses Grinsen auf. »Ich denke, wir haben etwas zu besprechen.«

Die mattgrünen Augen des Ankömmlings musterten die Söldner provokant. Cortes trommelte mit den Fingern auf dem Tisch, Jana atmete tief durch und wandte den Blick ab. Die beiden waren sich offenbar noch nicht im Klaren darüber, wie sie reagieren sollen. Artjom riskierte einen Seitenblick. Die Chwanen am Nachbartisch waren verschwunden. An ihrer Stelle saßen breitschultrige, hellhaarige Männer mit mattgrünen Augen. Sie hätten die Brüder des unerwarteten Tischgastes sein können.

»Wie ich sehe, sind Sie nicht allein gekommen, Baron Metscheslaw«, sagte Cortes.

»Richtig bemerkt«, bestätigte der Ankömmling und fuhr mit den Fingerkuppen über die Narbe an seinem

Hals. »Ich hätte da ein interessantes Angebot in Zusammenhang mit eurem letzten Auftrag.«

Die Söldner schwiegen eisern.

»Ich bin bereit, euer Honorar zu verdreifachen.«

»Ich lasse mich nicht bestechen«, entgegnete Cortes kategorisch.

»Sehr bedauerlich.« Metscheslaw trank seinen Wein aus und grinste noch fieser als zuvor: »Dann werden wir die Verhandlungen an einem anderen Ort fortsetzen.«

»Sie sollten sich in diese Sache nicht einmischen, Baron«, empfahl Cortes. »Das geht Sie nichts an.«

»Das musst du schon mir überlassen.« Der Ton des Barons wurde eisig. »Möchtet ihr bewusstlos in den Grünen Hof verbracht werden oder kommt ihr freiwillig mit?«

Cortes erhob sich widerstrebend vom Tisch.

KAPITEL DREIZEHN

»… Bemerkenswerter Event in der Eidechse. *Heute Nacht hat sich Wambo wieder einmal selbst übertroffen. Seine Show mit dem Titel ›Tanz des Phönix‹ begeisterte das Publikum. ›Ich bin stolz und glücklich, dass dieses seltene und beeindruckende Ereignis in meinem Club stattgefunden hat‹, sagte Wambo unserem Reporter …«*

T-GRAD-COM

»… Aufgeschreckt durch ein unangekündigtes Feuerwerk im Ismailow-Park haben Anwohner die Polizei gerufen …«

ECHO MOSKWY

Grüner Hof, Hauptquartier des Herrscherhauses Lud
Moskau, Lossiny Ostrow
Mittwoch, 28. Juli, 00:49 Uhr

Die grünäugigen Entführer schleiften die Söldner in einen Nebenraum des Clubs, durchsuchten sie sorgfältig und nahmen ihnen all ihre Sachen ab. So büßte Artjom zum Beispiel seinen MP3-Player, sein Mobiltelefon und sogar seine T-Grad-Com-Karte ein. Cortes hatte noch wesentlich größere Verluste zu beklagen: Auf dem Tisch landeten seine schwarze Plastikkarte, eine dicke Brieftasche, ein winziges Mobiltelefon, eine Pistole mitsamt Gürtelholster, zwei goldene Ringe (hatte er die in der Hosentasche herumgetragen?), eine Halskette und eine teure Uhr.

Nach dieser unerfreulichen Leibesvisitation stülpte man den Söldnern schwarze Säcke über den Kopf, schubste sie durch enge Korridore und verfrachtete sie schließlich in Pkws – offenbar getrennt voneinander, denn während der Fahrt spürte Artjom nur die betonharten Schultern seiner Entführer, Cortes' zorniges Schnaufen und Janas bissige Proteste hörte er nicht mehr.

Als man den Söldnern die Säcke wieder vom Kopf zog, fanden sie sich in einer Art Verlies wieder, einem fensterlosen, äußerst spartanisch eingerichteten Raum. Neben einem zerschlissenen Ledersofa stand ein fest am Boden verschraubter Holztisch und an der Wand hing ein unzerbrechlicher Spiegel, vor dem Jana umgehend ihre zerzauste Frisur zurechtmachte.

»Haben sie dir alles abgenommen?«, fragte Cortes seine junge Kollegin.

»Nicht mal die Puderdose haben sie mir gelassen«, schimpfte die junge Frau. »Und wie sieht's bei dir aus?«

»Immerhin etwas habe ich retten können«, erwiderte Cortes und spuckte vorsichtig einen Goldzahn in seine Hand. »In meinem Mund herumzuwühlen war ihnen dann doch zu peinlich.«

»Willst du damit die Wache bestechen?«, lästerte Artjom.

»Unser neuer Kollege ist ein richtiger Witzbold«, stellte Jana lächelnd fest.

»Allerdings«, pflichtete Cortes bei. »Artjom, ich demonstriere dir jetzt ein kleines Beispiel für moderne Technik in der Verborgenen Stadt. Wie du dir sicher denken kannst, ist ein erfahrener Magier in der Lage, die Energie einer Magischen Quelle zur Herstellung von Gegenständen zu nutzen.«

»Mittels Materialisation«, schlaumeierte Artjom kopfnickend.

»Dem so geschaffenen Objekt kann man eine beliebige äußere Form verleihen, während es seiner inneren Struktur nach immer der Gegenstand bleibt, den der Magier ersonnen hat. Mein goldener Beißer zum Beispiel ...« Cortes ließ den Zahn in der hohlen Hand rollen und warf ihn plötzlich Artjom zu. »Fang!«

Artjom fing das Wurfgeschoss geschickt auf und betrachtete es: eine gewöhnliche Zahnprothese.

»Und weiter?«

»Hast du noch nie Märchen gelesen?«, wunderte sich Jana. »Jetzt kommt der Zauberspruch.«

Cortes murmelte einige unverständliche Worte vor sich hin. Eine Sekunde später fuhr Artjom vor Schreck zusammen: Die Konturen des Zahns wurden unscharf und blähten sich zu einer goldenen, über seiner Hand schwebenden Wolke auf, die kurz darauf kondensierte und sich in Form eines schwarzen Messers wieder in seine Hand legte. Die Waffe besaß einen geraden Griff und eine gleichmäßig geschwungene Klinge. Auf dem Stichblatt war ein Eichhörnchen eingraviert.

»Ein Nawenmesser in gewichtsreduzierter Tarnverpackung«, fachsimpelte Jana. »Kein billiger Spaß.«

»Klingenwaffen kann man nur beim Dunklen Hof kaufen«, erklärte Cortes mit Kennermiene, während er Artjom das Messer wieder abnahm. »Sie kosten zwar ein Vermögen, aber bei so essenziellen Dingen sollte man nicht aufs Geld schauen, außerdem bekomme ich Prozente.«

Mit einer kaum merklichen Handbewegung ließ der Söldner das Messer verschwinden.

»Dann war also der ganze Klunker, den sie dir abgenommen haben ...«

»... meine Standardbewaffnung«, ergänzte Cortes den Satz. »In den Ringen steckten Granaten, in der Kette eine Pistole.«

»Und in meiner Puderdose eine Heckler & Koch MP5«, seufzte die junge Frau.

Eine deutsche Maschinenpistole im Schminkzeug! Kosmetik für Vollprofis, dachte Artjom beeindruckt.

»Leider wissen die Luden auch, wie man Waffen platzsparend verstecken kann«, bedauerte Cortes.

»Stammen diese Luden auch aus einem Herrscherhaus?«

»Ja, aus dem Grünen Hof.«

»Der stämmige Typ, der uns gefesselt hat, war der Baron Metscheslaw«, sagte Jana, die immer noch vor dem Spiegel stand. »Ein sehr einflussreicher Mann und ein Günstling der Königin.«

»Die haben eine Königin?«, staunte Artjom.

»Knallhartes Matriarchat«, erwiderte Cortes gähnend. »Bei denen führen die Weiber das Regiment.«

»Die Frauen«, korrigierte Jana und versetzte ihrem Kollegen einen vernichtenden Blick. »Warum mussten sich diese verdammten Luden einmischen?«, nölte sie missgelaunt. »Unser Treffen hatte wunderbar geklappt, alles lief bestens, und dann kamen diese Pfeifen und haben alles vermasselt.« Sie hielt kurz inne und fügte hinzu: »Blondes Gesocks!«

Während sich Jana wieder dem Spiegel zuwandte und seelenruhig an ihrer Frisur tüftelte, hatte es sich Cortes auf dem Sofa bequem gemacht und schien einzunicken. Die Gelassenheit seiner Mitgefangenen beruhigte Artjom, dennoch waren einige heikle Fragen offengeblieben.

»Die werden uns doch nicht umbringen?«

»Wieso uns?«, fragte die junge Frau. »Du hast doch das Amulett.«

Artjom schluckte.

»Jana, rede keinen Unsinn«, brummte Cortes vorwurfsvoll, ohne die Augen zu öffnen.

Die junge Frau lächelte Artjom verschmitzt zu. Er wurde rot und suchte fieberhaft nach einer schlagfertigen Erwiderung, doch er kam nicht mehr dazu. Die Tür öffnete sich geräuschlos, und Metscheslaw betrat den Raum. Artjom wich einen Schritt zurück, Jana verzog keine Miene und Cortes gähnte abermals.

Nachdem Metscheslaw einen prüfenden Blick auf die Gefangenen geworfen hatte, trat er zur Seite und ließ eine schlanke Frau durch, die ein prunkvolles dunkelgrünes Kleid und ein mit Smaragden geschmücktes Diadem trug. Im Gang bemerkte Artjom zwei Wachen, die jedoch draußen blieben.

»Das sind also diese Humos«, sagte die Frau in gleichgültigem Ton.

Sie hatte ein bildhübsches, feinzügiges Gesicht mit vollen Lippen und riesigen, hellgrünen Augen.

»Eure Majestät.« Jana machte einen Knicks.

Die Königin? Artjom stand zum ersten Mal in seinem Leben einem gekrönten Haupt gegenüber, einmal abgesehen von Ludmila Schpanko, der Wodkakönigin aus dem Hinterhof seiner Jugendzeit, die unter dem Spitznamen Lally Syphilis lokale Berühmtheit erlangt hatte. Artjom wusste nicht, wie man sich in Gegenwart einer Monarchin zu benehmen hatte, und sah sich hilfesuchend um. Cortes lag entweder schlafend oder tot auf dem Sofa, was Artjom für nicht wirklich nachahmenswert befand. Er entschied sich deshalb, sich jeglicher Gesten zu enthalten, und plapperte munter drauflos.

»Welche Ehre, Eure Majestät, dass Ihr uns persönlich verhören wollt. Wo habt Ihr denn Eure Peitsche gelassen?«

Metscheslaw fletschte die Zähne und schritt auf Artjom zu.

»Lass gut sein«, beschwichtigte Wseslawa, die Artjom keines Blickes würdigte. »Der Junge hat Angst und versucht das mit seiner Dreistigkeit zu überspielen.«

Der Baron grinste überlegen.

»Hat er das Amulett?«

»Ja, Eure Majestät«, bestätigte Metscheslaw.

»Wir müssen es ihm abnehmen.«

»Ähm, was bekomme ich dafür?«, fragte Artjom vorsichtig.

»Vielleicht lassen wir euch dann frei.«

»Nicht sofort natürlich«, präzisierte Metscheslaw. »Wenn sich die Lage beruhigt hat.«

»Und wenn ich euch nicht verrate, wo das Amulett versteckt ist?«

Nach dieser Provokation wurde Artjom zum ersten Mal der durchbohrende Blick von Wseslawas Augen zuteil, und er bekam auf der Stelle eine Gänsehaut.

»Ich fürchte, ich habe keine Zeit, um mit dir zu diskutieren, mein Junge«, beschied die Königin kalt. »Was ich wissen muss, werde ich so oder so erfahren – meine Verhörmethoden sind subtil. Wenn du nicht als geistiger Krüppel enden willst, würde ich dir raten, zu kooperieren.«

»Es ist wirklich höchst bedauerlich, Fräulein Königin«, meldete sich Cortes' schläfrige Stimme vom Sofa, »aber wir müssen die Ware bei unserem Auftraggeber abliefern. Gemäß Kodex könnt Ihr Euch mit ihm in Verbindung setzen und versuchen, den Auftrag abzulösen. Euer momentanes Vorgehen grenzt dagegen an Sabotage und wird ihm gewiss nicht gefallen.«

»Versuch nicht, dich hinter dem Rücken der Nawen zu verstecken, Söldner«, warnte die Königin. »Wegen eines Humos werden sie bestimmt keinen Streit mit dem Grünen Hof riskieren.«

»Wegen eines Humos vielleicht nicht, wir haben aber das Amulett.«

»Die Nawen werden überhaupt nichts davon mitbekommen«, warf Metscheslaw ein. »Meine Leute können den Mund halten.«

»Alle haben doch gesehen, wie du uns aus dem Club entführt hast«, widersprach Jana.

»Seid ihr euch da so sicher?«

Die Söldnerin senkte den Blick. Daran hatte sie gar nicht gedacht. Vermutlich hatte Metscheslaw die anderen Gäste des Clubs mit einem Trugbild getäuscht. In diesem Fall wäre das Verschwinden der drei Humos niemandem aufgefallen.

»Santiago ist doch nicht dumm!«, rief sie schließlich.

Als der Name des Kommissars erwähnt wurde, verzogen der Baron und die Königin das Gesicht. Artjom wusste zu diesem Zeitpunkt noch nicht, dass man die Bewohner der Verborgenen Stadt in zwei Kategorien einteilen konnte: Die einen hatten noch nie von Santiago gehört, und die anderen mochten ihn nicht. Angesichts der Umtriebigkeit des Kommissars gehörte der Großteil zur zweiten Kategorie.

»Du bist auf dem falschen Dampfer, meine Liebe«, sagte die Königin und warf den Kopf stolz in den Nacken. »Ob dumm oder nicht – Santiago würde es niemals wagen, uns zur Rechenschaft zu ziehen.«

Jana gingen die Argumente aus. Hilfesuchend wandte sie sich zu Cortes um.

»Können wir dann zur Sache kommen?«, fragte Metscheslaw und grinste zufrieden.

Abermals traf Artjom Wseslawas stechender Blick. Aus ihren grünen Eiswürfelaugen schossen Blitze, die ihn förmlich durchbohrten. Ihn überkam ein flaues Gefühl im Magen, und er zweifelte nicht daran, dass Wseslawa ihre Drohung wahrmachen würde. Zum ersten Mal im Leben empfand er richtige, körperliche Angst: Seine Hände zitterten, und über seinen Rücken rann kalter Schweiß. Er bereitete sich innerlich bereits darauf vor, das Versteck des Amuletts preiszugeben, als die Söldner plötzlich in Aktion traten. Artjom wusste nicht, wie viel ihnen die Nawen bezahlten, doch augenscheinlich waren sie ihr Geld wert.

Cortes sprang urplötzlich vom Sofa auf, erreichte mit einem Satz den Baron und setzte ihn mit einem gezielten Schlag außer Gefecht. Metscheslaw sank wie ein Sack zu Boden. Jana, die eben noch reglos vor dem Spiegel gestanden hatte, packte im selben Moment mit beiden Armen die Königin und stieß sie mit viel Schwung in den Gang hinaus, wo sie gegen einen der verdutzten Wächter prallte und ihn zu Boden riss.

»Weg hier!«, rief Cortes und stürmte mit Artjom im Schlepptau aus dem Raum.

Dem zweiten Wächter, der noch auf den Beinen war, rammte er mehrfach sein Messer in den Leib und räumte ihn beiseite. Der Weg war nun frei. Mit ihrer blitzartigen Aktion hatten die Söldner die Luden überrumpelt. Cortes und Artjom rannten den Gang entlang. Das Stöhnen des verletzten Wächters und das Klatschen der Fußtritte, mit denen Jana dafür sorgte, dass die beiden entkommen konnten, verhallten bald in der Ferne. Artjom hatte Mühe, mit Cortes Schritt zu halten. Sie bogen um eine Ecke und stürmten in die erstbeste offene Kammer.

»Die Tür!«, zischte der Söldner.

Artjom knallte die Tür zu und schob den schweren Riegel vor. Plötzlich hörte er hinter seinem Rücken Glas splittern und duckte sich instinktiv. Als er sich vorsichtig umdrehte, sah er, dass Cortes das Fenster ausgeschlagen hatte.

»Wir müssen springen!«, verfügte der Söldner, erklomm das Fensterbrett und stürzte sich hinaus.

Artjom verfluchte Cortes, als er selbst auf dem Fensterbrett stand und feststellte, dass er sich beileibe nicht im Erdgeschoss befand. Todesmutig sprang Artjom in die Finsternis hinab und dämpfte den Schwung des Aufpralls mit einer Rolle vorwärts.

»Hierher!«, rief ihm Cortes zu.

Artjom kletterte auf das Dach des Saabs, von dem der Söldner gerufen hatte. Der Wagen stand unter einem Baum, dessen obere Äste über eine hohe Steinmauer hingen. Ohne größere Schwierigkeiten gelangten die beiden auf die andere Seite der Mauer. Die Luden hatten wohl nicht damit gerechnet, dass es jemandem gelingen könnte, aus einem Gefängnis des Grünen Hofs auszubrechen. Das Hauptquartier des Herrscherhauses Lud befand sich auf einer ausgedehnten Lichtung des Waldes, der sich als schwarze Wand gegen den Nachthimmel abhob.

»Sind wir hier etwa in der Pampa des Moskauer Gebiets?«

»Beeilung!«, mahnte Cortes und zeigte in Richtung Wald.

»Warte!«, bat Artjom keuchend. »In der Dunkelheit werden sie uns ohnehin nicht finden.«

»In welcher Dunkelheit?«, fragte der Söldner und zog Artjom am Ärmel hinter sich her.

Artjom hatte die Luden unterschätzt. Als sie Alarm schlugen, beschränkten sie sich nicht auf banale Sirenen und die Rufe verschlafener Wachposten: Plötzlich gingen überall Scheinwerfer an, Leuchtraketen erhellten den Himmel und es näherte sich Hundegebell. Zum Glück hatten die Flüchtenden bereits den Waldrand erreicht, als es auf der Lichtung taghell wurde.

»Wo sind wir, Cortes?«

»Im Nationalpark Lossiny Ostrow.«

»Gott sei Dank, wenigstens in Moskau.«

Nachdem sie einige Minuten durch den Wald gelaufen waren, tauchte vor ihnen eine schmale asphaltierte Allee auf. Die Zivilisation!

Cortes sah sich argwöhnisch um und erklomm einen flachen Hügel.

»Glück gehabt! Wir fliehen durch die Kanalisation!«

»Wozu denn? Wir können uns doch auch im Wald verstecken.«

»Hier wimmelt es von Morjanen«, erklärte der Söldner, während er den Kanaldeckel zur Seite zerrte. »Wenn wir im Wald blieben, würden sie uns umbringen. Im Untergrund sind wir sicher vor ihnen.«

»Wer sind denn diese Morjanen?«

»Erkläre ich dir später.«

Cortes verzichtete darauf, den Kanaldeckel wieder auf die Luke zu rücken, und es war auch gar nicht nötig, denn Morjanen hatten panische Angst vor dem Untergrund.

Kurz nachdem die Flüchtenden in der Kanalisation verschwunden waren, erschien auf dem Hügel die Silhouette einer geschmeidigen Frauengestalt. Die wohlproportionierte Figur, sanft gewölbte Brüste und eine schmale Taille verliehen ihr ein attraktives Äußeres, nur die langen Krallen an den dreifingrigen Klauen und ein dornenbewehrter Reptilienschwanz wollten nicht so recht ins Bild passen.

Die Morjane drehte den Kopf nach allen Richtungen, prüfte die Witterung im nächtlichen Wald und fauchte böse, als ihr klarwurde, dass die Beute entwischt war.

Club Eidechse
Moskau, Ismailow-Park
Mittwoch, 28. Juli, 00:51 Uhr

»Ich weiß wirklich nicht, wie das passieren konnte«, gestand de Geer und versuchte Santiagos vorwurfsvollem Blick auszuweichen. »Wir haben den Eingang immer im Auge behalten. Um 20:40 Uhr ist Artjom erschienen, das Amulett hatte er nicht dabei. Wie verabredet, habe ich angeordnet, ihn hineinzulassen. Danach haben weder er noch Cortes den Club verlassen.«

»In der *Eidechse* sind sie aber nicht«, zürnte der Kommissar und pustete einen winzigen Fussel von seinem schneeweißen Sakko. »Und Cortes geht nicht an sein Handy.«

»Sie sind definitiv nicht herausgekommen«, beteuerte de Geer mit einem Blick auf Santiagos extravagante, handgefertigte Krawatte.

Dem Kapitän war die Angelegenheit äußerst unangenehm. Die Aufgabe, mit der ihn der Kommissar des Dunklen Hofs betraut hatte, war derart einfach, dass sie der Kriegsmeister im ersten Moment sogar als ehrverletzend empfand: Santiago hatte ihn darum gebeten, Cortes während seines Aufenthalts in der *Eidechse* abzusichern. De Geer hatte sich schließlich einverstanden erklärt. Doch nun waren die Humos plötzlich verschwunden, und der Kapitän fühlte sich gegenüber dem groß gewachsenen Nawen wie ein Schüler, der etwas ausgefressen hatte. Immerhin war Franz klug genug gewesen, zum Auto des Kommissars zu gehen, so dass seine Untergebenen von der peinlichen Unterredung nichts mitbekamen.

»Hat man Sie möglicherweise mit einem Trugbild getäuscht?«

Dem ranghöchsten Kriegsmagier des Ordens stieg die Zornesröte ins Gesicht. Dieser Vorwurf war nun wirklich der Gipfel.

»Unsinn, wir haben doch *Magoskope*.« Er zog sein Rauchglas-Monokel aus der Tasche und hielte es dem Nawen unter die Nase. »Halten Sie uns für komplette Idioten?«

»Ich halte euch für Gardisten des Großmagisters und

ziehe lediglich alle Möglichkeiten in Betracht.« Santiago glättete nachdenklich seine Frisur und lehnte sich gegen seinen dunkelblauen Jaguar, der selbst inmitten der vielen Nobelkarossen auf dem Parkplatz auffiel. »Dann gibt es wohl einen unterirdischen Ausgang aus dem Club.«

»Sieht ganz danach aus«, bestätigte der Kapitän missvergnügt, während er zerstreut mit dem *Magoskop* herumspielte. »Ich war schon immer der Ansicht, dass Humos unzuverlässig sind.«

»Cortes ist ein erfahrener Söldner«, wandte Santiago ein. »Vermutlich hat man ihn übel in die Mangel genommen.«

»Die Rothauben waren jedenfalls nicht im Club«, teilte de Geer mit.

»Die Rothauben wären das geringste Problem für ihn gewesen«, winkte der Kommissar ab. »Ich glaube eher, dass der Grüne Hof seine Finger im Spiel hat.«

»Aber mit welchem Motiv?«, wunderte sich der Kriegsmeister. »Sie könnten das Amulett noch nicht einmal aktivieren.«

»Vielleicht sind sie genau wie wir hinter dem Boten her und haben sich jetzt unseren Köder geschnappt«, erklärte Santiago. »Ich werde hineingehen und herausfinden, was in der *Eidechse* passiert ist. Bleiben Sie so lange hier, Kapitän.«

Wambo war kein Feigling.

Die Sippe der Eulins gehörte dem Herrscherhaus Lud an und hinter dem breiten Rücken des Grünen Hofs hatte der Geschäftsführer der *Eidechse* sich eine weitgehend sorgenfreie Existenz aufgebaut. Doch obwohl er vor niemandem Angst haben musste und mit allen gut Freund war, legte er größten Wert auf seine Leibwächter – semmelblonde Luden mit der Statur von Schwergewichtsboxern, deren mattgrüne Augen stets etwas schläfrig wirkten.

»Mir bleibt nichts anderes übrig, als sie durchzufüttern«, pflegte Wambo bedauernd zu sagen. »Schließlich betreibe ich einen Club und keinen Kindergarten. Da bleiben Zwischenfälle nicht aus.«

In der Tat kam es in der *Eidechse* gelegentlich zu tumultartigen Szenen. Das aggressive Kriegsgefolge der Barone des Grünen Hofs, rauflustige Ritter und hitzköpfige Humo-Söldner sprachen hier rege dem Alkohol zu und gerieten zu vorgerückter Stunde nicht selten aneinander. Dann traten Wambos schweigsame Gorillas auf den Plan und gaben den händelsüchtigen Gästen nachdrücklich zu verstehen, wie man sich in einem anständigen Etablissement zu benehmen habe. Ihre schlagkräftigen Argumente konnte man getrost als primitiv bezeichnen, doch sie waren ausgesprochen wirkungsvoll. Mit der Zeit bekam der Club-Boss den Eindruck, dass seine Rausschmeißer mit jedem Problem fertigwürden.

Die mit Schnitzereien verzierte Eichenholztür, die in Wambos Büro führte, flog aus den Angeln und krachte gegen den noblen Schreibtisch des Geschäftsführers. Seine Leibwächter waren gewohnt flink zur Stelle, doch als sie den Kommissar des Dunklen Hofs im Türstock erblickten, erstarrten sie zu Salzsäulen und sahen unschlüssig zu ihrem Arbeitgeber. In dieser misslichen Lage entschied sich Wambo für eine spontane Reaktion und kroch unter seinen Schreibtisch.

Santiago ignorierte die in ihrer Schockstarre verharrenden Leibwächter, griff beherzt unter die Tischplatte und zog den beleibten Geschäftsführer mit erstaunlicher Leichtigkeit darunter hervor.

»Guten Tag, Herr Kommissar. Welche Ehre für mich und meinen Club, für das gesamte Geschlecht der Eulins ... Wünschen Sie ein Separée?«

Während Wambo diesen Unsinn plapperte, baumelte er einige Zentimeter über dem Boden an Santiagos ausgestrecktem Arm und überlegte angestrengt, was er dem furchtgebietenden Nawen angetan haben könnte. Seine rosigen Bäckchen waren vor Schreck eingefallen, seine Äuglein rollten nervös in den Höhlen und seine fettigen Lippen verzerrten sich zu einem gezwungenen Lächeln. In Santiagos eisernem Griff befand sich nicht nur der Kragen von Wambos schickem Sakko, sondern auch eine dicke Falte seiner empfindlichen, eulinschen Haut, doch der Geschäftsführer traute sich nicht, dem Nawen diesen schmerzlichen Umstand mitzuteilen.

»Wie ich sehe, freuen Sie sich über unsere Begegnung«, flötete Santiago.

»Und wie!«, bestätigte Wambo eilfertig und bemühte sich, weniger heftig zu schaukeln. »Was verschafft mir die Ehre?«

»Ich habe Ihren Club für ein Treffen mit Cortes ausgewählt«, begann der Kommissar, nachdem er die vor Angst flackernden Augen seines Gesprächspartners direkt vor seinem Gesicht platziert hatte. »Ich ging davon aus, dass Ihr Lokal ein ruhiger, gesitteter Ort sei, an dem man sich in Ruhe unterhalten kann. Cortes ist auch gekommen und …«

»Und?« Der Dicke zuckte zusammen.

»Er wurde entführt! Sie werden verstehen, dass ich äußerst enttäuscht bin. Augenscheinlich ist Ihr feines Lokal kein gemütlicher Club, sondern ein Banditennest. Eine miese Gangsterkneipe! Und Sie, mein lieber Wambo, sind der verantwortliche Betreiber! Sie sind ein Mafioso!«

»Ich bin kein Mafioso«, wisperte der Eulin.

»Bitte?«

»Ich bin kein Mafioso, sondern Geschäftsführer …«

Die Leibwächter hatten sich inzwischen davongestohlen. Sie hatten keine Lust, Zeuge von Wambos Tod zu werden.

»Ein skrupelloser Mafioso sind Sie«, wiederholte Santiago. »Wäre es nicht eine gute Idee, die Stadt von Ihrem Gangsternest zu befreien?«

Wambo hatte nicht den geringsten Zweifel daran, dass der oberste Kriegsmagier des Dunklen Hofs in der Lage war, seinen Club dem Erdboden gleichzumachen. Er begann jämmerlich zu winseln und blickte unterwürfig in die undurchdringlichen schwarzen Augen des Kommissars.

»Ich bin unschuldig.«

»Wer hat Cortes entführt?«

»Die Luden. Der Baron Metscheslaw.«

»Warum?«

»Das weiß ich nicht. Er hat mir befohlen, ihn zu benachrichtigen, sobald Cortes auftaucht, und das habe ich getan. Während der Baron hierher unterwegs war, hat sich ein weiterer Humo zu Cortes gesellt, ein gewisser Artjom. Dann ist Metscheslaw mit seinen Drushina-Leuten angerückt und hat sie alle verschleppt.«

Der Naw knirschte drohend mit den Zähnen.

»Ich schwör's bei meinen Kindern, Santiago«, jammerte der Eulin weiter. »Ich hatte keine Ahnung, dass diese Humos für Sie arbeiten!«

An Wambos kreidebleichem Gesicht war abzulesen, dass er sich lieber erhängt hätte, als dem Nawen in die Quere zu kommen. Der Kommissar stellte ihn auf den Schreibtisch und rückte ihm sorgsam die Krawatte zurecht.

»Wo haben die Luden die Humos hingebracht?«

»In den Grünen Hof.«

»Woher wissen Sie das?«

»Ich habe gehört, wie einer der Luden zu einem anderen gesagt hat, dass sie zur Königin Wseslawa gebracht werden.«

»Vielen Dank, Wambo«, sagte Santiago und ließ den Geschäftsführer stehen, doch im Türstock hielt er noch einmal kurz inne und drehte sich um. »Ich hoffe, Sie haben Verständnis dafür, dass mein Besuch vertraulich bleiben muss?«

Der Eulin presste die flache Hand auf die bei ihm wenig ausgeprägte Körperregion zwischen Bauch und Hals und brachte so zum Ausdruck, dass er dafür vollstes Verständnis hätte.

Grüner Hof, Hauptquartier des Herrscherhauses Lud
Moskau, Lossiny Ostrow
Mittwoch, 28. Juli, 01:14 Uhr

»Drecksschlampe!«, zischte Wseslawa und nestelte an ihrer zerrupften Frisur.

»Wie Eure Majestät meinen«, erwiderte Jana achselzuckend und begutachtete missmutig den abgerissenen Spaghettiträger ihres Kleides. »Aber Eure Wortwahl ist mit Verlaub schockierend.«

Die Königin wandte sich vorwurfsvoll an Metscheslaw: »Sieht ganz danach aus, dass du unsere Gefangenen unterschätzt hast.«

»Falls Ihr mal gute Söldner braucht – Cortes' Nummer steht im T-Grad-Com-Telefonbuch«, teilte Jana lächelnd mit. »Seine Dienste sind natürlich nicht ganz billig, aber wie Ihr gesehen habt, lohnt es sich. Außerdem haben wir keine Vorurteile gegenüber anderen Völkern.«

Wer den Schaden hat ..., dachte der Baron zerknirscht und sah nach dem verletzten Soldaten seiner Drushina, der neben ihm lag. Der zweite Kämpfer hatte die Verfolgung von Cortes aufgenommen.

»Hat's dich schlimm erwischt?«

»Alles in Ordnung, mein Baron«, antwortete der Soldat, der die Hand auf seine größte Wunde presste.

»Geleite unseren Gast in den Kerker und geh dann sofort zum Arzt.«

»Zu Befehl, mein Baron.«

»Wir dürfen auf keinen Fall Alarm schlagen«, flüsterte

Wseslawa, während sie Jana hinterhersah. »Die Priesterinnen sind im Palast.«

»Wir müssen aber diese Humos schnappen.«

»Das werden die Morjanen übernehmen.«

Der Baron zuckte zusammen. Die blutrünstigen Bewohnerinnen des Parks Lossiny Ostrow waren ihm nicht geheuer.

»Die Morjanen werden sie in Stücke reißen. Das Wichtigste ist, dass die Priesterinnen nichts von unseren Plänen erfahren.«

Doch Wseslawas Wunsch zerplatzte schon im nächsten Augenblick wie eine Seifenblase. Die Alarmsirenen heulten auf und im Gang erschien ein Soldat der Palastwache.

»Eure Majestät, Alarm! Im Palast halten sich unbefugte Personen auf.«

»Ich weiß«, erwiderte die Königin. »Nehmt sie sofort fest!«

Der Soldat wippte nervös auf und ab.

»Ist noch was?«, fragte Wseslawa unwirsch.

»Der Kommissar des Dunklen Hofs besteht auf einer Audienz.«

»Santiago besteht auf einer Audienz«, wiederholte Wseslawa und sah den Baron ratlos an.

Metscheslaw nickte kaum merklich mit dem Kopf.

»Wir werden ihn unverzüglich empfangen«, entschied die Königin.

Im Unterschied zu seinen Volksgenossen, die über die Prunksucht der Luden die Nase rümpften, fühlte sich

Santiago im Thronsaal des Grünen Hofs pudelwohl. Der prächtig geschmückte Raum eignete sich ideal für die rauschenden Feste, die Wseslawa so liebte: der Schneeglöckchen-Ball im Frühling, der Geburtstag der Königin, der Ball der Goldenen Blätter im Herbst ...

Santiago, der keinen Empfang im Grünen Hof versäumte, war ein wenig erstaunt, dass die Königin für die Audienz ausgerechnet den Thronsaal ausgewählt hatte, der ihm für Verhandlungen wenig geeignet erschien.

Die Königin erwartete den Kommissar auf ihrem Thron. Ihr kühler Blick konnte eine gewisse Anspannung nicht verbergen, und ihre Frisur wirkte ungewöhnlich nachlässig. Rechter Hand des Throns hatte sich der Baron Metscheslaw aufgebaut.

»Was hast du uns zu sagen, Santiago?«

»Eure Majestät!« – Der Kommissar verneigte sich und lächelte charmant – »Zunächst möchte ich Euch dafür danken, dass Ihr bereit seid, mich anzuhören. Ich betrachte dies als ein Zeichen wahrer Weisheit, die nur gekrönten Häuptern eigen ist. Die Fähigkeit, in der Stunde der Not richtige Entscheidungen zu treffen, ist eine wertvolle und seltene Tugend. Ich bin davon überzeugt, dass meine Bemühungen nicht vergebens sein werden und eine Tragödie verhindert werden kann.«

Wseslawa kochte vor Wut, doch sie kam nicht mehr dazu, etwas zu erwidern.

»Von welcher Tragödie ist hier die Rede?«

Acht Frauen betraten den Saal. Sie trugen lange grüne Kleider und alle die gleichen Smaragddiademe.

»Ich hoffe doch sehr, dass die Priesterinnen des Grünen Hofs an diesem Gespräch teilnehmen können«, giftete Jaroslawa und wandte sich, ohne eine Antwort abzuwarten, an den Nawen: »Also, von welcher Tragödie hast du gesprochen?«

Santiago entbot den Priesterinnen eine Verbeugung und schwieg, bis sich alle um den Thron versammelt hatten. Er wusste, dass Jaroslawa Wseslawas Gegenspielerin bei den letzten Königswahlen gewesen war, und konnte sich an fünf Fingern abzählen, dass sie ihrer Kontrahentin alles andere als freundschaftliche Gefühle entgegenbrachte.

»Wir hören ...«, drängte die Priesterin.

»Ihre Majestät, die Königin Wseslawa«, begann der Naw ehrerbietig, »hatte die Güte, mir einige Minuten ihrer Zeit zu schenken, damit einige strittige Fragen, die im Verhältnis unserer beiden Herrscherhäuser aufgetreten sind, geklärt werden können.«

Die geschliffenen Phrasen gingen dem Kommissar mit Leichtigkeit von den Lippen.

»Dass unser Gast sich darauf versteht, mit blumigen Floskeln um den heißen Brei herumzureden, ist ja hinlänglich bekannt«, stichelte Jaroslawa und fixierte die Königin mit einem herausfordernden Blick: »Hat sein Erscheinen mit dem Alarm im Palast zu tun?«

»Der Kommissar war gerade im Begriff, sich zu erklären«, entgegnete Wseslawa, die sich inzwischen gefangen hatte.

»Vielen Dank, Eure Majestät.« Der Naw trat einen kleinen Schritt vor. »Gewiss habt Ihr davon gehört, dass die Rothauben gestern Nacht die Burg des Herrscherhauses

Tschud überfallen haben. Das Karthagische Amulett wurde geraubt.«

»Der Orden bestreitet dies«, warf Metscheslaw ein.

»Natürlich«, bestätigte Santiago. »Der Verlust der Magischen Quelle ist ein Desaster. Es wäre dumm, eine solch missliche Situation an die große Glocke zu hängen.«

Die Priesterinnen nickten zustimmend.

Metscheslaws Miene dagegen verdüsterte sich, er verstand als Einziger, worauf der Gesandte des Dunklen Hofs hinauswollte.

»An der Stelle der Tschuden hätten wir genauso reagiert«, setzte der Kommissar milde fort. »Ihr habt ja auch nicht überall hinausposaunt, dass der Regenbrunnen versiegt ist.«

Für einen Moment herrschte Schweigen im Saal.

»Das ist eine Lüge!«, entrüstete sich Jaroslawa. »Eine gemeine Lüge!«

»Ich bin noch nicht fertig«, erwiderte Santiago und lächelte der Priesterin ungerührt ins Gesicht. »Ich sehe einen unmittelbaren Zusammenhang zwischen diesen beiden Ereignissen und bin der Überzeugung, dass derjenige, der euch vom Regenbrunnen abgeschnitten hat, die Absicht verfolgt, das Karthagische Amulett unter seine Kontrolle zu bringen, den Dunklen Hof zu vernichten und die alleinige Macht in der Verborgenen Stadt zu übernehmen.«

»Aber das ist unmöglich!«, widersprach die Königin. »Niemand ist in der Lage, eine fremde Magische Quelle zu blockieren!«

»Niemand außer dem Boten!«, konterte Santiago.

Die Priesterinnen stöhnten auf und sahen den Kommissar entsetzt an, dann drehten sie die Köpfe synchron zur Königin. Wseslawa biss sich auf die Lippe.

»Eure Majestät, es hat keinen Sinn, das zu leugnen«, redete Santiago auf sie ein. »Wann wurde der Bote geboren?«

»Das geht dich überhaupt nichts an, Naw!«, fauchte Jaroslawa.

»Vor achtzehn Jahren«, antwortete die Königin resigniert.

»Wie kam es, dass er den Grünen Hof verlassen hat?«, fragte Santiago bedächtig.

»Verlassen? Aber ... er ist doch gestorben«, stammelte eine der verwirrten Priesterinnen.

»Der Bote ist tot!«, empörte sich Miroslawa. »Ich habe seinen Leichnam selbst untersucht.«

Die alte Priesterin konnte nicht glauben, dass man sie hinters Licht geführt hatte.

»Ich habe Lubomir überredet, die Priesterinnen zu täuschen«, gab Wseslawa zu. »Das hat ihn keinerlei Mühe gekostet.«

»Es war meine Idee«, mischte sich Metscheslaw ein. »Ich habe der Königin angeboten, den Boten zu töten.«

»Zu töten!«, echoten die Frauen.

»Nachdem die Priesterinnen sich vom Tod des Boten überzeugt hatten, bin ich unter einem Vorwand mit ihm in den Wald gefahren. Ich hatte einen Dolch bei mir, den die Königin entsprechend präpariert hatte.«

»Einen Dolch welcher Klasse?«, erkundigte sich der Fachmann Santiago.

»Einen *Kranichschnabel*, das mächtigste Kriegsartefakt des Grünen Hofs. Doch der Bote erwies sich als wesentlich stärker, als wir gedacht hatten. Bei dem Kampf hatte mich Lubomir schwer verletzt und ist dann geflohen.« Reflexartig fuhr der Baron über die Narbe an seinem Hals. »Danach habe ich ihn nie wieder gesehen.«

»Ich wusste, dass er noch am Leben ist«, flüsterte Wseslawa kaum hörbar. »Er hat sich in der Stadt versteckt und in unauffälligen Mengen Energie aus dem Regenbrunnen geschöpft. Vor einer Woche hat Lubomir uns den Zugang zur Magischen Quelle vollständig versperrt. Daher blieb mir nichts anders übrig, als eine saisonale Absenkung des Energielevels zu verkünden.«

Die Priesterinnen starrten die Königin fassungslos an.

»Die Macht«, philosophierte Santiago nachdenklich. »Was tut man nicht alles dafür!«

»Als ich erfuhr, dass den Tschuden das Karthagische Amulett geraubt worden ist, befahl ich Metscheslaw, die Beute abzufangen. Darin sah ich die einzige Chance, Lubomir zu Verhandlungen zu zwingen.«

»Du hast das Herrscherhaus Lud verraten!«, schrie Jaroslawa und überzog die Königin mit einem vor Hass lodernden Blick. »Du bist nicht länger die Herrin des Grünen Hofs.«

»Das hast zum Glück ja nicht du zu entscheiden.« Wseslawa dachte nicht daran, sich von ihrer Rivalin einfach abservieren zu lassen.

»Natürlich entscheide das nicht ich«, entgegnete Jaroslawa und grinste triumphierend, »aber es besteht nicht der geringste Zweifel daran, dass der Königsrat in meinem Sinne entscheiden wird.«

»Wenn ich das recht verstehe«, schaltete sich Santiago ein, »wird der Königsrat schon in Bälde zusammentreffen.«

»Noch heute«, nickte Jaroslawa. »Wir müssen die Barone unverzüglich über die neue Entwicklung informieren.«

»Und welche Maßnahmen gedenken die Priesterinnen zu empfehlen? Ich bitte um Vergebung für meine Aufdringlichkeit, doch die nicht ganz unprekäre Lage in der Verborgenen Stadt zwingt mich dazu.«

»Das liegt doch auf der Hand, Naw«, erwiderte Jaroslawa hochmütig. »Der Bote wird an die Spitze des Herscherhauses Lud treten.«

»Und was passiert mit dem Karthagischen Amulett der Tschuden?«

»Lubomir wird entscheiden, wie mit dem Orden zu verfahren ist«, antwortete die Priesterin und schaute Santiago dabei frech in die Augen.

»Und wie mit dem Dunklen Hof zu verfahren ist, nehme ich an ...«, ergänzte der Kommissar Jaroslawas Gedanken.

»Jede Entscheidung des Boten ist für den Grünen Hof Gesetz. Er ist unser Gebieter.«

Nach dieser kompromisslosen Erklärung der Priesterin entstand eine längere Pause. Der sensible Metscheslaw hatte gespürt, dass in Santiagos letzten Worten eine unverhohlene Drohung lag, und in seinen Mundwinkeln spielte der Hauch eines Lächelns. Er wusste genau, dass der Kommissar Jaroslawa eine letzte Chance eingeräumt hatte, ihre Haut zu retten. Doch geblendet vom greifbar nahen Sieg, hatte die Priesterin den Ernst der Lage nicht begriffen.

»Wir wollen dich nicht länger aufhalten, Naw«, teilte Jaroslawa unverblümt mit. »Man wird dich hinausbegleiten.«

»Die Königin trägt eine gewaltige Verantwortung«, erklärte Santiago, der den Hinauswurf durch Jaroslawa einfach ignorierte und sich nun an die anderen Priesterinnen wandte. »Ihre Entscheidungen haben maßgeblichen Einfluss auf das Wohl und Wehe ihrer Untertanen und vieler anderer Bewohner der Verborgenen Stadt. Jeder Schritt, jede Geste und jedes Wort der Königin wird auf die Goldwaage gelegt und jeder geringste Fehler, den sie begeht, kann einen verheerenden Krieg auslösen.«

Der Kommissar hielt kurz inne, um seine Worte wirken zu lassen.

»Ich stehe nicht an, über die Königin Wseslawa zu richten, und lasse es dahingestellt, aus welchem Grund sie angeordnet hat, den Boten zu töten. Doch eines weiß ich sicher: Wenn ihr Vorhaben, das sie damals, vor vielen Jahren, geplant hatte, gelungen wäre, hätten wir jetzt keine Krise. Die Existenz der Verborgenen Stadt wäre nicht bedroht. Der Orden und der Dunkle Hof hätten keine Veranlassung gehabt, sich zu verbünden! Jetzt drohen unsere Herrscherhäuser in einen vernichtenden Krieg zu schlittern. Der Großmagister mobilisiert seine Ritter und rekrutiert Söldner. Die Kriegsmagier des Ordens sind zu allem entschlossen, um ihre Magische

Quelle zurückzubekommen. Die Ratsherren des Dunklen Hofs erwarten entschlossenes Handeln von mir. Wollt ihr wirklich einen Krieg? Wir sind bereit! Das Haus Tschud ist bereit! Wird der Grüne Hof gegen unsere gebündelten Kräfte ankommen?! Wird der Bote sich gegen den Fürsten des Dunklen Hofs behaupten können?! Wird er sich gegen den Großmagister behaupten können, wenn die Tschuden ihr Amulett wiederbekommen?! – UND DU HÄLTST DEN MUND, JAROSLAWA!!!«

Sämtliche Anwesenden gingen förmlich in Deckung, als der Naw die perplexe Priesterin anbrüllte. Wie der Knall einer Bombenexplosion rollte die donnernde Stimme des Kommissars durch den halbleeren Thronsaal.

»Was bringt euch der Krieg? Euch Priesterinnen persönlich? Lubomir wird dem Grünen Hof niemals verzeihen, dass man ihn verstoßen hat. Er wird nicht danach fragen, wer von dieser Intrige wusste und wer nicht. Die Entwicklung seiner Persönlichkeit ist abgeschlossen: Er ist ein Einzelgänger. Freunde braucht er nicht, er hat Diener, und ihr werdet auf dem Schafott enden. Alle! Er braucht euch nicht.«

In vollkommener Stille ließ Santiago den Blick über die Anwesenden schweifen.

»Wollt Ihr Wseslawa tatsächlich ablösen? Sie hat als Einzige verstanden, welch katastrophale Folgen eine Konfrontation der Herrscherhäuser haben könnte. Sie hat als Einzige verstanden, dass der Bote zu spät geboren wurde! Seine Zeit ist vorbei! Die Weltherrschaft ist nicht mit Waffengewalt zu erringen! Die Herrscherhäuser würden bis zum letzten Blutstropfen kämpfen, und dieser Krieg wäre der letzte!! Wenn wir untergehen, dann alle zusammen!! Vor vielen Jahren hat Wseslawa eine schwierige, aber die einzig richtige Entscheidung getroffen. Sie hat damit versucht, nicht nur ihre eigene, sondern auch eure Haut zu retten!«

Die Frauen senkten die Köpfe.

»Du bist schlau, Santiago«, keifte Jaroslawa. »Mag sein, dass du diese Närrinnen überzeugt hast.« Mit einer Kopfbewegung wies sie verächtlich auf die verstummten Priesterinnen. »Aber warten wir ab, was die Barone dazu sagen.«

»Du bist unfassbar dumm, Jaroslawa«, erwiderte Santiago entnervt. »Bedauerlicherweise habe ich keine Zeit, mit den Baronen zu diskutieren.«

Und noch ehe sich die Anwesenden versahen, schnellte der lange Arm des Kommissars blitzschnell nach vorn und ein schwarzes Naw'sches Stilett bohrte sich ins linke Auge der Priesterin. Jaroslawa taumelte, ein erstickter Todesschrei schallte durch den Saal und ihr Körper sackte in sich zusammen. Die schwarzen Klingen der Nawen saugten die Energie eines Magiers bis zum letzten Tropfen aus. Die Königin fasste Metscheslaw bei der Hand.

»Ich habe wirklich alles versucht, sie zu überzeugen«, erklärte der Kommissar bedauernd, während er sein Stilett am Kleid der toten Jaroslawa abwischte. »Ich hoffe, Eure Majestät verzeihen mir mein etwas rüdes Vorgehen?«

»Unser Gast bedient sich in der Tat ziemlich radikaler Verhandlungsmethoden«, konstatierte Wseslawa unaufgeregt und prüfte mit einem Seitenblick die Reaktion der Priesterinnen. »Doch ich habe nicht die Absicht, ihn diesbezüglich zu belangen. Und meine Untertanen auch nicht.«

»Unsere Königin.« Die Frauen senkten zustimmend die Köpfe und bestätigten damit die Macht der Herrscherin des Grünen Hofs.

»Dann ist ja alles gut.« Erleichtert lehnte sich Wseslawa auf ihrem Thron zurück. »Baron Metscheslaw, Ihr werdet Kommissar Santiago hinausbegleiten und mit ihm das weitere Vorgehen abstimmen. Der Grüne Hof unterstützt die anderen Herrscherhäuser in ihrem Bestreben, Schaden von der Verborgenen Stadt abzuwenden. Dies dient dem Wohle aller.«

»Eure Majestät.« Der Naw entbot eine tiefe Verbeugung. »Erlaubt Ihr mir, Euch noch einige Fragen zu Lubomir zu stellen?«

KAPITEL VIERZEHN

Im Labyrinth
Moskau, irgendwo unter der Erde
Mittwoch, 28. Juli, 01:31 Uhr

Unter seinen Füßen ertönte ein entrüstetes Piepsen, und das Fellknäuel verschwand in der Dunkelheit. Eine Ratte. Artjom hatte bereits damit aufgehört, das Bein hochzuziehen, wenn er mit dem Fuß gegen einen der Nager stieß, doch immer noch zuckte er jedes Mal zusammen.

»Müssen wir noch lange hier herumirren?«

»Sobald wir da sind, sage ich es dir als Erstem«, spöttelte Cortes.

Fiesling, dachte Artjom. Es war ihm ein Rätsel, wie sich der Söldner im stinkenden Labyrinth der Kanalisation orientieren konnte. Finstere, nur an wenigen Stellen von Lampen schwach beleuchtete Gänge; widerliche Gerüche; Ratten. Wäre Artjom allein gewesen, hätte er es keine zehn Minuten hier unten ausgehalten und wäre durch den nächstbesten Gully an die Oberfläche geklettert. Dass die halbe Stadt nach ihm suchte, wäre ihm dabei egal gewesen. Doch Cortes bahnte sich beharrlich seinen Weg durch die Kloake und trieb Artjom immer wieder zur Eile an.

Wie der Söldner vorausgesagt hatte, machten weder die Morjanen noch die Luden Anstalten, ihnen in den Untergrund zu folgen. Trotzdem war Cortes zunächst im Laufschritt durch die Gänge gerannt, und Artjom war nichts anderes übriggeblieben, als ihm atemlos hinterherzuhetzen: Er stolperte, fluchte, erschrak jedes Mal zu Tode, wenn er wieder eine quiekende Ratte durch die Gegend kickte, und hatte bei jedem Schritt das Gefühl, dass es sein letzter sein könnte. Nach zwanzig Minuten wechselte Cortes in flottes Schritttempo – so flott allerdings, dass Artjom ihm kaum folgen konnte. Doch sein Vorschlag, ein wenig langsamer zu gehen, war dem Söldner nicht einmal eine Antwort wert. Endlich, nach einer gefühlten Ewigkeit, blieb Cortes an einer trockenen, einigermaßen hellen Stelle stehen.

»Hier machen wir Rast«, verkündete er.

Erschöpft sank Artjom in die Hocke. Ihm schwindelte, seine Schläfen pochten und seine Lungen rangen um Sauerstoff. Die verpestete Luft der Kanalisation machte das Atmen zur Qual.

»Du hast ja ein ganz schönes Tempo drauf«, krächzte Artjom und tastete mit der Zunge nach den letzten Speichelresten in seinem Mund.

»Das war leider nötig«, erwiderte Cortes keuchend, riss den obersten Knopf seines Hemdes ab und presste ihn in der geschlossenen Faust.

An solcherlei Hokuspokus hatte sich Artjom mittlerweile schon gewöhnt. Die Faust des Söldners hüllte sich in eine kleine Wolke. Kurz darauf kondensierte diese, und in Cortes' offener Hand lag eine aufgezogene Spritze.

»Was ist das?«

»Ein Stimulantium.« Geschickt jagte er sich die Dosis in die Vene und schloss die Augen. »Ich bin noch nicht ganz wieder auf dem Damm.«

Während die Droge sich in seinem ausgezehrten Körper verteilte, entspannte sich der Söldner und ließ sich an der Wand entlang langsam auf den Boden sinken.

»Fünf Minuten können wir uns ausruhen, dann gehen wir weiter. Wir müssen uns beeilen, beim Schlafenden.«

»Bei wem?« Artjom stutzte.

»Beim Schlafenden – das ist der hiesige Gott«, erklärte Cortes lapidar. »Der Urvater aller Lebewesen. Man sagt, er schläft irgendwo zwischen den Welten, und wenn er aufwacht, beginnt das Jüngste Gericht.«

»Beten die Leute zu ihm?«

»Wozu denn, er schläft doch.«

Für ihren Pragmatismus konnte man die Bewohner der Verborgenen Stadt nur bewundern.

»Cortes, und wer sind diese Morjanen?«

»Ein kleines Volk, das zum Grünen Hof gehört. Die DNA der Morjanen ist instabil, deshalb sind sie Wandelwesen. Sie sind schöne, attraktive Frauen, die sich aber jederzeit in krallen- und dornenbewehrte Ungeheuer verwandeln können. Sie schützen den Park Lossiny Ostrow vor Eindringlingen.«

»Was sich in Moskau so alles herumtreibt ...«

»Du wirst dich dran gewöhnen. Übrigens, wo hast du eigentlich das Amulett versteckt?«

»In einem Schließfach am Kiewer Bahnhof.«

»Wie einfach«, freute sich Cortes und schloss abermals die Augen. »Da kommt Lubomir nie drauf.«

»Was meinst du, ist Jana den Luden entkommen?«

»Keine Ahnung.«

Die Gleichgültigkeit des Söldners empörte Artjom.

»Ihr seid doch Geschäftspartner.«

Cortes öffnete die Augen.

»Na und?«

»Was ...« Artjom fehlten die Worte. »Was heißt hier ›na und‹? Wir haben sie im Stich gelassen!«

»Inwiefern?«, erkundigte sich der Söldner verständnislos.

»Wir sind geflohen!«

»Aber das war doch unser Ziel, oder nicht?«

Artjom dachte nach.

»Mach dir keine Gedanken«, beschwichtigte Cortes. »Die Luden werden sie freilassen. Was sollen sie mit ihr anfangen, sie sind doch hinter dir her.«

»Richtig, sie sind hinter mir her. Die ganze Stadt ist hinter mir her.«

Artjom beschloss das Thema zu wechseln, um auf andere Gedanken zu kommen.

»Cortes, wie bist du in die Verborgene Stadt geraten?«

Der Söldner schwieg zunächst. Offenbar war er sich nicht schlüssig, ob er auf diese Frage überhaupt antworten sollte.

»Ursprünglich habe ich beim Militärgeheimdienst gearbeitet«, erzählte er schließlich mit schwacher Stimme.

»Als Resident?«

»Nein. Ich war für heikle Missionen zuständig.«

Angesichts der bisherigen Auftritte seines neuen Freundes konnte Artjom sich leicht ausmalen, um welche Art von Missionen es sich dabei gehandelt hatte.

»Vor neun Jahren hatte ich in New York ein Treffen mit einem Gentleman. Der Mann war im Besitz wichtiger Dokumente, die ich meinem Auftraggeber beschaffen sollte. Der Mann verriet mir zwar, wo sich die Unterlagen befinden, doch unglücklicherweise kam er bei den Verhandlungen ums Leben. Ich fuhr also zu dem Ort, den er mir genannt hatte. In dem Versteck fand ich einen Metallkoffer, in dem sich außer den Dokumenten auch ein altes, vermutlich sehr wertvolles Buch befand. Mein Auftraggeber war ein passionierter Büchersammler, also nahm ich es mit. Als ich nach New York zurückkehrte, erwartete mich bereits Santiago. Das Buch war ursprünglich für ihn bestimmt, doch der Gentleman kam aufgrund seines überraschenden Ablebens nicht mehr dazu, es ihm zu geben.« Cortes lächelte nachdenklich. »Wie du dir vorstellen kannst, habe ich nicht schlecht gestaunt: Ich hatte sauber gearbeitet, keinerlei Spuren hinterlassen, und dann findet mich dieser Typ im Handumdrehen.«

»Wie hat er das geschafft?«

»Er hat im Haus des Gentlemans ein Haar von mir gefunden und eine DNA-Fernfahndung durchgeführt. Ein gut ausgebildeter Magier findet dich in jedem Winkel des Erdballs.«

»Hat Santiago das Buch zurückgefordert?«

»Santiago ist ein gut erzogener Stratege, der das Recht auf Privateigentum respektiert. Er hat mir eine angemessene Summe für das Buch geboten, und ich habe es ihm verkauft.«

Die Droge begann zu wirken. Cortes' Stimme wurde kräftiger, und seine Augen gewannen ihren lebhaften Glanz zurück.

»Seither blieben wir ständig in Verbindung. Santiago wandte sich mit kleineren Aufträgen an mich und erzählte mir nach und nach von der Verborgenen Stadt. Vor zwei Jahren habe ich dann bei den Spionen den Dienst quittiert, und er bot mir an, in Moskau für ihn zu arbeiten. So hat sich das entwickelt.«

Gute Profis finden immer Arbeit, dachte Artjom.

»Was ich noch fragen wollte, gibt es eigentlich so etwas wie Gesetze in der Verborgenen Stadt?«

»Es gibt das Recht auf Privateigentum«, bestätigte der Söldner.

»Sonst nichts?«

»Es gibt einen Kodex, aber der regelt in erster Linie, auf welche Weise Eigentum übertragen werden kann. Streitigkeiten werden durch Schiedsgerichte entschieden. Gefängnisse gibt es nicht. Die schuldige Partei bezahlt entweder eine Strafe oder mit dem Leben. Zu Exekutionen greift man jedoch nur im Extremfall, da die Einwohnerzahl ohnehin gering ist ...«

»Gibt es auch unter den Menschen Zauberer?«

»Unter den Menschen?«, wiederholte der Söldner und zögerte ziemlich lange. »Nun ja, es gibt welche.«

»Stimmt was nicht mit denen?«, fragte Artjom, dem

ein gewisses Unbehagen in Cortes' Stimme nicht entgangen war.

»Wie soll ich sagen ...«, erwiderte er grinsend. »Da wir Humos keine eigene Magische Quelle besitzen, müssen sich diejenigen, die Verbindung zur Verborgenen Stadt haben, an eine andere Quelle halten. Dafür kommt nur der Regenbrunnen infrage, da die Luden uns genetisch sehr ähnlich sind. Einige Schmarotzer schöpfen auch die Energie von ihresgleichen.«

»Energievampire?«

»Keine Sorge. Eingriffe in die Persönlichkeit sind verboten. Wenn ein Humo meint, er müsse Energie bei seinesgleichen abzapfen, bekommt er früher oder später Besuch von humorlosen Jungs aus dem Grünen Hof, und die machen ihm dann unmissverständlich klar, dass er seine Energie gefälligst käuflich zu erwerben hat. Der Markt für magische Dienstleistungen ist hart umkämpft, und so lässt man dem Zauberer keine Wahl. Entweder er kauft die Energie des Regenbrunnens oder er wird beseitigt.«

»So schützen die Luden ihren einträglichen Markt, nicht wahr?«

»In erster Linie schützen sie die Persönlichkeitsrechte.«

»Aber ...«

»Psst!«

Cortes wies mit dem ausgestreckten Arm in die Tiefe eines düsteren Gangs. Als Artjom in diese Richtung schaute, bekam er einen gewaltigen Schreck. An der schwach ausgeleuchteten Wand saß eine schäferhundgroße Ratte und beäugte die Menschen mit ihren listigen, schwarzen Knopfaugen. Schwarze Silhouetten im finsteren Hintergrund verrieten, dass sich mehrere dieser Monster eingefunden hatten. Offenbar waren sie auf der Suche nach einem Frühstück. Artjoms kurzgeschorene Haare stellten sich auf, seine Knie wurden weich und auf seine Stirn traten Schweißperlen.

»Wo kommen die denn her?«

»Das ist das Jagdrudel eines Ossen«, flüsterte der Söldner. »Die Mistviecher haben uns aufgespürt.«

Er schien auch nicht gerade begeistert über das Auftauchen der Bestien. Er spitzte den Mund und pfiff einen mehrtönigen Lockruf. Den Ratten schien das zu gefallen, sie kamen näher. Die Menschen waren nun von sechs Ungeheuern umzingelt.

»Du hast ihre Aufmerksamkeit erregt«, lobte Artjom seinen Begleiter gehässig. »Und nun?«

Cortes antwortete nicht. Er wischte sich den Schweiß von den Lippen und wiederholte den Lockruf. Zur Antwort ertönte aus der Ferne dasselbe, melodische Pfeifen. Die Ratten reckten schnuppernd die Schnauzen. Der fremde Ruf wiederholte sich, und aus der Dunkelheit trat die Gestalt eines Jägers hervor.

»Das ist ihr Herr«, erklärte Cortes und atmete erleichtert auf.

Der Jäger trat ins Licht und Artjom sah zum ersten Mal im Leben einen Ossen. Er war von kleinem Wuchs, hager und grauhäutig. Für seinen kleinen Kopf hatte er unverhältnismäßig große Augen. Bekleidet war er mit einem weiten Hemd und einer vor Dreck starrenden Hose. Wie alle in der Verborgenen Stadt war er bewaffnet: Auf dem Rücken trug er ein Bündel von Wurfspießen und an seinem Gürtel hing ein kurzes Jagdmesser.

»Das ist Tschuja, wir haben Glück gehabt«, verkündete Cortes erfreut. »Hallo Tschuja! Erinnerst du dich an mich?«

»Die Krieger des großen Geschlechts Oss vergessen niemals ihre Freunde, die ihnen in der Stunde der Not zu Hilfe eilten, als ein grausamer Feind sich anschickte, ihre Ehre zu beschmutzen. Zahlreiche Balladen schufen die Dichter des Geschlechts Oss, um diesen ruhmreichen Sieg zu besingen.«

»Mist«, flüsterte Cortes hinter vorgehaltener Hand als Reaktion auf diesen schwülstigen Unfug. »Unser Freund ist wieder mal auf einem poetischen Trip.« Er überlegte kurz und antwortete dann im Tonfall des Rattenbändigers. »Ich bin glücklich, dass unser großartiger Sieg und mein bescheidener Beitrag dazu im Gedächtnis der Ossen haftengeblieben sind, und höre immer mit Freuden die Balladen ihrer begnadeten Dichter.«

»Soll ich dir eine vorsingen?«

»Nicht nötig, ich habe sie auf Band«, versicherte der Söldner eilfertig.

»Alle?«, erkundigte sich der Jäger skeptisch.

»Selbstverständlich«, beteuerte Cortes und wies auf seinen Begleiter. »Darf ich vorstellen, Tschuja, das ist Artjom.«

»Freut mich aufrichtig, dich kennenzulernen, Freund eines großen Kriegers«, bekundete Tschuja würdevoll. »Zweifellos hast du in deinem Leben zahllose Heldentaten vollbracht, die es verdient hätten, in den wundervollen Balladen unserer glänzenden Dichter gerühmt zu werden.« Der Jäger setzte sich munter auf den Boden und fixierte Artjom mit seinen großen, hervortretenden Augen. »Erzähle mir davon.«

Die roten Pupillen des Jägers hatten die Form vertikaler Schlitze wie bei Katzen und je nach Lichteinfall erweiterten sie sich oder zogen sich zusammen.

»Artjom spricht noch nicht besonders gut Russisch«, sprang Cortes seinem Begleiter bei, »aber sobald er unsere Sprache besser beherrscht, wird er dir gewiss einen Besuch in dieser Klo..., ähm, in diesem Labyrinth abstatten und dir von seinen Heldentaten erzählen.«

Seufzend fand sich Tschuja damit ab, dass den beiden nicht nach Geschichtenerzählen zumute war. Er stieß einen kurzen, kaum hörbaren Piff aus, und die Ratten verschwanden in der Dunkelheit. Dann sah er den Söldner mit ernster Miene an.

»Was hat die beiden großen Krieger ins Labyrinth geführt?«

Residenz des Boten
Moskau, Nowy Arbat
Mittwoch, 28. Juli, 01:50 Uhr

Diese verdammten, verhassten Wände! Schweigsame, bösartige Beobachter! Was habt ihr gesehen? Was wollt ihr noch sehen? Was?!

Was?!!

Was?!!!

Wie von Sinnen trommelte Lubomir mit den Fäusten gegen den kalten Granit, und sein Herz raste.

Verfluchte Wände! Warum muss ich hier in diesem Loch sitzen, in diesem Gefängnis aus Stein? Ich will hinaus in den Wald, ins weiche Moos unter den Bäumen! Ich hasse Steinmauern! Ihr feindseliges Schweigen ertrage ich nicht länger! Wo ist mein Wald? Mein Wald!

Wehmütig erinnerte sich Lubomir an das kleine Wäldchen und den Wintergarten, die ihm in der Verbannung Trost gespendet hatten, und atmete durch.

Ruhig Blut. Ich werde einen Wald bekommen, einen richtigen, meinen eigenen Wald! Und inmitten dieses Waldes wird mein Palast stehen, umgeben von den größten Bäumen, gesäumt von den üppigsten Wiesen, unter dem blauesten Himmel und am Ufer des saubersten Sees! Nur Geduld ...

Rastlos sah sich der Bote um. Der Blick seiner trüben grünen Augen schweifte über die Marmorsäulen und die dünnen Ketten, die sinnlos daran herunterhingen. Es war niemand mehr da. Völlig verstört stützte sich der Zauberer mit der Hand gegen eine der Säulen. Hier war doch diese eine gewesen, die Kleinste, die mit dem drolligen Muttermal auf der rechten Schulter. Oder hatte er die schon ...?

Gegen Lubomirs Knie schmiegte sich sanft das Tischchen mit den säuberlich darauf angeordneten Sezierbestecken. Ein Blick des Zauberers genügte, dann drängte es sich noch heftiger an ihn und krümmte den Rücken, damit er bequem eines der Präzisionswerkzeuge auswählen konnte.

Hirnloses Gerümpel! Lubomir trat mit dem Fuß gegen das Tischchen, das beleidigt mit den Bestecken klapperte und sich an die Wand zurückzog. Dort verharrte es wie ein geprügelter Hund, der darauf hofft, dass ihn sein Herrchen wieder zu sich ruft.

Keine Sorge, dachte der Zauberer, ich werde dich schon bald wieder brauchen. Wie lange stehe ich jetzt schon neben mir? Eine Stunde? Zwei? Ich weiß es nicht mehr. Das kommt alles von der Anspannung. Der Krieg treibt mich in den Wahnsinn. Ich muss mich entspannen, mich abreagieren! Immer öfter. Warum ist hier niemand?

Frierend und mit rollenden Augen tigerte Lubomir zwischen den Säulen auf und ab.

War nicht doch noch eine Gefangene übrig? Diese kleine, mit dem drolligen Muttermal auf der linken, nein, auf der rechten Schulter. Wo ist sie? Wo?!, Wo?!! Haben die Wachposten sie geklaut? Diese Schweine wollten sich wohl ein wenig Abwechslung verschaffen, wie? Gewiss vergnügt ihr euch in der Wachstube mit ihr, nicht wahr? Was ist das für ein Lärm? Pulle? Nein, der ist unterwegs. Aber seine Handlanger ...

Der Zauberer legte das Ohr an die verschlossene Tür zur Wachstube und horchte.

»Die Weiber in der *Atomhenne* kannst du vergessen. Die sind schweineteuer, weil die Zocker dort die Preise verderben. In die *Eidechse* musst du gehen ...« Aus der Wachstube drang das charakteristische Gluckern gierig in die Kehle geschütteten Whiskeys. »Vor einer Woche hab ich dort eine aufgegabelt, beim Barte des Schlafenden, so eine geile Schnalle hab ich noch nie erlebt, voll krass, was die am Seeufer angestellt hat, mir wäre fast die Glatze durchgebrannt ...«

Die Zuhörer wieherten höflich, doch einer wollte die Meinung des *Eidechsen*-Fans nicht teilen.

»Stimmt schon, die Weiber in der *Atomhenne* sind teuer, aber sie sind ihr Geld wert. Jedenfalls sind sie um Klassen besser als Wambos Discountschnepfen. Ich hatte mal eine, die ...«

Verdammt. Angewidert wandte sich Lubomir ab, und die Stimmen der Wachposten verschwammen zu einem unverständlichen Gemurmel.

Alle denken immer nur an das Eine. Immer dieselbe Leier. Wer mit wem schläft. Und wie. Und was er dabei spürt. Tiere, Abschaum! Den Zauberer überlief eine Welle von Ekel und Wut. Am liebsten hätte er die Tür zur Wachstube aufgerissen, in die debilen Visagen dieser Affen geschaut, ihnen die Haut abgezogen, die Eingeweide herausgerissen, sich daran ergötzt, wie das Leben aus ihren Augen weicht, in ihrem heißen Blut gebadet, um sein rasendes Herz zu beruhigen und die Kälte zu verscheuchen.

Die Kleine mit dem Muttermal war jedenfalls nicht bei den Rothauben. Folglich hatte er sie bereits getötet und es nur vergessen. Wie sollte er sich nun Erleichterung verschaffen?

Das Tischchen mit den Bestecken reagierte auf den Impuls des Zauberers und rieb sich abermals an seinem Bein. Ohne hinzusehen, griff Lubomir nach einem feinen, gebogenen Skalpell und fuhr sich damit übers

Handgelenk. Sofort quoll Blut aus der Wunde. Sekundenlang starrte der Bote wie versteinert auf seinen Arm, dann führte er ihn zum Mund und schleckte den salzigen Saft ab. Die Wunde schloss sich rasch. Er empfand eine gewisse Erleichterung, aber nicht genug. Er brauchte mehr – viel mehr!

»Das Telefon!«, befahl Lubomir schroff.

Das Risiko war ihm in diesem Augenblick egal.

Das Tischchen entfernte sich, und als es zurückkam, lag ein kleines schwarzes Mobiltelefon auf den Bestecken. Der Zauberer nahm es und tippte eine Nummer ein.

»Wambo?«

»Ich habe Sie erkannt«, erwiderte der Geschäftsführer vorsichtig. »Womit kann ich dienen?«

»Hast du irgendwas für mich?«

»Selbstverständlich.«

»Gut. Ich schicke Pulle vorbei.«

Im Labyrinth
Moskau, irgendwo unter der Erde
Mittwoch, 28. Juli, 02:16 Uhr

In Moskau wurde schon seit Anbeginn ausgiebig und leidenschaftlich gegraben. In unermüdlicher Kleinarbeit bohrten, schaufelten, sprengten und baggerten die Einwohner der Stadt ein Labyrinth von Gängen, Schächten, Bunkern, Flüssen, Seen und Höhlen in den Untergrund.

Wie ein Krebsgeschwür fraßen sich diese Katakomben immer tiefer in die Erde und schon längst hatte niemand mehr einen Überblick über das verworrene Grabwerk. Inzwischen wagten es nur noch wenige Unerschrockene, außerhalb eines Zuges der Untergrundbahn in den Bauch des Molochs vorzudringen. Wie so oft bekamen die Menschen Angst vor ihren eigenen Errungenschaften.

Das Labyrinth entwickelte ein Eigenleben und wurde zur Heimat für eine Vielzahl von Lebensformen: Pilze, Asseln, Spinnen, Ratten und sogar vernunftbegabte Wesen – die Ossen. Niemand wusste genau, wann dieses kleine, halbwilde Jägervolk sich im Untergrund angesiedelt hatte. Die Ossen durchstreiften den Untergrund auf der Suche nach Nahrung für sich und ihre Ratten, reimten schwermütige Balladen und kamen nur äußerst selten an die Oberfläche. Vor langer Zeit hatten sie sogar Anspruch auf die Weltherrschaft erhoben, doch in den Jahren des Zweiten Unterirdischen Kriegs bekamen sie einen Denkzettel verpasst und sahen sich fortan zu mehr Bescheidenheit genötigt. Bei den Bewohnern der Verborgenen Stadt hatten sie den Ruf, äußerst zählebig und bei der Wahl ihrer Kost nicht anspruchsvoll zu sein. Gerüchteweise konnten sie sich sogar von chemischen Abfällen ernähren.

»Bis zum Kiewer Bahnhof ist es noch ein weites Stück Weg«, lamentierte der Jäger, der vorausging. »Das Rudel hat lange nichts mehr zu fressen bekommen, aber Tschuja hat ein Versprechen gegeben. Und wenn Tschuja etwas verspricht, dann hält er es auch.«

Die Ratten, die geschäftig um ihn herumwuselten, beäugten und beschnüffelten jeden Winkel des dunklen Gangs. Das Gefasel des Jägers schien sie nicht zu stören. Tschuja verstummte für einen Augenblick, doch schon zwei Schritte später hob er abermals an, und diesmal erzitterten die Schachtwände von seinem schrillen Geheule:

Verirrt in tiefer Finsternis
erblickte er ein Sternenlicht
Es war ein Wunder, ganz gewiss,
genützt, oh weh, hat es ihm nicht.

Der Jäger tüftelte an seiner neuesten Ballade.

Cortes hatte Tschuja dazu überredet, sie zum Kiewer Bahnhof zu begleiten. Einerseits konnten die Flüchtenden davon nur profitieren, denn einen besseren Führer als den Ossen hätte man sich im Labyrinth kaum wünschen können. Anderseits hatten sie sich damit die Gesellschaft einer fürchterlichen Nervensäge eingehandelt. Der an die Einsamkeit gewöhnte Jäger sah sich bemüßigt, jede Richtungsänderung zu kommentieren und unterbrach diese ausgedehnten Monologe nur, um seine poetischen Ergüsse in die Finsternis zu posaunen.

»Sag mal, reden diese Ossen alle so schwülstig?«, fragte Artjom den Söldner hinter vorgehaltener Hand.

»Weißt du, sie haben ein relativ einfach gebautes Gehirn und wahrscheinlich versuchen sie, dieses Defizit durch Pathos zu kompensieren«, mutmaßte Cortes flüsternd.

»Verstehe.« Artjom gähnte.

»Wir haben noch Glück, dass wir Tschuja getroffen haben. Sein Rudel ist gut abgerichtet, und er kennt mich.«

»Und wenn wir auf einen anderen Ossen gestoßen wären?«

»Dann hätte es auch unangenehm werden können«, erwiderte der Söldner achselzuckend. »Ratten sind Allesfresser.«

Es dauerte einige Augenblicke, bis Artjom verstand, worauf Cortes anspielte.

»Sie fressen auch Menschen?«

»Fressen und gefressen werden, so ist das nun mal«, konstatierte der Söldner lapidar.

Artjom betrachtete die Gestalt des dürren Rattenbändigers mit zunehmend gemischten Gefühlen. In mäßigem Tempo setzten sie ihren Weg zum Kiewer Bahnhof fort.

»Das Rudel ist hungrig«, rief plötzlich Tschuja. »Es wittert Futter!«

Tatsächlich wirkten die Ratten nervös. Sie stellten sich schnobernd auf die Hinterpfoten oder rannten aufgeregt piepsend umher.

»Was ist los?«, fragte Tschuja seine kleinen Monster. Er ging unvermittelt in die Hocke, zückte einen seiner Wurfspieße und warnte: »Vor uns ist ein Feind!«

Cortes griff nach seinem Messer und drückte sich an die Wand. Artjom wich einige Schritte zurück. Alle drei lauschten angestrengt. Was war das für ein Geräusch? Ein tropfender Wasserhahn?

»Auf in den Kampf!«, plärrte Tschuja und stürmte los.

Aus der Dunkelheit drangen Schmerzensschreie. Hatte sich das Rudel auf sein Opfer gestürzt?

»Bleib du hier«, kommandierte Cortes und folgte dem Jäger.

Der Lärm und die Flüche, die nun durch die Gänge hallten, ließen keinen Zweifel daran, dass Artjoms Begleiter in eine ernsthafte Konfrontation verwickelt wurden. Was sollte er tun? Die Antwort gab ein abgebrochenes Rohrstück, das er auf dem Boden entdeckte. Er hob es auf und wollte gerade loslaufen.

»Stehen geblieben, Freundchen!«

Eine haarige Pranke legte sich auf seine Schulter und drehte ihn um hundertachtzig Grad herum. Artjom war völlig perplex. Vor ihm stand ein kleiner, krummbeiniger Kerl in schwarzen Lederklamotten, der ein rotes Bandana auf dem Kopf trug. Für einen Moment musterten sie sich gegenseitig, dann formten die schmalen Lippen des Krummbeins ein Grinsen.

»Bist du nicht der Humo, den wir suchen?«

Das Rohr in Artjoms Hand bemerkte er nicht. Oder er nahm es nicht ernst.

Im Nachhinein erinnerte sich Artjom nur noch schemenhaft an das, was danach geschah. Jedenfalls drosch er dem Feind das schwere Eisenrohr auf den Kopf. Wie vom Blitz getroffen sank der Kerl in sich zusammen. Artjom schlug noch einige Male zu, warf das blutverschmierte Rohr weg und rannte davon.

Das Rudel hatte sein Opfer schon von Ferne bemerkt: einen einsamen Wanderer, der sich wohl verirrt hatte.

Seine Unsicherheit und aufkommende Angst spürten die Ratten sofort und entschlossen sich zum Angriff. Normalerweise verfolgten sie ein Opfer ausdauernd und überzeugten sich davon, dass es alleine war, bevor sie sich darauf stürzten. So hatte ihr Herr es ihnen andressiert. Doch diesmal waren sie ausgehungert und folgten blind ihrem Instinkt.

Gleich mehrere Ratten auf einmal fielen über die Beute her und schlugen die scharfen Zähne in ihr Fleisch. Für den Rest des Rudels war dies das Signal zum Angriff. Das Opfer schrie verzweifelt, strauchelte und ging unter der Last der schweren Rattenkörper zu Boden. Seine Schreie erstickten, als sich eine der Ratten in seine Kehle verbiss. Blut spritzte auf den schmutzigen Boden. Die Ratten kosteten ihren Sieg aus. Sie fraßen gierig, rangelten fiepend um die besten Plätze und bekamen überhaupt nicht mit, wie die Begleiter des Opfers aus der Dunkelheit traten: ein ganzer Trupp von Rothauben, die sich im Labyrinth verirrt hatten. Die klein gewachsenen, sehnigen Kämpfer in den schwarzen Lederwesten zogen ihre Waffen und stürzten sich wutschnaubend auf die Ratten. Für die Nager wurde es jetzt eng.

In diesem Augenblick trat der Herr des Rudels aus der Dunkelheit. Seine Anwesenheit beflügelte den Kampfgeist der Ratten. Tschuja schleuderte einen Wurfspieß, dann noch einen, zog sein Messer und stürzte sich todesmutig auf die Rothauben. Kurz darauf tauchte Cortes' Umriss im Halbdunkel auf. Stöhnen und Ächzen mischten sich in das erbitterte Kampfgeschrei. In den engen Gängen des Untergrunds konnten die Rothauben ihre zahlenmäßige Überlegenheit nicht ausspielen. Sie verloren rasch drei Kämpfer, doch als sie bemerkten, dass die erschöpften Ratten flohen und ihnen nur zwei Widersacher gegenüberstanden, witterten sie ihre Chance. Tschuja und Cortes gerieten in die Defensive. Sie drängten sich dicht aneinander und konnten sich des Ansturms der Widersacher kaum mehr erwehren.

»Lasst den Humo am Leben!«, befahl der Uibuj des Trupps. »Das ist Cortes!« Der kluge Anführer zog es vor, seine Kommandos hinter den breiten Rücken seiner Kämpfer zu geben.

Die Rothauben umzingelten ihre Widersacher, die verzweifelt um sich schlugen, und im Gefühl des sicheren Sieges bemerkten sie nicht, wie die spitze Schnauze einer gigantischen Ratte aus einem Seitengang lugte. Die furchterregende Kreatur beäugte das Kampfgeschehen mit ihren schwarzen Knopfaugen und verschwand lautlos in der Dunkelheit.

»Das Spiel ist aus, Rattenfänger!«, rief der Uibuj, als er bemerkte, dass das Messer des Ossen abgebrochen war, reckte drohend den Yatagan und lachte triumphierend. »Möchtest du dich noch von deinen Bestien verabschieden?«

Tschuja wich zurück und sah sich hilfesuchend nach dem keuchenden Cortes um. Das Lachen des Uibujen gerann zu einem würgenden Röcheln: In seinem Hals stak plötzlich ein Wurfspieß.

»Krieg! Krieg!!«

Aus dem Seitengang sprang ein neues Rattenrudel hervor, und ein zweiter Oss kam seinem Volksgenossen zu Hilfe. Nun wurden die Karten neu gemischt. Im Nu umzingelten die Monsterratten ihre Opfer und verbissen sich in ihre Körper. Die Rothauben hatten keine Chance. Schon nach wenigen Minuten sank der letzte Kämpfer zu Boden.

»Hallo Bsik!«, begrüßte Tschuja seinen Freund. »Danke, dass du gekommen bist.«

»Ich war gerade auf der Jagd«, erklärte Bsik. »Mein Rudel ist hungrig.«

»Futter gibt es hier mehr als genug«, sagte Tschuja. »Das reicht für alle.«

Die Jäger ließen die Blicke über die Leichen schweifen und grinsten zufrieden.

»Viel Frischfleisch«, pflichtete Bsik bei, doch Tschuja hörte ihm nicht mehr zu.

Der Jäger stieß den Körper des Uibujen zur Seite und stieß einen Schrei aus: Cortes lag bewusstlos auf dem Boden.

KAPITEL FÜNFZEHN

»... Die Zahl der Internetnutzer in Russland steigt kontinuierlich. Im Interview mit unserer Zeitung sagte Jegor Bessjajew, der Vizepräsident des landesweit größten Providers T-Grad-Com, dass Internet, Fernsehen und weitere Medien in Zukunft in ein gemeinsames Verbundnetz integriert würden ...«

WEDOMOSTI

»... In der Verborgenen Stadt geht die Angst um. Der schwelende Konflikt zwischen den Herrscherhäusern und deren nebulöse Äußerungen zu den jüngsten Ereignissen nähren die Befürchtungen vieler Beobachter, dass ein großer Krieg unmittelbar bevorstehen könnte ...«

T-GRAD-COM

Grüner Hof, Hauptquartier des Herrscherhauses Lud
Moskau, Lossiny Ostrow
Mittwoch, 28. Juli, 03:14 Uhr

»Bitte einzusteigen ...«, flötete Santiago und hielt Jana galant die Autotür auf. »Wie hat es Ihnen im Grünen Hof gefallen?«

»Es gibt ein bisschen zu viele verschlossene Türen dort«, witzelte Jana und winkte den grimmigen Wachmännern, die ihre Abfahrt verfolgten. »Aber ich wurde immerhin anständig behandelt.«

»Die Luden haben eben ein weiches Gemüt«, konstatierte der Naw achselzuckend. »In der Zitadelle hätten Sie es weit weniger gemütlich gehabt.«

»Deshalb lege ich auch größten Wert auf ein freundschaftliches Verhältnis zu Ihnen, Kommissar«, bemerkte Jana pfiffig. »Was für ein edles Auto Sie fahren. Ein Jaguar, nicht wahr?«

»Ganz recht. Ein Jaguar XJ220.«

Der Sportwagen verkörperte dieselben Attribute wie sein Besitzer: Eleganz, Kraft und Ausstrahlung. Selbst reiche Schatyren, die sich ihre Schwäche für schnelle Autos etwas kosten ließen, erblassten vor Neid, wenn sie den superteuren Jaguar zu Gesicht bekamen. Jana fand, dass es nicht schaden könne, der Eitelkeit des Kommissars ein wenig zu schmeicheln.

»Ein XJ220. Davon wurden nur wenige Exemplare gebaut, nicht wahr?«, fachsimpelte sie.

»Der Absatzmarkt für solche Modelle ist naturgemäß begrenzt«, erläuterte Santiago. »Aber wenn Sie nichts dagegen haben, würde ich nun gern zur Sache kommen.«

»Gewiss.« Die junge Frau öffnete ihre Handtasche, die man ihr zurückgegeben hatte, und holte ihre Schminkutensilien hervor. »Sie werden enttäuscht sein, Kommissar. Artjom ist nicht mehr dazugekommen, zu sagen, wo er das Amulett versteckt hat.«

»Wirklich sehr bedauerlich«, pflichtete der Naw bei. »Dann habe ich Sie ja ganz umsonst aus Ihrer misslichen Lage befreit.«

»Tut mir leid, dass Sie wegen mir Ihre Zeit verschwendet haben.«

»Ist nicht der Rede wert«, verkündete Santiago generös.

Mit sanft schnurrendem Motor entfernte sich der Jaguar immer weiter vom Grünen Hof.

»Wie ist Ihre Unterredung mit Königin Wseslawa verlaufen?«, erkundigte sich Jana, während sie sich im Schminkspiegel betrachtete. »Haben Sie irgendetwas Interessantes erfahren?«

»Haben Sie schon mal vom Vivisektor gehört?«, fragte Santiago, anstatt zu antworten. »In den Zeitungen wurde angeblich über ihn geschrieben.«

»Natürlich.« Die junge Frau rümpfte die Nase und fügte ein wenig vorwurfsvoll hinzu: »Während der Überwachung der Burg war Zeitunglesen eine meiner Hauptbeschäftigungen.«

»Er tötet Frauen?«

»Junge Mädchen, und zwar ausschließlich auswärtige. Ich habe Fotos von Opfern gesehen. Da läuft es einem eiskalt den Rücken herunter. Er seziert sie bis zur Unkenntlichkeit. Deswegen haben die Journalisten den Täter auch Vivisektor getauft.«

»Hat die Polizei schon eine Spur?«

»Keine Ahnung. Es scheint aber schwierig zu sein, den Mörder zu finden. Wie kommen Sie darauf?«

»Lubomir war einst in die Königin verliebt«, erklärte

der Naw. »Damals war er noch sehr jung – es muss eine kindlich-naive Liebe gewesen sein. Man kann sich leicht ausmalen, was es für ihn bedeutete, als er erfuhr, dass seine große Liebe ihm nach dem Leben trachtete. Wseslawa hegt den Verdacht, dass der Bote und der Vivisektor ein und dieselbe Person sind.«

»Die erste Liebe endet meistens mit einer Enttäuschung«, warf Jana ein. »Wenn alle verschmähten Liebhaber zu Psychopathen würden, gäbe es kaum mehr normale Menschen.«

»Darüber werde ich nachdenken.« Santiago drosselte das Tempo, und der Jaguar schlich nun langsam über die verwaiste Straße. »In Bezug auf den Boten gibt es noch einen weiteren interessanten Randaspekt. Wie Sie wissen, üben einige Zauberer lebenslang sexuelle Enthaltsamkeit, um ihre magischen Kräfte zu stärken.«

»Und das hilft tatsächlich?«

»Nicht nennenswert. Aber Lubomir hat keine klassische Ausbildung genossen. Es könnte durchaus sein, dass er darauf bedacht ist, sein magisches Potenzial maximal auszuschöpfen.«

»Der Vivisektor vergewaltigt seine Opfer nicht. Das würde die Theorie der Königin indirekt bestätigen. Womöglich hat sich sein Hass auf Wseslawa gegen alle Frauen gerichtet und dann ...« An dieser Stelle entfuhr Jana ein Schimpfwort, das sich für eine Lady nicht geziemte.

»Vielleicht irren wir uns auch«, sagte Santiago und zog die Stirn in Falten.

»Das lässt sich leicht nachprüfen.«

»Und wie?«

»Der Vivisektor, also Lubomir, sucht sich seine Opfer gewiss nicht selbst«, räsonierte Jana. »Er lässt nur seinen perversen Hass an ihnen aus. Mit Sicherheit bringt ihm jemand die Mädchen.«

»Die Rothauben«, mutmaßte Santiago. »Sie tun alles, was er ihnen befiehlt.«

»Das würde mich wundern«, widersprach Jana. »Die Rothauben sind Dumpfbacken. Sie würden die Mädchen wahllos von der Straße holen und jede Menge Spuren hinterlassen. Es werden aber nur Frauen aus der Provinz getötet, nach denen lange Zeit niemand sucht und die auch nicht sofort identifiziert werden können.«

»Also gibt es jemanden, der die Mädchen ganz gezielt auswählt«, schlussfolgerte Santiago und warf Jana einen anerkennenden Blick zu. »Haben Sie irgendwelche Vermutungen, wer dieser Jemand sein könnte?«

»Die Eulins«, antwortete Jana, ohne lange zu überlegen. »Frauen passen in ihr Geschäftsprofil.«

Santiago dachte einige Augenblicke über ihre Worte nach, dann grinste er und fragte: »Kennen Sie Wambo?«

Der kontroverse Meinungsaustausch mit einem gereizten Nawen war ein zweifelhaftes Vergnügen. Wenn sich zum ohnehin streitbaren Charakter der Angehörigen des Dunklen Hofs noch eine Prise Verärgerung oder gar Zorn hinzugesellten, mutierten sie zu äußerst unangenehmen Gesprächspartnern, und es war ratsam, ihnen in solchen Momenten aus dem Weg zu gehen. Dies gelang indes nur bedingt, denn die Nawen waren hartnäckig, wenn es darum ging, sich Gehör zu verschaffen.

»Hand aufs Herz, Wambo.« Diesmal ließ Santiago den Geschäftsführer nicht in der Luft zappeln, sondern stellte den verschreckten Dickwanst auf den Tisch und marschierte langsam vor ihm auf und ab. »Wie viel bezahlt Ihnen Lubomir?«

»Wofür?«, fragte der Eulin und bemühte sich, möglichst entrüstet zu schauen. »Was habe ich denn für ihn getan?« Verständlicherweise verspürte er keine Neigung, seine Verbindung zu dem Zauberer zuzugeben.

»Reden Sie schon, Wambo«, beharrte der Naw. »Ich habe keine Beweise, dass Sie für Lubomir arbeiten.«

»Warum glauben Sie dann, dass ...«

»Ich glaube gar nichts, Wambo. Ich zähle nur zwei und zwei zusammen. Außerdem habe ich wenig Zeit und verdammt schlechte Laune. Sie können sich sicher denken, worauf ich hinauswill, nicht wahr?«

»Nein«, quiekte der Dickwanst.

»Mit Ihrem unüberlegten Verhalten haben sie die gesamte Verborgene Stadt in Gefahr gebracht. Die Polizei kann Lubomir, und damit auch uns, jederzeit auf die Spur kommen. Wenn Sie sich also weiterhin dumm stellen, werde ich Sie töten.«

»Wir stehen unter dem Schutz des Grünen Hofs«, stammelte der Eulin. »Sie können mich nicht einfach so umbringen.«

»Glauben Sie mir, es würde mir nicht schwerfallen, diesen kleinen Vorfall unter den Tisch zu kehren.«

Ein Blick in die schwarzen, harten Augen des Kommissars verriet Wambo, dass jener es ernst meinte. Es sah keinen anderen Ausweg und gab seinen Widerstand auf.

»Lubomir bezahlt gut. Er bestellt die Mädchen für irgendwelche Experimente. Aber es sind Humofrauen. Unsereins rühre ich nicht an, das schwöre ich, Santiago!«

»Du verdienst dir also mit Menschenhandel was dazu?«, schaltete sich Jana ein. »Weißt du wenigstens, was er mit ihnen macht, du Mistkerl?«

»Was geht mich das an? Was ich nicht weiß, macht mich nicht heiß, wie man so schön sagt ...«

»Wo bringt ihr die Mädchen hin?«, fragte Santiago barsch.

»Ich sorge dafür, dass stets einige Mädchen auf Lager sind. Pulle ruft dann irgendwann an und holt sie ab.«

»Wo hast du die Mädchen her?«, bohrte Jana weiter, deren blaue Augen sich zu messerscharfen Schlitzen verengten. »Du wirst wohl kaum deine Huren an ihn verhökern.«

Wambo sah die Söldnerin gehässig an und seufzte.

»Kluges Mädchen.«

»Antworten Sie, Wambo«, drängte der Kommissar.

»Ein Humo besorgt sie mir, ein dilettantischer Fotograf. Glauben Sie mir, Santiago, ich wusste zu Anfang wirklich nicht, wofür Lubomir sie braucht. Später bin ich selbst darüber erschrocken.«

»Schöpft der Fotograf keinen Verdacht?«

»Dem ist das egal, solange der Rubel rollt.«

»Und wenn ihn die Polizei in die Mangel nimmt?«

»Na und?« Wambo zog die Schultern hoch. »Ich habe dem Typen nie die Hand gegeben und immer nur am Telefon mit ihm gesprochen. Selbst wenn sie ihn folterten, würden sie nichts aus ihm herausbekommen, er weiß nichts.«

»Klug eingefädelt«, lobte der Kommissar. »Wann kommt Pulle das nächste Mal?«

»Noch heute. Lubomir hat diesmal sogar selbst angerufen.«

»Das letzte Opfer wurde gestern gefunden«, sagte Jana. »Er braucht wohl schon wieder Nachschub.«

»Was sind das für Mädchen, die du für ihn bereithältst?«, erkundigte sich der Kommissar. »Kann man mit denen vernünftig reden?«

»Santiago«, mahnte Jana gedehnt. »Ihnen ist doch klar, dass Sie mit diesen dummen Gänsen nicht rechnen können. Sie würden komplett hysterisch reagieren und alles vermasseln. In der Höhle des Löwen brauchen Sie einen eiskalten Profi.«

Der Naw schob die Unterlippe vor und nickte zustimmend.

»Übernehmen Sie den Job?«

»Warum nicht. Mein letzter Auftrag war sowieso langweilig.«

»Ihr letzter Auftrag?«, wunderte sich Santiago. »Ist der denn schon beendet?«

»Das nicht.« Jana zückte ihre Nagelfeile. »Mein Job bestand aber nur darin, Feuerschutz zu geben. Es war keine Rede davon, dass ich als potenzielles Schlachtopfer des Boten eingesetzt werde.«

»Der Dunkle Hof würde sich der Zahlung eines Risikozuschlages bestimmt nicht verschließen«, knurrte Santiago zähneknirschend. Großzügigkeit galt bei den Nawen nicht als Tugend, sondern als Verschwendung. »Wären Sie unter diesen Bedingungen einverstanden?«

»Aber gewiss doch.«

»Kluges Mädchen«, wiederholte Wambo, der inzwischen etwas verloren auf dem Tisch stand. »Wenn du mal Arbeit brauchst, komm zu mir.«

Moskau, Bolschaja-Dmitrowka-Straße
Mittwoch, 28. Juli, 06:51 Uhr

Artjom wusste nicht mehr genau, wie er an die Oberfläche gelangt war. Nur bruchstückhafte Erinnerungen spukten durch seinen Kopf: finstere, feuchte Gänge, eine verrostete Leiter und ein frischer Luftzug, der ihn zu einem offenen Gully führte. Artjom stand unter Schock. Schließlich hatte er einen Mord begangen. Für ihn stand fest, dass er den Zwerg mit dem roten Kopftuch erschlagen hatte. Nun irrte er wie paralysiert durch die grauen Straßen der allmählich erwachenden Stadt.

»Hey, du da!«

Die grobe, herrische Männerstimme drang durch den dichten Schleier, der sein Bewusstsein vernebelte, und riss ihn aus seiner Lethargie. Artjom sah sich um. Er stand inmitten einer ausgestorbenen Straße. Am Straßenrand stand ein blauweißer Polizei-Jeep, dessen Blaulicht tonlos rotierte.

»Komm mal hierher!« Der Sergeant, der am vorderen

Kotflügel lehnte, winkte ihn mit seiner Maschinenpistole zu sich. »Nun mach schon, beweg dich!«

Artjom schlurfte langsam zu dem Polizisten.

»Bist du eingeraucht?«, fragte der Sergeant streng. »Hast du Papiere?«

»Nein.«

»Was machst du hier?«

»Ich? ... Ähm, ich komme von einer Freundin. Ihr Mann hat uns überrascht.«

Das war keine allzu originelle Geschichte, doch auf die Schnelle war Artjom nichts Besseres eingefallen. Sein Gehirn funktionierte so träge, als sei er eben erst aufgewacht.

»Habt ihr euch geprügelt?«

Das etwas zerlumpte Äußere des Streuners schien darauf hinzudeuten, dass der gehörnte Ehemann mit dem unangemeldeten Besuch bei seiner Frau nicht einverstanden war.

»Nein«, erwiderte Artjom und lächelte ein wenig dümmlich. »Die wohnen im ersten Stock, ich bin aus dem Fenster gesprungen und durchs Gebüsch getürmt.«

Noch nie in seinem Leben hatte er schlechter gelogen.

»Zeig mal deine Hände vor!«

Argwöhnisch begutachtete der Polizist Artjoms Hände, besonders die Knöchel. Doch er fand keinerlei Kampfspuren. Den Kerl mit den schwarzen Lederklamotten hatte Artjom mit einem Eisenrohr erschlagen, deshalb waren ein paar unverdächtige Rostkrümel die einzigen Spuren an seinen Händen. Auch nach Blutspritzern suchte der Sergeant vergeblich. Dennoch war offensichtlich, dass er ihm seine Geschichte nicht abnahm.

»Kann ich dann gehen?«, fragte Artjom, der allmählich nervös wurde.

»Das würde dir so passen«, versetzte der Sergeant. »Du hast keine Papiere und siehst verdammt verdächtig aus. Du kommst erst mal schön brav mit aufs Revier, dann sehen wir weiter.«

Artjom suchte instinktiv nach einem herumliegenden Eisenrohr, fand jedoch nichts Passendes.

»Aber, Herr Sergeant ...«

»Halt die Klappe.«

Die Hand des Polizisten näherte sich bedrohlich den Handschellen, die an seinem Gürtel hingen, und Artjom packte blanke Wut. Ein Aufenthalt im Knast passte überhaupt nicht in seine Tagesplanung, doch er hatte keine Idee, wie er diesem Schicksal entrinnen könnte.

»Da bist du ja, du Dummerchen!«

Eine melodische Frauenstimme mischte sich in die Unterhaltung ein. Die beiden Männer drehten synchron die Köpfe. Neben dem Jeep der Streife hielt ein silberfarbener Mustang, in dem eine kokett lächelnde junge Frau hinterm Steuer saß. Unter ihrer weißen, provokant aufgeknöpften Bluse wölbten sich die sanften Hügel ihrer ... Kurzum – es war Lana, die Blondine aus der *Eidechse*.

»Artjom, ich habe schon die halbe Stadt nach dir abgesucht.« Der Blick ihrer smaragdgrünen Augen wanderte zu dem Sergeanten. »Wo haben Sie ihn denn aufgegabelt?«

»Sie kennen ihn?«

»Wie soll ich sagen?« Lana sah Artjom zärtlich an. »Natürlich kenne ich ihn.«

Das grimmige Gesicht des Sergeanten zerschmolz zu einer entrückten Grimasse und seine Hand entfernte sich wieder von den Handschellen. Sein Kollege, der die ganze Zeit gelangweilt am Steuer des Jeeps ausgeharrt hatte, machte bemerkenswerte physiologische Veränderungen durch: Sein Hals wuchs besorgniserregend in die Länge, und seine Augen waren kurz davor, aus ihren Höhlen zu kullern. Als die junge Frau sich davon überzeugt hatte, dass sie im Mittelpunkt der Aufmerksamkeit steht, strich sie sich lässig durchs blonde Haar und löste damit eine Woge beglückender Gefühle aus.

»Hätten Sie etwas dagegen, wenn ich meinen Freund mitnehme, Sergeant?«, fragte Lana. »Wir hätten da noch eine Kleinigkeit zu Ende zu bringen.«

Die Polizisten leckten sich einträchtig über die Lippen und begannen zu schwitzen.

»Wenn Sie gut auf ihn aufpassen ...«

»Ich verspreche, dass ich ihn nicht mehr entwischen lasse«, versicherte Lana lächelnd. »Artjom, spring rein.«

»Na, hau schon ab«, zischte der Sergeant.

Artjom schwang sich auf den Beifahrersitz. Noch während er die Tür schloss, gab Lana Gas, und der Mustang brauste davon.

»Vielen Dank.« Artjom atmete erleichtert durch. »Du bist genau im rechten Moment aufgetaucht.«

»Ich weiß«, erwiderte Lana souverän und bog in halsbrecherischem Tempo um die nächste Kurve. Sie hatte es offensichtlich eilig, außer Sichtweite der Polizeistreife zu kommen. »Die Verborgene Stadt gerät nur ungern ins Visier der Polizei. Was hast du ausgefressen?«

»Offenbar sah ich zu schmutzig und verdächtig aus.«

»Du stinkst nach Labyrinth«, bemerkte die junge Frau und rümpfte demonstrativ die Nase. »Kannst du dich irgendwo waschen?«

»Nein.«

»Bist du ein Penner? Oder drängst du dich als Gast zu mir nach Hause auf?«

Artjom fand das eine ausgesprochen gute Idee.

»Ich werde gesucht.«

»Du drängst dich also auf. Warum hast du dich dann im Club nicht mehr bei mir sehen lassen? Das hattest du doch vor.«

»Mir ist etwas dazwischengekommen.«

»Du bist abgehauen.«

»Ja.«

»Vor wem?«

»Vor den Luden.«

»Oho!«

Lana steuerte den Mustang in eine Seitengasse, hielt abrupt an und drehte sich zu Artjom um. Der weiße Stoff der Bluse spannte sich eng über ihre Brüste und die grell geschminkten Lippen formten ein süffisantes Lächeln.

»So eine große Nummer bist du?«, fragte sie.

»Nein. Die Luden haben mich einfach enttäuscht.«

»Interessante Antwort«, entgegnete Lana und fixierte ihn mit leicht zusammengekniffenen Augen. »Du bist noch nicht lange in der Verborgenen Stadt, stimmt's?«

»Wie kommst du darauf?«

»Ein Herrscherhaus kann doch niemals enttäuschen, Artjom. Man begegnet ihm entweder mit Hochachtung oder mit Furcht. Angeberei und Respektlosigkeit können dich dagegen teuer zu stehen kommen.«

»Wie teuer?«

Lanas Pose war unwiderstehlich: die Linke lässig am Steuer, der Oberkörper mit der halbnackten Brust zu ihm gedreht, das rechte Bein neckisch hochgezogen und auf die Mittelablage gestützt, das linke im Fußraum verschwindend, ihre vollen, leicht geöffneten Lippen und dann diese unglaublichen, riesigen Augen, die ihn bezauberten, lockten und ihm alles Glück der Welt versprachen.

Artjom beugte sich vor und küsste Lana. Er versank förmlich in ihren weichen, zärtlichen Lippen, die eine Spur bitter schmeckten und mit jeder Sekunde dieses leidenschaftlichen Kusses eine höhere Dosis dieser betörenden Herbheit verströmten. Artjom spürte, dass etwas nicht stimmte, dass eine unfassbare Macht sein Hirn vernebelte, immer tiefer in seine Seele eindrang und ihn gefügig machte. Er verlor völlig die Kontrolle und fand keine Kraft, sich von diesem verzehrenden, giftigen Kuss loszureißen. Im Gegenteil, immer heftiger presste er die junge Frau an sich, als hätte er es besonders eilig, ihrem Zauber zu erliegen. Bereitwillig ließ er sich fallen und ergötzte sich an der verderblichen Süße der Ohnmacht.

Artjoms Gehirn war gut abgeschirmt. Als ihr das klarwurde, griff Lana, eine Fee des Grünen Hofs, zum *Kuss der Rusalka*, einem alten Zauber, der ausschließlich Frauen vorbehalten war. Auf diese Weise konnte sie zwar nicht Artjoms Gehirn scannen, doch sie erlangte die Macht über seine Gefühle und hatte leichtes Spiel, alles, was sie wissen wollte, aus ihm herauszubekommen.

Artjom sank auf den Sitz zurück und ließ sich den bittersüßen Geschmack von Lanas Lippen auf der Zunge zergehen. Danach konnte man süchtig werden! Als er sich wieder zu ihr beugte, drückte die Fee ihn mit ihrer zarten Hand sanft in den Sitz zurück.

»Wir müssen reden, Artjom«, sagte sie lächelnd und wischte den verbliebenen Lippenstift mit einem Taschentuch ab. »Warum sind die Rothauben und der Grüne Hof hinter dir her?«

Eine leise Stimme aus der Tiefe seines Gehirns versuchte ihm zu sagen, dass er auf diese Frage nicht antworten dürfe, doch seine Gefühle verlangten von ihm, seiner Verführerin alles zu erzählen.

»Sie wollen meine Beute.«

»Die du den Rothauben abgeluchst hast?«

»Ja.«

»Und die haben sie den Tschuden gestohlen?«

»Ja.«

Lana verstummte für einen Moment und schien zu überlegen, ob sie die nächste Frage stellen sollte oder nicht.

»Was ist das für eine Beute?«

»Das Karthagische Amulett.«

»Ups!« Jana stieß einen kurzen Fluch aus, ohne auf Artjom zu achten.

»Hast du es dabei?«

»Nein.«

Abermals beugte sich Artjom begierig zu der jungen Frau und wurde erneut gebremst.

»Hast du es versteckt?«

»Ja.«

»Was sollen die Rothauben mit dem Amulett? Sie können doch gar nichts damit anfangen.«

»Sie arbeiten für den Boten.«

»Der Bote lebt?!« Der Körper der Fee zuckte zusammen, und ihre grünen Augen begannen nervös zu flackern.

»Ja.«

»Dann hat Wseslawa den Grünen Hof hinters Licht geführt! Die Morjanen sollen mich zerfleischen, wenn es anders ist!«

Lana war fassungslos: Das Karthagische Amulett befand sich in den Händen eines Humos; der Bote war am Leben; die Königin hatte ihr Volk verraten; der Zwist in der Verborgenen Stadt verschärfte sich; und nur sie, Lana, eine Fee des Grünen Hofs, hatte es in der Hand, eine Lösung zu finden. Oder etwa nicht?

»Hat sich der Bote gegen die Herrscherhäuser gestellt?«, fragte sie Artjom, der sie ergeben anstarrte.

Das war eine schwierige Frage, und Artjom versuchte, sich an all das zu erinnern, was er in den letzten Tagen und Stunden erfahren hatte.

»Der Bote strebt einen großen Krieg an. Ihm ist nicht klar, dass es der letzte Krieg auf dieser Erde wäre. Für ihn zählt nur Gewalt. Er ist zu spät gekommen.«

»Für wen arbeitest du, Humo?«, fragte die Fee leise, obwohl sie die Antwort schon wusste.

»Für Santiago.«

In Gefangenschaft
Mittwoch, 28. Juli, 07:24 Uhr

Rechtzeitig vor Pulles Eintreffen wurde Jana in einen Keller gebracht, wo bereits vier andere Mädchen eingesperrt waren. Um möglichst verschreckt zu wirken, kauerte sie sich neben der Tür zusammen, bis die Rothauben eintrafen und alle fünf Mädchen in einen schwarzen Kastenwagen verfrachteten. Erst auf der Fahrt wurde sie von den anderen angesprochen.

»Wie bist du hier gelandet?«, fragte ein langbeiniges, grauäugiges Mädchen im Flüsterton. »Über einen Alex?«

»Ja«, flüsterte Jana zurück.

»Das Schwein«, zischte eine Dunkelhaarige aus der anderen Ecke. »Das verdammte Schwein!«

Ihre Stimme brach, und sie begann zu schluchzen. Die Dunkelhaarige war fertig mit den Nerven.

»Was meinst du, wo werden sie uns hinbringen?«, fragte die Grauäugige.

»Egal. Wenn sie uns herumkutschieren, werden sie uns schon für irgendetwas brauchen.«

»Sie werden uns doch nicht umbringen?«

»Doch! Sie bringen uns alle um!«, heulte die Dunkelhaarige.

»Halt den Mund, dumme Gans«, unterbrach sie Jana und lächelte der Grauäugigen aufmunternd zu. »Wenn sie uns umbringen wollten, hätten sie das schon getan. Wahrscheinlich fahren sie uns in irgendein Ganovennest.«

»Du bist ganz schön tapfer«, flüsterte die Grauäugige anerkennend. »Wie heißt du?

»Jana. Und du?«

»Marina.« Die Grauäugige seufzte. »So cool wie du wäre ich auch gern. Aber leider bin ich ein totaler Angsthase.«

»Ich habe auch Angst«, gab Jana nach kurzem Nachdenken zu.

Der Söldnerin war tatsächlich etwas mulmig zumute. Die einzige Ausrüstung, die ihr Santiago zugestanden hatte, war eine Kapsel mit sechsprozentigem *Sprengwurzextrakt*. Im Versandkatalog der Handelsgilde trug dieses Erzeugnis die Nummer 14 unter der Rubrik »Technische Hilfsmittel zur Selbstbefreiung« und in der Produktbeschreibung hieß es: »Damit zerstören Sie im Handumdrehen Ketten, Handschellen und Schlösser jeder Art! Zustellung aus Sicherheitsgründen per Kurier.« Die einzige Garantie, die Jana hatte, war Santiagos Wort. In einer gewöhnlichen Situation wäre dies auch völlig ausreichend gewesen. Der Kampf gegen den Boten war indes keine gewöhnliche Situation, und aus diesem Grund war die junge Frau nervös.

Der Wagen hielt an. In der plötzlich eingetretenen Stille atmete Marina geräuschvoll durch und drückte ganz fest Janas Hand, so als könne sie auf diese Weise etwas Mut bei ihr tanken. Die Dunkelhaarige flennte und schlug die Hände vors Gesicht. Die anderen beiden Mädchen drückten sich verängstigt aneinander. Die Hecktür wurde aufgerissen, und eine rundgesichtige Plattnase mit rotem Kopftuch spähte in den Laderaum.

»Du bist die Erste.« Die Plattnase nickte Jana zu. »Steig aus.«

Das war Pulle. Die Söldnerin erkannte ihn an der grünen Tätowierung auf der Wange. Sie sprang aus dem Wagen und sah sich geschäftig um. Der Kastenwagen stand in einer Tiefgarage und direkt gegenüber befand sich ein Lastenaufzug. Das Tor zur Straße war geschlossen, es gab also nicht die geringste Chance, sich irgendwie zu orientieren.

»Stillstehen und geradeaus gucken!«, kläffte sie einer der Bewacher an und fasste sie grob am Ellbogen. »Hier gibt's nichts zu glotzen.«

Jana erinnerte sich an ihre Rolle, fuhr verschreckt zusammen und gab jämmerliche Laute von sich.

»Mach ihr keine Angst«, brummte Pulle gelangweilt und wandte sich seinen übrigen Kämpfern zu, die wie festgewachsen neben dem Wagen standen. »Was steht ihr hier dumm herum? Seht zu, dass ihr die anderen Weiber in den Aufzug bringt!«

Als Nächste stieg die Dunkelhaarige aus dem Laderaum.

»Hände weg! Fasst mich bloß nicht an!«, quäkte sie.

»Wenn du rumzickst, machen wir dich auf der Stelle kalt«, sagte Pulle trocken.

Die Gefangene zog es vor, nicht herumzuzicken und verstummte augenblicklich.

Der Aufzug beförderte sie in das vierundzwanzigste Stockwerk und kurz darauf fanden sich die Mädchen in einer Wachstube wieder. Von dort trieben sie die Rothauben in einen Saal mit gewölbter Decke, der durch eine schwere Tür abgetrennt war. Die Wände und der Boden des Raums waren mit Granitplatten ausgelegt und in seiner Mitte ragten sechs Marmorsäulen empor. In der entfernten Ecke befand sich eine schmale Wendeltreppe, die nach oben führte. Pulles Männer schleiften die Mädchen zu den Säulen und banden sie mit dünnen, aber stabilen Ketten daran fest. Jana leistete keinen Widerstand.

»Du machst das gut, Schätzchen«, lobte sie der Aufseher, der ihre Kette schloss, als er sah, welche Mühe seine Kollegen mit der Dunkelhaarigen hatten, die schrie und hysterisch um sich schlug. »So ein stilles Mäuschen.«

Das »Schätzchen« war zu viel für Jana. Sie entwand sich geschickt und rammte dem Freund stiller Mäuschen das Knie ins Gemächt.

»Ich bring dich um!«, brüllte der Aufseher mit schmerzverzerrtem Gesicht und zog sein Messer.

»Bist du lebensmüde?«, erkundigte sich sein Kollege und hielt ihn am Arm zurück. »Weißt du, was Lubomir mit dir macht, wenn du das Täubchen hier anrührst?«

Der gedemütigte Kämpfer steckte sein Messer zurück und sah Jana hasserfüllt an: »Das hast du zum letzten Mal gemacht, du kleine Schlampe. Schönen Gruß an den Vivisektor.«

»Sieh zu, dass du deine Eier von hier wegschaffst, du Wicht, bevor ich richtig böse werde«, giftete Jana zurück und setzte sich trotzig auf den Boden.

»Lubomir wird seine Freude haben an dem Täubchen«, lachte der zweite Aufseher, während der erste das überhaupt nicht lustig fand und knallrot wurde vor Wut.

Marina, die an der Nachbarsäule angekettet war, weinte verzweifelt. Sie hatte die Bemerkung über den Vivisektor nicht überhört.

Die Rothauben verschwanden, die Fackeln brannten herunter und der Saal versank in Dunkelheit.

Im Labyrinth
Moskau, irgendwo unter der Erde
Mittwoch, 28. Juli, 07:41 Uhr

Cortes tat alles weh: die Arme, die Beine, der Kopf – vor allem der Kopf. Als er wieder zu sich kam, fühlte er als Erstes diese rotierende Bleikugel unter der Schädeldecke, das Pochen der Schläfen und die feinen Nadelstiche in der Kopfhaut. Brennende Schmerzen durchfuhren seinen zerschundenen Körper und drangen ihm bis ins Mark. Stöhnend krümmte er sich auf dem harten Betonboden und fluchte röchelnd.

Das Stimulantium hatte aufgehört zu wirken und seine alten Wunden schmerzten mit den neuen um die Wette. Er war sich nicht sicher, ober er die Kraft aufbringen würde, sich eine neue Injektion zu setzen – oder wenigstens die Augen zu öffnen. Die Augen öffnen ... Langsam hob Cortes die Lider. Aus dem Halbdunkel der Höhle sah ihn Tschuja teilnahmsvoll an.

»Ich dachte schon, du seist tot.«

»Viel hat nicht gefehlt«, brummelte der Söldner und stützte sich auf den Ellbogen. An der Wand saßen Tschujas Ratten aufgereiht. »Was ist, Zeit zum Frühstücken?«

»Nein, das Rudel ist satt«, beruhigte ihn der Jäger. »Ein schönes Messer hast du.« Tschuja nahm Cortes' Messer und betrachtete begehrlich die schwarze Klinge. »Ein Nawenmesser. Sehr gut.«

»Ich weiß.«

Cortes riss den nächsten Knopf von seinem Hemd ab und brabbelte eine Zauberformel. Der Knopf verwandelte sich in eine Spritze.

»Geht's dir schlecht?«, erkundigte sich Tschuja mitfühlend.

»Kann man so sagen«, presste der Söldner hervor, während er sich die Droge in die Vene spritzte.

»Ich habe dich abgetastet. Die Knochen sind heil geblieben und die Stichwunden nicht tief. Du wirst wieder gesund.«

»Mir geht's trotzdem miserabel.«

»Dafür hast du ein fantastisches Messer. Tschuja dagegen hat ein schlechtes Messer. Es ist abgebrochen.«

Sie schwiegen. Cortes schloss die Augen und wartete sehnsüchtig auf die Wirkung des Stimulantiums, der Rattenbändiger begutachtete neidisch die schwarze Klinge. Jeder hing seinen Gedanken nach.

»Bsik hat das Messer auch gesehen«, erzählte Tschuja. »Ihm hat es auch gefallen. Er beneidet mich.«

»Wieso dich?«, wunderte sich Cortes, ohne die Augen zu öffnen.

Dem Söldner war längst klar, dass er das Messer hergeben musste, aber er wollte es noch nicht recht wahrhaben.

»Du bist doch mein Freund«, fabulierte Tschuja. »Außerdem habe ich es als Erster gesehen. Bsik war neidisch.«

»Wie spät ist es?«

»Bald acht Uhr morgens«, erwiderte der Jäger und betrachtete seufzend die schmutzigen Wände des Labyrinths.

Cortes erhob sich mühsam und sagte feierlich: »Wir haben zusammen gekämpft und zusammen Blut vergossen. Nimm dieses Messer, tapferer Krieger, zum Zeichen meiner Dankbarkeit und als Anerkennung für deinen Mut.«

Je einfacher ein Gehirn strukturiert ist, desto empfänglicher ist es für schwülstiges Pathos. Der Jäger setzte ein beglücktes Kinderlächeln auf und fuchtelte triumphierend mit dem Messer in der Luft.

»Die großmütige Geste eines glorreichen Kriegers, Cortes. Wenn du willst, schenke ich dir meinen besten Wurfspieß.«

»Gib mir lieber Geld zum Telefonieren«, erwiderte der Söldner pragmatisch.

»Du musst telefonieren? Bitte sehr.« Tschuja zog ein Mobiltelefon aus seiner Tasche. »Ein Beutestück!«

Innerhalb weniger Minuten führte der Oss Cortes zur nächsten Metro-Station, winkte ihm zum Abschied und verschwand in den dunklen Gängen des Labyrinths. Der Söldner fuhr mit der Rolltreppe zur Oberfläche und tippte eine Nummer in das erbeutete Handy ein.

»Ich bin's.«

Cortes war gewohnt, dass man ihn an der Stimme erkannte.

»Haben Sie das Amulett?«, fragte Santiago.

»Nein. Artjom hat es in einem Schließfach am Kiewer Bahnhof deponiert.«

Santiago runzelte die Stirn.

»Und wo ist er selbst?«

»Es hat ein Kampf stattgefunden«, antwortete Cortes ausweichend – es war ihm unangenehm, dass er Artjom verloren hatte. »Ich bin verwundet worden ...«

»Fährt Golowin zum Bahnhof?«

»Ich nehme es an.«

»Verstehe.« Santiago dachte einige Augenblicke nach. »Ich habe eine neue Order für Sie.«

»Im Moment kann ich nicht«, entgegnete Cortes finster. »Ich muss zuerst Jana finden.«

»Machen Sie sich keine Sorgen um sie. Ich habe sie aus dem Grünen Hof herausgeholt. Sie wird weiterhin für uns arbeiten.«

»Und was soll ich tun?«

»Sie müssen einen Humo finden, einen Fotografen.« Santiago diktierte Cortes den Namen und zwei Adressen: die Hausanschrift und die des Fotostudios. »Sowie Sie ihn haben, rufen Sie mich an. Ich sage Ihnen dann, wo Sie ihn hinbringen werden.«

Moskau, Kiewer Bahnhof
Mittwoch, 28. Juli, 07:59 Uhr

»Ich warte hier auf dich«, sagte Lana, als sie vor dem Bahnhofsgebäude hielt. »Du gehst zum Schließfach und holst das Amulett. Klar?«

»Ja.«

»Pass auf, dass du nicht in einen Hinterhalt gerätst. Sondiere zuerst die Lage, bevor du das Schließfach öffnest. Wenn du irgendetwas Verdächtiges bemerkst, kommst du sofort wieder zurück. Klar?«

»Ja.«

»Und bleib ruhig.«

»Gut.«

Die junge Frau strich Artjom zärtlich über die Wange.

»Geh schon. Wenn du zurückkommst, kriegst du einen Kuss.«

»Ich beeile mich«, versicherte Artjom, den eine neue Welle der Leidenschaft durchfuhr.

Beflügelt sprang Artjom aus dem Mustang und betrat den Bahnhof, wo wie immer hektische Betriebsamkeit herrschte. Egal, ob Montag oder Samstag, Tag oder Nacht, hier war immer die Hölle los. In den Strom der Reisenden mischten sich Zigeuner, Landstreicher, Bettler, Taschendiebe und Polizisten. Die Menge kochte, es wurde gedrängelt, gestoßen, geschrien und geflucht. Und dann dieser Geruch! Der Geruch eines Bahnhofs ist unverwechselbar: Ein guter Bahnhof riecht nach abfahrendem Zug und Bordrestaurant, ein schlechter stinkt nach Pissoir und Schweißfüßen.

Vor den Schließfächern konnte Artjom nichts Verdächtiges feststellen, holte den Rucksack heraus und steuerte den Ausgang an. Die Sache lief erstaunlich glatt.

»Alles klar?«, fragte Lana, als er den Rucksack auf den Rücksitz des Mustangs warf.

»Ja«, erwiderte Artjom und holte sich seine Belohnung ab.

Die Fee verstand es prächtig, ihr Opfer bei Laune zu halten. Sie bog in die Uferstraße ein und fuhr bis zu den Sperlingsbergen. Dort hielt sie an und holte ihr Mobiltelefon aus der Handtasche.

»Ich werde mit Säbel reden«, erläuterte sie, während sie die Nummer eintippte. »Das ist die einzige Rothaube, mit der man einigermaßen vernünftig reden kann. Die andern haben kein Gramm Hirn im Kopf. – Hallo? Säbel? Hier ist Lana. Säbel, ähm, dein Freund ist bei mir, du weißt schon ... Ja, der Dings ... Nein, mein Lieber, ich will kein Geld, ich möchte mich mit deinem Herrn treffen ... Nein, so läuft das nicht. Richte dem Boten aus, dass eine Fee des Grünen Hofs mit ihm sprechen will ... Ja, sonst wird nichts daraus ... Schreib dir meine Handynummer auf ...«

Lana schaltete das Telefon aus, öffnete ihre Handtasche und zog eine Puderdose hervor.

»Säbel wird in zehn Minuten zurückrufen und die Adresse durchgeben. Ich muss mich noch zurechtmachen, bevor ich den Boten treffe.«

Artjom nickte mit dem Kopf und sah Lana erwartungsvoll an: »Aber vorher küssen wir uns nochmal.«

KAPITEL SECHZEHN

Moskauer Polizeipräsidium
Moskau, Petrowka-Straße
Mittwoch, 28. Juli, 08:09 Uhr

General Schwedow, der Chef des Moskauer Polizeipräsidiums, hatte es sich zur Gewohnheit gemacht, Besprechungen am frühen Morgen durchzuführen. Er schätzte es, wichtige Sachverhalte weitgehend unbehelligt vom Tagesgeschäft in aller Ruhe und Gründlichkeit zu erörtern. Diesmal hatten sich Kornilow, Schustow und Waskin in seinem geräumigen Büro eingefunden. Der Kapitän erstattete als Erster Bericht.

»Alexander Gennadjewitsch Juschlakow, sechsunddreißig Jahre alt, Fotograf.« Schustow legte das Foto eines glatzköpfigen Mannes mit Schweinsäuglein und Bulldoggenbäckchen auf den Tisch. »Er ist seit vier Jahren in Moskau, wohnt in einer Zweizimmerwohnung im Stadtbezirk Süd-West und hat in einem Tiefparterre in der Pljuschtschicha-Straße ein kleines Studio angemietet.«

»Ist er vorbestraft?«, erkundigte sich Schwedow, während er das Foto des Verdächtigen betrachtete.

»Nicht direkt, Arkadi Lwowitsch. Vor zehn Jahren wollten die Behörden ihn wegen Sozialschmarotzertums drankriegen. Der faule Sack hat sich damals rausgewunden, indem er zum Schein in irgendeinem Lager als Wächter angeheuert hat.«

»Könntest du dich etwas gewählter ausdrücken?«, monierte Schwedow.

»Bitte um Vergebung, General.«

»Erzähl weiter«, drängte Kornilow.

Der Major hielt sich nur ungern im Büro seines Chefs auf. Erstens war Schwedow ein militanter Nichtraucher, der niemandem gestattete, in seiner Anwesenheit zu rauchen. Zweitens hatte der spartanische General die Temperatur in seinem Büro auf siebzehn Grad heruntergeregelt, was Kornilow als Zumutung empfand.

»Von Beruf ist Juschlakow Fotograf, allerdings mit sehr bescheidenem Erfolg«, setzte Schustow fort. »Er schlägt sich mit Gelegenheitsjobs durch, knipst Naturfotos für Kalender und hat die Bilder für ein paar kleinere Werbeaktionen geliefert. Doch im Wesentlichen fotografiert er Mädchen.« Schustow legte einige Fotos auf dem Tisch aus. »Da ist für jeden Geschmack etwas dabei.«

»Hochinteressant«, sagte Schwedow gedehnt, während er die Proben von Juschlakows Schaffenskunst aufmerksam musterte. »Tendiert das nicht schon in Richtung Pornographie?«

»Es bewegt sich hart an der Grenze«, urteilte Waskin, der sich mit fachmännischer Miene über den Tisch gebeugt hatte.

»Möglich, aber das ist nicht strafbar«, brummte Kornilow frierend. »Was wissen wir noch über ihn, Sergej?«

»Er verfügt über kein geregeltes Einkommen. Renommierte Agenturen beschäftigen ihn nicht. Entweder sie kennen ihn nicht oder er ist nicht gut genug.«

»Hat er Familie?«

»Er wohnt mit einer gewissen Jelena Fjodorowna Mitkina zusammen.« Schustow blickte in sein Notizbuch. »Siebenundzwanzig Jahre alt, angeblich ein Model.«

»Eine Moskauerin?«

»Nein. Zugereist aus Rjasan. Ich habe dort Informationen über sie angefordert. Die Kollegen haben versprochen, sich bis zum Abend zu melden.«

»Ruf sicherheitshalber nochmal dort an, damit das nicht vergessen wird.«

»Zu Befehl.« Schustow kritzelte einen Vermerk in sein Notizbuch. »Interessant ist folgender Aspekt: Juschlakow sucht sich seine Mannequins in Zeitungsanzeigen mit dem Wortlaut ›Professioneller Modefotograf sucht junge, talentierte Models‹. Diese Anzeigen schaltet er ausschließlich in Lokalblättern kleinerer Provinzstädte, niemals in Moskau oder St. Petersburg.«

»Das lässt sich leicht erklären«, kommentierte Kornilow. »Er hält sich an Frauen aus dem Hinterland, um möglichst wenig Aufsehen zu erregen. Bestimmt fragt er die potenziellen Opfer vorher nach ihrem sozialen Hintergrund aus, um sicherzugehen, dass um ihr Verschwinden kein allzu großer Wirbel entsteht. Den Rest kennt ihr ja.«

»Du meinst wirklich, dass er der Vivisektor ist?«, fragte der General.

»Ich bin mir zumindest sicher, dass er in den Fall verwickelt ist«, erwiderte Kornilow ausweichend.

»Hältst du ihn für so leichtsinnig? In den Annoncen gibt er immerhin Adresse und Telefonnummer an. Es muss ihm doch klar sein, dass er damit leicht auffliegen kann.«

»Vergesst nicht, dass wir ihm nur zufällig auf die Spur gekommen sind«, gab der Major zu bedenken. »Wenn Jekaterina Molotschanskaja nicht zufällig ihr Notizbuch zu Hause vergessen hätte, wüssten wir bis heute nichts von ihm. Wie auch immer, wir werden nichts überstürzen. Wir lassen Juschlakow observieren und hören seine Telefone ab. Ich bin über jeden Schritt, den er tut, informiert.«

»Nun, das ist doch immerhin etwas«, resümierte der General zufrieden und ließ den Blick über seine Sonderermittler schweifen. Zuletzt wandte er sich Kornilow zu und sah ihm verschmitzt in die Augen: »Na, Andrej, haben deine Leute dich diesmal ausgestochen?«

»Wieso, wir tragen hier schließlich keinen Wettkampf aus«, entgegnete der Major schulterzuckend.

»Für mich war es einfach ein glücklicher Zufall, Herr General«, versicherte Schustow betont bescheiden. »Jeder von uns hätte Molotschanski vernehmen können.«

»Schon gut, schon gut«, erwiderte Schwedow grinsend. »Auch glückliche Zufälle wollen hart erarbeitet sein. Kornilow, womit bis du selbst im Moment befasst?«

»Mit den Schießereien«, grummelte der Major.

»Mit allen gleichzeitig?«, witzelte der General launig.

»Erlauben Sie, dass ich Bericht erstatte?«

»Ich bitte darum.« Der General lehnte sich entspannt in seinen Chefsessel zurück. Die Fortschritte im Vivisektor-Fall hatten ihn in beste Stimmung versetzt. »Was hast du herausgefunden?«

»Seit Montag haben sich in der Stadt vier heftige Schießereien ereignet. Den Anfang machte der Überfall am Wernadski-Prospekt in der Nacht von ...«

»Du hattest doch berichtet, dass die Geschädigten den Vorfall bestreiten«, unterbrach ihn der General. »Und im Gebäude wurden auch keinerlei Spuren gefunden.«

»Ich bin davon überzeugt, dass die Herrschaften lügen. Die Schießerei dort hat sehr wohl stattgefunden, und sie war auch der Auslöser für alle darauffolgenden Feuergefechte. Außerdem ist die Tschud Incorporated nicht zufällig in den Fall verwickelt.«

»Die Tschud Incorporated«, wiederholte Schwedow. »Ist dir eigentlich klar, welchen Jahresumsatz diese Firma macht?«

»Ja.«

»Milliarden! Und von den Steuern, die sie dafür bezahlen, leben auch wir beide, mein Freund. Übrigens hat sich der Bürgermeister bei mir erkundigt, warum wir ehrbare Firmen nicht vor marodierenden Banden schützen.«

»Sie erlauben mir also nicht, gegen diese Firma zu ermitteln?«

»Liegt denn etwas gegen sie vor?«

»Im Business-Center gegenüber dem Gebäude der Tschud Incorporated haben wir ein Scharfschützennest ausgehoben: Gewehr, Nachtsichtgerät und was sonst so dazugehört.«

»Die Täter haben das Gebäude der Firma überwacht. Was hat die Tschud Incorporated damit zu tun?«

»Sie haben immerhin einen Hubschrauber abgeschossen!«

»Hast du ein entsprechendes Waffensystem gefunden?«

»Nein, aber ...«

»Andrej«, unterbrach ihn Schwedow mit väterlicher Stimme. »Wenn wir eine Firma von solchem Kaliber auseinandernehmen wollen, brauchen wir absolut stichhaltige Argumente. Hast du welche?«

»Nein.«

»Und, was ist sonst noch passiert?«

»Gleich in derselben Nacht hat sich eine Schießerei am Lenin-Prospekt ereignet, eine weitere gestern Morgen in der Pokrowka-Straße und die letzte untertags an der Krasnaja Presnja. Insgesamt also vier Schießereien in etwas mehr als vierundzwanzig Stunden.«

»Worin siehst du die Verbindung zwischen diesen Vorfällen.«

»Es waren jedes Mal Banditen mit schwarzen Lederklamotten und roten Kopftüchern beteiligt. Sie gehören keiner bekannten kriminellen Gruppierung an.«

»Eine neue Generation?«, mutmaßte der General.

»Möglicherweise.«

»Gegen wen kämpfen sie?«

»Vielleicht gegen die Tschud Incorporated.«

»Und wenn man die einmal außen vor lässt?«

»Dann weiß ich auch nicht. Gestern habe ich mit meinen Mittelsmännern und mit Chamberlains Leuten gesprochen. Sie haben mir glaubhaft versichert, dass sie an Schießereien auf offener Straße nicht das geringste

Interesse haben. Und niemand weiß offenbar, was das für Gangster sind.«

»Was hast du für Anhaltspunkte?«

»Die Fahrzeuge, die bei den Vorfällen beteiligt waren, sind als gestohlen gemeldet. Alle Leichen und Beweisstücke wurden gestern Nacht aus dem Polizeipräsidium entwendet. Unsere einzige Spur ist dieser junge Mann hier.« Kornilow warf ein Foto von Artjom auf den Tisch. »Wir sind nach der Schießerei in der Pokrowka-Straße auf ihn aufmerksam geworden. In seinem Auto haben wir Einschusslöcher gefunden und unter der Fußmatte eine Hülse von Pistolenmunition.«

»Wer ist dieser Typ?« Der General nahm das Foto vom Tisch und betrachtete es.

»Artjom Sergejewitsch Golowin. Ein ganz normaler Bürger.« Kornilow seufzte. »Schule, Ausbildung, Beruf, nicht vorbestraft, keine Auffälligkeiten – also sozusagen ein Mensch ohne Biografie.«

»Die Biografie können wir ihm ja besorgen.«

»Wenn wir ihn finden«, ergänzte der Major. »Er ist spurlos verschwunden und hat sich weder zu Hause noch bei seinen Eltern noch bei Bekannten sehen lassen.«

»Und warum ist er so wichtig?«

»Das weiß ich nicht, aber diese Typen mit den roten Kopftüchern sind hinter ihm her. Gestern sind sie sogar in die Wohnung seiner Geliebten, einer gewissen Stepanowa, eingebrochen. Zum Glück war Leutnant Waskin gerade dort und hat die Banditen in die Flucht geschlagen.«

»Und danach sogar das SEK«, ergänzte Schustow kichernd.

»Da siehst du mal, was für fähige Leute wir dir zuteilen, Andrej«, lobte sich General Schwedow grinsend.

Waskin wurde rot und senkte verlegen den Blick.

»Was ist nun mit diesem Golowin?«

»Wir haben seine Arbeitskollegen vernommen.« Kornilow spielte nervös mit seinem Feuerzeug, doch als er den empörten Blick des Generals bemerkte, steckte er es schnell wieder weg. »Golowin ist mit einem kleinen, schwarzen Rucksack zur Arbeit gekommen, hat jemanden angerufen und auf eine Verabredung gewartet. Bei dem anschließenden Treffen in der Empfangshalle seiner Firma hat er den Rucksack jemandem übergeben. Kurz danach verließ er das Gebäude, und es kam zu der Schießerei. Ob er daran beteiligt war oder nicht, wissen wir nicht. Jedenfalls ist Golowin nach dem Feuergefecht ins Gebäude zurückgekehrt und hatte den Rucksack wieder bei sich. Bald darauf ist er endgültig verschwunden. Nur wenige Minuten nach der Schießerei« – an dieser Stelle hob der Major den Zeigefinger – »haben Unbekannte, die sich als Polizisten ausgaben, nach ihm gefragt. Soll ich Ihnen sagen, welche Schlüsse ich aus den Geschehnissen ziehe?«

»Ich bitte darum.«

»In Moskau hat sich eine neue kriminelle Gruppierung eingenistet. Es handelt sich um eine skrupellose, aggressive Bande, die in der Wahl ihrer Mittel alles andere als zimperlich ist. Sie haben einen gepanzerten Funkwagen benutzt, der von einem Truppenübungsplatz gestohlen wurde, und am helllichten Tag einen Granatwerfer eingesetzt. Welche Ziele diese Gangster verfolgen und gegen wen sie kämpfen, wissen wir nicht. Aber ich habe den Eindruck, dass die alteingesessenen Kriminellen Angst vor ihnen haben, auch wenn sie es nicht zugeben wollen. Sie sprechen auffallend ungern über diese Typen mit den roten Kopftüchern. Mir liegt eine Liste von Nachtclubs und Firmen vor, die bereits von dieser neuen Gruppierung kontrolliert werden. Wir sollten deren Gebäude rund um die Uhr observieren und außerdem Golowin zur Fahndung ausschreiben. Ich habe den Verdacht, dass er irgendetwas besitzt, was für diese Kriminellen von größtem Wert ist, seien es Informationen oder etwas anderes. Wenn wir ihn als Erste finden, könnte er uns auf die Spur der Bande führen.«

Über das gefundene Mobiltelefon und das Obsidianmesser schwieg sich der Major lieber aus.

»Überwachung rund um die Uhr …« Der General blies die Backen auf und massierte sich die Nasenspitze. »Du machst mir Spaß.«

»Wenn ich Recht habe, droht ein neuer Bandenkrieg in der Stadt.«

»Wenn du Recht hast …«, brummelte Schwedow. »Hast du einen Bericht geschrieben?«

»Jawohl.« Der Major legte ein Papier auf den Tisch.

»Ruf mich gegen Mittag an.«

»Zu Befehl, Herr General. Können wir dann wegtreten?«

»Ja.«

Die Sonderermittler verließen das Büro ihres Chefs und steckten im Gang die Köpfe zusammen.

»Was machen wir jetzt?«, fragte Schustow. »Gehen wir frühstücken?«

»Guter Plan«, befand Waskin, dem schon das Wasser im Munde zusammenlief. »Du hast uns übrigens nicht alle Fotos gezeigt, Sergej. In deiner Aktentasche ist noch ein ganzer Packen davon.«

»Die jungen Frauen, die darauf abgebildet sind, sind zukünftige Zeugen der Anklage«, erwiderte Schustow streng. »Ich werde sie alle befragen müssen.«

»Das schaffst du doch gar nicht alleine«, ereiferte sich Waskin. »Ich werde dir dabei helfen.«

»Geht ihr ins Buffet«, entschied Kornilow. »Ich gehe schon mal ins Büro. Bringt mir eine Kleinigkeit mit, ein Wurstbrot oder so.«

Er drehte sich um und ging zur Treppe.

»Was hat er denn?«, fragte Waskin.

»Irgendetwas scheint ihn zu beschäftigen«, mutmaßte Schustow und tippte sich an die Stirn. »Vielleicht ist ihm eine Idee gekommen.«

»Das ist natürlich wichtiger als das Buffet«, pflichtete Waskin bei und sah seinem Chef bewundernd hinterher.

Langsam stieg Kornilow die Treppe zu seiner Etage hinauf. Entgegenkommenden Kollegen, die ihn höflich grüßten, nickte er nur zerstreut zu.

Beim Verlassen von Schwedows Büro hatte ihn ein seltsames Gefühl beschlichen, das sich rasch zu einer fixen Idee verdichtete: Er bildete sich plötzlich ein, etwas sehr Wichtiges nicht bedacht zu haben, ein entscheidendes Detail, das ihm aus irgendwelchen Gründen entgangen war. In Gedanken ging er nochmals seinen gesamten Bericht durch, rief sich seine Schlussfolgerungen ins Gedächtnis und die Anmerkungen, die Schwedow dazu gemacht hatte. Doch obwohl er keine Unstimmigkeiten feststellen konnte, ließ ihm die Sache keine Ruhe. Seine Intuition hatte ihn noch nie im Stich gelassen!

Als Kornilow aus seinen Gedanken erwachte, umgab ihn eine befremdliche Stille. Der Gebäudeflügel, in dem sich sein Büro befand, schien völlig verwaist. Im breiten Gang war niemand zu sehen: keine Kollegen, keine Besucher, keine Menschenseele. Niemand öffnete eine Tür, niemand betätigte eine Toilettenspülung und keinerlei Geräusche drangen aus den Büros. Die unvermittelte Lautlosigkeit war beunruhigend.

Irritiert drückte der Major die nächstbeste Türklinke: abgeschlossen; an der folgenden Tür versuchte er es wieder: abgeschlossen. Die Nächste war die Tür zu seinem Büro. Er blieb stehen und wischte sich den Schweiß von der Stirn. Plötzlich fielen ihm die Worte des Spurensicherers wieder ein: »Mysteriös« hatte Alexej das Verschwinden der Beweisstücke aus der Asservatenkammer genannt.

In der unnatürlichen Stille auf dem Gang ertönte plötzlich ein hohles Knacken. Kornilow fuhr herum. Nicht weit von ihm entfernt saß auf dem Fensterbrett ein rotbraunes Eichhörnchen und hantierte hingebungsvoll mit einer soeben geöffneten Nuss. Als das possierliche

Tierchen seinen Blick bemerkte, sah es ihn an, legte den Kopf schief und zwinkerte ihm frech zu.

»Wo kommst du denn her?«, flüsterte der Major.

Das Eichhörnchen stellte den buschigen Schwanz auf, warf die leere Schale fort und fraß mit pulsierenden Bäckchen an seiner Nuss.

Kornilow fasste sich ein Herz und drückte langsam die Türklinke seines Büros. Er konnte sich genau erinnern, dass er abgeschlossen hatte, doch die Tür öffnete sich. Vorsichtig betrat er den Raum.

»Entschuldigen Sie, dass ich unangemeldet komme«, sagte eine zurückhaltende Stimme. »Doch ich müsste Sie dringend sprechen.«

In Kornilows Chefsessel lümmelte ein ziemlich schnöselig wirkender, akkurat gekämmter junger Mann von etwa dreißig Jahren, der in einem piekfeinen, hellen Anzug steckte und seine teuer beschuhten Füße ungeniert auf dem Schreibtisch des Majors platziert hatte.

»Ich hoffe, Sie sind nicht zu beschäftigt?«, flötete der Snob und sah den Polizisten erwartungsvoll an.

»Nein«, erwiderte Kornilow überrumpelt.

»Ich werde Ihre kostbare Zeit nicht über Gebühr in Anspruch nehmen«, versprach der ungebetene Gast lächelnd. »Übrigens habe ich mir erlaubt, ein wenig zu lüften. Ich kann Zigarettenqualm nicht ausstehen.«

Trotz des geschlossenen Fensters war die Luft im Raum bemerkenswert frisch. Kornilow warf einen Blick auf den Ventilator, der vor einem halben Jahr während einer Vernehmung kaputtgegangen war, doch der alte Kasten gab kein Lebenszeichen von sich.

»Nein nein, ich habe ihr Gerät nicht repariert«, bedauerte der Snob, der offenbar auch Gedanken lesen konnte.

Ein rotbraunes Fellknäuel huschte zwischen Kornilows Füßen hindurch und sprang auf den Tisch.

Das Eichhörnchen.

Es trippelte zu dem feinen Pinkel und zupfte ihn ungeduldig am Ärmel seines Sakkos.

»Du kleiner Vielfraß«, sagte der Gast mit zärtlichem Vorwurf, zog eine Walnuss aus der Tasche und warf sie in die Luft. »Fang!«

Das Eichhörnchen erhaschte die Beute geschickt mit den Pfötchen und machte sich gierig daran, die Schale aufzunagen.

»Es liebt Nüsse«, berichtete der Fremde, während die ersten Schalenstückchen auf den Schreibtisch bröselten. »Mein Name ist Santiago.«

»Kornilow«, antwortete der Major heiser. »Major Kornilow.«

»Sehr erfreut«, nickte Santiago verbindlich. »Setzen Sie sich doch, Herr Major.«

Der Gast ließ sich dazu herab, die Füße vom Tisch zu nehmen, seine unangemessen lässige Haltung behielt er jedoch bei. Etwas widerstrebend nahm Kornilow auf einem Stuhl Platz.

»Sie kommen wegen der Schießereien?«, erkundigte er sich.

»Sie haben es erraten«, bestätigte Santiago. »Und da wir nun schon zur Sache gekommen sind, möchte ich gleich darauf hinweisen, dass ihre Theorie, in Moskau hätte sich eine neue kriminelle Gruppierung eingenistet, leider falsch ist.«

»Was Sie nicht sagen?!«, wunderte sich der Major und zog eine Zigarette aus der Schachtel.

»Dürfte ich Sie bitten, nicht zu rauchen?«, intervenierte Santiago. »Ich kann Tabakqualm nicht ausstehen.«

»Das hatten Sie bereits erwähnt«, grummelte Kornilow und betätigte das Zündrad seines Feuerzeugs.

Es entstand kein Funken. Nach einigen weiteren Fehlversuchen sah er seinen Gast argwöhnisch an. Das Feuerzeug war nagelneu und konnte unmöglich kaputt sein.

»Bitte«, insistierte Santiago.

Widerwillig steckte der Major die Zigarette zurück in die Schachtel.

»Verbindlichsten Dank.«

»Wo haben Sie die ganzen Leute versteckt?«, erkundigte sich Kornilow.

»Es wäre wohl korrekter zu fragen, wo ich uns versteckt habe«, entgegnete der Gast. »Aber es würde zu lange dauern, Ihnen das zu erklären. Ich bin in Eile.«

»Sind Sie ein Außerirdischer?«, fragte der Major ohne Umschweife.

In diesen Dingen kannte er sich ein bisschen aus. Seine erste Frau war eine passionierte Science-Fiction-Leserin und hatte ihn genötigt, den Roman »Krieg der Welten« zu lesen. Dieses Wissen konnte ihm nun zugutekommen.

»Nein. Ich bin ein Erdling«, versicherte Santiago. »Genauer gesagt ein Angehöriger des Dunklen Hofs, der etwa hunderttausend Jahre vor dem Erscheinen des Homo sapiens gegründet wurde. Unser derzeitiger Siedlungsraum ist die Verborgene Stadt, die noch viel älter ist und von unseren Vorgängern gegründet wurde. Ihr Menschen nennt diesen Ort Moskau.«

»Ich wohne schon in Moskau, seit ich denken kann, aber von einem Dunklen Hof habe ich noch nie etwas gehört.«

»Die Verborgene Stadt legt keinen gesteigerten Wert auf Publicity. Wir leben einfach unser Leben und sind bemüht, uns nicht in eure Angelegenheiten einzumischen.«

»Seid ihr viele?«

»Nein, nur ein versprengtes Häuflein«, seufzte Santiago. »Zum Glück werden wir ziemlich alt. Die Verborgene Stadt beherbergt die kläglichen Reste einst großer Zivilisationen.«

»Womit beschäftigt ihr euch?«

»Wir arbeiten, treiben Handel, besuchen eure Kinos, Parks und Sportstätten. Äußerlich unterscheiden sich die meisten von uns überhaupt nicht von euch. Genauer gesagt, unterscheidet ihr euch nicht von uns, und deshalb ist bei uns alles so wie bei euch.«

»Bringt ihr euch gegenseitig um?«

»Wie ich schon sagte, bei uns ist alles so wie bei euch.« Der Gast zog eine weitere Nuss aus der Tasche und warf sie dem Eichhörnchen zu. »Es gibt keinen Anlass, eine Bedrohung in uns zu sehen, Herr Major. Ihr Menschen seid nur eine von vielen Zivilisationen. Ihr seid irgendwann entstanden, werdet eine Blütezeit erleben und früher oder später in der Verborgenen Stadt landen.«

Kornilow schwieg für einen Moment. Bei den Ermittlungen wegen der Schießereien war er von Anfang an auf mysteriöse, unerklärliche Umstände gestoßen. Jetzt ergab sich die Möglichkeit, diese Widersprüche aufzulösen.

»Aus welchem Grund haben Sie sich entschlossen, mich aufzusuchen?«

»Sie sind nicht der Erste, der mir diese Frage stellt«, erwiderte Santiago grinsend. »Mir wurde von mehreren Seiten nahegelegt, auf ein Treffen mit Ihnen zu verzichten und Ihnen schon gar nicht von der Verborgenen Stadt zu erzählen. Glauben Sie mir, ich hätte meine Probleme auch lösen können, ohne Sie zu kontaktieren, aber das liegt mir nicht. Ich bin der Ansicht, dass es auch unter euch Menschen Eingeweihte geben sollte.«

»Das habe ich jetzt nicht ganz verstanden«, gab Kornilow zu. »Sie sprachen von Problemen, die Sie lösen müssen. Was meinten Sie damit?«

Das Eichhörnchen hatte sich endlich satt gefressen und kletterte munter den Vorhang hinauf.

»Führen wir uns folgende Situation vor Augen«, schlug Santiago vor. »Jemand – wir wollen keine Namen nennen – hat ein auf den ersten Blick banales Gerät, das zur Führung von Gesprächen über große Distanzen dient, in seinen Besitz gebracht. Das Gerät ist ziemlich modern und weckt aus diesem Grund das Interesse von Experten wie auch des schon erwähnten Jemand. Das

Gerät muss jedoch unbedingt seinen Eigentümern zurückgegeben werden. – Ich langweile Sie doch nicht?«

»Keineswegs. Fahren Sie fort.« Kornilow ließ sich bereitwillig auf den eigenartigen Stil der Unterredung ein.

»Vielen Dank. In der beschriebenen Situation gibt es nun zwei Möglichkeiten. Erstens: Das Gerät wird seinem Eigentümer ohne das Einverständnis des aktuellen Besitzers zurückgegeben.« Der Gast legte einen Plastikbeutel mit einem zerbrochenen Mobiltelefon auf den Tisch. »Zweitens: Man bittet den geheimnisvollen Jemand, das Gerät selbst zurückzugeben.«

Santiago schob den Beutel zu Kornilow und verstummte. Der Major starrte entgeistert auf das kaputte Handy. Seit die Beweisstücke aus der Asservatenkammer verschwunden waren, hatte er es stets in seiner Sakkotasche bei sich getragen.

»Wie kommen Sie dazu?«

»Wie ich schon sagte«, erläuterte Santiago etwas unterkühlt. »Ich habe zwei Möglichkeiten, mein Problem zu lösen. Ich hätte mich nicht unbedingt an Sie wenden müssen. Dann wäre das Telefon eben über Nacht aus ihrer Tasche verschwunden, als hätten Sie es nie in Händen gehabt. Jetzt kann ich Sie darum bitten, es mir zurückzugeben.«

Plötzlich wurden die Umrisse des Gastes unscharf und verschwammen. Kornilow rieb sich die Augen, und als ihm klarwurde, dass mit seinen Sehorganen alles in Ordnung war, zwickte er sich in den Arm. In seinem Chefsessel saß auf einmal General Schwedow.

»Kornilow, was fällt dir ein, Beweismittel mit dir

herumzutragen, anstatt sie ins Labor zu bringen?! Hast du noch mehr heiße Ware in der Tasche versteckt? Lass sehen.«

Die Illusion war perfekt. Dem Major stieg sogar der Duft von Schwedows Rasierwasser in die Nase. Im nächsten Moment wurden die Umrisse des Generals wieder unscharf, und der Gast nahm wieder sein ursprüngliches Äußeres an.

»Wie machen Sie das?«, staunte Kornilow. »Mit Hypnose?«

»So etwas nennt man ein Trugbild. Ein simpler magischer Trick, der es erlaubt, das wahre Äußere eines Gegenstandes oder Lebewesens zu verbergen.«

»Haben Sie noch mehr solchen Hokuspokus auf Lager?«

»Sind Sie mit Märchen vertraut?«

»Mein älterer Sohn ist vier Jahre alt. Manchmal lese ich ihm welche vor.«

»Dann haben Sie ja ohnehin eine ungefähre Vorstellung.«

Kornilow schüttelte den Kopf, und zum ersten Mal während des Gesprächs rang er sich ein Lächeln ab: »Und das soll ich Ihnen glauben?«

»Das bleibt ganz Ihnen überlassen. Entscheidend ist, dass wir uns über eine Zusammenarbeit einig werden. Glauben Sie mir, Ihnen wird nichts abverlangt, was Sie mit Ihrem Gewissen oder Ihren Pflichten als Polizist nicht vereinbaren könnten. Unsere Beziehungen werden zum beiderseitigen Nutzen sein, und außerdem können Sie sie jederzeit abbrechen.«

»Und was passiert dann?«

»Nichts.«

Das glaubte Kornilow seinem Gast sogar. Dennoch war ihm immer noch nicht ganz klar, was der Fremde namens Santiago eigentlich von ihm wollte.

»Warum wenden Sie sich an mich, wenn Sie doch jederzeit auf einen Plan B zurückgreifen könnten? Womit kann ich Ihnen nützlich sein?«

»Ihre Scharfsinnigkeit ist wirklich beeindruckend, Herr Major«, lobte Santiago und lächelte. »Selbstverständlich folgt mein Handeln nicht ausschließlich altruistischen Prinzipien, ich muss auch an meinen eigenen Nutzen denken.«

»Daran kann ich nichts Verwerfliches finden«, beruhigte ihn Kornilow mit einem Seitenblick auf das Eichhörnchen, das gerade in haarsträubendem Tempo über die Regale des Aktenschranks turnte.

»Wissen Sie, Herr Major, in der Verborgenen Stadt herrschen wahrhaft babylonische Zustände. Es gibt keine Zentralmacht und keine Gruppierung, die eine klare Führungsrolle einnimmt. Die Macht verteilt sich auf drei Herrscherhäuser. Und für die Sicherheit eines dieser Herrscherhäuser bin ich verantwortlich. Sie können sich denken, dass es äußerst schwierig ist, in einer so zersplitterten Gesellschaft den Überblick zu behalten. Es gibt divergierende Interessen und eine Vielzahl eigenständiger Machtzentren. Um die Sicherheit meines Herrscherhauses zu garantieren, muss ich jede sich bietende Möglichkeit der Einflussnahme nutzen. Können Sie mir folgen?«

»Absolut.«

»Der Kontakt zu Ihnen verschafft mir eine solche Einflussmöglichkeit. Durch Ihre Hilfe kann ich Druck auf meine Gegner ausüben.«

»Was bekomme ich als Gegenleistung?«

»Sie können sicher sein, dass sich unsere Kooperation für Sie lohnen wird.«

»Warum wenden Sie sich an mich und nicht an höhergestellte Persönlichkeiten, über die Sie viel mehr Einfluss nehmen könnten?«

»Selbstverständlich arbeiten wir mit solchen Persönlichkeiten zusammen, doch in der Regel geben wir unser wahres Gesicht dabei nicht zu erkennen. Das legale Geschäftsleben verschafft uns Zutritt zu den höchsten Kreisen.«

»Die Tschud Incorporated.«

»Vollkommen richtig. Doch wir nutzen diese Kontakte verdeckt. Denn wenn führende Persönlichkeiten der Menschheit erführen, über welche Möglichkeiten wir verfügen, würden sie maßlose Forderungen stellen, die für uns unerfüllbar sind. Und noch ein Letztes: Ihr ausgezeichneter Ruf und Ihre intellektuellen Fähigkeiten lassen es nicht ratsam erscheinen, Sie im Dunkeln tappen zu lassen. Einen solchen Umgang mit Ihnen empfände ich schlichtweg als arrogant.«

Kornilow spürte, dass sein Gesprächspartner dies durchaus ehrlich meinte. Dieser Santiago hatte es weiß Gott nicht nötig, ihm zu schmeicheln.

»Und wenn ich das Wissen um Ihre Existenz nicht für mich behalte?«

»In einem der städtischen Irrenhäuser würde sich gewiss noch ein Plätzchen für Sie finden. Aber Spaß beiseite, Herr Major, ich bin davon überzeugt, dass Ihr kluger Verstand Sie vor unbedachten Schritten bewahrt.«

Auch damit hatte Santiago zweifellos Recht.

»Wenn Sie nichts dagegen haben, könnten wir dann wieder zur Sache kommen«, setzte der Besucher fort.

»Richtig, Sie sind ja schließlich in Eile.«

»Ja. Und außerdem habe ich ein paar kleinere Scherereien am Hals.«

»Die Schießereien?«

»Genau. In der Stadt ist eine Gruppe aufgetaucht, die uns allen – ich betone: uns allen – enorme Unannehmlichkeiten bereiten könnte. Der radikale Flügel unserer Gesellschaft, sozusagen.« Santiago seufzte. »In diesem Zusammenhang benötige ich Ihre Unterstützung.«

»Ich höre.«

»Geben Sie mir bitte dieses Telefon zurück.«

Kornilow betrachtete den Beutel, der auf dem Tisch lag, und dachte kurz nach.

»Es gehört Ihnen.«

»Geben Sie mir auch das Obsidianmesser. Eine chemische Analyse des daran haftenden Blutes würde nur Verwirrung stiften.«

»Bitte sehr.« Kornilow zog den Beutel mit dem Messer aus der Tasche und legte ihn auf den Tisch.

»Und noch ein Letztes: Sie suchen nach folgender Person.« Santiago zeigte dem Major ein Foto von Artjom. »Lassen Sie ihn unbehelligt.«

»Das ist schwierig.«

»Dennoch.«

»Ist er denn noch am Leben?«, erkundigte sich Kornilow nach einer kurzen Pause.

»Ja. Er arbeitet für mich.«

»Angenommen, ich bin einverstanden«, begann der Major nachdenklich. »Was bieten Sie mir als Gegenleistung an?«

»Als Gegenleistung?« Auf Santiagos Gesicht erschien ein diabolisches Grinsen. »Haben Sie Juschlakow schon ausfindig gemacht?«

Kornilow war perplex.

»Ja.«

»Ich organisiere Ihnen die Beweise für seine Täterschaft.«

Der Sonderermittler dachte nach und spielte mit seinem kaputten Feuerzeug herum. Dann legte er es auf den Tisch und sah seinem Gast mit festem Blick in die schwarzen Augen.

»Juschlakow hat niemanden umgebracht.«

»Das weiß ich. Aber er hat dem Vivisektor die jungen Mädchen verkauft.«

»Das ist ein völlig anderer Tatbestand.«

»Das schon, aber ist er weniger verwerflich?« In Santiagos Stimme schwang eiserne Härte. »Ich sehe keinen großen Unterschied zwischen Ihrem Fotografen und diesem Serienmörder. Früher oder später wusste Juschlakow genau, was mit den Mädchen geschieht. Trotzdem hat er sie weiterhin kaltblütig ans Messer geliefert. Ich bin der Meinung, dass er dafür bezahlen muss.«

»Und der Vivisektor selbst?«

»Den werden wir beseitigen. Für die Öffentlichkeit tut es auch ein gescheiterter Fotograf mit perversen Neigungen.«

Kornilow griff abermals nach seinem Feuerzeug.

»Und wem soll ich die Schießereien ans Bein binden?«

»Ich verstehe Ihr Problem.« Nachdenklich streichelte der Kommissar des Dunklen Hofs das Eichhörnchen, das ihm auf den Schoß gehüpft war. »Ich überlasse Ihnen ein paar von den Krawallmachern für einen Schauprozess. Die Übrigen tauchen unter. Einverstanden?«

»Einverstanden.«

»Dann auf Wiedersehen, Herr Major.« Santiago erhob sich, und das Eichhörnchen sprang auf seine Schulter. »Sie brauchen mich nicht hinauszubegleiten.«

»Andrej, Andrej!«

Jemand rüttelte Kornilow an der Schulter.

»Aufwachen, Andrej!«

Der Major öffnete die Augen und sah Schustow verständnislos an.

»Wo ist er?«

»Wo ist wer?«

»Santiago!«

»Welcher Santiago?«

Kornilow sah sich um. Nur Schustow und Waskin waren im Büro. Lediglich die erstaunlich frische Luft in dem ansonsten chronisch verrauchten Raum erinnerte an den Besuch des rätselhaften Gastes.

»Du hast geschlafen, als wir ins Büro gekommen sind. Bist du überarbeitet?«

»Ein wenig, ja.« Kornilow rieb sich die Augen. »Habt ihr Golowin schon zur Fahndung ausgeschrieben?«

»Noch nicht.«

»Lasst es vorläufig sein.«

Der Major nahm eine Zigarette aus der Schachtel. Das Feuerzeug funktionierte auf Anhieb.

»Sergej, hast du irgendeine Bekannte im Archiv?«

»Natürlich!«

Schustow hatte überall Bekannte.

»Bitte sie, mir eine Auswahl von seltsamen Fällen zusammenzustellen.«

»Was meinst du mit seltsamen Fällen?«

»Kennst du die Serie ›Akte X – Die unheimlichen Fälle des FBI‹?«

»Klar.«

»So etwas in der Art. Es müssen Fälle sein, bei denen entweder das Verbrechen selbst oder das Motiv oder auch das Verhalten der Zeugen unerklärlich und auf irgendeine Weise mysteriös ist.«

»Wie kommst du auf einmal darauf? Hast du etwas geträumt?«

»Erkläre ich euch später.«

KAPITEL SIEBZEHN

»… Die Aktie des Finanz- und Industriekonzerns Tschud Incorporated ist heute mit einem neuerlichen Plus von vier Punkten aus dem Handel gegangen. Es sei daran erinnert, dass erst vor zwei Tagen ein verheerender Überfall auf den Hauptsitz des Konzerns verübt wurde, der von den Ordnungskräften bislang nicht aufgeklärt, geschweige denn verhindert wurde. In diesem Zusammenhang stellt sich natürlich die uralte Frage: Wofür bezahlen wir eigentlich Steuern? …«

ROSBUSINESSCONSULTING

»… Der Bürgermeister sieht keine Veranlassung, die Führung des Polizeipräsidiums auszutauschen. Er äußerste sich zuversichtlich, dass die Ermittlungen zu den Schießereien und im Vivisektor-Fall bis Ende der Woche abgeschlossen werden könnten …«

ECHO MOSKWY

Warenhaus der Handelsgilde
Moskau, Bolschaja-Lubjanka-Straße
Mittwoch, 28. Juli, 09:13 Uhr

Nach dem Gespräch mit Santiago schaltete Cortes das Mobiltelefon aus, sah sich um und überlegte, was als Nächstes zu tun sei. Aus Stolz hatte er dem Kommissar verschwiegen, in welch erbarmungswürdiger Lage er sich befand: Er hatte keinen Groschen mehr in der Tasche, sein Messer diente fortan dem Ossen Tschuja, die T-Grad-Com-Karte hatten ihm die Luden abgenommen und nach der Flucht durch die Kanalisation sah er aus, als hätte man ihn gerade aus einer Jauchegrube gezogen. Außerdem ließ die Wirkung des Stimulantiums allmählich nach, und er musste sich möglichst bald eine neue Dosis spritzen.

Nachdem er sich orientiert hatte, hellte sich die Miene des Söldners auf. Nicht weit von der Metro-Station, an der er sich befand, glitzerten die verspiegelten Fenster eines ihm wohlbekannten Gebäudes in der Morgensonne. Es handelte sich um ein Einkaufszentrum der Handelsgilde, der größten Handelsorganisation der Verborgenen Stadt. Dort konnte er sich das Nötigste besorgen.

In den offiziellen Verkaufsräumen des Warenhauses, die sich im Erdgeschoss eines großen Stalinbaus an der Bolschaja-Lubjanka-Straße befanden, wurden hauptsächlich Lebensmittel feilgeboten. Die Schatyren, Gründer und Eigentümer der Handelsgilde, hatten keine Mühen gescheut und die weitläufige Halle zu einem veritablen Feinkosttempel ausgebaut. Von Buchweizengrütze bis hin zu Kaviar gab es hier alles, was das Herz begehrte: Spezialitäten aus aller Herren Länder, frisches Fleisch und lebenden Fisch, neunzig Sorten Speiseeis und über tausend erlesene Weine. Alle Warenhäuser der Handelsgilde waren rund um die Uhr geöffnet, und so schoben hier auch zu nachtschlafender Zeit Scharen von Kunden ihre Einkaufswägen durch die Gänge, um sich mit Köstlichkeiten für den folgenden Tag oder für spontane Orgien einzudecken.

Das Geschäft mit den Lebensmitteln brummte, und dennoch erwirtschafteten die Schatyren den Großteil des Umsatzes nicht hier unten im Erdgeschoss, sondern in der ersten und zweiten Etage, wo die Waren für die wirklich wichtigen Kunden des Hauses lagerten.

Während Cortes die Lebensmittelabteilung durchquerte, ignorierte er die entrüsteten Blicke zahlreicher Hausfrauen, die seinen schmutzigen Aufzug als Flegelei empfanden. Am anderen Ende der Verkaufshalle öffnete er eine unscheinbare, nicht beschriftete Tür und gelangte in einen kleinen Flur, wo sich ein Aufzug befand. Ein schläfriger Wachmann, der hinter einem kleinen Tischchen saß, hob den Blick und schüttelte den Kopf.

»Dies ist ein Diensteingang«, teilte er emotionslos mit. »Gehen Sie bitte in den Verkaufsraum zurück.«

»Ich muss in die zweite Etage«, entgegnete Cortes. »Zu Bidjar.«

Bidjar Hamzi war der Geschäftsführer des Warenhauses und einer der bekanntesten Schatyren in der Stadt.

»Nun, dann wissen Sie ja, was Sie zu tun haben.« Der

Wachmann wies mit einer Kopfbewegung auf das Lesegerät neben der Aufzugtür. »Sie haben doch eine Plastikkarte?«

»Ich habe sie verloren«, gestand Cortes. »Machen wir die Identifikation ausnahmsweise per Fingerabdruck, okay? Du siehst doch, dass ich Probleme habe.«

»Probleme, Probleme ...«, moserte der Wachmann und erhob sich widerwillig von seinem Stuhl. »Ständig haben die Humos irgendwelche Probleme.«

Seiner Knurrigkeit nach zu schließen, handelte es sich um einen Tschuden aus der Hermelinloge. Im Zeitlupentempo schlappte er zu einem Wandschränkchen, nahm ein dunkelblaues Gerät heraus, stellte es auf den Tisch und betätigte einen Schalter.

»Steck deine Hand rein und sag, wer du bist.«

Cortes schob die rechte Hand in einen Schlitz des Gerätes, blickte in den schmalen Lichtstrahl, der aus einem Objektiv in der oberen Abdeckung drang, und stellte sich vor.

»Cortes, Söldner, Mensch.«

Auf dem Anzeigefeld leuchtete eine grüne Diode auf. Der Wachmann zog eine T-Grad-Com-Karte aus der Tasche und steckte sie ins Lesegerät am Aufzug, dessen Schiebetüren sich lautlos öffneten.

In der zweiten Etage wurde der schmutzige Söldner bereits von Bidjar Hamzi erwartet.

»Cortes, mein Freund, schön, dich wiederzusehen!«

Der Schatyr trug einen eleganten Anzug und verströmte den dezenten Duft teuren Parfums. Von einem herbeigeeilten Diener nahm der Söldner ein Glas Cognac entgegen und trank einen kräftigen Schluck. In seinem Körper breitete sich angenehme Wärme aus.

Das Ambiente des Verkaufsraums hatte nichts von der nüchternen Sachlichkeit im Erdgeschoss. Hier herrschte purer Luxus. Die Decken waren mit Stuck verziert, durch die Gänge strömte das Aroma frisch gebrühten Kaffees und in allen Winkeln standen bequeme Ledersitzgruppen, in denen man mit den Managern des Warenhauses über geplante Erwerbungen plaudern konnte. Die Verkaufsstrategen der Handelsgilde hatten eine Atmosphäre geschaffen, in der sich die Kunden mit Leichtigkeit und Freude von ihrem Geld trennten. Und für Geld bekam man hier nahezu alles: elegante Kleidung und Schmuck, modernste Waffen und Militärtechnik, die Arzneien der Erli-Mönche und Kräutermixturen der Zauberinnen des Grünen Hofs, Dokumente aller Art (mit Echtheitsgarantie der Druckereifirma Schatyr-Print) und eine große Auswahl von Automobilen, die in der Tiefgarage ihrer neuen Besitzer harrten.

Cortes trank seinen Cognac aus und atmete erleichtert durch.

»Das tut gut.«

»Du siehst wirklich fürchterlich aus«, verkündete Hamzi, nachdem er den Söldner von oben bis unten betrachtet hatte.

»Vielen Dank, Bidjar, du warst schon immer ein ehrlicher Typ.«

»Ehrlich? Du willst mich wohl beleidigen?! Was ist passiert mit dir? Hattest du Scherereien?«

»Ich habe einen schwierigen Job angenommen.«

»Verstehe.« Der Geschäftsführer deutete mit dem Daumen auf einen leise laufenden Fernseher, der ihnen gegenüber an der Wand hing. »In den letzten zwei Tagen haben meine Mitarbeiter keine Nachrichtensendung verpasst.«

»Ich habe keine Einzige gesehen.«

Cortes trat an den Fernseher heran und hörte interessiert zu:

»... Der nächtliche Tumult im Grünen Hof verheißt nichts Gutes, zumal wenn man die Begleitumstände berücksichtigt: den Überfall auf die Burg, die Jagd nach den Rothauben und nicht zuletzt das verdächtige Schweigen des Dunklen Hofs. Der Pressedienst des Herrscherhauses Naw enthält sich jeglicher Kommentare, während Kommissar Santiago in unbekannter Mission durch die Verborgene Stadt geistert. Er wurde in der Burg gesehen und nach bislang unbestätigten Meldungen auch im Grünen Hof. Was hat dies zu bedeuten? Welche Ziele verfolgt der Dunkle Hof? Steckt er hinter der aktuellen Krise? Bislang gibt es auf diese Fragen keine Antwort. Stattdessen mehren sich die Anzeichen, dass in der Stadt eine Panik ausbrechen könnte. Vor wenigen Minuten wurde uns bekannt, dass Wambo, der Geschäftsführer des beliebten Clubs *Eidechse*, sich aus – wie es heißt – gesundheitlichen Gründen in einen Erholungsurlaub zurückzieht. Dass er sich der Pflege seiner Gesundheit fernab der Verborgenen Stadt widmen wird, versteht sich von selbst. Nicht zu Unrecht genießen die Eulins den Ruf, ein untrügliches Gespür für herannahendes Unheil zu haben. Es könnte also durchaus sein, dass wir alle dem Beispiel des umsichtigen Eulins bald folgen müssen ...«

»Blödsinn«, schimpfte Cortes. »Die Reporter von T-Grad-Com übertreiben wieder einmal maßlos.«

»Mag sein«, pflichtete Hamzi bei. »Ich verlasse mich da lieber auf die Chwanen.«

»Ich auch.«

»In der Nacht waren zwei von ihnen hier, um sich Flugtickets nach New York zu besorgen. Sie haben erzählt, dass Luden in der *Eidechse* vor ihren Augen Humo-Söldner gefesselt und entführt haben. Natürlich habe ich nachgefragt, ob sie diese Humos zufällig kannten. Schließlich schadet es ja nicht, auf dem Laufenden zu sein ...«

»Ich habe übrigens meine Karte verloren«, unterbrach ihn Cortes.

»Man hat dir bereits eine neue ausgestellt«, beruhigte ihn Hamzi und wies mit der Hand zum Servicepunkt der T-Grad-Com, der in seinem Geschäft natürlich nicht fehlen durfte. »Der Dunkle Hof hat bestätigt, dass du über ein unbegrenztes Budget verfügen kannst. Wie hast du Santiago zu solcher Freigiebigkeit animiert, wenn ich fragen darf?«

»Fragen darfst du, aber ich verrate es dir nicht – Berufsgeheimnis.«

»Tja, dann eben nicht«, erwiderte Hamzi schmallippig. Der Schatyr war beinahe so neugierig wie geldgierig. »Also, was kann ich für dich tun?«

Der Diener brachte dem geschätzten Kunden ein weiteres Glas Cognac.

»Für den Anfang ...« Cortes sah sich nach einer Sitzgelegenheit um.

»Entschuldige, dass ich dir keinen Platz auf dem Sofa anbiete, aber so, wie du aussiehst, müsste ich hinterher den Bezug wegwerfen.«

Die Sparsamkeit der Schatyren war legendär.

»Ich muss mich ohnehin umziehen.«

»Es würde auch nicht schaden, wenn du dich wäschst.« Bidjar Hamzi zog ein parfümiertes Seidentaschentuch aus der Sakkotasche und wedelte damit demonstrativ vor seiner Nase herum. »Das Bad steht dir zur Verfügung. Während du dich frischmachst, werden dir die Verkäufer passende Kleidung zurechtlegen. Ist deine Größe noch dieselbe?«

»Ja.«

»Brauchst du ein Mobiltelefon?«

»Unbedingt. Nach Möglichkeit mit derselben Nummer.«

»Kein Problem. Das regeln wir über den TKV. Die sollen das alte Handy abschalten und die Nummer auf das neue umregistrieren. Was für eine Pistole möchtest du?«

»Eine Gjursa mit Schulterholster und Ersatzmagazin.«

»Dann benötigst du auch eine leichte Windjacke zum Drüberziehen«, empfahl der Geschäftsführer und warf einen prüfenden Blick auf Cortes' Pupillen. »Hast du dir ein Stimulantium gespritzt?«

»Ja. Ich bin noch ein wenig gehandicapt.«

»Reichen drei Dosen?«

»Ja. Aber eine bräuchte ich sofort.«

»Versteht sich. Habe ich noch etwas vergessen?«

»Einen fahrbaren Untersatz.«

»Einen Leihwagen?«, erkundigte sich Hamzi, und in seinen Augen leuchteten schon die Dollarzeichen.

»Nein. Ich kaufe lieber einen.« Trotz unbegrenzten Budgets hatte Cortes keine Lust, Geld zum Fenster hinauszuwerfen. Die Leihverträge der Schatyren bewegten sich am Rande der Sittenwidrigkeit. »Was hast du denn in der Garage stehen? Ich kann nicht warten.«

»Einen Mustang, zwei BMWs und einen Land Cruiser.«

»Ich nehme den Jeep«, entschied der Söldner. »Besorgt mir außerdem eine Polizeimarke und ein Portemonnaie mit etwas Bargeld.«

»Möchtest du den Gesamtbetrag wissen?«, fragte Hamzi, nachdem er fieberhaft zusammengerechnet hatte.

»Lass mal, ich fühle mich auch so schon schlecht genug«, entgegnete Cortes. »Ich gehe mich jetzt waschen, in zwanzig Minuten muss ich los.«

Als Cortes mit seinem nagelneuen Jeep aus der Tiefgarage des Warenhauses fuhr, verschwendete er keinen Gedanken daran, dass ihm der neue Auftrag von Santiago irgendwelche Schwierigkeiten bereiten könnte. Die Gjursa im Achselholster verlieh ihm ein Gefühl der Sicherheit, sein Gebiss war mit einer neuen Spezial-Zahnprothese bestückt und im Portemonnaie steckten Bargeld, die neue T-Grad-Com-Karte und eine leicht abgenutzte Polizeimarke. Der Söldner war für alle Fälle gerüstet.

Die Suche nach Juschlakow begann er in dessen Studio. Nachdem er die Metalltür fachkundig aufgebrochen und sich davon überzeugt hatte, dass der Fotograf nicht vor Ort war, fuhr Cortes ins Olympische Dorf zu Juschlakows Privatwohnung. Dort hatte er mehr Glück. Vor dem Eingang stand der 9er Lada seiner Zielperson. Er stellte seinen Jeep so ab, dass der Lada nicht mehr ausparken konnte, und stieg die Treppen zur Wohnung des Fotografen hinauf.

Die Tür öffnete eine blondierte Dame um die dreißig, die mit einem blauweißen Morgenmantel mehr schlecht als recht bekleidet war.

»Ist Herr Juschlakow zu Hause?«, erkundigte sich Cortes.

»Wer sind Sie?«, fragte die Frau schmollmundig.

»Ein Freund«, sagte Cortes, schob sie sanft beiseite und betrat den Vorraum. »Ist er zu Hause?«

Die Wohnung des Fotografen machte einen mittelprächtig heruntergekommenen Eindruck. Die vergilbten Tapeten warfen Blasen, und die Möbel hätten sich auch auf dem Sperrmüll wohlgefühlt. Man merkte, dass die Behausung nur gemietet war und Juschlakow kein Geld in sie investieren wollte. An der Wand hing ein Kalender mit halbnackten Mädchen. Es roch nach Staub und angebrannten Spiegeleiern.

»Wer bist du?«, raunzte ein verschwitztes, mit T-Shirt und Jogginghose bekleidetes Subjekt, das aus der Küche in den Vorraum trat und sich nach Kräften aufplusterte. »Was willst du?«

Die Blondine flüchtete in die Küche.

»Alexander Gennadjewitsch Juschlakow?« Cortes sah das glatzköpfige Subjekt, das ihm nur bis zur Schulter reichte, von oben herab an.

»Ja, worum geht's?«

Der Söldner zeigte die Polizeimarke vor.

»Alexander Gennadjewitsch. In Ihrem Studio wurde die Leiche eines zur Fahndung ausgeschriebenen Schwerverbrechers gefunden. Ziehen Sie sich an. Wir fahren zusammen in die Pljuschtschicha-Straße.«

»Aber damit habe ich nichts zu tun!«, beteuerte Juschlakow, der von dieser Nachricht sichtlich geschockt war.

»Das mag ja sein. Aber mitfahren müssen Sie trotzdem. Mein Wagen steht unten.«

»Was will der Typ von dir, Alex?«, ereiferte sich die Blondine, die vorsichtig aus der Küchentür lugte. »Soll ich die Polizei rufen?«

Cortes gähnte demonstrativ.

»Nicht nötig, er ist die Polizei, Schatz«, entgegnete der Fotograf und sah den Söldner hündisch an. »Kann ich mir schnell was anziehen?«

»Selbstverständlich.« Cortes zog einen Zahnstocher aus der Tasche. »Ich warte so lange im Wohnzimmer.«

»Vielen Dank.« Juschlakow verschwand im Schlafzimmer. »Lena? Wo ist meine Jeans?«

»Unter dem Sofa«, krähte die Blondine ihm hinterher und folgte Cortes ins Wohnzimmer. »Trinken Sie was, Herr Polizist?«

»Im Dienst nie«, entgegnete der Söldner und musterte die Frau von oben bis unten. »Sind Sie schon lange in Moskau?«

»Zwei Jahre.« Lena war eine erfahrene Dame, doch Cortes' zynisch-prüfenden Blick empfand sie doch als aufdringlich und zupfte nervös an ihrem Morgenmantel.

»Und was machen Sie so?«

»Ich bin Model«, verkündete die Frau und legte den Kopf in den Nacken.

»Professionell oder hobbymäßig?«

»Professionell. Sie sind nicht gerade sehr taktvoll, Herr ... ähm ...«

»Kapitän.«

Die Blondine stolzierte zur Minibar, nahm eine ihrer Meinung nach verführerische Pose ein und schenkte sich aus einer bereits geöffneten Flasche Sekt ein.

»Männer neigen eben zur Grobheit«, sinnierte die Frau, und in ihrer Stimme schwang ein lasziver Tonfall. »Andererseits ist das ein Zeichen von Stärke. Und starke Männer gefallen mir, Kapitän.«

Sie nippte an ihrem Sektglas, dessen Rand sich dabei mit rotem Lippenstift färbte, und lächelte dem Söldner zu.

»Mit Ihren Papieren ist alles in Ordnung?«, erkundigte sich Cortes, der gelangweilt in seinen Zähnen stocherte. »Wurden Sie schon mal vorgeladen? Wegen Prostitution zum Beispiel?«

Das Profimodel sah Cortes entrüstet an und verließ wortlos den Raum.

»Ich bin so weit«, verkündete Juschlakow, der kurz darauf hereinkam.

»Gut, gehen wir.«

»Ich bin bald wieder da, Schatz!«, rief der Fotograf, als er mit Cortes die Wohnung verließ.

Der Schatz antwortete nicht.

Als Juschlakow unten den Land Cruiser sah, schaute er Cortes argwöhnisch an.

»Ein schöner Wagen.«

»Nichts Besonderes«, erwiderte der Söldner. »Vier Räder, ein Lenkrad, Bremse und Scheinwerfer.«

»Ihr Dienstwagen?«, wunderte sich der Fotograf.

»Nein, der gehört mir privat«, gab Cortes unumwunden zu und berührte Juschlakow dabei wie zufällig mit den Fingern am Hals.

Zum Abschied hatte ihm Bidjar Hamzi eine Sprühdose *Morpheusstaub* verkaufen wollen, ein hervorragendes Betäubungsmittel, dass die Erli-Mönche für die Anästhesie verwendeten, doch er hatte abgelehnt. Im Umgang mit Menschen blieb Cortes lieber seinen professionellen Gewohnheiten treu.

Er packte den bewusstlosen Fotografen unter den Achseln, verfrachtete ihn auf den Rücksitz des Geländewagens, setzte sich ans Steuer und fuhr ohne Eile davon.

Moskauer Polizeipräsidium
Moskau, Petrowka-Straße
Mittwoch, 28. Juli, 10:54 Uhr

Seit einer halben Stunde bewegten sich die Aktivitäten der Sonderermittler am Rande des Müßiggangs. Waskin blätterte lustlos in der Zeitung, Schustow schlürfte einen Kaffee nach dem anderen, und Kornilow studierte die Akten aus dem Archiv.

Schustows Bekannte hatte bereits die ersten Ordner vorbeigebracht und versprochen, bis zum Abend noch mehr zu besorgen. Wie sich herausstellte, gab es mehr als genug mysteriöse, polizeilich dokumentierte Begebenheiten in Moskau.

»In der Nacht zum 27. Juli wurden aus der Asservatenkammer die Beweismittel gestohlen, die nach der Schießerei am Lenin-Prospekt sichergestellt worden waren. In derselben Nacht verschwanden auch die Leichname, die vom selben Tatort stammten, aus der Pathologie. Das diensthabende Wachpersonal kann sich die Vorfälle nicht erklären. Es wurden interne Ermittlungen angeordnet.«

Diesen rätselhaften Vorfall kannte Kornilow bereits. Der Nächste war ihm neu:

»8. Februar. Der Geschädigte I. G. Fedortschuk, von Beruf Förster, gab an, dass er in einer Allee des Parks Lossiny Ostrow von einem Ungeheuer, das entfernt an eine Frau erinnerte, überfallen worden sei. Als Beweis für seine Angaben zeigte der Geschädigte drei Risswunden an seinem Rücken vor. Die Streifenbeamten, die daraufhin an den Ort des mutmaßlichen Geschehens fuhren, konnten indes nichts Verdächtiges feststellen. Das anhand der Beschreibung von I. G. Fedortschuk angefertigte Phantombild löste bei den Sachverständigen Zweifel am Geisteszustand des Geschädigten aus. Letzterer bestand jedoch auf seiner Darstellung und erklärte sich überdies zu einer gerichtspsychiatrischen Begutachtung bereit. I. G. Fedortschuk wurde einstweilen ins Forstamt Podolsk versetzt.«

Völlig rätselhaft war auch der nächste Fall:

»Die Rentnerin A. A. Schischkina, geboren 1931, wandte sich an die Polizeiinspektion Koptjewski mit der Anzeige, sie habe ihre langjährige Nachbarin, die im Jahre 1970 völlig unerwartet verstorben war, auf der Straße erkannt. Die Nachbarin, mit der Schischkina seit 1956 Tür an Tür wohnte, habe sich seit ihrem Ableben äußerlich nicht verändert, obwohl sie bei nüchterner Betrachtung längst in ihrem Grab verwest oder zumindest eine ebenso runzelige alte Frau sein müsste wie sie, Schischkina, selbst.«

Kornilow erinnerte sich an Santiagos Worte: »Zum Glück werden wir ziemlich alt«, hatte er gesagt.

Die Anzeige der Rentnerin Schischkina wurde in der Polizeiinspektion naturgemäß belächelt und nicht weiter verfolgt. Doch die alte Dame zeigte sich hartnäckig und begann einen Krieg an zwei Fronten. Einerseits bombardierte sie die Polizeiführung ununterbrochen mit Beschwerden, andererseits machte sie den Wohnort ihrer ehemaligen Mitbewohnerin ausfindig und begann sie systematisch zu terrorisieren: Mal beschimpfte sie ihr Opfer als Hexe, mal bekniete sie die von den Toten

Auferstandene, ihr das Geheimnis ewiger Jugend zu verraten. Derzeit befand sich A. A. Schischkina zwangsweise in psychiatrischer Behandlung, und Kornilow hatte Mitleid mit der unseligen Greisin.

Die betuliche Stimmung in der Sonderermittlungsgruppe wurde durch einen Telefonanruf gestört. Sergej nahm den Hörer ab.

»Kapitän Schustow.«

»Hier tut sich was«, teilte der Leiter der Observationseinheit mit, die auf den Fotografen angesetzt war. »Juschlakow wird verschleppt.«

»Ist er in Ordnung?«

»Er liegt bewusstlos auf dem Rücksitz eines Autos. Was sollen wir tun?«

»Warte einen Augenblick.« Sergej wandte sich zu Kornilow: »Der Fotograf wird gerade entführt.«

»Bestens«, sagte der Major, drückte seine Zigarette aus und erhob sich. »Sie sollen die Überwachung fortsetzen und sich auf keinen Fall einmischen. Wir machen uns auf den Weg.«

Moskau, Bolschaja-Moltschanowka-Straße
Mittwoch, 28. Juli, 11:11 Uhr

Santiago postierte sich am Hintereingang des Gebäudes, in das Pulle die entführten Mädchen gebracht hatte und benachrichtigte seine Bündnispartner. Er wusste, dass der entscheidende Kampf unmittelbar bevorstand.

Als Erster traf Metscheslaw ein. Der Baron parkte seinen Saab neben Santiagos Jaguar, stieg aus, grüßte den Nawen und wollte ihm gleich eine Frage stellen, doch der Kommissar kam ihm zuvor.

»Wie verlief die Zusammenkunft des Großen Königsrats? Ich hoffe, Ihre Majestät hatte keine Unannehmlichkeiten?«

»Jaroslawas plötzlicher Tod kam uns nicht ganz ungelegen«, erwiderte der Lud etwas kleinlaut. »Wir konnten die Barone davon überzeugen, dass der gesunkene Energiepegel des Regenbrunnens natürliche Ursachen hat und dass die Übergriffe der Rothauben auf deren angeborene Dummheit zurückzuführen sind. Königin Wseslawa ist jedenfalls weiterhin die unumstrittene Herrscherin des Grünen Hofs.«

»Dann ist ja alles gut.«

»Ähm ... Santiago, ich kann doch darauf bauen, dass das Gerücht über die Rückkehr des Boten nicht in die Verborgene Stadt durchsickert?«

»Ich habe unsere Abmachung nicht vergessen, Baron. Außer den wenigen Eingeweihten wissen nur die Clanführer der Rothauben, dass Lubomir am Leben ist, und die werden wir ausschalten.«

Der Baron nickte zufrieden mit dem Kopf.

Kurze Zeit später traf die Delegation der Tschuden ein. Den beiden bordeauxroten Lincolns entstieg eine beeindruckende Ritterschar: vier Rächer, darunter der erfolgshungrige Rick Bombarde, zwei Usurpatoren – schweigsame und nur schwer kontrollierbare Killer mit feuerroten Augen –, zwei Helm tragende Kriegskommandeure mit langen Stäben in der Hand und zuletzt Franz de Geer selbst, der Kriegsmeister in voller Kampfmontur. Die langen roten Haare hingen dem Kapitän offen auf die Schultern herab, um das dunkelrote Kamisol hatte er einen Ledergürtel mit wuchtiger Schnalle angelegt, und seine breite Kriegsmeisterkette glänzte in der Sonne. In der Rechten, die mit Kettenärmel und Stahlhandschuh geschützt war, hielt Franz einen üppig verzierten Stab, sein linker, bis zum Ellbogen entblößter Arm war mit magischen Tätowierungen bedeckt. In ihren klassischen Rittergewändern hätten die Tschuden gewiss einen mittleren Tumult ausgelöst, wenn Santiago den Treffpunkt nicht mit einem Trugbild getarnt hätte.

Ohne die anderen zu grüßen, betrachtete Franz de Geer das riesige Bürogebäude, das sich auf seiner Vorderseite über dem Nowy Arbat erhob und verzog skeptisch das Gesicht.

»Bist du sicher, dass er da drin ist?«, fragte er den Kommissar. »Ich kann mir nicht vorstellen, dass ein Lud sich dazu herablässt, in einem solchen Betonklotz zu hausen.«

»Ihr könnt mir ruhig glauben, dass der Bote hier ist«, versicherte Santiago souverän und lehnte sich lässig gegen seinen Jaguar. »Einer meiner Söldner ist schon drin.«

»Drin? Wie schön. Aber wo genau?«, erkundigte sich Metscheslaw.

»Das werden wir gleich feststellen.«

Der Naw zog ein goldenes Medaillon aus der Sakkotasche, auf dessen Deckel ein Eichhörnchen mit einer

Nuss abgebildet war. Er öffnete es und nahm vorsichtig ein einzelnes, schwarzes Haar heraus.

»DNA-Fernfahndung?!«, fragte de Geer.

Santiago nickte.

»Kriegt Lubomir das nicht mit?«

»Nein. Der magische Impuls wird extrem schwach und kurz sein.«

Fast unhörbar murmelte der Kommissar des Dunklen Hofs einen Zauberspruch, dann ratschte das Zündrad seines Feuerzeugs. Das Haar fing sofort Feuer und verglomm zu einem dunkelgrauen Wölkchen, in das Santiago angestrengt hineinstarrte.

»Und?«, flüsterte Metscheslaw ungeduldig.

»Im vorletzten Stockwerk.« Das Wölkchen löste sich auf, und der Kommissar wandte sich seinen Verbündeten zu. »Wir haben die exakten Koordinaten.«

»Dann mal los!«, drängte der Baron und machte einen entschlossenen Schritt nach vorn. »Der Bote sitzt in der Falle.«

»Einen Augenblick Geduld noch, mein Freund«, bremste ihn Santiago und drehte sich zu de Geer um. »Kapitän, es wäre gut, wenn Sie mit Ihren Leuten Genaueres über die beiden letzten Etagen in Erfahrung bringen könnten. Vielleicht finden Sie einen Gebäudeplan oder so etwas in der Art. Ich muss in der Zwischenzeit einen Anruf machen.«

Der Baron rollte genervt die Augen nach oben und seufzte, doch er wollte keinen Streit mit dem Nawen anzetteln. Der Kommissar ging einige Meter beiseite und zückte sein Mobiltelefon.

»Wir sind am Zielort, Fürst. Halten Sie sich bereit.«

»Gute Arbeit, Santiago.«

»Verbindlichsten Dank, Fürst.«

Wenige Minuten später kam de Geer mit seinen Rittern zurück und breitete eine Zeichnung auf der Motorhaube seines Lincoln aus.

»Ein Gebäudeplan«, erläuterte der Tschud. »Den hat mir der hiesige Wachdienst geschenkt.«

»Und, was haben Sie herausgefunden?«

»Vor einem halben Jahr hat eine Firma die obersten drei Etagen angemietet. Die Mieter schotten sich völlig gegen die Außenwelt ab. Die drittletzte Etage steht offenbar leer.«

»Das ergibt durchaus Sinn«, befand der Kommissar, während er kopfnickend den Plan studierte. »Es gibt zwei Möglichkeiten, um nach oben zu gelangen: durchs Treppenhaus oder mit dem Aufzug.«

»Der Aufzug ist leider außer Betrieb«, berichtete de Geer missmutig. »Es bleibt also nur die Treppe.«

»Was gibt es denn da zu überlegen?«, erhitzte sich Metscheslaw. »Wir stürmen die Bude und töten alle, die drin sind.«

»So einfach geht das nicht«, widersprach der Kommissar. »Ich bin mir ziemlich sicher, dass in der vorletzten Etage Wachen postiert sind und der Bote ganz oben logiert. Wir würden zu viel Zeit verlieren, bis wir zu ihm vordringen.«

»Ach was«, blaffte der Lud. »Mit den Rothauben machen wir kurzen Prozess.«

»Lubomir ist ein mächtiger Zauberer«, gab Santiago

zu bedenken. »Wenn wir ihm zu viel Zeit zum Reagieren geben, würde er sofort die Initiative übernehmen und uns in Schwierigkeiten bringen. Unser Angriff muss sich unmittelbar gegen ihn richten und einige von uns müssen so lange die Rothauben in Schach halten.«

»Vielleicht könnten wir übers Dach einsteigen?«, spekulierte de Geer.

»Mit Überfällen auf Dächern kennt sich Lubomir aus«, stichelte der Kommissar. »Darauf ist er bestimmt vorbereitet.«

»Jaja, schon recht«, knurrte der Tschud etwas verschnupft. »Weißt du was Besseres?«

»Ich könnte ein Portal in die letzte Etage einrichten«, verkündete Santiago bescheiden.

»Warum sagst du das nicht gleich?«, rief de Geer begeistert. »Das löst doch unser Problem.«

»Nicht ganz«, bedauerte der Naw. »Die Erzeugung eines großen Portals würde zu viel Zeit und Energie beanspruchen. Der Zauberer würde es bemerken und Gegenmaßnahmen ergreifen. Deshalb müssen wir uns auf ein kleines Portal beschränken. Das hat den Vorteil, dass es blitzschnell aufgebaut werden kann. Der Nachteil ist, dass ich nur einen von Ihnen beiden mitnehmen kann.«

»Ich werde dich begleiten«, verfügte Metscheslaw entschlossen. »Das musst du akzeptieren, Franz. Ich habe dort oben noch eine Rechnung zu begleichen.«

»Okay, okay«, fügte sich der Kapitän mit erhobenen Händen. »Und was machen wir?«

»Ihr dringt übers Treppenhaus vor und liquidiert die Wache«, ordnete Santiago an.

»Fünfundzwanzig Stockwerke zu Fuß?!« Der Tschud blickte nach oben und blies konsterniert die Backen auf.

»Wir werden natürlich warten, bis ihr oben seid«, beruhigte ihn der Kommissar. »Wir müssen unbedingt gleichzeitig losschlagen. Ruft also an, wenn ihr bereit seid.«

»Na, meinetwegen.«

In diesem Augenblick rauschte ein Land Cruiser heran und parkte hinter Santiagos Jaguar.

»Genau im rechten Moment«, freute sich der Kommissar.

»Wer ist das?«, erkundigte sich Metscheslaw.

»Ein Freund von mir.«

Cortes stieg aus dem Geländewagen aus, und Santiago drückte ihm herzlich die Hand.

»Haben Sie den Fotografen mitgebracht?«

»Selbstverständlich.«

»Doch hoffentlich lebendig?!« Besorgt spähte Santiago in den Wagen, wo Juschlakow reglos auf der Rückbank lag. »Wir hatten ausgemacht, dass Sie ihn nicht töten.«

»Alles in Ordnung«, versicherte der Söldner. »Er schläft nur.«

»Ausgezeichnet. Sind Ihnen Polizisten gefolgt?«

»Wie die Kletten«, berichtete Cortes grinsend. »Ich habe ja auch nicht versucht, sie abzuschütteln.«

»Richtig so«, lobte Santiago. »De Geer wird den Fotografen nach oben bringen. Begleiten Sie ihn?«

Cortes rieb sich nachdenklich die Nasenspitze.

»Ist Jana dort oben?«

»Ja.«

»Dann komme ich mit.«

»Kapitän.« Santiago wandte sich an den Tschuden. »Ich möchte Ihnen meinen Freund Cortes vorstellen.«

Residenz des Boten
Moskau, Nowy Arbat
Mittwoch, 28. Juli, 11:15 Uhr

»Ausnahmezustand in Moskau: Vor wenigen Minuten hat ein unbekannter Terrorist telefonisch mitgeteilt, dass am Kiewer Bahnhof eine Bombe von verheerender Sprengkraft versteckt sei. Eine Sondereinheit der Polizei hat den Bahnhof abgeriegelt und durchsucht systematisch das Gebäude, einschließlich sämtlicher Schließfächer ...«

Es war eine dünne, unangenehme Stimme, die wie das nervenzerreißende Winseln eines Zahnarztbohrers in sein Bewusstsein drang. Woher kam diese Stimme? Das Letzte, woran Artjom sich erinnern konnte, war Lana. Die bezaubernde Lana. Sie hatte ihm irgendein Mittel ins Gesicht gesprüht. Oder hatte sie ihn geküsst? Nein, das mit dem Kuss war davor gewesen. Er spürte immer noch den herben Geschmack ihre Lippen im Mund. Artjom erschrak, als ihm einfiel, dass er seiner Verführerin alles erzählt hatte. Sogar das Amulett hatte er ihr gegeben!

»Kommen wir lieber zum Wesentlichen«, sagte eine gereizte Männerstimme und das nervige Nachrichtengeplapper im Hintergrund verstummte. »Wann kommt er wieder zu sich?«

»Bald.«

Die angenehme, tiefe Frauenstimme gehörte Lana.

»Was heißt bald?«

»Er ist schon wach und verstellt sich nur.«

Widerstrebend öffnete Artjom die Augen.

»Wie fühlst du dich«, erkundigte sich die junge Frau besorgt.

»Miserabel.«

Artjom hatte entsetzliche Kopfschmerzen.

»Trink einen Schluck.«

Lana hielt ihm eine Tasse hin. Er trank einen großen Schluck eiskaltes Quellwasser und sah sich um.

Artjom hockte auf einem geschnitzten Holzstuhl mit einer geraden, unbequemen Lehne und war weder gefesselt noch angekettet. Neben ihm saß, die Beine aufreizend über der Armlehne, Lana auf einem ebensolchen Stuhl. Ihre riesigen, smaragdgrünen Augen funkelten im flackernden Licht von Fackeln. Einen großen Teil des Raums nahm ein massiver Holztisch ein, auf dem schmutzige Glaskolben, Folianten, Retorten und sonstiger staubiger Plunder herumlagen. In einer Ecke stand ein kleiner Kohlenofen und an den Wänden hingen klapperige Regale, die mit allerlei Dosen und Töpfen vollgestellt waren. Mutmaßlich Letzteren entstieg ein fauliger Geruch, der den Raum erfüllte.

Der kleine, weißblonde Zauberer saß auf einem großen Stuhl an der Stirnseite des Tischs und blickte Artjom mit seinen grünen Augen erwartungsvoll an. Er trug eine weiße Wolljacke und schien zu frösteln, obwohl das Kabuff die reinste Sauna war.

»Habe ich dich endlich erwischt, Bursche«, sagte er triumphierend.

»Mein Name ist Artjom. Ich möchte nur darauf hinweisen, dass ich einflussreiche Freunde habe.«

Der Zauberer nickte verständnisvoll und grinste.

»Ich heiße Lubomir, doch einige nennen mich den Boten. Was ist dir lieber?«

»Das weiß ich noch nicht.«

Artjoms Kopf wurde von Tausenden feinster Nadelstiche malträtiert.

»Wozu gibst du dich mit ihm ab?«, mischte sich Lana ein.

Die Frage erstaunte Artjom, denn schließlich wusste die Fee über alle Hintergründe Bescheid.

»Wozu?«, wiederholte der Zauberer gedehnt. »Er hat etwas sehr Wertvolles gestohlen.«

»Dir persönlich?«

»Nein, meinen Dienern natürlich.«

»Ach, den Rothauben! Warum hast du dich überhaupt mit ihnen eingelassen? Du bist doch der Bote!«

»Das geht dich nichts an, Fee«, versetzte Lubomir schroff.

»Dein Gefolge ist der Grüne Hof«, sagte Lana trotzig.

»Der Grüne Hof kann mir gestohlen bleiben. Er hat mich verraten.«

»Aber die Luden wussten nicht einmal, dass …«

»Das interessiert mich nicht, Fee. Halt die Klappe und bete zum Schlafenden, dass ich Gnade walten lasse. Ihr grünen Hexen habt allesamt den Tod verdient.«

Mit einer so aggressiven Reaktion hatte die junge Frau augenscheinlich nicht gerechnet. Sie nahm die Beine von der Lehne und zupfte nervös an ihrem Lendenschurz.

»Ich hatte gedacht, dass du dich freust. Wir brauchen dich, Bote. Wir haben auf dich gewartet ...«

»Du lügst, du mieses Stück!« Der Zauberer sprang auf und sah Lana hasserfüllt an. »In Wirklichkeit hast du einfach nur Angst bekommen. Du warst unter jenen, die mich vertrieben haben und mir den Tod an den Hals wünschten, um ihre Macht zu erhalten. Jetzt, wo es dir an den Kragen geht, fällst du auf die Knie! Wo warst du, als ich in der Einsamkeit mit dem Tode rang? Hast dich auf königlichen Bällen vergnügt? Hast dich betrunkenen Woiwoden und fetten Baronen hingegeben? Mit wem hast du es getrieben, Wseslawa, als ich vor Kälte zitterte?«

»Ich ...«

»Schweig, du Schlampe!«, brüllte der Zauberer und versetzte der jungen Frau eine heftige Ohrfeige. »Du kannst dich nicht vor mir verstecken, Wseslawa! Mich kannst du nicht täuschen!!«

Das Herz des Boten schlug so heftig, dass Lana und Artjom es hören konnten. Gleichzeitig gefroren seine Augen zu Eis.

»Du hast dich verrechnet, Wseslawa. Psor!«

Durch eine kleine, zwischen Regalen und Schränken versteckte Tür betrat eine glatzköpfige, mit einem weiten, weißen Hemd bekleidete Gestalt den Raum.

»Psor, hab ein Auge auf sie.«

Die Gestalt nickte, trat von hinten an die junge Frau heran und warf ihr eine dünne Kette um den Hals. Der Zauberer beruhigte sich.

»Ich werde mir etwas Schönes für dich ausdenken, Lana.«

»Kanaille!«

»Halt den Mund, verdammtes Luder.«

Der Zauberer schlug der Fee mit der flachen Hand ins Gesicht, bis ihre Wangen glühten. Dann schwenkten seine grünen Augen auf Artjom.

»Und nun zu dir. Verstehst du, worum es hier geht, Humo?«

»Nein. Aber ich habe mich besser gefühlt, solange du mit dieser ... ähm ... Dame beschäftigt warst.«

»Kann ich verstehen«, erwiderte Lubomir nachsichtig. »Hast du das Amulett?«

Artjom wurde plötzlich klar, dass Lana dem Boten die Magische Quelle gar nicht übergeben und noch nicht einmal erwähnt hatte. Aber aus welchem Grund? Was hatte sie vor?

»Kannst du denn nicht Gedanken lesen?«, fragte Artjom und bemühte sich, dem Blick des Zauberers möglichst ruhig standzuhalten.

»Kann ich wohl«, erwiderte Lubomir mit finsterem Gesicht. »Aber irgendjemand verhindert auf äußerst professionelle Weise, dass dein Gehirn gescannt wird. Nicht einmal ich habe Zugriff darauf.«

»Ich weiß zwar nicht, wer das bewerkstelligt hat, aber ich bin ihm sehr dankbar.«

»Freu dich nicht zu früh.« Im Gesicht des Zauberers

spielte ein teuflisches Grinsen. »Dein Gehirn ist zwar geschützt, doch dein Gedächtnis wurde nicht gelöscht.«

Artjom vergegenwärtigte sich die jüngsten Ereignisse und nickte.

»Das ist wahr.«

»Niemand hindert dich daran, mir alles freiwillig zu erzählen.«

Bedauerlicherweise hatte der Zauberer in diesem Punkt Recht.

»Und wenn ich mich weigere?«

»Dann werde ich ein bisschen nachhelfen müssen.«

Ein niedriges Tischchen, auf dem blitzende Bestecke lagen, rollte wie von Geisterhand bewegt zu Lubomir: Skalpelle, Scheren, Haken. Artjom wurde schlecht.

»Ich habe nicht viel Zeit«, teilte der Zauberer beinahe bekümmert mit. »Doch ich gebe dir Gelegenheit, darüber nachzudenken.«

»Sehr aufmerksam.«

»Keine Ursache. Du solltest dir Folgendes klarmachen.« Lubomir sortierte die Sezierutensilien auf dem Tischchen. »Du bist ins Epizentrum eines erbitterten Machtkampfs geraten und hast bisher – ob willentlich oder nicht – meinen Feinden genützt. Doch ich bin nicht nachtragend. Mir persönlich hast du nichts Schlechtes getan. Und du wärest auch gar nicht in der Lage dazu. Deshalb könnten wir uns doch einigen.«

»Und was werden deine Freunde dazu sagen?«

»Die Rothauben? Sie sind Diener, keine Freunde.«

»Ich finde sie nicht gerade vertrauenserweckend.«

»Das mag sein. Aber diejenigen, die du für deine

Freunde hältst, sind mindestens genauso schlimme Lügner und Mörder. Sie wollten mich umbringen, seit ich geboren wurde. Ich bin der Bote. Eigentlich stünde mir die Krone des Grünen Hofs zu. Stattdessen muss ich mich mit den Rothauben abplagen und gegen sämtliche Herrscherhäuser kämpfen. Doch damit ist es nun bald vorbei.« Der Zauberer tigerte in seinem Kabinett auf und ab. »Ich werde den Dunklen Hof unterwerfen, die Macht in der Verborgenen Stadt an mich reißen und dann den gesamten Planeten erobern. Niemand kann mich aufhalten und diejenigen, die auf meiner Seite stehen, werden reichen Lohn ernten. Möchtest du nicht Statthalter der Westlichen Hemisphäre werden?«

»Und du würdest Imperator sein?«

»Spielt das eine Rolle? Titel interessieren mich nicht. Entscheidend ist, dass die Macht in meinen Händen liegt.«

»Was ist mit den Regierungen, Armeen und Atombomben der Menschen?«

»Das ist eine Kleinigkeit, glaub mir«, seufzte der Zauberer. »Die Menschen sind keine Gegner für mich. Mein einziger ernstzunehmender Widersacher ist der Dunkle Hof.«

»Ein sehr starker Widersacher.«

»Mach dir keine falschen Hoffnungen. Die Nawen werden dir nicht helfen. Sie wissen nicht einmal, wo wir sind.«

»Man sollte den Dunklen Hof nicht unterschätzen.«

»Da hast du allerdings Recht«, pflichtete Lubomir bei. »Doch selbst wenn sie uns finden sollten, dürfte es ihnen wohl kaum gelingen, hierher vorzudringen. Wir befinden uns in der letzten Etage, über das Dach können sie nicht eindringen und unter uns sitzen bis an die Zähne bewaffnete Wachen, die auf Besuch aller Art gut vorbereitet sind.«

»Sprichst du etwa von den Rothauben?«

Der Zauberer war so gefangen in seinem Siegeswahn, dass er Artjom überhaupt nicht mehr zuhörte. Seine grünen Augen leuchteten, und er plusterte sich auf wie ein Gockel.

»Wir sind hier absolut sicher! Mein Sieg steht unmittelbar bevor. Du solltest jetzt keinen Fehler machen.«

Artjoms Lage war prekär. Selbst wenn seine Freunde ihm zu Hilfe eilten, würde er sie wohl bestenfalls am Galgen baumelnd oder säuberlich seziert begrüßen können. Andererseits hatte ihm der Bote ein konkretes Angebot unterbreitet ...

»Also Statthalter der Westlichen Hemisphäre?«

»Du würdest weitgehende Autonomie genießen und könntest schalten und walten, wie du willst! Jedes deiner Worte wäre Gesetz, jede Geste ein Befehl. Tausende von Untertanen wären bereit, für dich zu sterben.« Der Zauberer breitete die Arme aus und sog geräuschvoll die Luft ein. »Dir steht eine glänzende Zukunft bevor!«

Artjom sah sich bereits mit der Krone eines Vizekönigs auf dem Haupt in einem kleinen, aber äußerst komfortablen Palast sitzen, umringt von hinreißenden weiblichen Untertanen.

»Klingt verlockend«, gab er zu.

»Du solltest dich glücklich schätzen«, sagte der Zauberer und klopfte ihm auf die Schulter. »So eine Chance bekommst du nie wieder.«

Moskau, Bolschaja-Moltschanowka-Straße
Mittwoch, 28. Juli, 11:18 Uhr

»Blickst du hier noch durch?«, erkundigte sich Schustow im Flüsterton bei Kornilow. »Was haben denn die alten Schachteln damit zu tun?«

Der Land Cruiser, in dem man Juschlakow entführt hatte, war eine Weile durch die Stadt gekurvt und dann in eine unscheinbare Seitenstraße eingebogen, in der ein baufälliges Hochhaus in den Himmel ragte. Im Schatten des Betonklotzes standen etwa fünfzehn ältere Damen um mehrere Nobelkarossen herum und unterhielten sich ausgesprochen angeregt. Mit ihren bunten Kopftüchern und Kattunkleidern sahen sie aus wie typische Marktweiber. Ausgerechnet zu ihnen gesellte sich nun der breitschultrige Hüne, der aus dem Jeep ausgestiegen war und sich aus unerfindlichen Gründen ein dunkles Monokel ins Auge geklemmt hatte. Juschlakow lag immer noch im Auto und gab kein Lebenszeichen von sich. Die Polizisten verfolgten das Geschehen aus ihrem Dienstwolga, den sie in etwa hundert Metern Entfernung geparkt hatten.

»Vielleicht hat er den Fotografen ermordet?«, mutmaßte Waskin.

»Der Typ würde wohl kaum mit einer Leiche auf dem

Rücksitz in Moskau spazieren fahren«, entgegnete Kornilow knurrig. »Er sieht ziemlich gefährlich aus, aber nicht wie ein Vollidiot.«

Die folgenden Ereignisse bestätigten die Einschätzung des Majors. Die Marktweiber schienen einen Entschluss gefasst zu haben und gingen auseinander. Der Kleiderschrank zerrte den Fotografen aus dem Auto, brachte ihn mit einigen Ohrfeigen wieder zu Bewusstsein und verfrachtete ihn unsanft zum Eingang des Bürogebäudes, in dem auch der Großteil der Marktweiber verschwunden war. Zwei von den alten Damen standen immer noch bei den teuren Autos.

»Wladik, fordere ein SEK an«, befahl der Major. »Alleine schaffen wir das nicht.«

»Willst du uns verarschen?«, wunderte sich Schustow, der es für übertrieben hielt, betagte Marktweiber mit einem SEK zu bekämpfen, doch als er Kornilows vernichtenden Blick gewahrte, fügte er kleinlaut hinzu: »Nun, es kann ja nicht schaden.«

»Sobald das SEK eintrifft, stürmen wir das Gebäude«, verkündete der Major.

KAPITEL ACHTZEHN

Residenz des Boten
Moskau, Nowy Arbat
Mittwoch, 28. Juli, 11:27 Uhr

»Heute um Mitternacht wird hier, in der *Atomhenne*, das Finale der Pokermeisterschaften der Verborgenen Stadt ausgetragen. Teilnehmen werden die vier herausragenden Spieler der laufenden Saison: der prominente Journalist Karim Tomba, der Gebieter der Domäne Perowa Baron Swjatopolk, der Vizepräsident der T-Grad-Com Jegor Bessjajew und – last, but not least – der Geschäftsführer der *Atomhenne* und Vorjahressieger Bonzo Chase.« Die hübsche junge Frau stöckelte durch den prachtvollen Saal und blieb am Spieltisch stehen. »Im Anschluss an das Finale findet ein Festbankett zu Ehren des Siegers statt. Wenn Sie dabei sein möchten, wählen Sie mit ihrer Fernbedienung die 777-529.«

Auf dem Bildschirm leuchteten die sechs Ziffern auf und der Hinweis »Kostenpflichtiger Service«.

»Ich habe auf Bonzo gewettet«, verkündete Fräse, der Uibuj des Desastro-Clans, während er mit dem Dolch in seinen Zähnen stocherte. »Er ist in Bestform, und vor zwei Wochen hat er in der *Krone* zweihunderttausend Piepen abgezockt.«

»Dafür hat Tomba in der *Atomhenne* den Chwanen die Hosen ausgezogen«, entgegnete Sargnagel, der Uibuj des Fötido-Clans. »Gegen den hat Bonzo nicht den Hauch einer Chance.«

»Da kannst du ja gleich auf den Humo Bessjajew wetten«, spottete der Desastro. »Ihr Fötidos habt echt null Ahnung vom Pokern.«

Sargnagel fletschte die Zähne und griff unschlüssig nach seiner Pistole.

»Vor der Glotze sitzen macht dumm, ich schwör's euch, ey«, erklärte Pulle und schaltete den Fernseher aus. Dann wandte er sich mit finsterer Miene an Säbel, der reglos am Tisch hockte. »Wann verziehst du dich endlich? Jetzt sind meine Leute dran mit der Wache.«

»Ich verziehe mich, wenn Lubomir es sagt«, antwortete der Einäugige gelangweilt und trank einen Schluck aus seiner Feldflasche. »Ich sitze hier schließlich nicht zu meinem Vergnügen herum.«

»Lubomir, Lubomir«, knurrte Pulle. »Der hat doch einen Verfolgungswahn. Hat die Wachen verdoppelt, den Lift blockiert und dann auch noch zehn Tonnen Kies aufs Dach kippen lassen. Unser Zauberer hat einen Sprung in der Schüssel, ich schwör's dir, ey.«

Pulle sah den Einäugigen erwartungsvoll an. Die übrigen Rothauben verdrückten sich in die Ecken der Wachstube, im Zweifelsfall waren sie dort sicherer, wenn die beiden Clanführer sich beharkten. Säbel schwieg.

»Einen Humo hat er angeschleppt«, setzte der Desastro-Boss fort. »Und diese Fee Lana. Wer weiß, was er mit ihr ausheckt? Vielleicht kehrt er in den Grünen Hof zurück und lässt uns im Regen stehen.«

Pulle hatte es darauf angelegt, dass der Fötido seine intriganten Gedanken aufgreift und dem Zauberer sein Misstrauen ausspricht. Dann hätte er einen guten Grund gehabt, den verhassten Rivalen des Verrats zu bezichtigen und umzubringen. Doch Säbel tat ihm diesen Gefallen nicht.

»Lubomir weiß schon, was er tut«, lispelte der Fötido. »Die Situation ist eben kompliziert und gefährlich.«

»Natürlich«, erwiderte Pulle und setzte die Whiskeyflasche an.

Moskau, Bolschaja-Moltschanowka-Straße
Mittwoch, 28. Juli, 11:29 Uhr

Kurz nachdem der letzte Ritter im Eingang verschwunden war, legte Metscheslaw seinen Blazer ab, knöpfte sein Hemd auf, krempelte die Ärmel hoch und nahm eine schwere Streitaxt aus dem Kofferraum seines Saabs.

»Optimal für den Nahkampf«, erläuterte er dem Kommissar. »Lubomir wird seine Freude daran haben.«

»Hoffentlich.« Neugierig fuhr der Naw mit dem Finger über die breite Klinge. Nach den Hieroglyphen zu schließen, die ins Metall eingraviert waren, hatten die Priesterinnen des Grünen Hofs die Waffe präpariert. »Fuhrwerken Sie nicht zu heftig damit herum, Baron, wir sind hier schließlich nicht im Wald.«

»Keine Sorge«, beschwichtigte der Lud. »Wenn du willst, ich hätte noch so eine in Reserve.«

»Besten Dank für das Angebot, aber ich habe alles, was ich brauche.« Santiago lächelte, und in seiner Hand erschien ein schmales Naw'sches Stilett.

Im Gegensatz zum Baron, der mit Zauberei nichts am Hut hatte, konnte es sich der höchste Kriegsmagier des Dunklen Hofs leisten, mit einem zerbrechlichen Dolch in den Kampf zu ziehen. Metscheslaw erschrak, denn genau wie kürzlich im Thronsaal des Grünen Hofs hatte er überhaupt nicht mitbekommen, wo der Naw seine Waffe auf einmal hergeholt hatte.

»Ein edles Stück«, brummte der Lud.

»Und sehr dezent.« Mit einer flüchtigen Handbewegung ließ der Kommissar das Stilett wieder verschwinden. »Brutales Gemetzel ist nicht mein Stil. Bei Verhandlungen bin ich stets bestrebt, mit möglichst wenig Gewalt auszukommen.«

Der Lud runzelte verwundert die Stirn.

»Magst du es nicht, wenn Blut fließt?«

»Ich mag es nicht, wenn viel Blut fließt.«

»Hast du keine Angst, dir deinen schönen Anzug zu ruinieren? Es dürften uns ziemlich problematische Verhandlungen bevorstehen – um mit deinen Worten zu sprechen.«

»Das macht nichts«, erwiderte Santiago, betrachtete sein Spiegelbild in der Seitenscheibe des Saabs und rückte seine Krawatte zurecht. »Ich habe mehrere davon.«

»So ein Anzug kostet ein Vermögen, nicht?«

»Achttausend. Eine Maßanfertigung aus dem Atelier von Manir Turtschi.«

»Respekt!« Metscheslaw nickte anerkennend mit dem Kopf.

Manir Turtschi war der Nobelschneider der Verborgenen Stadt, und nur die Elite der Herrscherhäuser ließ sich von ihm einkleiden. Selbst der Baron konnte sich nicht mehr als drei Anzüge von Turtschi leisten und wäre nie im Leben auf die Idee gekommen, den feinen Zwirn vor einem Kampf anzulegen. Doch Santiago besaß offenbar gar keine schlichtere Garderobe.

Metscheslaw nahm eine goldene Dose aus dem Handschuhfach und streute sich einige getrocknete Blättchen auf die Hand.

»*Killerkraut*?«, erkundigte sich der Kommissar.

»Ja.«

Der Baron warf die Dose ins Handschuhfach zurück und begann hingebungsvoll auf den Blättern herumzukauen. Der Naw rümpfte über solcherlei Doping die Nase. Im Gegensatz zur *Goldenen Wurzel* war das *Killerkraut* in der Verborgenen Stadt zwar nicht verboten, doch es gehörte zu den harten Drogen. Je nach Dosierung hielt seine Wirkung von fünfzehn Minuten bis zu sechs Stunden an und verzehnfachte die physischen Kräfte des Konsumenten. Zu seinen unerwünschten Nebenwirkungen zählte eine Einschränkung der Zurechnungsfähigkeit.

»Machen Sie sich keine Sorgen um Ihr Oberstübchen?«, fragte Santiago und tippte sich mit dem Finger an die Stirn.

»Ach was. Ich habe alles unter Kontrolle.«

»Na, hoffentlich«, seufzte der Naw und holte sein klingelndes Telefon aus der Sakkotasche. »Franz ist schon oben. Es geht los.«

»Die Zeit ist abgelaufen«, sagte Lubomir und sah seinen Gefangenen herausfordernd an. »Wie hast du dich entschieden, Artjom? Bist du auf meiner Seite?«

Lana schwieg, und Lubomirs Sklave Psor starrte abwesend an die Wand.

Artjom holte tief Luft: »Also angesichts der Umstände sehe ich mich gezwungen ...«

»Sag jetzt nichts, Artjom!«, fiel ihm Lana ins Wort. »Er nützt dich nur aus. Santiago hatte Recht.«

»Was?«, fragte Artjom.

»Was?!«, entrüstete sich der Bote.

»Santiago hatte Recht!«, wiederholte die junge Frau, und ihre Lippen bebten vor ohnmächtigem Zorn. »Du bist kein Auserwählter, sondern ein blutrünstiger Irrer mit einem Napoleon-Komplex. Du bist zu spät geboren, Bote. Mit deinen Methoden wirst du nichts erreichen!«

»Wozu dann die ganze Schauspielerei?«, fragte Lubomir sichtlich überrumpelt.

»Das war keine Schauspielerei«, entgegnete Lana. »Ich habe dir tatsächlich Artjom gebracht, ich habe dir tatsächlich das Amulett gebracht und ich habe tatsächlich geglaubt, dass du mein Imperator und der rechtmäßige Gebieter des Herrscherhauses Lud wärst.« Die Fee schnitt eine verächtliche Grimasse. »Artjom hat mir gesagt, dass er für den Dunklen Hof arbeitet, und ich habe mich dazu entschlossen, Santiago anzurufen, als ich bereits auf dem Weg hierher war.«

»Und was hat er dir Tolles gesagt?«, fragte der Bote bissig.

»Er hat mir weder gedroht noch versucht, mich von meinem Vorhaben abzubringen. Er hat mir nur den Rat gegeben, zunächst Artjom zu dir zu bringen, dich auf die Probe zu stellen und erst dann zu entscheiden. Damit hat mir der Kommissar praktisch das Leben gerettet. Das Amulett liegt in meinem Mustang, Bote, aber du hast keine Chance, es zu bekommen.«

In diesem Augenblick erschien über dem Tisch ein kleiner schwarzer Fleck. Dem Zauberer klappte der Mund auf. Der schwarze Fleck schwoll rasch an und nach wenigen Sekunden rotierte mitten im Raum ein Wirbel, der wie eine gigantische Spindel aussah.

»Das Portal!«, rief die Fee. »Endlich!!!«

Dem rotierenden schwarzen Loch entstieg ein groß gewachsener Mann in einem eleganten, hellen Anzug.

»Santiago?«, stammelte der Zauberer, der seinen Augen nicht traute.

»Guten Tag, Bote«, grüßte der Ankömmling mit einem gewinnenden Lächeln. »Wollen wir ein wenig plaudern?«

Lubomir nahm einen kleinen, hölzernen Stab vom Tisch, vollführte eine Kreisbewegung damit und rief: »Klausur!«

Dicker, grüner Nebel umhüllte die Spindel und bremste ihre rasende Rotation. Es ertönte ein Knall, jemand schrie, irgendetwas stürzte mit Getöse herab und das ganze Gebäude erzitterte. Das Portal verschwand, und an der Stelle, wo es soeben noch gewesen war, fiel das abgebrochene Kopfteil einer Streitaxt krachend auf den Boden.

»Jetzt können wir plaudern, Naw«, sagte der Zauberer. »Nun wird uns niemand stören.«

»Sehr gut.« Santiago lächelte ungerührt. »Der Dunkle Hof ist ungehalten über Ihre derzeitigen Umtriebe, Bote, und hat mich deshalb geschickt, um das Problem aus der Welt zu schaffen.«

»Die wird es wegblasen wie ein Blatt Papier«, versprach Rick Bombarde, während er den Plastiksprengstoff an der schweren Eisentür anbrachte. »Wir müssen uns nur weit genug in Sicherheit bringen, bevor es kracht.«

Aufgrund des Verlusts ihres Amuletts mussten die Tschuden magische Energie sparen, und so hatten sie sich entschlossen, die Tür mit der primitiven, aber wirksamen Humo-Methode aufzusprengen.

De Geer gab ein Handzeichen, und die Ritter zogen sich auf den Treppenabsatz einen Stock tiefer zurück.

»Was geht hier überhaupt vor?«, hörte man plötzlich Juschlakow winseln. »Wozu bin ich hier?«

Als der Fotograf zu sich kam und feststellte, dass er von merkwürdig gekleideten Menschen umgeben war, erfasste ihn eine schleichende Panik. Während man ihn mit schmerzhaften Fußtritten die Treppe hinaufjagte, hatte er noch geschwiegen, jetzt, da er ein wenig zu Atem gekommen war, wollte er dann doch genauer wissen, was ihm gerade widerfuhr. Die Antwort ließ nicht lange auf sich warten.

»Maul halten, du Trottel!«, schnauzte ihn Cortes an.

Der Fotograf wagte keine Widerrede. Vor dem kräftig gebauten Söldner hatte er Angst.

»Sind alle bereit?«, erkundigte sich Bombarde und sah sich noch einmal um. »Achtung ...«

Das Gebäude wurde von einer ohrenbetäubenden Detonation erschüttert, die Tür flog aus der Verankerung und aus der Wachstube gellten die Schreie der erschrockenen Rothauben.

»Vorwärts!«, brüllte de Geer, stürmte los und blieb allerdings schon nach wenigen Schritten irritiert stehen.

Der Knall der Detonation ging nahtlos in ein bedrohliches Grollen über, so als ginge aus der oberen Etage eine Lawine los. Der Kapitän verharrte und lauschte.

»Was ist los?«, flüsterte Bombarde.

Von oben rieselte in dünnem Strahl Sand herab, dann fielen die ersten Steinchen und das Grollen schwoll bedrohlich an.

»Nichts wie weg!«, kommandierte Cortes, packte den Fotografen am Schlafittchen und stürmte die Treppe hinab.

Wenige Augenblicke später ging auf den Treppenabsatz, wo die Tschuden eben noch gestanden hatten, eine Lawine aus Schotter und Sand nieder. Der Weg nach oben wurde vollständig verschüttet.

Metscheslaw bemühte sich, dicht hinter Santiago zu bleiben. Er hatte noch nie das Vergnügen gehabt, ein

Naw'sches Portal zu benutzen, und deshalb fühlte er sich ein wenig befangen. Doch alles fügte sich ganz einfach. Kaum hatte er den dunklen Schlund des Wirbels betreten, erfasste ihn eine unsichtbare Kraft und trug ihn vorwärts. Der Baron empfand ein ungeahntes Gefühl der Leichtigkeit und seine anfängliche Verkrampfung löste sich.

»Wir werden es ihm zeigen!«, rief er dem vorauseilenden Kommissar hinterher. »Tod dem Boten!«

»Guten Tag, Bote«, sagte der Naw. »Wollen wir ein wenig plaudern?«

Im ersten Moment blieb Metscheslaw verdutzt stehen, doch dann wurde ihm klar, dass Santiago das Portal wohl schon verlassen hatte. Er folgte ihm mit vorgestreckter Streitaxt, um sofort in den Kampf eingreifen zu können. In diesem Augenblick ertönte die Stimme des Zauberers: »Klausur!«

In das Dunkel des Gangs drang grüner Nebel. Metscheslaw wurde zuerst durchgerüttelt und verlor dann den Boden unter den Füßen. Er befand sich plötzlich im freien Fall, überschlug sich mehrmals, während er vor Panik schrie. Sekundenlang wurde der arme Baron umhergeschleudert wie in einer gigantischen Zentrifuge. Als ihn das Portal endlich ausspuckte und er unsanft auf dem Boden landete, wurde ihm speiübel und alles drehte sich um ihn herum. Sein Magen krampfte sich zusammen, und die Reste seines Frühstücks ergossen sich über ein Paar Motorradstiefel. Vom Brechreiz befreit, hob Metscheslaw den Blick, um zu sehen, wem sie gehörten. Vor ihm stand der völlig perplexe Pulle.

»Dich bring ich um!«, bellte der Lud, sprang auf und holte mit seiner Streitaxt zu einem gewaltigen Schlag aus.

Dabei fiel ihm auf, wie erstaunlich leicht sich die Waffe anfühlte. Der Baron hatte leider nicht mitbekommen, dass er nur noch ein Stielfragment seiner Axt in der Hand hielt, während der schwere Keil in Lubomirs Kabinett lag. Durch die ins Leere gehende Wucht seines Hiebes verlor Metscheslaw das Gleichgewicht und stürzte zu Boden.

»Alarm!«, krähte Pulle und warf sich unter den Tisch. »Die Luden!«

Die Rothauben griffen zu ihren Schießeisen und feuerten unkontrolliert, aber verbissen in Richtung des Barons. Die Wachstube füllte sich mit Pulverdampf. Auf der Flucht vor dem verheerenden Kugelhagel rannte Metscheslaw gegen die Wand. Durch die unbändige Kraft, die ihm das *Killerkraut* verlieh, durchschlug er die Betonmauer wie Styropor und stürzte ins Bodenlose.

»Alarm, Alarm!!!«, zeterte Pulle unter dem Tisch.

»Halt die Fresse«, versetzte Säbel. »Er war doch allein.«

Unter den bewundernden Blicken der übrigen Rothauben trat der Einäugige furchtlos an den Mauerdurchbruch heran und spähte in den sich auftuenden Abgrund. Es war der Liftschacht und irgendwo ganz weit unten gellten Metscheslaws Flüche.

»Wir sollten ihm ein Geschenk hinterherschicken«, befand Säbel und warf eine Granate in den Schacht.

Sekunden später explodierte sie, und die Flüche des

Barons verhallten. Den Rothauben gefiel das Spiel, und sie warfen noch ein paar weitere Granaten hinterher.

»Habt ihr das gesehen?!«, kreischte Waskin und rüttelte Kornilow an der Schulter. »Wo sind sie hin?!!«

»Jetzt werde mal nicht hysterisch!«, blaffte der Major. »Bist du ein Offizier oder ein Weib?«

Waskin verstummte beschämt und sah sich hilfesuchend nach Schustow um. Der Dicke sagte nichts, machte jedoch ein Gesicht, als hätte er gerade ein Gespenst gesehen.

Das Geschehen mutete in der Tat mysteriös an. Die zwei Marktweiber, die unten auf der Straße geblieben waren, unterhielten sich eine Weile in der Nähe eines grünen Saabs, dann zog die größere der beiden ein Handy aus dem Dekolleté und telefonierte kurz. Kurz darauf bildete sich direkt vor ihnen wie aus dem Nichts eine schwarze Wolke, in der die älteren Damen vor den Augen der Polizisten nacheinander verschwanden. Die Wolke löste sich auf, und Waskin geriet völlig aus dem Häuschen.

»Sehr merkwürdig«, urteilte Schustow. »Vielleicht sind das irgendwelche Hypnotiseure oder Schamanen.«

»Vielleicht, ja«, grummelte Kornilow. »Oder Zirkusartisten, die aus dem Irrenhaus abgehauen sind.«

»Bist du auf solche Sachen im Archiv gestoßen?«

Der Major kam nicht dazu, zu antworten.

»Schon wieder!«, flüsterte der Leutnant und wies mit dem Arm auf einen silberfarbenen Mustang, der ganz in der Nähe ihres Wolgas geparkt war.

Neben dem Sportwagen entstand eine weitere schwarze Wolke.

Fassungslos beobachteten die Sonderermittler, wie ein groß gewachsener Mann in einem blauen Anzug daraus hervortrat, in aller Ruhe die Tür des Sportwagens öffnete und einen kleinen, schwarzen Rucksack an sich nahm, der auf der Rückbank lag.

»Sollen wir ihn aufhalten?«, fragte Schustow unschlüssig.

Kornilow schüttelte den Kopf.

Der Mann schloss die Tür des Mustangs wieder, zwinkerte den Polizisten verschmitzt zu und verschwand in der Wolke, die sich alsbald wieder in Luft auflöste.

»Müssen wir den kennen?«, wunderte sich Schustow. »Andrej, wem von uns hat er jetzt eigentlich zugezwinkert?«

»Mir jedenfalls nicht«, sagte Kornilow und warf einen Blick auf Waskin. »Na, Student, hast du dich wieder gefangen?«

»Ja«, wisperte der Leutnant.

Eine Sekunde später duckten sich die Polizisten synchron. Im Liftschacht war die erste Granate explodiert.

Als sie bemerkte, dass Lubomir durch den Kommissar abgelenkt war, nutzte Lana die Gelegenheit und rammte Psor mit einer blitzartigen Bewegung ihren spitzen Ellbogen ins Gesicht. Der kleine Sklave taumelte. Die junge Frau sprang auf und legte mit einem Fußtritt nach.

»Herr!!«, zeterte Psor verzweifelt, doch Lubomir hatte im Augenblick völlig andere Sorgen.

Der zwergenhafte Sklave erwies sich als zäher Gegner. Er packte Lana und zog sie in den Wintergarten.

»Lass los, du Wicht!«

Lana hatte nicht vor, den unseligen Handlanger des Boten zu töten, doch Psor ließ sich nicht abschütteln. Seine schielenden Augen flirrten vor Zorn, und er zerrte verbissen an der Fee.

»Scher dich weg, Psor, sonst töte ich dich!«

Lana wich rückwärts zurück und geriet auf eine Wendeltreppe, die nach unten führte.

»Klausur!«

Aus dem Kabinett ertönte die Zauberformel des Boten, die seine Schutzmechanismen in Gang setzte. Die Wände erzitterten, der Boden schwankte und das gesamte Gebäude wurde erschüttert. Die junge Frau verlor den Halt, und als sie nach unten blickte, stellte sie entsetzt fest, dass die Wendeltreppe unter ihren Füßen verschwunden war. Die Fee und der Sklave stürzten ab.

Lana tat instinktiv das Richtige: Mit katzenhafter Geschmeidigkeit vollführte sie eine Drehung in der Luft. Ihr Aufprall auf dem Boden verlief zwar schmerzhaft, aber glimpflich. Der blindwütige Psor dagegen, der sich bis zum letzten Moment an Lanas Bluse festgekrallt hatte, fiel unglücklich und brach sich dabei das Genick.

Die Stimmen in der oberen Etage wurden lauter. Irgendetwas schien dort vor sich zu gehen, doch wegen des Geheuls ihrer verzweifelten Mitgefangenen konnte Jana nicht verstehen, was dort oben gesprochen wurde. Dennoch schien ihr nun der richtige Zeitpunkt zum Handeln gekommen zu sein.

Sie zerbiss die kleine Plastikampulle und verzog angewiderte das Gesicht. Wie Santiago ihr angekündigt hatte, schmeckte der *Sprengwurzextrakt* abartig bitter. Sparsam verteilte sie das Wundermittel mit der Zunge auf die Ketten an ihren Handgelenken. Der Extrakt fraß sich zischend in den gehärteten Stahl und ließ ihn innerhalb weniger Sekunden zerbröseln.

»Wie hast du denn das geschafft?«, staunte Marina, als sie bemerkte, dass ihre Nachbarin sich befreit hatte.

Jana antwortete nicht, sondern horchte. Durch die Decke hindurch konnte sie deutlich Schritte hören. Jemand näherte sich der Wendeltreppe.

War es Lubomir? Jana huschte hinter ihre Säule, es schien ihr nicht ratsam, dem Zauberer in die Arme zu laufen. Plötzlich wurde das ganze Haus durchgerüttelt, die Gefangenen kreischten und von der Treppe her ertönte ein markerschütternder Schmerzensschrei. Etwas Weiches war auf den Boden geplatscht.

Vorsichtig spähte Jana hinter der Säule hervor. An der Stelle, wo sich zuvor die Wendeltreppe befunden hatte, saß eine blonde, spärlich bekleidete Frau und fuhr sich jammernd mit der Hand über das Kreuz. Kurz entschlossen stürmte Jana vor und versetzte der Blondine einen Fußtritt gegen die Schläfe. Die aus dem oberen Stockwerk heruntergefallene Frau sank bewusstlos zusammen.

»Was verschafft mir also die Ehre?«, fragte der Zauberer ironisch.

»Ich bin gekommen, um Ihnen das Herz zu entnehmen, Lubomir«, antwortete Santiago wahrheitsgemäß. »Das Herz eines Boten ist eine Rarität heutzutage.«

»Genau wie das Herz eines Nawen«, parierte der Zauberer. »Mir wurde kürzlich eines gebracht.«

»Zum Glück war es künstlich«, erwiderte der Kommissar mit schadenfrohem Grinsen. »Ihre furchterregenden Schergen haben nur eine Attrappe Ortegas getötet.«

Der Zauberer schäumte vor Wut.

Während ihres Wortgefechts bewegten sich die beiden Kontrahenten langsam durch den Raum, und jeder war bemüht, eine möglichst günstige Position für das Duell einzunehmen. Lubomir, der seinen hölzernen Zauberstab in der Hand hielt, glich einer riesigen weißen Ratte mit stechenden, grünen Augen. Im Vergleich zu dem hochgewachsenen Santiago wirkte er wie ein Zwerg.

»Du wirst mich nicht aufhalten!«, drohte er.

Der Naw antwortete nicht. Wie aus dem Nichts zog er plötzlich ein schmales schwarzes Stilett hervor, richtete es drohend gegen den Zauberer und rückte ihm leichtfüßig tänzelnd auf die Pelle.

Artjom schenkten die beiden Duellanten keinerlei Beachtung. Der Nachwuchssöldner war brennend daran interessiert, dass dies auch so bleiben möge, deshalb zog er sich lautlos an die Wand zurück und sah sich nach Lana um. Doch die war leider verschwunden.

»Mein Herz bekommst du nie!«

»Du redest zu viel«, erwiderte der Naw. »Fangen wir an?«

»Einverstanden.«

Genau in diesem Augenblick fasste Artjom den weitsichtigen Entschluss, sich auf die Seite des Siegers zu schlagen.

Der Zauberer erhob seinen Stab und plötzlich loderten Blitze auf. Wie grüne Laser schossen sie aus Lubomirs Augen und züngelten nach Santiago. Doch der Kommissar hielt dagegen. Er ging ein wenig in die Knie und vollführte mit der unbewaffneten Hand kreisende Bewegungen vor seinem Gesicht. Dabei entstand eine dicke schwarze Wolke, von der die Blitze des Zauberers buchstäblich verschluckt wurden. Hinter Santiagos Rücken waberte dichter Nebel.

»Wie ich sehe, bist du gut vorbereitet, Naw«, keifte der Zauberer. »Die Dunkelheit scheint dir zusätzlich Kräfte zu verleihen.«

Das Kaminfeuer brannte plötzlich heftiger, als sei es von einem Windstoß angefacht worden.

»Hier kommen wir nicht mehr durch«, konstatierte Cortes enttäuscht, als er mit de Geer den Treppenabsatz inspizierte. »Wir müssten zuerst ein paar Tonnen Schotter wegschaufeln.«

Der Söldner war im Begriff, die missliche Lage mit einem wüsten Fluch zu kommentieren, doch ein Hustenanfall hinderte ihn daran, ausfällig zu werden. Im Treppenhaus stand eine dichte Staubsäule.

Unter den Tschuden, die sich auf der Flucht vor der

Schuttlawine in das leerstehende Büro in der dreiundzwanzigsten Etage gerettet hatten, erhob sich unzufriedenes Murren. Franz de Geer betrachtete betrübt seinen frisch gekalkten Rittermantel und seufzte. Er fühlte sich um den Erfolg betrogen.

»Wir müssen eben durch die Decke«, ermunterte ihn Cortes, nachdem er ausgehustet hatte. »Haben wir noch Sprengstoff?«

»Da gibt es eine bessere Methode«, belehrte ihn der Kriegsmeister. »Bringt einen Tisch her!«

De Geer malte mit dem Finger einen Kreis auf die staubige Tischplatte, zeichnete einige seltsame Schriftzeichen in die Kreisfläche und legte behutsam einen raffiniert geschliffenen Rubin in die Mitte.

»Das Kabinett des Boten ist bestimmt mit einem Zauber geschützt«, unkte Cortes.

Der Kriegsmeister sah den Humo mitleidig an, doch als er sich daran erinnerte, dass Santiago ihn als einen Freund vorgestellt hatte, beschloss er, ihn einzuweihen.

»Das ist ein *Drachenseufzer*. Damit kommen wir sogar durchs Dach.«

»Aha.«

Der Kapitän ging einige Schritte zur Seite, starrte konzentriert auf den Rubin und brummelte eine kurze Zauberformel. Der Stein füllte sich mit einem dicken, roten Saft, hob ein paar Zentimeter vom Tisch ab und begann sich langsam um seine Achse zu drehen.

»Ich glaube, ich spinne«, stammelte Juschlakow, verstummte jedoch sofort, als er Cortes' drohenden Blick bemerkte.

Der Rubin beschleunigte seine Rotation und blähte sich auf. Schon bald schwebte eine fußballgroße, rotglühende Kugel über dem Tisch. Den im Raum Versammelten schlugen heftige Hitzewellen ins Gesicht. De Geer machte eine Handbewegung und der Feuerball, der sein Volumen inzwischen noch einmal verdreifacht hatte, stieg langsam zur Decke empor, wo er ein kreisrundes Loch ausfräste. Danach durchbrach der rotierende Rubin auch alle weiteren Hindernisse und explodierte schließlich über dem Dach. Fasziniert sahen die Tschuden ihm hinterher, während Fontänen von Putz auf sie herabregneten.

»Vorwärts, Gardisten!«, rief de Geer und sprang auf den Tisch. »Zum Ruhme des Ordens!«

Die Antwort auf den Schlachtruf war ein Schwall Wasser, der sich völlig unvermittelt über den Kopf des Kriegsmeisters ergoss.

»Was war denn das?«, stammelte Franz konsterniert.

Die kalte Dusche versiegte zu einem dünnen, schmutzigen Rinnsal und schließlich klatschten nur noch ein paar dicke Tropfen aufs Haupt des Chefgardisten. Auf dem Boden hatte sich eine Pfütze gebildet, in der ein paar Goldfische zappelten. De Geers Untergebene hatten das Schauspiel staunend verfolgt und bemühten sich redlich, nicht laut loszuprusten vor Lachen. Dem einen oder anderen entwich dennoch ein unterdrücktes Grunzen.

»Was war das?«, wiederholte der Kriegsmeister, der triefend auf dem Tisch stand.

»Wasser«, antwortete ihm eine klangvolle Frauenstimme. Sie gehörte einer hübschen Schwarzhaarigen, die aus dem Loch in der Decke herabschaute. »Es kam aus der obersten Etage.«

»Jana!!!«, rief Cortes erfreut.

»Cortes, mein Lieber«, freute sich die Schwarzhaarige und strahlte. »Wer sind denn die Gipsköpfe, die du da mitgebracht hast?«

»Ich bin Franz de Geer«, teilte der Tschud würdevoll mit, während er versuchte, durch das Loch in der Decke zu klettern. »Kapitän der Garde des Großmagisters.«

»Freut mich aufrichtig, Kapitän«, flötete Jana höflich und half ihm hinauf. »Vielen Dank, dass Sie gekommen sind.«

»Wo ist Lubomir?«, fragte de Geer. »Und wo sind wir?«

»Wir sind im Gefängnis in der vorletzten Etage. Lubomirs Kabinett befindet sich ein Stockwerk höher. Dort führte eigentlich eine Wendeltreppe hinauf, doch sie ist soeben verschwunden.«

»Und die Wachen?«

»Die sind hinter dieser Tür. Sie haben sich nicht sehen lassen, seit hier dicke Luft ist.«

»Rothauben?«

»Ja.«

»Kümmert euch um sie«, befahl de Geer seinen Rittern, die einer nach dem anderen durch das Loch kletterten. »Cortes, und was wird aus unserem Freund hier?« Der Kapitän zeigte auf den Fotografen.

»Was habt ihr mit mir vor?«, wimmerte Juschlakow, während Cortes ihn an einem aus der Wand ragenden Eisenring festkettete.

»Keine Sorge, Juschlakow«, beschied der Söldner. »Sie werden bald abgeholt.«

»Das ist also das miese Schwein«, sagte Jana und musterte den verängstigten Alex voller Verachtung. »Ich habe hier übrigens auch jemanden.«

Stolz zeigte die junge Frau ihren Rettern die außer Gefecht gesetzte Lana, über deren Wange sich ein violetter Bluterguss beulte.

Als das Gebäude nicht mehr schwankte, kroch Pulle zögerlich unter dem Tisch hervor und sah sich um. Die Wachstube bot ein Bild der Verwüstung. Der Ausgang zum Treppenhaus war verschüttet. Die von den Tschuden herausgesprengte Tür lag an der gegenüberliegenden Wand und hatte den Uibujen Fräse unter sich begraben. Pulverdampf waberte durch den Raum, der Boden war mit Patronenhülsen übersät und in der Wand gähnte ein riesiges Loch, durch das der Baron Metscheslaw sich in den Liftschacht verabschiedet hatte.

»Die Herrscherhäuser haben sich verbündet«, stellte Säbel nüchtern fest. »Zeit, sich aus dem Staub zu machen.«

»Wir stehen auf der Seite von Lubomir«, krächzte Pulle und sah den Einäugigen hasserfüllt an. »Alle anderen sind unsere Feinde, ich schwör's dir, ey!«

»Das kannst du vergessen, Pulle«, entgegnete der Fötido-Boss grinsend und fingerte mit den Händen an seinem Waffengürtel. »Du hast doch nicht im Ernst geglaubt, dass ich gegen den Dunklen Hof kämpfen würde?«

»Hä?«

»Was bist du für ein Idiot!« Säbel zog seinen Yatagan. »Um Imperator der Rothauben zu werden, muss man sich nicht unbedingt einem Zauberer anbiedern. Es genügt vollständig, wenn man seine Rivalen aus dem Weg räumt. In diesem Moment säubern meine Jungs die Stadt von deinen Desastros, und ich werde mir dich vorknöpfen.«

»Verrat!«

Pulle blickte sich hilfesuchend um, doch niemand sah sich bemüßigt, auch nur einen Finger für ihn krumm zu machen. Es waren von beiden Clans gleich viele Rothauben anwesend und deshalb zogen sie es vor, erst einmal abzuwarten, wer von den beiden Führern siegen würde.

»Dein letztes Stündchen hat geschlagen, Greenhorn«, verkündete Säbel forsch. »Wenn wir Santiago deinen Hohlkopf geben, wird er uns gehen lassen. Schließlich hast du den Nawen umgebracht.«

Ein Teil des Publikums schien die Meinung des Einäugigen zu teilen und bekundete dies mit zustimmendem Geraune. Säbel bekam Oberwasser.

»Eine Zukunft gibt es nur mit Lubomir!«, konterte Pulle und zog drohend seinen Yatagan. »Er wird den Dunklen Hof vernichten, und du wirst diesen Raum nicht lebend verlassen, ich schwör's dir, ey!«

Die aggressive Stimmung der Clanführer übertrug sich aufs Publikum.

»Mach ihn fertig, Säbel!«

»Ich setze einen Fünfziger auf Pulle, der ist jünger!«

»Da halte ich dagegen!«

Die Rothauben waren jetzt in ihrem Element und zückten begeistert die Geldscheine. Schon nach kurzer Zeit türmte sich ein ordentliches Sümmchen auf dem Tisch.

Dann begann der Kampf und der ganze Hass, der sich zwischen den beiden Rivalen aufgestaut hatte, brach sich Bahn. Es war von vornherein klar, dass diese Auseinandersetzung mit dem Tod eines der Clanführer enden würde, einen anderen Ausgang hätte niemand akzeptiert. Schon gar nicht die Zuschauer, die mit ihren Favoriten mitfieberten und begierig darauf waren, Kasse zu machen.

Während die Klingen ineinanderrasselten und Anfeuerungsrufe durch die Wachstube gellten, brachen die Tschuden in aller Ruhe die Tür auf.

»Alle hinlegen!«

»Keine Bewegung!«

Überrascht wandte sich Pulle den Rittern zu, und diese Chance nutzte Säbel eiskalt aus: Die Klinge seines Yatagans schmatzte, und der Kopf des jungen Clanführers rollte unter den Tisch.

»Wir ergeben uns«, erklärte der Fötido keuchend. »Man hat uns getäuscht.«

Metscheslaw hielt sich krampfhaft an den Stahlseilen des Aufzugs fest. Seine Lage war alles andere als komfortabel und in höchstem Maße ärgerlich. Als die Explosionen im Schacht vorbei waren, musste er sich sehr zusammenreißen, um nicht lautstark Dampf abzulassen.

Doch man hätte ihn oben hören können, und ein weiterer Granathagel war das Letzte, was er in diesem Augenblick gebrauchen konnte.

Er hielt also den Mund und kletterte lautlos nach oben. Nach dem unerfreulichen Zwischenfall mit den Wachen beschloss er, sich auf das Wesentliche zu konzentrieren: Sein Besuch galt dem Boten. Als er den Mauerdurchbruch in der vorletzten Etage erreichte, hielt er kurz inne und grinste zufrieden, als er Schreie und das Klirren von Waffen hörte.

»Ausgezeichnet«, murmelte der Baron, »niemand wird mich daran hindern, dir das Herz herauszureißen, Lubomir.«

Trotz seiner stämmigen Figur hangelte sich Metscheslaw mit der Geschicklichkeit eines Gibbons zur letzten Etage empor. Am Ende des Schachts erwartete ihn eine massive Metalltür. Im Vertrauen auf das *Killerkraut* holte er Schwung und trat mit voller Wucht dagegen.

Während Santiago und Lubomir sich wie besessen mit Blitzen bekämpften und darüber alles andere vergaßen, beruhigte sich Artjom ein wenig. Auf der Suche nach einem Ausweg fiel sein Blick auf die Aufzugtür am gegenüberliegenden Ende des Kabinetts: Das war seine Chance! Die beiden Irren konnten schließlich auch ohne ihn klären, wer von ihnen der Stärkere war.

Artjom drückte sich gegen die Wand und schlich Schritt für Schritt zum Aufzug. Als er unmittelbar vor der massiven Metalltür stand und gerade den Knopf betätigen wollte, stockte ihm der Atem: Aus dem Schacht drangen heftige Atemgeräusche. Jetzt wurde es eng. Artjom suchte fieberhaft nach einer Waffe und entschied sich für die Erstbeste: eine kleine, gusseiserne Kohlenwanne auf Stelzenbeinen. Er bezog Stellung neben der Aufzugtür und bereitete sich darauf vor, die Gäste zu begrüßen.

Das laute Atmen verstummte, wurde von einem seltsamen Knarzen abgelöst und dann folgte ein dumpfer Schlag. Die Tür beulte sich aus, hielt jedoch stand. Artjom hielt den Atem an und umklammerte seine Waffe noch fester. Beim zweiten Schlag zerriss die Tür wie ein Stück Papier. In dem entstandenen Spalt erschien der Kopf des Ankömmlings.

Diese fiese Visage erkannte Artjom sofort. Es war der semmelblonde Lump mit der Narbe am Hals, der die Söldner aus der *Eidechse* verschleppt hatte. Artjom zimmerte ihm genüsslich die Kohlenwanne auf den Schädel. Der Eindringling stürzte in den Schacht zurück, und sein Schrei verhallte weit unten.

Zufrieden stellte Artjom seine gusseiserne Waffe ab und wandte sich wieder den beiden Kampfhähnen zu. Santiago geriet in Bedrängnis. Lubomir war auf den Tisch gesprungen und fuchtelte wie verrückt mit seinem Zauberstab. Regelrechte Salven grüner Blitze prasselten auf den Kommissar ein. Der dichte Nebel hinter seinem Rücken hatte sich zu einem dünnen Schleier gelichtet.

»Jetzt bist du fällig, Naw!«, trompetete Lubomir.

»Fürst«, flüsterte Santiago. »Es ist höchste Zeit, Fürst!«

Die Polizisten stürmten das Gebäude voller Jagdeifer. Sie wussten bereits, dass sich die Kriminellen in den letzten beiden Stockwerken eingenistet hatten. Da der Aufzug nicht funktionierte, blieb ihnen nichts anderes übrig, als die Treppe zu nehmen. Die Vorhut bildete das Spezialeinsatzkommando unter Klims Führung, dahinter folgten die Sonderermittler, die ihre kugelsicheren Westen angelegt hatten. Alle waren bester Stimmung, denn der Erfolg der bevorstehenden Operation war so gut wie sicher: Die Missetäter hatten keinerlei Möglichkeit zu fliehen.

Die Euphorie der Ordnungskräfte verflog etwa ab der vierten Etage. Die anfangs zu Scherzen aufgelegten Polizisten wurden wortkarg, ihre Gesichter immer röter und länger. Die endlosen Treppen machten allen zu schaffen, vor allem den Sonderermittlern, die nicht so durchtrainiert waren wie die SEKler. Im siebten Stock blieb Schustow keuchend stehen und sah den scheinbar leichtfüßig davoneilenden Kollegen missmutig nach. Fluchend stapfte er hinterher und überlegte, ob es nicht sinnvoll wäre, die schwere Schutzweste abzulegen.

Die Antwort bekam er in der neunten Etage, wo Kornilows Ausrüstung in einer Ecke lag. Auf der kugelsicheren Weste entdeckte er außerdem das Sakko und die Krawatte seines Chefs. Den Major selbst traf er vier Stockwerke weiter oben wieder: Er saß auf einem schmutzigen Fensterbrett, rauchte und war stinksauer. Nun warf auch Schustow Ballast ab, und als Kornilow ausgeraucht hatte, setzten sie den beschwerlichen Weg gemeinsam fort.

Im fünfzehnten Stock holten sie Waskin ein, der den Kontakt zum SEK auch längst verloren hatte. Er pfefferte gerade seine Schutzweste in die Ecke und setzte sich frustriert auf die Treppe.

»Weichei«, stichelte Kornilow und marschierte an ihm vorbei, obwohl er selbst nach Luft rang.

»Ich kann nicht mehr«, jammerte Schustow. »Wie weit ist das denn noch?«

»Noch zwei Stockwerke«, keuchte Kornilow. »Wir sind so gut wie oben.«

Der Kapitän fluchte.

»Kornilow! Sollen wir dich rauftragen?«, rief jemand von weiter oben; es war die Stimme des SEK-Kommandeurs.

»Du kannst mir mal den Schuh aufblasen, Klim«, versetzte der Major gereizt.

»Schau mal, was hier oben los ist!« Klim wartete, bis Kornilow um die Ecke bog, dann trat er mit dem Fuß gegen den Schotterhaufen. »Frag mich nicht, wie sie das hingekriegt haben.«

»Sieht nicht gut aus«, urteilte Kornilow. »Ist jemand nach oben vorgedrungen?«

»Hier nicht«, erwiderte Klim munter, führte den Major in das Büro und zeigte ihm das Loch in der Decke. »Aber hier ist sogar eine Abkürzung.«

Kornilow inspizierte die kreisrunde Öffnung, durch die man den blauen Himmel sehen konnte, dann blickte er nachdenklich auf den nassen Boden.

»Hat es etwa geregnet?«

»Fürst«, flüsterte Santiago. »Es ist höchste Zeit, Fürst!«

Als Lubomir, der auf dem Tisch stand, dies hörte, lachte er und breitete die Arme aus.

»Kraft meiner Geburt beschwöre ich die Macht des Herrscherhauses Lud, alle Kraft des Regenbrunnens und alle Kraft der Erde …«

Die Gestalt des Zauberers erzitterte, seine Konturen verschwammen und veränderten sich, als würde er ein Trugbild erzeugen. Der Zeitpunkt für den Entscheidungskampf um die Macht in der Verborgenen Stadt war gekommen und Lubomir konzentrierte alle ihm zur Verfügung stehenden Kräfte. Sein Herzschlag hallte durch das Kabinett wie ein Donnergrollen.

Artjom verkroch sich in einem schmalen Spalt zwischen zwei Schränken, setzte sich auf den Boden und beobachtete von dort das weitere Geschehen.

Als der Zauberer seine Metamorphose vollendet hatte, stand ein hünenhafter, breitschultriger Krieger mit aggressiven Gesichtszügen auf dem Tisch. Seine langen weißblonden Haare waren mit einem goldenen Stirnreif fixiert, den ein riesiger Smaragd schmückte. An seinem muskulösen Oberkörper trug er eine ärmellose, offene Fellweste, und in den Händen hielt er eine schwere Streitaxt. Ein grünlicher Schein umhüllte die furchterregende Gestalt, und aus der breiten Klinge der Axt schlugen grüne Funken.

Mit seinem kraftvollen und selbstbewussten Auftreten ließ der Kämpfer keinen Zweifel daran, dass er sich bereits als sicherer Sieger fühlte.

Ein Lächeln huschte über das Gesicht des Boten, doch

seine eiskalten, stechend grünen Augen verhießen nichts Gutes.

»Und du jämmerlicher Wurm hattest es auf mein Herz abgesehen?«, spottete er.

Santiago antwortete nicht. Stattdessen veränderte auch er auf haarsträubende Weise seine Physiognomie. Der Kommissar warf sein Stilett weg, sprach eine unverständliche Formel und reckte die Arme. Schwarzer Nebel hüllte ihn ein. Der Körper des Nawen wurde gleichsam von innen nach außen gekehrt: Haut und Muskeln rissen auf, und aus den Spalten wuchsen neue Körperteile hervor. Als der Nebel sich lichtete, stand dem mächtigen Boten ein alptraumhaftes Monster gegenüber.

Aus seinem kleinen, runzeligen Gesicht lugten bösartige, kohlrabenschwarze Augen, die in tiefen Höhlen saßen. Den Kopf entstellten hässliche Auswüchse und lange, zugespitzte Ohren. Aus der lippenlosen Mundöffnung ragten zwei schwarze Hauer, zwischen denen eine gespaltene Reptilienzunge hervorzuckte. Am Rücken des Ungeheuers befanden sich zwei kleine, häutige Flügel, die auf und ab schlugen, wenn es die Schultern bewegte. Es war so riesig, dass es dem Boten gerade in die Augen schauen konnte, obwohl jener immer noch auf dem Tisch stand.

»Mit mir hast du hier wohl nicht gerechnet, Bote?!«, donnerte das Monster.

»Dann ist Santiago also ein Avatar?«, wunderte sich der Zauberer.

»Santiago ist ein Teil von mir. Eine meiner Inkarnationen.«

»Keine schlechte Idee«, bemerkte der Bote vergnügt und tätschelte seine Streitaxt. »Wozu Minister und Vizekönige ernennen, wenn man die Schlüsselpositionen der Macht auch mit eigenen Inkarnationen besetzen kann. Wie auch immer, es freut mich, dass du dir persönlich die Ehre gibst, Fürst!«

Das Ungeheuer fauchte und breitete die Flügel aus. Dabei wurde es abermals von schwarzem Nebel eingehüllt.

»Du solltest nicht reden, sondern kämpfen, Bote!«

»Nichts lieber als das!« Der Krieger ließ die Muskeln spielen. »Was soll ich dir zuerst abhacken, du Missgeburt? Die Flügel?«

»Versuch's mal mit dem Kopf!«

»Abgemacht!«

Der Bote sprang vom Tisch, schwang die Streitaxt und rückte seinem Gegner zu Leibe. Obwohl er dem Ungeheuer nur bis zur Brust reichte, drängte er es in die Defensive. Immer knapper verfehlten die Hiebe der Streitaxt ihr Ziel. Von der blitzenden Klinge lösten sich grüne Funken und züngelten wie Blitze nach dem Fürsten. Sie verglommen aber stets in dem schwarzen Nebel, der das Monster umhüllte. Der Fürst wehrte sich mit seinen kräftigen, krallenbewehrten Klauen, doch auch ihm gelang kein entscheidender Hieb. Wie zwei Furien tobten die beiden Duellanten durch den Raum, warfen Möbel um und krachten gegen die Regale. Herabfallende Gefäße zerbrachen und ergossen ihren erbärmlich stinkenden Inhalt über den Boden.

Fasziniert beobachtete Artjom, wie die beiden Todfeinde das Kabinett verwüsteten, und fragte sich, wer wohl als Erster eine Schwäche zeigen würde. Wie sich herausstellte, war es der Fürst. Ein verbissener Schlaghagel des Boten brachte ihn völlig aus dem Konzept und minderte für einen Moment seine Wachsamkeit. Die grünen Blitze des Boten zerrissen den schwarzen Dunstschleier und wanden sich wie Würgeschlangen um den Fürsten. Das Monster taumelte und fiel krachend zu Boden.

»Jetzt erfüllt sich die Prophezeiung«, triumphierte der Bote und schwang die Streitaxt über den Kopf. »Meine Zeit ist gekommen!«

Der Tod des Fürsten schien unausweichlich, er hatte keine Chance gegen den weißblonden Krieger. Artjom sah, wie die breite Klinge der Axt auf den Kopf des Monsters herabsauste. Der Fürst heulte auf, doch der Schlag wurde von einem massiven Schwert abgeblockt, das sich kurz darauf in Lubomirs Seite bohrte. Das Schwert gehörte einem imposanten Ritter, der durch ein Portal in das Kabinett gelangt war. Der rote Wirbel verblasste gerade über dem Tisch.

»Der Großmagister!«, schnaubte der Bote, der zurückwich, während sich seine Fellweste mit Blut tränkte.

»Ich komme wohl gerade recht!«, rief der Ritter und ging auf Lubomir los.

Aus der Klinge seines zweigriffigen Schwerts schlugen Flammen. Seine üppig mit Gold verzierte Rüstung funkelte im Licht der grünen Blitze des Boten.

»Der Moment der Vergeltung ist gekommen, Lubomir! Jetzt wirst du die Macht des Karthagischen Amuletts zu spüren bekommen!«

Der Fürst hatte sich inzwischen wieder aufgerappelt, und Lubomir wurde in die Zange genommen. Von der einen Seite näherte sich schwarzer Nebel, von der anderen alles verzehrende Flammen. Die Mächte der Dunkelheit und des Feuers hatten sich gegen ihn verbündet. Doch der verwundete Bote gab nicht auf. Er musste Zeit gewinnen, um neue Kraft zu schöpfen. Verbissen um sich schlagend, wich er zu der kleinen Tür zurück, die in den Wintergarten führte.

»Lass ihn nicht entkommen, Großmagister!«, schrie der Fürst.

»Ihr werdet mich nie kriegen«, verkündete der Bote und lachte satanisch.

Doch das Lachen blieb ihm im Halse stecken: Mit einem geschickten Hieb schlug ihm der Ritter die Streitaxt aus der Hand. Die langen Krallen des Fürsten bohrten sich ins Handgelenk des Boten und nagelten ihn buchstäblich an die Wand. Seinen zweiten Arm durchstach das Feuerschwert des Großmagisters. Wie ein Gekreuzigter stand Lubomir vor seinen Feinden an der Wand.

»Ihr glaubt wohl, ihr hättet gewonnen?«, fragte er grinsend. Die Wunde in seiner Flanke zog sich zusammen, und der Blutstrom versiegte. »Niemand kann den Boten aufhalten!«

»Wir brauchen eine Priesterin!«, rief der Großmagister.

»Ich weiß«, erwiderte der Fürst. »Sie muss jeden Augenblick hier sein.«

Ganz in der Nähe des Geschehens öffnete sich ein weiteres Portal, durch das eine Priesterin den Raum betrat. Ihre Gestalt umhüllte ein schwacher, grünlicher Schein. Sie trug ein langes, einfaches Kleid und ihr strohblondes, langes Haar hing offen über die Schultern herab. Ihre hellgrünen Augen funkelten wie die Smaragde ihres Diadems.

»Beeile dich, Priesterin!«, drängte der Ritter. »Wir können ihn nicht mehr lange festhalten!«

Die Frau trat zu dem wehrlosen Boten und hielt einen blühenden, grünen Zweig über seinen Kopf.

»Nein!«, flüsterte Lubomir. »Tu es nicht, Wseslawa!«

Seine Wunde blutete jetzt wieder stärker.

»Als Priesterin des Grünen Hofs rufe ich die Macht des Regenbrunnens zurück, die der Bote usurpiert hat«, sagte die Frau mit ruhiger Stimme.

Der Augenblick war ideal gewählt. Der Bote schaffte es nicht, dem Fürsten und dem Ritter Widerstand zu leisten und gleichzeitig den Regenbrunnen zu kontrollieren. Wseslawa entzog Lubomir die Quelle seiner magischen Kraft, der Zweig in ihren Händen begann zu leuchten und der grüne Schein, der den überwältigten Zauberer umgab, erlosch. Seine letzten Kräfte schwanden dahin.

»Tod dem Boten!«, rief der Fürst und bohrte seine Krallen noch tiefer in den Körper des Feindes. Der rechte Arm des Zauberers verfärbte sich schwarz, so als fräße sich der schwarze Nebel, der das Monster umhüllte, in sein Gewebe.

»Tod dem Boten!«, wiederholte der Großmagister, und Lubomirs zweiter Arm fing Feuer.

»Nein!«, flehte der Zauberer und sah Wseslawa verzweifelt an.

»Tod dem Boten!«, rief die Königin und schwang den Zweig über seinem Kopf.

»Nein!!!«

Blendendes, weißes Licht durchflutete das Kabinett.

Als Artjom wieder etwas sehen konnte, war der Kampf der Magier vorbei, und alle Beteiligten hatten wieder ihr ursprüngliches Äußeres angenommen.

Der Großmagister saß ganz in der Nähe von Artjom auf einem Hocker. Er war ein älterer Herr mit einem ehrwürdigen, weißen Bart und traurigen Augen. Der Kampf hatte ihn erschöpft. Der Gebieter des Herrscherhauses Tschud atmete schwer, seine Hände zitterten und sein golddurchwirktes Hemd war nass geschwitzt.

Lubomir klammerte sich mit den Händen an den Tisch und versuchte verzweifelt, auf die Beine zu kommen. Er sah fürchterlich aus: das Haar zerzaust, das Gesicht totenblass, die Finger verkrümmt und die Handgelenke durchlöchert ... Aus der Wunde in der linken Flanke des Zauberers strömte Blut und besudelte seine weiße Wolljacke.

Der Bote war dem Tode nahe. Sein irrer Blick haftete an Wseslawa, die wie versteinert am Kamin stand, seine Lippen zitterten und blutiger Schaum quoll aus seinem Mund. Die Königin schluchzte leise und trat einen Schritt zurück.

»Erlaubt ihm nicht, eine Zauberformel zu sprechen, Eure Majestät!«, sagte jemand.

»Er kann nicht«, erwiderte Wseslawa mit gesenktem Blick.

Der Jemand war Santiago. Er war wieder ganz der Alte: ein piekfeiner Snob. Nur sein Anzug war völlig ruiniert, und die Krawatte hing ihm über die Schulter.

»Wo ist denn der Fürst abgeblieben?«, erkundigte sich der Großmagister.

»Er erwartet uns in der Zitadelle«, antwortete Santiago und lächelte höflich. »Mit eurer Erlaubnis vertrete ich einstweilen die Interessen des Herrscherhauses Naw.«

»Wir haben nichts dagegen«, seufzte Wseslawa.

»Verbindlichsten Dank.«

Weder die Königin noch de Saint-Carré wunderten sich über das plötzliche Verschwinden des Fürsten. Der Gebieter des Dunklen Hofs verließ die Zitadelle nur, wenn es unbedingt nötig war, und nie für längere Zeit. Artjom stellte verwundert fest, dass die beiden Magier die Verwandlung des Kommissars in den Fürsten und umgekehrt nicht mitbekommen hatten und offenbar nicht wussten, dass der Fürst und Santiago ein und dieselbe Person waren. Oder war dem doch nicht so? Artjom wusste nicht mehr, was er glauben sollte.

»Wir müssen die Sache zu Ende bringen«, forderte der Kommissar.

»Lass ihn in Ruhe, Santiago«, bat Wseslawa. »Er stirbt ohnehin.«

»Eben deshalb«, sagte der Naw. »Wir müssen sichergehen, dass in der Verborgenen Stadt nie wieder ein Bote geboren wird.«

»Der Kommissar hat Recht«, befand der Großmagister

und erhob sich von seinem Hocker. »Wir müssen das Übel der Prophezeiung mit der Wurzel ausreißen.«

Wseslawa wandte sich ab. Santiago hob sein Stilett vom Boden auf, ging wortlos zu dem sterbenden Lubomir und stach ihm eiskalt in die Brust. Der Zauberer winselte jämmerlich.

»Verzeih mir«, flüsterte Wseslawa, und ihre Augen füllten sich mit Tränen.

»Ich muss Ihnen das Herz entnehmen, Bote«, sagte Santiago beinahe entschuldigend, »solange es noch schlägt.«

Wie ein Schlachter schnitt der Naw den Brustkorb des Zauberers auf und riss ihm sein Herz, einen pulsierenden grünen Klumpen, aus dem Leib. Lubomir schlug der Länge nach auf den Boden, und sein Körper fing Feuer.

Der Großmagister nahm die sichtlich betroffene Königin bei der Hand. Santiago ging zum Kohlenofen, warf das noch schlagende Herz des Boten in die Glut und hielt die Hand darüber.

»Im Namen der Mächte der Dunkelheit verfluche ich dieses Herz.«

Über dem Kohlenofen bildete sich schwarzer Dunst. Der Großmagister stellte sich neben den Kommissar und streckte ebenfalls die Hand vor.

»Im Namen der Mächte des Feuers verfluche ich dieses Herz.«

Aus dem Kohlenofen schlug eine Flamme.

»Ihr seid dran, Königin.«

Eine dritte Hand streckte sich über den pulsierenden Klumpen in der Glut.

»Im Namen der Mächte der Erde verfluche ich dieses Herz.«

Der Kohlenofen spie Asche und Rauch. Drei Hände und drei Mächte hatten sich darüber vereint, und ein leises Stöhnen erfüllte den Raum. Das Herz des Boten schlug noch ein letztes Mal, dann hauchte es sein Leben aus.

»Das war's«, konstatierte Santiago trocken, spuckte in die Glut und sah sich um. »Ortega, wo sind Sie?«

»Stets zu Diensten, Kommissar.« Die Luft vor Santiago begann zu flirren und bildete einen Wirbel. Aus dem Portal trat ein hochgewachsener Mann in einem dunkelblauen Anzug in das Kabinett. »Es ist alles bereit.«

»Geleiten Sie unsere Gäste zum Fürsten«, befahl Santiago. »Ich sammle die Übrigen ein.«

Ortega nickte und entbot der Königin eine galante Verbeugung.

»Darf ich bitten, Eure Majestät?«

Die Königin trat in das Portal ein.

»Was für ein schöner Kampf«, schwärmte der Großmagister. »Es kommt nicht oft vor, dass unsere Herrscherhäuser Seite an Seite kämpfen.«

»Ganz meine Meinung, das war bemerkenswert«, pflichtete Santiago bei.

De Saint-Carré verließ das Kabinett durch das Portal.

Unentschlossen kroch Artjom zwischen den Schränken hervor.

»Folgen Sie ihnen«, nickte ihm Santiago zu. »Auch Sie werden erwartet.«

Artjom ging auf das Portal zu, doch dann blieb er noch

einmal stehen und blickte sich nach dem Kommissar um.

»Gehe ich recht in der Annahme, dass Sie nicht möchten, dass jemand von Ihrem kleinen Geheimnis erfährt?«, fragte er.

»In der Tat.«

»Sie können sich auf mich verlassen. Ich würde nur gerne verstehen, wie ...«

»Die Neugierde der Humos ist legendär, und mir imponiert dieser Charakterzug Ihres Volks«, unterbrach ihn Santiago und sah ihn nachsichtig an. »Der Fürst des Dunklen Hofs trägt eine enorme Verantwortung gegenüber den Nawen und gegenüber den Vasallenvölkern des Herrscherhauses. Er kann sich weder Gefühle noch Schwächen leisten. Aus diesem Grund hat der Fürst nach seiner Thronbesteigung meine Wenigkeit erschaffen, als eine Art Gefäß, in dem alle Charaktereigenschaften, die ihn stören würden, eingeschlossen sind. Alles Übrige habe ich mir selbst erarbeitet. Sind Sie damit zufrieden?«

»Absolut.«

»Dann benutzen Sie jetzt bitte das Portal. Es ist Zeit für uns, diesen Ort zu verlassen.«

»Ein richtiges Gefängnis«, murmelte Kornilow, als er die an den Säulen herabhängenden Ketten betrachtete.

»Und das hier war die Wachstube«, rief Schustow, der in der aufgebrochenen Tür stand. »So wie es aussieht, sind hier die Fetzen geflogen!«

»Gibt's Überlebende?«

»Nein.«

»Schade.«

»Patron, hier oben ist ein richtiger Garten«, vermeldete Waskin, der aus dem Loch über Kornilows Kopf herabschaute. »Mit einem richtigen Teich! Kommen Sie und schauen Sie sich das an.«

»Gibt's da oben Überlebende?«

»Nein.«

»Dann komme ich nicht extra hoch.«

Der Kopf des Leutnants verschwand, und Kornilow schlenderte langsam durch den Raum. Er sah dabei zu, wie die SEK-Beamten die heulenden Mädchen befreiten, inspizierte sorgfältig die blitzenden Mordbestecke, die auf einem fahrbaren Tischchen lagen, und begab sich schließlich zu dem kriminellen Subjekt, das völlig verstört in einer Ecke kauerte.

Kornilow hatte von vorneherein gewusst, dass er Juschlakow hier so vorfinden würde – an die Wand gekettet und umgeben von Zeuginnen der Anklage. Er zündete sich in aller Ruhe eine Zigarette an.

»Ist das nicht ein bisschen zu einfach, Andrej?«, fragte Schustow. »Meinst du wirklich, dass der Fotograf der Vivisektor ist?«

»Wir gehen mal davon aus, dass es so ist.«

»Und schließen den Fall ab?«

»Warum nicht?« Kornilow zuckte mit den Achseln. »Zeuginnen sind ja genug da.«

Schustow rieb sich zufrieden die Hände.

»Guten Tag, Herr Juschlakow«, wandte sich der Major an den Fotografen. »Ich hätte da ein paar Fragen an Sie.«

EPILOG

»... Gestern fand im Kasino Atomhenne *das Finale der städtischen Pokermeisterschaft statt. Überlegener Sieger wurde zur Überraschung aller Experten der Moskauer Unternehmer Jegor Bessjajew, Vizepräsident des größten russischen Internetproviders T-Grad-Com ...«*

MOSKOWSKI KOMSOMOLEZ

»... Schafft der Dunkle Hof einen Präzedenzfall? Um die Hysterie bei den Humos zu dämpfen, hat Santiago nichts gegen die Verhaftung einiger militanter Rothauben des Desastro-Clans unternommen. Nach den Gesetzen der Humos drohen ihnen zwanzig Jahre Arbeitslager ...«

T-GRAD-COM

»... Nach Aussage des Pressesprechers des Moskauer Polizeipräsidiums liegen unwiderlegbare Beweise für die Täterschaft des kürzlich verhafteten Fotografen Alexander Juschlakow vor ...«

NTW

»... Viel Lärm um nichts. Der Pressesprecher des Herrscherhauses Tschud hat offiziell verkündet, dass die Preise für die Energie des Karthagischen Amuletts wieder auf das ursprüngliche Niveau angehoben wurden. Die zehnprozentige Preissenkung, über die wir vor einigen Tagen berichtet hatten, war Teil einer kurzfristigen Werbekampagne und diente darüber hinaus Marktforschungszwecken. Der Orden wird sich auch in Zukunft an die zwischen den Herrscherhäusern vereinbarten Preisabkommen halten ...«

T-GRAD-COM

In der Buchhandlung *Biblio-Globus* in der Mjasnizkaja-Straße herrschte ein fürchterliches Gedränge. Begeisterte Krimifans belagerten den kleinen, zerbrechlich wirkenden Tisch, hinter dem eine hübsche Frau mit einem klugen und erschöpften Gesicht ihr neues Buch signierte. Seit dem Erscheinen des letzten Bandes war längere Zeit verstrichen, und die Leser konnten es kaum erwarten, das neue Werk in Händen zu halten. In Fachkreisen zweifelte niemand daran, dass auch das neue Buch der Schriftstellerin ein Bestseller werden würde.

»Bitte, bitte für Ludmila Stepanowa! Oder schreiben Sie einfach: für Lusja!«

Eine stupsnäsige Rothaarige hatte sich zum Tisch durchgekämpft und reichte der Schriftstellerin den frisch erworbenen Band im grellbunten Schutzumschlag.

»Ihre Bücher, sie sind so ... so ...« Das Mädchen hatte

sich eigentlich schon vorher überlegt, was sie sagen würde, doch in der Aufregung fiel es ihr nicht mehr ein, deshalb musste sie sich spontan etwas ausdenken. »Vor kurzem ist mir klargeworden, dass alles, was Sie schreiben, wahr ist. Die reine Wahrheit! Ich hatte solche Angst, und mich hat ein richtiger Polizist gerettet! Ein gut aussehender noch dazu! Und das ist alles so real!«

»Es freut mich, dass Ihnen mein Buch gefallen hat«, erwiderte die Schriftstellerin geschäftsmäßig, lächelte geschäftsmäßig und kritzelte routiniert ihre Unterschrift in das Buch. »Viele meiner Geschichten haben einen realen Hintergrund.«

»Genau das meine ich! Es ist alles wahr! Und das ist so faszinierend! Ich bin wirklich begeistert von Ihren Büchern!«

»Vielen Dank.«

Das geschäftsmäßige Lächeln der Schriftstellerin galt bereits dem nächsten Fan ihrer Romane, der ihr seinen Band zum Signieren reichte.

»Vielen, vielen Dank!!«

Das rothaarige Mädchen wurde vom Tisch weggedrängt, doch die Schriftstellerin hörte noch länger ihre Stimme.

»Wladik, gib mir noch dieses Buch dort! Wladik, wo ist meine Tasche? Wladik, du wolltest dich doch an der Kasse anstellen!«

Das kommt manchmal vor: Aus einer wirren Geräuschkulisse hört man nur eine ganz bestimmte Stimme heraus ...

Die Reise durch das Portal empfand Artjom wie einen schwerelosen Flug. Das angenehme Gefühl der Leichtigkeit nahm ihn so gefangen, dass er darüber beinahe alle Unannehmlichkeiten vergaß, die ihm in letzter Zeit widerfahren waren.

Nach dem Verlassen des Portals fand sich Artjom in einem riesigen Saal wieder, in dessen bleierner Dunkelheit die Wände kaum zu sehen waren.

»Kommen Sie weiter«, bat Ortega.

Nach Artjom entstieg dem Portal ein völlig durchnässter, rothaariger Mann, der ein wenig missvergnügt dreinschaute. Dahinter folgte eine ganze Abordnung von rothaarigen Männern, die sieben Zwerge mit roten Kopftüchern mit Fußtritten vor sich hertrieb.

Als Nächster folgte – endlich! – ein Mensch, über dessen Erscheinen sich Artjom aufrichtig freute: Cortes. An der einen Hand führte er Jana, an der anderen Lana. Der Söldner sah sehr zufrieden aus. Sein Blick wirkte fast ein wenig verklärt, so als hätte er sich das falsche Stimulantium gespritzt.

»Cortes!«

»Artjom! Schön dich zu sehen, mein Freund.«

Mit Befriedigung registrierte Artjom das Veilchen an der Schläfe der Fee. Er hatte es ihr noch nicht verziehen, dass sie ihm auf so billige Art und Weise das Amulett abgeluchst hatte.

»Hast du sie geschnappt?«, fragte er Cortes.

»Niemand hat mich geschnappt«, grummelte Lana.

»Artjom, Lana hat uns doch geholfen«, erklärte Jana. »Sie hat das Amulett in ihrem Wagen gelassen. Ortega hat es dort herausgeholt und dem Großmagister gebracht.«

Zu seiner eigenen Überraschung war Artjom erleichtert darüber, dass der Fee keine Unannehmlichkeiten blühten. Ihre herben, berauschenden Küsse wirkten immer noch nach.

»Gibst du mir deine Telefonnummer?«, fragte er.

Lana musterte ihn streng, und in ihren smaragdgrünen Augen blitzte ein Hauch von Frivolität.

»Vielleicht.«

Zuletzt erschienen Santiago und Metscheslaw. Der Kommissar hatte den Baron, dessen Haupt eine mächtige Beule zierte, offenbar aus dem Liftschacht geholt.

Das Portal schloss sich, und im Raum wurde es noch düsterer. Nur auf drei Stühle fiel ein schwaches, gespenstisches Licht. Auf dem mittleren, der dem Gastgeber gebührte, saß der Fürst des Dunklen Hofs. Er trug einen langen Mantel, dessen Kapuze er tief ins Gesicht gezogen hatte. Rechts von ihm saß die Königin Wseslawa, links von ihm der Großmagister. Es war einer jener seltenen Fälle, in denen sich die führenden Magier der Verborgenen Stadt an einem Ort versammelten.

»Die Rothauben«, sagte der Fürst leise.

Die Ritter führten die Gefangenen vor: sieben zwergenwüchsige Banditen, denen vor Angst die Zähne klapperten.

»Lasst Gnade walten«, flehte einer von ihnen, der nur ein Auge hatte.

»Sie haben sich freiwillig ergeben«, berichtete der allgegenwärtige Ortega. »Und sie haben uns den Kopf meines Mörders geliefert. Bliebe vielleicht noch hinzuzufügen, dass der Fötido-Clan in den Überfall auf die Burg nicht involviert war.«

»Haben die Rothauben den Orden ausreichend entschädigt?«, fragte der Fürst den Großmagister.

»Absolut«, erwiderte der Greis.

»Königin, Eure Meinung?«

»Ich denke, wir können darauf verzichten, dieses Vasallenvolk auszurotten.«

»Gut«, verkündete der Fürst. »Die Rothauben behalten ihr Existenzrecht. Doch sie mögen sich hinter die Ohren schreiben« – die Gefangenen ließen die Köpfe noch tiefer sinken –, »dass unsere Geduld nicht endlos ist.«

Die Rothauben wurden weggeführt.

»Die Söldner.«

Offenbar wollten sich die Führer der Herrscherhäuser zuerst mit den Fremden befassen, um dann in Ruhe ihre eigenen Angelegenheiten zu regeln.

»Darf ich vorstellen: Cortes, Jana und Artjom«, sagte Santiago und winkte die drei Söldner nach vorn. »Sie haben hervorragend gearbeitet und einen erheblichen Beitrag zur Beilegung der Krise geleistet.«

»Der Dunkle Hof ist nicht undankbar«, verkündete der Fürst bedächtig. »Durch ihr entschlossenes Handeln haben sie es verdient, das Emblem des Dunklen Hofs zu tragen – als Zeichen unserer immerwährenden Freundschaft.«

»Dann hat sich die Polizei also geirrt, und du hattest mit den Schießereien gar nichts zu tun?«

»Natürlich nicht«, erwiderte Artjom. »Die Polizei dachte, ich sei abgehauen, aber in Wirklichkeit hat sich alles ganz anders abgespielt. Mir war schlecht geworden, deshalb wollte ich nach Hause fahren. In der Metro verlor ich das Bewusstsein und lag dann zwei Tage im Krankenhaus, ohne dass sie dort wussten, wer ich bin. Meine Papiere hatte ich ja im Büro liegen lassen. Meine armen Eltern wären vor Sorge fast gestorben.«

»Das verstehe ich«, kommentierte Kostik – der mit dem Spitznamen Puschkin.

In Wirklichkeit verstand er natürlich gar nichts.

Die ganze Abteilung hatte sich um Artjoms Schreibtisch versammelt und lauschte gespannt seinem Bericht. Das Gerücht, dass er in Zusammenhang mit den jüngsten Schießereien von der Polizei gesucht werde, hatte den Kollegen keine Ruhe gelassen und ihre Neugier geweckt. Artjom kam nicht umhin, ihnen eine Geschichte zu erzählen.

»Und was passierte dann?«, fragte Puschkin ungeduldig.

»Dann bin ich wieder zu mir gekommen, habe im Krankenhaus erzählt, wer ich bin, und wurde daraufhin sofort von der Polizei vernommen. Ich kam mir vor, wie im falschen Film. Daraufhin habe ich meine Eltern angerufen und mir einen Anwalt genommen, das war schon ganz schön aufregend.«

»Was haben die Polizisten dich gefragt?«

»Allen möglichen Blödsinn. Wer bei mir war, wo ich vor der Explosion hinwollte und so weiter. Auch meine Tante wurde vernommen, die damals zu mir kam. Unser

Wachmann hat sie identifiziert. Letzten Endes haben sie eingesehen, dass ich nichts damit zu tun hatte. Wenig später wurden dann ja auch die Schuldigen verhaftet, und alles hat sich aufgeklärt.«

»Hattest du Angst?«

»Nein. Kornilow ist ein höflicher Mensch.«

»Der Major Kornilow?«

»Ja, er hat mich vernommen.«

»Vom Vivisektor hat er nichts gesagt?«, erkundigte sich Galja Doikina aus der Nachbarabteilung.

»Galja«, erwiderte Artjom grinsend. »Er hat mich vernommen, nicht umgekehrt.«

»Man kann sich wirklich nicht mehr sicher fühlen«, resümierte Kostik. »Du gehst für fünf Minuten raus eine rauchen und wachst zwei Tage später im Krankenhaus wieder auf. Apropos, Schurotschka lässt dich grüßen.«

»Wie geht es ihr?«

»Schon viel besser. Die Kugel ist nicht tief eingedrungen.«

Als klar war, dass Artjom nichts Sensationelles mehr zu berichten hatte, verzogen sich die Kollegen an ihre Arbeitsplätze, und Artjom begab sich zum Abteilungsleiter.

»Ich hätte da etwas zu besprechen, Alexej«, begann Artjom etwas verlegen.

»Kann ich mir schon denken«, entgegnete der Abteilungsleiter und lehnte sich in seinem Stuhl zurück. »Du möchtest Urlaub, nicht wahr?«

»Falsch geraten.« Artjom legte ein Antragsformular auf den Tisch. »Ich kündige.«

Damit hatte Alexej nicht gerechnet und starrte sekundenlang wie paralysiert auf das vor ihm liegende Papier.

»Warum?«

»Auf eigenen Wunsch.«

Artjom rieb sich reflexartig über die linke Schulter. Das auftätowierte schwarze Eichhörnchen mit der Nuss schien durch den dünnen Stoff seines Hemds hindurch, doch zum Glück achtete niemand darauf.

»Dann musst du deine Geschäfte übergeben«, sagte Alexej, als er sich gefasst hatte.

»Kein Problem, wenn es schnell geht.« Artjom blickte zur Uhr. »Ich bin ein wenig in Eile.«

Die Formalitäten waren in zwanzig Minuten erledigt. Artjom unterschrieb seinen Kündigungsantrag, holte in der Personalabteilung sein Arbeitsbuch ab, rechnete in der Buchhaltung ab und ging als völlig freier Mensch in den Hof hinunter. Er fühlte sich großartig.

Artjom fuhr sich abermals über die frische Tätowierung, schulterte seine Tasche und ging zu dem Land Cruiser, neben dem Cortes auf ihn wartete.

»Na, hast du dich losgeeist?« Der Söldner rollte seine Zeitung zusammen und warf sie lässig auf den Rücksitz.

»Ja.« Artjom öffnete die Beifahrertür. »Nichts wie weg hier.«

Der Jeep wendete scharf und fuhr in die Verborgene Stadt.

Der Kampf um

DIE VERBORGENE STADT

wird fortgesetzt in:

DAS OPFER

GLOSSAR

Artefakt
Gegenstand, der magische Energie in sich trägt

Assuren
Der älteste Volksstamm der Erde; herrschte etwa 10 000 Jahre lang und schottete den Planeten gegen Außerirdische ab; die Isolationspolitik der Assuren konnte nicht verhindern, dass ihr Imperium im Ersten Großen Krieg von den Nawen unterworfen wurde; die verbliebenen Assuren flüchteten mitsamt ihrem Wissensschatz in die Verborgene Stadt; es gibt nur wenige Informationen über sie, und sie unterhalten keinerlei Kontakte zu anderen Bewohnern der Verborgenen Stadt

Atomhenne
Spielcasino in der Verborgenen Stadt

Barone
Repräsentanten des Herrscherhauses Lud; Gebieter über die Domänen; verfügen über keine magischen Kräfte

Burg
Bezeichnung des Hauptquartiers des Herrscherhauses Tschud; Gebäudekomplex am Wernadski-Prospekt

Chwan, der; -en, -en — Vasallenvolk des Herrscherhauses Tschud; vierarmige Krieger; haben die Goldene Wurzel auf die Erde gebracht, eine Droge, die sie im Altaigebirge kultivieren

Daikine, die; -en, -en — Vasallenvolk des Herrscherhauses Tschud, das ausschließlich aus Frauen besteht; die Daikinen sind hübsch, verführerisch und bewandert in Magie; im Unterschied zu anderen Stämmen der Verborgenen Stadt gibt es bei ihnen keine vertikale Machtstruktur

Desastro, der; -s, -s — Zweitgrößter Clan der Rothauben

Die Streife — Beliebte russische Fernsehsendung, in der über Vorkommnisse auf Moskaus Straßen berichtet wird

Drachenseufzer — Mächtiger Kampfzauber

Drushina, die — Kriegsgefolge eines russischen Fürsten

Dunkler Hof — Inoffizielle Bezeichnung des Herrscherhauses Naw

Echo Moskwy — dt. »Moskauer Echo«; Moskauer Radiosender

Eichhörnchen, das eine Nuss frisst — Wappen des Herrscherhauses Naw

Eidechse — Club und Restaurant; »angesagtestes« Etablissement der Verbotenen Stadt im Ismailow-Park

Einhorn, sich aufbäumendes	Wappen des Herrscherhauses Tschud
Erli, der; -, -;	Vasallenvolk des Herrscherhauses Naw; Mönche, Ärzte und passionierte Gourmets, deren Hauptquartier sich in einem Kloster im Zarizyno-Park befindet; trotz der Nähe zum Dunklen Hof sind sie neutral und behandeln alle Patienten in der Verborgenen Stadt
Eulin, der; -s, -s	Schaustellersippe, Vasallen des Herrscherhauses Lud; die Eulins sind Betreiber der Eidechse und vieler anderer Etablissements der Verborgenen Stadt
Fötido, der; -s, -s	Kleinster Clan der Rothauben; die Fötidos lispeln besonders stark
FSB	Inlandsgeheimdienst der Russischen Föderation
Gazelle	Russische Automarke für Kleintransporter und Kleinbusse, hergestellt vom Automobilwerk GAZ
Gjursa	Russischer Pistolentyp
Goldene Wurzel	Harte Droge, die in der Verborgenen Stadt verboten ist
Goldenes Hufeisen	Restaurant in der Verborgenen Stadt
Großes Schweigen	Zauber, der das Gehirn davor schützt, gescannt zu werden

Grüner Hof	Inoffizielle Bezeichnung des Herrscherhauses Lud
Handelsgilde	Von den Schatyren gegründete Organisation, die das Handels- und Bankenwesen in der Verborgenen Stadt kontrolliert
Hülle der Diskretion	Schutzzauber, der den damit belegten Raum gegen technische oder magische Abhörmaßnahmen schützt
Humo	Scherzhafte Bezeichnung für Menschen bei den Bewohnern der Verborgenen Stadt
Interfax	Russische Nachrichtenagentur
Iswestija	Bekannte russische Tageszeitung
Kamaz	Russische Lkw-Marke
Killerkraut	Von den Luden verwendete Droge; verzehnfacht die körperlichen Kräfte, wirkt sich jedoch einschränkend auf die Zurechnungsfähigkeit aus; die Legenden, die sich um die Berserker ranken, haben wohl in der Verwendung dieses Krauts ihren Ursprung
Kommersant	Überregionale russische Tageszeitung
Kranichschnabel	Kriegsartefakt des Grünen Hofs in Form eines Dolches; zur Liquidation von Magiern bestimmt

Krone — Restaurant am Moskauer Stadtrand

Kugelblitz — Kriegszauber, der einen Feuerball erzeugt; explodiert bei Berührung mit dem Feind oder dessen Schutzzauber; eine mächtige, jedoch etwas grobschlächtige Waffe, die man am besten gegen feindliche Gruppen einsetzt, die sich in geschlossenen Räumen aufhalten; bei der Explosion eines Kugelblitzes kann auch der Magier, der ihn erzeugt hat, zu Schaden kommen

Kuss der Rusalka — Alter Zauber, der ausschließlich Frauen vorbehalten ist; zwar ungeeignet zum Scannen eines Gehirns, verleiht der Zauberin jedoch Macht über die Gefühle des Verzauberten und ermöglicht ihr, alles was sie wissen will, aus ihm herauszubekommen; Rusalka ist eine Art Meerjungfrau in der slawischen Mythologie

Lossiny Ostrow — dt. »Elchinsel«, Nationalpark am nordöstlichen Stadtrand Moskaus

Lud — Herrscherhaus der Verborgenen Stadt; Inoffizieller Name: Grüner Hof; Wappen: Tanzender Kranich; Magische Quelle: Regenbrunnen; Hauptvolk: Lud; der Lud, -en, -en; Gesellschaft: matriarchal geprägte Monarchie, administrativ unterteilt in acht Domänen; an der Spitze des Grünen Hofs steht die Königin, die aus den Reihen der Priesterinnen gewählt wird; bei den

Luden sind ausschließlich Frauen zur Magie befähigt; im niedersten Rang sind sie Feen, mit wachsenden magischen Fähigkeiten steigen sie zu Faten und schließlich zu Priesterinnen auf; Gebieter der Domänen sind die Barone; das wichtigste Entscheidungsgremium des Grünen Hofs ist der Große Königsrat, der sich aus der Königin selbst, den Priesterinnen und den Baronen zusammensetzt; Vasallenvölker: u. a. Rothauben, Eulins, Morjanen

Magische Quellen — Mächtige Artefakte, aus denen die Magier der Verborgenen Stadt ihre Energie schöpfen

Magoskop — Artefakt, das es erlaubt, hinter einem Trugbild die Realität zu erkennen; kommt gewöhnlich in Form eines Monokels oder einer Brille zum Einsatz

Nowy Arbat — Einkaufsstraße im Zentrum Moskaus

Manege — Ausstellungskomplex in Moskau

MANPADS — Boden-Luft-Flugabwehrraketensystem

Metro — Kurzbezeichnung der Moskauer Untergrundbahn

Morjane, die; -, -en — Vasallenvolk des Herrscherhauses Lud; kleines Volk von weiblichen Wandelwesen, das bei genetischen Experimenten der Fate Mara mit Menschenfrauen entstand; die Morjanen können zweier-

	lei Gestalt annehmen: 1) eine attraktive Frauengestalt und 2) die Gestalt eines Mischwesens aus Frau und Bestie, mit krallenbewehrten Klauen, Dornenschwanz und gehörntem, kahlem Kopf; in dieser »Kampfmontur« sind die Morjanen gefährliche Ungeheuer; es gibt Weiße und Schwarze Morjanen; Letztere sind noch gefährlicher und unberechenbarer, jedoch etwas langsamer als die Weißen; das slawische Wort Morjana bezeichnet eine Art Meerjungfrau in der slawischen Mythologie
Morpheusstaub	Von den Erli-Mönchen entwickeltes und zur Anästhesie eingesetztes Betäubungsmittel, das gelegentlich zu nichtmedizinischen Zwecken missbraucht wird
Moskauer Eremitage	Kloster der Erli im Zarizyno-Park
Moskowski Komsomolez	Populäre Russische Tageszeitung
Naw	Herrscherhaus der Verborgenen Stadt; Inoffizieller Name: Dunkler Hof; Wappen: Eichhörnchen, das eine Nuss frisst; Magische Quelle: unbekannt; Hauptvolk: Naw; der Naw, -en, -en; Gesellschaft: absolutistische Monarchie; alleiniger Herrscher ist der Fürst; als Gegenleistung für seine uneingeschränkte Macht verzichtet er auf einen Namen und auf jegliches Privatleben; bei der Ausübung seiner Macht

	wird er von den drei Ratsherren, den ranghöchsten Magiern, unterstützt Vasallenvölker: u. a. Schatyren, Ossen, Erli
NKWD	Volkskommissariat des Inneren; von 1934–46 gebräuchliche Bezeichnung für die Innenbehörde der UdSSR, auf deren Konto zahlreiche Terrorakte gegen die eigene Bevölkerung gingen, u. a. die Zwangsumsiedlung und Ermordung vieler Volksgruppen
NTW	Beliebter russischer Fernsehsender
Obsidian	Natürlich vorkommendes, vulkanisches Gesteinsglas
Odoro, der; -s, -s	Clan der Rothauben; die Odoros rühmen sich, besser zu riechen als die übrigen Rothauben
Orden	Inoffizielle Bezeichnung des Herrscherhauses Tschud
Oss, der; -en, -en	Vasallenvolk des Herrscherhauses Naw; Rattenbändiger; im Labyrinth unter der Stadt hausendes, kleines, halbwildes Jägervolk; Ossen haben einen Hang zu pathetischen Reden und verfassen schwermütige Balladen
Pallasch	Eine Art Reitersäbel, jedoch mit gerader Klinge

Petrowka 38	Fernsehsendung des Innenministeriums über die Arbeit von Polizei und Innenbehörden; der Hauptsitz des Innenministeriums befindet sich in der gleichnamigen Straße Petrowka, Nr. 38
Polpa Nawese	Gericht aus durchgedrehtem rohen Fleisch mit Gemüse und superscharfer Sauce; Lieblingsspeise der Nawen
Profil	Russische Wochenzeitung
Prospekt	Bezeichnung von Ausfallstraßen in russischen Städten
Regenbrunnen	Magische Quelle des Herrscherhauses Lud
RosBusiness-Consulting	RBC (RosBusinessConsulting) Informations Systems; führendes Medienunternehmen in Russland
Rothauben	Vasallenvolk des Herrscherhauses Lud; aufgegliedert in den Odoro-, Fötido- und Desastro-Clan; die Clans sind sich untereinander spinnefeind und verdienen ihren Lebensunterhalt hauptsächlich durch Drogenhandel und Kleinkriminalität; Rothauben sind erst ab einer gewissen Dosis Whiskey in der Lage, überhaupt zu denken, und erreichen auch dann nur ein äußerst eingeschränktes intellektuelles Niveau

Sapadnoje Birjuljowa	Stadtbezirk am südlichen Stadtrand von Moskau
Schatyr, der; - en, -en;	Vasallenvolk des Herrscherhauses Naw; Gründer der Handelsgilde, im Übrigen Cognac-Fans und Liebhaber von Sportcoupés
Schlafender	Gottheit der Verborgenen Stadt; Urvater aller Lebewesen; der Legende nach schläft er irgendwo zwischen den Welten, und wenn er aufwacht, beginnt das Jüngste Gericht; der Schlafende nimmt keinen direkten Einfluss auf die Geschehnisse und eine religiöse Verehrung erübrigt sich, da er ja ohnehin schläft
Sokolniki	Moskauer Stadtbezirk
Sprengwurzextrakt	Hocheffektives Mittel zur Zerstörung von Schlössern, Riegeln, Ketten etc.; wird in den Fabriken der Handelsgilde in Form von Sprays und Kapseln hergestellt
Tanzender Kranich	Wappen des Herrscherhauses Lud
T-Grad-Com	T-Grad Communication; T-Grad steht für »Tainy Gorod« (Verborgene Stadt); Telekommunikationsunternehmen mit Monopolstellung in der Verborgenen Stadt; unterliegt der strengen Kontrolle der Herrscherhäuser und fungiert auch als größter Internetprovider Russlands

TKV	Telekommunikations-Verbund der Gesellschaft T-Grad-Com
Tschud	Herrscherhaus der Verborgenen Stadt; Inoffizieller Name: Orden; Wappen: sich aufbäumendes Einhorn; Magische Quelle: Karthagisches Amulett; Hauptvolk: Tschud; der Tschud, -en, -en; Gesellschaft: militärische Hierarchie, an deren Spitze der Großmeister steht, administrativ aufgegliedert in vier Logen: Schwerter-, Drachen-, Hermelin- und Salamanderloge. Die Meister der vier Logen und die besten Magier des Ordens bilden den Ordensrat, das Regierungsorgan des Großmeisters; der stärkste Kriegsmagier des Ordens ist der Kriegsmeister, der gleichzeitig auch Kapitän der Garde ist. Vasallenvölker: Chwanen, Daikinen
TVZ	Moskauer Fernsehsender, der landesweit empfangen werden kann
Uibuj, der; -en, -en	Bezeichnung der Truppführer der Rothauben-Clans
Uliza	Russisches Wort für Straße
Univermag	Russische Bezeichnung für ein großes Kaufhaus
Wedomosti	Russische Tageszeitung mit Sitz in Moskau

Westliche Wälder	Ein ausgedehntes Gebiet westlich der Verborgenen Stadt, das in früheren Zeiten bewaldet war und von einigen primitiven Stämmen, namentlich von den Rothauben bewohnt wurde; inzwischen von den Humos fast vollständig abgeholzt
Woiwode, der; -n, -n	Slawisch für Heerführer; ein Adelstitel
Wolga	Russische Automarke, PKW der Oberklasse
Yatagan	Osmanischer Kurzsäbel mit geschwungener Klinge
Zarizyno-Park	Park im Süden Moskaus
Zelt der Stille	Zauber, der den damit belegten Raum gegen technische oder magische Abhörmaßnahmen schützt
Zitadelle	Bezeichnung des Hauptquartiers des Herrscherhauses Naw